रास्ता छोड़ो डार्लिंग

(कहानी-संग्रह)

रास्ता छोड़ो डार्लिंग

क्षमा शर्मा

वाणी प्रकाशन

वाणी प्रकाशन का 'लोगो'
विख्यात चित्रकार मक़बूल फ़िदा हुसेन की
कूची से

ISBN : 978-81-8143-920-8

वाणी प्रकाशन
21-ए, दरियागंज, नयी दिल्ली-110002
द्वारा प्रकाशित

फोन : 0091#11#23273167, 23275710
फैक्स : 0091#11#23275710
ई-मेल : vaniprakashan@gmail.com
vani_prakashan@yahoo.com
वेबसाइट : www.vaniprakashan.com

प्रथम संस्करण : 2008
© लेखिकाधीन
आवरण सज्जा : वाणी प्रकाशन
जय भारत प्रिंटिंग प्रेस, शाहदरा, दिल्ली-110032
द्वारा मुद्रित

मूल्य : 450.00

RASHTA CHODO DARLING
by : Kshama Sharma

अनुक्रम

बया 7
पिता 16
जिन्न 25
कौन है कि जो रोता है 32
कैसी हो सुष्मिता 43
मातृ ऋण 54
घर-घर 61
बिंदास 67
कार्ड 75
लौटते हुए 79
कब्रगाह 84
एक शहर अजनबी 91
और अब 96
रास्ता छोड़ो डार्लिंग 104
तसवीर 117
इसके बाद 122
कस्बे की लड़की 128
घिराव 136
काला कानून 143
ढाई आखर 150
सीधा प्रसारण 156

मोर्चा	164
दादी माँ का बटुआ	172
खेल	178
बेघर	183
बराबर	193
फादर	198
अलविदा	204
एक है सुमन	209
हर बार लौटना	213
व्यूह	217
डोर	222
चार अक्षर	227
जय श्रीराम	232
अंतिम चरण	242
नेम प्लेट	244
रसोईघर	253
खामोशी	258
मंडी हाउस	261
सेमिनार	265
यहीं कहीं है स्वर्ग	272

बया

जब तक इस शहर से दूर रहो, तो यह जैसे बाँहें फैला-फैला कर बुलाता है और जब इसके पास आओ तो लतियाने में दो मिनट नहीं लगाता। जैसे एक आदमी के रूप में आँखें तरेरता-सा पूछता है—क्या कहा, मैं बहुत बदल गया हूँ? इतने वर्षों में तुम क्या बिलकुल वैसी ही हो।

अच्छा! तो अब मुझमें बहुत गंदगी नजर आती है। मत भूलो कि इसी गंदगी से निकल कर तुम साफ जगहों में चली गईं और तुमने कभी इधर पलट कर नहीं देखा, कभी नहीं सोचा कि तुम्हारी तरह के और न जाने कितने बच्चे इसी गंदगी के बीच पल-बढ़ रहे हैं, कुछ तो इसकी सफाई का प्रबंध किया होता।

कभी अच्छे मूड में हुआ तो लगता है जैसे किसी चिंतित और व्याकुल पिता की तरह धीरे-धीरे पूछता है—"कब आईं, कैसी हो, कब जाओगी? बाल-बच्चे तो सब ठीक हैं! सच रिपु! आई लव यू!"

और तो और यह नामाकूल शहर अपने आपको झुठलाने भी नहीं देता। वक्त की परतों को इतनी निर्ममता से उधेड़ देता है कि सिवाय छटपटाने के कोई चारा नहीं रहता।

अक्सर रास्तों से गुजरते हुए कितने दिन अपने आप पीछे चलने लगते हैं। दृश्यों की ये चित्रावली कभी उलटी चलती है तो बिल्कुल बचपन नजर आने लगता है। कभी बहुत जल्दी से इतने वर्ष के चित्र एक में एक गड्ड-मड्ड हो जाते हैं। कभी सिर्फ आँसू याद आते हैं तो कभी सिर्फ खुशी। खुशियों के मुकाबले दुःखों की छाप कुछ गहरी होती है। ऐसी छाप जिसके रंग चाहे जितने धुँधले पड़ जाएँ याद आने पर उतने ही चटख हो जाते हैं। काँटे की तरह गड़ते फिर भी चमकते।

कितनी स्मृतियाँ हैं जो इस शहर में विलीन हो गई हैं। क्या वह सब इस शहर को याद है! क्या वे सारी यंत्रणाएँ यह शहर गिन सकता है! व्यक्ति रूप में याद आता यह शहर किसी खुर्राट बूढ़े की तरह गुरगुराता है—"मैं धरती की तरह हूँ। देता ही देता हूँ। लेता क्या हूँ?"

इतना अभिमान! इस शहर ने मुझे क्या दिया है सिवाय उन तकलीफों के

जो आज भी याद आती हैं तो मन न जाने कैसी बेचैनी से भर उठता है...और यह कहता है मैं तो सिर्फ देता हूँ।

क्या दिया है इसने मुझे! एक नौकरी तक नहीं...अपनों से उखाड़ने, अपने अतीत से कट कर जीने की साजिश! जानी-पहचानी सड़कों, घर, गलियों, लोगों से दूर चले जाने की पीड़ा।

आई हेट दिस सिटी।

हूँ...हूँ...ह...शहर चुटीली आँखों से घूरता मुझे देखता है। व्यंग्य-सा करता है—"रियली, यू हेट मी! ओ बेबी..."

मैं अंदर से सहम जाती हूँ। क्या वास्तव में मैं इसे हेट करती हूँ, कर सकती हूँ! मैं चीखना चाहती हूँ—"नहीं-नहीं तुमसे क्या! आई हेट एवरी बडी!"

क्या शहर को सब कुछ याद है या यह वहम हम भी पाले रहते हैं कि शहर हमें जानता है, हमारे बारे में सब कुछ जानता है। हलवाई वाली गली के नुक्कड़ पर लगा वह नीम का पेड़, क्या उसने भी मुझे बिल्कुल अपने से पराये वाली कोटि में रख दिया है।

कितनी बार गोंद इकट्ठा करने के लालच में उस पेड़ की छाल खुरची है। कितनी बार उस पर झूले डाले हैं। कितनी बार आँखों की रोशनी बढ़ जाएगी इसलिए इसकी हल्की प्याजी रंग की कोपलें खाई हैं।

घंटाघर की सड़कों पर भी वह चिरपरिचित गंध नहीं है—अनाज और मसालों की मिली-जुली गंध जो किसी बोरियत से भरे सूखे-सूखे दिन का एहसास दिलाती थी। कैसे उन अनाजों के आसपास रहने वाला शहर विकट व्यापारी हो जाता था। जिसका थुलथुल शरीर ऊँघता हुआ भी चौकन्ना-सा रहता था, एक-एक पैसे का हिसाबी-किताबी।

घर-घर की कहानी फिल्म! एक विद्रोह था। अकेले फिल्म क्यों नहीं देखी जा सकती और गुलाबी सूट में सहमी-सी वह टिकट खिड़की पर। अँधेरे भरे हाल में घुटी-घुटी मगर उफनती-सी साँसें कहीं कोई देख न ले।

और वापस लौटते हुए चाँदनी के बावजूद भयावह सन्नाटा! इतनी रात में लड़की अकेली कहाँ से लौट रही है! सन्नाटे मगर उजालों से भरे और पीले फूलों से अँटे पेड़-खेत पूछते हैं। शहर और गाँव के बीच बस इन थोड़े से खेतों की ही तो सीमा है। नहीं तो शहर, गाँव के ऐन दरवाजे तक बढ़ आया है। माँ दरवाजा खोलती है। अप्पी का वह झन्नाटेदार तमाचा और उस विद्रोह की समाप्ति। ऐसे इकिलखुरे विद्रोहों की नियति यही होती है।

शहर पर गुस्सा आता है। एक बुढ़िया की तरह गलियाती हूँ—"कमीने, कुत्ते, नामाकूल, नामुराद, नासपीटे! क्या दिया तुमने मुझे!"

शहर मुझे चिढ़ाता-सा हँसता है। फिर गहरी आँखों से देखता-पूछता है—"बस,

तुम्हारा शब्दकोश खाली हो गया। जानती हो इस घृणा का मतलब! कितना चाहती हो तुम मुझे?''

''फारगेट इट! तुम्हें और चाहना! तुम्हारी याद भर से मेरी आँखें जलने लगती हैं। मैं तुम्हें पसंद करूँ, क्यों भला? तुम्हें तो मेरा नाम भी याद न होगा!''

''मुझे नाम की जरूरत नहीं। मैं आदमी की गति, उसकी परछाईं से उसे पहचानता हूँ। यों वैसे भी वक्त की बात है कौन किसे याद करता है? तुम अपनी ही बात कहो?''

''मैं! अपनी बात!''

''और क्या! तुम्हारी माँ, उनकी मृत्यु, तुम्हारे पिता अप्पी...कितनी बार याद करती हो तुम उन्हें...कितनी बार! और मुझसे उम्मीद करती हो, मैं हर एक को याद रखूँ, तुम्हें याद रखूँ कैसे? कितने लोग आए, चले गए, मैं तो वहीं का वहीं रहा। कितना कुछ तो बदल गया। जहाँ खेत थे, वहाँ मीनारें खड़ी हो गईं। जहाँ कच्ची पगडंडियाँ थीं, वे निशान भी मकानों की छातियों के नीचे दब गए। न जाने कितने हँसते-लहलहाते पेड़ सूखे ठूँठों में बदल गए। अस्पताल तो एक ही रहा और कब्रिस्तान एक की जगह चार-चार हो गए। कितना कुछ बदल गया? और तुम!'' शहर से बातचीत करती, रिक्शेवाले को भाड़ा चुका कर मैं घर के अंदर जा रही हूँ। बेरिया कितनी बड़ी हो गई है। शाखाएँ दूसरों की दीवारों का सहारा ले उनके आँगन में कूदी जा रही हैं। बेर का मौसम नहीं है फिर भी रिपु के मन में आशा है कोई सूखा-सर्रा ही सही मुँह में टपक पड़े।

''भाभी, अब भी बया इस पर घोंसले बनाती है?''

''अरे भाई कहाँ! जब अपनी ही बया पराई हो गई तो वह तो पहले ही पराई थी।'' भाभी आटा गूँधते हुए मजाक करती हैं।

अगर माँ की अलमारी खोलो तो अब भी एक-दो घोंसले वहाँ रखे मिल जाएँगे। माँ को कितने अच्छे लगते थे! खासतौर से उनकी बुनावट। बड़े-से-बड़ा कारीगर भी इतना सुंदर नहीं बना सकता। वह एक-एक घोंसले को उलटती-पलटती कहती थी।

''पहले किसी जनम में माँ तुम बया ही तो न थीं!'' वह माँ से मजाक करने लायक बड़ी हो गई थी।

माँ थी, तो आँगन मूली, गोभी, सरसों, पोदीना कितनी तरह की सब्जियों से भरा रहता था।

शादी से पहले लड़कियाँ शादी के बाद के परायेपन को जान नहीं सकतीं। जब से रिपु आई है कोई चीज उठाकर खाने तक में उसे डर लगता है। घर जैसे ही माँ-बाप से स्थानांतरित होकर भाई-भाभी तक पहुँचता है, सब कुछ बदल जाता है।

''रिपु नाश्ता कर लो!'' भाभी आवाज दे रही हैं। वह रसोई में बैठती है। माँ ने बड़ी-सी रसोई बनवाई थी, जिससे बार-बार परोसने न जाना पड़े और सब

लोग गरम-गरम खा सकें। पर तब कोई रसोई में बैठता तक न था। सारी रसोई चूल्हे के धुएँ से भरी रहती थी। ऊपर की दीवारें ऐसी हो जाती थीं जैसे कालिख पोत दी गई हो।

काश! माँ के जमाने में गैस होती तो जिंदगी के जो पैंतीस वर्ष उसने इस धुएँ में काटे...मगर माँ ने धुएँ के बारे में सोचा तक न हो। सोचती भी कैसे, रसोई के अलावा और क्या कर सकती थी वह! अपनी तकलीफें कई बार खुद को दिखाई नहीं देतीं, दूसरे ज्यादा अच्छी तरह देख पाते हैं।

भाभी पराँठा परोसने लगीं तो उसने दोनों हाथों से थाली ढँक ली थी।

"अरे बस एक पराँठा!"

"ज्यादा भूख नहीं है। भैया और अप्पी कब तक आएँगे?"

"क्या पता! यहाँ किसी के लौटने का टाइम है! आ गए तो सात बजे आ गए, नहीं तो बारह बजे तक पता नहीं!"

"नहीं बात यह है, सोच रही हूँ कल लौट जाऊँ।"

"आज आई हो और कल लौट जाओगी। क्या विजय जी को एक दिन अलग रहना गवारा नहीं!"

"क्या करूँ छुट्टी थी नहीं। भैया का पत्र आया कि देखते ही चली आओ। विजय भी हैरत में थे कि पता नहीं क्या बात है!"

"इन्होंने चिट्ठी लिखकर तुम्हें बुलाया है।"

"तुम्हें नहीं मालूम?"

"ऐसी बातों की हवा भी मुझे नहीं लगने देते। कुछ कहूँ तो कहते हैं बीच में मत बोलो। मेरे घर का मामला है।"

अचानक आँगन में तेज लू का झोंका आया—"भाभी क्या अब भी तेज आँधी चलती है!"

"तुम तो ऐसे पूछ रही हो जैसे आँधी विदेशी हो गई है। ऐसी-ऐसी आँधियाँ चलती हैं कि पूरी आँख-नाक में धूल घुस जाती है।"

"हमारे समय में तो माँ पूरी-पूरी रात धूल साफ करती रहती थी पर अब मकान पक्का होने से इतनी धूल नहीं आती होगी। मगर वह बात तो अधूरी रह गई। मुझे क्यों बुलाया है भैया ने!"

"यह तो अपने भैया से ही पूछना, मगर अप्पी के मारे ही बुलाया होगा।"

"अप्पी के मारे!"

"हाँ।"

"क्या हो गया? तबीयत खराब है उनकी!"

"उनकी क्या खराब है हम सबकी कर रखी है।"

"बात क्या है?"

“अपने भैया से मत कहना मैंने बताया है सब कुछ। उस राँड ने जाने क्या जादू कर दिया है। कभी जलेबी, कभी साड़ी, कभी कुछ! अब इस उमर में यह सब करें तो क्या शोभा देता है!”

“अच्छा तो किस उमर में शोभा देता है!”

“अब हटो भी करने लगीं मजाक! बच्चे तक पूछने लगे हैं। और तो और पड़ोसियों ने तो सिनेमा देखते तक देखा है दोनों को!”

“कुछ भी सही भाभी! वह औरत है किस्मत वाली। माँ से अप्पी ने सिनेमा तो क्या कभी दो मीठे बोल भी न बोले होंगे।”

“अम्मा जी तो भाग्य में ही लिखाकर ऐसा लाई थीं। पर अम्मा जी क्या! तुम्हारे भैया ही अप्पी से क्या कम हैं? मैं लाख कहती रही कि ये अप्पी सुबह-सुबह कहाँ चले जाते हैं और देर रात तक लौटते हैं। पर मजाल है जो ध्यान दिया हो कभी। अब जब सारे अड़ोसी-पड़ोसी थूकने लगे तो तुम्हें लिख भेजा। अब भी अप्पी से कुछ नहीं पूछा।”

यह अप्पी और इस औरत का क्या चक्कर है? अप्पी इतने रोमांटिक कैसे हो गए। अनेक तरह की फिल्मी संभावनाएँ भी अपना आकार लेने लगीं। हो सकता है अप्पी उसे बेटी मानते हों। क्या पता वह उनके किसी दोस्त की विधवा हो। लोगों को तो गलत मतलब निकालते देर नहीं लगती।

“क्या पता भाभी वह औरत अप्पी की दोस्त हो!”

“अब अप्पी की उम्र जवान औरतों से दोस्ती करने की रह गई है?”

“तो तुम कोई बुढ़िया ही खोज दो।”

“अपनी आँखों से देख लेना थोड़ी देर में। ऐसे आएँगे गुनगुनाते। कभी हाथ में गजरा लटकाए। अब तो बात-बात में धमकी भी देने लगे हैं कि अलग जाकर रहने लगेंगे। तुम्हारे भैया और अप्पी में तो साँप-छछूँदर का बैर हो गया है।”

भाभी ने खाना पकाकर रसोई साफ कर दी थी।

“बच्चे कब आएँगे?”

“शाम तक ही वापस आते हैं। उन्हें पता नहीं था तुम आ रही हो, नहीं तो स्कूल ही न जाते। कितना तो याद करते हैं।”

कुक्कू जब पैदा हुआ था रिपु को कैसी दुश्मनी हो गई थी। उसे लगता था कुक्कू ने आकर उसका अधिकार छीन लिया है। अब तो बस याद करने को कुछ ही बातें शेष हैं।

“चलो तुम्हें अपने खेत दिखा लाऊँ। आजकल तो मक्का बोई जा रही है।”

रिपु का मन नहीं था पर वह साथ चल दी थी।

बाहर निकली तो भैया जी का मकान और चबूतरा दिखाई दिया था। भैया जी को मरे भी जैसे सदियाँ गुजर गईं।

"भाभी गुलाबो कहाँ है?"

"अरे वह तो पिछले साल ही मर गई।"

"मर गई!" रिपु को धक्का लगा। माँ के जमाने की एक और चीज खत्म।

कच्चे रास्ते पर चलते रिपु सोचती रही। इस गाँव को शहर बनने में कितना कम समय लगा—"अपने कलमी आम के पेड़ पर अब भी उतने ही आम लगते हैं?"

"कलमी आम का पेड़! वह बाग तो तुम्हारे भैया ने कब का बेच दिया!"

"कब का! लेकिन मैं दो साल बाद आई हूँ।"

"दो साल क्या कम समय होता है। बाग एक साल तो खूब फसल देता और एक साल कोरा, तो क्या फायदा!"

"फायदा नहीं पर पुरखों का बाग था।"

"अब पुरखों के नाम पर क्या-क्या रखें! पुरखों के जमाने में तो अपना घर भी कच्चा ही था।"

"मगर अप्पी कैसे मान गए?"

"क्यों न मानते? तुम्हारे भैया कोई बाग के पैसे कुएँ में तो डाल नहीं रहे थे। यूकेलिप्टस फार्म खरीद रहे थे। देखो वह रहा अपना फार्म!"

रिपु ने देखा नुकीले तीर जैसे पेड़ों से भरे कई खेत। खेतों को फार्म कहने से पढ़ा-लिखापन ज्यादा मालूम होता है।

वह भाभी के साथ-साथ चलती रही थी—"वैसे भी अब तो यही अच्छा है कि अप्पी के पास कोई जायदाद न रहे। जो कुछ होगा उसी पर लुटा देंगे और हमें खड़ा कर देंगे सड़क पर।" भाभी कह रही थीं।

भाभी के नथुने फूल रहे थे, धूप भी काफी तेज थी। रिपु की आँखें बंद हो रही थीं। सफर की थकान भी थी।

"गुलाबो की तरह दूसरी गाय नहीं पाली।"

"कौन पाले गाय! दिन भर उसका सानी-पानी करो तब कहीं दो किलो दूध दे। सो बेहतर है दो किलो दूध खरीद लें।"

"यह गैस कहाँ से लाते हैं!"

"आता है एक लड़का। हर सिलेंडर पर दस रुपए लेता है और शहर से ला देता है। तुम्हारे भैया कहते हैं चलो दस रुपए से ही बीतती है, परेशानी कितनी बचती है!"

"जब आपको नहीं मालूम था तो अप्पी को तो कतई नहीं मालूम होगा कि मैं आ रही हूँ।"

"हाँ।"

"मगर मैं अप्पी से क्या बात करूँगी जो भैया नहीं कर सकते।"

"हर बार यही जवाब देते हैं कि तुम लोग अपनी जिन्दगी जिओ मैं अपनी जिऊँगा।"

''यदि यही बात उन्होंने मुझ से कह दी!''

''बेटी का कुछ तो लिहाज करेंगे। तुम अप्पी को कुछ दिन के लिए अपने साथ क्यों नहीं ले जातीं।''

''वह जाएँगे!'' रिपु और भाभी लौट रहे थे–''अभी तक तीसरी-चौथी सदी में जी रहे हैं कि बेटी के घर का पानी भी पी लिया तो सीधे नरक में चले जाएँगे।''

''अप्पी पुराने जमाने के हैं तो क्या! हम तो नए जमाने के हैं। आजकल लड़का-लड़की में क्या फर्क है?''

यह बात तभी क्यों कहते हैं जब कोई मुसीबत हो। वैसे कभी सोचते तक नहीं बेटे-बेटी बराबर हैं–बाग बेचा, माँ के जेवर बेचे, खेत बेच देंगे, कभी हिस्सा देना तो दूर राय तक नहीं माँगेंगे और अब...कहीं ऐसा तो नहीं कि अप्पी से पिंड छुड़ाना चाहते हों। अप्पी का रहना तक उन्हें अच्छा न लगता हो। रिपु के दिमाग में न जाने कैसे-कैसे ख्याल आते रहे–अप्पी कौन से कम हैं। खुद भैया की हजार बुराई करेंगे और चाहे रिपु उन्हीं का पक्ष लेकर भैया के बारे में कुछ कह दे तो कैसे तपाक से कहेंगे–''नहीं बेटा, तुम्हारा बड़ा भाई है और भला है बुरा है, है तो बेटा ही।''

रिपु को पता है वह दो साल में क्यों आई है? कभी उसने किसी को बताया नहीं, किसी ने पूछने की जरूरत भी नहीं समझी। पर माँ की मौत के कुछ दिनों बाद ही उसने अप्पी की जो हालत देखी थी, उससे उसका मन खराब हो गया था। उस उम्र में भी अप्पी हैंडपम्प से पानी खींच रहे थे। सुबह खाने वाले अप्पी को बारह बजे खाना मिलता था। भाभी ने अलग ताना सुना दिया था–''मुझे इस घर में क्या मिला है सिवाय पिसने के।''

तब रिपु को लगा था जैसे यह सब उससे ही कहा जा रहा है। ठीक है, इस घर में अब रहा ही क्या सिवाय अप्पी के और रिपु को कभी नहीं लगा कि अप्पी को उसकी बहुत जरूरत है।

बल्कि इस बार भी आना! रिपु ने अपने मन को टटोला। शायद वह इस बात के लिए उधार खाए बैठी थी कि कोई उसे बुला ले और वह दौड़ी चली आए। लेकिन यहाँ आकर लगा जैसे भैया ने वह लाइन तो सिर्फ दिखावे के लिए लिखी थी कि तुम्हें देखे बहुत दिन हो गए हैं। किसी को उसकी जरूरत नहीं रही। वक्त के साथ सबकी जरूरतें बदल गईं और वह है कि अभी तक उसी वक्त को सीने से चिपकाए फिर रही है।

रिपु की आँखें भर आईं।

घर लौटकर भाभी चाय बनाने लगी तो रिपु ने कहा–''भाभी मैं आज ही लौट जाऊँगी।''

"आज ही। तुम्हारे भैया! उनसे नहीं मिलोगी।"

"नहीं, फिर कभी ज्यादा समय के लिए आऊँगी। अप्पी का जहाँ तक सवाल है मेरे मुकाबले भैया उन्हें ज्यादा अच्छी तरह से समझा सकते हैं।"

"अप्पी को तुम्हें एक बात के लिए और राजी करना है।"

भाभी अधूरी बात कहकर चुप हो गईं।

"कौन-सी बात!"

"दरअसल बच्चे बड़े हो गए हैं। अब यहाँ का माहौल तो तुम्हें पता ही है। हम सोच रहे हैं शहर में मकान ले लें।"

"तो इसमें क्या दिक्कत है। अप्पी क्यों नहीं राजी होते?"

"वह कहते हैं शहर में मकान लो या विलायत में, इस मकान को नहीं बेचने दूँगा।"

"इसमें गलत क्या है?"

"गलत तो कुछ नहीं। पर खुदा के बच्चे कोई पेड़ पर तो उगते नहीं। मकान बेचकर ही मकान लिया जा सकता है।"

भाभी की आँखों में शिकार को झपटने से पहले वाला बिल्ली जैसा हिंस्र भाव उतर आया।

अप्पी...बाग...मकान...खेत सबसे बेदखल!

"भला इसमें मैं अप्पी को क्या समझा सकती हूँ।"

"देख लो अगर कुछ कह सकती हो तो, नहीं तो हमने तो सोच लिया है चले जाएँगे...रहें अप्पी अकेले इस घर में। खुद पकाएँगे-खाएँगे तो दो दिन में आटे-दाल का भाव मालूम पड़ जाएगा।"

"ठीक है तो फिर मैं ही क्या समझा सकती हूँ।"

"तुम्हारे भैया ने शायद कागज तैयार कराए हैं। मकान बेचने के लिए तुम्हारे दस्तखत चाहिए। मैंने तो कह दिया हमारी रिपु भाई-भाभी के लिए जान दे देगी। मकान में हिस्सा माँगने की बात तो वह सोच भी नहीं सकती।"

सब कुछ तैयार है...बस बात कहने के लिए इतनी लम्बी पृष्ठभूमि...अप्पी और दूसरी औरत...बुरी सोहबत...गाँव का वातावरण!

"टी. वी. ने यह तो अच्छा कर दिया। छोटे-छोटे कानून भी सब जान गए हैं।"

"हाँ, सच्ची!"

"और उनका गलत इस्तेमाल भी!"

"गलत इस्तेमाल!"

"हाँ, अगर कोई करना चाहे तो। भैया से कहिएगा कागज भेज दें। मैं सिग्नेचर करके वापस भेज दूँगी।" रिपु, भाभी की बात सुनने से पहले बाहर निकल आई।

वह फिर पहले जैसी हो गई हैं—"अरे तुम्हारे भैया बहुत नाराज होंगे और अप्पी तो खाना भी नहीं खाएँगे। सोचेंगे मैंने ही कुछ कह दिया होगा...भतीजों से तो मिलती जातीं। बुआ-बुआ की रट लगाए रहते हैं।"

रिपु चली जा रही है। आसमान पीला हो गया है। हवा बिल्कुल बंद है। आँधी भी आ रही है। रिपु के लिए यह आँधी भी इस गाँव में कदाचित अंतिम हो। अब कभी आना न हो।

स्टेशन दूर से दिखाई दे रहा है। क्या सचमुच भाभी को चिट्ठी के बारे में नहीं पता था। क्या अप्पी सचमुच किसी दूसरी औरत के चक्कर में है। क्या पता! रिपु को कभी सच्ची बात पता नहीं चलेगी। इस शहर की विशेषता है कभी सच्ची बात सामने नहीं आने देता।

रिपु कोने के पीपल के नीचे खड़ी है। वह ऊपर देखती है पत्ते थरथरा रहे हैं। उसके ओठ भी। इस कोने से अपना घर साफ दिखाई देता है। जब वह स्कूल के लिए निकलती थी तो माँ खड़ी-खड़ी तब तक देखती थी जब तक वह आँखों से ओझल नहीं हो जाती थी...कौन कहता है जाने वाला...अपने साथ कुछ लेकर नहीं जाता...कितना कुछ चला जाता है उसके साथ...अपने घर का माँ के घर का अहसास माँ के साथ चला गया है। रिपु की आँखें भर आई हैं...उसे लगता है कोने पर खड़ी माँ देख रही है...माँ अब कहाँ...अब तो यह कोना भी मकान के साथ-साथ किसी और का हो जाएगा।

रिपु और माँ, माँ और अप्पी, अप्पी और भाई, भाई और भाभी सबकी स्निग्धता माँ अपने साथ समेट ले गई हैं...रिपु सिर झटकती है...वह शहर की तरफ देखती है...सड़कों पर गड्ढे! नहीं वह गिरेगी नहीं...आगे देखकर चले, पीछे देखने को अब कुछ नहीं बचा।

(इंडिया टुडे, 1989)

पिता

गाड़ी अपनी रफ्तार से दौड़ रही थी। हवा के तेज झोंके वसुधा के बालों को उड़ाए चले जा रहे थे। खिड़की के पार सूरज विदा के लिए रक्ताभ हो उठा था। पेड़ों की गहराती साँझ की हरी कालिमा और फिर अरुणिमा। चिड़ियों के झुंड के झुंड दिन भर की थकान के बाद लौट रहे थे। नहर सूखी पड़ी थी और कोई किसान लंबे रास्ते से बचने के लिए अपनी गाय के रस्से को थामे बीच नहर से पार उतर रहा था। खेतों में पीली सरसों फूल रही थी। लगता था बसंत ने खुद ही खुशी से मीलों तक बसंती चादर बिछा दी हो। वातावरण में सरसों की भीनी गंध थी।

ये सारी बातें महसूस करते हुए भी वसुधा शायद इनमें खोई नहीं थी। वह अपने बीस वर्षों के अतीत को दोहरा रही थी मन ही मन। ओठ बार-बार फड़फड़ा उठते। आँखें भीगने को हो आतीं। पर वसुधा थी कि वह नजरें बाहर ही गड़ाए रही। कुछ एक घंटों में उसका स्टेशन आ जाएगा और वह वैशाली एक्सप्रेस को विदा देकर चली जाएगी। अब फिर कभी इधर आना होगा भी या नहीं। बीस वर्षों बाद भी फर्रुखाबाद की तरफ एक आकर्षण था जो खींच लाया था। आदमी सब कुछ भूल जाता है। बढ़ती उम्र की न जाने कितनी परेशानियाँ उसे उम्र बढ़ने का भान ही नहीं होने देतीं। मगर जब भी कभी मौका मिलता है, वह बार-बार अपने बचपन में लौट जाता है। जो चीजें बचपन में कभी आकर्षक नहीं लगतीं, उम्र के इस पड़ाव पर जाकर लगता है बहुत कुछ खो गया। काश! कि सारे मौके दोबारा मिल पाते? और तब आदमी कल्पना करता है सब कुछ अच्छा-अच्छा। वह जानबूझकर उन सारी घटनाओं से निकल जाता है।

पिछले बीस वर्षों में फर्रुखाबाद का आकर्षण कितना खींचता रहा है उसे। कितनी बार कल्पना में वह वहाँ गई है। कितनी बार बचपन की सभी यादों को उसने दोहराने की कोशिश की है। पर वह कभी इतना समय नहीं निकाल पाई कि फिर से वहाँ जा पाती।

इस बार जब उसे एक शादी में जाने का निमंत्रण मिला तो वह अपने को रोक नहीं सकी। उसने यह भी नहीं सोचा कि बच्चे के बिना कैसे रह पाएगी। पति

ने उसे प्रोत्साहित किया था। जाना है तो चिंता मुक्त होकर जाओ, बच्चे को मैं सँभाल लूँगा।

उसी शाम वह वैशाली एक्सप्रेस में सवार हो गई थी। उसने मन-ही-मन तय किया था कि वह बारातियों के साथ शामिल नहीं होगी। वह सिर्फ घूमेगी। इसलिए बारात की बस में वह जानबूझकर नहीं गई थी।

और जब गाड़ी स्टेशन पर पहुँची उस समय रात्रि के दो बजे होंगे। डिब्बे से उतर कर उसने देखा प्लेटफार्म पर खूब रोशनी थी। प्लेटफार्म पर बैठे यात्री ऊँघ रहे थे। कैंटीन में भी सभी सोए से लगते थे। एक प्याला चाय पीने की इच्छा उसे कैंटीन की तरफ ले आई थी। थैला लटकाए वह बेंच के एक खाली किनारे की तरफ बढ़ गई थी। कितनी घटनाएँ थीं जो एक-एक करके उसके मन को मथे डाल रही थीं।

दूर मालगोदाम अँधेरे में डूबा था। मालगोदाम...जगतवाला कुआँ। चलते पंखों से खूनाखून होते कबूतर। तोलने की मशीन। मालगाड़ी के डिब्बे में तख्ते की सीढ़ी लगाकर बोरियाँ लादते पल्लेदार। सीताराम और डिब्बों में सीलबंद करवाते बाऊ जी ...बाऊजी...बाऊजी। बार-बार मन पुकार रहा था। यह स्टेशन उनके लाखों कदमों का गवाह है। लेकिन जिस रेत पर कदम पड़े होंगे उनके, उसने भी तो सैकड़ों हजारों मील का रास्ता तय कर लिया होगा। कहाँ होंगे उनके कदमों के निशाँ भी। कितना कुछ बदल गया। बाऊजी उन दिनों मुजफ्फरपुर ट्रेनिंग के लिए गए थे।

लिखा था दीवाली के दिन जरूर आ जाएँगे। पाँचवीं कक्षा में पढ़ने वाली वह नन्ही बच्ची मुजफ्फरपुर की तरफ से आती-जाती हर गाड़ी को देखती रही। मगर उसके बाऊजी नहीं आए और वह कितना रोई थी। सबसे छोटी थी इसीलिए बाऊजी की सबसे दुलारी थी। बचपन में बच्चों को माता-पिता से अमूल्य चीज कोई नहीं लगती और बाद में वे ही माता-पिता एक बोझ महसूस होने लगते हैं। वसुधा ने खुद भी वैसा ही किया। बाऊजी के रिटायर होने के बाद जैसे उनकी उपयोगिता समाप्त हो गई। अगर कोई खाने की चीज वसुधा उस समय अपने पैसों से लाती और बाऊजी चबूतरे पर बैठे होते तो वह उनसे छिपाकर ले जाती इस भय से कि कहीं वह माँग न बैठें? उनका हिस्सा न चुकाना पड़ जाए।

कितने दयनीय हो उठे थे बाऊजी और कितनी कमीनी हो गई थी वसुधा। पैसे के गणित ने उसे सिखा दिया था कि बाऊजी अब उसे दोने भर के जलेबियाँ नहीं खिला सकते, हर छोटी-बड़ी इच्छा को पूरा नहीं कर सकते। इसीलिए उसके लिए बड़े भाई साहब अहम हो उठे थे और बाबूजी कहीं बहुत पीछे छूट गए थे और हर रोज छोटे होते गए थे। उनकी जगह दिखाई देते थे भाई की शक्ल में बढ़ते सिक्कों के आकार।

आज वसुधा सोचती है, बाबूजी होते। कितनी परेशानियों में बीते उनके अंतिम

दिन। लंबी बीमारी को झेलते वे कब के ऊब चुके थे और अगर ऊब नहीं चुके थे तो भाई, माँ, बहन सब उनकी परिचर्या करते थक गए थे। इसलिए उनकी मृत्यु के तुरंत बाद एक पल के लिए जरूर उन्होंने मुक्ति की साँस ली होगी। चाहे उनके लिए वसुधा को कुछ नहीं करना पड़ा था लेकिन किशोर होती उसकी उम्र ने एक क्रूर ख्याल को फिर से सामने देखा—"ओफ! अब यह कमरा साफ रह सकेगा। आने-जाने वालों के सामने बाबूजी यहाँ थूककर गंदा करते रहते थे।" लेकिन जब बाऊजी की मृत्यु को कई महीने गुजर गए तो वसुधा को लगा बाबूजी मरकर इस घर की हर चीज में दुगुने वेग से समा गए हैं। कमरे को सजाने की तो बात दूर महीनों तक वसुधा को लगा बाबूजी वहीं लेटे हैं, वहीं सो रहे हैं, वैसे ही पानी माँग रहे हैं। आज उनकी मृत्यु को बारह वर्ष हो गए लेकिन एक दिन के लिए भी वसुधा उन्हें नहीं भूल पाई।

कितने व्यक्तियों को जोड़कर उसने बाबूजी की कल्पना की...ओह बाबूजी जैसे बाल, बाबूजी जैसा कुर्ता, बाबूजी की नाक, उन जैसी सुंदर उँगलियाँ। लेकिन टुकड़े-टुकड़े में बँटे बाऊजी फिर से कभी नहीं जोड़ पाई वह, उन्हें छू नहीं पाई। भाई ने उनकी मृत्यु पर चुप कराते हुए कहा था—

"बाऊजी मरे नहीं, उनका रूप बदल गया, पहले वह एक थे लेकिन अब वह दुनिया की हर चीज में हैं।" सचमुच बाऊजी उसके दिल-दिमाग में ऐसा समाए कि न जाने कितनी बार वह उन्हें स्वप्न में देखती है लेकिन हमेशा गंभीर रूप से बीमार ...आखिरी साँसें गिनते हुए। अपने जवानी के दिनों में पहलवान रहे बाऊजी वसुधा के होश सँभालने तक इतने कमजोर हो चुके थे कि उनकी पहलवानी के दिनों की बातें वसुधा को कोरी कहानियाँ लगती थीं।

स्टेशन की हड़बड़ाहट से चौंककर वसुधा ने देखा कोई गाड़ी धीमी गति से चली आ रही थी। सवारी गाड़ी थी क्योंकि कुली इधर-उधर दौड़ रहे थे। पान-बीड़ी वाले भी दिखाई देने लगे थे। वसुधा ने सुना कैंटीन की तरफ से भी स्टोव जलने की आवाज आ रही थी। सुबह के पौने पाँच बजे थे। लेकिन सर्दी के दिनों की वजह से अभी भी कुहासा था। वसुधा ने कैंटीन वाले से एक कप चाय ली और फिर बेंच पर जा बैठी।

अचानक उसका ध्यान उस तरफ गया जहाँ अभी भी पत्थर की एक बेंच ज्यों-की-त्यों रखी थी। बीस वर्षों पहले प्लेटफार्म के उस हिस्से में यात्रियों की भीड़ अक्सर कम रहती थी, वहीं पंद्रह अगस्त और छब्बीस जनवरी के दिन पूरे स्टेशन पर काम करने वाले बच्चों के कार्यक्रम हुआ करते थे। उसे लगा—अभी भी वह गा रही थी—हम भारत की फुलवारी के फूल बनेंगे न्यारे/हम चमकेंगे इस धरती पर जैसे चाँद सितारे। स्टेशन मास्टर भाटिया ताऊ जी इनाम बाँटा करते थे। उन दिनों राधाकृष्णन राष्ट्रपति थे। वे फतेहगढ़ किसी फंक्शन में आने वाले थे, उन्हें वहीं से

गुजरना था, उस समय कितने हफ्तों पहले से पूरे स्टेशन को रोशनी से सजाया गया था। हजारों लोग राधाकृष्णन को देखने जमा हुए थे लेकिन शायद ही कोई उन्हें देख पाया था। मालगोदाम और मीटर गेज के प्लेटफार्म के बीच में जो जगह खाली थी, वहाँ अक्सर कवि सम्मेलन, नाटक, कठपुतलियों का तमाशा और कृष्ण जन्माष्टमी के फंक्शन हुआ करते थे। एक बार कृष्ण जन्माष्टमी के अवसर पर बाऊजी ने उसका भाषण तैयार कराया था और भाषण देने पर न जाने कितने लोग इनाम देने टूट पड़े थे। किसी ने एक रुपया दिया था तो किसी ने दो रुपए और उसके पास पूरे इक्यावन रुपए जमा हो गए थे।

कितनी सारी बातें थीं वसुधा को याद करने के लिए। उसे याद आया सुक्खी हलवाई जिसकी जलेबियाँ उसने वर्षों खाई थीं। यदि वह अभी सुक्खी हलवाई के पास जाकर पूछे कि क्या वह उसे पहचानता है? क्या वह बाबूजी को याद कर पाएगा ...वक्त की आँधी में बाऊजी उसके दिलो-दिमाग से धूमिल पड़ चुके होंगे। सामने अभी भी किताबों का बंद स्टाल था। क्या अभी भी शर्मा जी उसे चलाते होंगे।

दिन अब तक पूरी तरह निकल आया था। गाड़ी को गए बहुत देर हो गई थी। वसुधा ने दोबारा एक प्याली चाय पी। उसके साथ स्लाइस और बिस्कुट लिए। फिर प्लेटफार्म पर नाक की सीध में चल पड़ी। सार्वजनिक स्नानगृह के पास से गुजरते हुए उसके दिमाग में साफ एक चित्र उभरा। तब—बीस साल पहले अचानक किसी औरत के तेज रोने की आवाज उस तक पहुँची थी। वह और पड़ोस की आशा जीजी उधर ही दौड़कर गए थे। वहाँ देखा एक औरत जोर-जोर से रो रही थी। सामने फर्श पर एक सुंदर और स्वस्थ बच्चा लेटा था बच्चा मर चुका था।

आज वह बच्चा होता तो वसुधा की ही तरह कितना बड़ा हो गया होता। वसुधा ने रेलवे लाइन क्रास करने से पहले दोनों तरफ एक नजर डाली, फिर लाइन पार करके ब्राडगेज के मालगोदाम की सीढ़ियाँ चढ़ने लगी। चकित कर देने वाली खुशी हुई। लाल फूलों वाला कनेर दाएँ हाथ पर ज्यों का त्यों लगा था। एक आत्मीयता उमड़ आई मन में। पर जल्दी ही अवसाद से मन घिर गया। पेड़-पौधे, मकान सब कुछ ज्यों का त्यों खड़े रहते हैं लेकिन आदमी समाप्त हो जाता है।

ब्राडगेज के इसी मालगोदाम में उन दिनों बनवारी चाचाजी काम करते थे। उन्होंने एक शर्त रखी थी। वसुधा अगर तुम तीस दिनों तक मुझसे पहले नमस्ते करोगी तो मैं तुम्हें इनाम दूँगा और वसुधा सचमुच जब भी वह दिख जाते—चाहे दिन में चार बार ही...पहले ही नमस्ते कर लेती थी। बनवारी चाचाजी ने उसे इनाम में दी थी पीले रंग की रबर लगी पेंसिल। दूसरी रेलवे लाइन क्रास करते हुए नजर आया था शोभा का घर। शोभा और वह इकट्ठे पढ़ा करते थे। कैसी थी वह लड़की भी। जरा-सा झगड़ा हो जाता और वह टपा-टप आँसू बहाने लगती। न जाने अब वह कहाँ होगी? वसुधा की तरह ही बाल-बच्चेदार होगी।

थोड़ा और आगे बढ़ने पर स्टेशन मास्टर भाटिया ताऊजी का घर भी पड़ा था, कैसा होता है जो व्यक्ति जहाँ रहता है, उसके जानने वाले उस घर के लोगों को उसी नाम से पुकारने लगते हैं। फिर वह वहाँ रहे या न रहे। भाटिया ताऊजी को तो रिटायर हुए ही वर्षों गुजर गए। लेकिन वसुधा के लिए अभी भी वह भाटिया ताऊजी का घर था। घर के पीछे की दीवार से वह आम का पेड़ अभी भी ज्यों का त्यों नजर आ रहा था, जिस पर से अमियों के मौसम में सारे स्टेशन के बच्चे इकट्ठे होकर अमियाँ तोड़ते थे। भाटिया ताईजी कंकर मारकर अमियाँ तोड़ने को मना करती थीं। क्योंकि वह आम का पेड़ उनके घर के पीछे था। बच्चे उनके सामने तो मान जाते लेकिन जैसे ही वह दरवाजा बंद करती, दोबारा कंकर मारने लगते। वह भी दरवाजे की झिरी में से देखती रहती थीं और फिर दरवाजा खोलकर कंकर मारने वाले बच्चे का नाम पुकार कर कहतीं—तूने अभी कंकर मारा था। सच्ची बात से बच्चा सहम जाता और थोड़ी देर के लिए कंकर मारना छोड़, सारे बच्चे अपने-अपने घरों को भाग जाते।

वसुधा की साँस अभी तक बिल्कुल ठीक-ठाक चल रही थी, अचानक अनियंत्रित सी होने लगी थी। थोड़ी दूर से ही वह घर दिखाई दे रहा था जहाँ वसुधा ने अपने बचपन के ग्यारह साल गुजारे थे।

घर के सामने ही वह पुलिया थी जिससे जुड़ती नालियों में कभी-कभी छोटी-छोटी सीपें भी बह कर आ जाती थीं, छोटे-छोटे मेढक पानी में बबूले बनाकर बहा करते थे और नाली के इर्द-गिर्द की घास में पड़ी ढेरों मखमली बीर बहूटियाँ। चमकीले रंग की इन बीरबहूटियों को माँ राम जी की गुड़िया के नाम से पुकारती थी। पुलिया के सामने माल गोदाम का वह बड़ा सा टीन शेड, जिस पर शाम के वक्त ढेरों कबूतर आकर बैठा करते थे। सिलेटी रंग के उन असंख्य कबूतरों में सिर्फ एक सफेद कबूतर हुआ करता था। वसुधा की सहेलियाँ कहतीं, खुद वसुधा भी सोचती कि इस वक्त यहाँ कबूतरों का स्कूल लगता है और यह सफेद कबूतर बाकी कबूतरों को पढ़ाता है।

वसुधा के कदम ठिठक गए थे—बिल्कुल सामने था वह घर—बेशरम वेल की पूरी बाड़ उखड़ चुकी थी—वसुधा के पिता के जाने के बाद न जाने कितने लोग इस घर में आए होंगे, न जाने बाड़ किसने उखड़वाई होगी। बाऊजी तो यहाँ कितनी तरह की सब्जियाँ उगाया करते थे, आलू, टमाटर, बैंगन और उगने वाले सफेद बैंगनों को वह अंग्रेज बैंगन कहा करते थे, घर के पिछवाड़े भी बहुत बड़ा मैदान था, वहाँ सिर्फ आलू, टमाटर बोए जाते थे, वे इतने ज्यादा उगते थे कि घर में खाने, मोहल्ले में बाँटने के बाद भी हर हफ्ते भाईसाहब के पास पार्सल करा के भेजे जाते थे। वहीं एक बहुत बड़ा काला साँप रहता था जो आस-पास घूमते चूहे-मेढकों को पकड़ ले जाता था। माँ अक्सर एक कटोरी में उसके लिए दूध रख देती थी—लेकिन झुटपुटा

होने के बाद माँ उधर किसी को जाने नहीं देती थीं, साँप को दूध पिलाने के बावजूद वह उससे बहुत डरा करती थीं।

वसुधा ठिठक गई थी, एक बार तो उसे लगा क्यों आई यहाँ? बारात में सब उसकी राह देखते होंगे और वह यहाँ घूम रही है। लेकिन सामने वही घर था जो बीस वर्षों से उसके सपनों में आता रहा है...हालाँकि घर के रूप में उसकी सैकड़ों स्मृतियाँ जुड़ी थीं, उनमें उसके अपने लोग भी भागीदार थे जिनमें से अब कोई भी वहाँ नहीं था। बाऊजी तो दुनिया से ही विदा हो चुके थे लेकिन वह अपने बचपन को दोबारा अपनी आँखों के सामने घटित होते देखना चाहती थी, यह जानते हुए भी कि जो कुछ बीत गया है वह दोबारा उसी तरह घटित नहीं होगा। अट्ठाईस वर्ष की युवती से वह उसी तरह फ्राक पहने और रिबन बाँधने वाली बालिका कभी नहीं बन सकेगी। लेकिन भावनाओं की प्रबलता बार-बार तर्कों को पछाड़ रही थी। वह बिना कुछ सोचे घर की तरफ बढ़ गई थी। घर के दरवाजे तक पहुँचने में उसे इतना समय लगा जितना कि पूरी दूरी तय करने में नहीं लगा था।

घर का दरवाजा बंद था। वह उसी वरांडे में खड़ी थी जहाँ उसका प्यारा कुत्ता टाइगर मरा था। जिस वरांडे में एक सुबह उसने मुजफ्फरपुर से लौटे पिता को सोते देखा था और वह दीवाली के दिन का सारा रोना-धोना भूलकर उनसे जा चिपटी थी। वही बरामदा था यह। जिसमें कुछ बच्चों ने मिलकर अखंड रामायण का पाठ शुरू कर दिया था और रात के नौ बजते-बजते सारे बच्चे नींद में खो गए थे। बाबूजी ने उसे घोर पाप मानकर जैसे-तैसे बालकांड को पूरा करके पाठ समाप्त कराया था। इसी बरामदे में चारपाइयों पर धोती के पर्दे लटका कर रामलीला का मंच बनाया था और खूब लाल रंग की टिक्कियाँ और पाउडर पोत कर सारे बच्चे सजे थे। लेकिन जैसे ही पता चला बाबूजी आ रहे हैं, सारे बच्चे अपने-अपने घरों को भाग गए थे। उसने नल के नीचे मुँह कर दिया था। सारा मुँह लाल रंग का हो गया था और बेचारा मंच ज्यों का त्यों खड़ा रहा था क्योंकि बाबूजी को सजने-सँवरने से सख्त नफरत थी। कुछ दिनों के लिए चाचाजी का ट्रांसफर यहाँ हो गया था। संयोग से उन्हें पड़ोस वाला मकान ही मिला था। उन दिनों चाचाजी की बड़ी लड़की ऊषा जीजी और उसमें कितनी ठनी रहती थी। तभी हुई थी वह घटना—जब कुंइयाँ बूट स्कूल के हैडमास्टरसाब रिटायर हुए थे। चाचाजी ने ऊषा जीजी को गीत तैयार कराया था मास्टर जी की विदाई पर गाने के लिए—

आँखें आँसू से हैं भर आईं।
आज सुनकर तुम्हारी विदाई॥

न जाने किस बात पर ऊषा जीजी के बड़े भाई का उनसे झगड़ा हो गया। और उन्होंने यही गाना वसुधा को सिखा दिया था। वसुधा का नाम पहले था। इसीलिए

उसने गाना गा दिया था। ऊषा जीजी का नाम जब पुकारा गया था तो वह रो दी थीं—अब मैं क्या गाऊँ? मैं जो गाती वह तो इसने पहले ही गा दिया।

नहीं अब और यहाँ वरांडे में नहीं खड़ी रहेगी—दरवाजा खटखटाना पड़ेगा और वसुधा ने दरवाजा खटखटाया था...गृहस्वामिनी ने दरवाजा खोला था। वसुधा की उम्र की ही रही होगी। उसकी आँखों में अपरिचय और प्रश्न थे—वसुधा को थोड़ी दिक्कत हुई थी सब बताने में—बार-बार उसे लग रहा था यह महिला भी सोचेगी क्या मूर्खों से पाला पड़ा है। तभी उसे गृहस्वामिनी का मीठा स्वर सुनाई दिया था—"आइए अंदर तो आइए।" अंदर जाने पर उसकी निगाह वहाँ गई थी जहाँ इस समय दीवान पड़ा था। ठीक इसी जगह पर बाबूजी की चारपाई पड़ी रहती थी। दोपहर में लौटने के बाद वह यहीं आराम किया करते थे। 1965 के भारत-पाक युद्ध के दौरान वह कितनी बेसब्री से चिरंजीत के ढोल का पोल और पाकिस्तान के मुंशी जी कार्यक्रम को सुना करते थे। दोनों तरफ से युद्ध में जीत हासिल करने के लिए कितने लंबे-चौड़े दावे किए जाते थे—मुंशीजी सुनते वक्त बाऊजी दरवाजे और खिड़कियाँ बंद करा दिया करते थे, उन्हें हमेशा अपनी सरकारी नौकरी का भय बना रहता था।

आज इतने दिनों के बाद कमरे की सजावट में खूब फर्क आ गया था। खिड़की दरवाजों पर भी पर्दे लगे थे। सोफा भी था—कमरे में सफेदी की जगह पेंट हो रहा था। उन दिनों तो इस कमरे में सिवाय चारपाई और बक्सों के कुछ नजर ही नहीं आता था। गृहस्वामिनी पानी का गिलास लेकर आई थी। फिर बोली थी—"क्या पिएँगी।"

"तकल्लुफ मत कीजिए। आपकी इतनी ही मेहरबानी कम नहीं कि बिना जान-पहचान के आपने मुझे घर में घुसने दिया।" वसुधा ने संकोच से कहा था।

"इसमें क्या बात है? कभी तो आप भी इस घर में रही थीं।"

"अगर आपको बुरा न लगे तो मैं भीतर चली जाऊँ।"

"बुरा लगने की क्या बात है चलिए।" गृहस्वामिनी ने उठते हुए कहा तो वसुधा भी उसके पीछे हो ली। ऐसा लगता था—एक-एक ईंट उसे पहचान रही हो—कितना कुछ याद करने के लिए...इसी कमरे में वह माँ के साथ सोया करती थी। घर में बड़ी-बड़ी काठ की तख्तों वाली अलमारियाँ थीं—जिनमें तमाम सामान रखा रहता था। गर्मी के दिनों में जब कच्चे आम सस्ते मिला करते थे—माँ खटाई सुखा लेती थी। एक बार वह पूरा कनस्तर खटाई खा गई थी—माँ को पता भी नहीं चला था। जब पता चला—वसुधा के पास शायद आज समय नहीं था सोचने का कि माँ ने क्या कहा था। इसी कमरे में वह लंबे समय तक बीमार पड़ी रही थी और तीन दिन लगातार बेहोश रहने के बाद जिस दिन उसे होश आया था—माँ उसके

सिरहाने बैठी थी और बाहर तेज बारिश हो रही थी। वसुधा को लगा जैसे अभी भी बाहर तेज बारिश हो रही है—हालाँकि बाहर चमकीली धूप खिली थी।

फिर कमरे के बाहर वाला वरांडा—माँ इसे रसोई की तरह इस्तेमाल करती थी क्योंकि जो रसोई थी उसमें जानवरों के लिए भूसा भरा रहता था। वसुधा ने खड़े-खड़े उस पेंडी को देखा जिसमें एक चूहे का बिल था और उसने अपने कई टूटे दाँत उस बिल में डाले थे। माँ कहती थी चूहे के बिल में दाँत डालने से चूहे जैसे छोटे-छोटे दाँत उगते हैं। इस वक्त वह वरांडा वरांडा ही था। गृहस्वामिनी रसोई में ही रसोई बनाती थी—सारा रसोई का सामान वहीं सजा था। आँगन में नीम की दो-चार चोइल पत्तियाँ गिरी हुई थीं। फरवरी-मार्च के महीने में पूरा आँगन जर्द पीली पत्तियों के झरने के संगीत से गूँज उठता था।

"क्या अभी भी पीछे वाली गढ़ी के लोग चोरी करते हैं?" वसुधा ने पीछे खड़ी गृहस्वामिनी से पूछा, जो उसे कुतूहल से देख रही थी।

"आजकल तो यहाँ चोरियाँ बहुत बढ़ गई हैं। बल्कि घर के पिछवाड़े जल्दी ही एक बाउंड्री खिंचवा दी जाएगी।" गृहस्वामिनी ने सुरक्षा के भाव से बताया था—लेकिन वसुधा को धक्का लगा, बाउंड्री बन जाएगी तो कुँइयाँ बूट स्कूल में बच्चे कैसे पढ़ने जाएँगे? पर कौन जानता है कि कुँइयाँ बूट स्कूल है या नहीं।

वसुधा पिछवाड़े की तरफ निकल आई...नीम ज्यों का त्यों था—लेकिन उसे पहचान नहीं सकता था कि वह वही वसुधा है जिसने बहुत सारे सावनों में बाऊजी से जिद कर इसकी शाखाओं पर झूला डलवाया था—पींग बढ़ाते चोट भी खाई थी—यहीं अपनी गुड़िया का ब्याह रचाया था—नीम क्या इस स्टेशन, इस शहर में, कौन ऐसा होगा जो उसे पहचान सकता था...बाबूजी नहीं रहे। उनके साथ उनके बनाए रिश्ते, पहचान, सब खत्म हो गया।

नीम के नीचे से गृहस्वामिनी से उसने विदा लेनी चाही तो वह पीछे पड़ गई—"नहीं दीदी ऐसा कैसे होगा। चाय पिए बिना आप नहीं जाएँगी। चाय बिल्कुल तैयार है।"

गृहस्वामिनी के इस आग्रह को वह टाल नहीं पाई। लेकिन क्या कभी किसी ने इस शहर में आज से पहले दीदी कहकर पुकारा था।

गृहस्वामिनी ने चाय पिलाई थी। उसका नाम कमलेश था। वसुधा ने कहा था—"आप कभी दिल्ली आएँ तो हमारे यहाँ जरूर आइए।"

"मेरा मन बहुत है। दिल्ली देखने का। पर क्या करूँ आपके भाई साहब को टाइम ही नहीं है।" कमलेश के पति रेलवे में गार्ड थे।

खैर विदा लेकर वसुधा बाहर आई। सूरज सिर पर चमक रहा था। क्या कुँइयाँ बूट स्कूल जाए? लेकिन वहाँ होगा कौन...न संगी न साथी सिर्फ यादें या कच्चे पीले

रंग में रंगी कच्चे फर्श की वह इमारत, हाँ, वहाँ से पुष्पा का घर, ताड़ के वे पेड़ जिन पर बैठे तोतों को ताड़ी पीते देखा करते थे, बस यही तो। मलखान मास्टर साहब और मुन्नी बहन जी जरूर याद आएँगी। कितना चाहते थे मलखान मास्टर साहब, अपनी बेटी से भी उसे ज्यादा प्रोत्साहित करने के लिए हमेशा कहते—''अभी नहीं—इससे भी ज्यादा मेहनत करो।'' कई बार वह गुस्सा भी हो जाती थी लेकिन मलखान मास्टर साहब की एक गुहार—'बिटिया।' उसे हर जगह से खींच कर उनके पास पहुँचा देती थी।

और मुन्नी बहन जी, क्या रूप था उनका—एकदम गोरा रंग बिना मेकअप और सफेद साड़ी में भी वह अनुपम सुंदरी दिखाई देती थी। पता चला था कि वह विधवा हैं। उनके देवर और ननद अक्सर उनके पास आया करते थे। मुन्नी बहन जी को शायद ही कभी किसी ने हँसते देखा था। हँसने की कोशिश भी करतीं तो मन में बैठा गहरा संस्कार उन्हें याद दिला देता—विधवाओं के लिए हँसना मना है। अब तक मुन्नी बहन जी प्रौढ़ता की सीमाओं को भी पार कर चुकी होंगी। उन्होंने दूसरी शादी कभी नहीं की होगी। यह सिर्फ एक ग्रामीण हिंदुस्तानी औरत की बीस साल पहले की गाथा है, राजा राममोहन राय की मृत्यु को डेढ़ सदी गुजर गई। पर बेसहारा औरतें तन-मन से टूटी हुई, वे कहाँ खड़ी हैं?

वसुधा ने सोचा, अब उसे लौट चलना चाहिए। भूख भी तेजी से लगी थी। उसने पीछे मुड़कर देखा कुँइयाँ बूट स्कूल का रास्ता अभी भी नागफनी की झाड़ियों से घिरा खड़ा था—ये ही तो नागफनी के पौधे थे जिनके बिना खुशबू के गहरे रानी रंग के काँटेदार फूलों की टोह में सारे बच्चे भटका करते थे। बचपन के साथ वे चपलताएँ गुम हो गईं। वसुधा लौट पड़ी स्टेशन की ओर। वह वापस जाना चाहती थी। बाऊजी तुम्हारी स्मृति को प्रणाम। इस जगह की खूबी यही थी—यहाँ के रेशे-रेशे में बाबूजी समाए हुए थे, बाऊजी के बगैर स्टेशन का अस्तित्व ही जैसे नहीं था।

चाय वाले की आवाज से वसुधा ने सारे विचारों को धकेला था—वह चाय पी रही थी। स्टेशन आने को था, जहाँ उसे उतरना था...फर्रुखाबाद बहुत पीछे रह गया था। याद थे सिर्फ बाऊजी...जिनकी मृत्यु अपने पुश्तैनी गाँव में आकर हुई थी—वसुधा की आँखें भीग रही थीं। बाऊजी को दोबारा वह कभी नहीं पा सकेगी। बाऊजी उसकी स्मृतियों में मृगतृष्णा के समान बसे हुए थे, जिनके पीछे जिंदगी भर यूँ ही भागती रहेगी।

(साप्ताहिक हिंदुस्तान, 1988)

जिन्न

रात में पीपल के पत्तों पर दूर लगी लाइट की मद्धिम-सी रोशनी छन-छनकर आती है। पत्ते और अधिक चमकीले हो उठते हैं।

बाहर लगा पीपल आँगन में बैठे-सोते सब लोगों को देखता रहता है।

रात में इस कालेज के सारे कमरे भाँय-भाँय करते हैं। जिन डेस्कों पर बैठकर लड़कियाँ दिन-भर चबर-चबर करती हैं वे सारी आवाजें कमरों की दीवारों के भीतर समा जाती हैं। कहने को कालेज के गेट पर चौकीदार है। फिर भी रात में बाहर निकलते डर लगता है। सोते वक्त सुधा आत्रे पीपल के हिलते पत्तों को देखती हैं। पेड़ पर एक जिन्न बैठा रहता है। लगता है जिन्न उनके आँगन में उतरने की सोचता है। मान लो अगर वह उतर आए और दबाने लगे गला तो कैसे बचेंगी वह? नन्हा-सा नील तब कुछ कर पाएगा उनके लिए? नील उनका बेटा। चार साल का। बलिष्ठ मजबूत आदमी का मिनियेचर। वह सोते-सोते अपना गाल खुजाता है। कितने तो मच्छर हैं यहाँ, डंक मारते। वैसे भी वह किस-किसके डंक से बच सकती हैं! कालेज के पीछे वाले तालाब में जलमुर्गाबियाँ लंबी-लंबी लहरें छोड़ जाती हैं पानी के सीने को चीरती। कितना सुंदर तालाब कूड़ाघर बना। शुरू-शुरू में उन्होंने कइयों से कहा था कि इस कितने सुंदर तालाब की सीढ़ियाँ, बुर्ज सब कूड़े की बलि क्यों चढ़ा दिए? तब लोग उन्हें ऐसे देखते जैसे तालाब से वह अपनी कोई रिश्तेदारी निभा रही हैं, या कि उनकी मंशा तालाब के बहाने पर्यावरणवादियों का नेता बन जाने की है, अथवा तालाब को कब्जा कर उस पर दुकान बनवाने की। किसी को यह ख्याल आया ही नहीं कि तालाब अगर साफ-सुथरा हो जाए तो कितना सुंदर लगे। सुंदरता बिना उपयोगिता के! ओह क्या फायदा! कभी तो कूड़े से तालाब का पेट भरेगा। फिर जब वह कूड़ा उगलने लगेगा तो इस कालेज के कमरे कहाँ जाएँगे?

क्लास लेते वक्त अक्सर उनकी नजर जलमुर्गाबियों का पीछा करती दूर तक चली जाती है। ब्लैकबोर्ड पर लिखते-लिखते वह रुक जाती हैं। जिन्न की परछाईं तालाब में पड़ रही है। सुधा आत्रे की नजर पानी पार करती उस तक पहुँच रही है।

चपरासिन आकर कहती है—"आपको नैयर बहन जी बुलाती हैं।"

'तो आज फिर नैतिकता पर एक लंबा लेक्चर।' वह क्लासरूम से बाहर निकलती सोचती हैं।

चिक उठाते ही पोपले मुँह से हँसते नैयर के ऐन सिर पर विराजे गाँधीजी के दर्शन होते हैं। सफेद खादी की साड़ी-ब्लाउज, कुछ छोटी काया में कुर्सी पर जमी नैयर उसे बैठने का इशारा करती है—''कल रात मैंने आपको बुलवाया था।''

''हाँ, नील की तबीयत ठीक नहीं थी।'' वह नहीं बतातीं कि जिन्न उसी वक्त उन्हें पीपल के पेड़ से उतरता दिखा था जब उनकी कुंडी खड़की थी। इस वक्त भी वह खिड़की के ऊपर से झाँक रहा है। उन्होंने गलत देखा—वह पीपल के पेड़ से झाँकता, तालाब में अपनी शक्ल दिखाता, खिड़की के रास्ते नैयर के सिर पर आ बैठा है।

''मैं यहाँ पच्चीस सालों से हूँ। और जब तक इस कुर्सी पर हूँ, समझ लो कि मेरा अधिकार है कि किसी भी टीचर को, कभी भी, किसी वक्त भी बुला सकूँ।''
''चाहे जब, कहीं भी। मरघट से।'' वह सोचती है लेकिन मुँह से निकलता है—

''जी!'' उनके गले में खराशें होने लगती हैं। कितनी बार जो बात आप कहना चाहते हैं न कहकर कुछ और कहने लगते हैं तो गला कैसे साथ छोड़ जाता है? किस कदर बागी हो उठता है? सामने वाले को खबर करता।

''मेरा घर कोई सौ दो सौ कोस तो है नहीं। कालेज कम्पाउंड में ही है। हम सबका एक जगह रहने का फायदा क्या है अगर सुख-दुख में काम न आ सकें।'' सुधा आत्रे बच्ची नहीं हैं कि भाषा में छिपी धमकी को न पहचान सकें।

वह अंग्रेजी बोलने लगती हैं—''येस, येस, आई कैन अंडरस्टैंड।'' उन्हें पता है, नैयर के सामने अंग्रेजी बोलने लगो तो हकलाने लगती है। हकलाते ही उसका रौब-दाब उड़कर कूड़ेदान में जा गिरता है। ब्रह्मास्त्र चलाती वह पूछती हैं—

''कल रात क्या कोई खास बात थी?'' नैयर को मुसीबत से उबारतीं।

''कोई खास बात नहीं। हम चाहते हैं इस बार कालेज के फाउंडेशन डे पर दिल्ली से किसी बड़े आदमी को बुलाएँ...'' नैयर रुककर देखती है।

''जी।''

''क्या आप हमारी मदद कर सकती हैं?''

''कैसे?''

''अपने अंकल से कहकर।''

हूँ, तो अंकल का नाम इस तरह आता है बार-बार। उन्हें अंकल की सिफारिश से नौकरी मिली है। सुरेश की मौत के बाद अंकल मदद न करते तो ...नैयर समझती है उनका अंकल से ऐसा-वैसा कुछ चक्कर है। सुना है इस जगह वह अपनी भतीजी को लगाना चाहती थीं, मगर अंकल बीच में आ टपके। डी. आई. जी. की बात टालना इस कालेज के मैनेजमेंट के लिए संभव नहीं था।

यहाँ आने के दो-तीन दिन बाद ही मुँहफट मिसेज शर्मा ने जोर से कहा था—"ओह छत्तीस-चौबीस-छत्तीस के जाल में पुलिस वाले भी देखो कैसे मजे से फँस जाते हैं।"

उन्हें गुस्से की जगह हँसी आई थी। वह जवाब देना चाहती थीं—मिसेज शर्मा, जिसे आप चौबीस समझ रही हैं, वह तो बस इतनी सी है—बलिश्त-भर की कमर।

लगे सबकी नजर।

बहुतेरे सवालों का जवाब सिर्फ मौन हो सकता है, यह उन्होंने यहाँ आकर जाना—

"पति क्या करते हैं?"

"नहीं हैं।"

मृत्यु हो गई...च्च....च्च...च्च

"कैसे?"

"एक्सीडेंट। वह भी स्कूटर पर। यह तो है ही बड़ी कुत्ती सवारी।"

"अरे! मगर आपको देखकर कौन कह सकता है! यू डोंट लुक लाइक ए विडो।"

"अब पहले वाला जमाना तो रहा नहीं। पुरानी बातें कौन मानता है? वैसे भी उस पोंगा पंथ में धरा क्या था?" (शब्द कुछ आँखें कुछ, जैसे कह रही हों सब कुछ धरा था। सब कुछ उसी में था।)

"आदमी की बीवी मर जाए तो वह तो कुछ नहीं छोड़ता। अच्छा किया जो तुमने लिपस्टिक-बिंदी नहीं छोड़ी। वैसे किसी ने कुछ कहा तो नहीं होगा। है न?" तहों तक घुसने का गणित। सहानुभूति की अदा में मजाक के उठते स्वर।

"एक बच्चा है तो क्या हुआ, ऐसे उदार लोग भी दुनिया में हैं ही जो अपनी बीवी के बच्चे को अपने बच्चे की तरह पाल लें।"

हँसी दबने की किच-किच...सुधा आत्रे को पता है। एक-एक की आँखों की कोरों से वह बता सकती हैं कि कौन, कब, क्या सोच रहा है।

उस दिन का कौतूहल भला वह कैसे भूल सकती हैं, जब पहले दिन यहाँ आई थीं! उनसे पहले उनके आने की खबर यहाँ तक आ पहुँची थी। जब वह स्टाफ रूम से घुसीं तो टीचर्स को सहसा विश्वास नहीं हुआ कि यही हैं वह सुधा आत्रे, जिनके पति की मृत्यु को साल-भर भी नहीं हुआ कि उनका एक छोटा-सा बेटा है। उन्हें तो कल्पना थी कि दबी-सिकुड़ी सफेद साड़ी पहने आँखों में आँसू भरे स्त्री की, मगर...

"यह चिड़िया यहाँ टिकने वाली कहाँ?" किसी ने पीछे से मुँह छिपाकर कहा था।

वह अनसुना करती चुपचाप एक तरफ बैठ गईं। अपरिचित भीड़ में भी कैसे दम घोंटता है।

छोटे शहर में आकर बहुत-सी उन चीजों को भी आपको भुगतना पड़ता है जिसके बारे में बड़े शहर में कभी ध्यान भी नहीं जाता।

एक शाम मिसेज सक्सेना की ननद की शादी थी। होस्टल में रहने वाली

अध्यापिकाएँ जा रही थीं। वह भी चलीं। न जाने क्या सूझा कि उन्होंने मंगलसूत्र पहन लिया था। उसी वक्त उन्हें मंगलसूत्र पहनने की क्या पड़ी थी, वह आज भी नहीं जानतीं।

शादी के घर में खासी चहल-पहल थी। मिसेज सक्सेना झूमर और कौंधनी के भार से तिहरी हुई जा रही थीं। औरतों के बीच में बैठी वह पसीने से लथपथ थीं। ऐसा आभास-सा था उन्हें कि उन पर टिकी बहुत-सी आँखें खुसपुसा रही हैं। एक छोटी-सी कोठरी में ढेरों औरतें। तभी मिसेज सक्सेना ने अपनी बहन से उनका परिचय कराया था। वह तीखी नजरों से देखती हँसती हुई बोली थी—"अच्छा तो आप हैं। अहोभाग्य कि दर्शन हुए। अजी आपको कौन नहीं जानता। घर-घर में चर्चे हैं आपके लिपस्टिक, बिंदी, काजल तो आपने छीन ही लिया, यह मंगलसूत्र तो छोड़ देतीं हमारे लिए। हम सुहागिनों के लिए। अब हममें-आपमें फर्क करना हो तो कोई कैसे करे?"

बाजों के सुर में ठहाकों ने सुर लगाया, आँखों की तान मिली। वह बाहर निकल आईं। एक जिन्न उनका पीछा कर रहा था—धम्मक, धम्मक। ढोलक की थाप दूर तक सुनाई दे रही थी। उस थाप की तुर्शी भी मिसेज सक्सेना की बहन से मिलती थी।

नील को सुलाकर वह बहुत देर तक बैठी रहीं। हल्का-सा भय। होस्टल खाली, कालेज खाली, कि कुंडी खड़की थी।

सामने सहाय खड़ा था। इतनी गर्मी में सूट में सजा। तोंद उसके कोट के बटन से विद्रोह करती बाहर हुई जा रही थी।

दरवाजा खोलकर वह अनिश्चित-सी खड़ी रहीं। क्या कहें। सहाय जिसे देखकर हर टीचर पीली पड़ जाती थी और नैयर हकलाने लगती थीं, सहाय हैड क्लर्क...

"बहन जी, अंदर आने को नहीं कहेंगी!" वह चौखट पार कर चुका था।

"हाँ, हाँ, क्यों नहीं, आइए।" वह एक तरफ हो गईं। फिर दौड़कर कुर्सी ले आईं।

कुर्सी पर उसकी आधी काया ही समाई—"जब से आप आई हैं मिलने का मौका ही नहीं हुआ।"

"जी हाँ...बस..."

"मैं तो समझता हूँ आप जैसी सुशील, सुसंस्कृत, सभ्य, भारतीयता में रची-बसी महिला यहाँ आईं, यह इस कालेज के लिए सौभाग्य की बात है।" उसने एक-एक शब्द पर जोर देकर कहा।

पूरा कालेज खाली था। कमरों के दरवाजे भड़भड़ा रहे थे और वह सहाय के साथ आँगन में अकेली थीं।

"और नील बेटे को कोई तकलीफ नहीं? उसका एडमीशन हो गया ना?"

"जी।"

''बहन जी, आप कितना कम मिलती हैं। नई-नई हैं न। सब सीख जाएँगी हें...हें...हें...तो आपके अंकल हैं डी. आई. जी. साहब! कल दिल्ली गया तो गृहमंत्री जी ने बताया उनके बारे में। मैंने भी जरा शेखी बघारी कि आप यहाँ हैं। आप यहाँ हैं तो डी.आई. जी. साहब तो अपने आप ही यहाँ हैं। वैसे वह आपके चाचा हैं या मामा? असल में अंकल से कुछ पता नहीं चलता।''

''न चाचा, न मामा! मेरे पिता के दोस्त। सुधा आत्रे झुँझलाई। ''अच्छा, दोस्त। बड़े भले इंसान हैं बेचारे। देखिए आपकी कितनी मदद की। नहीं तो पुलिस वालों का क्या भरोसा। लेकिन गृहमंत्री जी उनसे खुश नहीं हैं।'' सहाय मुस्कराया। 'हरामजादा...गृहमंत्री जैसे इसका सगा-सोधरा हो। सुनते हैं कि किसी भी पार्टी का एम. पी., एम. एल. ए. आता है तो यह बिना नागा हाजिरी बजाने पहुँचता है वहाँ।' उन्होंने मन ही मन सोचा।

''वैसे भी सरकारी नौकरी में यह भारी परेशानी है। आज यहाँ तो कल वहाँ। अब हमें-आपको तो यहीं, इसी कालेज में रहना है।'' सहाय ने पानी का गिलास गटकते हुए कहा था। ''नैयर बहिन जी आप से खुश नहीं हैं। चिंता न कीजिए सब सँभाल लूँगा। राज की बात है। वह अपनी भतीजी को लगाना चाहती थीं। मैंने ही पक्ष लिया आपका। पर सबसे बनाकर रखनी पड़ती है। कभी-कभी रात को मिल लिया कीजिए उनसे। खाली होती हैं। वैसे मैं वहाँ होता ही हूँ। सब सँभाल लूँगा।'' कहता वह उठ खड़ा हुआ।

सहाय चला गया तो उनकी जान में जान आई। कितनी अनहोनियों के भय से वह डगमगा रही थीं।

अगले दिन नैयर उन्हें देखकर मुस्कराई थीं। बाकी अध्यापिकाएँ भी जैसे कुछ कहते-कहते रुक जातीं। शीला ने उनके पास आकर कहा था—''कल मिसेज सक्सेना की बहन ने जो कुछ कहा उसके लिए वह बहुत माफी माँग रही थी।''

''हुँह, कल सबके सामने मिसेज सक्सेना चुप रहीं। तुम सब भी वहीं थीं। विधवा और सुहागिनों का फर्क करतीं।''

''तू यहाँ के लोगों की बातों का बुरा मत माना कर। छोटी जगह है। दिमाग भी छोटा।'' शीला कह रही थी। वह अपने को उन छोटे दिमाग वालों में नहीं रख रही थी। अचानक शीला ने कान के पास मुँह लाकर कहा—''सुन, कल सहाय तेरे यहाँ आया था?''

''हाँ तो?'' उन्हें आश्चर्य हुआ।

''पूछ रही है तो, जानती है कल होस्टल में कोई नहीं था।''

''जानती हूँ।''

''तो भी तूने उसे आने दिया!''

''क्या करती? दरवाजे से धक्का दे देती?''...उन्होंने जोर से कहा।

"ओफ, धीरे बोल। वैसे ही सबके कान और नजरें तेरी तरफ लगी हैं।"

"होने दे।"

"तू जानती है सहाय कैसा आदमी है?"

"मुझे नहीं जानना।"

"उसने बड़ी कृपा की जो तेरे यहाँ आया। किसी के यहाँ नहीं जाता बल्कि रात-बिरात किसी भी टीचर को बुलवा भेजता है नैयर के घर। तुझे क्या होस्टल में ऐसे ही जगह दी है।" शीला ने व्यंग्य से कहा। अब तक सुधा आत्रे आसमान में थीं, जमीन पर आ गिरीं। गृहमंत्री के नाखुश होने की बात कहकर सहाय संकेत दे रहा था, वह किसी डी. आई. जी., वी. आई. जी. की परवाह नहीं करता और अंकल के लिए उसकी जिज्ञासाएँ।

तालाब के किनारे लगे पेड़ पर दो कौए लड़ रहे थे। उनका दिमाग चकराने लगा।

शीला फिर बोली—"मैं तो कहती हूँ तू इस होस्टल को छोड़कर शहर में कमरा ले ले। अगर सहाय को पता चल गया कि मैंने तुझे सिखाया-पढ़ाया है तो समझ ले मेरी नौकरी गई।"

"क्या मतलब, तू सहाय की नौकर है या बोर्ड की? कोई वैसे ही नौकरी ले लेता है? कोई कायदा-कानून नहीं होता?"

"इस कालेज में सब सहाय के नौकर हैं। जब प्रिंसिपल की नकेल उसके हाथ में है..." शीला बात पूरी करती इससे पहले सहाय उसे दिख गया। वह फौरन सीढ़ी चढ़ती ऊपर चली गई।

उस दिन के बाद जिन्न सुधा आत्रे के पीछे पड़ा था। पूरे कालेज पूरे शहर में फैल चुका था कि जिस दिन मिसेज सक्सेना की ननद की शादी थी, होस्टल खाली था, सुधा आत्रे जान-बूझकर लौट आई थी जिससे कि सहाय के साथ...

"देखा नहीं कैसी छम्मक-छल्लो बनी घूमती है। हमने तो सुना है इसने अपने खसम को जहर दे दिया था।"

"अरे यह लड़का भी उसका है या नहीं या किसी सहाय और हा...हा... हा..."

हर एक की जुबान पर जिन्न ताल दे रहा था। वे सब जो सहाय के एक बुलावे पर दौड़ती थीं, सुधा आत्रे के खतरे से पलटकर वार करती थीं। वही डर, बदनामी और निंदा के रथ पर सवार हो आगे-आगे दौड़ता था।

तालाब के किनारे खड़े हो पानी में उन्होंने अपनी परछाईं देखी। अरे यह क्या! इतनी गोरी-चिट्टी वह साँवली कैसे हो गईं? बिंदी। उनके कुंडल। उनके धवल दाँत सब

कहाँ गए? वह सहाय बन गई थीं। वही टाई, वही सूट, वही मिचमिचाहट, वही मुस्कराहट। वह लौट पड़ीं। शीला ने सहाय के बारे में वे सब बातें क्यों कहीं? वह तो यहाँ की तमाम टीचर्स में उसकी सबसे प्रिय है। उसकी सलाह में शुभचिंता थी या यह डर कि कहीं वास्तव में सहाय, सुधा आत्रे के चक्कर में पड़ गया तो उसका क्या होगा? दिन तो कट गया! रात-भर वह कुर्सी पर बैठी रही। सोचना था, फैसला करना था। नील को निकाल ले जाना था।

अब वह यहाँ नहीं रहेंगी, यही तो कहेंगे कि डरकर भाग गई। सहाय और उनके बीच जरूर ऐसा-वैसा कुछ रहा होगा नहीं तो लगी-लगाई नौकरी भी छोड़कर जाता है कोई! मगर यहाँ रहेंगी तो...तो भी तो इन बातों से नहीं बच सकेंगी। चली जाएँगी कल ही। बेआवाज! बेपरवाह! बिंदी-लिपस्टिक को बिना बताए, सती-साध्वी का प्रभाव लिए बिना, रंगीन साड़ी पहनकर। पीपल का जिन्न फिर कभी उनके आँगन में नहीं उतरेगा।

(सबरंग जनसत्ता, कहानी विशेषांक, 1995)

कौन है कि जो रोता है

बची एक पुतली के सहारे जहाँआरा की माँ देखती है :

आसमान में कालिख और लाली साथ-साथ हैं। खूब आवाजाही है, फिर भी सन्नाटा। चील-कौए उड़ रहे हैं। वे दूर से सब कुछ देख लेते हैं। धूल उनकी आँखों का कुछ नहीं बिगाड़ पाती। कौन है कि जो रोता है।

यह लाल समंदर-सा क्या है? क्या पानी में पड़ती उषा की लाली है या डूबते सूरज की परछाईं। कौन, आसपास कानों में हवा दुत्कारती है, नहीं पता, यह शहीदों का खून है।

शहीदों का खून! यानी कि जो देश के लिए जिए देश के लिए मरे...इसमें अनुज नैयर का खून शामिल है और विवेक याद है न! जिसकी डॉक्टर पत्नी ने मिलिट्री यूनिफार्म में पति की लाश को सलामी दी थी। या वह दाढ़ीवाला लड़का विकास बत्रा ऐसा ही कुछ नाम था न उसका जो टी. वी. स्क्रीन पर यह दिल माँगे मोर चिल्लाता था और अगले दिन मारा गया था। या कि वे चार सैनिक जो एक पत्रकार की गलती से मारे गए थे। पत्रकार ने मोबाइल से संदेश भेजा। और उधर से आई एक मिसाइल ने चारों का काम तमाम कर दिया। या कि रजिया बानो जिन्होंने अपने बेटे अब्दुल की जान की कीमत वसूलने से मना कर दिया। सरकार का दिया पेट्रोल पंप नहीं लिया।

कौन जानता है, अब्दुल कारगिल में मारा गया, हो सकता है गुजरात में मार दिया जाता! सम्मान की खातिर! जो जौहर हुआ! मातृभाषा जिसमें आगे चली दंगाई पीछे! और अनुज नैयर, वह गोधरा की लपटों की भेंट चढ़ जाता, तब भी क्या दिल्ली की मुख्यमंत्री बार-बार फोन करके उसके घर पूछतीं कि 'बॉडी कब आएगी।''

ऐसा भी हो सकता है कि कोई रतिलाल राठौड़ मुसलमान से विवाह करने के अपराध में रजिया बानो का सिर कलम कर देता। उनके गर्भ से क्या पता अब्दुल ही निकलता और उसे आग के हवाले कर दिया जाता।

धर्म और जंग के नाम पर सब जायज है? मगर कोई तो बताए कि यह खून किसका है? पास ही पड़ी एक औरत की लाश उठ खड़ी होती है। वह निर्वस्त्र है।

वह कहती है, "मुझसे मत डरो। भागो मत। मैंने कपड़े नहीं पहने। नहीं, मेरे कपड़े इतनी बार फाड़े गए हैं कि मैं उन्हें पहनना भूल गई हूँ। और मेरी छातियाँ, ये घुटनों तक इसलिए लटक गई हैं कि उन्हें खींच-खींचकर इतना बड़ा कर दिया गया है। इनसे दूध नहीं खून बहता है।"

और यह खून इसमें जहाँआरा का खून भी शामिल है। पूछोगे नहीं कौन जहाँआरा?

वही जिसे कल संगसार कर दिया गया। कसूर, उसने व्यभिचार किया था। जब चौदह साल की थी, पचास साल के आदमी के साथ बाँध दी गई। पचास साल का वह भी टी. बी. का मरीज। शादी के तीन महीने बाद ही वह मर गया। अकेली जहाँआरा, ऐसे में कुनबे के हर मर्द की बन आई। वह हर एक की साझी सम्पत्ति बन गई। जेठ ने तो बिना ब्याह के ब्याहता बना लिया। जब जहाँआरा ने एक बच्चे को जनम दिया तो समाज ने थू-थू की। विधवा और माँ! व्यभिचारिणी। जेठ अपराधी है यह पुलिस को नहीं, पंचायत को नहीं, कानून को नहीं, बुर्के में लिपटी जहाँआरा को सिद्ध करना है। बुर्का, दुशाला, घूँघट...इसमें लिपटी औरतें अपराधी को ढूँढ़ेंगी, कैसे? जहाँआरा सिद्ध नहीं कर पाई। मार दी गई। हर पत्थर मारनेवाले ने सोचा कि वह धर्म की रक्षा कर रहा है। क्योंकि धर्म की रक्षा करने के नाम पर औरत को दर-बदर करने का कानून जिस शहंशाह ने बनाया था, जब वह एअरक्रैश में मारा गया था, तो पश्चिमी और एशियाई मीडिया ने इस बात को बड़ा हाईलाइट किया था कि बेशक शहंशाह की लाश तंदूर में पड़े मुर्गे की तरह भुन गई थी। लेकिन उसकी जेब में रखा पाक ग्रंथ सुरक्षित था।

क्या यह पोएटिक जस्टिस था या औरतों की हाय कि जिसने उन्हें कानूनन भेड़ियों के सामने फेंक दिया, वह ऐसे मारा गया।

औरत बोल रही थी। उसकी आवाज गूँज रही थी। लोग ठहर-ठहर जाते कि वह जोर से हँसी—"देख क्या रहे हो? यहाँ भी बहुत-से पत्थर बिखरे हैं। मार डालो हमें। खत्म कर दो। इस धरती से हमारा नामोनिशां मिटा दो। मगर तुम लाचार हो ...मेरा क्या बिगाड़ सकते हो? जिंदा औरतों से डरते हो न! यह डर ही है जो औरतों को तरह-तरह से कैद करने, खतम करने के नुस्खे ढूँढ़ता है। लेकिन तुम्हारा कोई पत्थर न मुझे मार सकता है, न मेरी आवाज बंद कर सकता है। मैं तो पहले ही मरी हुई हूँ याद करो, पहचानो, मैं उसी जहाँआरा की माँ हूँ जिसे मारने में तुम्हारे सैकड़ों पत्थर खर्च हुए। जिस दिन वह मरी उससे पहले हर दरवाजा, हर कुंडी खटखटाई। सारे के सारे रौब-रुतबेवाले, आला हुक्मरान, पैसे के गरूर में दोहरे होते कोई भी तो उसे नहीं बचा सका।"

जब मेरी जहाँआरा पत्थरों के वार सह रही थी तब उसका जेठ एक कोने में खड़ा अपनी लम्बी मूँछों पर ताव देता मुस्करा रहा था। अब उसे एक नई जहाँआरा

चाहिए थी। क्योंकि जब मरना था तब जहाँआरा को ही, या उसी जैसी किसी और को।

इसीलिए जब वह मरी, उसके कुछ दिन बाद ही मौत मुझे लेने आ पहुँची। मैंने उससे गुजारिश की, "मेरी प्यारी मौत, मैंने तो सब कुछ देख लिया, सुख-दुख, ब्याह-शादी, सौगातें मुझे जाने का कोई दुख नहीं मेरी बेटी अभी पन्द्रह साल की ही थी उसने तो अपनी आँखों से पूरा आसमान भी नहीं देखा था। फिर उसे लेने तुम इतनी जल्दी क्यों आ पहुँचीं? मुझे पता है तुम्हारे राज्य में कोई छोटा-बड़ा नहीं है। न तुम किसी के साथ पक्षपात करती हो। मगर यह तो जानती हो कि मेरी बेटी बेमौत मारी गई थी। जिसने उसे मौत के मुँह में धकेला या जिन्होंने उसे पत्थर मारे उनमें से किसी एक को तो ले चलतीं। पता तो चलता अकाल मौत किसे कहते हैं।"

मैंने उस दिन मौत को रोते देखा। बोली, "खुद औरत हूँ तुम्हारे दुख को समझ सकती हूँ। लेकिन ईश्वर के विधान में कोई दखल नहीं दे सकती। ईश्वर भी तो मर्द है। इसीलिए सारे पुरुष उसके नाम पर औरतों को मारते रहते हैं। ईश्वर कभी इस बात का विरोध नहीं करता।"

तब मैंने उस नन्ही बच्ची-सी दिखती मौत के सिर पर हाथ फेरकर पूछा था, "सुना था कि मौत के कभी आँसू नहीं आते फिर तुम क्यों रोती हो?"

"इसीलिए कि खुद को बचाने के लिए दूसरे को मौत सौंप देना कितना आसान है।" और मौत चली गई।

सुन रहे हो अब्दुल गुजरात में जब तुम्हें तुम्हारी दाढ़ी या टोपी के कारण मार दिया जाता तब भी क्या कोई तुमसे यह पूछता कि अरे क्या तुम वही हो जो कारगिल में शहीद हुए थे और यहाँ बेवजह क्यों मारे जा रहे हो? तब भी क्या किसी साधु के इकतारे से यह आवाज निकली–

"शहीदों की चिताओं पर लगेंगे हर बरस मेले" कारगिल की बर्फ गुजरात की लपटें...सब कुछ एक जैसा, दर्द और बँटवारे को कभी परिभाषित नहीं किया जा सकता। क्या वन्देमातरम् कहने भर से तुम अधिक देशभक्त हो जाते!

तुमने वहाँ अपनी जान गँवाई। तुम्हें किसी ने जेड ग्रेड की सिक्योरिटी नहीं दी। तुम्हारी जान की कीमत ही क्या थी? तुम हुर्रियत के नेताओं की तरह जहर उगलकर मलाई नहीं बटोर सकते थे!

तुमने जान देकर किस आजादी की जंग जीती? वह आजादी जो हुर्रियत वालों को चाहिए या वह आजादी जब तुम आखिरी साँस ले रहे थे तो इस देश के कर्णधार किसी-न-किसी बहाने, गरमी के दिनों में विदेश यात्राओं पर निकले हुए थे। हर जनसेवक का ओहदा इस बात से तय होता था कि वह कितनी बार विदेश गया।

आजादी चाहिए थी न!

देश की समस्याओं से बचने के लिए तो एक ओढ़ी हुई मुस्कान काफी रहती

थी। यदि उससे काम न चले तो मीठी जबान। यदि वह भी कम पड़े तो बीमारी का बहाना। यदि यह हथियार भी कारगर न हो तो अपने आसपास के अफसरों को दिखावटी डाँट डपट। ऐसे में जब सब अपने घर भरने में लगे थे तो तुम्हारी माँ ने पेट्रोल पंप की अंधी कमाई क्यों ठुकरा दी थी।

दुनियादार लोग कहेंगे क्या बेवकूफी की। एक शहीद को याद करने का इससे अच्छा तरीका क्या हो सकता है कि उसकी जान की कीमत सात पीढ़ियों तक वसूली जाए। सात पीढ़ियाँ खाएँ-पिएँ मौज करें और आठवीं के लिए बहुत कुछ छोड़ जाएँ। तुम्हारे ही एक साथी अनुज नैयर का क्षत-विक्षत शरीर जब आने वाला था तो कई राजनेता इस बात को लेकर परेशान थे कि वे अनुज के घर तब जाएँ जब ज्यादा-से-ज्यादा लोग उन्हें देख सकें। कि देखो एक शहीद का वे कितना सम्मान करते हैं। तब अनुज के पिता ने नाराज होकर कहा, "हमारे बच्चे गाजर-मूलियों की तरह काट दिए जाते हैं और ये नेता यहाँ मौज करते हैं।"

सिर्फ युद्ध के मैदान में ही नहीं, हर जगह, हर क्षण, हर पल—क्या किसी दंगे में किसी नेता को मरते देखा है?

मौत तुम क्यों रोती हो? मत रोओ। खामोश हो जाओ। तुम्हारे आँसू कौन देखेगा, जब जीते-जागते मनुष्यों की परवाह किसी को नहीं है।

अलमाटी में अटल और मुशर्रफ आमने-सामने हुए हैं। इससे पहले आगरा में। उसके बाद अखबारों और टी. वी. के जरिए।

दो बूढ़े शेर एक-दूसरे को देख गुर्राते हैं। तभी बीस हजार किलोमीटर दूर बैठा विदेशी टी. वी. स्क्रीन पर देख लेने की धमकी देता है। और बूढ़े शेर खींसें निपोरते पूँछ दबाकर इधर-उधर हो लेते हैं।

क्या, युद्ध टल गया है? नहीं न, जब तक उगला हुआ जहर शिराओं में न बहने लगे, हजारों जानें न चली जाएँ, लाखों बेघर न हो जाएँ—बूढ़े शेर चैन से नहीं बैठ सकते। वे नूरा कुश्ती लड़ते हैं, लोगों की शिराएँ तड़कने लगती हैं। जोश से, उत्तेजना से। हर जगह दंगा फैल जाता है।

"ओह वोदका पीना कितना अच्छा लगता है।" टाँग फैलाकर बैठा बूढ़ा शेर मार-काट को देखता है और दूसरे बूढ़े शेर को बधाई देने के लिए टेलीफोन का चोंगा उठाता है।

खून में सनी औरत एक अँगड़ाई लेती है तो उसकी सूखी हड्डियाँ एक-दूसरे से अलग हो जाती हैं। इस सदी में, कहते हैं इक्कीसवीं सदी, बीसवीं सदी से पूरे सौ बरस छोटी, उसकी छोटी बहन। वह बीसवीं सदी जिसके बारे में कहा जाता है कि मानव सभ्यता के इतिहास यदि इसे पाँच हजार वर्ष पुराना कहें तो ऐसी क्रांतिकारी सदी नहीं देखी। उसी क्रांतिकारी सदी की छोटी बहन एक पंद्रह साल की लड़की को चौदहवीं सदी के कानून से लहूलुहान होती, मारी जाती देखती है। माँ बहुत महान

होती है न! अनब्याही माँ दुनिया का सबसे बड़ा पाप। इतने बड़े-बड़े महासागरों का खारा पानी भी कम पड़ जाए...आँसू हैं कि बहते नहीं सूख गए हैं। तलवारें चमक रही हैं, त्रिशूल हवा में लहरा रहे हैं। चाकू-फरसों पर सान धरी जा रही है। मारो-मारो, खत्म करो—जहाँआरा किस पत्थर से मरी होगी? कंकाल बनी उसकी माँ सोचती है। ये पत्थर किस पहाड़ के होंगे। क्या इनके भाग्य में किसी ज्योतिषी ने लिखा होगा कि ये किसी को, किसी को नहीं एक लड़की को मारने के काम आएँगे।

किस रंग का पत्थर, कौन-सा निशाना? किसका हाथ? क्या जहाँआरा की हाथ की लकीरों में ऐसा कुछ लिखा था। जब उसे यह सजा सुनाई गई, उस वक्त तो मैंने कोई पीर-फकीर-दरगाह नहीं छोड़ी। तब, तब क्यों ऐसा हुआ?

लेकिन किसी-न-किसी के खिलाफ एक युद्ध चाहिए। युद्ध, क्या पता कौन हारता है कौन जीतता है? कहते हैं तीस प्रतिशत जलने के बाद आदमी जलन का अहसास करना भूल जाता है। पत्थरों की चोट के साथ भी तो ऐसा हो सकता है कि अगला, फिर अगला और फिर अगला उसे कुछ याद ही न रहा हो। फिर कैसे पता चल सकता है कि वह किस पत्थर से मरी?

युद्ध! अनवरत! आँखों की भाषा! हिंसा-प्रतिहिंसा! दमन! क्रूरता-ठंडी हँसी। जहाँआरा को पत्थर मारने में कुछ औरतें भी शामिल थीं। उन्हें धर्म की रक्षा करनी थी। पुरुषों के बनाए सारे धर्मों की रक्षा औरतें करती फिरती हैं। सब व्रत-उपवासों का ठेका उन्हीं के जिम्मे है।

कंकाल बनी औरत करवट बदलती है कि उसे अपने पास गुलाब, गेंदा, चमेली की खुशबू महसूस होती है। इतने दिनों में उसकी आँख के तारे का एक कोर बचा है। उसे कीड़ों ने नहीं खाया है। वह उसी की मदद से देखती है। अरे, यह क्या! उसके चारों ओर फूल-ही-फूल बिछे हैं। इतने सारे फूल तो फूलों की घाटी में मिलते हैं। उसे किसी ने बताया था। यहाँ कहाँ से आ गए? क्या सचमुच युद्ध की जगह दुनिया में शांति छा गई है। लोग हथियारों की जगह फूलों की खेती करने लगे हैं।

फूल जिन्हें छुआ जा सकता है, जिनकी कोमलता को महसूस किया जा सकता है। अचानक जहाँआरा की माँ को आसमान में प्रकाश दिखाई देता है। कौन है वहाँ? क्या बारिश होनेवाली है जो बिजली चमकी हो? लेकिन बादलों का तो दूर-दूर तक पता नहीं है। आसमान साफ है। रोशनी और उजास से भरा!

उसे वहाँ उजाले में बचपन वाली जहाँआरा दिखाई देती है। वह उसे पुकारना चाहती है, मगर कैसे पुकारे? उसकी जीभ तो कब की गल चुकी है। उसे मरे तो जमाना हो गया। आवाज गले में अटकी रह जाती है।

जहाँआरा वैसे ही हँस रही है, जैसे वह बचपन में हँसती थी। उसके सुंदर सफेद दाँत चमकते थे। लेकिन उसके पास इतने फूल कहाँ से आए? क्या वह सचमुच जन्नत में चली गई है और वहाँ से फूल फेंक रही है।

कि जहाँआरा गायब हो जाती है। वहाँ उसे तीन स्त्रियाँ दिखाई देती हैं। वे अभय की मुद्रा में हाथ उठाती हैं। कहती हैं, "तुम सोच रही होगी हम कौन हैं? हमें पता है तुम बोल नहीं सकतीं। तुम मर चुकी हो। तुम्हारी आवाज खत्म हो चुकी है। वैसे जीते-जी भी हमारी आवाज कौन सुनता है? सबने मुँह छिपा लिया। लेकिन अपनी बेटी को बचाने के लिए जितनी मेहनत तुमने की उस पर हमें गर्व है। हमारी कभी बेटियाँ नहीं हुईं। बेशक हम हिंदू देवियाँ हैं। तुम मुसलमान। लेकिन सच पूछो तो हम औरतों की न कोई जात होती है न धर्म। आज हम विद्रोह करके आई हैं। देवताओं ने तो हमें बहुत रोका था। अपने बगीचे से फूल चुनने को भी मना किया था लेकिन हम नहीं मानीं। हमने साफ कह दिया आप तो अक्सर युद्ध में विजयी लोगों पर फूल बरसाते रहते हैं। हम तो एक उस स्त्री की लाश पर फूल बरसाना चाहते हैं जिसने अपनी बेटी को बचाने के लिए रात-दिन एक कर दिया। हम चाहें तो तुम्हें जीवित भी कर सकते हैं, लेकिन इस दुनिया में वापस आकर क्या करोगी जिसमें इतने बम और इतनी मिसाइलों के जखीरे हैं कि पूरी की पूरी दुनिया को कई-कई बार नष्ट किया जा सकता है। फिर भी मनुष्य का पेट नहीं भरता, हर रोज नए-नए हथियार बनाता है।" आसमान में फिर से अँधेरा छा गया है। देवियाँ गायब हो गई हैं।

कंकाल औरत हँसती है। उसकी हँसी में खनक नहीं विद्रूप है। वह बहुत-सी आवाजें सुन सकती है। लोग पागल हो गए हैं और युद्ध-युद्ध पुकार रहे हैं—

देशभक्ति बहुतों के लिए पराँठे की तरह है, स्वादिष्ट पराँठा। अपने घर का कोई न मरता हो, उँगली न कटती हो तो लड़ाई कितनी आकर्षक लगती है।

लेकिन यह लाश बनी औरत कौन है? क्या सचमुच यह जहाँआरा की माँ है, या कहीं शाहबानो तो नहीं है। कब्र में बैठी शाहबानो कराहती है, "या खुदा रहम कर हम औरतों की दुनिया पर। या तू खुद कभी औरत बनकर देख। कहीं खून की नदियाँ न बह जाएँ इसलिए तो मैंने कहा था कि सुप्रीम कोर्ट ने मेरे पक्ष में फैसला देकर गलत किया। लेकिन उससे भी क्या हो गया, औरतों का भाग्य नहीं बदला। कितनी औरतों की सम्पत्ति हड़प उन्हें मार दिया गया। परिवार के सम्मान की रक्षा के नाम पर। कितनी बलात्कार की शिकार हुईं और व्यभिचारिणी कहकर खत्म कर दी गईं। तालिबानों ने क्या किया?"

उसी वक्त एक मधुर आवाज सुनाई दी, "आपा।" शाहबानो ने इधर-उधर देखा, दरख्तों के बीच से एक छाया निकली। सजी-सँवरी। जेवरों से लकदक। उसे देख शाहबानो बोली, "तुम कौन हो बेटी?"

"मैं कौन हूँ? नहीं पहचानतीं। अरे मैं हूँ असली जहाँआरा। औरंगजेब की बहन। जो कुँआरी जन्मी थी कुँआरी मर गई। हिंदुस्तान का सबसे बड़ा सम्राट भला अपनी बेटी या बहन ब्याहकर किसके आगे सिर झुकाता? इसलिए आसान रास्ता था उनका ब्याह ही मत करो। हम पिता के घर में जन्मीं थीं वहीं मर गईं। जहाँआरा

आज नहीं मरी, तब ही मर गई थी। एक संगसार हुई, दूसरी दम घोंटकर पत्थर बना दी गई...स्त्रियाँ जो पत्थर बनीं, मरीं, युद्ध किसी ने जीता, इज्जत किसी की लुटी, कोई रणभूमि में गया, जौहर में जान किसी ने दी।''

दिल्ली में इन दिनों आर. टी. वी. यानी कि स्कूल ट्रांसपोर्ट व्हीकल की भरमार है। ये छोटी और बेहद तकलीफदेह बसें—फिर भी लोग इनमें आते-जाते हैं। नौकरी करनी है, समय पर दफ्तर पहुँचना है, जेब में ऑटो लायक पैसे नहीं होते हैं। वैसे भी हर रोज ऑटो कौन अफोर्ड कर सकता है! जिनके मीटर हमेशा किराए से दस-बीस प्रतिशत अधिक बनाते हैं।

रोहिणी से कनॉट प्लेस आनेवाली यह छोटी बस। इसके आगे की सीटों पर सभी औरतें बैठी थीं। पीछे की सीट पर चार आदमी। औरतें बहुत देर तक इस बस के आने-जाने के टाइम के बारे में डिस्कस करती रही थीं। शायद यह बस नई चली थी और इन कामकाजी औरतों के लिए आरामदेह थी।

अचानक साइड में बैठे दुबले-पतले आदमी ने जिसके सारे बाल सफेद हो चुके थे और जिसने किशोरावस्था में एक टाँग अड़ाने के लिए उन पर बुरी तरह से मेहँदी पोत रखी थी, अपने साथ बैठे आदमी के पुट्ठे पर हाथ मारते हुए कहा, ''इस साले पाकिस्तान को तो आडवाणी के हवाले कर देना चाहिए। फिर देखना क्या कराची, क्या लाहौर, क्या इस्लामाबाद एक रात के हमले में तबाह हो जाएँगे। यह जो मुशर्रफ बड़ी-बड़ी बातें बना रहा है तब देखना कैसे अँगूठा चूसता है।''

दूसरा आदमी जो च्युइंगम चबाने की तरह रुक-रुककर बोलता था और अटल बिहारी वाजपेयी की तरह एक वाक्य से दूसरे वाक्य में काफी दूरी रखता था, उसने कहा, ''अरे भाई अब इतना आसान नहीं है। यह कोई पैंसठ या इकहत्तर तो नहीं है। पाकिस्तान भी न्यूक्लीयर पावर है।''

''तो क्या हुआ? हम तो चौहत्तर से परमाणु शक्ति हैं।'' मेहँदीवाला बोला

तीसरे हिटलर जैसी मूँछोंवाले को लगा कि बातचीत में उसकी भी कुछ भूमिका हो सकती है, कहा, ''आप चौहत्तर से न्यूकपावर हों या चौंसठ से लेकिन आपने कर क्या लिया पाकिस्तान का।''

मेहँदीवाले ने दाँत मिसमिसाए, ''यही तो खराबी है हम इंडियंस में। हमारा फौजी, एक-एक दस पे भारी रहता है। लेकिन फौजी क्या कर लेंगे जब आप और हम जैसे लोग ही यह कहेंगे कि क्या कर लिया पाकिस्तान का? इससे ज्यादा बड़ी बात क्या होगी कि बांग्लादेश बनवा दिया।''

''तो वह अब कश्मीर में उथल-पुथल मचवा रहा है।'' चौथे ने कहा।

च्युइंगम चबानेवाले ने कहा, ''कश्मीर तो अब हमारे खून से ही बन सकता है।''

हिटलर की मूँछवाला जोर से हँसा, "हाँ यार, तुमसे पहले गाँधी जी ने भी कहा था कि पाकिस्तान तो मेरी लाश पर बनेगा।"

मेहँदीवाला खिलखिलाता बोला, "यही तो मैं कह रहा हूँ, अरे मैं कह रहा था अहिंसा-फहिंसा गई तेल लेने। इस देश में एक अरब लोग रहते हैं। एक फूँक मार देंगे तो पाकिस्तान का पता नहीं चलेगा।"

हिटलर को मेहँदीवाले की जोर से कही बात कुछ नागवार लगी। उसे लगा यह बात तो उसे कहकर बाजी मारनी चाहिए थी। वह पान मसाले का पूरा पाउच मुँह में उँड़ेलता बोला, "यार इस एक अरब में से सोलह करोड़ मुसलमानों को तो हटा ही दो।"

यह सुनकर च्युइंगम वाला बोला, "यह कोई बात नहीं है। आखिर फौज में भी इतने मुसलमान हैं। सारे लोग एक जैसे थोड़े ही होते हैं। आखिर हाथ की पाँचों उँगलियाँ एक बराबर नहीं होतीं। इस देश का तो राष्ट्रपति भी मुसलमान रह चुका है। पाकिस्तान में बन सकता है कोई हिंदू राष्ट्रपति? अरे तुम किसी हिन्दू को पाकिस्तान में तो क्या, अमरीका में राष्ट्रपति बनवाकर दिखा दो। सब साले हरामजादे हैं। आखिर हम हिन्दू अस्सी प्रतिशत हैं इस देश में।"

अस्सी प्रतिशत हिन्दू। सारे अधिकार, सारी सम्पत्ति, सारी प्रतिष्ठा बीस प्रतिशत के पास! जब वोट की बात हो हिन्दू अस्सी प्रतिशत हो जाते हैं, जब मंदिरों में जाने की बात हो तो हिंदू सिर्फ बीस प्रतिशत रह जाते हैं सवर्ण...

युद्ध चाहिए न!

गीता में श्रीकृष्ण ने अर्जुन से कहा, "हे पार्थ, इस दुनिया में न कोई अपना है न पराया। न कोई मरता है न जिंदा रहता है। मैं ही मरता हूँ, मैं ही जिंदा रहता हूँ। इसलिए सब मोह-माया त्यागकर युद्ध के लिए तत्पर हो जाओ।"

हमारी सभ्यता का इतिहास। रक्त रंजित। खून से लथपथ। स्पर्धा की इस दुनिया में कोई किसी को रौंदकर ही आगे बढ़ सकता है।

वीर तुम बढ़े चलो
धीर तुम बढ़े चलो

दूर तक फौजी बूटों की गूँज सुनाई देती है। यहाँ बस के भीतर तक। मेहँदीवाला चीखता है, "हम हिंदू बाई नेचर ही डिफीटिस्ट हैं। खुद की बुराई करने को तैयार बैठे रहते हैं। किसी और को सुना है तुमने अपनी बुराई खुद करते। इसीलिए सब उल्लू के पट्ठे सिर पर जूते रखकर चलते चले जाते हैं। झुको और झुको...इस दुनिया में कोई भी झुकनेवाले की तारीफ नहीं करता। दुनिया का दस्तूर है जो झुकता है उसे और झुकाया जाता है उसका स्वाभिमान नष्ट करने के लिए जिससे कि

वह दोबारा न उठ खड़ा हो। हिंदुओं को इसी झुकने ने, अहिंसा के सिद्धांत ने पिटना सिखाया है।"

उसकी बात सुन उड़ीसा के कोने में बैठा दारासिंह हँसता है, "मैं कहता था न यह हिंदू अब वह हिंदू नहीं है; यह अब उग्र हो चला है। उग्रता से ही उग्रता को काटा जा सकता है। एक बार हिंदू उग्रवादी हो उठे, जागरूक हो जाए, तब देखना देश के किस कोने में रहता है इस्लामी उग्रवाद। मैंने ग्राहम स्टेंस को उसके दो लड़कों के साथ जला दिया, किसी ने क्या कर लिया मेरा, बल्कि एक पार्टीवाले तो मुझे चुनाव लड़वाने को तैयार कर रहे थे।"

"हाँ, कोई क्या कर लेगा?" बस में बैठा हिटलर चीखता है, "इतने यहूदी मारे गए किसी ने क्या कर लिया?"

"अरे यार तू तो इमोशनल हो गया। डोंट गेट इमोशनल। हम या तू कौन-सा फ्रंट पर लड़ने जा रहे हैं। वो वात यह है यार, लड़ाई की बात हो तो जरा जोश आ जाता है। अच्छा टाइम पास हो जाता है।"

अनुज नैयर के पिता, रजियाबानो आप सुन रही हैं न! युद्ध लोगों के लिए किसी देशभक्ति का नाम नहीं टाइम काटने का तरीका है। आपने अपने बच्चे खोए, उनकी क्षत-विक्षत लाशें देखीं। जब से, 1990 के बाद से युद्ध टी.वी. पर लाइव दिखाई देने लगा है, तब से मिसाइलें हवा में उड़ती किसी बड़ी हवाई की तरह दिखाई देती हैं। और बम हजारों को तहस-नहस करनेवाले किसी पटाखों की लड़ी की तरह फूटते हैं। ओह युद्ध! कितना बड़ा मनोरंजन है।

एक थ्रिल! जिसमें जाती हुई जानें, माता-पिता के चिंतातुर चेहरे और अचानक ही बिखरे हुए सपने कुछ भी तो नजर नहीं आता। युद्ध मौत नहीं, तकलीफ नहीं, प्रतिहिंसा नहीं एक सतत उत्तेजना का नाम है।

कुछ दिन अखबारों की सुर्खियाँ, शहीदी का तमगा, फिर सब कुछ गायब।

जहाँआरा शाहबानो से पूछती है, "क्या सचमुच लड़ाई होगी, तब कौन हारेगा, किसकी होगी जीत?"

"क्या पता जहाँआरा, हर बार जब भी कोई जीतेगा मनुष्यता तो हार ही गई होगी। बेशक, कोई कहता रहे कि दर्द ज्यादा बढ़े तो उसका अहसास खत्म हो जाता है। इसीलिए दर्द से छुटकारा पाने का तरीका है कि उसे खूब सहा जाए। उसका डटकर मुकाबला किया जाए। मैंने यही तो किया था।"

"और मैंने भी वही किया।" फूलन देवी के कातिल शेरसिंह राणा ने जब फूलन देवी को मारा तो बयान दिया, "मैंने यह ठाकुरों के सम्मान की खातिर किया।"

परिवार के सम्मान की खातिर जहाँआरा संगसार हुई। ठाकुरों के सम्मान के लिए फूलनदेवी। जिस दिन फूलनदेवी के मरने की खबर बेहमई पहुँची वहाँ दिवाली

मनाई गई। बेंडिट क्वीन जिसे देखकर उसके गाँव के आसपास की बहुत-सी लड़कियाँ डाकू बनने को उतावली हो उठीं। ढेर-सा लूट का माल, नाम, गिराम, फिल्में और स्त्रीत्ववाद का ठप्पा भी।

"और मैंने भी वही किया।" रामसिंह की आत्मा ने पुकारा—यदि राजपूतों के सम्मान के नाम पर मैंने रूपकँवर के सती हो जाने को सही ठहराया तो क्या गलत किया? मैं सही था यह तो रूपकँवर के सती स्थल पर हर साल लगने वाले मेले से जाना जा सकता है।

कि अचानक बचाओ-बचाओ की आवाजें आने लगीं। पता चला कि चुड़ैल बनी रूपकँवर ने रामसिंह की आत्मा के गले में पैने नाखून चुभो दिए। फिर अट्टहास करती बोली, "महसूस कर रामसिंह इन नाखूनों की चुभन और जलन को और फिर सोच कि एक जिंदा औरत को चिता में झोंके जाने के बाद कैसा लगता होगा? मेले की बात कर रहा है न ! मेला लगे, कमाई हो, इसीलिए तो तुमने मुझे मारा था। उन दिनों कितनी कमाई थी तुम लोगों की। कमाई के लिए किसी की जान लेना मामूली बात है।"

"छोड़े दो-छोड़ दो।" रामसिंह की आत्मा ने गुहार की तो रूपकँवर उसे डपटती हुई बोली, "लानत है, तुझ पर। तू तो नेता था न। और नेता क्या, सिर्फ आदमियों का। औरतों का नहीं जो बात-वात पर शादी के वक्त दी जानेवाली उन तीन चुन्नियों को दिखाता था जो लड़की को शादी के वक्त दी जाती थीं। जिसमें एक चुन्नी सती हो जाने के लिए होती थी। तुझे मालूम है न, मौत के लिए उकसानेवाला भी उतना ही बड़ा अपराधी होता है जितना मारनेवाला।"

रामसिंह की आत्मा गिड़गिड़ाई, "माफ कर दो बहन।"

"तेरे माफी माँगने या बहन कहने से मैं जीवित नहीं हो जाऊँगी। लेकिन जा...और अपने घटिया विचारों समेत इस धरती की तरफ रुख मत करना।"

रामसिंह की आत्मा भागी तो देर तक उसकी घबराहट को महसूस किया जाता रहा। तब रूपकँवर हँसी ठठाकर और तब तक हँसती रही जब तक पूरा आसमान चिता की लपटों से नहीं भर गया।

शाम के सात बजे का समय! दिन रविवार! रविवार की शाम कितनी उदास लगती है...एक दिन भरा-पूरा आनेवाला हफ्ता अपनी तमाम परेशानियों के साथ मुँह बाए खड़ा रहता है।

जीवन की आपाधापियाँ, परेशानियाँ, भाग-दौड़, छल-कपट, उन सबके बीच सरपट दौड़ती जिजीविषा! जीना है, जीना है, आगे बढ़ना...अतीत को भूलकर।

"कोड़ा जमालशाही, पीछे देखा आफत आई।"

कालबेल बहुत बेसुरे सुर में राग अलाप रही है। सैल खत्म हो गया है। कौन है? अच्छा राजू।

''आओ बेटा, अंदर आ जाओ।''

वह आकर जमीन पर उकड़ूँ बैठ जाता है। हमारे लाख कहने पर भी वह कभी सोफे या कुर्सी पर नहीं बैठता! उसमें भरी हीनता हमें अपनी नजरों से गिरा देती है।

लेकिन नहीं उसका स्वाभिमान। वह कभी पैसे नहीं माँगता। किसी त्योहार, होली-दिवाली पर वह मिठाई या रुपए लेने से इनकार कर देता है।

जब तक कपड़े लाए जाते हैं तब तक वह युद्ध के सबसे बड़े बाजार टेलीविजन को देखने लगता है। वहाँ युद्ध बोया जा रहा है, काटा जा रहा है। दाम लगानेवाले और वसूलनेवाले खड़े हैं—बोलो सुखोई लोगे या एफ 16 क्या तुम अपने पड़ोसी से कमजोर दिखना चाहोगे? व्यापार का तर्क! एक को दूसरे से भिड़ाकर पैसे बटोरने की रणनीति।

राजू बोल रहा है, एक पैंट, एक बड़ी चादर, एक छोटी, एक कुर्ता, तीन सलवार, पाँच टी शर्ट, एक झाड़न।

फिर वह अपने पतले हाथों से कपड़ों की पोटली बाँधता है, लेकिन उठता नहीं, वैसे ही उकड़ूँ बैठा रहता है।

थोड़ी देर बाद नजरें झुकाकर पूछता है, ''बाबूजी, क्या युद्ध होगा?''

''क्या पता, क्यों तुम्हें क्या लगता है?''

''हो ही जाए।'' उसकी आँखें चमकती हैं।

''क्यों भला? कितने लोग मर जाते हैं। कितने घायल हो जाते हैं?''

''मगर यहाँ रहकर भी क्या...वह अपना वाक्य अधूरा छोड़ देता है—लड़ाई हो साब तो मैं भी फौज में भर्ती हो जाऊँ।''

''बावले हुए हो, क्या फायदा? यहाँ तुम्हें क्या कमी? वहाँ तो गाजर-मूली की तरह कटवा देते हैं।''

''कोई बात नहीं साहब, जब तक जिन्दा रहूँगा पेट भर रोटी मिलेगी। घर भी पैसे भेज दिया करूँगा। और मर गया तो...फौजी के मरने पर घरवालों को सरकार की तरफ से बहुत कुछ मिल जाता है।''

वह दरवाजा भिड़ाकर चला गया है।

वह कितने मामूली शब्दों में अपने और उनके मन की बात कह गया है जो बस ऐसे ही मर जाते हैं। जिन्हें शहीद-शहीद कहकर बहुत कुछ अपनी जेबों में चला जाता है, इस उम्मीद में कि काश! अगला युद्ध जल्दी हो!

राजू को सूनी आँखें आसमान में फैल गई हैं। उनमें कोई सितारा नहीं चमकता।

(जनसत्ता, 2002)

कैसी हो सुष्मिता

"दीदी, दुनिया में कोई चाहे तो कुछ भी बन सकता है?"—सुनीता ने झाड़ू आधी छोड़कर पूछा।

मैं चावल बीन रही थी। कंकड़ी निकालते हुए बोली—"हाँ-हाँ, क्यों नहीं?"

"चाहे कोई कितना गरीब हो?"

"गरीबी-अमीरी से क्या? दुनिया के बहुत बड़े-बड़े लोग अपने बचपन में बहुत गरीब थे। आदमी मेहनत करे, लगन हो, तो क्या नहीं हो सकता! मगर तू यह क्यों पूछ रही है?"

"मैं" वह सकुचाई—"मैं जो बनना चाहती हूँ बन सकती हूँ?"

"बिल्कुल। जो लोग कुछ बन जाते हैं उनमें क्या सुर्खाब के पर लगे होते हैं। मगर तू बनना क्या चाहती है?"

"यह बात मैं आपको अभी नहीं बताऊँगी। पहले कुछ बनकर दिखाऊँगी।" उसने लगभग पैर पटकते हुए कहा और तेज-तेज झाड़ू लगाने लगी।

सुनीता, हमारे घर की झाड़ू-पोंछा करने वाली लड़की। छह-सात साल पहले जब उसकी माँ ने हमारे यहाँ काम शुरू किया था तब उसकी उँगली पकड़े-पकड़े वह भी आ जाती थी। उन दिनों वह स्कूल में पढ़ती थी इसीलिए अक्सर छुट्टी वाले दिन ही उसका आना होता।

वह आती तो रसोई के बाहर की दीवार के कोने में खड़ी टुकुर-टुकुर ताकती। उसकी बड़ी आँखें हमारे घर के साजो-सामान पर ठहर-ठहर जातीं। कभी-कभी डर लगता—उस नन्ही लड़की से। वह ऐसे घूर-घूरकर देखती है, कहीं कुछ उड़ाना तो नहीं चाहती! मैं उसे टाफी-बिस्कुट देती। वैसे उसकी माँ पूरे मोहल्ले में अपनी ईमानदारी के लिए प्रसिद्ध थी। इसलिए वह मेहनताना भी ज्यादा लेती और अक्सर चुनौती देती कहती—"अरे बीबी, इन बातों में क्या धरा है? अगर कोई झूठे को भी कह दे न कि मैंने उसके घर से चीज उठाई है तो जड़ से नाक कटा दूँ।" कहते हुए वह छुरी से नाक कटवाने का इशारा करती।

एक शाम जब मैं थकी-माँदी घर पहुँची तो घंटी बजी। "कौन होगा? शिवि

तो देर से आने को कह गए थे।'' मैजिक आई से झाँका। आजकल दरवाजे भी तो हर किसी के लिए यूँ ही नहीं खोले जा सकते। बाहर सुनीता की माँ खड़ी थी। इस वक्त यह यहाँ क्यों? दिल धड़का। पता नहीं...लेकिन फिर भी। दरवाजा खोलकर मैंने उसे अंदर बुला लिया।

वह एक ओर खड़ी हो गई।

''हाँ क्या है?'' मैंने पूछा।

''बीबी जी! सुनीता ने रो-रोकर घर सिर पर उठा लिया है।''

''अच्छा, क्यों?''

''कहती है कि अगर कल तक घर में टी. वी. नहीं आया तो जान दे देगी।''

''तो...''

''तो क्या करूँ! लड़की जात है। कहीं कुछ उल्टा-सीधा कर बैठी तो हम तो कहीं मुँह दिखाने के काबिल भी नहीं रहेंगे।''

''कमाल है! क्या उल्टा-सीधा करेगी? एकाध दिन खाना ही तो नहीं खाएगी। आज टी. वी. की जिद कर रही है, कल किसी और बात की जिद करेगी। तुम कब तक पूरी करोगी?''

''क्या करूँ! आप इन आजकल की हरामजादी लौंडियों को ना जाने हैं। कोख की जाई है मगर रंडी ने ऐसा नाक में दम किया है कि पूछो मत और उसका बाप मेरे ऊपर ही डाले है। कहता है कि तूने ही बिगाड़ा है इस बित्ते-भर की लौंडिया को।''

''तो तुम यहाँ क्यों आई हो?'' मैंने उसका मकसद समझते हुए पूछा।

''अगर कुछ पैसे मिल जाते।''

''तू क्या समझती है मैं टी. वी. खरीदने लायक पैसे साथ लेकर चलती हूँ।'' मैंने कुछ क्रोध से कहा।

''नहीं-नहीं बीबी जी, सारे पैसे नहीं सिर्फ दो सौ रुपए। आप काट लेना। पाँच घरों से दो-दो सौ रुपए करके हजार रुपए हो जाएँ तो दुकान वाला छोटा टी. वी. दे देगा। बाकी पैसों की किस्त बाँध देगा।''

'मेरे पास कोई रास्ता नहीं था सिवाय इसके कि उसे दो सौ रुपए दे दूँ। अगर रुपए न दिए और वह काम छोड़कर चली गई तो मुसीबत हो जाएगी।' सोचते हुए मैंने उसे रुपए देकर विदा किया।

हुँह...सारे अखबार कहते हैं कि टी. वी. सबको बिगाड़ रहा है। रचनाओं में गरीब नायक टी. वी. से लड़ता है और यहाँ गरीब लड़की टी. वी. के लिए जान देने पर उतारू है। अगले दिन सुनीता की माँ दो लड्डू भी लेकर आई। वह बहुत खुश थी—''बीबी जी, घर में एक चीज तो बन गई।''

''तेरी बातों से ऐसा लगता है कि सुनीता से ज्यादा तू टी. वी. लाना चाहती थी।''

सुनकर वह शरमाती हुई हँसने लगी—"अब बीबीजी, नाच-गाना देखना कौन को बुरा लगे है।"

बड़ी मुश्किल से यह मौका आया था कि मुझे और शिवि को अपने-अपने दफ्तरों से एक साथ छुट्टी मिल गई थी। हम दोनों दस दिन के लिए घर जाना चाहते थे। अपने-अपने ससुराल। फिर थोड़ा घूमने-फिरने का प्लान भी था। शादी के इन वर्षों में कहीं घूमना-फिरना ही न हुआ था।

सुनीता की माँ को मैंने लौटने की तारीख बताई। यह हिदायत भी दी कि इन दस दिनों में वह एक-दो बार घर की तरफ झाँक जाए कि सब ठीक-ठाक है। मगर बाद में पछतावा भी हुआ कि उसे मैंने सारा प्लान क्यों बताया? आजकल नौकरों का क्या भरोसा? यह भी तो कहा जा सकता था कि दस दिन हम इसी शहर में सुबह के सात बजे जाकर रात के ग्यारह बजे लौटा करेंगे। अपने आप बात खत्म हो जाती। मगर अब क्या हो सकता है! मैंने तो उसे रिजर्व की हुई टिकटें भी दिखा दी थीं। गाड़ी में बैठते-बैठते मैं चिंता से इतनी परेशान हो उठी कि रोना आने लगा।

शिवि ने सुना तो हँसने लगे—"दया खाओगी तो दिल निकालकर दे दोगी, वैसे उस बात की चिंता कर रही हो जिसके होने का चांस सौ में से जीरो है।"

"जीरो कैसे? आजकल नौकर लोग चोरी नहीं करते?"

"हाँ करते हैं, लेकिन कितने? इस शहर के लाखों घरों में नौकर होंगे। लेकिन एक घटना हम अखबार में पढ़ लेते हैं और अपनी राय बना लेते हैं।"

"लेकिन नौकर आजकल कितने चालाक हो गए हैं।"

"चालाक न होंगे तो जिएँगे कैसे? हम चाहते हैं कि वैसे ही बने रहें स्वामिभक्त, हाथ जोड़ रिरियाने वाले। हमें यह कभी लगता ही नहीं कि उनकी भी कुछ इच्छाएँ हो सकती हैं। वे भी मनुष्य हैं।"

"बस हो गए न शुरू। झाड़ दिया भाषण। तुम्हें क्या है? तुम तो भाषण देकर छुट्टी पा जाते हो। भुगतना तो मुझे पड़ता है।"

"चलो आगे से हम भुगत लिया करेंगे। फिर हर रोज नौकरानियाँ न बदलना।" कहकर शिवि ने आँख मारी और हँसे—"छोड़ो यार क्या ले बैठीं। बाहर देखो कैसा बढ़िया मौसम है। चाँद अपने साथ चल रहा है। स्साला नजर रख रहा है हम पर। और हम जा रहे हैं हनीमून पर!"

"हाँ, शादी के इतने दिन बाद!"

"अच्छा अगर शिकायत यही है तो एक बार शादी और सही, फिर तो ठीक रहेगा।"

"चुप रहो, सामने से चैकर आ रहा है।"

"तो चुप क्यों रहूँ!" जैसे ही चैकर पास आया शिवि ने टिकट दिखाया। फिर बोले—"भाई साहब, बधाई नहीं दीजिएगा, हम हनीमून पर जा रहे हैं।"

“अरे क्या कहने साहब! बधाई लीजिए। कहिए तो कुछ खाने-पीने को भिजवाऊँ।” कहता वह हँसता हुआ चला गया।

‘बाप रे, इस आदमी से कोई नहीं जीत सकता।’ मैंने मन-ही-मन सोचा। दस बज रहे थे। हम अपना खाना लाए थे। शिवि को रास्ते का खाना एकदम पसंद नहीं था। आम का अचार, आलू-पूरी उनकी पसंद का खाना। खाना खाने के बाद भी बहुत देर तक हम साथ चलते चाँद और खेतों को देखते रहे। रात में खेत कैसे बदल जाते हैं। सोए हुए। किसी के इंतजार में। चाँदनी में दिखते, ऊँघते। कभी-कभी कोई उड़ती टिटहरी या गाँव के पास से गुजरते हुए किसी कुत्ते की भौंकने की आवाज। रात में सब कुछ कितना कम बचता है—रंग, शोर, आवाज। देखते-देखते हमें नींद आ गई थी।

दस दिन ऐसे बीते कि लगा वर्ष बीत गए। वर्षों से हमने अपना घर नहीं देखा। वर्षों से हम दफ्तर नहीं गए। शिवि के घर वाले, मेरे घर वाले सब खुश-खुश थे। शिवि की मम्मी तो हमारे साथ भी आ रही थीं कि अचानक उनकी तबियत खराब हो गई थी। इसलिए हमें लौटना पड़ा था।

हम स्कूटर से उतरकर घर की तरफ बढ़े तो सुनीता की माँ को वहाँ खड़े पाया। “अरे!” वे तमाम शंकाएँ, डर? मन किया कि उसी के सामने अपने गालों को थप्पड़ मार-मारकर घायल कर दूँ। शिवि ने मुझे गहरी नजरों से देखा और ताला खोलने आगे बढ़ गए। सामान अंदर रखने की भी हिम्मत नहीं हो रही थी, कमरों में इतनी धूल थी।

सुनीता की माँ ने जल्दी-जल्दी रसोई साफ की। फिर बाजार से दूध लाकर चाय बना दी। दोनों कमरों की सफाई की। जब तक हम नहा-धोकर फारिग हुए उसने खाना भी बना दिया।

उसके व्यवहार से मैं इतनी प्रभावित हुई कि तुरंत उसे एक नई साड़ी थमा दी। सुनीता के लिए भी एक मोतियों की माला दी। उसके जाने के बाद शिवि हँसे—“कहा था न शक करोगी तो जान से मार दोगी। वैसे औढरदानी हो।”

अगले दिन सुनीता की माँ कुछ जल्दी आ गई।

काम खत्म होने के बाद बोली—“बीबी जी, आपसे एक काम है।”

“बोलो।”

“कल से सुनीता आपके यहाँ काम करने आएगी।”

“लेकिन वह तो स्कूल जाती है।”

“कहाँ बीबी जी! कब से छोड़कर बैठी है। दसवीं में दो बार फेल हो चुकी है। अब कब तक उसे बैठाकर खिलाऊँ।”

मेरी बस का समय हो रहा था। मैं चल दी और इस तरह उस दिन के बाद सुनीता हमारे यहाँ आने लगी।

सुनीता की माँ हाथ थामकर काम करती थी मगर सुनीता, उसकी गति तो एक्सप्रेस से भी तेज। कब झाड़ू लगाती, कब पोंछा लगता, कब बर्तन मँजते। काम में कोई कमी भी न होती। फिर आकर वह सामने खड़ी हो जाती। मुझे तैयार होते देखती। टी. वी. देखने का तो उसे शौक था ही, वह अक्सर लिपस्टिक, पाउडर आदि के बारे में जिज्ञासु होती। कितने के हैं, किस कंपनी के हैं। इन चीजों के प्रति उसकी लालसा मुझे बहुत हर्ट करती थी। वह यह भी पूछती कि सस्ती वाली लिपस्टिक नहीं लगानी चाहिए न। उससे ओठ काले हो जाते हैं। और पाउडर की जगह तो डिब्बों में सेलखड़ी भर देते हैं। काजल बाजार का नहीं घर का बना लगाना चाहिए।

कभी-कभी मैं उसकी जिज्ञासा से झुँझला उठती—"क्या मुसीबत पाल ली?"

पर उसके सवाल इतने अबोधपन से भरे होते कि मुझे उस पर तरस आता। एक दिन वह बोली—"दीदी, बिना शादी के बच्चा होना आजकल बुरा नहीं मानते।"

"क्यों?"

"मैंने एक पत्रिका में पढ़ा था कि नीना गुप्ता और सारिका ने बिना शादी किए ही बच्चे पैदा कर लिए।"

मेरे पास कोई जवाब नहीं बन पड़ा तो मैंने बात पलटी—"अरे हाँ भूल ही गई थी कि तू नवीं तक पढ़ी है। दसवीं में फेल कैसे हो गई दो बार?"

"बस ऐसे ही।"

"क्यों, क्या माँ ज्यादा काम करवाती है?"

"नहीं।"

"तो फिर?"

"बस ऐसे ही, क्या करती, पढ़-लिखकर करना तो मुझे चौका-बरतन ही है। आपकी तरह मेम तो नहीं बनाएगा कोई मुझे।"

"क्या कहा मेम! मैं तुझे मेम लगती हूँ? अरे भाई मैं भी किसी की नौकर हूँ।"

"लेकिन आप मेरी तरह की नौकर थोड़े ही हैं। मैं तो घर-घर झाड़ू-बुहारू करती हूँ और आप दिन-भर मेज-कुर्सी पर बैठती हैं।"

"हाँ वह तो ठीक है। तो तू भी पढ़-लिख। दुनिया में कोई कुछ भी बन सकता है यदि वह मेहनत करे।"

वह बहुत देर तक मुझे देखती रही। "क्या सचमुच मेहनत से सब कुछ हो सकता है?" उसने दोहराया।

"हाँ, क्यों नहीं?"

मेरे यह कहने पर भी उसे विश्वास नहीं था। वह हल्की-हल्की मुस्कराहट से खेलती रही।

शिवि ने कई दोस्तों, प्रोफेसर मेहता, डॉ. वर्मा और रंजीत को रात के खाने पर बुलाया था। अगले दिन इतवार था इसलिए किसी को जाने की जल्दी भी नहीं थी। काम के लिए उस रात मैंने सुनीता को रोक लिया था।

डॉ. वर्मा सबसे पहले आए थे। प्रोफेसर मेहता और रंजीत लगभग साथ-साथ घर में घुसे थे।

खाने-पीने का प्रोग्राम शुरू हो गया था। टेलीविजन पर सुष्मिता सेन की विजय पताका फहरा रही थी। लड़कियाँ बातचीत कर रही थीं कि कैसे सुष्मिता सेन ने देश का नाम रोशन कर दिया। कैसे उसने सिद्ध कर दिया है कि भारतीय स्त्री चाहे तो कुछ भी कर सकती है।

"अब भारतीय स्त्री का गौरव बढ़ाने के लिए विश्वसुन्दरी होना पड़ेगा।" प्रो. मेहता ने कहा—"बुद्धिमान स्त्री किसी को नहीं चाहिए। वह डराती है। सुन्दर, सैक्सी ग्लैमरस स्त्री चाहिए।"

डॉ. वर्मा जो हमेशा प्रो. मेहता की बात को काटने के लिए तत्पर रहते थे, बोले—"क्यों, तुम्हें सैक्सी दिखने वाली स्त्रियों से चिढ़ है? दिख जाए तो अभी बाल सँवारने लगोगे।"

"चिढ़ का क्या मतलब है—यदि सैक्सी दिखना और सरेआम कपड़े उतारना ही औरत की अंतिम नियति है तो फिर वे कट्टर तत्त्व ठीक करते हैं जो औरत को अपनी जागीर मान बुर्के और घूँघट में रखते हैं। दोनों एक ही बातें हैं।"

रंजीत जो दोनों की बातें सुन रहा था बोला—"लेकिन प्रो. मेहता, औरत कपड़े उतार दे तो यह उसकी निर्लज्जता। और पुरुष कपड़े उतार दे तो वह माचोमैन। माना तो आपने भी औरत को सैक्स आब्जेक्ट ही।"

डॉ. वर्मा रंजीत की बात सुनकर जोर से हँसे तो शिवि ने कहा—"चाहे कोई कुछ भी कहे, आगे आने वाले दिनों में औरत केंद्र में रहनी है।"

"क्या खाक केंद्र में रहनी है यार। यदि इसी तरह नंगी-बूची औरत को केंद्र में रहना है तो मैं पसन्द करूँगा कि वह बुर्के में रहे।" प्रो. मेहता ने कहा।

"आप पसंद करेंगे?" रंजीत ने एक लंबा घूँट लिया—"हा-हा-हा, आपकी पसंद के कितने टके उठते हैं यह पूरा समाज आपका गुलाम है। क्या आप इसे कंट्रोल कर सकते हैं? अपने बच्चे तो बात मानते नहीं, उम्मीद हम यह करते हैं कि पूरे समाज पर हमारा हुकुम चले। हम न हुए हिटलर हो गए।"

रंजीत की बात सुनकर प्रो. मेहता का चेहरा तमतमा गया। डॉ. वर्मा उठे और चैनल बदल दिया—"अब न सुष्मिता सेन दिखेगी न इतनी लंबी-चौड़ी बातचीत होगी।"

मुझे भी अच्छा लगा कि क्योंकि बात जिस तरफ जा रही थी उसमें पूरी आशंका

थी कि तू-तू, मैं-मैं हो जाए, या कोई एक जना रूठकर चला जाए। खाने के वक्त पर्यावरण, गंगा-सफाई, बेनजीर भुट्टो, बिल क्लिंटन तथा और भी बहुत-से विषयों पर बातचीत खिंचती रही।

उठते-उठते विदा करते-करते एक बज गया।

सुबह जब नींद खुली तो नौ बज रहे थे। सुनीता को जल्दी से जगाकर चाय बनाने को कहा। चाय पीकर मैं नाश्ता बनाने लगी। शिवि बाल कटाने चले गए और सुनीता रात के बरतन माँजने लगी।

अचानक ही बोली—"दीदी, यह केंद्र में आना क्या होता है?"

"क्या मतलब?"

"रात में सब लोग कह रहे थे न कि औरत केंद्र में आ गई है।"

मेरी समझ में नहीं आया कि इस सत्रह-अठारह वर्ष की किशोरी को कैसे समझाऊँ कि औरत का केंद्र में आना क्या होता है? हम पढ़ी-लिखी औरतों की मुसीबत ही यह है कि हम उन औरतों को कई बार वे बातें नहीं समझा सकते जिनके बारे में रात दिन हो-हल्ला किया करते हैं।

फिर भी मैंने समझाने की कोशिश की—"केंद्र में आने का मतलब है लोग अब औरतों के बारे में सोचने लगे हैं। उनकी समस्याओं पर बहस करने लगे हैं।"

"तो क्या पहले नहीं सोचते थे?

"सोचते थे मगर अब ज्यादा। अच्छा चल अब जल्दी से काम निपटा, तेरी माँ इंतजार कर रही होगी।" सुनीता ने दौड़कर झाड़ उठा ली मगर उसकी आँखों में अधूरा कुछ रह जाने का भाव था। वह झाड़ लगाते-लगाते भी मुझे देख रही थी।

हमारी हर रोज की भाग-दौड़ में ऊब थी, हताशा थी। दफ्तर की भाग-दौड़ और ईर्ष्या-द्वेष थे। दफ्तर की चिक-चिक घर में क्रोध बनकर फूटती थी। फिर लड़ाई के बाद मैं और शिवि लड़ाई के कारणों पर सोचते थे और दफ्तर के कारण दोबारा न लड़ने की कसमें खाते थे मगर एक सुबह खाई गई कसम कई बार उसकी शाम टूट जाती थी। स्त्री की आत्मनिर्भरता के किताबी प्रश्न पर हम कितनी बार सोचते थे...आत्मनिर्भरता माने दफ्तर जाना, नौकरी करना, वहाँ की उठा-पटक में उलझना, शाम को ड्रेगन की तरह मुँहफाड़े घर की ओर लौटना, रोटी बेलते हुए दफ्तर में क्या काम अधूरा रह गया इसके बारे में सोचना।

शिवि कहते—"कोई रास्ता भी तो नहीं है इसके सिवाय। पढ़-लिखकर औरत को सिर्फ घर में बंद तो नहीं रखा जा सकता।"

"लेकिन बाहर जाकर ही कौन-से तीर मार लिए जाते हैं सिवाय इसके कि हर वक्त यह सोचते रहो कि हाय कोई मेरी बात से हर्ट तो नहीं हो गया। छुट्टी मिलेगी या नहीं। बॉस किस तरह पेश आएगा और सबसे बड़ा संकट यह है कि बॉस ने जरा मीठी बात कर ली तो कहने लगेंगे यह तो उसकी चहेती है।"

"औरतों को इन बातों से तो बेपरवाह होना ही होगा। यही तो सबसे बड़ा अस्त्र है जिससे उन्हें पीटा जाता है।" शिवि कहते।

हमारे पास एक-दूसरे के लिए कितना कम समय था—उसमें भी तमाम तरह की बहसें थीं। उतार-चढ़ाव थे।

आजकल सुनीता वक्त पर आती। जब से मैंने उसे एक लिपस्टिक और पाउडर दिया था, वह काम ठीक कर रही थी। कोई चाहे तो कह सकता था इस तरह टुकड़ा डालकर मैंने उसका श्रम खरीद लिया था। मैंने उसका शोषण किया था। शब्दों के अर्थ अपने आप से ही बेपरवाह हो उठे थे जहाँ सहानुभूति दिखाना किसी के अपमान में बदल सकता था।

मैं नहा कर निकली तो सुनीता चाय तैयार किए खड़ी थी। शिवि ने मुस्कराकर कहा—"आजकल यह तुम पर बड़ी मेहरबान हुई रहती है।"

"देख लो, तुम मेहरबान नहीं होते तो दुनिया में कोई भी मेहरबान नहीं हो सकता क्या?" मैंने भी हँसकर कहा। तभी रसोई से जोर से आवाज आई—"चोली के पीछे क्या है, चोली के पीछे।"

"हैं", मुझे ताज्जुब हुआ—"क्या दिमाग चल गया है इसका!"

"दिमाग नहीं चल गया है। इससे कहो कि बम्बई में हेमा मालिनी की सीट खाली हो गई है।" शिवि हँसे।

"वैसे तो तुम औरतों के पक्षधर हो और वैसे एक गरीब लड़की का मजाक उड़ाते हो।"

"इसमें मजाक की क्या बात है। हमारे ऋषि-मुनि कह गए हैं कि परिश्रम, धैर्य और लगन हो तो क्या नहीं हो सकता।"

"हे आधुनिक ऋषि जी, आप जानते होंगे कि आज फिल्मों में कौन सफल होता है। बड़े उद्योगपतियों, स्टारों और एन. आर. आई. के बच्चे।"

"साले आदमी अपने पैरों में कुल्हाड़ी खुद मारते हैं। पहले औरतों को पढ़ा-लिखा देते हैं, फिर उनसे बहस में भी हार जाते हैं।"

सुनीता देवी का गाना बंद हो चुका था। हम भी तैयार होकर दफ्तर जा रहे थे।

शाम को जब मैं और शिवि बाजार गए तो प्रोफेसर मेहता दिख गए। हम उनसे बात करने लगे। तभी सुनीता आती दिखी। वह अपने आप में इस तरह खोई थी कि उसका ध्यान ही हमारी तरफ नहीं गया, या उसने जानबूझ कर नहीं देखा। वह उसी स्कर्ट को पहने थी जो मैंने उसे दिवाली पर लाकर दी थी। उसने साड़ी की जगह स्कर्ट माँगी थी। सुनीता की पोनी टेल हवा में लहरा रही थी। ओठों पर करीने से लिपस्टिक लगी थी। ऊँची एड़ी की चप्पलें पहने वह चली जा रही थी।

अगले दिन जब मैंने उससे पूछा तो वह बोली—"अरे आप कहाँ थीं? मैंने देखा नहीं। मैं आईब्रो बनवाने गई थी।" और एकाएक मेरा ध्यान उसकी धनुषाकार भौंहों की तरफ गया।

"क्या जरूरत थी?" कहने को मैंने कहा पर चुप भी हो गई—'अजीब बात है! वह नौकरानी है तो क्या आईब्रो नहीं बनवा सकती?'

'आखिर उसकी इच्छाएँ वे क्यों नहीं हो सकतीं जो किसी और की होती हैं? गरीबी के कारण इच्छाएँ तो पिंजरे में बंद नहीं हो जातीं।"

सुनीता ने बीच-बीच में काम छोड़कर शीशे में देखा, स्वीकृति चाहिए थी अच्छा दिखने की, लगन की।

और एक महीने में तो जैसे बदलाव की हवा बहने लगी थी। नई अर्थ-व्यवस्था हमारे घर में घुसी चली आ रही थी। लिपस्टिक और सौंदर्य प्रसाधनों पर छूट दी जानी चाहिए—इसे मनमोहन सिंह ने सही पकड़ा था।

सुनीता की लिपस्टिक के रंग बदल रहे थे। उबटन और मलाई की मालिश ने चेहरे को और कांतिमय बना दिया था। ऊँची स्कर्ट पहने इठलाती हुई वह ठक-ठक करती आती।

कई पड़ोसिनें कहतीं—"आजकल के नौकरों को देखो। ये नौकर लगते हैं! अजी ये रख लें हमारे जैसे चार-छह नौकर।"

पहले जब कोई घर में आता था तो सुनीता की कोशिश रहती थी कि वह इर्द-गिर्द चक्कर लगाती रहे। बातें सुने, औरतों के जेवर, कपड़े और मर्दों की खूबसूरती को देखे। और कुछ नहीं तो टी. वी. पर चलने वाले प्रोग्राम ही देखती रहे। लेकिन अब स्थिति बदल रही थी। उसकी कोशिश थी, कोशिश थी उसकी, अब कोई आए तो वह पाताल में समा जाए या आसमान उसको निगल ले। कोई न देखे उसे, न जाने वह नौकरानी है। उसे झाड़ू लगानी पड़ती है, पोंछा करना पड़ता है, उतरे हुए कपड़े पहनने पड़ते हैं और कभी-कभी डाँट खानी पड़ती है।

इच्छाओं का अनंत आकाश उसके लिए खुल रहा था। जिसे लोग संतोष-धर्म मानते थे, जो कर्म और भाग्य के आधार पर अपनी स्थिति तय करते थे, वे लोग नहीं थे अब। एक की इच्छा दूसरे की इच्छा क्यों नहीं हो सकती, जबकि इस दुनिया में हम सब बराबर हैं? और क्या बिल्कुल हमने यही नहीं चाहा था, जागरूकता चाही थी, बराबरी, संघर्षमय जीवन...सुनीता जब-जब, जीती-जागती बिल्कुल हमारे सामने हमारी किताबों में लिखे वाक्यों का जवाब हमसे माँगती थी, तो बुरा क्यों लगता था? दिल में टीस-सी क्यों उठती थी? बराबरी के नाम पर ठंडी साँस क्यों उभर आती थी? तर्क कहता था क्यों नहीं? दिल कहता था ऐसा कैसे?

एक बार सुनीता नहीं आई कई दिन। वह कहाँ थी। न उसका पता था न उसकी माँ का। वे रहते कहाँ थे यह तो मालूम था, लेकिन झुग्गियों के उस विराट जंगल में उसे कहाँ खोजा जा सकता था?

फिर एक शाम सुनीता की माँ आ धमकी। मैं गुस्से से उबलती कि वह बोली–"आप नाराज न हों। अब से आपका काम मैं करूँगी।"

"क्यों, सुनीता कहाँ है?"

"अरे बीबी जी! क्या बताऊँ, लौंडिया का पैर निकल गया हे घर से बाहर। जो कमाती है बिंदे-टिपके पर खर्च कर देती है। घर में एक धेला नहीं देती है।"

"तो घर में बन्द करके क्या करेगी तू उसका?"

"करूँगी क्या, मेरे लिए आफत ही आफत है।" कहकर वह काम में लग गई।

पूरे दिन दफ्तर में मन नहीं लगा। दो बार तो शिवि को टेलीफोन किया। सुनीता जैसे बार-बार आकर दिमाग का दरवाजा खड़खड़ा रही थी। अब वह दृश्य में कहीं नहीं थी तो मुझे उससे सहानुभूति हो रही थी।

इस बात को कई महीने हो गए। सुनीता दृश्य-पटल से गायब हो गई। शुरू-शुरू में तो उसके बारे में पूछती थी, लेकिन अब वह हँसी और चिन्ता का विषय भी नहीं रही थी।

एक शाम जब मैं और शिवि एक शादी से लौटे तो हमने सुनीता की माँ को दरवाजे पर देखा।

वह पत्ते की तरह काँप रही थी। " बीबी जी, बचाओ!"

"हुआ क्या है?" शिवि ने पूछा तो मैंने जल्दी से उसे अंदर खींचा। अभी भीड़ लग जाएगी यहाँ।

"सुनीता को बचाइए बीबी जी!!" उसने कहा।

"क्या हुआ?"

"उसे पुलिस पकड़कर ले गई है।"

"क्यों, क्या किया उसने?"

"वह माडलिंग करने लगी थी।"

"माडलिंग! मगर तूने तो कहा था वह घर में बन्द है।"

"झूठ बोला था आपसे। सुनीता ने मना किया था। कहती थी कि खूब सारा पैसा कमाकर जब बीबी जी के सामने जाऊँगी तो उन्हें चक्कर में डाल दूँगी।"

"तो तू अब मुझे चक्कर में डालने आई है। पुलिस पकड़ ले गई तो मैं क्या करूँ"। मैं चीखी तो शिवि ने शान्त किया और पूछा–"पुलिस ने क्यों पकड़ा?"

"क्या बताऊँ साहब। लौंडिया ने मुँह काला करा दिया। फोटू उतारने वाले ने झाँसे में देकर उसके गंदे-गंदे फोटो खींच लिए। कहीं से पुलिस को खबर हो गई।

वह कुतिया का जाया पकड़ा गया तो पकड़ा गया, सुनीता की भी जिंदगी खराब कर दी।" वह बार-बार पैरों पड़ रही थी।

संयोग था कि थानेदार शिवि का दोस्त था। बड़ी मुश्किल से बात रफा-दफा हुई थी। पूरी रात थाने में गुजर गई थी।

कुछ दिनों बाद बस की खिड़की से मैंने देखा सुनीता वैसी ही बनी-ठानी किसी की मोटर साइकिल के पीछे बैठी चली जा रही थी।

(आजकल–युवा हिन्दी लेखन विशेषांक, 1995)

मातृ ऋण

...वह मेरी भतीजी है। मैं उसकी बुआ। बहुत छोटी थी तो मैंने ही उसका नाम रखा अनु। अनुपमा। मेरे बड़े भाई की पहली संतान। तब मैं हायर सैकेंड्री कर रही थी। भाभी को सख्त अफसोस था कि वह बेटा न दे सकीं। मुझे भी था। शायद भाई को भी रहा हो।

मैंने भाईसाहब के घर रहकर पढ़ाई की। भाभी के तनाव सहे। फिर विवाह किया। अलग घर बनाया।

आज अनु का सोलहवाँ जनमदिन था। उसे मेरे पास आना था। अब वह बड़ी थी–साड़ी में वह और भी बड़ी दिखती थी।

स्त्रियों के बारे में जो लोग कहते हैं कि वे बात के बिना नहीं रह सकतीं, वे नहीं जानते कि इस समाज ने उन्हें अभी जुबान भर बख्शी हुई है। वे उसी से सारे काम लेती हैं...मैं और अनु भी बातचीत में व्यस्त थे।

पता नहीं कैसे बात चल निकली। अनु के साथ एक विचित्र-सी बातचीत। उसने कुछ कहा।

कपड़े खरीदते वक्त मुँह से निकल गया था–"पता नहीं उम्र कैसे बीत जाती है!" अनु कपड़ा पसंद करती बोली थी–"मैं तो मम्मी-पापा से यही कहती हूँ कि आप लोगों ने कुछ इंजाय नहीं किया। बस सबके लिए करने में ही जिंदगी निकाल दी।"

अनु को पता भी न था इस एक 'करने' शब्द का असर क्या हुआ था। अनु के पिता यानी कि मेरे बड़े भाई द्वारा यश नहीं कमाया गया। यदि परिवार का बोझ उनके ऊपर न होता तो वह बहुत कुछ कर सकते थे।

"पापा को आजकल लगता है कि उन्होंने खुद को वेस्ट कर दिया।" कारपोरेशन की बदइंतजामी के मारे पार्क में बुरा हाल था। हम दोनों साथ-साथ थे। हमारे पैरों के वजन से सूखे पत्ते बहुत देर तक किकियाते रहे थे। मेरी भतीजी बड़ी हो चुकी थी। उसका यह नया रूप खुल रहा था। बड़ों की बातों के अर्थ वह समझने लगी थी। उस वक्त अनु के चेहरे पर कोई भाव नहीं था। लेकिन उसके मन में हमारे

प्रति वितृष्णा ही रही होगी। हम बुआ-चाचा उसके लिए, उसके परिवार के सुखों में सेंध लगाने वालों के अतिरिक्त और थे भी क्या!

"देखो बुआ!"—उसने चलते-चलते एक छोटा-सा हरा-पीला पंख उठा लिया था—"कित्ता सुंदर है!"

"तोते का है।"

"आपको इन सबकी बहुत पहचान है। पापा कहते हैं उनकी योग्यता आपको मिली थी।"

"थी।" मैंने कहा और हँस दी।

"थी क्या अब भी आप बहुत होशियार हैं। बहुत-सी ऐसी चीजें हैं जो परिवार में आपने ही सबसे पहले कीं।"

"जैसे!"

"जैसे अपनी पसंद से शादी।"

मैंने उसकी तरफ देखा। यह कहते हुए उसके साँवले गाल भी सुर्ख हो गए थे—उम्र का तकाजा था।

"और यह नहीं कि शादी में एक छदाम भी खर्च नहीं हुआ?"

"हाँ यह तो है ही। लेकिन अब हर एक आपकी तरह लकी तो नहीं हो सकता!" वह पंख को उलट-पुलट रही थी।

"हाँ तभी भाईसाहब कहते हैं कि तेरे लिए पैसा खर्च करके भी अच्छा लड़का मिला तो ढूँढ़ेंगे। जैसे-जैसे मुसीबतें आती हैं, मनुष्य उनके अनुसार बदलता जाता है। उसी हिसाब से जस्टीफिकेशन भी ढूँढ़ लेता है। लोग कैसे किसी के अहसान को भूल जाते हैं। मैं तो कोशिश करती हूँ जिस भी काबिल हूँ जैसी भी हूँ, किसी को मेरे कारण कोई कष्ट न हो। फिर भी..."

"क्या फिर भी!"

"फिर भी लगता है कितनी उँगलियाँ हैं जो अपनी ओर उठी हुई हैं। लगता है जैसे हमारे कारण ही सब कुछ हो गया। किसी को कुछ न मिल सका। काश, हम हुए ही न होते!"

"आप शायद गलत समझीं! पापा सबसे बड़े थे तो सबसे ज्यादा करना पड़ा।"

"हाँ सबके अपने-अपने दुःख हैं। हमारी पीढ़ी में घर का बड़ा परिवार का जुआ ढोता था और घर का सबसे छोटा बच्चा कभी अपने घर का अहसास ही नहीं कर पाता था। माँ-बाप का घर नहीं रहता तो रहता ही क्या है? वैसे भी माता-पिता के बाद भाई-बहनों में जो भी थोड़ी-बहुत पतली, उलझी हुई, स्नेह की डोर बचती है, अगली पीढ़ी तक आते-आते वह भी नष्ट हो जाती है।"

"आप तो सबसे ज्यादा लाडली थीं। फिर भी ऐसा कहती हैं!" वह शरारत से बोली।

पार्क के कोने में अनु के साथ बैठी क्या-क्या सोचती रही। जब भी इसे देखती हूँ लगता है किसी ने सवालों के समुद्र में फेंक दिया है। आसपास कोई चिड़िया भी चहकती है तो लगता है कोई फुसफुसा रहा है—भाईसाहब इसलिए कुछ नहीं कर पाए क्योंकि हम थे। हम हैं, हम रहेंगे।

संयुक्त परिवार की एक दुखद नियति। एक ऐसी त्रासदी जिस पर किसी का वश नहीं...काश कि हम अपने जन्म के लिए खुद जिम्मेदार होते। अनु की बात इतनी दिल से लग गई थी। लगा था फूट-फूटकर रो पड़ूँगी।

मैं उठी तो वह भी उठ ली। वह साथ खेलने को आई थी। मैं अकेली होना चाहती थी। सिसकना चाहती थी। चीखना चाहती थी।

"माँ कब आएँगी?" मैंने यूँ ही पूछ लिया।

"पता नहीं वह सुनती कब हैं किसी की।" उसने कहा।

"सुनें भी क्या! उनकी जरूरत ही क्या है किसी को। उनकी राय, उनकी नीयत, उनकी उम्र सब कुछ तो बीते जमाने की बातें हो गईं।"

"उनसे यह नहीं होता चुपचाप रोटी खाएँ भगवान का नाम लें। बेकार की मोहमाया में पड़ी रहती हैं।"—अनु ने बुजुर्गों वाले अंदाज में कहा।

मैं जानती हूँ कि वह नहीं जानती कि क्या कह रही है। वह अभी स्त्री नहीं बनी है। इसलिए नहीं जानती कि बच्चे माँ के बारे में क्या सोचते हैं!

गाँव में भाई के नाम मकान ट्रांसफर करते वक्त माँ को कैसा लगा होगा? उसकी सम्पत्ति, उसके पति द्वारा खरीदी हुई मगर उसे दान करने वाला कोई और जिसकी ईंट-ईंट माँ के खून-पसीने से सराबोर थी। गारा बनाने से ईंट ढोने तक। क्या नहीं किया था माँ ने उस वक्त! एक खुद्दार स्त्री सिर्फ कहानियों, कविताओं, नाटकों में ही सम्मान पाती है जीवन में तो वह सिर्फ माँ जैसी बन जाती है, अकेली उदास और विरक्त। जब माँ ने इस ओर इशारा किया तो उन्हें डपटा गया—"तुम बहुत छोटी बातें क़रती हो। भाइयों में मनमुटाव कराना चाहती हो।"

फाटक बंद था।

कार रोककर भाई ने कहा था—"मैं चाय ले आता हूँ।"

कई बार बिल्कुल अपनों में बातचीत के कोई मुद्दे नहीं बचते। बातचीत के सिरे ढूँढ़ने पड़ते हैं—"हम चाहे जहाँ चले जाएँ रहेंगे यू. पी. वाले ही । यू. पी. की सीमा में घुसते ही एक आकर्षण-सा पैदा हो जाता है।"

"सच्ची बात कहूँ" बड़े भाई बोले थे—"मुझे ऐसा कुछ नहीं होता। डिटैचमेंट

की एक फीलिंग मुझे बाऊजी से मिली थी।''

''बाऊजी आज होते तो...'' मैंने कहा—''चलो माँ तो हैं।''

बात पूरी नहीं हुई थी कि फाटक खुल गया था। भाई चाय छोड़कर चले आए थे। चाय वाला कुड़बुड़ाता रहा था।

''अब यहाँ भी हम बस जा ही रहे हैं।'' बड़े भाई ने कहा था।

''यस...यस नो बडी इज वेटिंग फार अस।'' भाई ने कार मोड़ी थी।

''ठीक है। चचा हमारे पिता की पीढ़ी के अंतिम सदस्य थे।''—बड़े भाई पान चबाते कह रहे थे।

''जिंदगी भर बाऊजी को सताया। अब वहाँ भी पहुँच गए।'' कहते हुए मैंने देखा एक आदमी साइकिल पर डलिया रखे ले जा रहा था। उसमें छोटा दूध जैसा सफेद गाय का बच्चा बैठा था। उसे चारों ओर रस्सी से बाँध दिया था। पीछे-पीछे गाय जा रही थी। बच्चे के पीछे भागती माँ। खेत, सरसों, गेहूँ और ईख से भरे हुए थे।

बिल्कुल इसी तरह उस दिन बाजार में छत पर बैठे बंदर ने टकटकी लगाकर अमरूद खरीदते देखा था और उसे भी न जाने क्या सूझा कि एक अमरूद उसकी तरफ उछाला था। बंदर ने कुशल कैच पकड़ने वाले की तरह पिछले दो पैरों पर खड़े हो बिना कोई गलती किए अमरूद लपक लिया था। ऐसा करना उसने कहाँ से सीखा होगा?

''पता नहीं माँ भी कब तक हैं? जब भी देखती हूँ लगता है बस किसी दिन ये भी चल देंगी।'' पीछे छूटते खेतों को मुड़कर देखते हुए कहा था—

''अब जो चीज होनी है उसे कौन रोक सकता है।'' भाई कुछ और भी कहना चाहते थे।

''मैं तो कहता हूँ अब यहाँ जा और वहाँ जा छोड़ो। एक जगह टिककर रहो। बेचो साले उस मकान को।'' छोटे भाई खीझ-से रहे थे।

''लेकिन क्या एक बूढ़े आदमी की बोरियत की समस्या नहीं होती। जब उसकी जिंदगी की सारी समस्याएँ हल हो गई होती हैं तो वह अपना वक्त कैसे काटे। हम सब तो अपने-अपने कामों में लगे हैं। इधर-उधर आने-जाने से मन तो लगा रहता है उनका।'' मैं माँ के पक्ष में खड़ी क्यों दिखती थी।

''तब क्या होगा जब रास्ते में कहीं मरी मिलेंगी। या हाथ-पैर तुड़वा लेंगी।'' बड़े भाई की चाय खत्म हो गई थी—''मैं तो कहता हूँ मकान बेचकर पैसा फिक्स्ड में करो। चैन से रहो।'' छोटे भाई बोले।

''लेकिन कोई बूढ़ा आदमी इंडिपेंडेंटली रहना चाहे तो...वह नहीं लेना चाहतीं किसी से पैसा!''

''दुनिया से यही कहलवाना चाहती हैं न कि साहब कुंगड़-कुंगड़ लड़के हैं और माँ को रख नहीं सकते!''

कितनी ऐसी बातें हैं जो लोक-लिहाज से नहीं कही जा सकतीं। अनु ने कहा था–'करना'। भाभी ने कहा था–"एक ही हमेशा क्यों करे?" बीच के भाई की राय थी–"हमारी माँ राजनीति करती हैं। इसकी नीयत में खोट है।"

और माँ जब पिछली बार आईं तो कहती रहीं–"मैं किसी के पास नहीं रहना चाहती। मैं रहती हूँ लोग आते-जाते हैं इन सबको बोझ लगता है।"

माँ जिद्दी हैं। अपनी बात कहती हैं। अतीत के मुर्दे उखाड़ती हैं....मगर फिर भी क्या वह हमारी जिंदगी में इतनी गैर जरूरी हो गईं! वक्त ने उनको पंक्ति से बाहर खदेड़ दिया। यह दुनिया जिसमें शक्ति, चुस्ती, फुर्ती और युवावस्था का साम्राज्य है उसमें माँ दृश्य से परे चली गईं।

मैं असहाय-सी देखती हूँ एक मनुष्य की असहायता नहीं किसी की लड़की होने की असहायता...माँ जिसकी हर चीज लड़कों तक चली गई...संवेदना सिर्फ मेरे हिस्से तक बची क्यों?

"बेटा मैं तेरे घर नहीं रहूँगी। सारी दुनिया कहेगी लड़के छोड़ लड़कियों के घर पड़ी है।"

"तुम मकान मत बेचना।"

"हाँ मैं भी हाथ नहीं फैलाना चाहती। तेरी दादी और बाप के आगे ही नहीं फैलाया तो अब इनके आगे फैलाऊँ जिनके गू-मूत धोए हैं। इनकी औरतें यही चाहती हैं।"

"तुम औरतों को बीच में क्यों लाती हो, जो कहना है अपने लड़कों से कहो।"

"लड़के मेरे कहाँ हैं? पाल दिए पनास दिए और दे दिए।"

"मुझे तो तुमसे यही शिकायत है कि पैदा ही क्यों किया? पैदा किया था तो कर्तव्य भी पूरे किए होते!"

"तेरे बाप रिटायर हो गए जल्दी, सब किस्मत की बात है मगर तेरे भाई लाखों से अच्छे हैं। वे तो कुछ नहीं कहते।"

वे कुछ नहीं कहते...जब कोई और कुछ कहता है–खासतौर से बच्चे तो लगता है एक डिग्री नीचे कर दिया गया है। कहीं अपमान का भाव है जिसकी प्रतिध्वनियाँ सुनाई देती रहती हैं। ऐसा कौन-सा ऋण है जिससे आप उऋण नहीं हो सकते। सिवाय उसके जिसमें अपने माता-पिता के कर्तव्यों का हिसाब आपकी अगली पीढ़ी आपसे माँगती है!

"जा रही हो। मगर ध्यान रखना!" मैं माँ को बस में चढ़ा रही हूँ।–"वैसे तो दो दिन रुक जातीं मैं तुम्हें छोड़ आती।"

''अब इन बूढ़े हाड़ों में क्या नई जान डालेगी। कितने तवे चिमटे टूट गए—शरीर कब तक चलेगा!''

''बस तुम मरने की बात मुझसे मत किया करो। जब तक तुम हो हम एक टूटी छान के नीचे खड़े हैं, तुम नहीं रहोगी तो यह भी उड़ जाएगी। हम सब न जाने कहाँ से कहाँ होंगे!'' मैं आँसू माँ से छिपाना चाहती हूँ। मगर वह बिना देखे भी देख लेती हैं—''अगले जनम में भगवान से माँगूँगी। प्रभु एक छोड़ कई लड़कियाँ दे मगर बहुत-सा धन भी दे।''

''क्या तुम अगले जन्म में लड़की बनना चाहोगी। इस जन्म से पेट नहीं भरा।'' मैं हँसकर कहती हूँ।

''तेरे बाप कहते थे लड़की का जन्म बड़े भाग्य से मिलता है। वैसे भी इन सबको अपनी लड़कियाँ इतनी प्यारी हैं और मेरी लड़कियाँ घूरे से उठकर आई थीं। जैसे।'' कई बार शब्द कान में गूँजकर हवा में गुम हो जाते हैं। महीनों से मैं अनु का 'करना' भूलना चाहती हूँ। लेकिन वह है कि रिकार्ड की तरह बजता रहता है।

''छोड़ो भी इन बातों से क्या फायदा! फिर अपने बच्चों के लिए सब करते ही हैं।''

''यही तो मैं कहती हूँ। बात-बात पर सुना देती हैं इन्हें तो अपनी लड़कियाँ ही प्यारी हैं। क्यों प्यारी न हों! अपनी-अपनी छातियों पर हाथ रखकर देखें, पर क्या कह सकते हैं! अपने बच्चे ही सबसे ज्यादा जूते मारने वाले बन जाते हैं!''

''तुमने बेकार में उस मकान का किस्सा उठाया। तुम क्या करतीं अपना हिस्सा लेकर!''

''मैंने सिर्फ इतना कहा था कि इस मकान के सात हिस्से होने चाहिए। बस इसी पर चिढ़ गए कि लड़कियों का नाम क्यों लिया?''

''तुम्हें तो पता है मुझे कुछ नहीं चाहिए। अपने हाथों में दम हो।''

''एक बार पूछ तो सकते थे। मेरी लड़कियों के पास भगवान का दिया क्या नहीं है? तुम लोगों की बात तो छोड़ो मैंने अपनी बात कही इसी पर मार-झगड़ा! जिंदा रही तो देखूँगी कि जो महल दुमहले इन्होंने खड़े किए हैं उन्हें इनके बच्चे इनके सामने बेचेंगे तो इन्हें कैसा लगेगा?''

''मैं फिर कहती हूँ बेकार की बुराई क्यों लेती हो!''

''बुराई की क्या बात है! बस अपने हाथ कटाते जाओ। कानून लड़कियों को कुछ दे दे पर लड़कियाँ माँगेंगी नहीं इस डर से कि कहीं भाइयों से संबंध न बिगड़ जाएँ!''

यह माँ कानून कब से जानने लगी सोचते हुए मैंने कहा—''चलो बस लग गई है। बिठा दूँ। ध्यान से जाना। चिट्ठी लिख देना। चिंता लगी रहती है!''

''चिंता की क्या बात है! मरे कुत्ते को भी घसीट कर एक तरफ कर देते

हैं। मैं मर जाऊँ तो अब रह क्या गया! तुम सब बने रहो!''

सबके बने रहने की चिंता है! हम उनके बने रहने की कितनी चिंता करते हैं।

मेरा मन करता है कि मनु महाराज को एक चिट्ठी लिखूँ। लिखकर कहूँ कि महाराज मातृ ऋण, पितृ ऋण और आचार्य ऋण बना तो दिया, पर मातृ ऋण चुकाता कौन है?

हम बेटियाँ माँओं को अपने भीतर पाती हैं। हम उन्हें जिंदा देखना चाहती हैं। हम चाहती हैं कि वे कभी न मरें। उनका कभी अपमान न हो। उनके पुत्र उन्हें क्यों नहीं चाहते। हमें मातृ ऋण चुकाने का अधिकार तो दिया होता।

मेरी माँ यह ऋण नहीं कबूलती। बेटी के घर रहना पाप है न, वह हमारे यहाँ पानी भी नहीं पीती! वह अब भी मनुस्मृति से नहीं बच सकी है। बचपन में पिता, जवानी में पति और बुढ़ापे में लड़कों के घर के अलावा उसे कुछ नहीं दीखता।

(इन्द्रप्रस्थ भारती, जनवरी-मार्च '92)

घर-घर

चाँद बड़ा निखट्टू हो गया है। रात तो रात दिन में भी कभी गुलाब के गमले में उग आता है। कभी साइकिल चलाने लगता है, कभी रोता है। कभी भरी दोपहरी को बालकनी में आ बतियाता है तो कभी लड़ने पर उतारू हो बहस करता है।

"क्यों जी मेरे घर में कूलर क्यों नहीं हो सकते। तारे आसमान के कूलर ही तो होते हैं। मैं उन सबमें जा-जाकर पानी भरता हूँ। तभी तो रात में इतनी ठंड हो जाती है। सारे कूलर इकट्ठी हवा जो फेंकते हैं।...

"मेरी भी मैडम होती है। मैं उनसे लड़ भी सकता हूँ...मेरे मम्मी-पापा जबरदस्ती दूध पिलाते हैं...वीडियो भी नहीं देखने देते...मुझे मैथ्स की मैडम जरा अच्छी नहीं लगतीं...मम्मी-पापा कहते हैं जब मैं बड़ा हो जाऊँगा तो धरती पर आ जाऊँगा..." फिर चाँद किसी चिड़िया के पंखों पर सवार हो या पतंग की डोर के सहारे फुर्र से आसमान में गुम हो जाता है।

वह उसे देर तक आसमान में खोजती रहती है। उसकी दुनिया में प्यारा-सा दोस्त तो बस चाँद ही है, नहीं तो यह दुनिया खलनायकों और दुश्मनों से भरी पड़ी है। किस्म-किस्म के ढेरों खलनायक..

"कल वेंकटेश ने टाफी छीन ली थी।"

"आज कार्तिक ने लात मारी थी।"

"प्रियंका झूलने नहीं देती।"

"प्रेरणा ने कुट्टी कर ली है।"

"श्रद्धा की 'शितानियों' की डाँट मुझे पड़ती है।"

इन सबका बदला वह गिन-गिन कर चाँद से लेती है। उसके कान उमेठती है। खाना नहीं देती। कमरे में बंद कर देती है। इतनी ठंड के दिनों में टब में बैठा कर ठंडे पानी से नहलाती है।

जब चाँद अपने घर चला जाता है, तो वह अपने घर की ओर मुखातिब होती है—"यह भैया हर वक्त जूते फैलाता है...छिः पापा की अलमारी कितनी गंदी हो

रही है....मेरी किताबें, मेरे जूते, मेरे कपड़े तुम कुछ भी नहीं फेंकोगी? जब मैं बड़ी हो जाऊँगी...''

यह उसका घर है। घर-घर-घर। घर-घर खेलना है उसे। जीवन भर।

सम्राज्ञी है वह। एकछत्र राज्य है उसका...कोई चीज गुम हो जाए, उसे मालूम है...कोई फोन आ जाए वह ही बात करती है...कोई घर में आए। उससे बात नहीं की वह नाराज...घर के हर कोने में फैले सामान से उसकी लगातार बातचीत चलती है...ड्रेसिंगटेबिल उसकी सुंदरता के गीत गाता है....अलमारी उसे कपड़ों के चुनाव के बारे में बताती है....घुंघरू उसे नाचने की शिक्षा देते हैं....साबुन खुद आकर कहता है–तुम मुझसे मुँह धोकर गोरी क्यों नहीं हो जातीं? आइसक्रीम के विज्ञापनों का उसका अपना नाम है–सिन्दू लिच्चू...सो डिलीशियस...मठरियाँ मछुआरे हैं...।

नीचे दीवार के किनारे आम का एक नन्हा पौधा उगा है। उसकी नजर सबसे पहले उसकी ताम्बई पत्तियों पर जाती है...उसे एक-एक पेड़ का हिसाब मालूम है–

''अरे यह यहाँ कैसे उग आया? यह क्या है माँ?''

''आम का पेड़।''

''हैं...जब यह बड़ा हो जाएगा तब इस पर आम लगेंगे। मैं तोड़-तोड़कर खाया करूँगी...किसी को भी नहीं दूँगी। मगर...'' वह हूँ-हूँ करके रोने का अभिनय करती है।

''अब रो क्यों रही है?''

''हमारे सारे आम ऊपर वाली सेठी आंटी तोड़ लिया करेंगी।''

''कैसे तोड़ लेंगी? हम आम की सारी डालियों को अपनी बालकनी में जो मोड़ लेंगे।''

''सच कह रही हो।''

''और क्या।''

''बोलो सच कह रही हो।'' उसे विश्वास नहीं होता। शाम से रात तक वह पचासों बार यह पूछ कर–''बोलो सच कह रही हो'' कान खा जाती है। फिर हर बार मैं ही पलट कर पूछती हूँ–''बोलो मैं सच कह रही हूँ न।'' वह रोने लगती है–''सब मेरी हँसी उड़ाते हैं।''

''तो तुम इतनी देर से मेरे कान क्यों खा रही थीं।''–खीझ कर कहती हूँ।

''मैं कान कहाँ खा रही थी तुम्हारे। मैं तो सारी बातें आम के पेड़ से कह रही थी।''–वह बात बदल देती है।

बहुत देर तक आस-पास मँडराती रहती है। फिर कहती है–''मैं बताऊँ हम अपनी बालकनी से आम के पेड़ तक रस्सी की सीढ़ी बना लेंगे।''

''सीढ़ी नहीं झूला।''

''हाँ वही, फिर वह जो सीढ़ी होगी ओ सारी-सारी सीढ़ी नहीं झूला, जैसे ही

हमें कोई आम दिखाई दिया करेगा हम तोड़ लाया करेंगे...कोई तोड़ नहीं पाएगा, सेठी आंटी भी नहीं।''

सुन रहा है आम का शिशु...हँस रहा है। हवा से...खिलखिलाहट से उसकी नन्ही पत्तियाँ थिरक रही हैं...आस-पास उगी घास, अशोक और पेपर फ्लावर उसकी इस हँसी से चकित हैं—अरे बच्चे दुनिया में तूने अभी तो आँखें खोलीं और मजाक समझने लगा।

आम के पेड़ के बाद...गलती से किसी ने दीवार पर पैन छिड़क दिया है ...वे सब बच्चे हैं उसी की क्लास के...इस वक्त उन सबको डाँट पड़ी है। वे रो रहे हैं...किसी को कोने में खड़ा किया गया है...कोई क्लास से बाहर है...हथेलियों पर स्केल बरस रहे हैं...लंच का तो टाइम हो गया...और किसी बच्चे ने अभी तक काम पूरा नहीं किया...स्टाप टाकिंग चिल्ड्रन, नो टाक्स...

''ओफ ओह! तुम क्या करती रहती हो। चलो खाना ठंडा हो रहा है।''—उसे डाँटती हूँ।

''ठहरो, भाई पहले मुझे इन बच्चों को तो पढ़ा लेने दो। सारे बच्चे खेलते रहते हैं, कोई काम नहीं करता।''

''मामी जी आपके यहाँ मैरीगोल्ड लगे हैं? रोज भी हैं—रेड और पिंक वाले जेस्मिन, जीनिया सनफ्लावर, पापीज और...''

''इसी उमर में तुम्हें इतने फूलों के अंग्रेजी नाम पता हैं। मामी जी को तो अब तक भी नहीं मालूम।''

''अच्छा मामी जी हमारे स्कूल में फंक्शन होने वाला है। डांस सीखा है दिखाऊँ—

''हो चला बाँध के पिरितिया की डोर, हो चला...''

''तुम्हें मालूम है पिरितिया की डोर क्या होती है।'' सब हँस रहे हैं। उसके साथ आकाश हँस रहा है। धरती थिरक रही है। उसकी बालकनी के गमलों में उगे बीघों बाग में सारे के सारे फूल इकट्ठे उग आए हैं....गमले का एक-एक फूल लाखों के बराबर है।

वह संग्रहकर्ता है।

''मेरे स्कर्ट-ब्लाउज खराब हो गए हैं मगर देना मत किसी को, बोलो नहीं दोगी।''

''तुमने बोरा बाहर क्यों डाला, उठा ले जाएगा कोई।''

''तुम मेरे पौधे किसी को दे तो नहीं दोगी।''

''कूड़ेदान बाहर मत रखा करो।''

''पापा की कापी मामाजी के यहाँ रह गई। कैसे आएगी?''

''जब तुम छोटी हो जाओगी मैं बड़ी—तब मेरे स्कर्ट-ब्लाउज पहन लिया करना। मैं अपनी सब चीजें तुम्हें दे दूँगी, पानी की बोतल, किताबें, हेअरबैंड, गुड़िया, भालू, जूते।''

''फिर तुम क्या पहनोगी?''

"क्यों मैं तो बड़ी हो जाऊँगी। तुम्हारी सारी चीजें मेरी हो जाएँगी। मैं तुम्हें स्कूल छोड़ने जाया करूँगी, टाफी दिलवाया करूँगी, तुम झूले झूला करना। मैं तुम्हारी तरह गाउन पहनकर रोटी पकाया करूँगी। लेकिन क्या मैं फिर तुम्हारी तरह हमेशा बड़ी ही बनी रहूँगी?"

निशा आई हैं।

मैं उनका स्वागत कर रही हूँ।

"अरे अभी एक पराँठा और खाइए।"

वह दौड़ी आती है। निशा को घूर-घूरकर देखती है फिर पूछती है—"माँ, ये निशा आंटी हैं।"

"हाँ बेटे, नमस्ते करो न।"

"नहीं—अब तुम इन्हें पराँठें खिला रही हो, जब मामी जी आई थीं तब तुमने इन्हें कुत्ती बोला था।"

मैं काँप रही हूँ..."कब बोला था।"

"बोला नहीं था अब झूठ बोल रही हो। हाँ आंटी बोला था।"

उसकी अलमारी के ड्राअर भरे पड़े हैं उसके रत्नों से—सूखे फूल-पत्ती, किताबें, कपड़े धोने और नहाने के साबुन।

"अच्छा जब भैया भी तुम्हारे पेट में बैठा था और मैं भी, तब हम लड़ते नहीं थे।"

"बेचारे तारे, तुम हमेशा मुझे रजाई ओढ़ाती रहती हो। उन्हें भी दे दो न एक। देखो तारों ने मेरी बात सुन ली है कितने खुश हो रहे हैं। हैं न!"

वह फूल चुन रही है टी. वी. पर समाचार पढ़ रही न्यूज-रीडर के गजरे से, साड़ी और चादरों के प्रिंट से, कपों पर बनी रेखाओं से।

सारे संसार के खुशबूदार फूल उसे चाहिए। बिना खुशबू के फूलों की खुशबू शायद दूसरे बच्चे चुरा ले गए हैं और सफेद फूलों के रंगों को तितलियों ने हड़प कर लिया है।

वह कहती है मेरे लिए पिंक वैली लाना, लगता है वह कह रही है मेरे पाँव गुलाबी हो गए हैं। वह कह रही है मुझे नाचने के लिए चुन्नी दो, मुझे लगता है वह जयमाल के लिए तैयार हो रही है। हर बार, बार-बार एक वृत्त बन रहा है। माँ से शुरू होकर उस तक पहुँचता हुआ। वह कहती है इतनी देर कहाँ रह गईं? मैं कब से बालकनी में खड़ी थी। उसकी अपनी घड़ी है वर्षों पहले की माँ जैसी, माँ दरवाजे में खड़ी ढेरों अनहोनियों के भय से दबी, जिसके लिए शाम को देर से आती लड़की किसी हादसे की तरह आती थी। माँ की पोटलियों में जो कुछ था, वह इसने अपने टूटे-फटे पर्स में ठूँस रखा है...एक वृत्त जो बराबर इर्द-गिर्द चक्कर

काटता है। चाहिए न दहेज! कितना कुछ है जिसमें वह डूबी रहती है, माँ डूबी रहती थी...घर...घर...दहेज। माँ किताब नहीं समझती थी। फिर भी उसमें छपे लेकिन कोरे पन्नों पर अपनी लड़की का भविष्य पढ़ती थी। मेरे लिए ये पन्ने अर्थवान हैं...पर क्या होगा इसका भविष्य मैं पढ़ पाऊँगी कभी। ड्रेसिंग टेबिल का शीशा जैसे इसकी सुंदरता के गीत गाता थम जाता है...इसका चेहरा कब मेरे चेहरे में तब्दील हो जाता है, कब उस चेहरे पर माँ आकर बैठ जाती है....चिंतातुर-झुर्रीदार चेहरा—दया करो—प्रभु दया करना—भगवान लड़कियाँ दे मगर उन्हें कष्ट न दे। ऐसा सोचते माँ के मन में क्या आता था? पिता का नाम आते-आते भी उसकी जबान जुड़ाती थी—उसके कष्ट उसकी आँखों से बहने लगते थे। माँ कब जीवित हो उठी? वह कभी मरी नहीं थी...जलजले...रूढ़िमुक्त समाज के सपने—दर्प—समाज को बदलने का संकल्प....सब खंड खंड हो गया—विचारों की परत-दर-परत गर्दो-गुबारों के बीच नष्ट हुई—कब हुआ था बदलाव? वह पूछती है—"तुम भी पढ़ती थीं? तुम्हें भी होमवर्क करना पड़ता था? तुम कैसे पढ़ती थीं? ए फॉर एपिल बी फॉर बॉल, सी फॉर कैट....।"

"नहीं-नहीं अ से अनार, ब से बकरी, स से सवार।"

"ऊँह—" वह मेरी पूरी पढ़ाई को खारिज कर देती है—"यह क्या होता है अ से अनार ब से बकरी स से सवार।" किसने किसे बदला—मैंने उसे, उसने मुझे या हम दोनों को माँ ने। माँ तब के नए लड़के-लड़कियों को कोसती थी। यह मुझसे कह रही है? क्या पढ़ा? क्या सीखा? कुछ करना है तो पढ़ो ए फॉर एपिल। सब कुछ बदला? कुछ भी नहीं—माँ बनते ही—शायद लड़की की माँ बनते ही सब लड़कियाँ उसी दुनिया का हिस्सा बन जाती हैं, जिससे मोर्चा खोलती वे आती हैं...हर पल ...हर क्षण...हर ओर एक युद्ध।

वह पूछती है—"मैं खेलने जाऊँ?"

"हाँ, मगर किसी के घर के अंदर नहीं जाना। बाहर ही खेलते हैं।"

घरों में डर बैठा रहता है।...एक दहशत...एक लड़की डर को अपने साथ क्यों लाती है? लड़की की माँ बनते ही यह क्या हो जाता है। खुद लड़की होते हुए लड़के इतने खौफनाक नहीं लगते...मगर प्रौढ़ होते ही जैसे ये रोग पंक्तिबद्ध हो आसन जमा लेते हैं। पंक्तिबद्ध घेराव। बीता हुआ कल आज कितना अरक्षित है। एक दिन इसे भी जाना है। माँ की भरी हुई आँखें मेरे अंदर उतर आई हैं—कोई दीवार टूटती नहीं बल्कि एक के बाद एक छोटी से बड़ी, और बड़ी और ऊँची दीवारें, उगती रहती हैं। साहस जवाब दे जाता है। उन्हें कब तक छलाँगें लगा-लगाकर पार किया जा सकता है। एक दीवार कूदने का साहस करती लहूलुहान होती स्त्री की उम्र बीत जाती है।

वही...वही वृत्त...दुनिया के कायदों की वही-वही लकीरें। हर माँ के आँसुओं से पलती-पुसती।

वह कहानीकार हैं...कहते हैं। कहानियों की भाषा में बोलते हैं...लड़के होटलों में जा सकते हैं। लड़कियाँ क्यों नहीं? वे खुद ही घुसी रहती हैं चौके में। बसों में अलग सीटें माँगती हैं...क्यों होने देती हैं अपना शोषण। हाँ भाषा और सड़कें अलग होती हैं—बयानबाजी...तौबा-तौबा राजनीति...अछूतवर्ग का शगल—यथार्थ—वह किस चिड़िया का नाम है। कौन कहता है कहानियों में लड़कियाँ नहीं होतीं? वे होती तो हैं—कोमल-कोमल, दबी-ढँकी बिल्कुल स्त्री जैसी। छेड़खानी.... धक्कामुक्की-सड़कें-बसें इन तक कहानीकार क्यों पहुँचे? वह समाज-सुधारकों, नारे लगाने वालों का काम है...कहानी आख्यान नहीं कोई घोषणा-पत्र गँवार—एक ग्रामीण कहानी, गाँव और गँवार का रिश्ता क्यों गँवारा करें।

वह कहती है—"तुम्हें मालूम है अभी-अभी यहाँ मेरे पास चंद्रमा आया था।" वे क्यों उतारती हैं बालकनी में चन्द्रमा?

फूल क्यों उगाती हैं? तितलियों को सारे रंग दे देती हैं और गुस्ताखी तो देखो गर्भ में आना तक नहीं छोड़तीं। सबसे बचती-डरती काँपती वे अपने को वधिकों के हाथ सौंप देती हैं, वे जानती हैं...फिर भी जन्मती हैं। वे नहीं हैं सम्पत्ति की रक्षक...उसकी वारिस...बसों में रात घिरते ही डरने वाली...होटलों में न जाने वाली—जैसे सिर्फ होटल में जाकर वे सब कुछ से उबर सकती हैं...साथियों की किसी अश्लील बात का विरोध न कर सकने वाली...क्या वे बराबर हो सकती हैं। उन्हें नेचर ने ही ऐसा बनाया है...कमजोर दिल का—नेचर की बात आते ही सारे तर्क-वितर्क समाप्त—हर कहानी का अंत नेचर पर हो जाता है।

दरवाजे पर कोई है।

एक बच्ची, उसकी दोस्त—विधु।

"आंटी कुक्कू है।"—विधु पूछ रही है।

"हाँ, वहाँ—बालकनी में।"

खाली बालकनी में इस वक्त कई झरने बह रहे हैं। गौरैया, इंद्रधनुष को संदेश दे रही है। आज जो चित्र उसने बनाया है उसमें इंद्रधनुष ऐन उसकी झोंपड़ी की छत पर उगा है...सूरज भी है और बादल भी।...वर्षा हो रही है। अंतरिक्ष के बीचोंबीच एक छाता लटका है...शायद सूरज को उसकी जरूरत है।...उसकी मैडम चित्र में बने पहाड़ों की लंबी कतारों के पीछे जा छिपी है। गौरैया तोते के भीगे पंखों को पोंछ रही है...तोता मटके में पत्थर डाल रहा हैं...

बालकनी में विधु को आया देख वह कहती है—"ओ बेटी तू आ गई। मुझे कितना काम करना है। मैं रोटी बना रही थी कि बारिश होने लगी और रात में पापा का कत्ल हो गया।"

वह माँ बन गई। वह अपने घर में दफन हो गई।

(हंस, 1990)

बिंदास

उसे कितने नामों से पुकारा जा सकता है।

अनु, अन्नू, अनुभा, नुभा, आभा और चिढ़ाओ तो कहो कि तू 'आना' तो क्या 'अन्नी' भी नहीं। स्त्रीलिंग—कमतर!

और ऐसा कहो तो एक पाँव पर घूम जाएगी—(भला हो धरती का कि इस तरह एक भारी-भरकम शरीर उस पर पालोटा मारे और उसका कुछ न बिगड़े) फिर कहेगी, "मुझे लोग एक नाम से पुकारें या छत्तीस नामों से, तुम्हें क्या?" मैं तो ऐसी ही हूँ। और वैसे भी टू बी वैरी फ्रेंक जिस देवी के यहाँ जाकर जै माता दी-जै माता दी कहते हो, उसके कितने नाम हैं कुछ पता है। जीती देवियों को जिन्दा मत रहने दो और पत्थर की देवियों को पूजते फिरो—वाह क्या रिवाज है, दुनिया है क्या!

फिर वह अपना स्क्वेयर हाथ (पामिस्ट्री की भाषा में प्रैक्टीकल, वैरी प्रैक्टीकल) साथ खड़े पुरुष के कंधे पर जोर से मारती है। वह निहाल होकर धनुष हो जाता है, "ओह अनु, माय प्लेजर।"

"चल-चल परे हो...मैं कोई फेमिनिस्ट नहीं हूँ। सब बकवास, कोई लफड़ा नहीं, इधर समझा कि नहीं—चल निकाल कॉफी के पैसे?" वह जोर से खिलखिलाती है—"एक बला की खूबसूरत लड़की को कॉफी पिलाते तेरा हाथ रुकता है। चल जल्दी कर।"

साथ खड़ा लड़का दूसरे से कहता है, "अब कोई भैंस भी लिपिस्टिक-पाउडर लगाकर खुद को ऐश्वर्या राय समझ ले तो कोई क्या कर सकता है?"

कॉफी की हल्की गरमाहट उँगलियों के पोरों से होती हुई शरीर में पहुँच रही है, गरमी माने जीवन, आदमी ठंडा हुआ तो गया न काम से। अनु को लड़के अपनी गुपचुप बातचीत में 'हाट केक' पुकारते हैं।

एक को दूसरे से कान में खुस-पुस करते देख वह चीखती है, "ओय साले, यह क्या लौंडियों की तरह कान में कुछ कह रहा है। जोर से बोल न अपनी इस बहन के बारे में।"

दोनों लड़कों का चेहरा उतर जाता है। बहन या माँ का नाम आते ही बेचारों

का चेहरा उतर जाता है। फिर वे डिफेंस मैकेनिज़्म करते हैं, "अनु, तुम्हारे बारे में तो कोई बात ही नहीं हो रही थी।"

"मेरे बारे में नहीं तो क्या अपनी गर्लफ्रेंड के बारे में—साले चला रहा है। फिर इतनी धीरे क्यों बोल रहा था? तू यह मत समझ कि एम. सीज. बी. सीज. मैं नहीं कर सकती। पर चल माफ किया। बहनों को माफ कर देना चाहिए भाइयों को।"

कॉफी पिलानेवाला लड़का प्रोटेस्ट दर्ज करता है—"यह बहन, बहन क्या लगा रखा है। जरूरी तो नहीं कि हम, हर रिश्ते को कोई नाम देते फिरें। है कि नहीं अनु।"

"ठीक कहता है तू।" अनु कॉफी का खाली प्याला डस्टबिन में फेंक देती है, "फिर तुझे भाई बनाकर करूँगी भी क्या? तू खुद तो किराए पर साँस ले रहा है। मुझ जैसी भारी-भरकम की रक्षा क्या करेगा? चल माफ किया। ओ. के. मैं चली।"

एक तूफान है कि आता-जाता रहता है, कभी किसी के कॉफी के प्याले में, कभी बोतल में, कभी आँखों में—तूफान के लिए कोई जगह निर्धारित नहीं होती। सड़क पर आँधी आ जाए तो सब कुछ उलट-पुलट हो जाता है, हवा की साँय-साँय, देर-देर तक कानों में बजती है, आँखों में मिट्टी किसी कड़वी बात की तरह किरकिराती है सबके होने के बावजूद लगता है कि सब खाली हैं।

अनु...सबकी है...मगर वह किसकी है? जो सबका होता है, वह खुद जानता होता है कि वह किसी का नहीं है—यूज एंड थ्रो।

तूफान है कि अपने आने का पता नहीं देता, वह पास से पड़ोसी की तरह गुजर जाता है, बेपहचान। आजकल बेपहचान हो जाने में कितना सुख छिपा है। 'पता नहीं' ब्रह्मवाक्य में बचने की कितनी नियमावली! अनु को, अनुभा को कुछ पता नहीं है, उसे सच पता नहीं। वह इन्नोसेंट और भोली है। आदमियों के विमर्श में शामिल एक स्त्री!

धम-धम—तूफान गुजर रहा है। अनु जा रही है। स्त्री, देवी, सत्य का स्वरूप।

सत्यम्, शिवम् सुन्दरम्।

"नहीं, मैं हमेशा सच नहीं बोलती।" वह इठलाती है, "क्यों बोलूँ सच? कौन मुझे हीरों जड़ा, मुकुट पहनाकर कहेगा कि देखो जी, यह हैं अनुभा देवी जो सत्य के लिए जीईं, सत्य के लिए मरीं। यह इस जमाने की राजा हरिश्चंद्र हैं, जिन्होंने सच तो बोला लेकिन सच के लिए किसी डोम के घर पानी नहीं भरा। क्यों बोलूँ सच? कुंडली में लिखा है। मैं तो खूब झूठ बोलती हूँ। जरूरत पड़े तो फौरन मुकर जाती हूँ। और अब तो भगवान भी जानता है कि इस इक्कीसवीं सदी में बिना झूठ बोले किसी का काम नहीं चल सकता। भगवान की कसम खिला लो, बिना पलक झपकाए मैं सच को झूठ और झूठ को सच बना सकती हूँ। जब सब झूठ बोल रहे हैं तो मैंने कौन-सी धर्म की ध्वजा फहराते रहने का व्रत ले रखा है।"

और शिव, क्या कहते हो जी, कौन गंगाजली उठाकर कह सकता है कि उसने न कभी किसी का बुरा चाहा है, न किया है, न सुना है। इस कम्पटीटिव दुनिया में जब तक आप दूसरे की टाँग पकड़कर नीचे नहीं गिरा देते और उसे क्षत-विक्षत करते हुए आगे नहीं बढ़ जाते तब तक कौन किस को आगे बढ़ने देता है। तुम लिए फिरो अपने इमोशनिलिज़्म की टोकरी। ढोओ जीवन भर उसका भार। हू केअर्स। इसलिए मैं तो भई इस सर्टिफिकेट की दरकार नहीं रखती कि लोग मेरे बारे में कहते फिरें कि भई मैं इस धरती पर किसी और लोक की वासी हूँ। और आखिरी क्या है! सत्यम् शिवम् और वह सुन्दर न!

हाँ, यह ठीक है, सुंदर तो मैं हूँ न! अरे एक जमाना वह था कि यहाँ से वहाँ तक, कहाँ से कहाँ तक लड़कों की मेरे लिए लंबी लाइन लग जाती थी...वक्त-वक्त की बात है। सब कहते थे इतनी सुंदर लड़की हमने कभी नहीं देखी। छुट्टियों में मम्मी-पापा के पास आस्ट्रेलिया जाती तो वहाँ तो बस गोरे मुझे देखकर चित हो जाते।

अनुभा देवी जा रही हैं। उनका दिमाग उनसे तेज जा रहा है...है कोई कि जो बताए कि कौन लड़की है। किससे इसे प्यार है...किससे नफरत है, कौन है कि जो इसकी आँखों में आँखें डालकर बात नहीं कर सकता और अछूता रह जाता है।

उसका दोस्त कमल, जिसे वह दोस्त कहती है, उसे समझाता है, ''अन्नू, तू हर एक से ऐसे लिपटती-चिपटती है, मत किया कर ऐसे।''

''क्यों, बुरा लग रहा है तुझे, जेलस। मुझ पर क्यों अधिकार जमा रहा है। तेरी बीवी हूँ।''

''ज्यादा बक-बक करेगी तो एक झापड़ रसीद करूँगा। सिर्फ ब्लैक-एंड-व्हाइट में सोचती है। तुझे मालूम है, अभी थोड़ी देर पहले जिस बहुगुणा की छाती से तू लिपटी थी, उसने अपनी लड़की को को-एड में इसलिए नहीं पढ़ाया था कि कहीं वह बिगड़ न जाए। दूसरों की स्त्रियों को छाती से चिपकाता फिरता है।''

''हाय ले बेबी, आ जल्दी तेरे गले से लिपट जाऊँ।''—अनुभा ने आँख मारी।

''माफ कर मुझे अपनी जान बहुत प्यारी है, तू गले से लिपटी तो पता नहीं, गरदन का क्या होगा? एक झटके में उखड़कर जमीन पर आ गिरेगी। आखिर तुझ जैसी बेबी एलीफेंट से बचकर रहना पड़ता है।'' कमल अभिनय करता है, बचने का।

''हरामखोर, सीधे-सीधे हिंदी में नहीं कह पा रहा है तो अंग्रेजी की टाँग तोड़ रहा है—बेबी एलीफेंट। तो तू क्या है, गैंडे का परदादा।'' अनुभा चीखती है।

''देख अनु, तू तो किसी सीरियस बात को भी मजाक में उड़ा देती है। यह कोई अच्छी बात नहीं है। तू नहीं जानती दुनिया में लोग कैसे होते हैं। वे लड़कियों को सिर्फ अपने बने नए खानों में फिट करने के आदी होते हैं। तू बदल गई है, तो क्या, तेरे साथ-साथ दुनिया तो नहीं बदली न!'' कमल समझाने की कोशिश करता है।

"डोंट टाक लाइक माई हस्बेंड।" अब सचमुच अनुभा आँखें तरेर रही है, "दुनिया नहीं बदली तो जाए भाड़ में। मैं क्यों उसकी परवाह करूँ? सात हाथ का घूँघट मार लूँ। तुम साले सब..." वह वाक्य अधूरा छोड़ देती है, "कंजर्वेटिव कहीं का। इसलिए सलाह दे रहा है कि मुझे अपनी दोस्त समझे बैठा है। बाकी किसी और के साथ तो तू भी वैसा ही करेगा जैसा और करते हैं।"

कमल उसकी तरफ देखता है तो देखता ही रह जाता है, कितनी भारी मुसीबत है यह लड़की। कोई नहीं कह सकता कि यह अगले पल क्या कर बैठेगी?

"अरे देख तो सामने से कौन चला आ रहा है? देख न!" अचानक मुँह फुलाने की तरफ जाते-जाते वह चमक उठती है, "चल, मैं किसी के गले नहीं लग सकती मगर..."

"मगर क्या!"

"अभी पता चल जाएगा।" कहती हुई अनुभा आगे बढ़ जाती है। कमल परेशान-सा उसके पीछे दौड़ता है, रोकने के लिए। फिर रुक जाता है क्या पता डाँट ही न दे।

सामने से इस संस्थान का हीरो नम्बर वन चला आ रहा है। वह हमेशा ऊँट की तरह गरदन ऊँची करके चलता है और बाकियों को कीड़े-मकोड़ों की तरह देखता है।

देख रहा है कमल दूर से।

अनुभा उसके पास पहुँच कर जोर से सीटी बजाती है, आँख मारती है। फिर उसे जोरदार एक धक्का देती है और खुद जमीन पर गिर पड़ती है।

बेचारा हीरो। ढेर सारी सॉरियाँ उसके गले में अटकी हुई बाहर निकलती हैं—माफ कीजिएगा, वो गलती हो गई...आप गिर गईं...वो गलती से...चोट तो नहीं लगी।

धीरे-धीरे उठती अनु सोचती है—इसकी डिक्शनरी में सिवाय 'वो' के कुछ और है भी कि नहीं।

हीरो नंबर वन ने उसे उठाया है और अनु लगभग उसके कंधे पर झूल गई है।

हीरो शर्मिंदा है, इस लड़की को लेकर आगे कैसे बढ़े जिसकी माँग में इतना मोटा सिंदूर भरा है। उसकी साँस सम पर नहीं लौटती, "कॉफी पिएँगी।"

"कॉफी क्या तुम्हारे हाथ से तो जहर भी पी लूँगी जानेमन। उस बात के लिए क्यों शर्मिंदा हो रहे हो, जो तुमने की नहीं।"

"क्या?"

"तुमने मुझे धक्का थोड़े ही दिया था, धक्का तो मैंने तुम्हें दिया था। वरना तुम्हारा यह कंधा थोड़े ही मिलता सिर रखने को। कितने दिन से तमन्ना थी कि इस भरे दफ्तर में तुम्हारे कंधे पर सिर रखूँ। देखो, वह सामने कमल खड़ा है उससे शर्त लगाई थी मैं एक हजार रुपए जीत गई।"

सत्यम् का सत्य, झूठ से जान बचाकर भाग रहा है। अनुभा को पता है, वह झूठ की चक्की में सच को पीस रही है, उसकी हड्डी-पसलियाँ एक करने के लिए। कोई भी सच पूरा नहीं होता। किसी के भी अधूरे सच, पूरे झूठ से भी बुरे होते हैं।

"ओ कमल, ला निकाल मेरे एक हजार रुपए। देख मैं शर्त जीत गई हूँ।"

"एक हजार रुपए, शर्त!" कमल चौंक जाता है। अनुभा आँख के इशारे से कुछ कहती है, "झूठ बोल रहा है। अभी मैंने तुझसे शर्त नहीं लगाई।"

कमल बात का सिरा पकड़ता है। अनुभा के लिए उसे न जाने क्या-क्या करना पड़ता है? सच को सिर के बल खड़ा कर झूठ बनाना पड़ता है, झूठ को सच!

वह जेब में हाथ डालता है कि वह बरजती है, "तेरे पास कोई काँरू का खजाना है जो इतने पैसे साथ लेकर घूमेगा। चल, कल दे देना। माफ किया। बहुत हुआ हँसी-मजाक। घर में मेरा मियाँ पानी पी-पीकर कोस रहा होगा।"

अनुभा जा रही है...लहर...लहर उसके बाल बाल उड़ रहे हैं। मेहँदी से रँगे काले बाल भी सुनहरे नजर आते हैं।

कमल और हीरो नंबर वन हैरान हैं, "कैसे झेलता होगा इसका पति इसे! कहीं ऐसा तो नहीं कि इसकी शादी हुई ही नहीं। माँग भरने से क्या पता चलता है! सिंदूर की डिब्बी तो बाजार में मिलती है, कोई भी खरीद ले।"

यह कई दिन पहले की बात है, अनुभा दौड़ रही है कार में। इतनी भीड़! ओह 'स्पीड थ्रिल्स, बट किल्स।' लेकिन जिसकी आ गई है उसे कौन रोक सकता है। तब क्यों न थ्रिल का मजा लिया जाए। लाल बत्ती। वह अपने दाहिने हाथ की तरफ देखती है—आइकन में बैठा एक लड़का धूप का चश्मा लगाए उसे वेव करता है। अनुभा मुँह फेर लेती है।

उसका मोबाइल बज रहा है। ओफ, सड़क पर कितनी धूल, धक्कड़, शोर-गुल है। उसका पति—ब्रज। उधर से जल्दी आने के लिए कह रहा है। शिट! वह मोबाइल पटक देती है। जब देखो तब जल्दी आना। हमेशा डर लगा रहता है इसे, कहीं किसी के साथ भाग न जाऊँ। भागूँगी तो तुझे पता भी नहीं चलेगा। अनुभा दौड़ पड़ती है। हरी बत्ती—भागो। अगली रेडलाइट पर वही आइकन वाला उसकी बाईं तरफ है अचानक वह बाहर आता है, "मेरा मोबाइल खराब है। मुझे अपनी वाइफ को अर्जेंट मैसेज देना है। क्या आपका मोबाइल यूज कर सकता हूँ।"

अनुभा कुनमुनाती है। लेकिन पता नहीं बेचारे को क्या मैसेज देना है। इतना मीन भी नहीं होना चाहिए। वह अपना मोबाइल उसे पकड़ाती है और लालबत्ती को निहारने लगती है। अगर कोई औरत लालबत्ती जितनी बड़ी बिंदी लगाए तो उसका चेहरा कितना बड़ा होगा। सोचकर वह मुस्कराती है। वह लड़का जल्दी ही उसे मोबाइल लौटा देता है।

गाड़ी तेज भाग रही है कि फिर से मोबाइल बजने लगता है, "थैक्यू आपने मुझे मोबाइल यूज करने दिया और मुझे आपका मोबाइल नम्बर मिल गया है।"

"ओह यू चीट।" अनुभा चकित है। आज मिला है कोई उससे आगे का।

"कहीं मिलेंगी?"

"क्यों भला? तुमने मेरे गले का मंगलसूत्र और माँग का सिंदूर नहीं देखा।"

"मगर उससे क्या होता है! मंगलसूत्र और माँग में सिंदूर भरकर भी कोई किसी से मिल सकता है।"

"ठीक है, फिलहाल तो ट्रैफिक पुलिसवाला घूर रहा है।" अनुभा ने मोबाइल बंद कर दिया है।

वह जल्दी से जल्दी पहुँचना चाहती है। क्लाइंट इंतजार कर रहा होगा। छोटा-मोटा क्लाइंट नहीं है। पूरे डेढ़ लाख का मामला है कि फिर मोबाइल बजने लगता है। "ओफ ओह, वही चीमड़ होगा। साला आज चालान कराके रहेगा।"

"हाँ बोल।"

"जान गई थी कि मेरा ही फोन होगा।"

"हाँ, जल्दी बता।"

"नाम! नाम तो बताया ही नहीं।"

"क्या करेगा नाम का। मोबाइल नंबर है न।"

"बदल गया तो।"

अनुभा हँसती है, "बेटे, मेरा कैशकार्ड खत्म हो गया तो पूरा वसूल लूँगी—तू तो ऐसे पीछे पड़ गया जैसे पुराने जन्म का आशिक है।"

"पुराने जन्म का तो नहीं पर इस जन्म में बस यह बता दो कब मिलोगी?"

"देखूँगी यार।" कहकर अनुभा खट से, फोन बंद कर देती है।

जिस क्लाइंट से मिलने आई है, होटल लॉबी में इंतजार कर रही है उसका। यहाँ दिन में भी बिजली जल रही है। बाहर इतनी गरमी। घरों में बिजली नहीं और यहाँ। फव्वारे से गिरते पानी की आवाजें और इधर-उधर उड़ती पानी की बूँदें। तभी रिसेप्शनिस्ट बताती है आकर, "मि. खन्ना का मुम्बई से मैसेज है आपके लिए। आज वह नहीं मिल पाएँगे। अगले हफ्ते किसी वक्त।"

ओह ये एड एजेंसी वाले—वह ओठ काटने लगती है। पूरा दिन खराब हो गया।

बाहर निकलती है कि कोई पीछे से पुकारता है, "हाय मिस मोबाइल।"

अनुभा पीछे मुड़कर देखती है, "अरे तुम, यहाँ भी पहुँच गए!"

"हाँ मिस मोबाइल, अपनी आदत है जो चीज अच्छी लग जाए उसे हासिल करके ही रहता हूँ।"

"हूँ।" अनुभा उसकी आँखों के आर-पार देखती है। इतना अभिमान। इस मुर्गे को काटना ही पड़ेगा।

वह उसे देखकर मुस्कराती है, ''आज मेरा काम तो हुआ ही नहीं। जिससे मिलना था वह तो आया ही नहीं।''

''टाइम हो तो कहीं चलें?''

''टाइम, हाँ शायद एक घंटा, कहाँ चलोगे?''

''कहीं भी, माई प्लेजर।''

''मगर फिर क्या हम अलग-अलग गाड़ियों में चलेंगे।''

''नहीं, तुम अपनी गाड़ी यहीं छोड़ दो।''

''क्यों न हम इसी होटल में बैठ जाएँ?''

''हाँ, यह भी ठीक है। चलो। क्या नाम है?''

''कुछ भी, वैसे राजू कहो।''

''राजू, खा ले काजू।'' कहती हुई ताली पीटती अनुभा हँसी है जोरों से।

वे दोनों आमने-सामने बैठे हैं। अनुभा के बाल उड़कर उसके मुँह पर आ जाते हैं। राजू जेंटिलमैन जैसे इसी बात की तलाश में है। वह फौरन हल्के से उसके बालों को माथे से हटाता है।

''क्या लोगी?'' वह रोमांचित है।

''कुछ भी।'' अनुभा हँस रही है, मन-ही-मन।

''कुछ पिओगी।''

''हाँ, सोडा।''

''सिर्फ।'' राजू आँखों-ही-आँखों में कह रहा है जिसे अनुभा नहीं समझना चाहती। इस तरह चलते-फिरते आँखों की भाषा पढ़ने की नहीं पड़ी उसे।

''क्या करती हो?'' राजू को सब कुछ जानने की जल्दी है।

''तुम्हारा नाम सचमुच राजू है?'' अनुभा की आँखें अविश्वास से कुरेद रही हैं।

''क्यों भरोसा नहीं है?''

''नहीं, कुछ-कुछ बच्चों जैसा, मम्मीवाला। जिस नाम से मम्मी पुकारती है।'' अनुभा हँसती है।

''हाँ, अभी...ठीक कहा, अभी तो मम्मीवाला ही होगा न! तुम्हें कौन-सा चाहिए बीवीवाला।''

अनुभा नोटिस करती है...वे दोनों एक-दूसरे को तुम-तुम कह रहे हैं। निकटता का सूचक कुछ पल की पहचान।

''तुमने नहीं बताया, क्या करती हो?'' राजू प्रश्न दोहराता है। होटल दिप-दिप कर रहा है। लोग आ-जा रहे हैं, एक-दूसरे से बेखबर।

''कुछ नहीं करती, सिर्फ मस्ती। ईट, ड्रिंक एंड बी मैरी।'' अनुभा बात को टालती है। अपनी प्राइवेसी को वह बहुत जल्दी शेअर नहीं करती। हँसी-मजाक सब अलहदा बातें हैं।

वे बाहर निकल आए हैं।

"अब कब मिलोगी?"

"जल्दी ही।"

"फोन करोगी।" राजू उसके कंधे छूता है हल्के से।

वह उसे नहीं टोकती, कर ले वह भी अपने मन की। ये लड़के कैसे होते हैं, लड़की मुस्कराई और ये...

"फोन करोगी न!" वह अधिक आग्रहशील हो उठा है, "यह मेरा कार्ड रख लो।"

"तुम्हारा मोबाइल है न मेरे पास।"

"फिर भी रख लो इसे। कभी मोबाइल न मिले तो..."

अनुभा एक नजर कार्ड पर डालती है। सचमुच राजू है उसका नाम। राजू सिंह। करोल बाग में शोरूम है। हुँह...बड़े बाप का बेटा है।

"तो कब...अगले हफ्ते।"

ऐसा लगता है जैसे उसकी सूई एक जगह अटक गई है। टेप फँस गया है।

"अभी कुछ नहीं कह सकती। अगले हफ्ते बाहर जा रही हूँ।"

"कब तक लौटोगी?"

"कब तक? एक हफ्ते में...नहीं, पंद्रह-बीस दिन लग जाएँगे।"

अनुभा बाय कहकर अपनी गाड़ी में बैठ जाती है। थोड़ी दूर तक वह अपनी गाड़ी में साथ आता है, फिर दूसरे रास्ते पर मुड़ जाता है।

जोर से हँसती है अनुभा। भूल गया सब कुछ। कौन हूँ, कहाँ से आई हूँ, क्या करती हूँ। क्या नाम है? मुझ जैसी बला को देख आखिर लड़कों को क्या हो जाता है?

घर पहुँचने ही वाली है कि मोबाइल फिर बज रहा है, "हैलो अनुभा पहुँच गईं।"

"हैं...मगर मैंने तो तुम्हें अपना नाम नहीं बताया।"

"मगर अपना पेंडेंट छिपाया भी नहीं। तुम लड़कियाँ हम लड़कों को जितना बेवकूफ समझती हो हम उतने होते नहीं। सोच रही होगी कि न नाम न पता, अब क्या करेगा?" वह जोर से हँसता है।

बहुत दिनों में घबराती है अनुभा! बाप रे। वह मोबाइल का सिम कार्ड निकालती है और उसे छिपा देती है। अब क्या करेगा?

गाड़ी पार्क करके वह घर की सीढ़ियाँ चढ़ रही हैं। अच्छा हुआ जो घर का पता ठिकाना नहीं दिया, नहीं तो यहीं पहुँच जाता।

(उत्तर प्रदेश कहानी विशेषांक)

कार्ड

माँ के हाथों की हल्की-सी कँपकँपी मुझे याद है। फिर उनका पैन माँगना। कागज न होने पर सिगरेट का खाली पैकेट बहुत शर्मिंदा होते हुए मैंने उन्हें थमाया था। मैं उनके सामने कभी सिगरेट नहीं पीता था।

सहारा देकर मैंने उन्हें बिठाया। वह लिख नहीं पा रही थीं, फिर भी कोशिश कर रही थीं। आड़ी-तिरछी रेखाओं के साथ उन्होंने वाक्य खत्म किया। सिगरेट का डिब्बा और पैन मुझे लौटाया और वापस लेट गईं। मैंने उनके लिखे को पढ़ने की कोशिश की। टूटे-टूटे अक्षर—क्या यह माँ का ही सुंदर मोती जड़ा हस्तलेख था। पर्ची पर लिखा था, "बेटा, पापा का ध्यान रखना, वह बहुत अकेले हैं।"

सिगरेट के डिब्बे को जेब में रखकर मैंने वापस उन्हें देखा। वह आँखें बंद करके लेटी थीं। कई दिन से उनकी तबीयत ज्यादा खराब थी। डॉक्टरों ने आशा छोड़ दी थी। कहा था कि उन्हें घर ले जाएँ। कम-से-कम आखिरी साँस तो वह घर में लें। लेकिन घर में उनकी देखभाल कैसे होगी? दर्द से छटपटाते हुए उन्हें राहत देने वाला कौन होगा? यहाँ तो जब ज्यादा कराहती थीं तो नर्स इंजेक्शन लगा देती थी—कुछ देर की ही राहत सही, राहत तो मिलती थी। हर शनिवार-इतवार बड़े भाई भी आकर देख जाते थे। पापा और मैं भी बारी-बारी छुट्टी लेते थे। दो-तीन दिन पहले तक वह लगातार मना करती थीं कि हम लोग क्यों हर समय उनके सिरहाने बैठे रहते हैं। जाकर अपना-अपना काम करें। लेकिन दो-तीन दिन से अपनी सूनी आँखों से जैसे वह देखती थीं—उसमें कितनी याचना छिपी हुई थी बचा लो, मुझे बचा लो। मैं तुम लोगों के साथ रहना चाहती हूँ—लेकिन वह कैंसर की लास्ट स्टेज में थीं और यह बात सिर्फ एक महीने पहले पता चली थी। डॉक्टर जब हमें उनकी हालत के बारे में बता रहे थे तो यकीन ही नहीं हो रहा था कि यह बात हमारी माँ के बारे में हो रही है। वह माँ जो हम सबके उठने से पहले उठती थीं जो हम सबके बाद सोती थीं। पता नहीं कैसे सबके मन की बात समझ लेती थीं—बड़े भइया को क्या चाहिए? पापा को कौनसे कपड़े पहनने हैं और मैं क्या खाना चाहता हूँ? जब तक हममें से एक भी घर नहीं लौटता था, वह बेचैन हो बार-बार गेट तक

जातीं और लौटतीं। पापा उनकी इस बेचैनी का मजाक भी उड़ाते थे, "तुम्हें क्या लगता है, बच्चे गेट तक आ गए तो बीच में ही कहीं रुक जाएँगे? घर नहीं आएँगे? या तुम्हारे बार-बार गेट तक जाने से जल्दी आ जाएँगे? इस तरह तो तुम सिवाय खुद को थकाने के कुछ नहीं करोगी।"

वह बिस्तर पर इतनी असहाय होकर भी पड़ सकती हैं! सच जब तक वह रात-दिन फिरकी की तरह हमारे लिए घूमती रहीं तब तक हमने कभी नहीं सोचा था कि वह किसी दिन बीमार पड़ जाएँगी। अस्पताल से कभी घर वापस नहीं आएँगी।

माँ की आँखें बंद थीं। मैंने हल्के-से अपनी हथेली उनके माथे पर रखी। हमारी माँ, मेरी माँ। मेरी माँ इसलिए कि माँ हमेशा ही मुझे बड़े भाई से ज्यादा प्यार करती थीं। जब भी कभी बड़े भाई और मुझमें लड़ाई होती तो वह उसे ही समझातीं, "तू बड़ा है। छोटे की बात मान लेगा तो तेरा क्या बिगड़ जाएगा?"

बड़ा भाई अक्सर इस बात से नाराज हो जाता, "वह छोटा है तो क्या आप हमेशा उसी का पक्ष लेंगी?" तब माँ उसे भी मनातीं। उसके मनपसंद आलू के पराँठे बनातीं। उसे अपने हाथ से खिलातीं।

पापा कई बार कहते थे कि माँ ने हमारी इच्छा पूरी कर-करके हमें बिगाड़ दिया है और सच जब कभी हम स्कूल से लौटते थे और हमें दाल-सब्जी नहीं भाती थी तो माँ दोबारा से हमारे लिए कुछ बनाती थीं। या बाजार से कुछ लाती थीं। अगर हम ठीक से नहीं खाते थे तो माँ के मुँह में भी खाना नहीं चलता था।

तब हमें कभी नहीं लगता था कि हमारी माँ कभी थकती भी हैं। हम तो सिर्फ हुक्म चलाना जानते थे या अपनी इच्छाएँ बताना। माँ उन्हें कैसे पूरा करेंगी यह कभी नहीं सोचते थे।

धीरे-धीरे हम बड़े हुए तो पता चला कि माँ जब पढ़ती थीं तो उन्हें कविताएँ लिखने का शौक था। वह डायरी भी लिखती थीं। एक बार मैंने उनसे छिपाकर उनकी डायरी पढ़ी भी थी, जिसका माँ को कभी पता नहीं चला। माँ खूब पढ़ना चाहती थीं लेकिन उनके पिता जी की जल्दी मृत्यु हो गई और उनकी शादी कर दी गई। तब बहुत-सी बातें ऐसी थीं जो समझ में नहीं आई थीं जैसे कि, "तीसरी संतान का मैं क्या करूँगी। ये दो ही पल जाएँ।" आज, बहुत कुछ समझ में आ रहा है।

बड़े भइया जब इंजीनियरिंग में सलेक्ट हो गए तो समस्या हुई कि इतना भारी खर्चा, कमानेवाले पापा अकेले। क्या होगा? एकबारगी तो भाई ने मन बनाया कि वह इंजीनियरिंग करेंगे ही नहीं। आखिर दुनिया के सारे बच्चे इंजीनियर ही तो नहीं बनते। कुछ और कर लेंगे।

लेकिन माँ अड़ गईं। उनका कहना था कि लाखों बच्चों के बीच से कम्पटीशन में सलेक्ट होना ही बड़ी बात है। चाहे कुछ भी हो वह नहीं चाहतीं कि पैसे के कारण बच्चे का भविष्य बिगड़े।

उन्होंने पापा को भी नहीं बताया और अपने सारे जेवर बेच दिए—इस तर्क के साथ कि असली जेवर तो बच्चों की पढ़ाई होती है। भगवान देगा तो और बन जाएँगे। आखिर सोना-चाँदी मुसीबत के दिनों में ही काम आने के लिए होते हैं।

माँ ने सिगरेट के पैकेट पर क्या लिखा है, यह मैंने किसी को नहीं बताया था। रात के साढ़े ग्यारह बजे माँ ने जब आखिरी साँस ली मैं उनके पास ही था। उनकी साँस टूटती हुई धीमी पड़ गई थी और फिर थम गई थी। उनकी आँखें खुली थीं और मुँह पर वही मुस्कराहट थी जैसे वह अक्सर मुस्कराती थीं।

पिछले तीन दिन से लगातार उनकी मृत्यु की प्रतीक्षा। माँ के मन में बहुत कुछ ऐसा रह गया जो उन्होंने हमसे कभी नहीं कहा। उनके आँसू हमें कभी दिखाई नहीं दिए। हमने देखने की कोशिश भी नहीं की। माँ के कर्तव्यों की फेहरिस्त में माँ का कितना शोषण छिपा रहता है यह हमें कभी बताया नहीं गया।

माँ के फूल चुनते हुए पहली बार मैंने पापा को फूट-फूटकर रोते देखा। तब मुझे सिगरेट के पैकेट पर लिखी बात रह-रहकर याद आने लगी। माँ को मैंने कभी पापा से ज्यादा बात करते नहीं देखा था, लेकिन वह कितनी अच्छी तरह जानती थीं हम सबको। मैंने उस पैकेट को अपनी अटैची में छिपाकर रख दिया था। मैं उसे नहीं दिखाना चाहता था किसी को।

माँ को गुजरे हुए एक साल हो गया था। बड़े भइया बाहर नौकरी कर रहे थे। उनकी शादी की बातें चल रही थीं। हमारी मौसी ने रिश्ता पक्का करा दिया था। पापा बहुत तड़क-भड़क नहीं चाहते थे। वैसे भी शादी में जितना काम फैलता है, उसे करता कौन? इसलिए तय किया गया था कि पाँच आदमियों को ले जाकर शादी मंदिर में कर दी जाएगी। बाद में एक रिसेप्शन दे देंगे।

एक शाम जब मैं घर लौटा तो बाहर तक तेज-तेज आवाजें आ रही थीं। भइया और पापा किसी बात पर जोर-जोर से बहस कर रहे थे। मेरे आते ही चुप हो गए। लेकिन थोड़ी ही देर में बहस फिर शुरू हो गई।

तब भइया ने मुझे अपने पास बुलाकर छपा हुआ कार्ड मेरे सामने रख दिया। पहले तो मेरी समझ में कुछ नहीं आया। फिर भइया ने इशारा किया जहाँ कार्ड में पापा और माँ का नाम लिखा था।

मेरी समझ में कुछ नहीं आया तो भइया बोले, ''माँ का नाम देखो।''

''माँ का नाम। ठीक तो है।'' मैंने कहा।

''ठीक है। तेरी आँखों पर भी पर्दा पड़ गया है। यहाँ हमारी अपनी माँ का नाम होना चाहिए।''

''हमारी अपनी माँ...।'' गुस्से से मैं खौलने लगा, ''क्या एक साल पहले जो गुजरीं वह हमारी माँ नहीं थीं।''

''नहीं, वह तो हमारी सौतेली माँ थीं। शादी के कार्ड में हमारी अपनी माँ का नाम होना चाहिए था।''

मैंने देखा पापा कुछ कह नहीं पा रहे थे लेकिन उनकी आँखें डबडबा आई थीं।

''भइया जब माँ ने अपनी पढ़ाई के लिए जेवर बेच दिए तब तो आपने ऐसा नहीं कहा। जब आप होस्टल लौट जाते थे और माँ चुपके-चुपके रोती थीं तब भी आपने ऐसा नहीं कहा। आप जानते हैं वर्षों पहले माँ ने अपनी डायरी में लिखा था कि मैं कुछ भी कर लूँ कहलाऊँगी तो सौतेली ही। आप कुछ भी कहें मेरी माँ तो वही थीं, जो एक साल पहले गुजरीं, जिन्होंने पाला-पोसा, अपने पैरों पर खड़ा किया और हमारी खुशियों की खातिर एक संतान तक पैदा नहीं की जिसकी वह असली माँ होतीं। जो उन्हें कभी सौतेली कहकर न पुकारती।''

(वनिता, 2000)

लौटते हुए

वे दोनों कारपोरेशन बिल्डिंग से निकल कर जेल रोड पर आ गए थे। दूधिया चाँदनी से सराबोर पेड़ शांत निस्पंद किसी तपस्वी की भाँति मौन खड़े थे अचानक लड़की उछली और आगे जाकर उसने एक पल के लिए पीछे मुड़कर देखा।

"क्या हुआ? उछली क्यों?" लड़के ने पास आते हुए कहा।

"ऐसा लगा जैसे पानी का गड्ढा है।" लड़की ने झेंप मिटाते हुए कहा।

"हाँ जी, इस उम्र में साफ-सुथरी सड़क पर पानी तुम्हें नहीं तो क्या हमें दीखेगा।" कहते हुए लड़के ने लड़की की कमर को कसा और आगे बढ़ गया।

सीधी स्लेटी चादर जैसी सड़क पर दूर तक उन दोनों की पीठ दिखाई देती रही। लड़की ने काले रंग का चूड़ीदार पाजामा, काली चुन्नी और फिरोजी कुर्ता पहन रखा था। लड़के ने तंग मोहरी की कसी पैंट और सफेद शर्ट पहनी थी। लड़की किसी दूसरे शहर से पढ़ने आई थी। लड़का किसी स्थानीय कालेज में पढ़ता था।

"आज वहाँ बैठकर कुछ मजा नहीं आया।"

"क्यों?" लड़की ने उबासी लेते हुए पूछा।

"भई! जिस रंगीन फव्वारे को देखने के लिए हम वहाँ बैठे थे, वह तो चला ही नहीं। कैसा अच्छा लगता है जब सबके चेहरे हरे, लाल, नीले, पीले नजर आते हैं।" लड़की हँस दी—"अच्छा, आपने उस तिकोने हौज की तरफ ध्यान दिया जिसमें मैं पैर डालकर बैठी थी। पानी में पैर चलाने से पूरा का पूरा चंद्रमा भागता नजर आता था।"

"बस रिप्पी, तुम्हारी इन्हीं पोइटिक बातों पर अपन जान दिए बैठे हैं। हालाँकि तुमने अभी तक हमारी बात का जवाब नहीं दिया।"

"कौन-सी बात?" लड़की ने थोड़ा बनते हुए कहा तो लड़के ने यह कहकर "चलो तुम्हें अभी याद नहीं आ रहा तो न सही," साँस भरी और लड़की की कमर पर उसकी जकड़ ढीली पड़ गई।

"अच्छा बोलो भगवान से तुमने क्या माँगा?" लड़के ने अपनी छोटी आँखों को और छोटा करके पूछा।

''माँग ही लिया। बताना क्या जरूरी है।'' लड़की ने अपनी लम्बी चोटियों को झुलाते हुए इतराकर कहा।

''जानते तो हैं, पर तुम्हारे मुँह से सुनना जरा अच्छा लगता है।'' दोनों उस टूटे खँडहर से नीचे उतर आए।

''पतझड़ आ गया।'' लड़की ने अपनी योग्यता दिखाई।

''हाँ आ तो गया। पतझड़ क्यों आता है?''

''यह जीवन ही पतझड़ है। उत्पन्न होना, नष्ट हो जाना। कैसा अजीबोगरीब खेल है जीवन का।'' लड़की अचानक दार्शनिक हो गई।

इस एकाएक हुए परिवर्तन पर लड़का चौंक पड़ा। उसे पहले दिन की बात याद आ गई।

''सुनो, तुमने मेरी बात का जवाब नहीं दिया?''

''कमल...'' लड़की ने दूसरी ओर देखते हुए कहा—''आठ वर्ष का अरसा बहुत बड़ा हो जाता है। तुम इस बारे में मत सोचो...घर की जिम्मेदारियाँ। आखिर अभी मुझसे बड़े भाई-बहन भी हैं। हाँ मैं तुम्हें मन-ही-मन अपना सर्वस्व समर्पित कर चुकी हूँ। तुम्हारे लिए सब कुछ कर सकती हूँ। तुम्हारी जो इमेज मेरे मन पर है प्लीज कमल उसे मत तोड़ना...मेरे अच्छे कमल।''

इस वक्त वे सड़क को जोड़ने वाली पगडंडी पर चले जा रहे थे। लड़की की आँखें लगातार बह रही थीं।

लड़के के पास इससे अच्छा कोई और मौका नहीं था। उसने अपना सुगंधित रूमाल निकाला और लड़की के आँसू पोंछ दिए।

''रिप्पी...यह सब मैंने इसलिए नहीं कहा था कि तुम दुखी हो जाओ। किस्मत अपनी-अपनी। आठ साल क्या जिंदगी भर इंतजार कर लेंगे। जिसे चाहा उसे पा ही न सके तो जीवन किसलिए?'' लड़की ने पलकें उठाकर देखा और मुस्करा दी। आखिर उसे विश्वविद्यालय का सर्वश्रेष्ठ अभिनेत्री का पुरस्कार मिल चुका था।

अचानक लड़का चलते-चलते रुक गया। लड़की का हाथ थामते हुए बोला—''रिप्पी बोलो तुम्हें कैसे पता चला कि तुम मुझे चाहती हो।''

''कैसे का मतलब?''

''उस दिन जब अपने के. के. के यहाँ से लौटे थे न, तब तुम मेरे पास ही लेट गई थीं और तुमने क्रास बनाकर हाथ रख दिया था, बस...''

''आजकल तुम मंदिर बहुत जाती हो? क्या बात है? किसे माँगना है? उन्हीं को जो तुम्हें तुम्हारे शहर में पढ़ाते थे?''

लड़की भड़क गई। जानती थी इशारा किस ओर है? उस पैम्फलेट की ओर जिसमें उसका और उसके अध्यापक का नाम जोड़ दिया गया था। यह सूचना लड़की ने ही लड़के को दी थी। उसे अपनी गलती का एहसास हुआ।

लड़की को तनाव में देख लड़का बात बदलने के अंदाज में बोला—"तुम्हारा इतना धार्मिक होना मुझे बड़ा अच्छा लगता है। एक खास वजह यह भी है कि मैं तुमसे शादी करना चाहता हूँ। दरअसल पति-पत्नी का आपसी विश्वास ही सबसे बड़ी चीज होती है। विश्वास सिर्फ धार्मिक आधार पर किया जा सकता है। वैसे मेरे साथ रहकर तुम्हें दिक्कत बहुत उठानी पड़ेंगी। अपन बहुत आरामतलब हैं।"

लड़की लड़के के प्रति श्रद्धा से भर गई। मन हुआ पैर छू ले उसके। बस जहाँ भी रहूँ, कमल साथ में हो। फिर कुछ नहीं चाहिए। अगर कमल नहीं तो जीवन नहीं। आजकल के लड़के कहाँ विश्वास करते हैं, ईश्वर पर?

लड़की की आँखों के सामने दुल्हन वेश में अपना ही रूप घूम गया। उसे लगा कमल के भाई-भाभी-माँ सब उसका स्वागत कर रहे हैं।

"रिप्पी, कल कालेज बंद हो रहे हैं। मेरे तुम्हारे रिश्ते को डिपार्टमेंट के सभी लोग जानते हैं। चिट्ठी लिखोगी न मुझे?"

"लिखूँगी तो...लेकिन किस पते पर। फिर आप भी लिखेंगे न!"

"अरे भई रिप्पी की चिट्ठी आए और हम जवाब न दें, यह तो संभव ही नहीं। हाँ, शर्त यही है कि छोटी होने के नाते चिट्ठी तुम ही लिखोगी। डिपार्टमेंट के पते पर ही लिखना। घर पर थोड़ा-बहुत खतरा है न, समझती तो हो।"

लड़की सोचती रही। लिखे...फाड़े, फिर लिखे। समझ में न आया कहाँ से शुरू करूँ और कहाँ अंत। हार मानकर दो-चार पंक्तियाँ लिखीं और पत्र भेज दिया।

एक हफ्ता बीता होगा। तब आया जवाब।

लड़की हर बार एक ही बात पर अटक जाती..." खत आया! पर इतना छोटा पत्र तो दुश्मन को भी नहीं लिखा जाता। न मन की बात लिखी और न लिखने देना चाहती हो। और तुम्हारा सम्बोधन एकदम रद्दी। कुछ नया-सा ढूँढ़ो। कैसा पोइटिक इंट्रस्ट है तुम्हारा!"

लड़की सोच में पड़ गई। माँ ने देखा तो पूछ लिया—"अरी क्या सोच रही है?" उसने बात बदली—"कुछ नहीं माँ, सोच रही हूँ इस सोमवार से व्रत रखना चालू कर दूँ।"

समझ में नहीं आया लड़के के लिए कौन-सा संबोधन ठीक रहेगा। ठीक ही से मतलब नहीं, नया भी होना चाहिए। प्रियतम, प्राणनाथ, देव, मेरे देवता सभी तो पुराने हो चुके हैं। हर प्रेमिका ने अपने प्रेमी को यही कुछ तो लिखा होगा।

घर से थोड़ी दूर बने मंदिर की घंटियों की अनुगूँज दूर तक फैल गई। लड़की उठी। मेज से पैन उठाया और लिखने बैठ गई—"मेरे आराध्य देव..."

पत्रों का लंबा सिलसिला चल निकला। लड़की उस शहर में दोबारा नहीं लौटी। लेकिन पत्र गए-आए। लड़की ने अपने मन को विश्लेषित किया—वह सचमुच कमल को प्यार करने लगी थी।

इन दिनों वह भावुकता के ज्वर से पीड़ित थी। शरत का देवदास पढ़ती तो फूट पड़ती। खुद को कभी पारो समझती तो कभी चंद्रमुखी। आँसू भरी आँखों से लड़के को चिट्ठी लिखती तो दो-चार बूँदें गिर पड़तीं। स्याही चिथड़ जाती।

अचानक लड़के के शहर में माँ के जाने का प्रोग्राम बना तो लड़की भी जिद करके साथ हो ली।

माँ वहाँ जाकर रिश्तेदारों में व्यस्त हो गई। लेकिन लड़की लाइब्रेरी में पढ़ने का बहाना बनाकर दिन-प्रतिदिन लड़के के निकट होती चली गई, पूरे दो साल बाद भी तो मिल रही थी।

एक दिन दोनों पार्क में बैठे थे। शाम का अँधेरा धीरे-धीरे कटे पेड़ की छाया की भाँति गिर रहा था। पक्षी चहचहा रहे थे। पर लड़की-लड़के का ध्यान उस ओर नहीं था।

लड़का आकाश की विशालता में कुछ खोजता हुआ बोला—''तुम्हारा अकेले आना-जाना मुझे पसंद नहीं। पता नहीं कब किसकी नीयत बदल जाए।''

''नीयत तो आपकी भी बदल सकती है।'' लड़की ने लड़के के बदले हुए स्वर को तोड़ते हुए कहा।

''अपनी नीयत अब क्या बदलेगी। नीयत तो तब बदलती है जब कोई चीज आसानी से न मिली हो। जब सभी कुछ सहज-सुलभ है तो उसमें बेईमानी का तो प्रश्न ही नहीं उठता।''

लड़की और लड़के के बीच जंगल में बनी झील जैसी चुप्पी फैल गई। झील में फेंके कंकर के छपाक की आवाज जैसी लड़के की आवाज सुनाई दी—''रिप्पी तुम्हारे घर में कितनी लव-मैरेजिज हुई हैं?''

''ज्यादा तो नहीं यही, कोई दो-तीन। लेकिन आप यह क्यों पूछ रहे हैं?''

''सोच रहा था कि जिसके घर में इतनी लव-मैरेजिज एक साथ हुई हों, उस घर की लड़कियाँ चरित्र की अच्छी कैसे हो सकती हैं?''

लड़की का चेहरा फैले अँधेरे की तरह काला हो गया। वह बैठी नहीं रह सकी। वे दोनों साथ चल दिए। दोनों की सोच में साथ चलते हुए भी बहुत बड़ा फासला था।

लौटकर लड़की ने लड़के को कोई पत्र नहीं लिखा। बार-बार उसके दिमाग में लड़के की कही बातें घूमती रहीं। कभी लड़के की लिखी बातें याद आतीं—''भाभी कहती है कि कौन-सा दिन होगा, जब तुम लाल जोड़ा पहने हुए घर में आओगी।'' कभी लड़के की कही बातें...''उस घर की लड़कियाँ चरित्र की अच्छी कैसे हो सकती हैं?''

''रिप्पी अब इंतजार करना संभव नहीं। अन्यथा विस्फोट हो जाएगा।''

लेकिन कोई विस्फ़ोट नहीं हुआ, कोई विद्रोह भी नहीं। एक दिन लड़के ने

लड़की को लिखा—"रिप्पी जानती हो, यह भी एक फर्ज था जो निबटा। मंगनी हो गई मेरी। लेकिन तुम जानती हो, तुम्हें पाने के बाद अब जीवन में कुछ नहीं रहा।"

"नाटक!" रिप्पी ने सोचा—शुरू से आखिर तक नाटक और फिर यवनिका पतन।

अंत! शायद आपको ज्यादती भरा लगे, पर ऐसा ही हुआ एक-एक शब्द ऐसा—लड़के को लड़की का एक और परिचित मिला। और लड़के ने आसानी से 'अपनी सब कुछ' के लिए कहा—"अरे वह रिप्पी! आप उसे नहीं जानते। मुझसे ज्यादा उसके तन-मन को कौन जानेगा। वह बाजारू है। जाने कहाँ-कहाँ रात बिताती फिरती है।"

(दैनिक हिंदुस्तान, 1985)

कब्रगाह

सब कुछ उलट-पुलट गया है। छायाएँ किनारों से उठकर मन के बीचोंबीच जमकर बैठ गई हैं। कमरे में कुर्सियाँ इधर-से-उधर उड़ी चली जा रही हैं।

सड़कें धूल से भर गई हैं। हर एक-दूसरे के अविश्वास से भरा बैठा है।

तुम यह कभी कर सकती थीं! शायद नहीं, तभी तो इसे दूसरे अधिक इशारों से समझाते हैं कि तुम क्या कर सकती थीं! तुम क्या सह सकती थीं! तुम कैसे रह सकती थीं! तुम क्या हो सकती थीं! तुम क्या नहीं हो सकती थीं! क्या नहीं बन सकीं!

तुम्हारे लिए जीवन में कितना कुछ पाने के लिए था या कितना कुछ खोने के लिए! खोने और पाने में राई-भर का फासला ही तो है। पर तुमने क्यों कर सब कुछ खोया? आखिर पाया क्यों नहीं? और अगर पाया होता तो सत्ता के समीकरणों में फिट बैठकर वह कब का खो गया होता।

आखिर विकल्प भी क्या थे? कोई सपना तक नहीं था। सामने कठोर जीवन का बियाबान बिछा था। पीछे देखो तो अँधेरा, आगे देखो तो तपता सूरज। आगे बढ़ने के लिए जो शीतलता, जो छाँव चाहिए वह कहाँ थी। उसके तो चिह्न भी नहीं थे कहीं।

तुम तो अकेली थीं। वैसी ही अकेली जब पूरे शहर, भीड़भाड़ रिक्शे-ताँगे, घर-खलिहान सबके बीच में कोई बच्चा खो जाता है, वह किसी झोंक में घर से बाहर निकल आता है। उसे नहीं पता होता वह कहाँ जा रहा है। घर का पता पूछो तो कहता है, माँ। पिता के बारे में बात करो तो अपना नाम बताता है। उसे घर से बाहर की दुनिया के बारे में कुछ पता नहीं होता।

ऐसा ही था न! सब था और कुछ नहीं भी था। पार्क की लंबी, बेतरतीब घास पर ढेरों नीम के पत्तों के बीच तब बैठीं, तुम क्या-क्या सोचती थीं, कुछ याद है?

ऐसी बातें नहीं थीं तब कि जिन पर जोर से हँसा जा सके। घर की कितनी तिरछी निगाहों से बचती तुम उस पार्क में आ बैठती थीं।

तब तुम्हें क्या लगता था? किससे भिड़ना चाहती थीं? किसके लिए उदास रहती थीं? किस दुख से तुम्हारी आँखें भर-भर आती थीं? तुम, तब सारे जहाँ के बारे में सोचती थीं। या सारे जहाँ के बारे में भी नहीं, उन लोगों के बारे में जो हर वक्त हँसते-खिलखिलाते नजर आते थे कैसे? जिनके चेहरे हमेशा दिपदिपाते थे। खुशी जहाँ प्रकाश की तरह फूटती थी। दुख जहाँ कभी अतिथि की तरह ही पैर मारते थे। हैरानी होती थी न! तब कहीं से एक टूटा-फूटा क्षत-विक्षत सपना नजर आता था, एक दिन ऐसा ही होगा। ऐसी ही हँसी, ऐसी ही चमक, ऐसा ही खिलंदड़पन... होगा, होगा! आवाज गूँजती थी कि कहीं से कोई काली बिल्ली रास्ता काट जाती थी। कोई बैलगाड़ी, कीचड़ में अटक जाती थी। कोई नाला ऐन राह में आ जाता था जिसे फाँदने में दिक्कत आती थी।

याद है न नीम के पेड़ के नीचे उस सुबह जब तुम बैठी थीं। तुम्हारे हाथों में कोर्स की किताबें थीं। आँखें किताब पर थीं, पर आँखों के आगे कुछ नहीं था। तभी, उसी वक्त गिलहरी का एक छोटा-सा बच्चा पेड़ से तुम्हारी गोद में आ पड़ा। छोटा एक उँगली के बराबर, नन्ही-सी पूँछ। घबराहट में उसकी साँस जोर से चल रही थी। मूँछें हिल रही थीं और आँखों में हताशा थी। उसे हथेली में उठाकर तुमने पेड़ की तरफ देखा था, शायद माँ उसे ढूँढ़ने के लिए तने से उतर रही हो। पर वह कहीं नहीं थी। उसी वक्त साक्षत् यमदूत की तरह एक कौआ तुम्हारे सिर पर से उड़ान भरता निकल गया था। डर के मारे तुमने आँखें बंद कर ली थीं और गिलहरी के बच्चे को दूसरी हथेली से ढक लिया था।

माँ न होकर भी तुम माँ बन गई थीं। उसी वक्त, तुमने क्यों नहीं मान लिया था कि तुम माँ नहीं हो? दयालु नहीं हो? तुम वह सब कुछ हो, जो तुम नहीं हो। कितना अजीब लगता है इस बात की कल्पना करना कि जो आप नहीं हैं, जैसे आप नहीं हैं, उन्हें दूसरों के मुँह से सुनना कि आप वैसे हैं...वैसे ही हैं! आपका पूरा एहसास एक नाटक के सिवाय और कुछ नहीं है। जिस दिन वह गिलहरी का बच्चा तुम्हें मिला था, काश कि उसी दिन तुमने 'उन्हें' जान लिया होता!

वह गिलहरी का बच्चा चूँ-चूँ करता। उसे पानी पिलाने की कोशिश की, दूध में रोटी भिगोई, अमरूद काटा—मगर कुछ नहीं, कुछ नहीं, तीसरे दिन ठीक तुम्हारी हथेली पर उसने दम तोड़ दिया था। इतनी नजदीक की वह पहली मृत्यु थी जिसे जीवन-भर तुमने भोगा। तुम मरीं सड़क पर, घर में, बाजार में, दफ्तर में, लेकिन हर बार पता नहीं कैसे उठ खड़ी हुईं!

हथेली पर रखा गिलहरी का बच्चा निस्पंद हो गया था। उसकी आखिरी चूँ-चूँ जीवन-भर तुम्हारे कानों में बजती रही। सामने धरती पर शिरीष के अनगिनत फूल बिखरे थे। उनमें हजारों चींटे थे...मरा हुआ एक गिलहरी का बच्चा हथेली पर था। इस वक्त किसी कौए ने झपटने के लिए उड़ान नहीं भरी थी...जीवित रहते वक्त

चारों तरफ जो तलवारें खिंची होती हैं, मरने के बाद वे कहाँ ली जाती हैं? किसी नए शिकार की तलाश में! किसी और का खून-खच्चर करने।

शिरीष के कितने फूलों ने तुम्हारे पैरों के नीचे दम तोड़ा था, मगर तुम आगे बढ़ गई थीं। मरा बच्चा तुम्हारी ही धड़कन से हिलता-डुलता था। तुमने गिलहरियों को गौरैयाओं का दिल फाड़ते देखा था और गिलहरियों पर कौओं को झपटते।

हथेली पर मरा बच्चा अचानक तुम हो उठी थीं। तुम, तीन पौंड की सतमासी एक बिलखती बच्ची जो जनमते ही खो गई थी। किसी और गाँव की यात्रा कर आई थीं। तब तुम्हारी माँ ने अस्पताल सिर पर उठा लिया था। कितने लालच दिए गए थे उसे उस वक्त! कई लड़के लिटाए गए थे उसके पास। पर वह अड़ी रही—नहीं-नहीं, मुझे अपनी वही मरियल लड़की चाहिए। नहीं दोगे तो कोर्ट से ले लूँगी...मर जाएगी...माँ का दूध नहीं मिला तो जिएगी नहीं। तब तुम अपनी माँ की गोद में वापस आई थीं...जो तुम्हें ले गई थी वह रोती लौटी थी...उसका तो मोटा-ताजा लड़का था, तुम कहाँ से आ पड़ीं...मरियल, वह भी लड़की...दोनों माँएँ क्यों रो रही थीं...तुम्हारी माँ और तुम्हें लौटाने वाली माँ...अपनी माँ की दबंग छवि को तुम कैसे भूल सकती थीं।

तुम उस गिलहरी के बच्चे की माँ बन गई थीं। तुम भी क्या उसे उसी तरह फेंक देना चाहती थीं जैसे वह स्त्री तुम्हें फेंक गई थीं। एक फर्क था। तुम जिंदा थीं, तुम्हारी माँ ने बाँहें फैलाकर तुम्हें समेट लिया था, मगर गिलहरी का वह बच्चा मर चुका था। उसकी माँ आसपास नहीं थी। उसने तीन दिन से कुछ खाया-पिया नहीं था। उसका हल्का गुलाबी मुँह खुला था। नन्हे-नन्हे दो दाँत चमक रहे थे। शरीर अकड़ गया था।

तुमने हथेली पर पड़ी उन पानी की बूँदों को भी जरूर देखा होगा जो अंतिम उम्मीद के रूप में उस बच्चे के मुँह पर छिड़की थीं। उनसे अब भी तुम्हारा हाथ गीला था। वे बूँदें उस बच्चे को नहीं बचा सकी थीं। वे उसके लिए अमृत या गंगाजल नहीं बन सकी थीं।

तब तुम रोई नहीं थीं...आँसू नहीं बहाए थे...तुम्हें अस्पताल से मिर्गी के दौरान जो स्त्री ले गई थी अगर उसकी गोद में तुम गिलहरी के बच्चे की तरह मर जातीं तो...तो क्या तुम्हारे लिए भी कोई ऐसे ही उदास होता जैसे कि तुम उस गिलहरी के बच्चे के लिए रो रही थीं! जीवन में तुमने बार-बार जाना कि किसी के लिए उदासी और आँसुओं का कोई मोल नहीं होता...आँसू नाटक का हिस्सा होते हैं और दूसरों के दुख पर उदास होना सिर्फ इमेज बनाने का साधन...

ऐसा तो नहीं है कि उस मरे हुए गिलहरी के बच्चे को किसी ने न देखा हो तुम्हारी हथेली पर! पूछा क्या किसी ने? नहीं, वह मरा बच्चा मरे हुए और साधनहीन मनुष्य की तरह ही था। साधनहीन किसी के कोई काम नहीं आ सकता, इसलिए

उसके बारे में कोई क्यों पूछे? क्यों परेशान हो? तुम पूछती थीं न हर एक से दौड़ती थीं न हर एक के लिए। वह नाटक था, नाटक ही बिल्कुल क्योंकि तुम साधन संपन्न नहीं थीं उतनी। घर बैठे-बैठे एक फोन से काम नहीं करवा सकती थीं...औरत तो थीं मगर औरत होने का इस्तेमाल करना नहीं जानती थीं। इसीलिए कहा गया कि औरत हो, एक मुस्कान फेंकती हो और काम निकलवा ले जाती हो...सच यदि ऐसा होता 'वुमैनहुड' का 'वर्चू' की तरह इस्तेमाल करतीं तो लोग तुमसे डरते, सौ बार सलाम बजाते, पीठ पीछे गालियाँ देते। जो आज भी देते हैं। गालियों और निंदा से वे समझते हैं, दुनिया झुक जाती है। सागर माथा चरणों पर गिर पड़ता है और समुद्र अपना किनारा छोड़ देता है...फिर भी एक साफ्ट कार्नर था जो बार-बार तुम्हें सच्चाई नहीं देखने देता था। लगता था जिन लोगों के साथ इतने दिन बिताए हैं, क्या वे ऐसे हो सकते हैं, क्या वे तुम्हें खत्म करने के लिए झूठ-सच किसी भी बात का सहारा ले सकते हैं?

तुम सच्चाई का सामना करने से डरती थीं...रातोंरात सोती नहीं थीं...खाना-पीना छोड़ बैठी थीं। हर बात पर सफाई देना चाहती थीं कि तुमने ऐसा नहीं किया है। पर जितना तुमने कहा कि नहीं ऐसा नहीं किया है, उतना ही उन्होंने समझा कि तुमने ही ऐसा किया है। तुम लोगों को मूर्ख बनाती हो, उनका इस्तेमाल करती हो...यही राजनीति थी...एक छोटे विभाग की ऐसी राजनीति जहाँ अहं के टकराने के सैकड़ों कारण मौजूद थे, जहाँ बदजुबानी वीरता की पहचान थी, जहाँ थोड़े-बहुत नियमों का पालन चमचेबाजी और जूतों में घुसने का पर्याय था। हर एक का अपना दुख या कहें स्वार्थ बड़ा था, सब एक ऐसे मूर्ख आदमी की तलाश में थे जो उनकी खातिर मारा जाए और वे सब क्रांतिकारी कहलाएँ।

अंततः तुमने उस गिलहरी के बच्चे को नाले में फेंक दिया था, वही नाला जिसे फाँदने में तुम्हें डर लगता था। चलो छुट्टी हुई। उस मरे बच्चे को कब तक लटकाए फिर सकती थीं। जबकि माँ बार-बार डाँट रही थीं कि मरे बच्चे को फेंक जल्दी नहा लो...तीन पौंड की तुम मर जातीं तो किसे पता लगता? तुम्हें भी कोई ऐसे ही फेंक देता या नदी में सिरा देता कछुओं का भोजन बनने के लिए। गिलहरी अपने बच्चे को ढूँढ़ती होगी, हो सकता है अब तक भूल भी गई हो। तुम्हारी माँ भी भूल जाती। तुम आखिरी और अयाचित संतान थीं। तुम्हारी जरूरत आखिर किसे थी? जिस परिवार में पहले से ही कई लड़के-लड़कियाँ मौजूद थे, वहाँ तुम तो बस ऐसे ही आ गई थीं। तुम किसी सुख या दुख का कारण नहीं बनी थीं। हाँ, तुम्हारी माँ यह जरूर चाहती थी कि अब जब तुम आ ही गई हो तो उसी की बनकर रहो। वह पुराने जमाने की माँ थी। लड़के-लड़की सबको भगवान का आशीर्वाद मानती थीं आज की माँ होती तो तुम कब की खत्म हो गई होतीं। लेकिन तुम लम्बे अरसे तक माँ की भूमिका तलाशती रहीं। जन्म के कुछ दिनों तक जो तुम अपनी माँ

से दूर रही थीं, उसकी गंध के लिए तरसतीं। उसी की तलाश थी जैसे तुम्हें। तुम्हें लगता था कि तुम हो ही सबके लिए, सबको तुमसे खुश रहना चाहिए...लेकिन ऐसा होता है कभी? कौन खुश रख सकता है सबको? एक तरफ तुम माँ थीं, केअरटेकर, और दूसरी तरफ बच्ची, जो हमेशा छिप जाने के लिए आंचल, एक सहारा तलाशती थी... जो सौ प्रतिशत वफादार हो जाती थी। प्रिडेक्टेबिल...जिसे सौ में से सौ बार कत्ल किया जा सकता था। तुम्हें राजू याद है! राजू वही, जो पूरे दिन अपने दादा की उँगली पकड़कर घूमता था। माँ और पिता दफ्तर चले जाते थे। राजू के पास हजारों सवाल थे और दादा के पास उन सभी के उत्तर। राजू और दादा परिवार की जिम्मेदारी थे, इसीलिए एक-दूसरे के अनुपूरक और सहारे भी।

नीम के नीचे बैठी तुम उन दोनों को छुआ-छुई, आँख-मिचौनी खेलते देखती थीं। जल्दी ही दोनों थककर बैठ जाते थे। फिर सवाल-जवाब का सिलसिला शुरू हो जाता था।

"पेड़ पर कितनी पत्तियाँ होती हैं?"

"तुम्हारे बाल सफेद कैसे हो गए?"

"तुम तेज क्यों नहीं चल सकते?"

"तुम्हारे दाँत कहाँ गए?"

"चिड़िया उड़ती है, हम भी उड़ सकते हैं?"

"अपनी जीभ दिखाओ, चलो नापें, किसकी लंबी है।"

राजू सवाल करते-करते थक जाए मगर दादा नहीं थकते थे। राजू से वे सब कुछ कह सकते थे। बिना डाँट-डपट के उसकी पूरी बातें सुन सकते थे।

दादा जी एक पेड़ की तरह थे।

एक पेड़ कितने लोगों का घर होता है? कितने कीड़े-मकोड़े, पक्षी—सिरे से लेकर जड़ तक, वह कितनों का सहारा बनता है...बिना किसी बात की उम्मीद किए ...बिना कोई आशा लगाए। बिना किसी स्वार्थ के। बिना कुछ लिए-दिए। दादा जी को भी राजू से कुछ नहीं चाहिए था। उन दोनों को एक-दूसरे की जरूरत थी।

एक दिन ऐसा हुआ कि तुम्हारे दरवाजे पर एक घोड़ा पड़ा था। न जाने कौन उसे डाल गया था। या वह अपने आप ही वहाँ निढाल होकर गिर पड़ा था। उसकी गरदन और पीठ पर बड़े-बड़े घाव थे। मक्खियों की फौज ने उस पर धावा बोल रखा था। कौए चोंच मार-मार कर मांस ले जा रहे थे। घोड़े में इतनी शक्ति भी नहीं थी कि अपनी पूँछ से मक्खियों को उड़ा सकता।

तुमने देखा तो तत्काल घोड़े की माँ बन बैठीं। अंदर से बाल्टी भरकर पानी लाईं। घोड़े के घाव धोए। उस पर कड़वा तेल लगाया। बोरी से घावों को ढक दिया। आस-पास उगी नरम घास उखाड़कर उसके मुँह में दी।

राजू भी अपने दादा जी की उँगली पकड़कर आ पहुँचा।

"यह क्या है दादाजी?"

"यह घोड़ा है।"

"यहाँ क्यों पड़ा है?"

"बीमार है।"

"क्यों बीमार है? बुखार आ गया, चलो डॉक्टर को बुलाएँ।"

"नहीं बेटा, ये घोड़े वाले बड़े लालची होते हैं। जब तक बेचारे के शरीर में ताकत रहती है, उससे खूब काम लेते हैं। खाना भी पूरा नहीं देते। जब बूढ़ा हो जाता है तो कसाई के हाथों बेच देते हैं या सड़क पर मरने के लिए छोड़ देते हैं।" दादा जी जैसे राजू से नहीं अपने आप से ही कह रहे थे।

"मगर आप भी तो बूढ़े हो दादा जी!"

दादा जी ने राजू की बात का कोई उत्तर नहीं दिया। ठंडी साँस भरकर दूसरी तरफ देखने लगे। मगर तुम भौचक्की रह गईं। क्या आदमी को भी बूढ़ा होने पर कसाई के हाथ बेच देना चाहिए!

तुम्हारी आँखें भर आई थीं।

"मैं उसके लिए कुछ खाने को लाता हूँ। भूखा है बेचारा।"

दादा जी चले गए तो राजू पास आकर घोड़े को ध्यान से देखने लगा।

"दीदी, यह कब चलेगा?"

"जब ठीक हो जाएगा।"

"मगर यह तो बूढ़ा है।"

"तो क्या हुआ? क्या बूढ़े लोग नहीं चलते?"

"हाँ, चलते हैं। चलते हैं। मेरे दादा जी की तरह।"

दादा जी लौटे तो उनके हाथ में थोड़ा-सा आटा और चने की दाल थी। क्या राजू की माँ को यह बात पता चलेगी तो उसे बुरा लगेगा? अच्छा नहीं लगेगा कि घोड़े के लिए एक वक्त का आटा गया, वह भी दादा जी के हाथों। कमाएँ वे और गँवाएँ ये।

धीरे-धीरे चीजें कैसे अपनेपन का एहसास खोने लगती हैं। जहाँ जीवन बीतता है, वहाँ एक-एक दिन काटना भारी पड़ जाता है।

घोड़े की कई दिन सेवा के बाद वह उठ खड़ा हुआ था। खड़ा होकर धीरे-धीरे घास चरने लगा था। वैसे तुम सोचती थीं, उसका हश्र भी कहीं गिलहरी के बच्चे की तरह न हो। लेकिन वह घोड़ा था, तुम्हारी हथेलियों से पचीसों गुना बड़ा। वह तुम्हारी गोद में नहीं गिरा था। कोई कौआ भी उसे झपट कर नहीं ले जा सकता था।

एक सुबह जब तुम सोकर उठीं और अपनी आदत के मुताबिक तुमने पिछवाड़े

झाँका तो वहाँ घोड़ा नहीं था। वह अपने पाँव पर चलने लगा था। अब उसे तुम्हारी क्या जरूरत? जीवन-भर ऐसा ही तो हुआ। तुम जरूरतें पूरा करने का साधन बनीं और उखाड़कर फेंक दी गईं। तुम्हारे नष्ट होने की कामना की गई। इससे बड़ी कामना शायद वे नहीं कर सकते थे। कोई चाहे तो कह सकता है कि चीजें बनती-बिगड़ती तो रहती हैं। बनती हैं, नष्ट होती हैं, फिर बनती हैं। लेकिन इस पूरी प्रक्रिया में कितने लोग नष्ट होते हैं? उनके लिए चीजें दोबारा कभी नहीं बनतीं। वे उतनी मधुर कभी नहीं होतीं। उस दुख की कल्पना कैसे की जा सकती है, जिसका कोई भी बयान उस सहे गए दुख से छोटा नजर आता है। एकदम बौना। विचित्र। दुख सहने में कोई पराक्रम नहीं है, हाँ उसके बयान में भाषा की असमर्थता और तीव्रता का अभाव जरूर छिपा है। राजू के दादा जी ने कहा था कि जरूर घोड़े का मालिक उसे ले गया होगा। इतने दिन उसने नजर रखी होगी उस पर। जैसे ही ठीक हुआ ले उड़ा उसे। अब फिर जोतेगा। लादेगा सामान और सवारियाँ। बरसाएगा कोड़े।

और फिर?

"फिर क्या?"—तुमने सोचा!

उसकी गरदन पर पहले से भी बहुत बड़ा घाव हो जाएगा। उसमें दुनिया के घोड़े समा जाएँगे।

क्या ऐसा नहीं हो सकता कि मरने के पहले घोड़े की गरदन उससे अलग हो जाए और अपने मजबूत दाँतों से मालिक के हाथों को चबा जाए? लहूलुहान कर दे?

तुम जानती थीं ऐसा नहीं होगा। कभी नहीं होगा। कोड़े बरसाने वाले हाथों को कभी कोई नहीं चबा सकता। वे बदल जरूर सकते हैं। वे हर बार बदल जाते हैं। वे दो नहीं हजारों में गुणा होते हैं। जो जीव-जंतु हजारों की संख्या में बढ़ते हैं, उनका जीवनचक्र बहुत छोटा होता है। लेकिन कोड़े बरसाने वाले हाथ सदियों तक चलते चले जाते हैं, बिना थके...

सड़ाक-सड़ाक-सड़ाक!

फिर एक दिन तुम बस स्टाप पर खड़ी थीं कि एक घोड़ा कहीं से आ गया। पिता ने मजाक में कहा था, "देख ले, कहीं यह वही घोड़ा तो नहीं। तुझे पहचान रहा है।" यह भी कब की बात हो गई। पचीस साल बीत गए। इन वर्षों में तुम कोड़े वाले हाथों से लगातार बचने की कोशिश करती रहीं। लेकिन बच सकीं कभी?

(धर्मयुग, 1993)

एक शहर अजनबी

यहाँ इतने दिनों बाद आना हुआ, तब जबकि शहर से नाता तोड़े वर्षों गुजर गए। जीवन की दौड़ में शामिल होने के बाद कभी मुड़कर देखने, सोचने-समझने, बैठने का समय तक नहीं मिला।

इस दौरान कितना कुछ गुजर गया, क्या-क्या बीत गया, किसी बात का लिखित हिसाब न होते हुए भी अलिखित इतिहास तो है ही।

दिद्दा बहुत बूढ़ी थीं। चली गईं। सबको जाना है। उन्हें भी जो उस वक्त इस चिंता में थे कि दिद्दा का कमरा किसे मिलेगा। कमरे के लिए कितने तर्क, कितनी मजबूरियाँ, कितनी परेशानियाँ। एक कमरे ने दिद्दा की चौरानवे वर्ष की स्मृति को झाड़ने-पोंछने में कुछ भी तो वक्त नहीं लगाया।

"देखो अम्मा विदा हो रही हैं।" छोटी बेटी सिसकी थी।

कमरे के बीचोंबीच चारपाई पर बैठी वह स्त्री....हिंदू शास्त्र और कर्मकांड किस तरह इहलोक और परलोक की व्याख्या करते हैं...आत्मा अमर है न वह पैदा होती है, न मरती है। न उसे काटा जा सकता है। वह निर्गुण है निराकार है।

मगर दूसरी तरफ इस जगत की बूढ़ी स्त्री...जो चला गया उसे विदा दो... नमस्कार करो...फिर भी बच रहे हैं इस जगत के बहुत से कायदे-कानून। जीवन की अबाध गति। वह डोर जो चलती आई है। पूरे कुनबे के साथ-साथ रही है, वह टूटी नहीं है। वह अब इस बूढ़ी स्त्री के इर्द-गिर्द लिपटी है एक निर्जीव सत्ता को सौंपने का कर्मकांड।

रजाई, गद्दे, गिलास, आटा, दाल-चावल, गहने-कपड़े सब यह स्त्री ग्रहण करे। एक बेटा गर्व से बताता है—"सोने की चेन, अँगूठी, लौंग दी हैं।" आर्थिक स्थिति के बयान का अंकगणित...क्या चारपाई पर बैठी वह बूढ़ी स्त्री यह सोचती है कि एक दिन उसके साथ भी यही होगा।....अब बेटे परिक्रमा करें...अब बहुएँ...अब नाती, अब धेवते, नहीं...नहीं लड़कियाँ परिक्रमा नहीं कर सकतीं। उनकी श्रद्धा भी मृत व्यक्ति को नहीं लगती। लड़कियाँ सेवा कर सकतीं हैं—जीते जी। वह लग जाती है। मरते ही आदमी लड़कों के पक्ष में खड़ा हो जाता है। सात-आठ महीने बिस्तर

पर पड़ी दिद्दा के साथ जिन लड़कियों ने रात-दिन एक किया है, वे सबकी सब कोने में खड़ी टुकर-टुकुर ताकती हैं।

दिद्दा की लड़कियाँ हैं। उनके अपने-अपने दुख हैं। स्वर्गवासी माँ की याद के साथ वे दुख हैं जो बहे चले जाते हैं। कभी-कभी दुख-दिखावा करने को भी मजबूर करते हैं। दुखों पर पूरे शास्त्र लिखे जा सकते हैं। पति के होने न होने का दुख, पति के होते हुए भी चले जाने का दुख...वह थीं तो सब लड़कियों के लिए दरवाजे खुले थे...बैठी थीं। अब नहीं हैं। चाहे अपना घर कितना भी पुराना हो जाए, वह माँ का घर कभी नहीं बन पाता। एक बहू साड़ी के ठोक में मुँह दबा कहती है—''बहुत बूढ़ी थीं। दुख भी पा रही थीं। टूटे-फूटे चोले से मुक्त हुईं।''

''बूढ़ी थीं तो क्या हुआ, माँ दोबारा मिलती है। ओ माँ देख, वे सब आए हैं जिनको आँखें न रहने पर भी तू आवाज से पहचानती थी।'' बहत्तर साल की लड़की रोती है।

''हमारा तो सहारा चला गया। लगता था अभी शादी भी नहीं हुई है। माँ-बाप के घर जैसे सब लड़कियाँ रहती हैं, वैसे ही रहती हूँ।'' विधवा, बेसहारा, बिना बाल-बच्चों वाली मौसी कहती है।

मौत की छाया पड़ते ही राजनीति की गोटियाँ भी सरपट दौड़ने लगती हैं। परिवार की राजनीति देश की राजनीति से कहीं ज्यादा भयावह है। चार हजार के बदले तीन हजार देने वाले को एक कप चाय भी ज्यादा क्यों मिले? ब्राह्मणों के भोजन के वक्त भी कोई बहू न आए, यह भी कोई बात हुई भला। हर कर्मकांड में मरने वालों के साथ जीवित मनुष्यों की इज्जत और स्टेंटस जुड़ी रहती है। मरने के बाद जो चीज सबसे पहले धावा बोलती है, वह है इज्जत का महाशास्त्र।

इस संसार में आत्मा, परमात्मा, निराकार, सगुण, प्रेम, विवाह, सब कुछ पैसे से जुड़ा है, फिर भी हम उसे नकारते हैं। वह साक्षात दिखता है, फिर भी छिपाते हैं। मौत सामने खड़ी रहती है तब भी दिखाई नहीं देती। जब तक ऊपर न आ पड़े सब कुछ, आँखों से ओझल क्यों हुआ रहता है?

नानू की मृत्यु के बाद दिद्दा ने जो चालीस वर्ष अकेले काटे, छोटे-छोटे बच्चों को पाला, शादी-ब्याह किए, घर बनाया, क्या उन्हें यह दिखा न होगा कि वह भी चली जाएँगी एक दिन। दुःख आदमी को बार-बार मौत के नजदीक तो लाते हैं मगर वे जीवन की निरंतरता को भी बनाए रखते हैं। यह घर जहाँ अब पचास लोग रहते हैं, यहाँ दिद्दा तब अकेली आकर रही थीं, जब सड़कों पर सियार किलोलें किया करते थे और चोर अतिथि की तरह बिना बताए दीवार कूद कर आ जाया करते थे। पार्क की बेंच पर बैठकर कितना कुछ याद आता है। यह नगर कितने हादसों का गवाह है, जिन्हें आम भाषा में गलती कह कर निजात पा ली जाती है।

मौसी कहती है—"तेरे कई प्रोफेसर पूछते हैं कि इतने सालों में तू एक बार भी क्यों नहीं आई?"

चाहती हूँ मौसी और भी कुछ कहें, बताएँ। जो दिन गुजर गए हैं, जो आफतें झेली हैं, जिन अँधेरों से लौटी हूँ, वहाँ भी कभी-कभी रोशनी नजर आती है। दुनिया की नजरों में जो कुछ बुरा है, वहाँ अब भी बहुत कुछ अच्छा बाकी है।

एक वक्त में कोई दुश्मन भी नजर आए लेकिन बहुत-सी चीजें हैं जो आपका हिस्सा हो जाती हैं, उन्हें आप चाहें भी तो उतार कर फेंक नहीं सकते। स्मृतियाँ कपड़े नहीं होतीं। वे मन के अंदरूनी हिस्सों में जब-तब, गाहे-बगाहे ठकठकाती रहती हैं। टहोके मारती हैं। अदृश्य कोड़े की तरह साथ रहती हैं। दुनिया के तमाम रीति-रिवाजों, परंपराओं, आक्रामकता को धिक्कारते हुए भी हम अक्सर उसका हिस्सा ही होना चाहते हैं, पर दुनिया तो किसी के लिए बदलती नहीं...पाँच अरब में से किस-किस के लिए बदला जा सकता है। यह भ्रूण परीक्षण की तरह निर्मम है... जो काम का नहीं दिखता...परेशानी बढ़ाने वाला लगता है...उसे बस यूँ ही मारा जा सकता है। खत्म किया जा सकता है...लेकिन चेतना में...अनकहे शब्दों में बहुत-सी बातें रहती हैं...इसीलिए तो...जिंदगी की साँझ होने को है...दिए की लौ टिमटिमा रही है। शाम के वक्त जीवन की सुबह के बारे में आसानी से सोचा जा सकता है। ताजगी दूर से देखी जा सकती है। ईर्ष्या की जा सकती है।

उम्मीदों से जो शिकायतें जागती हैं, वे क्यों कभी खत्म नहीं होतीं। उम्मीदों के निशान, सड़कें, वक्त की लंबी-चौड़ी पर्तें, गली, नुक्कड़, चौराहे, सीढ़ियों का वह साथ, चारपाइयों के वे कोने...सब कुछ अपने साथ ले जाते हैं, फिर भी शिकायतें बनी रहती हैं। यहाँ बैठकर बहुत कुछ सोचा जा सकता है। यदि यह जिंदगी दोबारा जीने को मिले तो जो भी निंदनीय है...खराब है...उसे काट कर ही फेंका जा सकता है। "यह बस एक कहावत ही है।" ...एक चिड़िया बिल्कुल कान के पास आकर कह जाती है...जिंदगी कभी खत्म नहीं होती। उसे दोबारा जिया भी नहीं जा सकता।

पार्क के फाटक के पास वाला तालाब जिसमें हरी काई जमी रहती थी—बस थोड़ा-सा बचा है। जेल के स्थान पर संजय प्लेस हँसता है। सब जगह दिल्ली की अनुकृतियाँ पिंजरेनुमा इमारतें बन रही हैं। दिल्ली से घृणा करके भी छोटी-छोटी दिल्लियाँ अपने रूप पर इतराती हैं।

चीजें चाहे जितनी बदल जाएँ, उनमें वे कुछ पुराने बिंदु मिल ही जाते हैं, जहाँ से हम गए होते हैं, जहाँ हम होते हैं, हमारे होने की गवाही। ऐसा क्यों होता है कि जब कोई इमारत, कोई वृक्ष बिल्कुल पहले जैसा नजर आता है, अनायास ही मुँह से निकलता है—"अरे यह तो बिल्कुल वैसा ही है।" यानी कि हम हैं...फिर भी सैकड़ों

सवाल अनुत्तरित रह जाते हैं। जो कुछ बदल जाता है वह इतना अप्रिय क्यों लगता है? उम्र से इतना जी चुराना अपने से छल करने जैसा है, बाल रँगने की तरह। पहले के सब हमउम्र चेहरे से नहीं, नाम से पहचाने जाते हैं। समय की निर्ममता न हो तो सच्चाई से सामना ही न हो।

आखिर इस घृणा का मतलब क्या है? इन इतने वर्षों में हम कभी नहीं मिले हैं। कभी मिलना भी नहीं है। फिर जो कुछ मुझसे जुड़ा है....

वह लड़का कहता है, रिश्ते का भाई—उसने कभी प्रैक्टीकल में मुझे बीस नंबर से ज्यादा नहीं दिए। पता नहीं क्यों हमारे परिवार से चिढ़ता है। परिवार से नहीं ...परिवार पूरी इकाई है। मैं उसका एक छोटा-सा हिस्सा। छोटे हिस्सों को खत्म न करो तो इकाई कभी खत्म नहीं होती।

इस नफरत के उत्सव का अर्थ...इसलिए कि मैं जिन्दा हूँ कि मैं खत्म नहीं हुई हूँ। इसलिए कि अब कोई भी मेरे लिए अनिवार्य नहीं रहा है।

लेकिन क्या आप मुझे पहचानते भी हैं। आपके तमाम किस्म के सर्टिफिकेट्स के बावजूद एक मरियल, साधनहीन लड़की ने झुकने से इंकार किया है। वैसे तो कुछ भी झुकना नहीं होता। अपना बचाव होता है। सब कुछ छोड़कर चले जाना, मन को समझाने का एक तरीका ही तो है, लेकिन जब भी कोई ऐसा करता है, वह हर बार मरता है। राख इर्द-गिर्द उड़ती है। तकलीफें बर्फ की तरह हजारों बार टुकड़े-टुकड़े होकर ऊपर गिरती हैं।

शरीर के हिस्से जो कुछ भी आता हो, एक हद के बाद बहुतों के लिए वह एक निरर्थक-सा सच है, लेकिन इमोशंस बाजार में नहीं बिका करते। वे फैक्ट्रीमेड भी नहीं होते। उन पर डंकल या अमरीका कब्जा भी नहीं जमा सकता, इसीलिए तो वे इतनी जल्दी समाप्त भी नहीं होते।

आजकल सब कुछ जानना। एक भूख। सूचना के जरिए लगातार हमलावर होते जाना, मगर खबरों के बीच में रहना शेर की सवारी करने जैसा है। वे आप पर हावी हो जाती हैं, फिर एक दिन धीरे-धीरे निगल जाती हैं। मेरा रहना आपके लिए खबर नहीं है। न रहना हो सकता था। आपके महत्त्व के लिए कोई है जो आपके लिए, आपके कारण खत्म हुआ। ऐसा ही न।

मेरे लिए आप छिपाने की वस्तु नहीं हैं। कभी थे भी नहीं। आदमी अपनी गलतियों को छिपाने की कोशिश करता है, लेकिन क्या आपको किसी गलती का नाम दिया जा सकता है। आप एक खूबसूरत अहसास का नाम हैं...एक परिचित गंध...कोमल अनुभूति।

आज सोचती हूँ तो लगता है, नहीं मुझे उस वक्त, उस तरह से रिएक्ट नहीं करना चाहिए था। आपने जो कुछ भी किया, आपके साथ जाता। भाग्यवादी होकर बहुत-सी कड़ुवाहटों से बचा जा सकता है। न जाने कितनी मजबूरियाँ होती हैं जिन्हें

आदमी दूसरों से तो क्या अपनी छाया से भी छिपाता है। तब कोशिशों के बावजूद मैं मरी क्यों नहीं....तब पहली बार पता चला था कि वाकई मरने के मुकाबले जिंदा रहना कितना कठिन है?

लेकिन कोई सितारा मेरे भाग्य में लिखा था, जो आसमान से उतरा और वहाँ आ खड़ा हुआ, जहाँ मैं खड़ी थी। दुखों से सराबोर। मर जाने की इच्छा रखने वाली। एकाकी। खुद से नफरत करती, दुनिया से बदला लेने को आतुर।

वह आया और बोला—"दुनिया में ऐसा कौन है जो पीछे मुड़कर देखता हो और आगे बढ़ता हो। तुम स्त्री हो, शक्ति हो। चाहो तो इस दुनिया को ठोकर लगाओ। जीवन में कोई भी इतना महत्त्वपूर्ण नहीं होता कि उसके लिए मर जाया जाए।"

मैंने सोचा, सोचती ही रहती। इस जमाने में आँसुओं का मोल क्या है? दुख की परिभाषा भी कितनी बौनी है कि किसी एक का दुख फौरन दूसरे के दुख में तब्दील हो जाता है। मेरा दुख आपका, आपके परिवार का सुख बना ही था न?

कल यहाँ आई तो लगा जैसे यहाँ से कभी गई ही नहीं थी। सच पूछा जाए तो मैं कहाँ गई थी? अपने बचपन और किशोरावस्था से भागकर कहाँ जा सकता है आदमी। मन की धोखेबाजी देखिए कि लगता था जो चीजें भूल चुकी हूँ, वे कभी जिंदा नहीं होंगी, याद नहीं आएँगी। पर ऐसा नहीं हुआ। लगा, मैं ही तो हूँ, वही, बिल्कुल वैसी ही। क्या हुआ जो थोड़ी मुटा गई हूँ। उम्र बढ़ गई है। बच्चे बड़े हो गए हैं। लेकिन अंदरूनी मन में तो वही हूँ—इठलाती, खिलखिलाती, दो चोटी लटकाए, भरी दोपहर में आपके एक बुलावे पर होस्टल से बाहर दौड़ती।

मगर यह भी आज का सच नहीं है। दूर-दूर तक देखती हूँ, नजरें दौड़ती हैं। कोई निशान तक नहीं। मेरा वहम है। वर्तमान में सेंध लगाकर कोई भूत, भविष्य को नहीं पछाड़ सकता। स्वप्न जो देखे जाते हैं, नींद खत्म होने के साथ ही उड़ जाते हैं।

मुझे वापस जाना है। घर जाना है। जहाँ सबको मेरे लौटने का इंतजार है। जहाँ अपमान हवा में नहीं तैरते...जहाँ कोई स्त्री दया की भीख नहीं माँगती।

गाड़ी आने-आने को है। लौटने का वक्त हो गया है। स्मृतियाँ भी लौट रही हैं। कहीं दुबकने को। अच्छा है जो मुझे आप कहीं नहीं दिखते। अठारह-बीस सालों के भ्रम बने रह सकते हैं।

(दैनिक हिंदुस्तान, 1994)

और अब

रोमी उदास है।

आजकल वह खेलती-कूदती भी नहीं। किताब खोलकर सामने देखती, दीवार में खोई रहती है। दीवार पर उसके मन की इबारतें लिखी हैं। उमड़ती-घुमड़ती। पढ़ो तो पढ़ते ही जाओ।

स्कूल में वह कोशिश करती है कि बाकी सहेलियों से दूर रहे। कैंटीन में सहेलियाँ चाट खाती हैं, वह कक्षा में चुपचाप बैठी कापी पर चील-बिलउए काढ़ती रहती है।

सहेलियाँ मैदान में कभी हाकी, कभी फुटबाल तो कभी टेनिस खेलती हैं। वह तबियत खराब होने का बहाना कर एक ओर कोने में खड़ी घास को निहारती है।

वह क्लास की बहुत अच्छी तो नहीं ठीक-ठाक छात्रा है पर आजकल सौ में से कभी दस नम्बर आते हैं तो कभी पंद्रह।

अध्यापिकाएँ उससे पूछती हैं। वह जवाब नहीं देती। वे समझती हैं—इस उम्र की लड़कियों से बहुत कुछ नहीं पूछना चाहिए। फिर भी यह बारहवीं का बोर्ड का साल है, कुछ तो पूछ ही लेना चाहिए।

सहेलियाँ सोचती हैं—"क्या हो गया इसे?"

वे घर से उसके लिए आम का अचार लाती हैं। कोई इडली लाती है तो कोई कचौड़ी। मगर रोमी है कि किसी चीज को देखकर खुश नहीं होती।

वे फिल्मों की बातें करती हैं। कृतिका देसाई के प्रोग्राम्स और ब्रह्मबाली के गीतों की चर्चा करती हैं। नए फैशन के कपड़े, किसी का बर्थ डे, किसी की शादी, किसी की मृत्यु, घूमना-फिरना, एग्जाम्स की चिंता। लेकिन रोमी या तो बैठकर घास उखाड़ती रहती है या आसमान में उड़ती चीलों को देखती है।

बादल घिरे हों तो कभी-कभी चीलें मौजूद होते हुए भी दिखाई नहीं देतीं। आसमान में इतने सारे रंग दिखाई देते हैं कि गिनतियाँ भी कम पड़ जाएँ। नीला रंग कभी पानी जैसा लगता है। ढेर सारा आसमान में बहता पानी। लहराता समुद्र। बादलों के पार देखने का मन करता है रोमी का बार-बार। नजर पहुँचे तब न! नजर की सीमा है सबकी। लोग समझते क्यों नहीं? रोमी को क्या हुआ है जान क्यों नहीं

जाते? वे ही टीचर्स जो उसके बोलने से चिढ़ती थीं अब उसके न बोलने को संदेह की नजर से देखती हैं। क्या पता किसी इश्क-विश्क के चक्कर में पड़ गई हो।

और सहेलियाँ। उन्हें लगता है कि सारे दुख खाने-पीने और शाहरुख खान की फिल्में देखकर निबटाए जा सकते हैं। भूले जा सकते हैं।

रोमी का मन नहीं करता कि वह किसी से बातें करे, कुछ भी पढ़े, कहीं भी जाए।

मम्मी को देखो, अगर उनकी एक आवाज पर उसे जवाब देने में जरा-सी देर हो जाए या वह उस कमरे में न पहुँच पाए तो फट पड़ती हैं। चीख-पुकार मचाने लगती हैं, क्या बोलती हैं। कुछ पता नहीं चलता। सिवाय इसके कि उनकी आवाज गुस्से से खौलती दिखाई देती है। गरम तवे पर पानी की बूँदें छन-छन-छन भाप बनकर उड़तीं। मम्मी को उससे शिकायतें ही शिकायतें हैं—न पढ़ती है, न लिखती है। पता नहीं कहाँ खोई रहती है। ऐसा ही रहा ना तो गवर्नमेंट स्कूल में डाल दूँगी।

गवर्नमेंट स्कूल का मतलब कुछ निचला स्टेटस, उनके लिए।

''मेरी तबीयत ठीक नहीं रहती, फिर भी इस लड़की को जरा-सा होश नहीं।''

रोमी चीखना चाहती है—''तुम्हारा तबीयत ठीक नहीं रहती तो मैं क्या करूँ? अपनी खराब कर लूँ।''

लेकिन वह कुछ नहीं कहती, चुप रह जाती है। माँ से ऐसा बोलना क्या ठीक है?

बड़ी-बड़ी पोटलियाँ हैं शिकायतों से भरी। रोमी, प्रीति और निशा के सिर पर डालने को।

कभी-कभी तो मम्मी को यह भी याद नहीं रहता कि वह सबसे भारी पोटली सबसे छोटी निशा के सिर पर रख देती हैं, पापा के सामने। निशा की बड़ी आँखों से आँसू बहने लगते हैं। रोमी से बर्दाश्त नहीं होता। वह उबलने लगती है। निशा को वहाँ से खींचकर ले जाती है। पीछे से आवाज सुनाई देती है—''रुको, मैं कहता हूँ रुक जाओ।''

बेकाबू आवाजें हवा में तैरने लगती हैं—''इस रोमी का तो दो-चार साल में जो करना है कर दो। पता नहीं किस ऐंठ में रहती है।''

रात को नींद नहीं आती उसे। लगता है सिर के ऊपर कोई चल रहा है। या फर्श पर झाड़ू लगा रहा है। अलमारी के पल्ले भड़-भड़ करते हैं, कैसे? कौन खोलता है उन्हें? रात में हवा की सरसराहट जैसे ढेर सारे कागज उड़े जा रहे हों।

घर में दो पाट हो गए हों जैसे। एक तरफ रोमी, प्रीति और निशा हैं। दूसरी तरफ, मम्मी-पापा।

कोई गाल पर थप्पड़ ही थप्पड़ जड़ता है—''आजकल लड़के-लड़कियाँ सब बराबर हैं। तीन बेटे समझो।''

''समझो'' पर कैसे घिस जाता है। चिढ़, खिसियाहट। भाग्य की बात। भाग्य में होता तो तीन बेटियाँ होती ही क्यों? बेटे न होते। मगर पिछले जन्म का करम है।

जब पिछले जन्म के करमों के कारण इस जन्म में एक नहीं तीन-तीन बेटियाँ मिली हैं तो आगे आने वाले जन्म का हिसाब क्या होगा? रक्षाबंधन भैयादूज के दिन रोमी, प्रीति या निशा को यह लगे न लगे कोई न कोई आने-जाने वाला जरूर कह देता है—"देखो बेचारियों का त्योहार सूना गया न!"

रस्सी कूदती रोमी कितनी ऊँची हो जाती है। वे तीनों देर-देर तक मिलकर खेलती हैं। जब से रोमी कुछ बड़ी हुई है वह अपनी बहनों को लेकर संदेहशील हो उठी है। उसे लगता है कि वे दोनों तो घर में बिना बुलाए ही आ टपकी हैं। उनका कभी कोई स्वागत नहीं हुआ यहाँ। होता भी कैसे? नाते-रिश्तेदार तो क्या अड़ोसी-पड़ोसी तक कहते—"इस बार रोमी भाई लाएगी। है न रोमी। बड़ी रानी बिटिया है।"

तब वह सोचती उसके हाथ में है भाई लाना। वह चाहे तो कहीं से भी ला सकती है। मगर कहाँ से? कैसे? दोनों बार जब भी लाई—मम्मी ही लाई कभी प्रीति को तो कभी निशा को।

निशा के जन्म पर तो जैसे उसने टूथपेस्ट का विज्ञापन सुना "ओफ ओह फिर से वही वाला टूथपेस्ट। कोई कहता है, फिर से वही लड़की।"

घने काले बाल और चिड़िया-सा मुँह खोलकर निशा बिस्तर पर लेटी थी। मम्मी की आँखों के नीचे काले स्याह गड्ढे थे। दादी और बुआ का रो-रोकर बुरा हाल था और पापा चिढ़े-से थे।

रोमी ने नजर बचाकर उसके गाल पर उँगली छुलाई तो उसने अपनी एक आँख आधी खोलकर देखा। फिर सो गई। रोमी निशा को उठाए फिरती, प्रीति जो अपनी बारबी गुड़िया को उसे छूने तक नहीं देती मनुहार करती—"तू बारबी ले ले। इसे दे दे मुझे।"

आज वही निशा है, निशा जो रोमी गुस्सा हो जाए तो उसके साथ-साथ खुद भी रोने लगती है और प्रीति। वह कोशिश करती है कि माँ की डाँट का बहुत बड़ा भाग वह खुद झेल जाए। रोमी को निशाने पर न आने दे।

मम्मी-पापा बुरे नहीं हैं। वे प्यार करते हैं। दादी-नानी, मोहल्ले-पड़ोस वालों को कितनी बार जवाब दे चुके हैं।

टी. वी. के किसी कार्यक्रम में कोई लड़की अच्छा काम करती दिख जाए तो वे खुश होकर कहते हैं—"देखो, तुम्हें ऐसा ही बनना है। जिधर से हम जाएँ तो लोग कहें देखो रोमी के पापा जा रहे हैं। या प्रीति की मम्मी। या निशा के मम्मी-पापा।"

कोई अपनी जमीन से दूसरे को अन्न उगाने नहीं देता। स्त्री जमीन है। दूसरों के लिए अन्न पैदा करती है। उनका वंशवृक्ष बढ़ाती है।

रोमी ने कहीं पढ़ा था—नहीं बनना है उसे जमीन। उसे अन्न नहीं उगाना है। नहीं बढ़ाना है वंशवृक्ष। पहले पापा सुनकर हँसते थे। आजकल कहते हैं—"रोमी,

अपनी जबान को लगाम दो। जबान और कैंची बराबर होते हैं। किसी भी रिश्ते को खराब कर सकते हैं।''

कल तक जो बात हँसने की थी आज रिश्ते खराब कर सकती है। कानपुर की तीन बहनें मर गई थीं और टी. वी. पर प्रोग्राम आया था तो रोमी की कई सहेलियों ने मजाक किया था—''यार तुम भी तीन बहनें हो। तुम्हारा भी कोई भाई नहीं देख लो कहीं तुम भी।''

रोमी खूब हँसी थी—''मेरे माता-पिता का अब कोई बच्चा पैदा करने का इरादा नहीं है।''

पर कहने से क्या होता है? मम्मी-पापा को यह दुख गहरे कहीं खाए जा रहा था कि बेटियों ही बेटियों का क्या करें?

वे डरती रहती हैं। माँ से डरती रहती हैं। माँ की जब तबीयत खराब होती है तो...कभी-कभी रोमी को लगता भी कि कुछ होने वाला है। अचानक ही मम्मी की तबीयत खराब हो जाती है। अस्पताल की भाग-दौड़, किच-किच फिर सब शांत ऊबे हुए दुख से भरे। घर में आने वालों की धीमी पपड़ाई आवाज—''लड़की थी मरी फिर से...खैर समझो कि जान बच गई।''

रोमी सब समझती है—थोड़ा-थोड़ा सब कुछ। टी. वी. ने उसे बता दिया है।

रोमी को माँ कातिल नजर आती है और पिता कत्ल के लिए उकसाने वाला...कातिल को सजाए मौत तो उकसाने वाले को उससे अधिक सजा मिलनी ही चाहिए।

एक दिन मम्मी ने नानी को रो-रोकर बताया—''डॉक्टर ने साफ कह दिया है। अब कुछ भी ऐसा किया चांस लिया तो गई समझो।''

''कोई बात नहीं सब ऊपर वाले का खेल है। तीन बेटियाँ जनीं, चार आधी जनीं—कोई मजाक है। शरीर कहाँ तक साथ देगा।''

रोमी को उबकाई आने लगी...जंगली जानवर भी अपनी कौम को नष्ट नहीं करते...एक कुत्ता दूसरे का मांस नहीं नोचता और यह, यह मेरी माँ अपनी ही चार लड़कियों को मार चुकी है। जनसंख्या सिर्फ लड़कियों से बढ़ती है। यही सात बेटे होते...प्राचीन काल की बात है। गाँव में एक औरत के सात बेटे थे।

रोमी धाड़ से दरवाजा खोलती है—''तुम माँ और नानी नहीं कसाइनें हो। क्या कमी है हममें, जो हर वक्त लड़का चाहिए, लड़का चाहिए।...क्या करेगा वह...जैन आंटी को देखती हो। चार-चार लड़के हैं। छह महीने से बीमार हैं। आया है कोई देखने उन्हें। मार डाला तुमने मेरी चार बहनों को।''

''अच्छा तो यह कुतिया चुपके-चुपके हमारी बातें सुन रही थी।'' तड़ाक-तड़ाक ...तड़ाक...पाँच-सात-दस रोमी गिनती नहीं है। वह माँ की आँखों में आँखें डाले खड़ी

रहती है। उसके मुँह पर माँ की उँगलियाँ छप जाती हैं। चेहरा जल रहा है। कमरे में थप्पड़ों की अनुगूँज अभी बाकी है। वह शून्य आँखों से माँ को ताकती कहती है—"बस।"

मम्मी नानी को सुनाकर चीखती हैं—"देख रही हो अम्मा। इस लड़की को जरा-सा शर्म लिहाज हो तो।"

"शर्म मुझे नहीं है या तुम्हें। जो इस उम्र में भी बच्चे पैदा किए जा रही हो। मार रही हो। बेचारी वे चार छोटी-छोटी लड़कियाँ।" रोमी अपमान और दुख से दहाड़ें मारकर रोने लगती है। पता नहीं कैसे डायलॉग बोला उसने।

मम्मी जल रही हैं—"तेरी जगह कोई लड़का होता तो निकाल बाहर करती। अपनी इज्जत का ख्याल है बस।" रोने लगती हैं मम्मी।

"मेरी जगह लड़का होता। उसे घर से बाहर निकालतीं तुम। तुम उसे क्या निकालतीं वह ही तुम्हें निकाल देता।"

"आने दे, आने दे पापा को।"

"आने दो...जितना तुमने मारा है उससे कुछ ज्यादा मार लेंगे और क्या।"

फुँफकारती हुई रोमी बाहर निकल आती है। वह क्यों पैदा हुई। सत्रह साल की क्यों हुई? क्यों उसे मम्मी का इस तरह करना बुरा लगता है।

पर मम्मी कभी सोचती हैं—रोमी को क्या बुरा लगता है? प्रीति और निशा को कैसा लगता है? मम्मी ऐसी हो गई हैं तो हो गई हैं, मगर वह ऐसी कैसे हो गई है?

मम्मी के प्रति नफरत से भरी। प्यार से बुलाते पापा भी उसे कटखने लगते हैं। नानी, दादी और बुआ वे तो सबकी सब इन्हीं की हाँ में हाँ मिलाती हैं। अपराधी। पापा का कोई और भाई नहीं। अकेले हैं और उनका कोई बेटा नहीं। वंश कैसे चले? अशोक महान का वंश न चले तो सब कुछ तहस-नहस।

रोमी के गालों पर उँगलियों के निशान उभर आए हैं। प्रीति उसके गालों से गाल सटा लेती है—उसकी आँखें बह रही हैं—"तुम क्यों बहस करती हो मम्मी से।" वह सिसक रही है।

निशा कमर पर हाथ रखकर खड़ी है। उसके नथुने फूले हैं। वह बार-बार खिड़की के बाहर देखती है। कभी मम्मी और नानी के कमरे की तरफ देखती है। फिर चुपके से जाकर पानी ले आती है।

"लो दीदी, पानी पिओ।" उसका स्वर आदेश से भरा है। बिल्कुल नया-सा। रोमी पानी पीती है। निशा उसके सामने खड़ी है। प्रीति बाजू में।

पापा काम से लौट चुके हैं। मम्मी के कमरे में गुनगुन जारी है, नानी की खरखरी आवाज लय को तोड़ती है।

अगर पापा कमरे में आएँ तो...तो तैयार हैं तीनों बहनें। वे रोमी को आग में नहीं झोंकेंगी। पापा के हाथ तो दो ही हैं। वे तीन हैं। किस-किस को मारेंगे

और कब तक? तीनों में से किसी ने कुछ कहा नहीं है। मगर आँखों-आँखों में सब कुछ तय हो चुका है। सेनाएँ मोर्चे की ओर दौड़ अपनी पोजीशन ले चुकी हैं।

हल्की-सी आहट पर भी वे चौकन्नी हो जाती हैं। कौन आ रहा है? पापा, मम्मी या नानी।

पर कोई, कोई नहीं आता। रात बहुत बीत चुकी है। रोमी को लगता है कि उसके कारण निशा और प्रीति भूखी क्यों रहें?

लेकिन वे नहीं मानतीं। लोहे-सी आवाज में कहती हैं–''जब तक तुम नहीं खाओगी, हम भी नहीं खाएँगी।''

रात बहुत बीत चुकी है। रोमी की आँख लग जाती है।

सुबह आँख खुलती है तो देखती है, सिरहाने पापा खड़े हैं। एक पल के लिए उसकी आँखों में भय कौंधता है। फिर वह उठ खड़ी होती है।

पापा उसके पास आते हैं। उसके नीले पड़े गालों पर उँगलियाँ फिराते हैं–

''रोमी, क्या तुम्हें मम्मी के साथ ऐसा व्यवहार करना चाहिए।'' पापा की आवाज है।

''तो क्या मम्मी को दीदी को इस तरह मारना चाहिए।'' गोली सी दगी निशा की आवाज।

पापा को विश्वास नहीं होता, यह निशा बोल रही है। रोमी ताज्जुब से देखती है उसे।

''हाँ मैंने मम्मी से कहा कि इतनी बड़ी रोमी को इस तरह नहीं मारना चाहिए।''

''बड़ी को नहीं मारना चाहिए तो क्या हम छोटियों को मारना चाहिए।'' प्रीति बोलती है।

''अरे...तुम तीनों...'' निरुत्तर होते होते पापा कहते हैं–''तुम तीनों तो ऐसे बात कर रही हो जैसे किसी दुश्मन से बातें करते हैं। रात को तुम लोगों ने खाना नहीं खाया।''

''हमें बुलाया ही नहीं किसी ने।'' रोमी कहती है।

''रोज तुम्हें कौन बुलाता था? अपने घर में भी बुलाने की जरूरत पड़ती है। अब चलो मम्मी से सॉरी बोलो। रातभर सोई नहीं हैं बेचारी।''

रोमी को कुछ समझ में नहीं आता। प्रीति और निशा मजबूत खम्भों की तरह खड़ी हैं उसके पीछे। उन्हें लगता है वे छापामार टुकड़ी हैं।

पापा रोमी का कंधा पकड़कर मम्मी के पास ले आते हैं। पहले तो मम्मी देखती नहीं। फिर रोमी को अपने गले से लगा लेती हैं–''कल गुस्से में कितना मारा मैंने अपनी बच्ची को।''

रोमी को पता चला है। प्रीति ने बताया है। मम्मी, बुआ से बात कर रही थीं।

बुआ तैयार हैं अपने तीन महीने के बेटे को देने को। गोद लिया जाना है।

पहले मम्मी मामा का बेटा लेना चाहती थीं, मगर मामी ने मना कर दिया। अब बुआ तैयार हैं।

बुआ क्यों तैयार न होंगी। बच्चा का बच्चा पल जाएगा और पैसे भी मिल जाएँगे। रोमी सोचती है।

मम्मी-पापा अपनी बेटियों के मुकाबले उस बच्चे को अपना बेटा कैसे मानेंगे? यों रिश्ते में तो वह भाई ही लगता है।

लड़कियाँ अपना रक्त हैं...लेकिन उस रक्त को नाली में फेंकने से भी परहेज क्यों हो? वे चली जाएँगी दूसरों के घर। उसे अपना बना लेंगी...यह घर। इसके गर्दो गुबार, इसकी उखड़ी-गिरती दीवारें, इसकी आशाएँ-निराशाएँ कौन सँभालेगा? वे तो तभी सुखी रहेंगी जब नींव में लगें...स्तम्भों की तरह कैसे खड़ी हो सकेंगी सिर उठाकर इसीलिए एक लड़का चाहिए। साथ में चाहिए—कुल, गोत्र, पता। रोमी पागल हो जाएगी...पागल हो जाए तो क्यों सोचे यह सब...क्यों करे किसी भी बात का विरोध लेकिन प्रीति और निशा उनका क्या होगा?

"दीदी अगर बुआ का बेटा आ जाए तो मजा खूब रहेगा। बड़ा गुलगुला-सा है।" प्रीति कहती है।

रोमी को लगता है—उस गोलू का क्या कसूर। वह हमारे यहाँ आए, इस निर्णय में उस बेचारे बच्चे का क्या हाथ? ओफ एक छोटे-से बच्चे को अपने वंश की खातिर उसकी माँ से अलग कर देना।

कुछ दिन पहले अखबार में छपा था, जन्मते ही बच्चा गंध से अपनी माँ को पहचानता है। तब क्लास में कितनी बहस हुई थी। शैली मैडम ने कहा था—"देखना कभी। छोटा बच्चा अपनी माँ की गोद में आते ही चुप हो जाता है कि नहीं।"

रोमी ने तब महसूस किया था—"हाँ हो तो जाता है। निशा हो जाती थी न। वह भी हो जाती होगी।"

शैली मैडम यहीं नहीं रुकी थीं—"जब तक बच्चा बोलता नहीं, चीजों को पहचानता नहीं तब तक वह इस दुनिया में सिर्फ अपनी माँ को जानता है।"

माँ को जानता है, माँ को पहचानता है तो माँ क्यों ऐसी हो जाती है? वह बच्चे को बच्चा क्यों नहीं रहने देती। वह दुनिया की चिंता करती है? वह इन उलाहनों से परेशान हो जाती है कि उसने लड़कियाँ ही लड़कियाँ जनी हैं।

जिस सुबह गोलू को आना है निशा फुसफुसाती है—"दीदी मैं उसे पिन चुभो दूँगी।"

रोमी सिहर उठती है। कितना गुस्सा है इस बच्ची के मन में। रोमी के बिना बताए ही पढ़ लिया है उसने उसके मन को।

"निशा!" उसकी आवाज सख्त हो जाती है—"तुमने कभी ऐसा कुछ किया

तो देखना कभी नहीं बोलूँगी तुमसे।''

निशा उसे कसकर पकड़ लेती है। प्रीति कहती रह जाती है कि सॉरी बोल दीदी को।

घर में फोन आ रहे हैं।

मम्मी-पापा को बधाइयाँ मिल रही हैं। धूप की खुशबू घर में फैली है। जब गोलू बड़ा हो जाएगा सालभर का तो बड़ा फंक्शन करेंगे...सबको बुलाएँगे...घर में लड़का आया तो रौनक हो गई।

रोमी काम में लगी है। दादी हँसकर कहती हैं—''खुश है न रोमी। भइया आ गया घर में।''

वह बिना जवाब दिए चली जाती है, चाय बनाने।

''अरे इसे क्या हुआ? आजकल बोलती नहीं है किसी से!'' बुआ हँसकर पूछती हैं।

इन्हें अपने बेटे को देने का कोई अफसोस नहीं। रोमी के कानों में सब गूँजता है। बुआ की गंध मम्मी कहाँ से लाएँगी? पहचान लेगा गोलू?

''क्या करे बेचारी लड़की?'' मम्मी कह रही हैं—''इम्तिहान सिर पर हैं अब मुझसे तो कुछ ज्यादा हो नहीं पाता। इसे ही सब सँभालना पड़ता है। घर को। बहनों को। और अब...''

रोमी रसोई से वापस नहीं आती। उसके कानों में बज रहा है—''और अब! और अब!''

(अमर उजाला, कहानी विशेषांक, जनवरी 1995)

रास्ता छोड़ो डार्लिंग

दोपहर के वक्त जनपथ पर जाना किसी आफत से कम नहीं। पहले तो सड़क क्रास करना मुश्किल। कर भी ली तो रेलिंग के बाद का इंसानों का महासमुद्र, कलकत्ते के बड़े बाजार की तरह कंधे से कंधा छिलता है। पीतल की सजावटी चीजें, मोती के जेवर, लोहे के जेवर, थैले, कामदार जूतियाँ, काफी, चाट, छोले-भठूरे, खिलौने, बाबा सूट, कपड़े-किताबें, पेटी, कोल्हापुरी, मोजे, चश्मे, संतरे, सेब, चाइनीज, क्लिप, पच्चीस रुपए की सेल और कामदार जूतियों के समुद्र में खरीददार डूबता-उतरता चलता है कि पीछे से पों-पों करती हुई कोई कार छाती पर चढ़ी चली आती है। पता नहीं यहाँ लोग क्यों चले आते हैं? बिचारी अंतरात्मा ने कोसा—जैसे कि तुम चली आई हो।

आत्ममंथन में लीन मैं जायजा ले रही थी कि एक हाथ मेरे दाएँ कंधे पर जोरदार ढंग से पड़ा। उफ! तो जंजीर आज गई। दर्द की बिना परवाह किए मेरा हाथ जंजीर पर गया कि दूसरा हाथ बाएँ कंधे पर झपट पड़ा—"कौन बदतमीज है?" मैं मिमियाई।

"कोई नहीं हम हैं डार्लिंग, गुस्ताखी की जो सजा देंगी भुगत लेंगे।"

चरखी की तरह घूमकर देखा तो केशा को उसी अंदाज में पाया, हमेशा वाला मसखरा और चुलबुलापन।

"कहाँ घूम रही हो?"

"कहीं भी नहीं।"

"अच्छा तो इस जगह को कहीं भी नहीं कहते हैं। चलो।" उसने अपनी मजबूत हथेली से मेरी कलाई को पकड़ा और चल दी।

"यह क्या मजाक है केशा। कहाँ जा रही हो?"

"वहीं, कहीं भी नहीं और डियर यह मजाक नहीं रियलिटी है।"

"मगर कहाँ, देखो मुझे काम था जाने दो।"

"मुझे पता है तुम्हारा अपायंटमेंट पी. एम. से फिक्स्ड है। पर इस वक्त तो बंदी अन्नपूर्णा में चाय पीना चाहती है।" उसने कलाई पर पकड़ ढीली नहीं की।

"चाय ही पीनी है तो अन्नपूर्णा में क्यों यहीं खड़े होकर पी लेते हैं।"

"जी नहीं, चाय पिएँ तो दस रुपए वाली और खड़े होकर नहीं वेटर से सर्व कराके ए. सी. कमरे में बैठकर। समझीं? बहनजी।"

अन्नपूर्णा कौन सा दूर था, मुझे पकड़े-पकड़े ही उसने दरवाजा खोला और दाहिने कोने की सीट पर धकिया दिया।

"हाँ तो अब बोलो, वहाँ धूप में मारे-मारे फिरते रहना अच्छा था, या यहाँ बैठना।" रूमाल से पसीना पोंछकर वह बोली। तभी बैरा पानी रख गया।

"आज नहीं तो मुझे कल धूप में मरना पड़ेगा। बच्चों का सामान खरीदना था। बस..."

"अब मरी मत जाओ यहाँ से निकलकर ले लेंगे।" उसने गिलास खाली कर कहा।

"तुम्हारी तरह आजाद पंछी तो हूँ नहीं। तब तक लंच टाइम खत्म हो चुका होगा।"

"अच्छा कोई बात नहीं, बच्चों से मैं फोन करके माफी माँग लूँगी। बच्चों से तो रोज तुम मिलती हो एक दोपहर हमारे साथ भी सही।"

मैं कुछ नार्मल हुई तो उसकी धवल पंक्ति चमकी—"अब हुई न कुछ बात, सचमुच अभी तक तुम कितनी सुंदर दिखती हो।"

"अभी तक का क्या मतलब?" मुझे भी शरारत सूझी।

"लो और सुनो, पूछ रही हैं क्या मतलब? अरे मैडम आपकी उम्र तक लोगों के गाल झुर्रिया जाते हैं, गरदन डग-डग हिलती है, मुझे नहीं देखतीं दस प्रपंच करती हूँ कभी बालों में हिना, कभी चेहरे पर ब्लीचिंग, उबटन, स्टीमिंग, वेक्सिंग, थ्रेडिंग और कौन-सी इंग ब्यूटी पार्लर वाले ही जानें, तब कहीं ऐसी कामचलाऊ दिख पाती हूँ।"

"जल रही हो, अपने पास तो बहन इतने पैसे कहाँ?"

"अरे, रहने दो कटोरा तो तुमने भी नहीं लिया, यह कहो कि सदा की कंजूस हो।" कहकर वह जोर से हँसी। तभी वेटर फिर आया। वह लगभग मेन्यू पर झपटती हुई बोली—"मुझे तो लगा था आज आप सिर्फ पानी पिलाकर ही दफा कर देंगे।" उसकी बात पर बैरा भी हँसने लगा।

"बोलो क्या लोगी?"

"कुछ नहीं सिर्फ चाय।"

"हुँ चाय भी कोई पीने की चीज है। पीना हो तो कुछ और पीना हमारे यहाँ आकर।"

मैं उसे आँखों से बरजना चाहती थी। मगर वह कहती ही गई—"इटेलियन शेम्पेन कल ही आई है। अरे मजा आ गया दही-बड़े भी हैं। खाओगी

"नहीं।"

"क्यों-क्यों...हाँ भई दो प्लेट दही-बड़े, फिर बाद में चिल्ड जूस।"

वेटर के जाने के बाद मैंने उसे डाँटा—"यह क्या है, हम चाय पीने आए थे।"

"कौन साला चाय पीने आया था।" वह फिर हँसी।

"हम।"

"हम नहीं सिर्फ तुम।"

"कमाल है तुमने कहा था कि नहीं।"

"कहने से क्या। मैं बहुत कुछ कहती हूँ तुम पूरा नहीं होने देतीं।" वह नाखून काटने लगी।

"भई हद है केशा, चित भी मेरी पट भी। मैंने चाय पीने से रोका तुम्हें।"

"तुम आफिस में काम करने वालों का दिमाग क्या पैरों में चला जाता है। तुम अभी तक उस सुसरी चाय पर अटकी हो। हमारी नजरें कहीं और हैं। देखो तो सामने क्या हैंडसम चीज बैठी है। कहो तो एक पप्पी दे आएँ।"

मेरे हाथ-पाँव ठंडे होने लगे। इस केशा को मैं न जाने कब से जानती हूँ। अब तो लगता है शायद सात जन्मों से। जो यह कह रही है कर सकती है। मेरे पीछे एक खूबसूरत नौजवान बैठा था, जिसकी तरफ बिना देखे केशा ने यह बात कही थी।

"केशा अगर तूने कुछ भी किया तो कसम ले ले..." घबराहट में मेरे मुँह से शब्द नहीं निकल रहे थे।

"तुम्हारा डरपोकपना अभी तक नहीं गया। खैर, छोड़ो। जिज्जा जी डार्लिंग ठीक हैं। पहले तो अपनी साली पर इतना दिल रखते थे और अब एक फोन की फुरसत नहीं।"

"क्या कह रही हो, बिचारे महीने में बीस दिन बाहर रहते हैं।"

"ओ हाँ, हे इक्कीसवीं सदी की पतिव्रता नारी तो जब तुम्हारे पतिदेव बाहर रहते हैं, तुम स्टार प्लकिंग करती हो।"

"स्टार प्लकिंग?"

"हाँ जी तारे तोड़ना। पर दिल्ली में तो तारे भी बड़े किस्मत वाले हैं। आखिर किसी का अपने फ्लैट की छत के बाहर तो हाथ जाने से रहा।"

वेटर सामान रख गया तो मैंने बात छेड़ी, "क्या कर रही हो? कभी राकेश मिला?" और मुझे एकाएक लगा यह पूछकर गलती की। उसकी आँखों के कोर पल भर के लिए सिकुड़े—"घूर रहा था।"

"असम्भव, तू ही उसे घूर रही होगी।"

"उस नीच को घूरना तो मैंने शादी के एक महीने बाद ही छोड़ दिया था।"

"जरा मिर्च दीजिए।" थोड़ी दूर खड़े बैरे से उसने कहा—"देखो जब मैंने उसके साथ घर छोड़ा था तो वह इसलिए आई. ए. एस. बनना चाहता था कि मैं चाहती थी।"

''लेकिन अगर आई. ए. एस. न बन सके तो क्या शादी खारिज कर देनी चाहिए?''

''तुम इन बातों को नहीं समझोगी। बहुत भोली हो, कालेज के जमाने में भले ही शेरनी थीं। देखो आई. ए. एस. बनने न बनने से फर्क नहीं पड़ता। सवाल यह है कि हमारी शादी के वक्त ही उसकी आई. ए. एस. बनने की उम्र निकल चुकी थी। तेरह साल बड़ा था।''

''लेकिन...''

''लेकिन यह भी बात नहीं। शादी से पहले वह मेरे लिए बहुत कुछ करना चाहता था। लेकिन बाद में उसने काफी अभिमान से कहा कि वह तो मुझे पाना चाहता था, सो पा लिया।''

''इस तरह के घटिया फिल्मी डायलाग राकेश बोल सकता है यकीन नहीं आता।''

''मुझे भी बहुत दिन तक नहीं आया। साँप तो साल में एक बार केंचुली बदलता है, वह तो हर रोज ऐसा कुछ करता था कि झूठ की दीवार एक फुट ऊँची हो जाती थी। और तुम्हें क्या बताऊँ, उसने भरपूर कोशिश की कि झगड़ों के दौरान ही एक बच्चा हो जाए। वह बच्चों को बेड़ी समझता था। औरत को एक बार पहना दो जिन्दगी भर की छुट्टी।''

''तुम कभी-कभी गुस्से में सामने वाले को खलनायक सिद्ध कर देती हो। जिसके साथ इतने वर्ष बिताए, क्या उसमें एक भी अच्छी बात नहीं थी।''

''ऐसा मैंने कब कहा? बहुत सारे गुण हों मगर सिर्फ दो अवगुण हों, गुस्सा और शक तो सब कुछ मटियामेट हो जाता है।''

अन्नपूर्णा से बाहर निकलकर केशा जैसे एक पल में पराई हो गई। कहाँ पहले उसे धूप की इतनी चिंता थी और कहाँ एकदम घड़ी पर नजर डालती बोली—''अरे देर हो गई। शाम को जाना है। मैं चलती हूँ।''

''ठीक है चलो।'' मैंने नहीं पूछा उसे कहाँ जाना है। उसे बिल्कुल पसंद नहीं कि कोई उसकी निजी डायरी अपने पास रखे। किसी दिन खुद ही बताएगी।

वह चली गई तो मुझे बहुत चिड़चिड़ाहट हुई—''कुछ काम नहीं हुआ और अब फिर कल धूप में दौड़ो।''

क्यों मैं उससे मना नहीं कर सकी। क्यों भला दूसरों पर इतना अधिकार और अपनी जिंदगी के बारे में कोई सवाल करने का हक तक नहीं।

उस दिन सप्रू हाउस में किसी की बाँह थामे सामने से निकल गई जैसे पहचानती ही न हो। बाद में खुद ही-ही-ही करती बोली—''देखो, वह अच्छा आदमी नहीं था। मैं नहीं चाहती कि तुम पर उसकी नजर पड़ती।''

''इतनी खैरख्वाह बनने की जरूरत नहीं। जो तुम्हारा कुछ नहीं बिगाड़ सकता, वह मेरा क्या बिगाड़ लेता।''

"देखो, बनने-बिगड़ने के मेरे मानदंड तुमसे बहुत अलग हैं। तुम्हारी तरफ तो कोई देख भी ले जमीन में गड़ी नजर आती हो।"

"जब तुम्हें मालूम है कि वह अच्छा आदमी नहीं तो तुम कैसे चली जा रही थीं।"

"अच्छा चलो आओ बैठकर बताती हूँ।" हम कैंटीन की तरफ आए—"अच्छा या बुरा आदमी क्या होता है? वही न, जो आपकी वक्त पर मदद कर दे। और जो मदद करता है, वह किसी न किसी तरह की कीमत तो वसूलता ही है और ऐसी कीमत देने वाली मैं अकेली नहीं हूँ।"

"केशा तुम्हें..."

"कहो, अधूरी बात मत छोड़ो। सच अब वे दिन नहीं हैं, जब किसी भी बात का बुरा मानूँ।" वह पार्क से कोमल घास उखाड़ती रही।

"नहीं कुछ खास नहीं। मुझे कभी-कभी लगता है, दरअसल पुरानी और आज की केशा में क्या कोई तालमेल है?"

"हाँ क्यों नहीं, और बताऊँ तो तुम्हें ताज्जुब होगा, सेक्रीफाइज का।"

"सेक्रीफाइज। आश्चर्य।"

"तब मुझे अपनी छोटी बहनों के कारण कहा जाता था कि सही रास्ते पर चलूँ। लड़कों से मेल-मिलाप कतई नहीं। और अब वही परिवार है। सब हैं। मगर यदि काम हो जाए, तो फिर वह काम कैसे हुआ यह कोई नहीं पूछता। क्या यह सेक्रीफाइज नहीं कि अपनी बहन को नौकरी दिलवाने के लिए मुझे भी वह सब कुछ करना पड़ता है जो एक अच्छी लड़की को नहीं करना चाहिए।"

"मैं समझती हूँ नहीं भी, केशा तुम सचमुच दुष्कर हो। बेहद कठिन..."

"दुष्कर नहीं सरल बेहद सरल—यदि आदमी यह जानता हो कि धन, सफलता और शक्ति तीनों एक-दूसरे के पूरक हैं। यदि ये तीनों चीजें आपके पास हैं तो किसी की क्या मजाल जो यह पूछ ले कि ये तीनों चीजें कैसे अर्जित की गईं।"

पार्क में केशा के साथ बैठे मुझे बराबर लगता रहा कि क्या वाकई दुनिया उसके लिए इतनी बदल गई है। दुनिया में जो कुछ जैसा है कम से कम अपने लिए वह उसे ऐसा नहीं रहने देना चाहती।

अभी कुछ दिन पहले जब एक दिन बैंक के गलियारे में वह धुआँ उगलती मिल गई थी।

"तुमने छोड़ा नहीं इसे।" मैंने सिगरेट की तरफ इशारा किया।

"कैसे छोड़ती, यह बेचारी ही मुझे छोड़ने को तैयार नहीं। अब किसी का इतना दिल भी नहीं दुखाना चाहिए।"

"न करने के सौ बहाने हैं।"

"कभी-कभी तुम मुझे बिल्कुल राकेश की तरह लगती हो। वैसी ही मीन-मेख निकालने वाली। अपने में बंद। कभी दुनिया को आँखें खोलकर देखो। यह दुनिया

सिर्फ आँसू बहाने के लिए नहीं है। कभी गरीबों, कभी औरतों, कभी बच्चों के लिए बहाए गए आँसुओं से अलग हटकर देखो तो। तो अगले रविवार तुम आ रही हो।''

''देखो।''

''जानती हो इस देखो क्या मतलब। यही कि तुम्हें पहले से पता है तुम नहीं आओगी। और इसके लिए कोई नायाब बहाना तुमने अभी से गढ़ लिया होगा।'' केशा ने आँखें फिराते हुए कहा।

किस बुरे मुहूर्त में मेरा इससे परिचय हुआ था। ऐसा अभिमान जो कभी चूर नहीं होता, पलटकर वार करता है—''ठीक है, लेकिन उस दिन वहाँ तुम्हारा कोई बुरा आदमी तो नहीं आया होगा।''

''आया भी हो तो तुम्हें उससे क्या।''

''क्यों उस दिन तो उस आदमी के साथ तुमने मुझे पहचानने से ही इन्कार कर दिया था और अब कह रही हो कि मुझे क्या।''

''भूलना सीखो। हमारा दिमाग है कोई कचरा पेटी नहीं कि सब कुछ भरकर रखें। जीवन का सिद्धांत सुनो, न किसी का दुख देखो, न किसी का दुख सुनो न किसी के लिए पैदा करो।''

''बहुत खूब। अपने इन विचारों को प्रगट करो तो नोबेल पुरस्कार के लिए नाम तो भेजा ही जा सकता है।''

मंडी हाउस के चौक पर एक छोटी-सी बच्ची पैसे माँगने लगी, मैं तो आगे बढ़ गई। मगर केशा ने फौरन उसे पाँच का नोट थमा दिया।

''पता नहीं क्यों बेचारी।'' मैंने कहा।

''यही तो बात है, पैसा एक न दिया और आँसू बहा दिए। एक तर्क खोजा—पता नहीं किस कारण से ऐसा हो गया। कारण किसी के लिए अज्ञात होते हैं मुझे पता है, तुम मेरे लिए भी ऐसा ही कहती हो। लेकिन मैंने जो कुछ किया या जो कुछ करती हूँ जानबूझकर, किसी मजबूरी में नहीं। जस्टीफिकेशन बेहद आसान होता है, रियलिटी से परे। किसी काम के लिए अपना इस्तेमाल क्या परिश्रम नहीं। वैसे शास्त्र भरे पड़े हैं—परिश्रम से सफलता मिलती है। क्या सिर्फ फावड़ा चलाना और बस में धक्के खाना ही परिश्रम है। अरे मूर्खों को सबसे अधिक विद्वान बताकर सहना और काम निकलवाने की चतुराई से बड़ा परिश्रम और क्या हो सकता है?''

इतनी बातूनी केशा से पिंड छुड़ाना भी कौन-सी कम बड़ी कला है। वह मरियल सी दब्बू, बात-बात पर रो देने वाली और पाँच बहनों में सबसे बड़ी अपराधिनी केशा नहीं है। कालेज के दिनों में जो मुझसे कभी नहीं जीती न जाने कैसे अब वह बात-बात में मुझे परास्त कर देती है।

वह परम ब्रह्म की तरह हर जगह है, अखबारों में, रेडियो, टेलीविजन, मंत्रालय, पुलिस हैडक्वार्टर, विदेश यात्राएँ हर जगह मिल जाती है। खिली हुई नए रूप में चुनौती देती।

कितने रूपों में केशा मुझे मिली है—हर बार बिल्कुल अपरिचित, अनजान, अजनबी। यह वही केशा है जिसे कभी कालेज में रेगिंग के वक्त मैंने ही लड़कियों के गैंग से मुक्त कराया था। उस दिन लड़कियों से थरथराती यह लड़की एक नन्ही बच्ची की तरह जैसे मेरी गोदी में दुबक गई थी। अनायास ही उसने मेरे अंदर अपने लिए एक रक्षक ढूँढ़ लिया था।

फिर तो जब भी कोई समस्या आती तो वह दौड़ी आती। सहेलियाँ उसे दूर से आते देख मजाक करतीं—"ले आ गई तेरी गोद ली लड़की।"

जब मैं कॉलेज न जाती कभी तो केशा बिल्कुल बच्ची बन जाती। ठुनकने लगती। शिकायतें करती। कालेज की समस्याओं को छोड़कर अब घर तक भी आ पहुँची थी। अपने माता-पिता की जैसी छवि वह बनाती थी, उससे लगता था कि घर में खूब लड़ाई-झगड़ा करके पढ़ने निकली है। अन्यथा माता-पिता तो अब तक शादी कर चुके होते। पढ़-लिखकर वह न जाने क्या-क्या करना चाहती थी। गरीब बच्चों को पढ़ाने से लेकर गाँवों का उद्धार तक।

फिर उन्हीं दिनों अनीता ने जो बताया तो मैं हैरान रह गई। घर से जो लड़की लड़-झगड़कर निकली और इस खबर की केशा में जैसे कोई तालमेल ही नहीं था।

अनीता और मैं उस दिन कॉलेज से साथ-साथ ही घर लौटे थे। उसने कहा था—"आजकल तुम्हारी उस चिड़िया के बड़े पंख उग आए हैं। क्लास कट करके राकेश से मिलने जाती है।"

"हैं..." मुझे आश्चर्य हुआ और अपने बुद्धूपन पर खीझ भी। "मगर यह राकेश कौन है?"

"वही जो फुटबाल खेलता है। नाटक भी करता है।"

"अच्छा वो।"

राकेश ने केशा में क्या देखा। कहीं मन ही मन मुझे केशा से ईर्ष्या भी हुई।

इसके बाद मुझे केशा लगभग हर रोज मिली। कई बार लगा कि उससे राकेश के बारे में पूछूँ लेकिन क्यों? आखिर मैं कौन हूँ उसके जी में जो आए कर सकती है।

परीक्षाएँ नजदीक आ रही थीं। उधर अम्मा-बाऊजी को लगता कि इधर मेरी पढ़ाई खत्म हो उधर विवाह हो जाए। धूप आँगन को पार करती विदा हो जाती। कालेज से लौटकर मैं बाहर तभी आती जब खाना खाना होता। अम्मा-बाऊजी की बातें कभी-कभार कानों में पड़तीं। मुझे आश्चर्य होता इस विषय में मेरी दिलचस्पी अन्य लड़कियों की तरह क्यों नहीं है। मैं उन बातों को ऐसे सुनती जैसे वे मेरे बारे में हैं ही नहीं।

कभी-कभी लगता आखिर केशा इतने बंधनों में भी स्वप्न देख सकती है। भला मैं क्यों नहीं? खुला आसमान किसे अच्छा नहीं लगता। क्या जमीन पर किसी ने मेरी परछाईं पकड़ रखी है।

लेकिन जब तक मैं यह सब सोचती, जीवन का फैसला हो चुका था। शादी करके मैं दिल्ली आ गई थी। काफी दौड़-धूप के बाद एक नौकरी भी जुट गई थी। कालेज के दिनों में हमेशा आगे रहने वाली मैं, जीवन की रस्साकशी में उलझ गई थी। केशा से मुलाकात न हुई होती तो शायद इतना कुछ कहने को शब्द मेरे पास नहीं थे। एक बार मैं केशा के घर गई थी जब वह ससुराल से अलग हो गई थी। दूसरी बार अब जा रही थी।

केशा के घर जाने में अजीब-सी दुविधा थी। सच तो यह कि उसके घर जाने से मुझे डर लगता था। कहीं महेंद्र भी मना कर दें। तो क्या झूठ बोलकर जाऊँ।

मैंने सहमते हुए कह ही दिया था। वह हँसकर बोले—"मन में उमंग उठ रही होगी...देखें अब वह कैसे रहती है। जाओ मैडम जरूर जाओ।"

महेंद्र के स्वर में व्यंग्य था। किसी और वक्त वह ऐसा बोलते तो मैं कभी न जाती। मगर केशा के घर...

जब मैंने उसके फ्लैट की घंटी बजाई तो लगभग पाँच मिनट बाद दरवाजा खुला। सामने साक्षात भूतनी स्वरूप केशा खड़ी थी। बिखरे बाल, आँखों के लाल डोरे और चाल में लटपटाहट।

"आओ।" जैसे कोई जोश नहीं था।

"क्या तुमने मुझसे बस ऐसे ही आने भर को कहा था।" पता नहीं कैसे मेरे मुँह से निकला।

"नहीं...नहीं आज रात बहुत देर से लौटी। ठीक से सो नहीं पाई। सोचा था तुम्हें फोन करूँगी कि मैं ही शाम को उधर आ जाऊँगी। तुम बैठो। मैं फ्रेश हो जाऊँ। फिर चाय बनाती हूँ।"

केशा के ठंडेपन से मेरा सारा उत्साह दुबक गया। आखिर क्यों आई मैं यहाँ? किसलिए? इस स्त्री के लिए जो मुझे बोझ समझ रही है? शुरू में यह कैसे आ जाती थी। कभी भी। रातदिन, सुबह-शाम, परेशानी कुछ नहीं देखती थी। मैं हमेशा इसे हाथों-हाथ लेकर सहती जाती थी।

मेरा मन इतना खिन्न हुआ कि सोचना ही बंद हो गया। दीवारों पर जाले लगे थे। सोफे पर ब्लाउज पड़ा था। कैबिनेट के ऊपर ढेर-सी पुरानी चिट्ठियाँ पड़ी थीं। कुशन कवर्स और चादरों की रंगत देखकर लगता था कि उन्हें महीनों से नहीं बदला गया है। यही नहीं धोबी को दिए गए कपड़ों की लिस्ट कभी कलैंडर तो कभी दीवार पर लिख दी गई थी। कोनों में कागज के लिफाफे और मोमजामे पड़े थे। जैसे कोई इस घर में रहता ही न था। रहता भी था तो बच-बचकर या किसी ने

गोदाम समझकर एक से एक कीमती सामान तो भर दिया था मगर फिर कभी लौटकर देखने नहीं आया। राकेश से अलग हटकर आखिर घर कहाँ बदला? वैसा ही था जैसा इतने वर्ष पहले मैंने देखा था।

केशा को देखकर क्या कोई उसके घर की हालत की दुरवस्था का बयान कर सकता था।

केशा वापस लौटी तो उसके हाथ में चाय की ट्रे थी। मग पकड़ाते बोली--''घर में और कुछ तो था नहीं, यही दो-चार बिस्कुट थे।''

इतना अलगाव, इसकी जगह मैं होती और पता चल जाता कि आने वाली है तो क्या न कर डालती। मूर्खता इसी का नाम है। देने की मूर्खता। लुटाते चले जाने का निकम्मापन।

मुझे लगा एकदम चल देना चाहिए। क्यों, मैं यहाँ क्यों हूँ। एक बार बुलाया और दौड़ चले। दुनिया दुनिया को बुलाती है तो क्या सब दौड़े चले जाएँ। फिर जिसके घर जाएँ तो उसी गर्मजोशी से आपका स्वागत हो, जैसी गर्मजोशी आप उसके आने पर दिखाते हैं। कोई कहता है ऐसा करो। आने वाला समझता है कि वह कितना महान है? और जिस वक्त वह अपने को महान समझता है, आपका कद उससे बहुत छोटा हो जाता है। दूसरा हमेशा ही आपकी कीमत पर महत्त्वपूर्ण बनता है। जब तक आप इस बात को समझ पाते हैं, बहुत वक्त गुजर गया होता है।

''आपके पास करने को था तो कर दिया। न करते किसी ने कहा था। करने में क्या स्वार्थ रहा होगा? क्या मालूम? आजकल कोई भी बिना स्वार्थ के कुछ करता है।'' मेरे कानों में समय-समय पर महेंद्र के कहे वाक्य गूँजते रहे।

आखिर केशा क्या समझती है। दुनिया की तरह मैं भी उससे काम निकलवाना चाहती हूँ। उसकी राजनीति से लेकर साहित्य तक के सम्पर्कों को भुनाना चाहती हूँ।

गलत है यह। तू वही केशा है, मेरी सहपाठिनी, मेरी गोद ली बच्ची, राकेश से अलग होकर बिसूरती और दम्भ में छटपटाती, माता-पिता पर अहसान लादती और रातों-रात शिखर पर चढ़ती—एक अपरिचित नाम को घर-घर चर्चा का विषय बना देने वाली, इस मोह में पड़ी कि तू सफल है इसलिए दुनिया तुझसे जलती है तू अकेली है, इसलिए सब तेरा फायदा उठाना चाहते हैं।

जिंदगी क्या सिर्फ सवाल-जवाब भर है। केशा नहीं समझती, या वह सब कुछ समझती है। दुनिया के तमाम दिखावटी मूल्यों को ठुकराकर वह सीमाओं से परे जा चुकी है—दूर बहुत ही दूर।

नहीं, नहीं, केशानाथ तुम्हें माफ नहीं किया जा सकता। वैसे तुम कह सकती हो कि माफी की जरूरत किसे है?

माफी कमजोर का अस्त्र है।

माफी से कोई पाप नहीं धुलते।

माफी से कुछ खरीदा-बेचा नहीं जा सकता न!

माफी से आखिर किया ही क्या जा सकता है?

लेकिन तुम्हारे लिए कुछ न हो मेरे लिए, मेरे अपने मन के लिए किसी के प्रति बैर भुलाने के लिए, मन के अंदर उठती लपट पर पानी डालने के लिए माफी कितनी जरूरी है, तुम क्या जानो।

इतने वर्षों में...शायद छह वर्षों में...छह नहीं हाँ एक्जेक्टली आठ वर्ष और कुछ महीने मैं तुम्हें ढूँढ़ती रही हूँ लगातार। तुम्हारे पीछे-पीछे रही हूँ। तुम्हें हर रूप में हर क्षण पकड़ने की कोशिश करती रही हूँ पर तुम विलीन होती रही हो हवा में धुएँ की तरह, मिट्टी में पानी की तरह, आँखों में शरारत की तरह। बहुत बार तुम्हें बदरंग होते देखा है मैंने—जैसे किसी कपड़े का रंग फैल जाता है और उसके सही रंग को पहचानने में भी दिक्कत होती है...लेकिन इन अहसासों के होते हुए भी तुम मुझसे हमेशा बड़ी होती रही हो।

तुम, मुझे दो लड़कियों की माँ जैसी दिखती रही हो—रोती-बिसूरती।

एक बूढ़ी असहाय ताने तिश्ने सहने वाली सास-सी।

रोती-कलपती हरदम घर की चक्की में पिसती बहू। अजन्मी अमीनो सेंटेसिस से डरती कन्या। बॉस की नजरों में चढ़ी कामगार।

नहीं पर तुम यह भी नहीं हो...इतनी बेबस लाचार दुखियारी तो बिल्कुल नहीं।

मंच से दहाड़तीं।

बात-बात पर गाली देतीं।

मर्दों को रिझातीं।

राजनीति की परछाईं में आगे बढ़तीं।

लेकिन इतनी विशेषताएँ होने पर बेचारी क्यों हो केशानाथ?

त्रिया चरित्र को सक्षम ढंग से निभा ले जाने पर भी अकेलापन क्यों पीछे पड़ा है। वह पेड़ों की फुनगियों के बीच छिपा हँसता है। पहाड़ों के पीछे से पुकारता है। सूरज के बीचोंबीच दिपदिपाता है। चंद्रमा की बुढ़िया के पास बैठा हाथ हिलाता है। बस में धकियाता है। कुएँ में डूबकर भी साक्षात सामने आ खड़ा होता है। सच केशानाथ अकेलापन कुछ होता भी है या यह भी कुछ वैसा है, मात्र यवनिका पतन का इंतजार।

मैं चाहूँ तो तुम्हारे ठहाकों को खोखलापन कह सकती हूँ—जिनके पीछे बहुत कुछ छिपा है।

तुम्हारी सम्पन्नता को चार दिन की चाँदनी।

तुम्हारी सज-धन को फ्रस्ट्रेशन। आखिर हर चीज को देने के लिए दुनिया के पास बहुत-से नाम हैं। हम सब अपनी असफलताओं को इन्हीं नामों के सहारे

ही तो छिपाते हैं।

भाग्य भी तो इन्हीं नामों में से एक है। कितना आसान है अपने सारे पापों को भाग्य के मत्थे मढ़ देना। पर सच बताना केशानाथ, आज जो मैं हूँ और आज जो तुम हो, क्या इन सब बातों को भाग्य के सहारे छोड़ हम एक-दूसरे के प्रति सिवाय अन्याय के और क्या कर सकते हैं।

देखो तो जमाना कितना बदल गया है।

राजनीति से घिरी बहसें कितना वक्त लेती हैं हमारा। अपने अलावा हर एक को गिराते कितने थक जाते हैं हम। वह थकान हमारी विजय मुद्रा के रूप में बोलती ही है।

हम बोलते हैं, बतियाते हैं, हँसते हैं, एक-दूसरे को छुरा घोंपते हैं—व्यर्थता के अहसास के साथ।

इस व्यर्थता की शक्ल क्यों नहीं बदलती। दुनिया में जो कुछ सार्थक है सारा का सारा क्या खत्म हो चुका है? अच्छी बातों, अच्छे विचारों और मानवीयता के दिन क्या सचमुच लद गए हैं।

याद है न केशा, दुकानों के पास से गुजरते हुए हम कैसे सोचते थे कि यदि पास में ढेर सारे पैसे होते तो पूरी की पूरी दुकान ही खरीद लेते। कभी सोचा है दुकान खरीद कर हम करते क्या? शायद दुकान को खरीदना सपनों के पूरे होने की तरह था। सपने जो हर वक्त बदल जाते थे। फिर भी हमारे साथ होते थे। हम सपनों में उड़ते थे किसी महल-दुमहले में किसी राजकुमार के इंतजार में कैद होने। समुद्र के किनारे लहरों के साथ दूर तक दौड़ जाने या आम के पेड़ पर चढ़, खट्टी-मिट्ठी अमियों से झोली भरते।

तब भी बुरे सपने तो हमें आते ही थे। हम उन्हें भूलने और दुत्कारने के लिए कैसे तैयार बैठे रहते थे।

तब सारी दुनिया हमारी आँखों में होती थी न। और खुशियाँ मुट्ठियों में। फिर भी मुट्ठी खोलनी पड़ती थी। खुशियाँ सारे रंगों को समेट तितलियों की तरह उड़ जाती थीं। वे बिल्कुल हमारे सिरों पर उड़ा करती थीं फिर भी हम उन्हें पकड़ नहीं पाते थे।

ऐसा लगता है जैसे वे खिलखिलाहटें बस कुछ ही दूर पर सुनाई दे रही हैं...पहचाने जाने लायक दूरी पर। बहुत-सी बातें हमेशा कुछ ही दूरी पर दिखाई-सुनाई देती रहती हैं, युग बीत जाने के बाद भी।

बात कभी खत्म नहीं होती। वह हमेशा बढ़ती रहती है...कच्ची डोर की तरह...तोड़ दो फिर जोड़ लो गाँठ पड़ गई तो क्या।

एक बार तुम मुझे गाड़ी में मिली थीं। इतने वर्षों में भी हम एक-दूसरे को पहचान गए थे। तभी मुझे पता चला था कि तुम भी दिल्ली में हो। राकेश से

अलग हो गई हो और तुम्हें यह भी मालूम था कि मैं भी दिल्ली में हूँ। आराम से हूँ। नौकरी करती हूँ। मगर इससे पहले तुमने मुझसे मिलने की कभी कोशिश नहीं की। कितने दिनों बाद तुम मिली थीं। बात करते-करते तुमने कहा था—''यह जो तुम आचार-विचार की बात करती हो, आखिर इससे क्या फायदा होता है? किसका फायदा होता है। यह सब मन को भरमाना है। दुनिया में इतने ईमानदार लोग हुए हैं, इतने त्यागी तपस्वी उनमें से कितनों का नाम जानती हो तुम। और तुम्हें गुमान है कि तुम्हारा नाम इतिहास में लिख दिया जाएगा। अमर हो जाओगी। दुनिया तुम्हारे उदाहरण पेश करेगी।

''यह दुनिया तुम्हारी तरह नहीं है। कोई आदर्श नहीं चलता। उसी का उदाहरण देती है जिससे कुछ मतलब सधता हो, काम निकलता हो। दुनिया को ऐसे लोग पसंद नहीं आते जो सीधे-सादे भोले-भाले हैं। दुनिया को ऐसे लोग पसंद आते हैं जो ताकतवर हैं, शक्तिशाली हैं, किसी काम आ सकते हैं, किसी का काम निकलवा सकते हैं।''

उस दिन तुम तो चली गई थीं लेकिन व्यर्थता का अहसास मेरे कानों में बजता रहा था। क्या तुम सच कह रही थीं? क्या हुआ जो पढ़ाई में मैं हमेशा आगे रही? नौकरी के लिए भी कोई खास संघर्ष नहीं करना पड़ा, मैं स्वाभिमान के साथ जिंदा रही। पर उससे हुआ क्या। हमारी मेहनत से दूसरों का घर सजता रहा हमेशा। ईमानदारी की विरासत ने हमेशा पीछे ही पीछे रखा। ईमानदारी ने दूसरों के आदेश पालन करना सिखाया। कभी आदेशों की अवहेलना नहीं की गई हमसे। ईमानदारी के परचम फहराने की सनक में दूसरों ने कभी तो पायदान से ज्यादा न समझा। और तुम कहाँ से कहाँ पहुँच गईं। मैं तुम्हें ढूँढ़ती रही लगातार। मगर पकड़ न सकी। खोज न सकी। बातचीत न कर सकी। कई बार तुम मुझे उस धूल जैसी मामूली लगतीं जो चलते-फिरते आँखों में पड़ जाया करती है। कितनी किरकिराती है। पानी और आँसुओं का कोई असर नहीं पड़ता उस पर।

कितनों के बीच कहाँ-कहाँ मैंने तुम्हें ढूँढ़ा। तुम्हें पहचानने की कोशिश की। थोड़ा मेलजोल बढ़ाने की। शायद कभी किसी काम आ जाओ। पर नहीं तुम हमेशा मेरे मंतव्य को ताड़ गईं। फिर भी तुम मेरे घर आती रहीं लगातार—मिलती-जुलती, हँसी-मजाक करतीं। यदि यह हमेशा शब्द न होता तो कितनी कमजोर होती हमारी भाषा। किसी भी बात को हम जोर देकर कह ही न पाते। किसी से लड़ाई की नौबत न आती। कोई अपमानित न होता।

पर केशानाथ अपमानित होना न होना भी तो परिस्थिति पर निर्भर करता है। किस पोजीशन में हैं आप। अपमानित होने वालों या अपमानित करने वालों में। हस्ती हमें हमेशा ही प्रभावित करती है।

हम अक्सर अपने से अच्छे दिमागों के आगे नहीं झुकते, पद के आगे झुकते

हैं। नुकसान का अहसास हमें झुकाता है। बाँस नहीं झुकता, टूट जाता है। घास ही क्यों न बन जाएँ। पैरों के नीचे आते हैं तो आएँ।

तुम कभी विनम्र नहीं थीं। (कालेज के दिनों में दब्बू जरूर थीं) पर अवसर के अनुकूल विनम्र होना आता था तुम्हें, बिल्कुल उसी तरह जैसे कि अवसर के अनुकूल हम अपनी आवाज को तेज या मद्धिम कर लेते हैं।

आज तुम्हें देखती हूँ तो रश्क हो उठता है तुमसे। तुम कभी दुनिया की शर्तों पर जिंदा नहीं रहीं। तुमने अपनी शर्तों पर दुनिया के कान उमेठे। वही दुनिया जिसने तुम्हें न जाने कितने नाम दिए थे, तुम्हारे सामने झोली फैलाती आई, रोई गिड़गिड़ाई।

और तुम अट्टहास कर उठीं। दर्प से। गर्वीली हँसी तब कोई भी सुन सकता था। तुम्हारा नाम शक्ति और वैभव से गूँजता था। दिशाएँ तुम्हें देखकर इठलाती थीं। पर ऐसा नहीं है कि तुम यह नहीं जानती थीं कि यह सब तभी तक है जब कि दर्प है, शोर है और उम्र की पूँजी है।

सम्पन्नता को पुकारने के सौ नाम होते हैं, तुम भी एक थीं उनमें, तुमने अपने सपनों को दूसरों की आँखों में परवान चढ़ाया था और फिर वे आँखें ही छीन लीं थीं...फिर बताओ कि तुम्हें कैसे माफ किया जा सकता है?

(हंस/जुलाई '94)

तसवीर

गरमियों के तारों भरे आसमान या तेज आँखें दिखाते सूरज के आसमान के मुकाबले इन दिनों का आसमान कुछ अधिक नजदीक उतर आया था। अधिक नजदीकी की मुसीबतें। भरोसा, आग्रह, दुराग्रह और चीटिंग। वह कोहरे के साथ धुआँ बना उड़ रहा था। बालकनियों में घुसा चला जा रहा था। बाहर तेज ठंड थी और घर में गैस खत्म हो चुकी थी। दूध भी नहीं था।

अब चाय का क्या हो? घर और माँ बेहद याद आई। तब जब आँख खुलने से पहले चाय का प्याला हाथ में आ जाता था और माँ के कर्तव्यों के नाम पर उसकी कोई कीमत नहीं होती थी।

वह तो खैरियत थी कि आज इतवार था और दफ्तर नहीं जाना था। मगर पूरे दिन गैस न होने की आफत। बाजार खुलने का इंतजार करना था। जिससे कि फौरन ही एक हीटर खरीदा जा सके।

तभी सामने की बालकनी में बुजुर्ग महिला चाय का प्याला थामे दिखीं। कोहरा उनके टँगे हुए बालों को छू-छूकर निकल रहा था। कई बार उनसे नजर मिली तो उन्होंने जोर से कहा—'आओ चाय पी लो।'

और कोई दिन होता तो 'पी चुकी हूँ' 'या आपकी ही चाय पीती हूँ' कहकर बात टाल देती। वह मिसेज शुक्ला थीं। हमारी आते-जाते दुआ-सलाम हो जाती थी।

लेकिन आज मेरे पास कोई चारा नहीं था। ऊपर पहुँची तो मिसेज शुक्ला बहुत गर्मजोशी से मिलीं। मुझे बिठाकर चाय बनाने चली गईं।

पहली बार किसी के घर में जाना और कुछ बेपहचान चीजों से रूबरू होना। लटकी हुई कपड़े की चिड़ियाँ। पीतल का खूबसूरत फूलदान और दीवार पर मिसेज शुक्ला की जींस टी शर्ट पहने हुए एक लड़की के साथ हँसती तसवीर। बालकनी में चिड़ियों के लिए लकड़ी का बनाया एक घोंसला भी था।

ट्रे में चाय के दो प्याले लिए वह लौट आई थीं। बैठते हुए बोलीं—''मैं तो पी चुकी हूँ। लेकिन तुम्हारा साथ देने के लिए...''

"हाँ आज अचानक सुबह-सुबह गैस खत्म हो गई। दूध भी नहीं था।"—मैंने सफाई दी।

"हाँ...गैस खत्म हो जाए तो बड़ी मुसीबत आती है...मेरे यहाँ दो सिलेंडर हैं एक तुम ले जाओ...लेकिन तुम ले कैसे जाओगी...ठहरो अभी माली आता है...पाँच ....दस रुपए लेकर पहुँचा देगा।" उनकी इस उदारता पर मेरे मुँह से धन्यवाद तक नहीं निकला...वह इसी दिल्ली शहर में रहती थीं, जिसके बारे में मशहूर था कि यहाँ कोई किसी की परवाह नहीं करता।

किसी भी बात की शुरुआत कितनी मुश्किल होती है उसी को तोड़ने के लिए मैंने पूछा नकली घोंसले की तरफ इशारा करते हुए—"इसमें चिड़ियाँ आती हैं।"

"अरे न पूछो, इस बालकनी में एक चिड़ा आता था। बेचारे की एक टाँग थी। मुझसे इतना हिल-मिल गया था कि आकर कंधे पर बैठ जाता था। उसी के लिए लगवाया था यह घोंसला। अब बहुत दिनों से नहीं आया। न जाने कहाँ गया? क्या पता किसी बाज ने मार दिया हो। बीमार पड़ गया हो। वैसे भी इनके कौन-से अस्पताल खुले हैं।"

कोहरा घोंसले में घुसने की फिराक में था। मिसेज शुक्ला क्या घर में बिल्कुल अकेली रहती हैं, मेरी तरह क्योंकि उनके अलावा वहाँ और कोई नजर नहीं आ रहा था।

मगर दीवार पर वह तसवीर?

"आपकी बेटी है?"—मैंने पर्सनल सवाल किया।

"अरे नहीं, सभी यही समझते हैं। मेरी बहू है। लोग सोचते हैं कि बहुओं के साथ कोई सास ऐसे हँसती है क्या?"—मिसेज शुक्ला ने चाय की चुस्कियों के बीच अपने दाँत झिलमिलाते हुए बात को आगे बढ़ाया—"भाई मेरा तो मानना है कि इज्जत करो तो इज्जत पाओ। अब कपड़े को देख लो साज-सँवारकर रखो तो कभी भी निकालकर पहन लो। कपड़ा इज्जत बढ़ाए और गूदड़ बनाकर रखो तो गूदड़ जैसे ही दिखो।"

उनके घर में निपट शांति है। उन कमरों में कौन है जिनके दरवाजे बंद हैं। उनकी बहुएँ कहाँ हैं जिसके कंधे से कंधा भिड़ाए वह दीवार पर चिपकी हँस रही हैं।

कुछ ही पलों में इतना कुछ जानने की जिज्ञासा मेरे अंदर हिलोरें क्यों मार रही है। सिर्फ एक कप चाय की ही तो भागीदारी है मेरी उनकी।

मैं उठ खड़ी होती हूँ वह एक बार भी नहीं कहतीं रुक जाओ। दरवाजे तक आती हूँ तो पुकारती हैं—"सुरभि।"

"इन्हें मेरा नाम भी मालूम है।"

वह समझ जाती हैं—"एक दिन पोस्टमैन तुम्हारी चिट्ठी यहाँ डाल गया था। मैं सिलेंडर भिजवा दूँगी। वैसे थोड़ी देर और रुको? एक कप चाय और..."

कोहरा मेरी ओर आँखें मिचकाता कहता है—''ज्यादा नखरे मत दिखाओ। पी लो, पी लो।''

मैं बैठ जाती हूँ। चाय के साथ गप-शप का दूसरा दौर शुरू होता है—''इस दिवाली पर तुम घर नहीं गईं।''

''घर...मम्मी-पापा तो भइया के पास यू. एस. गए हुए हैं...फिर...''

''अच्छा! ओह'' वह जैसे अपने पूछने पर अफसोस-सा करती हैं—''तुम भी चली जातीं?'' फिर अपने आप ही जवाब देती हैं—''छुट्टी मिलती है। तुम यहाँ आ जातीं।'' वह आगे के लिए भी निमंत्रित करती हैं—''कभी अपने को अकेला मत समझना। यहाँ आ जाना। यों मान लो तो सब अकेले हैं। न मानो तो पूरी दुनिया ही अपनी है।''

''तो मैं चलूँ। बहुत-से काम निपटाने हैं।''

''ठीक है बेटा, एक मिनट''...वह फ्रिज खोलकर गिलास में दूध भरकर पकड़ाती हैं।

उनके बेटा कहते ही सारी औपचारिकताएँ काफूर हो जाती हैं—''आंटी, इसकी कोई जरूरत नहीं। बाजार खुलेगा ही...''

''अरे मैं कौन-सा तुम्हें भगौना भरकर दे रही हूँ। क्या पता चाय पीने का फिर मन करे...वह हल के से बालों में हाथ फेरती हैं।''

मैं नीचे उतर आई हूँ। ओफ कितनी ठंडा है। मन करता है कि रजाई की नरम, गुनगुनी तपिश को बस महसूस करती रहूँ। मगर पूरा हफ्ता है कि कोहरे के आर-पार खड़ा हँस रहा है। अगर काम नहीं निपटाया तो क्या होगा? कपड़े गंदे पड़े हैं। फ्रिज खाली है। कमरे में धूल अँटी पड़ी है। हर रोज थोड़ा-थोड़ा काम निपटाने से काम निपट जाता है लेकिन दो महीने से तो जैसे सुबह-शाम तक का पता नहीं है।

सर्दियों की रात...भयावह है। कल ही माँ का फोन आया था। वह चिंतित हैं। कहती हैं जिस तरह भी हो घर बसा लूँ। लेकिन लगता है इसी तरह ठीक हूँ। अपनी जिम्मेदारी तो सँभलती नहीं, किस-किस की और सँभालती फिरूँगी। माँ कहती है जिंदगी में कोई तो चाहिए सुख-दुख बाँटने वाला...मगर कहीं ऐसा तो नहीं कि सुख अपने पास रख लेगा, दुख मुझे दे देगा। जिसको जाना-समझा नहीं, उसके बारे में फैसला कैसे लिया जा सकता है। बचपन की सहेली निशू कहती है।

'ठीक है, जल्दी भी क्या है? आजकल तीस से तो जिंदगी शुरू होती है'—मैं मन ही मन कहती हूँ—'भले ही शुरू होती हो। इस उम्र तक लड़कियाँ तो क्या लड़के भी कुँआरे नहीं बैठे रहते।'

'नहीं बैठे रहते तो जाएँ भाड़ में।' फिर गरम सूप की चुस्की लेते अकेली हँसते हुए बरफानी हवा की ठंडक महसूस करती हूँ। भला हो शुक्ला आंटी का, मिसेज शुक्ला से वह शुक्ला आंटी बन गई हैं—'गैस का सिलेंडर भिजवा दिया, माली को

पैसे भी नहीं देने दिए...कुछ लोग बिना कारण अच्छे लगने लगते हैं...कारण तो ह

...गरम चाय, मीठी बातें, गैस का सिलेंडर...'

दादी की बातें—'स्वारथ लाग करें सब प्रीति।'

दादी कई बार कितना कड़वा बोलती थीं। माँ की उनसे कभी नहीं बनती थी। लेकिन वे नफरत करते हुए भी एक-दूसरे के बिना नहीं रह सकती थीं। प्यार से अधिक पक्की शायद नफरत की डोर होती है। दादी के जाने के बाद माँ अक्सर उनकी चीजों को देख-देखकर उन्हें याद करतीं क्या मिसेज शुक्ला की बहू भी उन्हें ऐसे ही याद करेगी?

सर्दी बहुत है। क्यों है? पेड़ कट गए हैं। कंक्रीट के जंगल उग आए हैं। सूरज की गरमी कम होती जा रही है। धरती पर पाप बढ़ गए हैं। ऊन के व्यापारियों ने यज्ञ कराए हैं जिससे उनका धंधा चले।

उस शाम दफ्तर से घर जल्दी लौटने पर सामान से लदी-फदी मिसेज शुक्ला दिखाई देती हैं। मैं जबर्दस्ती उन्हें घर ले आती हूँ। उनका ऋण है मुझ पर।

मैं चाय बनाती हूँ। उनके सामान से मूलियाँ, चाय पत्ती का पैकेट और माचिस की डिब्बियाँ झाँक रही हैं।

"आप लाइटर यूज नहीं करतीं?"

"करती थी। एक दिन लाइटर जला नहीं, गैस पूरे किचन में फैल गई तो तुम्हारे अंकल ने मना किया तब से बस माचिस ही यूज करती हूँ...आखिर दूसरों की बात माननी भी पड़ी है...हालाँकि गंदगी बहुत फैलती है।"

"अंकल ऊपर हैं...देखा नहीं कभी।"—मेरा सुर कुछ तेज है।

"देखोगी कहाँ से, उन्हें गए तो दस साल हो गए।"

मैं भौचक उन्हें देखती हूँ। वह आँखें झुका लेती हैं। मैं मन ही मन खुद को लानतें भेजती हूँ। ऐसा सवाल पूछा ही क्यों...लेकिन क्या पता था?

मैं उन्हें खुश देखना चाहती हूँ—"और आंटी आपकी बहू?"

"वह भी अपने घर में खुश होगी।"

"क्या मतलब? आपके साथ नहीं रहती?"

"रहती थी..." उनकी आँखें स्थिर-सी हो जाती हैं—"बेटा कारगिल की लड़ाई में मारा गया था। वह क्या करती? मैंने उसकी दूसरी शादी कर दी। इतना लम्बा जीवन पड़ा था उसका। प्रेगनेंट थी। मैंने ही अबार्शन करा दिया। मेरे बेटे की निशानी को कोई दूसरा क्यों ढोता? मेरे शरीर में इतनी जान नहीं थी कि अपने बल पर एक बच्चे को पाल लेती...किसके भरोसे वह बच्चा इस दुनिया में आता।"

वह दुख के समुद्र में गोते लगा रही हैं। मेरा दिमाग बंद हो गया है।

वह बात जारी रखती हैं—"अब भी आती है मिलने। फोन तो अक्सर ही आ

जाता है। फिर से प्रेगनेंट है। ईश्वर उसे सुखी रखे। देखो, वह थैले से ऊन निकालकर दिखाती हैं–कपड़े बनाऊँगी उसके बच्चे के लिए।"

वह उठ खड़ी हुई हैं। मैं उनका सामान उठाने की कोशिश करती हूँ। वह मना करती हैं–"आदमी जब अकेला हो तो उसे अपना काम खुद करना चाहिए। नहीं तो आदतें बिगड़ जाती हैं।"

फिर वह कहती हैं–"सुरभि तुम्हारे पास नए गानों के कैसेट हैं? मुझे फास्ट म्यूजिक अच्छा लगता है। मेरा बेटा कहता था कि मैं अपने समय से दो सौ साल पहले पैदा हो गई।"

मैंने कैसेट दे दिए हैं। वह चली गई हैं। सर्द हवाएँ भी उन्हें रोक नहीं पा रही हैं। कोई बात है जो मेरा दम घोंट रही है। इतना सहना फिर भी उफ न करना।

दीवार के फ्रेम में जड़ी उनकी बहू पास आकर कहती है–"जिंदगी जीने के लिए सुख अपने भीतर ढूँढ़ने पड़ते हैं तुम ढूँढ़ोगी?"

मैं...कौन-सा सुख? शायद आज अमरीका से फोन आता हो...हो सकता है कि उनके पास कोई सुख बचा हो। अगर होगा तो मैं सारा का सारा मिसेज शुक्ला को दे दूँगी।

(राष्ट्रीय सहारा 2000)

इसके बाद

लम्बे चुस्त दुरुस्त, गर्म हाउस कोट, सुनहरी फ्रेम का चश्मा और पैर में स्लीपर डाले बाबू बेनी प्रसाद, चुन-चुन कर कीमती चीजों से सजाए गए अपने ड्राइंग रूम में चक्कर लगा रहे थे। चाल में क्रुछ इतनी तेजी थी, जैसे वह घर का कमरा न होकर कल्याणकारी सरकार द्वारा, टहलने के लिए बनाया गया कोई पार्क हो। कभी वह कनपटी तक झुक आई खिचड़ी लटों को सहलाते, कभी नाक के अग्र भाग को पकड़ते, कभी एकाएक कमरों के बीचों-बीच रुककर चश्मे को हथेलियों से ढक लेते। उनके फड़कते नथुने बता रहे थे कि वह बहुत गुस्से में हैं। गुस्सा पैरों से लेकर कनपटियों तक की मैराथन पूरी कर रहा था सर्र-सर्र। जिंदगी की दौड़ में जैसे किसी ने पीछे से आकर टंगड़ी मार दी या उनके दौड़ते घोड़े की लगाम किसी और ने थाम ली थी।

बेनी प्रसाद वी. सी. आर. तक पहुँच चुके थे। पास ही सालारजंग म्यूजियम की मेज देखकर बनवाई गई नक्काशीदार मेज पर रंगीन टेलीविजन सजा था। सारा सौदा तैंतीस हजार का। दूसरे कोने में कॉटेज से खरीदा इक्कीस हजार का दीपदान रखा था। खालिस पीतल से बने इस दीपदान के सैकड़ों दिए जलते तो कमरे में रोशनी की बारिश होती। उसके साथ के कवर्ड में बुद्ध की मूर्ति सदियों पुरानी। सब कुछ अद्भुत, विशिष्ट, अनोखा। पैरों तले पड़ा कालीन सौ फीसदी इरानी, मुगलई सोफा। सब कुछ अतिथियों के लिए। इसलिए कि वे कहें वाह साहब वाह कमाल है। साधन और सुरूर का ऐसा मेल पहली बार नजर में आया है।

इस तारीफ से जैसे उनकी बढ़ती उम्र जवानी के दिनों वाले चेहरे में लौट आती। दीपदान के सारे दिए उनके चेहरे पर रोशन हो उठते। एक अहं भरी विनम्रता से शब्द फूटते शुक्रिया-शुक्रिया। सब कुछ आपका, आपके लिए ही। लेकिन यह सब बिना किसी की मदद लिए। ''आई एम ए सेल्फमेड मैन।''

और यह सब बदस्तूर चलता रहता। लान में कितने किस्म के गुलाब, कैक्टस, क्रोटन, चमेली, रजनीगंधा, पाम...विशिष्ट व्यक्ति के पौधे भी विशिष्ट। घर में पर्दे और रंगों का संयोजन भी ऐसा था कि शुरू में घुसकर सब कुछ अँधेरे में डूबा हुआ

लगता और फिर जैसे अनुभवों के द्वार खुलते। अँधेरे भरे घर में नायाब और कीमती चीजों से मिला-जुला आश्चर्य लोक आगंतुक के लिए पैदा हो जाता।

इतना सब किसलिए। साधारण स्टैनो से एग्जीक्यूटिव डायरेक्टर तक पहुँचने का नशा क्या इसलिए? बेटे के नाम लाखों रुपए के फिक्स डिपोजिट, एल. आई. सी., अच्छी शिक्षा क्यों? सिर्फ इसलिए। और बेनी प्रसाद अपने विचारों में डूबे रहे। कहाँ कुछ गलत हुआ? वैसे कई महीनों से उन्हें लगता था। ऐसा ही...मगर इस रूप में। उन्होंने तो उसकी शिक्षा-दीक्षा में कोई कमी नहीं रहने दी। सबसे अच्छे स्कूल में पढ़ाया। सबसे अच्छे कपड़े पहनाए। अच्छे 'कल्चर्ड' बच्चों की संगत में बिठाया-उठाया। जब वह छोटा था तो अक्सर वह पत्नी को सुनाते हुए कहते थे—"यह मेरा बेटा है। मर्द का बच्चा—शेर। इसके ऊपर अपनी फूहड़ छाया भी मत पड़ने देना। यह जो चाहेगा होगा। याद रखेगा कि उदार बाप मिला था।"

मगर पत्नी कभी कुछ नहीं कहती थी। हमेशा चुप रहती। लगता था उसने बेनी प्रसाद की बात को तहेदिल से स्वीकार कर लिया था। माता-पिता के आज्ञाकारी पुत्र होने के नाते उन्होंने उनकी पसंद की लड़की से शादी कर ली थी। मगर कुछ ही दिनों में फरमान जारी कर दिया था—"मुझे औरत की आवाज सुनना पसंद नहीं। उसके मुँह में जुबान नहीं होनी चाहिए।"

अपने शहंशाही अंदाज में एक और घोषणा करना वह नहीं भूले थे—"मेरी एक बार की ना का मतलब होता है, हमेशा की नहीं।"

पत्नी ने कोई प्रतिक्रिया नहीं दी थी। यह बात हमेशा उन्हें चिढ़ाती रहती। पत्नी के कुछ न कहने पर वह और अधिक सशंकित हो उठते, उसका कुछ न कहना उन्हें लगता—उपेक्षा, उनकी बात की अनसुनी। तिरस्कार।

घर के प्रति वह एक औसत पति की तरह ही जिम्मेदार रहे। घर ठीक-ठाक चले। दस बजे से पहले घर वापस पहुँच जाएँ। वहाँ दफ्तर तो जैसे उनके लिए हमेशा सौभाग्य-मंत्र की तरह रहा था। संयोग कहें या उनकी बनी बनाई नीति कि अपने अफसरों के वह आँखों का तारा बने रहे थे। बनते भी क्यों नहीं, जी हाँ, यस सर, जी आपकी बात बिल्कुल ठीक है, आप सही फरमाते हैं, जी हो जाएगा—जैसे कर्णप्रिय वाक्यों से तो पत्थर दिल भी पिघल सकते हैं फिर अफसर तो बेचारे हाड़-मांस के इंसान ही होते हैं। एक के बाद एक अफसर बदले, मगर बेनी प्रसाद की कुर्सी दिन-दिन बड़ी होती गई। सुनते तो यह थे कि अधिकारी, कर्मचारियों का पायदान की तरह इस्तेमाल करते हैं, मगर यहाँ तो उलटा हुआ था। पायदान बनते बनाते पूरी एक सीढ़ी तैयार हो गई थी और वह झट से ऊपर जा बैठे थे—बेनी प्रसाद एग्जीक्यूटिव डायरेक्टर। बड़ों की सलाह कि, अपने अफसरों को कभी नाराज न करो, उनके बहुत काम आई थी।

अक्सर वह अपनी उलब्धियों को गिनते तो लगता, वह कहाँ से कहाँ पहुँच

गए और जो उनके साथी थे अब भी कलम घसीट रहे हैं। पहले वे दूसरे अफसरों के लिए घसीटते थे, अब अपने ही साथियों में से बने एक अफसर के लिए घसीट रहे हैं। और करो...अवज्ञा उनकी जी-हुजूरी को कहा चमचागिरी। कैसे सबके सब उन्हें ईर्ष्यालु नजरों से देखते हैं, मगर उन्होंने कभी परवाह नहीं की। क्यों करते? क्या उनके साथ रहने से कभी बेनी प्रसाद वह बन सकते थे जो आज हैं। लोगों की परवाह क्यों? जो कल तक उन्हें दलाल, अफसर के पैर की जूती वगैरह जुमलों से विभूषित करते थे, वे ही आज खीसें निपोरते उनके सामने सिर झुकाते हैं। लेकिन बेनी प्रसाद उन सर्पदंशों को भूल नहीं सकते। कभी नहीं भूलना चाहिए, बस मुस्कराहट की ठंडी और मीठी चाशनी में उसे लपेट देना चाहिए।

मगर बेनी प्रसाद घर के मोर्चे यानी की पत्नी के मामले में हमेशा अपने को असफल पाते, असंतुष्ट पाते।

अजीब विरोधों से भरा था उनका व्यक्तित्व। एक तरफ कम पढ़ी-लिखी, साधारण शक्ल-सूरत वाली पत्नी उन्हें बोझ लगती तो दूसरी तरफ आधुनिक औरतें जैसे उन्हें सारे जहान के लिए खतरा दिखाई देतीं।

वह औरत, औरत कहाँ रहती है जो घर छोड़कर मर्दों को रिझाने बाहर निकल आती है या झंडा लेकर सड़कों पर कवायद करती है। दरअसल तो ये अन्धाई हुई औरतों का शगल है। घर में अपना मर्द नहीं पूछता तो बाहर क्रांति करने निकल पड़ती हैं।

क्रांति को जैसे इन औरतों के कंधों की ही तलाश है। ये बदलेंगी समाज। भइया, दो वक्त की रोटी न मिले तो सारा बदलाव हवा हो जाए। पता नहीं इनके पति भी कितने सहनशील हैं। सबके सब नामर्द हैं साले। हद हो गई यार, इन सालों से अपनी बीवियाँ नहीं सँभलतीं, उल्लू के पट्ठों को तब पता चलता है जब कोई इनकी बीवियों पर हाथ साफ कर देता है।

उनके सारे साथी हँसते—''वाह साहब क्या बात कही है।''

यह बात तो पक्की है, औरतों को हर जगह औरत होने का फायदा मिल जाता है। राशन की दुकान हो, डी. टी. सी. की बस या दफ्तर। साले इससे बढ़िया तो हम भी औरत होते। आदमी का जन्म पाकर तो बेकार जन्म गँवाया। सब हँसते-खिलखिलाते...सभा विसर्जित हो जाती।

बेटे के होने से उन्हें बहाना मिल गया था—जहाँ प्रकारांतर से वह अपनी शान बघारते हुए पत्नी को छोटा सिद्ध कर सकते...

''क्या यार तू लड़का होकर औरतों की तरह आँसू बहाता रहता है?''

''तू जिससे चाहेगा तेरा ब्याह करूँगा। मैंने ही जिंदगी में बहुत सह लिया। कोई और होती तो कितना सराहती। कितना कुछ होता मगर...''

पता नहीं जो शिकायत उन्हें अपने माता-पिता से करनी चाहिए थी, उसे वह पत्नी को सुनाते। उनका अहं संतुष्ट होता। स्वामित्व का भाव प्रबल होता।

घर...कार...सामान...पत्नी और बच्चा सबके स्वामी वह।

जिंदगी का जो रास्ता उन्होंने चुना था...उसमें शायद इस बात का वक्त उन्हें नहीं मिला कि किसी और से इश्क-विश्क कर लेते। उन्होंने ब्रह्मचर्य या एक पत्नीव्रती होने का भी कोई प्रण नहीं लिया था। मगर उनके अफसरों ने इस तरफ सोचने का उन्हें कोई मौका ही नहीं दिया। दिल जिस तरफ भी फिसला उसे ही अफसर की सौगात समझना पड़ा। मगर उनकी उन्नति का राज भी शायद इसी में छिपा था। अपने से बड़े ओहदे पर बैठा व्यक्ति चाहे जितना अविवेकी, अज्ञानी, कुपढ़, गँवार क्यों न हो, उसे हमेशा उनके सामने और खास तौर से दूसरों के सामने बढ़ा-चढ़ाकर विद्वान बताओ। क्योंकि दीवारों के जो कान होते हैं, उनका मुँह अक्सर अफसरों के कमरों की तरफ खुलता है और वे मुँह विश्वसनीय होकर किसी की तरक्की में बाधक या साधक बन सकते हैं।

अपनी इन्हीं नीतियों के चलते अपने परिचित और अपरिचितों के बीच वह दुनिया के सफलतम व्यक्ति थे। शुरुआती दिनों में कई बार दफ्तर में उन्हें भी गुस्सा आता मगर वह बर्फ बने रहते क्योंकि उसकी भरपाई वह घर में कर लेते। अक्सर घर से सताए लोग दफ्तर में रौब झाड़कर अपने गुस्से की भरपाई करते हैं, मगर उनके साथ उल्टा था।

पत्नी से उनके औपचारिक रिश्ते बिल्कुल ठंडे हो चुके थे। वह जिस कमरे में जहाँ उपस्थित होते, अक्सर पत्नी अनुपस्थित रहती। उसने घर को सजाने-सँवारने, बेटे की देखभाल करने, अतिथियों के सत्कार और नौकरानी के कामों में मीन मेख निकालने में अपनी सार्थकता ढूँढ़ ली थी। कई बार वह चिढ़ते—उनके सब काम वक्त पर हो जाते—नाश्ता, चाय, पानी, प्रेस किए हुए कपड़े, घर के बजट का हिसाब। शिकायत करने के सारे मौके भी हाथ से छूटने लगते।

बेटा जब तक स्कूल में था तब तक वह भी उनकी बात को चुपचाप सह जाता था मगर कालेज में जाने के बाद, डॉक्टरी पढ़ने के बाद तो जैसे वह परोक्ष रूप से माँ के लिए कवच बन गया था। टोका-टाकी करने लगा था—

"क्या पापा आप भी छोटी-छोटी बातों को इतना तूल देते रहते हैं?"

"आप ऐसा क्यों कहते हैं, आखिर माँ भी तो हमारे परिवार की सदस्या हैं।"

जिस बेटे के लिए वह कहते थे—एक बेटा है तो क्या हुआ? एक-एक अकाली सवा लाख के बराबर होता है—वही उनसे अलग हटकर अपने अस्तित्व की पहचान बनाए।

मगर आज तो सारी सीमाएँ चरमरा कर रह गईं। दरअसल जब से उसने डॉक्टरी पास की थी, समाजसेवा के भूत ने उसे आ घेरा था।

वह चाहते थे, उनका बेटा अपना क्लीनिक खोले। शहर का सबसे बड़ा डॉक्टर बने—ऐसा डॉक्टर जिसकी एक दिन की फीस उनकी पूरे महीने की तनख्वाह के बराबर हो। जिससे अपाइंटमेंट लेने के लिए हफ्तों तक इंतजार करना पड़े।

कई बार वह अपना मंतव्य जाहिर कर चुके थे। मगर वह तो अपने कान बंद कर चुका था।

आज जब उन्होंने कहा तो वह एकदम चिढ़-सा गया। बोला—"पापा ठीक है आप मेरे पिता हैं। मगर क्या आप अब भी चाहते हैं कि मैं अपनी जिंदगी का क ख ग आप से पढ़ूँ।" वह गुस्सा नहीं हुए। धीरे से बोले—"तुम क्या सोचते हो इस तरह तुम दुनिया का इलाज कर सकते हो। इलाज करने वाले तुम अकेले हो और करवाने वाले हजारों-लाखों। किस-किस का इलाज करोगे। पैसा नहीं कमाओगे तो कौन पूछेगा तुम्हें?"

"पापा पैसा कमाने के बाद भी कौन किस को पूछता है। हाँ हम खुद समझते रहते हैं कि हमारी दुनिया में बहुत पूछ हो रही है। मैं कोई दान नहीं कर रहा। मैं उन लोगों में यह समझ नहीं पैदा करना चाहता कि उनकी सारी समस्याएँ दान से खत्म हो सकती हैं। मैं इस आशा में भी नहीं रह सकता कि दुनिया में बीमार बहुत हैं और मेरे जैसे डॉक्टर कम, इसलिए डॉक्टरों को निराश हो बैठ जाना चाहिए। मुझे लगता है मेरे जैसे और भी डॉक्टर हैं। मुझे यह भी कोई गलतफहमी नहीं है कि किसी की मदद करके हम उस पर एहसान करते हैं।"

"हूँ!" उन्होंने हुंकार भरी।

"मैंने यह नहीं कहा कि गरीबों की मदद मत करो। मगर ऐसे ही रहे तो दो कौड़ी की पूछ नहीं होगी तुम्हारी। तुम उनकी मदद करो मगर अपने बारे में भी सोचो। और अगर तुम्हें यही लगता है कि मैं गलत हूँ तो रहो वहीं। उन्हीं के बीच। दो दिन में सारा आदर्श खत्म होकर धरती पर पैर टिका लेगा।"

"क्यों रहूँ वहाँ? उनकी मदद करने के लिए उन जैसा होना कोई जरूरी नहीं। दरअसल यह शर्त वे ही लगाते हैं जो उन लोगों से घृणा करते हैं। मगर साफ शब्दों में इसे कह नहीं सकते। इस बात से उनका अर्थ हुआ कि जो गरीब हैं उन्हें ही उनकी मदद करने, उनके बारे में बात करने का अधिकार है। जो भी सुविधा संपन्न हैं या तो वे सुविधाओं का त्याग करें और अगर वे ऐसा नहीं कर सकते तो उन्हें अपने सुविधाओं के नर्क को ही आगे बढ़ाते जाना चाहिए, उनके बारे में सोचना भी नहीं चाहिए। मैं तो समझता हूँ जो मेरे पास है, आपके पास है उनके पास भी हो। उसके लिए मुझे संन्यासी होने की जरूरत नहीं, उन्हें यह बताने की जरूरत है कि तुम्हें भी यह सब मिल सकता है। तुम्हारे पास कुछ नहीं यह तुम्हारे पिछले जन्म का फल नहीं, यह तो किसी और बात के कारण हैं।" बेनी प्रसाद विस्फारित नेत्रों से देखते रहे उसे। क्या यह वही लड़का है?

''हाँ बेटा अच्छा भाषण दे लेते हो। मगर अपनी उम्र और अनुभव के आधार पर बता रहा हूँ, बाद में पछताओगे। इस समाज में आदर्श की कोई जगह नहीं, जानते हो आज आदर्शवादी व्यक्ति पर हँसते हैं लोग। हो सकता है तुम्हें कभी बाद में याद आए कि तुम्हारे बाप की बात सही थी।''

''पापा, हम नौजवानों की मजबूरी है यह कि जब आप लोगों के पास कोई तर्क नहीं होता तो आप अपनी उम्र और अनुभव के हथियार से हमें मारते हैं।''

''नहीं बेटा, तुम गलत समझे। शायद मेरी पीढ़ी के लोग अपनी इज्जत को सबसे बड़ा मानते हैं। और एक बाप की इज्जत तभी बढ़ती है जब बेटा उससे आगे आए।''

''कौन-सी इज्जत पापा? इस इतनी बड़ी दुनिया में, मैं और आप कहाँ हैं? दरअसल इज्जत की ही बात करके तो हम अपने को सबसे ज्यादा छलते हैं। आप भी जानते हैं इज्जत, मान, प्रतिष्ठा सब कहाँ से तय होते हैं। अपने बड़े अफसरों की बड़ी से बड़ी डाँट आपको बुरी नहीं लगती, और एक रिक्शेवाला अगर एक रुपया भी ज्यादा माँग ले, नौकर वक्त पर न आए तो आपकी इज्जत के सवाल उठ खड़े होते हैं।''

बाबू बेनी प्रसाद, एग्जीक्यूटिव डायरेक्टर का धैर्य जवाब दे गया था, लड़के का एक-एक शब्द, एक-एक वाक्य छलनी किए दे रहा था उन्हें। वह चिल्ला पड़े—''मुझे पता है कौन गुण्डे तुम्हें यह सब सिखा-पढ़ा रहे हैं। वे जिनका काम है घर तोड़ना। बेटे को बाप के खिलाफ, पत्नी को पति के खिलाफ भड़काना।

''मैं फिर समझाता हूँ सीधे रास्ते चलो, जमाने के साथ रहो, हवा के साथ बहो। नहीं तो किसी दिन जेल की हवा खाकर कुल का नाम रोशन करोगे।''

''मेरे दोस्त गुण्डे होंगे मगर सफेदपोशों से अच्छे हैं। कम से कम इंसान तो हैं। जेल जाना भी उसके लिए अपमान है जो जितना साधनहीन है। आपके बड़े अफसर भी तो गबन में जेल गए थे। मुझे याद है कि आपने उन्हें छुड़वाने के लिए क्या नहीं किया था। खैर...छोड़िए, पापा आप चाहते हैं न कि मैं क्लीनिक खोलूँ। जरूर खोलूँगा। मगर उसके दरवाजे सबके लिए खुले होंगे, सिर्फ उनके लिए ही नहीं जो आप तक होते हुए मुझ तक पहुँचेंगे।'' कहता हुआ वह चला गया।

बेनी प्रसाद सन्नाटे और गुस्से में ठगे-से रह गए। सचमुच उन जैसे पिता के यहाँ 'कमाल' कहाँ से पैदा हो गया। उनका मन किया दीवार से सिर दे मारें, भाग जाएँ कहीं, संन्यासी हो जाएँ, आग लगा दें घर को। तभी नौकरानी ने बतलाया—''साहब, मेम साहब पूछ रही हैं, खाना आप खाकर जाएँगे या दफ्तर में भिजवा दें।'' वह कुछ कहते तभी फोन बजा। लाइन पर चेयरमैन थे। उन्होंने अपने गुस्से को नियंत्रित कर स्वर को संयत करते हुए कहा—''यस सर, राइट सर...वैरी वैल सर!''

(गंगा, 1987)

क़स्बे की लड़की

माँ की चिट्ठी में लिखा है सक्सेना मर गया। लेकिन सक्सेना मरा कहाँ? आज भी मेरे दिलो-दिमाग में उसी तरह जिंदा है। जो लोग मर जाते हैं उनका अस्तित्व खत्म हो जाता है। गाहे-बगाहे याद कर लिए जाते हैं। दुनिया की राय में जो अच्छे काम करते हैं वे लोगों की स्मृतियों में हमेशा के लिए जिंदा रह जाते हैं, लेकिन नहीं, बुरे काम करने वाले भी जिंदा रहते हैं, दिमाग में, पागल कुत्ते के विष की तरह, जो कभी भी आदमी को बौरा देता है। उस काले नाग की तरह जो सिर्फ इसी बात के लिए फन फैलाए रहता है कि कब मौका मिले और दाँत गड़ा दे।

आज भी लगता है मैं कहीं जा रही होऊँगी और सक्सेना कहीं रास्ते में प्रकट हो जाएगा। कहेगा—"कहो, बहन जी कैसी हो? तुमने भी विश्वास कर लिया कि मैं मर गया?"

लेकिन सच, क्या सक्सेना मर गया! उसकी जिजीविषा, राजनीतिक संबंध उसे जिंदा तक नहीं रख पाए! उसे तो जीना चाहिए था। इसलिए कि जो बात तब नहीं कर पाई आज कर पाती। आज तक मैं हिंसक प्रतिशोध की आग में जल रही हूँ। मैं प्रतिशोध नहीं ले सकी, ले भी नहीं पाती...इस समाज में कितनी लड़कियाँ ऐसी हैं कि जो अपने प्रति किए बुरे व्यवहार का बदला ले पाती हैं। बल्कि उनकी जुबान पर तो सौ-सौ ताले जड़ दिए जाते हैं और अधिक बदनामी के डर से, क्योंकि यहाँ बदनामी सिर्फ औरतों की होती है। अपने प्रति होते हर अत्याचार को वह नीलकंठ बनकर सहती रहें। क्योंकि समाज द्वारा प्रदत्त पुरुष का यह दंभ कि वह पुरुष है उसका कभी कुछ नहीं बिगड़ता, खुद औरत को मजबूर करता है कि वह चुप रहे...

वही सक्सेना जो भाई साहब का इतना अभिन्न मित्र था...जिसे गरीबी और अपमान की जिंदगी से निकाल कर भाई साहब ने इस काबिल बनाया था कि वह भी ससम्मान जी सके। यहाँ तक कि नगर पालिका का इलेक्शन तक भी लड़वाया था। वही भाई साहब से दुश्मनी निकालने के लिए किस स्तर पर उतर आया?

इम्तिहानों की हवा साँय-साँय करती है। दिन भर धूल और सूखे पत्ते इधर-उधर उड़ते फिरते हैं। मौसम में सर्दी अभी बाकी है। नीरा पढ़ती रहती है। इम्तिहान हैं उसके। बीच-बीच में आँख भी लग जाती है लेकिन फिर हड़बड़ी में देर तक किताब से आँखें नहीं हटती हैं।

रात के दस बजे हैं। दरवाजे पर दस्तक होती है। दूसरे कमरे में भाई साहब भाभी और बच्चे सोए पड़े हैं। जब तक वह दरवाजे तक पहुँचती है कई सवाल यूँ ही जेहन में घूम जाते हैं। इतनी रात गए कौन हो सकता है? क्या दरवाजा खोलना ठीक रहेगा? दोबारा दस्तक होती है, साथ में उसके नाम की पुकार है। अरे यह तो छोटे भाई हैं। वह दरवाजा खोल देती है। भाई अंदर आते ही अचानक पूछते हैं—"आगरा कब से नहीं गई?"

"क्यों, अभी आगरा कैसे जाया जा सकता है। अगले महीने तो इम्तिहान हैं।"

वह दूसरे कमरे में चली जाती है। भाई साहब, भाभी जी भी जग चुके हैं।

छोटे भाई कुर्सी पर बैठ जाते हैं। वह किताब खोलकर पढ़ने की कोशिश करती है। लेकिन छोटे भाई, भाई साहब से बहुत धीमे-धीमे बात कर रहे हैं। सहज ही वह सुनने की कोशिश करती है लेकिन कुछ सुनाई नहीं देता। वह समझ नहीं पाती क्या बात है!

तभी बड़े भाई का तेज स्वर सुनाई देता है—"क्या बकवास है?"

अब छोटे भाई भी सुन सकने वाली आवाज में कहते हैं—"मुझे शाम को जीजा जी का फोन मिला था। उन्होंने कहा था जेल में बंद हैं।"

"कौन जेल में बंद हैं?" वह समझ नहीं पाती। किताब यूँ ही रखकर छोटे भाई से जाकर पूछती है—"भाई साहब कौन जेल में बंद हैं?"

अचानक छोटे भाई का चेहरा मुस्कराहट में सराबोर हो जाता है—"तुम और कौन?"

"मैं!" वह हतप्रभ सी छोटे भाई, बड़े भाई और भाभी के चेहरों की तरफ देखती है। "मजाक के लिए भी अच्छा विषय चुना है।" वह खिसियाई-सी कहती है।

"मजाक कैसा बहन जी? विश्वास न हो तो जाकर देख लो। वहाँ लोग कह रहे हैं कि तुम सोने की तस्करी में जेल में बंद हो।" फिर भाई आगे कहते हैं—"नीरू बहनजी यह धंधा कब से करने लगीं? भाई हमें भी दो-चार सिल्लियाँ दे दो तो अपना भी कल्याण हो।"

उसे अजीब-सा लगता है। बड़े भाई साहब कहते हैं—"जा, तू जा कर पढ़"।

वह अपने कमरे में आ जाती है। लेकिन किताब के सारे अक्षरों पर काली स्याही फिर जाती है। आखिर ये तस्करी का झमेला क्या है? कौन है जो ऐसी बात कर सकता है!

दूसरे कमरे से आवाज आ रही है। छोटे भाई कह रहे हैं—"जीजाजी कह

रहे थे, मुझे और आपको वहाँ जाकर स्थिति पता करनी चाहिए।''

''ठीक है फिर कल सुबह आसाम मेल से चलते हैं।''

''क्यों न हम नीरू को भी साथ ले चलें।'' छोटे भाई सुझाव देते हैं।

''नहीं, ये चलकर क्या करेगी? इसे इम्तिहान देने दो। बेकार में वहाँ जाकर डिस्टर्ब होगी।'' बड़े भाई मना करते हैं।

सुबह दोनों भाई चले गए हैं। आज का दिन और दिनों से फर्क नहीं है। बाहर हवा भी वैसी है। भाभी चारपाई पर चादर बिछाकर गेहूँ सुखा रही हैं। रोजमर्रा के काम भी ज्यों के त्यों हैं। उसने भी किए हैं। नहाई भी है, चाय भी पी है। लेकिन लगता है दिन वैसा उजला नहीं है। उसकी कालिमा नीरू के भविष्य पर कहीं पड़ने वाली है।

आखिर कौन हो सकता है ऐसा? उस शहर को छोड़े भी इतने दिन हो गए।

तीन दिन बाद दोनों भाई लौटे हैं। दोनों के चेहरे विचित्र ढंग से खिंचे हुए हैं। कहने को हँस-बोल रहे हैं, लेकिन स्वाभाविकता को जैसे किसी ने कैद कर लिया है। नीरू का मन होता है—वह पूछे। उसे सारी बात जल्दी से जल्दी पता चल जाए। लेकिन उसकी हिम्मत नहीं पड़ती, उसका दिल धक-धक कर रहा है। निरपराध होते हुए भी उसे लगता है कहीं अनजाने में उससे कोई अपराध तो नहीं हो गया।

चाय के प्याले देकर भाभी ही पूछती हैं—''क्या हुआ? कौन है इसके पीछे?''

बड़े भाई शायद बहुत नाराज हैं, जवाब देते हुए उनके नथुने फूल जाते हैं—''होगा कौन? जिसकी मैं सोच भी नहीं सकता वही काला नाग सक्सेना।''

''सक्सेना!'' भाभी भी चकित रह जाती है...''लेकिन उसे हमारे घर से क्या दुश्मनी?''

''दुश्मनी।'' छोटे भाई जैसे खुद ही सवाल का उत्तर देते हैं—''दुश्मनी है। कोई कपूर-कपूर लड़की पढ़ाती थी वहाँ। पिछले दिनों उसके डेथ हो गई। वहाँ के लोकल अखबारों में सक्सेना का नाम भी छपा। कपूर की डेथ का कारण दो मिनी बसों की टक्कर बताया गया। जबकि उस दिन पूरी दिल्ली में कहीं भी दो मिनी बसें नहीं टकराईं। कहीं भी ऐसी कोई रिपोर्ट दर्ज नहीं है।

''ये खबरें सबको मालूम थीं। लेकिन भइया जी और दूसरे घरवालों ने इसमें जरूरत से ज्यादा दिलचस्पी दिखाई। बल्कि सक्सेना के मुँह पर ही कह दिया कि हमें पता है कपूर की हत्या किसने कराई।'' छोटे भाई साहब थोड़ी देर रुके। फिर दोबारा बोले—''तभी वह कह गया था कि देख लूँगा। जो लोकल अखबार कल तक उसके बारे में जहर उगल रहे थे, आज पैसा खाकर उसकी मुट्ठी में हैं और इन्हीं लोकल अखबारों ने सबसे पहले यह खबर छापी है कि गाँव रमनपुर की लड़की स्मगलिंग

में पकड़ी गई। बस, चतुराई यह बरती गई है कि कहीं नाम नहीं छापा, नहीं तो इन सारे अखबारों और उसके आकाओं पर मानहानि का मुकदमा आसानी से किया जा सकता था।''

इस बीच बड़े भाई लगभग चुप थे। छोटे भाई ने अपनी बात खत्म की तो बड़े भाई बोले—''मुझे मिला था सक्सेना। बड़े प्यार से मिला। हालचाल पूछा। पक्का नाटकखोर है। ऐसे दिखाया जैसे उसे कुछ पता नहीं है।''

भाभी मुस्कराती सी बोलीं—''नाटकखोर है इसमें कोई शक है। सारे कुकर्म करके साफ बच जाता है। एक क्लर्क कार भी रख ले, कोठी भी बनवा ले, टेलीफोन ले तो कहीं तो कुछ दाल में काला है। कहीं कुछ गड़बड़ है।''

''सिर्फ नाटकखोरी नहीं। दिल्ली के एक मिनिस्टर से उसके बहुत अच्छे संबंध हैं। फोन भी इसीलिए लगवाया है उसने कि उस केंद्रीय मंत्री के लगातार फोन आते रहते हैं। कोई भी मुसीबत इसके सिर पर आती है तो फौरन थाने में उसी मंत्री के फोन आ जाते हैं।'' बड़े भाई साहब ने भाभी की बात पूरी की।

''बल्कि यह भी है कि सिर्फ मंत्रियों को ही नहीं बड़े-बड़े अफसरों को भी वह बोतल और लड़कियाँ सप्लाई करने का धंधा करता है।'' छोटे भाई ने कहा।

''जब वह इतना बदनाम है और लोगों को यह मालूम है कि यह काम उसी का है तो लोग उसकी बातों पर भला विश्वास कैसे करेंगे?'' भाभी उठती हुई बोलीं।

''साले करें या न करें। हमारा जूता करता है परवाह।''

सब अपने-अपने मन का आक्रोश निकाल कर चुप हो गए थे। लेकिन नीरू का मन धधक रहा था। लोग विश्वास क्यों नहीं करेंगे! किसी लड़की को बदनाम करने के लिए क्या इतना ही काफी नहीं है कि उसके बारे में किसी के कान में एक घटिया और हल्की बात फुसफुसा दी जाए। बस, थोड़े दिनों में वह फुसफुसाहट चौराहे की घोषणा में बदल जाएगी। फिर यह तो अखबार में छपी बात थी। अखबार कौन-कौन पढ़ता है? किस-किस के पास जाते हैं? वैसे भी ऐसे प्रकरणों में लोगों की दिलचस्पी जल्दी पैदा हो जाती है।...आप किस-किस को सफाई दे सकते हैं। किस का मुँह पकड़ सकते हैं...फिर उन अखबारों का धंधा भी तो सिर्फ यही है ब्लैकमेलिंग, उसी के जरिए उनकी रोजी-रोटी चल रही है। सक्सेना तो निमित्त मात्र है, कोई और भी ऐसा कर सकता था, किसी और नीरू की भी बलि चढ़ाई जा सकती थी। सच बात तो सिसकियों और आँसुओं में डूब कर रह जाती है। आदमियों की इस दुनिया में औरत ही तो है जो एक जानवर से भी अधिक असुरक्षित प्राणी है। जिसका पूरा अस्तित्व काँच के गिलास जैसा है जो सिर्फ एक कंकरी भर से खंड-खंड हो सकता है।

यह रवैया देखकर मन का सारा उत्साह ठंडा पड़ जाता है। सारी उपलब्धियाँ पल भर में चिंदी-चिंदी हो जाती हैं। कोई औरत की प्रगति की बात कितनी ही करे,

लेकिन धरातल आज भी वही है, जहाँ औरत थोड़े साफेस्टीकेटेड तरीके से सती की मान्यता को स्वीकार करे, आज भी पवित्रता की वही तलवार उसकी गर्दन के इर्द-गिर्द चक्कर काटती है जिसकी धार पर उसका भविष्य कच्चे सूत-सा हिचकोले खाता रहता है।

नीरू का मन अंधकारमय है। भाई-भाभी उसे समझाते हैं—"यह दुनिया है। इसमें ऐसी बातें होती रहती हैं। किस-किस की परवाह कर सकती हो। किस-किस को जवाब दे सकती हो। इसलिए अच्छा है जवाब ही मत दो। लोग भौंक-भौंक कर अपने आप थक जाएँगे और चुप हो जाएँ।" भाई उसे और तसल्ली देने के लिए उसके सिर पर हाथ फेरकर कहते हैं—"ऐसे लोगों को जवाब देने का सिर्फ एक ही तरीका है, वहाँ पहुँचकर दिखाओ जहाँ ये कभी नहीं पहुँच सकते। और फिर तेरा क्या बिगाड़ लेगा। ऐसी बातें मौसमी आँधी के उन धूल के कणों की तरह हैं जो थोड़ी देर के लिए आँख में किरकिरी पैदा करते हैं। लेकिन फिर कहाँ जाते हैं कोई नहीं जानता।

"डरें तो हम तब जब हमने कोई गलती की हो। दूसरे हमें कठघरे में खड़ा करते हैं तो करते रहें। उन्हें शायद पता न हो उनके कठघरे सरकंडों के बने हैं।"

पूरी बात को घटित हुए दो महीने बीत चुके हैं। नीरू के इम्तिहान खत्म हो चुके हैं। वह कहीं जा रही है—उनसे मुकाबला करने। पर मुकाबला भी किससे। कैसा मुकाबला हो। लोग कहते हैं जहाँ आग होती है वहीं तो धुआँ होता है। पर यह निर्धूम अग्नि है। इसकी जलन किसी को नहीं दीखती...आदमी तिल-तिल कर भस्म होता रहता है। न कपूर मरती न ऐसा होता कि वह उस चक्रव्यूह में फँसती।

गाँव में आकर उसे पता चला है कि कैसी-कैसी कहानियाँ गढ़ी गई हैं। पुलिस से पकड़वाया है ऐसी जगह जहाँ देखने वाले यह माँग न कर पाएँ कि अच्छा देखें कहाँ बंद है वह। विचित्र-विचित्र कहानियाँ फैली हैं कि जब पुलिस पकड़ने आई तो मैंने चाकू निकाल लिया। कोई कहता है विदेशी पिस्तौल बरामद की पुलिस ने, कि मेरे गिरफ्तार होते ही पुलिस को स्मगलर्स के पूरे एक गैंग का पता चला, कि डिब्बे में एक लड़का भी था साथ में जिसने भागने की कोशिश की लेकिन पुलिस ने उसके पैर में गोली मार दी और वह अस्पताल में भर्ती है कि अलीगढ़ की सेंट्रल जेल में एक नामी अपराधी से मिलकर लौट रही थी मैं, वहाँ रजिस्टर पर मेरे दस्तखत भी हैं लोगों ने अपनी आँखों से देखे हैं आखिर यह संभव कैसे है। दीदी कहती हैं—"यह संभव इस तरह हो सकता है देखो, यहाँ सबको मालूम है रामू जेल में है। यह भी

पता है वह सक्सेना का आदमी है। साफ मर्डर केस में पकड़ा गया था मगर सक्सेना ने छुड़ा लिया और अब तक तो सारे प्रमाण नष्ट कर दिए गए होंगे। रामू का कुछ नहीं बिगड़ेगा। आखिर सक्सेना को भी तो ऐसा एक आदमी चाहिए जिसके जरिए वह अपना काम निकलवा सके और अपना काम निकलवाने के लिए ही उसे ब्लैकमेल भी कर सके। तो रामू से मिलने सक्सेना ने किसी औरत को भेजा और उसने वहाँ अपने नाम की जगह तुम्हारा नाम लिख दिया।''

नीरू की समझ में आता है...बिल्कुल ऐसा ही हो सकता है। उफ क्या-क्या चालबाजियाँ हैं। इसका मतलब शर्मा जी के साथ जो नाम जोड़कर पेम्फ्लेट निकलवाया था वह भी इसी का काम रहा होगा। नीरू का मन शंका से भर उठता है—''मगर लोग कहते हैं सक्सेना का तो हमारे घर में इतना आना-जाना है बिल्कुल घर जैसे संबंध हैं। भला वह क्योंकर ऐसा करने लगा।''

''आस्तीन का साँप और किसे कहते हैं? मुझे भी अब इसमें कोई शक नहीं कि वह पेम्फ्लेट इसी ने निकलवाया होगा।'' दीदी कहती हैं।

रास्ते में पंकज सर मिल जाते हैं। बात चलती है। वह कहते हैं—''देखो सभी नहीं तो आधे से ज्यादा लोग इस बात पर जरूर अविश्वास करते हैं। लेकिन यह भी सच है कि सक्सेना के मुँह पर कहने की हिम्मत किसी की नहीं है। आखिर उससे बिना मतलब दुश्मनी कौन लेगा? पैसे और सत्ता में बड़ी शक्ति होती है। उसके पास तो दोनों हैं। आप या आपके घरवाले भी उसका क्या बिगाड़ सकते हैं।''

''लेकिन सर आपने तो हमें कक्षा में पढ़ाया था परिस्थितियाँ कैसी भी हों, कैसा भी समय हो विजय हमेशा सच की होती है।'' मैं आहत होते हुए कहती हूँ। आखिर सर की बात बहुत कड़वी है।

''हाँ, भाई जरूर कहा था। पर एक तो इस युग में सारी किताबी बातें सच नहीं होतीं। दूसरे आज का सच वह है जिसे प्रमाणित किया जा सके। आखिर कानून भी तो उसी का सच मानता है।''

''लेकिन इस मामले में तो सर, एक भी प्रमाण नहीं जुटाया जा सकता।''

''न जुटाया जा सकता हो पर सवाल यह है कि म्याऊँ के गले में घंटी कौन बाँधे। आखिर सक्सेना से कौन जाकर पूछेगा कि कहाँ हैं प्रमाण? तुम आखिर किसी को क्या दे सकती हो जो तुम्हारे पीछे कोई उससे दुश्मनी मोल लेगा।''

मैं पंकज सर से नमस्ते करके चली जाती हूँ। कितना बड़ा सच कह दिया है उन्होंने। सच-झूठ कुछ नहीं होता। सच वह है जिसे प्रमाणित किया जा सकता है। प्रमाण वही दे सकता है जिसके पास खरीदने की शक्ति है—सत्ता है, पैसा है। सच की मरियल तराजू किसी को निर्दोष सिद्ध नहीं कर सकती।

भीषण सपने आते हैं नीरू को—उसे लगता है उसके गले में रस्सी का फंदा है। रस्सी के हजारों सिरे हैं और हर एक सिरा सक्सेना के हाथ में है—सब सिरे खींचे जा रहे हैं। उसका दम घुटता है। वह चीखना चाहती है लेकिन चीख नहीं पाती। उसकी आँख खुल जाती है। वह पसीने-पसीने हो रही है। खुले आँगन में चंद्रमा ठीक उसके सिर पर चमक रहा है। उसे उठा देखकर माँ पूछती है—"क्या हुआ? उठ क्यों गई? नींद नहीं आ रही।"

"नहीं, नींद तो आ रही है। पर गर्मी की वजह से बहुत भयंकर सपने आ रहे हैं।" वह फिर से सोने की कोशिश करती है—शाम हो रही है...सूरज डूब चुका है। अँधेरे की वजह से नदी का पानी भी काला लग रहा है। वह नदी के किनारे चली जा रही है। तभी तेज बारिश होने लगती है। नदी में बाढ़ आने लगती है। वह दौड़कर कहीं छिप जाना चाहती है। लेकिन कहाँ छिपे। आस-पास कोई घर और झोंपड़ी तो क्या, कोई पेड़ तक नहीं है। इस बार फिर उसकी चौंक कर आँख खुल जाती है। तीसरा सपना—ऊँची पहाड़ की चोटी पर वह खड़ी है। रास्ता याद नहीं किधर जाता है। तभी चारों ओर से काले-काले साँप नजर आते हैं। वह भाग नहीं सकती, किधर भागे! चोटी के आगे कोई रास्ता नहीं, हजारों फुट गहरी खाई है।

इस बार उसकी आँख खुलती है। सुबह हो चुकी है। माँ कह रही हैं—"नीरू तू न जाने रात भर कितना बड़बड़ाती है।" वह उठ जाती है। तीनों सपने गड्मड्ड हो गए हैं। लेकिन उसका प्रभाव अभी मन पर बाकी है। सिर भारी हो जाता है। गाँव की कच्ची सड़क पर झाड़ू लग रही है। दूर तक धूल का बादल फैला है। गाँव और शहर में सिर्फ कुछ सड़कों भर की दूरी ही तो है। अन्यथा कोई फर्क नहीं। शहरी प्रतियोगिता से यह गाँव भी अछूता नहीं रहा है।

छुट्टियाँ खत्म हो गईं। मैं फिर वापस आ गई हूँ। क्या करना है आगे? ढेरों योजनाएँ हैं। लेकिन सबकी सफलता की भी कोई गारंटी नहीं—सिर्फ खाली हाथ भविष्य की कल्पनाएँ भर हैं। यह कर लो, वह कर लो। सब कुछ करने के लिए पर्याप्त साधन भी नहीं हैं।

तीन-चार महीनों के अंतराल में घर व माहौल सामान्य होने लगा है। धीरे-धीरे सब भूलने लगे हैं कि कभी कुछ ऐसा घटा था।

लेकिन नीरू के मन में वह घटना आज तक जिंदा है। उस शहर का नाम भर आने से उसका सिर चकराने लगता है। कानों के पास चींटियाँ-सी चलने लगती हैं। लगता है कहीं शहर का नाम जानने वाला व्यक्ति उस घटना को तो नहीं जानता। उसका विश्लेषित करनेवाला मन तुरंत दो भागों में बँट जाता है। एक भाग कहता

है—"जानता हो तो जाने। मेरी क्या गलती है उसमें।" दूसरा भाग कहता है—"इसे पता होगा तो वह दूसरों से भी जरूर कहेगा और बदनामी की बात सुगंध से भी कहीं तेज फैलती है।" लेकिन क्या किया जाए। न कोई सच्चाई जानना चाहता है न बताने की कोई जरूरत ही है, क्योंकि आप अपनी तरफ से चाहे जितना सच बोलें, एक तो सुनने वाला हमेशा उसमें से कम से कम पचास प्रतिशत घटा देता है, दूसरे अपने मन में उसकी यह पक्की धारणा होती है कि सुनाने वाला हमेशा अपना पक्ष ही मजबूत करके बोलता है।

आज उन सभी घटनाओं को दस वर्ष बीत गए लेकिन सोए ज्वालामुखी की तरह आज भी वह गाहे-बगाहे लावा उगलती रहती है। उसी दिन एग्जीक्यूटिव मीटिंग में उन ठिगने कद के सज्जन ने कहा था—"सुनिए, हाथरस से आपका कोई संबंध है?" उनके इस अप्रत्याशित प्रश्न से वह समझ गई थी उनका क्या मतलब है? तभी उन्होंने अपने पड़ोस में बैठे एक और सज्जन के कंधे पर हाथ मार कर कहा था—"अरे यार बात तो सुनो।" और वह उनके कानों में फुसफुसाने लगे थे। थोड़ी देर में उसे लक्ष्य करके कहा था—"वहाँ मेरी बहन रहती है। मेड़ू गेट की तरफ" और वह फिर बातों में मशगूल हो गए थे। सक्सेना की स्मृति का दंश उसे फिर से बींधने लगा था। लोग कहते हैं निराधार अफवाहें दूध के उबाल की तरह होती हैं जो अपने आप धीरे-धीरे ठंडी होती हैं, लेकिन नहीं, कुछ घटनाएँ...खासतौर से औरतों संबंधी घटनाएँ लोग हमेशा याद रखते हैं। वे नश्तर की तरह होती हैं जिन्हें कभी भी चुभोया जा सकता है।

माँ ने लिखा था—"तुम्हें खुश होना चाहिए। जो दूसरों को बिना मतलब सताते हैं वे अपनी जिंदगी खुद पूरी नहीं जी पाते।" पर यहाँ तो ऐसे सक्सेनाओं की लंबी जमात है जिनका सिर्फ यही उद्देश्य है। कई बार लगता है दिमाग बिल्कुल उड़ जाएगा। जिंदगी को निराशा घेर लेती है। पति कहते हैं—"ऐसी बातों से परेशान होने की क्या जरूरत। इतना सब कुछ कर और कह कर क्या बिगाड़ लिया तुम्हारा। जो तुम करना चाहती हो करती रहो...थोड़े और दिनों बाद देखोगी तो पता चलेगा कि ऐसे लोग इतने पीछे छूट गए हैं कि उनका नामोनिशान तक नहीं मिल रहा।"

(दैनिक हिंदुस्तान, 1984)

घिराव

यह आत्मकथा नहीं है, न ही जीवनी। यह कहानी है और इसके महानायक हैं कविवर नागार्जुन। वही नागार्जुन—मैला-चीकट कोट पहने, दमा से लगातार थरथराते, महीनों न नहाने वाले और उम्र की आखिरी सीढ़ियों पर पुरस्कार को देख फिसल जाने वाले...उनके शब्दों में!

"देखा साला बिक गया। जीवन-भर गरीबी का ढोंग करता रहा। जैसे ही बड़ी रकम देखी नहीं कि लार टपक गई। दो-चार हजार को तो दुनिया लात मार देती है। बात तो तब है जब लाखों को ठुकरा दो। कांग्रेसी मंत्री से पुरस्कार लिया, फाइवस्टार में दारू पी और चल दिए वामपंथ की गलियों में भटकने।" बोलते-बोलते उसका चेहरा बीच से लाल हो गया—किसी रूज लगाए स्त्री के गाल की तरह। बोलने के दौरान वह लगातार अपनी उँगलियों के कान उमेठता रहा। मेज पर रखी कोहनियों की जगह बदलता रहा।

तभी चाय सप्लाई करने वाला बच्चा अंदर आया तो मैंने पूछा—"कितने पैसे हुए?"

उसने डेढ़ रुपया बताया। मैंने उसे दो रुपए पकड़ाते हुए कहा—"लो यह पैसे। बाकी तुम ही रख लेना।" फिर उसकी तरफ मुखातिब होते हुए मैंने कहा—"चलो बाहर चलकर कुछ खाएँ-पिएँ।"

"तुम ले ही कहाँ जा सकते हो? उसी सड़ियल ढाबे में। इतना मोटा पेट हो गया है तुम्हारा। चेक दर चेक पचाए जा रहे हो। दोस्तों को एक वह भी नहीं।" उसने बोतल का इशारा किया।

हम बाहर निकल आए। तेज हवा थी। हल्की-सी बूँदाबाँदी भी। सर्दी के बावजूद मौसम बेहद सुहाना था। "क्यों न हम थोड़ी देर वहाँ बैठें।" मैंने सड़क पर चूने से पुते लावारिस पड़े एक पत्थर की तरफ इशारा किया।

वह कुछ अचकचाते हुए बैठ गया। थैले से बीड़ी निकाल कर एक मुझे पकड़ाई और एक खुद सुलगाने लगा। उसने छल्ले बनाने चाहे। मगर बूँदाबाँदी से ऐसा कम हो सका।

"अच्छा बताओ, चाय वाले लड़के को पचास पैसे देकर तुम क्या समझते हो उसकी स्थिति बदल जाएगी।"

"बिल्कुल नहीं।" मैं कोई गंभीर बहस करने के मूड में नहीं था। मेरे हिसाब से मौसम बहुत वर्षों बाद इतना सुहाना था या मैंने देखा था। इस वक्त किसी झोंपड़पट्टी के मुकाबले मुझे किसी पुरानी प्रेमिका के बारे में सोचना ज्यादा अच्छा लगता।

मगर वह बहस ही करना चाहता था। आदत है उसकी। किसी भी बात के पीछे पड़ लेगा। कभी-कभी तो उसके साथ जाने में डर लगता था। बातचीत में वह इतना उत्तेजित हो जाता था कि समय या स्थान का ध्यान ही नहीं रखता था। लोग उसे देखने लगते। घूरते! तो वह खुश भी होता। खैर!

"तुम सारे के सारे मध्यमार्गी लोगों में स्वामी होने का भाव कितना प्रबल होता है। लोग कुत्ता पालते हैं, उसका स्वामी होने के लिए लेकिन कुछ दिनों में होता यह है कि कुत्ता उनका मालिक बन बैठता है। डोर मालिक के हाथ में रहती है, पर वह सुबह-शाम चाहे जिधर खींचे लिए जाता है।"

"तुम ये सारी बातें किसलिए कह रहे हो। और किससे?"

"तुमसे और सिर्फ तुम्हीं से। पचास पैसे दिए और हो गया गरीबों का उद्धार। तुम लोग सोचते हो कि पचास पैसे खर्च किए, सहानुभूति के दो-चार नकली आँसू टपकाए तो..." अचानक भगवान जी का फुहारा बहुत तेज पड़ने लगा। और हम दोनों को उठना पड़ा। तभी सामने से दो लड़कियाँ दौड़ती आईं तो उसने मुझे टहोका मारा—"साले किस्मत वाले हो जो कनाट प्लेस में काम करते हो। हफ्ते में एक बार आ जाओ तो ऐसी-ऐसी सूरतें दिखाई देती हैं कि फिल्म देखने का भी जी नहीं करता।"

जैसे-तैसे बारिश से बचते-बचाते हम ढाबे में पहुँचे। मोटी-मोटी बूँदों ने हमारा शरीर छेदने में कोई कसर नहीं छोड़ी थी।

चाय सामने आई तो विषय न जाने कैसे बदल गया—"भाभी जी के क्या हाल हैं?" उसने पूछा।

"क्या हाल होगा? घर की चक्की में पिसते जाओ, पिसते जाओ।"

"अब यह हुआ फैशनेबुल दुख! दुख होता नहीं हम उसे पकड़-पकड़ कर कैद करने के चक्कर में रहते हैं।"

"यह बात मुझे तुमसे कहनी चाहिए। तुम तो गरीब के मुकाबले गरीबी से अधिक प्यार करते दीखते हो।"

"जब जड़ तक पहुँचोगे तभी तने की बात सोच सकते हो।"

"शायद नहीं, तने के बारे में सोचते-सोचते हम जड़ को भूल जाते हैं। हम सोचते हैं जितने ज्यादा गरीब दीखेंगे, उतना गरीब हमें अपना समझेंगे। ऐसा सोच उन लोगों का अपमान है जो साधनहीन होने के कारण तुम जैसे नहीं बन सकते।" वह मेरी बात बड़े ध्यान से सुन रहा था। मैंने चाय के पैसे दिए। यह हमारे बीच

में कैसा समझौता है या मेरा अपराध भाव कि पैसे हमेशा मैं ही देता हूँ। उसे देख न जाने कैसे मेरे मन में एक हीनता का भाव आ जाता है। मुझे लगता है कि हम पति-पत्नी तो अच्छा-भला कमाते हैं और इसके पास एक ढंग की नौकरी तक नहीं।

"मुझे लगता है यह दुनिया युद्ध का एक मैदान है। हमेशा एक-दूसरे को नोचने-खोसने को आतुर। सबके सब सिर्फ अपने बारे में अच्छा कहना-कहलवाना चाहते हैं।"

"आज तुम यह तय करके चले हो कि मुझे खूब गालियाँ दोगे। लेकिन तुम सुनाओ पत्नी कैसी हैं?"

"ठीक है। आज जो मेरी हालत है उसके कारण। वही खाना, वही कपड़ा। वही-वही सब कुछ सब चुक गया। आई हेट हर! अकेला होता तो सब कुछ झेल लेता।"

"जब तेरी शादी नहीं हुई थी और तेरा रूपांतरण साक्षात मजनूँ के रूप में हो गया था तब तो ऐसा लगता था कि अगर इस लड़की से तेरी शादी न हुई तो कुछ भी कर लेगा। मर जाएगा, सारे संसार में आग लगा देगा।"

"तब तो आग नहीं लगाई थी पर लगता है मैं सोचता हूँ उस हनुमान के बारे में जिसने आवेश में आकर पूरे नगर को भस्म कर दिया था। कितनी घृणा रही होगी। काश, मैं भी इस पत्थर दिल, धंधेबाजों, मजमेबाजों के शहर को तहस-नहस कर सकता। अरे हाँ मैंने सुना है तुम अमरीका जा रहे हो।" उसकी आँखों में हल्का-सा आहत होने का भाव कौंधा।

"हाँ सुना तो मैंने भी ऐसा है।"

"वैसे अमरीका को गाली और मौका मिले तो फुर्र से उड़ लिए।"

"अच्छा अगर यह मौका तुम्हें मिलता तो...."

"अपन साले को कौन मौका देगा। न बीवियों को महान बना सकते हैं। न किसी के कसीदे काढ़ सकते हैं।"

"तुम्हारा क्या है, तुम अपनी बीवी को क्या खुद तक को ही महान नहीं बना पाए।" मैंने उसे छेड़ा।

हम दफ्तर वापस आ गए। मैंने बात को कुछ लाइट करने के लिए कहा—"कहो तो अपनी जगह तुम्हारा नाम डलवा दूँ।"

उसकी आँखों से एकाएक शोले निकलने लगे। वह जोर-जोर से चीखा—"तुम! तुम मेरा इंतजाम करोगे। मैंने कभी दोस्तियों को नहीं भुनाया। किसी को उठाया-गिराया नहीं। इसका मतलब यह है कि मैं किसी काबिल ही नहीं! मैं नाली का कीड़ा हूँ! कुत्ता हूँ! मैं साला..."

"ज्यादा तेज मत बोलो। तुम दाई से पेट छिपा रहे हो। तुम खुद कभी सफल नहीं हो सके इसलिए हर सफल आदमी से डरते हो। उससे घृणा करते हो।" मैंने

भी चीखकर कहा। उसकी घंटों की गाली-गलौज और अपमान से मैं तंग आ चुका था—"तुम चाहते हो तुम सारी दुनिया पर लात-घूँसे चलाओ। अपनी मनमानी व्याख्या करो। मगर अपनी? अपनी सिर्फ तारीफ ही पसंद करते हो। जो तुम्हारी आलोचना कर दे वह तुम्हारा जन्म-भर का दुश्मन।" अभी तक मेरे दफ्तर के दो-तीन आदमी "क्या हुआ, क्या हुआ?" पूछने लगे। मैंने कहा—"कुछ नहीं। कोई खास बात नहीं, बहस हो रही है।"

इस घटना के बाद पंद्रह दिन तक उसका कोई पता नहीं चला। मैंने भी उसकी खोज-खबर लेने में दिलचस्पी नहीं दिखाई।

हमारे ही दफ्तर में मित्रा भी था। मित्रा की इसके बारे में कोई अच्छी राय नहीं थी। वह कहता था—"जब तक तुम इसकी गरीबी की बातों को सच मानते रहोगे यह तुम्हें एक्सप्लायट करता रहेगा। इसके प्रति ज़ो आँसू उमड़ेंगे उनकी पूरी कीमत हर बार वसूलेगा। यह अपने को दुनिया का सबसे बड़ा गरीब समझता है।" मित्रा की बातें इस बार मुझे सच लग रही थीं। कोई बात हुई। बाहर से आए। न दुआ न सलाम। बस एक शत्रु ढूँढ़ा और टूट पड़े।

अचानक लंच में मैं जनपथ गया कि वह मुझे दिखाई दे गया। बड़े मजे से वह चाऊमिन खा रहा था। मैंने अपने मुँह को पीठ समझा और आगे बढ़ गया।

उल्लू का पट्ठा। समझता है मार्क्स वसीयत इसी के नाम लिख गया था। बिना करे-धरे सब कुछ मिल जाए। सबको गालियाँ, मुफ्त का खाना, छीन-झपट अपना अधिकार और फिर भी हम चेग्वारा और कास्त्रो के वंशज।

मगर उसने मुझे देख लिया और वहीं से चीख-पुकार करने लगा। मैं इंडियन आइल की बिल्डिंग के पीछे से निकलता हुआ इम्पीरियल होटल के पास जा पहुँचा जितना जिससे पीछा छुड़ाना चाहो, वह उतना ही हावी होता जाता है। मैं सड़क पार करने की हड़बड़ी में था कि उसने आकर मुझे कंधे से धर दबोचा—"साले इतनी देर से बुला रहा हूँ पर आप हैं कि न जाने किसके ध्यान में खोए हैं।"

मैंने चेहरे को यथासंभव कठोर बनाया और एक उचटती-सी नजर उस पर डाली।

"ऐसे देख रहा है जैसे पहचानता ही नहीं।"

"नहीं, अब तुम्हें ज्यादा अच्छी तरह पहचान गया हूँ। इसलिए पहचानने की कोई जरूरत नहीं रह गई।"

"यह बदलाव तो तुममें आना ही था। लोग जब कहीं पहुँच जाते हैं तो सबसे पहले अपनों को ही भूलते हैं"

"तुम अपने किसे कह रहे हो!"

"जैसे तुम जानते ही नहीं।"

"इसीलिए तो पूछ रहा था। हर सड़क चलता अपना नहीं हो जाता।" उसका चेहरा उतर गया।

"क्या अपने-पराये के तुम्हारे कोई मानक नहीं।"

"मेरे तो होंगे। या न भी हों लेकिन मुझे तुम्हारे मानकों पर खरा उतरने की कोई जल्दी भी नहीं।"

"यार तुझे आज क्या हो गया है?" उसने चबा-चबाकर एक-एक शब्द बोला। मैं फिर भी चुप रहा।

"तू उस दिन की बात से नाराज है न। पता नहीं मुझे क्या हो जाता है कभी-कभी। लगता है फाड़कर रख दूँ। जो सामने आए उसे उसके घटियापन की सजा दे डालूँ। पिस्तौल उठा लूँ और जवाब माँगूँ या सारी दुनिया भर के पीठ दिखाने वालों की पीठ में चाकू घुसेड़ दूँ।"

"जो सारी दुनिया को घटिया समझते हैं वे क्या कहलाते हैं।"

"महा घटिया। देख तू जो चाहे कह ले। यदि मैंने तुझे दुःखी किया है तो ले उतार अपना जूता और तब तक मार, जब तक तुझे तसल्ली न मिल जाए, मारता रह। पर इतना ठंडापन मत दिखा। मुँह नोच ले मेरा। गालियाँ दे।"

"मेरा कोई दिमाग तेरी तरह खराब है। मैं आदमी की जरूरतों को जानता हूँ। कितने अपने शरीर के अंग काटने पड़ते हैं, कितनी बार सिर झुकाता हूँ। कितनी बार सिर्फ खुद को ही रौंदता है आदमी। तब ही नहीं मरता जब सचमुच मर जाता है। वह हर रोज मरता है। एक अनपढ़, मूर्ख, बड़ी कुर्सी वाला उसे प्रतिपल मरता देखता है। वह अपनी कुर्सी की कीलों तले हर एक को छेदता है। उसके बहते लहू को अंजुरी भर-भर पीता है। लो आ गया यह भी लाइन पर।"

वह अवाक्-सा देखता रहा। मैं अपनी रौ में कहता गया—"हम नौकरी करें, जिंदा रह जाएँ तो समझौतापरस्त। हम एक छोटी-सी झोंपड़ी बना लें तो लैंडलार्ड या पूँजीपति। हम साइकिल खरीद लें तो सुविधाभोगी। इसमें वह हाथ बिल्कुल बच जाता है जो इन सब चीजों के जरिए लगातार हमारी गर्दन दबोचता रहता है।"

"तू ठीक कहता है यार। झोंपड़ी दिखती है। भावना ही यह है कि झोंपड़ियों पर आक्रमण करके हवेलियों को बचाया जा सके।"

"हम जब भी मिलते हैं सोचते हैं हमारे कहने-भर से स्थितियाँ बदल जाएँगी। इसीलिए अक्सर ड्राइ किस्म की बहसों में उलझ जाते हैं। हमें पता है अफसर का बेटा अफसर फिर उसका बेटा-नाती-पोते, बहू साले-साली सबको झेलने के लिए यह छाती तो है ही।"

आज मेरे ऊपर वह सवार हो गया था। नहीं तो सौ में से सौ बार यह होता था कि बोलता वह था सुनता मैं था।

"दोस्त तू ठीक कहता है, हम सब समानांतर पीड़ाओं से गुजर रहे हैं।" उसने आसमान में हाथ लहराया जैसे उसी को सुना रहा हो।

"यह दुनिया दोगली और कमीनी है। उसकी शक्की नजरें तुम पर हमेशा घात

लगाए बैठी रहती हैं। तुम ईमानदार हो तो कैसे हो सकते हो। यह लो, यह देखो तुम्हारे अपने पैबंद, छेद कालिख...मान लो नहीं तो...न हो सकते तो नहीं तो सबके सामने है तुम्हारा कच्चा चिट्ठा, भूत, वर्तमान, भविष्य।''

वह मेरी मेज के सामने फिर से बैठ गया। उस दिन का गुबार अभी पूरा निकला न था कि मित्रा आ गया।

वह और मित्रा बरसों के खोए हुए साथियों की तरह मिले।

आश्चर्य! पीठ पीछे इन दोनों की कोई बातें सुने। एक शत्रु की तरह और अब! इतनी कुशलता आती कहाँ से है? गालियाँ मुस्कराहटों और बुराई में शामिल दाँतों को चमेली-बेला के फूलों में कैसे बदल देती हैं।

प्रेस में मैटर अभी पूरा नहीं गया था। नीलम ने आकर कहा था कि दो पेज बनाने के लिए मैटर अभी कम है।

उसकी थिरकती आँखें एकाएक नीलम पर ठहर गईं। उसकी आँखें छोटी और छोटी होती नीलम के अंदर धँसती गईं। जब वह चली गई तो बोला–''कच्चे डाभ भी कैसे लगते हैं?''

''कोई और ऐसा कहता तो तुम्हें अचानक औरत की अस्मिता की याद आ जाती। वैसे नजरों से चाहे जिसके कपड़े उतार लो।''

मेरी बात सुनकर वह नाराज नहीं हुआ।

मैं पता नहीं कब से मना रहा था कि वह चला जाए पर वह था कि जमा बैठा था। शालिनी का फोन आने वाला था। शालिनी बचपन की दोस्त। प्यारी-सी लड़की। पर इसके सामने किसी लड़की से बात करने-भर का मतलब अपने इश्क के झूठे-सच्चे किस्से और उस लड़की का नाम पूरे शहर में फैलवा देना।

''तो मैं जरा प्रेस में हो आऊँ।'' मैं उठ गया।

मैं काफी धड़कते दिल से वापस आया, पर वह चला गया था।

मैंने अपना सिर पकड़ लिया गरम-गरम बातें करने-सुनने से बेहतर है सिर पकड़कर बैठना।

आजकल मैं भी कुछ-कुछ मूर्खों की श्रेणी में आ गया हूँ। बेमतलब की बातें, हँसी, गुस्सा और उन सबसे अपना दिमागी थैला भरकर घर पहुँचता हूँ। फिर पत्नी के आगे सब कुछ उँड़ेल निश्चित हो जाता हूँ। वह बेचारी बचती-बचती फिरती है।

एक तरीके से यह आदमी नचाने वाले की तरह है और मैं इसके हाथों नाच रहा हूँ।

ताक धिना धिन ता-ता थइया।

तक-तक धिन-धिन, तक-तक धिनधिन।

एक शब्द-जाल जिसमें यह हर आदमी को फँसाता है। फिर बिना शिकन लाए कहता है–''सौ रुपए देना यार। बीवी बीमार है।''

सबको मालूम है झूठ। बीवी पर सौ तो क्या पाँच रुपए खर्च नहीं करता।

पर मैं हैरान रह जाता हूँ। लोगों ने उसे इतना सहा है कि उधार माँगने और कभी न लौटाने को उसने अपना अधिकार समझ लिया है।

एक दिन उसने पत्नी के बारे में कहा था—''यह मेरा खून पीने को बैठी है मरती भी नहीं।''

''तुझे जरा भी शर्म नहीं आती है। यह कह कि उन्हीं की वजह से जिंदा है अभी तक।''

''क्या खाक जिंदा हूँ। इसे जिंदा रहना कहते हैं।''

''और क्या। तुझसे ज्यादा ऐश तो बड़ी-बड़ी नौकरियों वाले नहीं ले पाते। अच्छा खाना-पीना, चकाचक दारू और क्रांतिकारी होने का तमगा भी।'' मैंने काफी तल्खी से कहा।

''क्यों ताने मार रहा है यार! नौकरी मिलने दे। एक-एक पाई न चुका दूँ तो कहना।''

इस बार भी मैंने याद करने की कोई कोशिश नहीं की कि वह पिछले पंद्रह वर्ष से ऐसा कह रहा है।

(संडे मेल 1989)

काला कानून

सुबह बाबू ने जगने से पहले ही अखबार स्टूल पर लाकर रख दिए थे। आँखें वैसे ही आज देर से खुली थीं। रात शोभा की तबीयत अचानक बिगड़ गई थी, सँभलते-सँभलते तीन बज गए थे। दर्द कम होने पर जब उसे नींद आ गई, तभी मैं सोने जा सका था। पिछले हफ्ते डॉक्टर ने कहा था कि शोभा को पूरे आराम की जरूरत है। कमजोर होने की वजह से बहुत ही कांप्लीकेटेड केस है लेकिन मेरे चक्कर में वह किसी की सुन कर नहीं देती। बाबू के होते हुए भी खुद अपने सामने खड़ी होकर खाना बनवाएगी, जबकि उसे खड़े होने की सख्त मनाही है। दूसरे पलंग पर मैंने सोई हुई शोभा को देखा था। रात के दर्द की वजह से चेहरा बिल्कुल सफेद पड़ा हुआ था। पतले होंठ ऊपर उठ आए थे। मन हुआ चूम लूँ, लेकिन जाग जाने की वजह से डर गया। दबे पाँव उठकर बाबू से चाय के लिए कह कर फिर बिस्तर पर लौट आया।

स्टूल से 'टाइम्स' उठाकर सुर्खियों पर नजर डाली। चौंक गया। महेश की मृत्यु की खबर बॉक्स में छपी थी। कैसे हुआ? कल अस्पताल में मैं महेश को ठीक छोड़ कर आया था। शाम को उसका प्लास्टर जरूर कटना था। मुझे विश्वास नहीं हुआ।

मैंने एक-दो-तीन-चार कई बार उस खबर को पढ़ा। मौत रात को ही हो गई थी। दूसरे अखबार में भी 'बॉक्स' में छपी थी यह खबर। लेकिन थोड़े मोटे टाइप में। समझ में नहीं आया क्या किया जाए? इस कंडीशन में शोभा को छोड़कर कैसे जाऊँ। दूसरी तरफ अंतरंग दोस्त महेश, जिसकी हर शाम मेरी और शोभा की थी। एक्सीडेंट के बाद वह घर नहीं आ सका था। मैं और शोभा ही अक्सर उससे अस्पताल में मिल आते थे। फिर डाक्टर ने शोभा को चलने-फिरने के लिए मना कर दिया तो मैं अकेला ही दिन में किसी भी वक्त एक बार जरूर मिल आता था। अस्पताल के माहौल में महेश और ज्यादा मुटा गया था। उसका पतला चेहरा भरने लगा था। एक दिन मैंने मजाक में कह ही दिया—"यार लगता है इस अस्पताल में किसी खास चक्की से आटा पिसकर आता है।"

मेरी बात को लक्ष्य करके उसने जोरदार ठहाका लगाया था, फिर कहने लगा, "हाँ यार, ठीक होते ही अपने सारे रिश्तेदारों से इस अस्पताल की तारीफ करूँगा।

तू शोभा भाभी को भी डिलीवरी के लिए यहीं दाखिल करवा देना, गोल-मटोल-सा भतीजा होगा अपना। कांत का इंतजाम भी मैं यही करता, अगर उस साली चक्की के बारे में मुझे पहले पता होता।'' इस बार उसके ठहाकों में मैं और कांत भाभी भी शामिल हो गए थे।

कल जब दोपहर मैं गया था तो महेश बिस्तर पर अधलेटा था। कांत चुन्नू को चुप रहने की कोशिश कर रही थीं। लेकिन बच्ची जिद पर अड़ी थी कि आज वह पापा की ही गोद में जाएगी। मैंने देखा तो उसे गोद में उठाकर वार्ड से बाहर आ गया था। पहले तो चुन्नू खूब मचलती रही थी, खिसियाकर उसने मेरे बाल भी नोच लिए थे। मैंने गेट की दुकान से टॉफी दिलाकर उसे बहला दिया था। टॉफी खाते-खाते वह सो गई थी। लौटा तो कांत भाभी चाय बनाकर इंतजार कर रही थीं। बच्ची को एक ओर लिटाकर मैंने अपना मग उठा लिया था। महेश चुन्नू के दाखिले के बारे में बात करता रहा था। वह चाहता था कि चुन्नू को अंग्रेजी स्कूल में पढ़ाए, ऐसे स्कूल में जहाँ चुन्नू पढ़कर कुछ सीख सके। उस समय मैंने मुस्करा कर कह दिया था, ''यार तुम तो अंग्रेजी स्कूल के सख्त खिलाफ थे?''

मेरी मंशा यद्यपि महेश को चिढ़ाने की नहीं थी, लेकिन तय था कि यदि उसकी जगह कोई और होता तो जरूर चिढ़ जाता। लेकिन वह मुस्कराकर बोला—''हाँ यार, लेकिन लगता है इन स्कूलों के अलावा पर्याप्त पढ़ाई दूसरे स्कूल दे ही नहीं पा रहे। यह अपना दुर्भाग्य नहीं तो और क्या है कि देश के चंद बच्चे जिनके माँ-बाप अनाप-शनाप पैसा पब्लिक स्कूलों को दे सकते हैं, वही ठीक पढ़ पाते हैं। मेरे पास अनाप-शनाप पैसा नहीं है, तुम जानते हो, लेकिन चुन्नू के भविष्य की बात तो ध्यान में रखनी पड़ेगी।'' बाद में उसने शोभा की तबीयत के बारे में पूछा था। इधर-उधर की काफी बातें होती रही थीं। बहुत खुश था कल महेश। लौटते हुए मैं कांत भाभी को स्कूटर से घर छोड़ता आया था। गेट पर लगी नेमप्लेट को मैंने गौर से देखा था—महेश सक्सेना, कांत सक्सेना। शायद यह अभी लगी थी।

सोचने का सिलसिला शोभा की कुनमुनाहट से टूटा था। वह जाग गई थी। उसे दवा दी थी। महेश की मृत्यु की खबर इस वक्त उसे देना ठीक नहीं था। लेकिन जाने वहाँ कितनी देर लग जाए! इसलिए मैंने अपने किसी कल्पित मित्र की मृत्यु की बात शोभा को बताई थी, फिर बाबू को शोभा के बारे में सारी हिदायतें देकर मैं बाहर निकल आया। अखबार भी साथ उठा लाया था। कल वाले महेश का आज कहीं अता-पता न होगा। कहाँ गई चुन्नू, कहाँ गया उसका भविष्य? महेश अपने भविष्य के प्रति भी तो कम आश्वस्त नहीं था। एक समय वह था जब टेनिस में महेश ने बड़ी ऊँचाइयों को छुआ था। लेकिन कोच बनने के बाद उसका उत्साह थमता चला गया था वह अक्सर कहता था, ''यार, इस देश में सिवाय पैसे वाले के किसी का सम्मान नहीं है। फिर लोग कहते हैं कि भारत के खिलाड़ी अच्छे नहीं

हैं। अच्छे कहाँ से हों? किसी को खेलने लायक खुराक मिलती है क्या यहाँ? सब कुछ मोटे पेट वाले हजम कर लेते हैं। हड्डियों के बल पर भला कोई कब तक खेल सकता है?"

महेश और मेरी दोस्ती की शुरुआत का बिंदु भी शायद यही रहा होगा। बचपन में मैंने भीषण गरीबी देखी थी। न जाने कितनी तकलीफों से लड़ता हुआ मैं यहाँ तक पहुँच पाया था, जहाँ दो वक्त की रोटी मैं अपने परिवार के साथ मिल बाँटकर खाता।

मेरी शादी के दिन, जिस दिन शोभा के परिवार के लठैत मेरे इर्द-गिर्द चक्कर लगा रहे थे, अकेला महेश और कांत भाभी ही साहस के साथ मेरे साथ कोर्ट गए थे। सोचते-सोचते न जाने कब मैं सड़कें और चौराहे पार करता चला गया था।

महेश के दरवाजे पर नेमप्लेट ज्यों-की-ज्यों लगी थी। कम्पाउंड में बहुत सारे लोग जमा थे। मैं भीड़ को चीरता हुआ वहाँ पहुँच गया था, जहाँ महेश का शव रखा था। महेश के पैरों की तरफ कांत भाभी बैठी थीं। एक तरफ देखती ऐसी लग रही थीं जैसे वह किसी को भी नहीं देख रहीं। महेश का शव ऊपर से नीचे तक कपड़े से ढँका था, हिम्मत नहीं हुई थी कि कपड़ा उठा कर उसे देख सकता। लगा था, सुबह के रुके हुए आँसू तेजी से बहने लगेंगे। मेरा महेश! मेरे दुःख-सुख में काम आने वाला महेश।

मैं भारी कदमों से कांत भाभी की तरफ बढ़ा था। एक क्षण के लिए उनकी आँखें ऊपर उठी थीं, होठ काँपे थे और फिर पलकें नीचे झुक आई थीं। मैं वही फर्श पर बैठकर फफक पड़ा था।

अपनी सिसकियों पर जैसे-तैसे काबू पाकर मैंने पूछा था कि अचानक यह सब कैसे हो गया? पता चला कि रात में एक-दो उल्टियाँ हुईं और बिना कुछ बताए-बोले आँखें चढ़ गईं।

उस दिन उसने कहा था, "मेरा बस चले तो यार, मैं यहाँ से कभी न जाऊँ।" सच में महेश कभी नहीं लौटा।

कितना जिंदादिल था वह। मायूसी मैंने कभी उसके चेहरे पर नहीं देखी। उल्टा मुझसे ही कहता था, "दोस्त, कभी दौलत के पीछे मत भागो। अगर एक बार भी ऐसी गलती कर दी तो देखोगे कि तुम्हारा चैन, तुम्हारी नींद, सब कुछ पीछे-पीछे भाग रहा है और दौलत आगे-आगे। मुझे और तुम्हें खाने को तो मिल रहा है। लोग रोटी के बजाय घास खा-खाकर भी पेट भर रहे हैं।"

आज कांत भाभी के पास सिवाय मकान के और कुछ भी न रहा होगा। महेश की इस आदत की कांत भाभी ने भूलकर भी किसी से शिकायत नहीं की थी। शिकायत करने वालों में से वह थीं भी नहीं। पिता की सारी जायदाद और बंधनों को एक झटके में तोड़कर वह महेश के साथ चली आई थीं। महेश जैसे बिखरे आदमी को

उन्होंने हाथों-हाथ सँभाल लिया था। इसलिए एक दिन बहुत भावुक होते हुए महेश ने कहा था, ''अतुल, अगर किसी ने मुझे अब तक जिलाए रखा है, तो वह कांत है, नहीं तो कितने दुःख हैं जीवन में!''

मुझे महेश की इस बात पर आश्चर्य नहीं हुआ था। क्योंकि घर में शोभा को मान-सम्मान दिलाने में जो भूमिका कांत भाभी ने अदा की थी, वह भुलाई नहीं जा सकती।

सूरज काफी ऊपर चढ़ आया था, लेकिन लगता नहीं था कि शव दो घंटे से पहले श्मशान पहुँच सकेगा। अभी तो लोग आ-जा ही रहे थे। इतने समय में एक बात मैंने नोट की कि किसी ने भी कांत भाभी से सांत्वना का एक शब्द भी नहीं कहा था।

तभी बाहर कुछ शोरगुल सुनाई पड़ा। एक औरत घूँघट काढ़े जोर-जोर से रोती हुई अंदर चली आ रही थी। मैंने उचक कर उसे देखने की कोशिश की। उसके साथ कई और औरतें थीं। वह महेश के शव पर पछाड़ खाकर गिर पड़ी थीं। एक झटके में उसने अपनी सारी चूड़ियाँ तोड़ डाली थीं। विलाप करती हुई वह चारों तरफ देखती रही थी—''अरे महेश जी, मुझे कहाँ छोड़कर चले गए...तुम्हारे बिना कौन है मेरा।'' मैं समझ गया था कि वह महेश की पहली पत्नी है, जो यहीं कहीं शहर में रहती है।

कांत भाभी निष्क्रिय-सी उधर ही बैठी रही थीं। उस औरत के लिए लोगों के मन में सहानुभूति उमड़ आई थी। आस-पड़ोस की कई औरतें उसे चुप कराने लग गई थीं।

अर्थी तैयार होते-होते बारह बज गए थे। महेश को नहला-धुलाकर सफेद कपड़े में कस दिया था। नन्ही चुन्नू माँ की गोद में पछाड़ खा रही थी।

''माँ इनको रोको। ये मेरे पापा को कहाँ लिए जा रहे हैं। रोको न माँ।''

लेकिन कांत भाभी पर इसका कोई असर नहीं पड़ा था। वह पहले की तरह निश्चल बैठी रही थीं।

किसी ने मुझसे महेश की सबसे प्रिय वस्तु लाने को कहा था। मैं बैठक पार कर उसके कमरे में पहुँचा। दरवाजे का पर्दा हल्का-हल्का हिल रहा था। न जाने क्यों ऐसा लगा जैसे बिल्कुल अभी महेश यहाँ से उठा है। मेरे और उसके कितने सम्मिलित ठहाके इस कमरे की दीवारों के इर्द-गिर्द चक्कर लगा रहे थे। फर्श पर महेश का बिस्तर लगा था। इधर-उधर हल्की धूल की पर्त जम आई थी। महेश की बीमारी के दौरान कांत भाभी ने इस कमरे को खोलकर भी नहीं देखा होगा।

मेरी नजर दीवार पर लटके रैकेट्स पर चली गई।

महेश को इनसे ज्यादा प्यारी कोई चीज नहीं थी। मैंने झपटकर एक रैकेट उतार लिया और बाहर आ गया। एक बड़े-बूढ़े ने देखा तो हँस दिए। बोले, ''भाई मेरे पसंदीदा चीज से मतलब शायद खाने-पीने की चीज से होता है, खैर...।''

किसी चीज के लिए पैसों की जरूरत पड़ी थी। एक आदमी गलती से महेश की पहली पत्नी के पास चला गया था। सुनते ही वह जोर-जोर से रोकर कहने लगी थी, ''मुझ गरीबनी के पास पैसे कहाँ से आए? जिस कलमुँही ने पिछले छह साल से उनकी कमाई खाई हो उसी से माँगो न।''

कांत भाभी उठकर अंदर गई थीं, कुछ देर बाद लौटकर उन्होंने पर्स उस आदमी को थमा दिया था।

इन सारी ढोंगबाजियों को देखकर मैं लगातार कुढ़ रहा था। शोभा की चिंता दिमाग से निकल नहीं पा रही थी। न जाने क्या हाल होगा उसका। इधर हिंदू धर्म की सारी परम्पराएँ निभाई जा रही थीं।

मेरे जाने महेश ने कभी किसी धर्म में यकीन नहीं किया था। धर्म के नाम से ही वह भड़क उठता था।

''धर्म...धर्म। यह कैसा धर्म है जहाँ भगवान को रिश्वत देनी पड़ती है। मेरा मन करता है, मैं सारे धर्मस्थलों को लूट लूँ और पंडे-पुजारियों को जेल भिजवा दूँ जो हजारों लोगों की रोजी-रोटी चुराते हैं। उनका हम बड़ी-बड़ी सभाओं में सम्मान करते हैं। भारतरत्न, पद्मभूषण और न जाने कितनी उपाधियाँ हमने उनके लिए सुरक्षित रख छोड़ी हैं।''

महेश की आवाज मुझे अपने चारों ओर गूँजती लगी थी। लेकिन...अर्थी पर तो महेश ज्यों का त्यों लेटा था। विरोध करने के लिए काश वह उठ सकता।

अर्थी चली तो रुदन का एक स्वर चारों तरफ फूट पड़ा।

मैं भी अपने को नहीं रोक सका।

''महेश, अब तुम कभी नहीं मिलोगे। तुम कहते थे कि मेरे अजन्मे बेटे को तुम अपनी तरह का खिलाड़ी बनाओगे। लेकिन तुम तो पहले ही चले गए।'' मैं रो रहा था। लेकिन अर्थी आगे बढ़ गई थी। पीछे मुड़कर देखा, औरतों का एक झुंड रोता हुआ पीछे-पीछे आ रहा था। कांत भाभी वहीं गेट से सिर टिकाए फूट-फूट कर रो रही थीं। महेश को कांत ने जिलाए रखा, लेकिन अब कांत को कौन जिलाएगा? महेश की बीमारी के दौरान कांत भाभी ने कितनी सेवा की। उसकी पहली पत्नी ने वहाँ झाँकने की जरूरत भी नहीं समझी थी। अपनी शादी के बारे में बताया था महेश ने। पहली पत्नी से उसकी कभी नहीं पटी, अजीब मिजाज था उसका।

महेश बीमार है लेकिन वह सैर-सपाटे को निकल गई है। महेश पढ़ रहा है लेकिन वह जोरों से लड़ रही है। महेश के पास फूटी कौड़ी नहीं है, लेकिन उसे कंगन चाहिए। लेकिन महेश की लाश पर आज उसने अपनी कंगन की इच्छा को होम कर दिया था। बहुत-सी ऐसी घटनाएँ थीं जिन्हें उदाहरण के तौर पर गिनाया जा सकता था। उस दिन तो हद ही हो गई थी, जब महेश के चार दोस्तों के आने

पर उन्हीं के सामने पत्नी ने सारी क्राकरी तोड़ दी थी और बिना कुछ खाए-पिए अपनी दो साल की बच्ची को साथ लेकर वह चली गई थी।

उस दिन महेश ने उससे अलग होने का फैसला कर लिया था। ईमानदारी से उसने पत्नी और बच्ची के लिए पैसा देना स्वीकार कर लिया था। ऐसे में कहीं कांत भाभी महेश को मिल गई थीं। वह महेश के पड़ोस में रहती थीं। कुशाग्र बुद्धि वाली इस लड़की ने बिना कोई रिश्ता जोड़े महेश का भार ले लिया था। थोड़े दिन तक तो महेश सकुचाता रहा। लेकिन धीरे-धीरे उसे लगा कांत उसकी जरूरत बन गई है। महेश ने उनके आगे प्रस्ताव रखा तो वह सहज ही मान गईं। अपने पिता के लाख विरोध और लालच के बाद भी वे रुकी नहीं थीं।

जैसे-जैसे अर्थी श्मशान की तरफ पहुँचती जा रही थी, मन में एक डर-सा समा गया था। जिस दोस्त को कभी अपने से अलग नहीं किया, उसके चेहरे, उसके होठ, उसके बालों को जलते कैसे देख पाऊँगा। यह मुझसे न हो सकेगा। अलविदा महेश...अलविदा! मैं स्कूटर मोड़कर तेजी से दौड़ाता घर की तरफ मुड़ गया था।

चार घंटे बाद लौटा था, लेकिन शोभा अभी तक बिना कुछ खाए-पिए वैसे ही सो रही थी। मैं अपने आपको संयत रखना चाहता था। शोभा को पता न चले...नहीं तो वह इस झटके को बर्दाश्त नहीं कर सकेगी। शोभा को देखकर मुझे कांत भाभी का बेबस चेहरा याद आ गया था।

अगले दिन कांत भाभी से मिलने गया तो वे छत पर थीं। महेश की पहली पत्नी औरतों के बीच में पल्लू से मुँह ढके बैठी थी। मैं सीधा छत पर पहुँचा था। कांत भाभी चारपाई पर अधलेटी थीं।

मुझे देखकर उठ गई थीं। एक दिन में ही उनका चेहरा आभाहीन हो गया था। मैं भी चारपाई के एक ओर बैठ गया, ''भाभी...यह सब क्या तमाशा है? इस औरत को आपने इतनी लिफ्ट क्यों दे रखी है?''

''वह उनकी पत्नी है।''

''आप भी क्या पागलपन की बात कर रही हैं। महेश ने न जाने कब का उसे तलाक दे दिया और वह अगर पत्नी है तो आप भी तो पत्नी हैं।''

''हाँ, मैं पत्नी हूँ। अकेली पत्नी ही क्यों, मैं तो उनकी माँ, दोस्त सब कुछ थी। लेकिन तुम नहीं जानते। इस मकान और महेश की छोड़ी संपत्ति की हकदार तो वही है।''

''भाभी, आप पागल तो नहीं हो गईं!'' मैं लगभग चीख पड़ा था।

''अतुल, मैं ठीक कह रही हूँ। तुम नहीं जानते। मेरी महेश से शादी नहीं हुई थी। इसलिए ही उनकी पत्नी आ गई है। तलाकशुदा ही सही, लेकिन है तो उनकी पत्नी। कानूनन मैं तो कुछ भी नहीं। कानून की निगाह में तो चुन्नू मेरी अवैध संतान है। उनकी विवाहिता पत्नी की लड़की का अधिकार पहले बनेगा, चुन्नू का नहीं,''

बोलते हुए कांत भाभी लगातार चुन्नू को देख रही थीं। उसका सुंदर भविष्य उनकी आँखों में तैर रहा था।

"यह कैसा कानून है। आपने अपना घर छोड़ा महेश के लिए...आज आपका इतना हक भी नहीं कि आप महेश के घर में भी रह सकें? मैं जानता हूँ। महेश के बारे में मुझसे ज्यादा कोई नहीं जानता था।" मैं लगभग बौखला गया था।

थोड़ी देर बाद मैं घर जाने के लिए सीढ़ियाँ उतर कर नीचे आया था। महेश का कमरा खुला था। उसका बिस्तर दिखाई दिया। कमरे से होकर निकला तो लगा दुःखी औरतों की शंकालु नजरें दूर तक मेरा पीछा करती रही थीं।

कांत भाभी का अब क्या होगा? मैं सोचने लगा। विवाह की औपचारिकता न निभाने का इतना बड़ा दंड? मुझे इस कानून और इसके ठेकेदारों पर चिढ़ और नफरत एक साथ आई थी। कांत भाभी की नौकरी का इंतजाम करना होगा। लेकिन इस कानून के अंतर्गत चल रहे स्कूल या ऑफिस कांत को नौकरी दे सकेंगे? और क्या चुन्नू किसी स्कूल में एडमीशन पा सकेगी? मैंने सोचा।

(सारिका, 1979)

ढाई आखर

गहरे सीवर के काम के कारण यह सड़क बंद है। सड़क के एक छोर पर खुदाई के कारण मिट्टी का पहाड़-सा उग आया है। आजकल यहाँ तीन प्रेमी जोड़े अक्सर मिला करते हैं। उन तीन जोड़ों में जो तीन लड़कियाँ हैं, वे बहनें हैं। तीनों में से कोई भी अपने को हेमालिनी-श्रीदेवी से कम नहीं समझती। इसीलिए खूब बन-सँवरकर, टिक्का-बिंदी लगा वे सड़क पर ठुमक-ठुमक कर चलती हैं।

जिन चालीस-पचास फ्लैटों के सामने से यह सड़क गुजरती है, उनके मालिकान अक्सर दफ्तर आने-जाने में ही इतना थक जाते हैं कि चाहते हुए भी बाकी दुनिया की खैर-खबर नहीं ले सकते। पड़ोसियों में भी यहाँ आपसदारी कम चलती है, क्योंकि इन फ्लैटों में रहने वाला हर आदमी अपने को एक से एक तीसमारखाँ समझता है।

तो शिवरात्रि की छुट्टी हुई और सड़क के सामने वाले एक फ्लैट में सूरज झाँका। मेहता साहब अँगड़ाई लेते उठ बैठे। छुट्टी की वजह से वह नौ बजे उठे हैं, और वह भी तब जब पत्नी उन्हें नाश्ता करने और चाय पीने के लिए जगाती रही है।...ब्रश आदि करके मेहता जी ने चप्पल पैर में डाली और हवा खाने के लिए बालकनी में आ खड़े हुए। अचानक उनकी नजर मिट्टी के पहाड़ के पास खड़े एक प्रेमी युगल पर पड़ी। उन्होंने देखा लड़की हँस-हँसकर कभी लड़के के बालों को छूती, कभी उसकी कमीज का खुला बटन बंद करती और लड़का भी उसे हाथ पकड़-पकड़ कर ऐसे झटके दे रहा था कि लड़की बार-बार उसकी छाती से जा लगती। मजा आने लगा मेहता जी को। ऐसे दृश्य देखकर अक्सर ही उनके मुँह में चाशनी घुलने लगती है। दूसरों को वस्त्रहीन देखने में जो आनंद है, वैसा ही लुत्फ उठाने लगे वह। लड़की की उभरी हुई छातियों पर उनकी नजर ठहर-ठहर जाती और कल्पना में उन्हें उस लड़के का हाथ वहाँ घूमता नजर आने लगता।

लेकिन यह सब यदि इसी प्रकार खुले आम होता रहा तो हमारी संस्कृति, हमारे बच्चों और हमारी नैतिकता का क्या होगा? यह सोचते हुए मेहता जी की आँखों के सामने अँधेरा छा गया। कुछ देर के लिए वह अंधे हो गए। उनके सामने से

लड़के-लड़की का चेहरा भी गायब हो गया। लेकिन थोड़ी ही देर में उनकी आँखों की रोशनी वापस आ गई और न चाहते हुए भी वह उधर ही देखने लगे। लड़की की किसी बात पर लड़के ने उसके गाल पर चिकोटी काटी तो मेहता साहब को फिर अपनी जवानी याद आ गई और एक बार फिर आँखों के सामने ब्लैक आउट हो गया...सब सत्यानाश...हमारी कुल-ललनाओं...भारत की गौरवमयी स्त्रियों की परंपरा! उसका क्या होगा? मेहता साहब ने फिर दृश्य की तरफ देखा और इस बार हठात् उनकी निगाह प्रेमियों के कपड़ों की तरफ चली गई...हुँह तो ये साले हैं...अब जरा देखो इन फटीचरों की औलादों को भी इश्क का भूत चढ़ गया है। घर में नहीं हैं दाने और अम्मा चली भुनाने...साले हरामखोर, इनकी तो...मेहता साहब ने कुत्ते की स्टाइल में कान फड़फड़ाने की कोशिश की, मगर दुर्भाग्य! उनके कान मनुष्य के थे कुत्ते के नहीं।

मेहता साहब के दिमाग में कुल-ललनाओं, नैतिकता, धर्मरक्षा आदि का रिकार्ड बार-बार बजने लगा। ऐसा लगता था, मानो दिमाग की सूई एक ही जगह अटक गई हो।

नहीं, अब यह बदतमीजी और नहीं सही जा सकती। और मेहता साहब एक ही साँस में तिमंजिले फ्लैट से नीचे उतर आए। उनकी पत्नी चाय के लिए पुकारती रह गई। लेकिन उस वक्त मेहता साहब को चाय-नाश्ते का होश कहाँ! उनके सामने तो पूरा देश था और उसका भविष्य! आखिर सड़क पर लड़के-लड़कियाँ ऐसी हँसी-ठिठोली करते रहे तो यह देश रसातल के अलावा और कहाँ जा सकता है? और इस तरह मेहता जी ने नीचे पहुँचकर अपने पड़ोसी मिश्राजी को आवाज दी—"अरे मिश्राजी, जरा नीचे तो आइए।"

मिश्राजी ने बालकनी से नीचे झाँका और फिर आता हूँ, कहकर दरवाजे की तरफ चले गए। मिश्राजी मेहता जी के पड़ोसी जरूर हैं, मगर खेले-खाए! जब तक एकदम सिर पर न आ पड़े, अपना ही नुकसान न हो रहा हो, वह किसी भी बात से कोई खास परेशान नहीं होते।

नीचे आकर मिश्राजी बोले—"कहिए मेहता साहब, क्या हो गया?"

मेहता साहब ने कुछ कहा नहीं, नाटकीय मुद्रा में उँगली लड़के-लड़की की तरफ घुमा दी। मिश्राजी ने उधर देखा और हँस दिए—"अरे मियाँ, जवान लड़के-लड़कियाँ हैं। इस उम्र में यह सब नहीं करेंगे तो हमारी तरह बिना कुछ किए ही बुड्ढे हो जाएँगे।"

"हमारी तरह...हम तुम्हें बुड्ढे नजर आते हैं...अभी कुल पैंतालीस के ही तो हैं। मगर अपने जमाने में तो यह सब खुलेआम करने की इजाजत न थी...।"

"हूँ तो यह बात है अंगूर खट्टे हैं...मगर जब मौका नहीं मिला तो अब कुछ कर लो यार।"

मिश्राजी की बात मेहता साहब को अच्छी लगी, मगर सिर पकड़कर कान बंद करने का अभिनय इस तरह किया कि धरती फट जाती और वह उसमें समा जाते।

"साली को देखो जरा, छातियाँ किस तरह तान रखी हैं। किसी का भी मन बेईमान हो जाए..."

मिश्राजी ने शरारत भरे स्वर में कहा—"हो रहा है क्या? कहो तो कुछ हो जाए, लड़की तो चटख नमूना मालूम देती है...तुम्हें देखेगी तो उस मरियल को अपने आप फुटा देगी।"

"छोड़ो यार, अपने लिए ये भिनभिनाती लड़कियाँ ही रही हैं। ताज्जुब तो यही है कि जिनको दो वक्त के खाने के लिए दूसरों के सामने हाथ फैलाना पड़ता हो, वे इश्क की पींगें पहले बढ़ाने लगते हैं।"

अचानक दृश्य बदला। स्पीडब्रेकर आ जाने पर जिस तरह दौड़ती गाड़ी झटके से रुक जाती है, उसी प्रकार इन दोनों की बातचीत भी रुक गई। लड़के और लड़की से इनका पचास कदम का फासला रह गया था। सो, सावन की फुहारों की तरह अचानक मिश्राजी और मेहता जी के चेहरों से गंभीरता टपकने लगी।

लड़की मटमैले रंग का स्कर्ट और सफेद टाप पहने हुए थी। पैरों में ऊँची एड़ी की सैंडिलें थीं। पैरों के और हाथों के नाखूनों पर जगह-जगह से उखड़ी हुई चटख लाल नेल पालिश लगी थी। कानों पर रबरबैंड लगी चोटियाँ झूल रही थीं और साँवली-सलोनी, उन तीनों बहनों में सबसे छोटी यह लड़की बार-बार पैरों को इधर-उधर कर क्रॉस बना इठला रही थी। लड़का लड़की के मुकाबले थोड़ा अधिक लंबा था। हवाई चप्पलें, कपड़ों पर जगह-जगह लगे धब्बों तथा हाथ पर जमी कालिख से वह कोई मिस्त्री या किसी धुआँ उगलने वाली फैक्ट्री का मजदूर मालूम देता था।

खैर, पीठ होने के कारण मिश्राजी और मेहता जी की उपस्थिति का उन्हें पता न चल सका और वे दोनों बदस्तूर प्रेम लीला में लगे रहे। उधर अचानक मेहता जी की साँस तेज-तेज चलने लगी, नथुने फूले, ओंठ कटे, उँगलियाँ एक-दूसरे में फँसकर निकलीं और मेहता जी गरजे—"यह इतनी देर से क्या बदतमीजी हो रही है।" उनकी गर्जना से जैसे सूरज की तेजी बढ़ गई, डालियों पर थिरकते पत्ते सहम गए, मंद-मंद बहने वाली हवा को साँप सूँघ गया और भौचक्के से उस प्रेमी युगल ने मेहता जी की तरफ देखा। उन दोनों के चेहरों पर हवाइयाँ उड़ने लगीं।

तभी अचानक धड़-धड़ की आवाज हुई और 'गहरे सीवर के कारण काम बंद है' लिखा हुआ सफेद-लाल धारियों वाला ड्रम दूर तक लुढ़कता चला गया। ड्रम की आवाज के कारण इस मोहल्ले...माफ कीजिए कालोनी की शांति में थोड़ा खलल पड़ा, इसलिए मेहता जी का गर्जन-तर्जन कुछ मंद हुआ। उन्हें अपना गला साफ कर दोबारा से चीखना पड़ा—"मैं पूछता हूँ यह नंगई कब तक चलती रहेगी?" इस बार मेहता

जी जो गरजे तो आसमान तो नहीं टूटा, मगर आने-जाने वालों, तंदूर पर रोटी पकाने वाली, पास से गुजरते रिक्शे-साइकिल वालों और फ्लैटों के बाहर खड़े बाशिंदों तक उनकी पुकार जरूर पहुँची। पल भर में वहाँ पचास तमाशाई जुट गए। मेहता जी उनकी ओर मुखातिब हुए—"अजी मैं पूछता हूँ आप और हमारी घर की बहू-बेटियों की कुछ इज्जत है या नहीं! यह गुंडई-लफंगई क्या सरेआम यूँ ही चलती रहेगी!" मेहता जी के शब्द वहाँ उपस्थित हर मर्द के लिए जैसे चुनौती बन गए। किसी ने मूँछों पर ताव दिया, किसी ने बाँहें चढ़ाईं, कोई यह सोचकर कि अब खूब मजा आएगा, मुस्कराया। तभी वह मरियल लड़का थोड़ा-सा सतर हुआ और मिमियाती आवाज में बोला—"कौन लफंगई कर रहा है।"

"अरे देखो इस साले की हिम्मत, एक तो कुकर्म करता है, ऊपर से आँख दिखाता है?" मेहता जी ने उपस्थित जन-समुदाय के साहस को ललकारा। ललकार का सुनना था कि वीरों का खून खौलने लगा। नैतिकता की रक्षा करने के लिए वे सब कुर्बानियाँ देने के लिए तैयार हो गए। हवा में "मारो सालों को, देखते क्या हो, लगाओ दो जूते, काला मुँह करके दोनों को गधे पर बिठाओ" आदि आवाजें गूँजने लगीं। बात को इस दिशा में बढ़ते देख मेहता साहब थोड़ी ऊँची आवाज में बोले—"हम कानून अपने हाथ में नहीं ले सकते। कानून अपना काम करेगा और हम अपना।"

सुगबुगाहट बंद हुई, लोग मेहता जी की बात ध्यान से सुनने लगे। तभी एक साइकिलधारी बोला—"साहब आज ये दोनों जाने न पाएँ। इनको देख हमारी आँखें शर्म से नीची हो जाती हैं। इस मोहल्ले के छोटे-छोटे बच्चे तक इन्हें देखकर पूछते हैं कि ये कौन हैं, इतनी देर तक क्या बातें करते हैं?"

एक लंबा तड़ंगा जाट लड़के की तरफ बढ़ा। उसके बाल मुट्ठी में कसकर बोला—"साले तुझे नंगा नाचना है तो अपने घर में क्यों नहीं नाचता!" फिर एक झटके से उसने बाल छोड़े और खा जाने वाली नजरों से लड़के को देखने लगा। उस नौजवान के बाल छोड़ देने पर प्रेमी लड़के ने राहत की साँस ली। लड़की दूसरी तरफ सिर झुकाए खड़ी थी। उसका चेहरा सूख रहा था—लगता था जैसे जान ही न हो। वैसे भी आज इस भीड़ में, इस प्रेमी युगल के भाग्य का फैसला करने वालों में बहुत से ऐसे दिलजले आशिक भी थे जो इन लड़कियों को छेड़ते थे, बदले में गाली खाते थे और मन मसोस कर रह जाते थे।

खैर, यह तय किया गया कि लड़की के घरवालों को बुलाकर इनकी कारगुजारियाँ बताई जाएँ। किसी ने कहा, लड़के के घरवालों को भी बुलाइए तो मेहता जी बोले—"अजी इस लड़की को अक्ल आएगी तो लड़का भी सुधर जाएगा। फिर हम पुलिस में रिपोर्ट भी करेंगे।"

सर्वसम्मत से निर्णय हुआ कि लड़की को भेजकर उसकी माँ को बुलवाया जाए।

इस बात पर सभी राजी हुए तो लड़की को एक विश्वासपात्र आदमी के साथ उसके घर भेजा गया। इस बीच वह लड़का गालियाँ, व्यंग्यबाण, फब्तियाँ दिलेरी के साथ सिर झुकाए झेलता रहा। दूसरा कोई वक्त होता और भीड़ में न फँसा होता तो वह अपने को किसी किंगकांग से कम न समझता, मगर इस वक्त चूँ करने का अर्थ वह जानता था।

जल्दी ही वह छोटी लड़की भेजे गए आदमी के साथ दृश्यपटल पर नमूदार हुई। साथ में उसकी माँ न होकर बड़ी बहन थी।

इस बड़ी लड़की ने भी हल्के-पीले रंग का स्कर्ट और सफेद ब्लाउज तथा ऊँची एड़ी की चप्पलें पहन रखी थीं। वह वहाँ आकर खड़ी हुई तो मेहता साहब ने पूछा—"ये दोनों यहाँ क्या कर रहे थे?"

"मुझे क्या मालूम, अभी आपके सामने ही आ रही हूँ।" लड़की ने घबराहट को छिपाते हुए कहा।

"इसे सब मालूम है, देखो तो कैसी अनजान बन रही है। अभी दो तमाचे पड़े तो सब पता चल जाए।" एक उत्साही युवक उसे सचमुच तमाचे मारने चला तो लोगों ने उसे रोका।

लेकिन लड़की अविचलित भाव से वहीं खड़ी रही। तभी एक औरत जो बहुत दूर से सारे दृश्य की गवाह थी, बोली—"अरे ये हरामजादियाँ हैं, इनको अपनी माँ पर भी तरस नहीं आता। वह दिन-रात हड्डियाँ घिसती है और ये रोज नए यार पालती हैं। रंडियाँ कहीं की।"

"तू क्या किसी से कम रंडी है?" लड़की दृढ़ता से बिना गुस्सा खाए बोली। उन फिकरों पर उसने कोई ध्यान नहीं दिया जो उस पर लगातार कसे जा रहे थे। उन नजरों की तरफ से भी वह लापरवाह बनी रही जो उसे समूचा निगलने के लिए तैयार खड़ी थीं। लड़की की निडरता से मिश्राजी भी चिढ़ उठे, बोले—"भाई बड़ी ही बेशर्म लड़की है। यह तो है नहीं कि अपनी छोटी बहन के किए पर पछताए, जुबान भी लड़ा रही है। बुलाइए मेहता साहब, बुलाइए पुलिस को। हम भी गवाही देंगे।"

"बुला लो पुलिस को। पुलिस क्या कर लेगी?" बड़ी लड़की ने कहा। उधर उसकी छोटी बहन का घबराहट के मारे बुरा हाल था।

"यह लड़का कौन है तेरा!" किसी ने पूछा।

"मेरा चाचा लगता है। बचपन से इन्हें हम चाचा कहते हैं। विश्वास न हो तो घर चलकर पूछ लो।" बड़ी लड़की ने कहा।

तभी एक बुजुर्गवार बीच में बोले—"अरे मेहता साहब, जाने दीजिए, डाँट-डपट कर ली बहुत हुआ, अब बात को खत्म कीजिए।"

"अजी साहब बहुत कैसे हुआ? हमारी बहन-बेटियों पर इस लुच्चई का असर

क्या पड़ेगा? सोचा है कभी आपने?" मेहता साहब ताव खाते हुए बोले।

बड़ी लड़की जिसने घबराहट और परेशानी को काफी छिपा रखा था, भी गुस्सा खा गई—"हमारी हरकतों से आपके बच्चे लुच्चे-लफंगे बन जाते हैं, टी. वी. पर, वीडियो पर आप सब मिलकर जब नंगी-नंगी फिल्में देखते हैं, तब नहीं बिगड़ते आपके बच्चे! और आपको पक्का पता है कि घर से बाहर निकलकर आपके बच्चे शरीफ बने रहते हैं।

"ये जो मेहता साहब इस वक्त बहुत बन रहे हैं, जरा अपनी लड़की से पूछकर बताएँ कि दो रोज पहले प्रिया सिनेमा के सामने क्या कर रही थी। पुलिस आएगी तो हम भी अपनी बात कहेंगे। जुबान है हमारे मुँह में। हम गरीब हैं। मगर शरीफ भी हैं।"

मेहता साहब का चेहरा फक्क पड़ गया। ऐसी मुर्दनी छा गई कि सौ जूते पड़े हों। मिश्राजी फिर बोले—"मेहता साहब, हमने तो पहले ही कहा था, नीच लोगों के मुँह नहीं लगते। कहाँ यह झाड़ू, बर्तन करने वालियाँ कहाँ आप?"

लेकिन मेहता साहब दिल मसोस रहे थे। इन्हें सजा न मिली तो वह मेहता होकर भी मेहता न रहेंगे।

थोड़ी देर का मजा तो ठीक, मगर बात ज्यादा बढ़े, तो पुलिस-कचहरी के चक्कर में कोई फँसे इससे क्या फायदा! सो कई लोग एक साथ बोले—"ऐसा कीजिए मेहता साहब इन्हें सजा दिए देते हैं।" फिर लड़के की तरफ मुड़कर कहा—"चल भाई बन मुर्गा!"

और लड़के को विश्वास न हुआ कि मुर्गा बनने भर से वह इस झंझट से छूट जाएगा। वह बेझिझक, एक सेकेंड का समय गँवाए बिना मुर्गा बन गया। छोटी लड़की ने भी उसका अनुसरण किया। वह कुछ झेंपती हुई मुर्गा बन गई। तब कहीं जाकर बड़ी लड़की के तने चेहरे पर मुस्कान खेली। जो भीड़ अब तक तनाव भरे चेहरे लिए खड़ी थी, वह अब कुकडू-कू की आवाज निकाल रही थी। लेकिन इस भीड़ में मेहता साहब का कहीं पता न था। जो भीड़ अभी जोश खा रही थी, वह मेहता साहब की बातों पर हँस रही थी। पाँच मिनट बाद मुर्गे बने लड़के-लड़कियों को उठाया गया। लड़के को डाँट कर भगा दिया गया और दोनों बहनें स्कर्ट फहराती मोरनी सी चाल से दूसरी दिशा में अपने घर की तरफ चली गईं। प्रेम की इससे बेहतर विजय कभी किसी ने नहीं देखी थी।

(वर्तमान साहित्य, 1988)

सीधा प्रसारण

खाड़ी युद्ध के बाद यह पहला मौका था जब एक अंतरराष्ट्रीय टेलीविजन कंपनी ने अन्य दुनिया की बड़ी कंपनियों को पीछे छोड़ बाजी जीत ली थी।

लोकतांत्रिक भारत सरकार से इजाजत लेकर कंपनी ने दिखा दिया था कि वह सचमुच किसी प्रेशर टैक्टिक्स में यकीन नहीं करती, बल्कि खुद लोकतांत्रिक मूल्यों की वाहक है। वह किसी देश की आस्थाओं और विश्वासों पर चोट कर कोई नई मुसीबत नहीं मोल लेना चाहती। वह तो सिर्फ सूचना दे रही है। सूचना के निहितार्थ लोग खुद निकालें। अच्छा-बुरा वे खुद तय करें।

जब सरकार को बार-बार लानतें भेजी गईं और प्रच्छन्न रूप से ये आरोप भी लगाए गए कि सरकार के एक बड़े नुमाइंदे ने उक्त कंपनी से कमीशन के रूप में करोड़ों डकारे हैं तो सरकारी प्रवक्ता ने कहा, "एक तरफ हम पर सेंसरशिप लगाने का आरोप लगाया जाता है। सरकार को प्रेस और सूचना माध्यमों का नंबर एक दुश्मन घोषित किया जाता है और दूसरी ओर, जब सरकार ने सभी तरह की पाबंदियाँ हटा ली हैं तो भी भला-बुरा कहा जा रहा है। हम किसी भी प्रकार की सूचना पर कोई पाबंदी नहीं लगाना चाहते। हाँ, यह लोगों पर निर्भर है कि वे कौन-सी सूचना पसंद करते हैं, कौन-सी नहीं। हमें लोगों की समझदारी पर पूरा भरोसा है। बाबा तुलसीदास पुराने जमाने में कह गए हैं कि भय बिन होय न प्रीत। इस तरह सरेआम फाँसी दिए जाते देख अपराधियों के मन में भी डर बैठेगा और अपराधों में कमी आएगी।"

सरकार की कृपापात्र कंपनी ने चौराहे-चौराहे होर्डिंग लगवाकर, अखबारों, दूरदर्शन के कई चैनलों, आकाशवाणी पर बड़े-बड़े विज्ञापन देकर अपनी स्पर्धी कंपनियों को जवाब दिया था। कहा गया था कि चूँकि गत वर्षों में इस कंपनी का टर्न ओवर लगातार बढ़ा है, इसलिए उसकी विरोधी कंपनियाँ इकट्ठी होकर उस पर हमले कर रही हैं। जबकि कंपनी का टर्न ओवर बढ़ने का कारण उसकी किसी प्रकार की बेईमानी नहीं, बल्कि उसकी कुशल प्रबंधन क्षमता, अपने मुनाफे को दोबारा मुनाफे में बदलने की काबिलियत और दक्ष कर्मचारियों का प्रदर्शन है। हमारी वन अपमैनशिप तो खाड़ी युद्ध के दौरान ही जगजाहिर हो चुकी है। हम चाहे जो हों वो नहीं हैं, जैसा कि

हमारी विरोधी कंपनियाँ हमें चित्रित कर रही हैं। इसके बाद कंपनी सींग मारने को आतुर एक भारी-भरकम काले साँड को दिखाती थी जो सींग मारने दौड़ता था, फिर स्क्रीन की तरफ मुँह करके नथुने फुलाता था और अचानक हँसने लगता था। हँसते ही उसके मुँह से बहुत-से गुलाब नीचे गिरकर ढेर लगा देते थे।

"कितना क्रूड विज्ञापन है।" एक छात्रा ने कहा था।

"तुमने देखा नहीं, कंपनी ने एक झटके में अपने इस कार्यक्रम में साँड और गुलाब को दिखा पर्यावरण प्रेमियों को भी अपने साथ जोड़ लिया है।"

दूसरी छात्रा बोली, "वह कैसे? कंपनी जो करने जा रही है उससे पर्यावरण का क्या संबंध?"

"यही कि कार्बन डाइआक्साइड से लेकर आक्सीजन, दूध से लेकर सिंथेटिक दूध, मसालों से लेकर हरी सब्जियों, दालों, पानी, टूथपेस्ट और मनुष्य—सबमें हम शुद्धता देखना चाहते हैं। हमारा मन शुद्ध होगा, किसी के लिए दुर्भावना नहीं रखेंगे। सभी लोग ऐसा करने लगेंगे तो कोई किसी का बुरा नहीं सोचेगा। सारी मार-काट खत्म हो जाएगी। लोग मिलावट करना, चोरी करना, चुगली करना, पर-निंदा में रस लेना सब भूल जाएँगे। जब बुरे विचार नहीं रहेंगे तो बुरे काम तो अपने-आप खत्म हो जाएँगे। जब मनुष्य, मनुष्य को नहीं मारेगा तो पेड़ काटने की बात तो भला वह सोचेगा भी कैसे?"

"अच्छा! तो कंपनी द्वारा प्रसारित इस कार्यक्रम का मूल उद्देश्य पर्यावरण को शुद्ध करना है!"

"चाहो तो यही समझ लो।"

आज महीने का दूसरा शनिवार किसी अन्य शनिवार की तरह ही था, सिवाय इसके कि सड़कों पर कुछ-कुछ कर्फ्यू जैसी हालत थी। मदर डेयरी वाला बूथ पर बैठा मक्खियाँ मार रहा था। दूर-दूर तक कोई आदमी दिखाई नहीं देता। बस चिड़ियों की चहचहाट थी। एक बच्चे के रोने की, कुत्ते के भौंकने की आवाज सुनाई देती थी। गरमी की सुबह के छह बजे थे और लोगों की रसोइयों से कुकर की सीटियों की आवाजें ऐसे आ रही थीं कि लंच का वक्त कब का बीत गया हो और वे भूख से बिलबिलाकर जल्दी खाना खा लेना चाहते हों।

बात असल में यह थी कि आज तीन अपराधियों को फाँसी लगने वाली थी। अपराधियों ने एड़ी-चोटी का जोर लगाया था। कई अखबारों में उनके लंबे-लंबे इंटरव्यू भी छपे थे, जिसमें उन्होंने कहा था कि उन्होंने अपराध किया ही नहीं। उन्हें तो जान-बूझकर फँसाया गया है। बच्चों की हत्या में कुछ ऐसे लोगों का हाथ है जिनके

हाथ बहुत लंबे हैं। उन्हें तो पकड़ा नहीं गया, उन्हें पकड़ लिया गया, जिन्होंने अपराध किया ही नहीं था।

एक अपराधी जिसकी खिचड़ी दाढ़ी थी, जो कपड़ों के नाम पर सिर्फ एक लुंगी पहने था, उसका इंटरव्यू कुछ अधिक लंबा था। बीस साल की संवाददाता ने उससे पूछा था, "तुम कहाँ के हो?"

"बिहार का।"

"यहाँ कब आए?"

"पाँच साल पहले।"

"क्या करते थे?"

"रिक्शा चलाता था।"

"क्या तुमने उन बच्चों को मारा?"

"पता नहीं।"

"क्या कोर्ट में भी तुम ऐसे ही बोले थे।"

"पता नहीं।"

"तुम्हारी बीवी-बच्चे हैं?"

यह सुनकर वह जमीन पर उकड़ूँ बैठ गया और फफक-फफककर रोने लगा। जब महिला संवाददाता ने अपना प्रश्न दोहराया तो उसने कहा, "याद नहीं।"

अपराधियों के इन भावुक इंटरव्यूज को पढ़कर बहुत-से लोग ऐसे थे जिन्हें दुःख भी हुआ था। फाँसी के औचित्य-अनौचित्य पर बहस भी चलाई गई थी। एक बारगी ऐसा लगा भी था कि राष्ट्रपति शायद अपराधियों को क्षमादान दे दें। तब बहुत-से माता-पिताओं ने बयान दिए थे कि अपराधियों के अधिकारों के लिए तो लोग आँसू बहा रहे हैं, लेकिन उन बच्चों का क्या जिन्हें खिलने से पहले ही डाल से नोच फेंका गया! और याद कीजिए उन दिनों को जब इन अपराधियों के डर से लोगों ने अपने बच्चों को स्कूल तक भेजना बंद कर दिया था। कइयों का कहना था कि दरअसल यह बहस उसी कंपनी ने इंस्टीगेट की है जिसने फाँसी के सीधे प्रसारण के अधिकार खरीदे हैं, जिससे कि ज्यादा से ज्यादा लोग उसके प्रसारण को देखें।

इन बातों के जवाब में कंपनी के अधिकारियों ने एक बयान में कहा था कि दरअसल वे इस विवाद में पड़ना नहीं चाहते कि क्या सही है, क्या गलत? वे तो वही दिखा रहे हैं जो हो रहा है...

प्रसारण ठीक छह बजे से शुरू होने वाला था। कई अखबारों ने संपादकीय में इस बात की निंदा की थी कि फाँसी को लाइव दिखाया जा रहा है। ठीक है कि वे अपराधी हैं लेकिन जान के बदले जान लेना है तो बर्बर समाज का नियम ही। एक कंपनी ने फाँसी को फाँसीघर से निकालकर सीधे हमारे घरों में पहुँचा दिया है और हमें कुछ नहीं हो रहा। हममें और उन देशों में क्या फर्क रह गया जहाँ लोग

खाने की मेजों पर बैठकर दूरदर्शन पर लोगों का सिर धड़ से अलग होता हुआ देखते हैं। दुःख की बात यह भी है कि एक तरफ फाँसी दी जा रही है, दूसरी तरफ उसी फाँसी को दिखाने वाली कंपनी करोड़ों बटोर रही है। कोई वजह नहीं कि कल महामारियों को फैलाने, उनसे मरते लोगों के बयान लेने और फिर उन्हें सीधे प्रसारित करने के अधिकार भी ऐसी कंपनियाँ खरीद लें। जैविक हथियारों के भंडारों से पैसे बनाने के तरीके भी आज नहीं तो कल बहुराष्ट्रीय निगम खोज ही लेंगे।

जब टेलीविजन की घड़ी ने पिप-पिप की और एनाउंसर महोदया नमूदार हुई तो लोगों की साँस रुक गई, "इस विशेष सभा में हम अपने दर्शकों का स्वागत करते हैं। कुछ ही देर में ब्रेक के बाद हम आपको वहाँ ले चलेंगे..जिस कार्यक्रम की आपको प्रतीक्षा है।"

एनाउंसर का चेहरा गायब होने के बाद एक मोटी, हर शब्द को साफ बोलती आवाज गूँजी। इस कार्यक्रम के प्रायोजक हैं—मिलटन टाफी, नाना काफी और लच्छेदार पेय। टाफी का बच्चा हाऊ हप्प कर रहा था, काफी के सिप पर लोग ठहाके लगा रहे थे और पेय की बोतल को विजेताओं के अँगूठों की तरह दिखा रहे थे।

प्राइम टाइम के लिए विज्ञापनदाताओं में होड़ लगी है। अपराधी किस कंपनी के कुर्ता-पाजामा पहनेगा। कौन-सी कंपनी का दही खाएगा? किस प्रेस से छपी रामचरित मानस पढ़ेगा। कौन-सी कंपनी का बना कनटोप पहनेगा। कंपनियाँ दूरदर्शन पर दबाव डाल रही हैं कि वह अपनी प्रसारण-नीति में परिवर्तन करे। दस प्रतिशत विज्ञापन-समय को बढ़ाकर तीस प्रतिशत कर दिया जाना चाहिए। इस एक कार्यक्रम से ही दूरदर्शन और कंपनी को भारी आय होने की संभावना है।

बच्चे इस पूरे कार्यक्रम को ध्यान से देख रहे हैं। अगले हफ्ते उनका क्विज होने वाला है। हो सकता है उसमें इस कार्यक्रम के बारे में सवाल पूछे जाएँ। कितने अपराधी थे? कितने बच्चों को मारा? अपराधियों ने इंटरव्यू में क्या कहा? प्रसारण कितने घंटे चला? किस कंपनी ने इसे प्रायोजित किया था? कितने विज्ञापन दिखाए गए? सबसे ज्यादा विज्ञापन किसके थे? फाँसी देने में कितना समय लगता है?

उधर स्टूडियो में कैमरामैन, एडीटर, निदेशक सबमें बहस चल रही है—कैमरा कितने वक्त कहाँ रहना है? कितने वक्त फंदे पर? कितने वक्त कैदियों पर? कितने वक्त जल्लाद पर? कितने वक्त फाँसी का आदेश देने वाले जेलर की उँगली पर...काल कोठरी पर...अन्य कैदियों के रिएक्शंस पर...

इस प्रसारण के लिए ऐसे कैमरामैनों को बुलाया गया है। आखिर दूरदर्शन की इज्जत का सवाल है।

विज्ञापनों के एक से एक गर्वीले चेहरे...फलाँ जूता...घप्प आँखों से टपकता

अहंकार...स्क्रीन पर फैली आँखें दुनिया को मक्खी-मच्छर की नजर से देखती थीं। नारंगी पेपों पर झपटते नारंगी लौह हाथ...पल में खाली होती बोतल...फ्रिज में भरी बोतलें...रोबोट्स के पेटू, लालची, झूठ और फरेब का प्रमाण देती थीं। चमकीले स्याही के बाल झंडे की तरह लहराते थे...अब देशों को झंडों की जगह बालों को ही लटका लेना पड़ेगा...रंगों की बारिश हो रही है...तीन प्राइम रंग पचासों रंगों में बदलकर कैसा चमत्कार दिखाते हैं कि मौत भी इंद्रधनुषी दिखाई देने लगती है!

विज्ञापन को देखकर एक लड़के ने कहा था, ''कंपनी ने शायद अपने विज्ञापनदाताओं से कहा होगा—तुम हमें विज्ञापन दो, हम तुम्हें फाँसी देंगे।''

अचानक सारे रंग गायब हो गए, कोई जादूगर सारे रंगों को अपनी पोटली में समेट एकाएक यह जा, वह जा...कार्यक्रम की शुरुआत हो रही थी। प्रसारण करने वाली कंपनी की तरफ से दर्शकों के लिए संदेश लिखा आता था—इस विशेष सभा में हम अपने 50 करोड़ दर्शकों का स्वागत करते हैं।

उधर कैमरा सीधे कालकोठरी में जा पहुँचा। वहाँ दिखती है—सफेद नए कपड़े पहने एक कैदी की पीठ। वह कुछ खा रहा है। 'कुछ' नहीं, दही खा रहा है। तभी पोथी-पत्रा लिए पंडित आता है। वह श्लोक पढ़ रहा है। अचानक कैदी मुड़ता है और उसकी भावहीन आँखें कुछ अधिक फैली दिखाई देती हैं।

''अंतिम इच्छा?''

अंतिम इच्छा...जीवन...जीवन की...

क्या वह पूरी हो सकती है? जैसे कैदी ने कहा। लेकिन क्या सचमुच कहा...किसी ने सुना या नहीं, सुना भी तो कहा गया था क्या? कैदी का इंटरव्यू? कमरे में सन्नाटा है...सब आँखें फाड़े देख रहे हैं।

कैमरा दौड़ न लगाता उन बच्चों के माता-पिता के पास पहुँच गया है, जिन्हें इस आदमी ने मार दिया था।

रिपोर्टर एक बच्चे के पिता से पूछता है, ''कैसा लग रहा है?''

पिता तत्काल जवाब नहीं देता। उसके पीछे फोन बजता है। उसके नथुने फड़कते हैं, ''कैसा लगेगा? मेरे बच्चों को इस आदमी ने निर्दयता से मारा। क्या कुसूर था उनका? उन्होंने किसी का क्या बिगाड़ा था?''

''क्या आप फाँसी के इस तरह के प्रसारण से खुश हैं?''

''खुशी या दुःख की कोई बात ही नहीं है। लोग देखेंगे। कम से कम इस तरह मासूमों को तो नहीं...'' पिता की आवाज रुँध जाती है। बच्चों की माँ हथेलियों में अपना चेहरा छिपा लेती है। छोटे से घर की दीवारें उदास हो रोने लगती हैं।

फिर कैमरा उस माँ के पास पहुँचता है, जिसके सबसे छोटे बेटे को फाँसी दी जा रही है...वह कुछ नहीं बोलती, सिर्फ आसमान की तरफ हाथ उठा-उठाकर

चुप रह जाती है।

"यह पैदा हुआ था तो जरा-सा मैं पास से हटी नहीं कि..."

टी. वी. देखती एक औरत रोने लगती है। बच्चे पूछते हैं तो कहती है, "आखिर है तो वह उसका बेटा ही। एक माँ के लिए तो बच्चा बच्चा ही होता है। लेकिन क्या इसने मारा होगा? गाँधी के अहिंसा के देश में इतनी हिंसा!"

दूसरी औरत कहती है, "जिनको इसने मार दिया वे भी तो किसी के बच्चे ही थे।"

"हाँ वे बेचारे भी रो रहे हैं।" पहली औरत कहती है।

"तीन जीवन बेकार में नष्ट हुए।"

"यहाँ तो उन बच्चों के माता-पिता रो रहे हैं। हमने सुना है कि अमरीका में एक हत्यारे की फाँसी की सजा देखने के लिए उस व्यक्ति के माता-पिता आए थे, जिसकी हत्या कर दी गई थी। वे खूब खुश हो रहे थे।"

"इसका मतलब...अमरीका और सऊदी अरब में भला क्या अंतर है?"

"कुछ नहीं। यह कंपनी जो फाँसी का सीधा प्रसारण कर रही है, वह भी तो अमरीकी है।"

"लेकिन एक बात बताओ, आखिर इसमें अनहोनी क्या हो गई? फिल्मों और सीरियलों में भी तो हम फाँसी लगते देखते हैं।"

"हाँ, लेकिन हमें पता होता है कि यह सब ड्रामा है। सचमुच में कोई किसी की जान नहीं ले रहा। यहाँ हम कोई ड्रामा नहीं देख रहे। वास्तव में किसी की जान जा रही है।

"जान जा रही है तो ऐसी क्या बात है! उसने भी किसी की जान ली है। और इस देश में जान की कीमत ही क्या है? रोड एक्सीडेंट्स में हर साल कितने लोग मरते हैं, कुछ खबर है।"

"लेकिन मुद्दा यह नहीं है, मुद्दा तो यह है कि फाँसी के सीधे प्रसारण में पैसे की कमाई..."

"जब कोई पैसे लगाएगा तो पैसा कमाएगा भी।"

"तुम्हें याद होगा कि इसी कंपनी की एक बहन ने खाड़ी युद्ध का सीधा प्रसारण किया था। लोग हथियारों की मारक क्षमता और एक्यूरेसी से दंग रह गए थे। उस जादू में वे भूल गए थे कि पश्चिम ने एक एशियाई देश को तहस-नहस करके आने वाले सौ सालों के लिए अपने हथियारों का परीक्षण कर लिया। युद्ध बिना तो हथियार का महत्त्व पता नहीं चल सकता। इस फाँसी का प्रसारण भी ऐसा ही है कि देख लें, लोगों की संवेदनाएँ कहाँ तक जाती हैं। वे कितना, किस हद तक रिएक्ट करते हैं। मौत में आनंद मनाना खुद की मौत को निमंत्रित करना है।"

"चुप्प!" रोती हुई महिला, जो अब तक चुप हो गई थी, दहाड़ी, "न कुछ

सुनने देते हैं, न देखने।''

बहस करते लड़के चुप हो गए।

''यार! इस वक्त भी इसे खाने की पड़ी है। कैसे गपागप दही खा रहा है।''

''अगले जन्म का कोई चक्कर होगा।''

''इस जन्म में बड़ा अच्छा काम किया जो अगले में करेगा।''

''यही तो बात है! इस जन्म में बुरा किया है तो अगले में जरूर अच्छा करेगा, यही तो समझा जाता है।''

''तो फिर जो इस जन्म में जो इसकी जान ले रहे हैं, यह अगले जन्म में उनकी लेगा!''

''फिर शुरू हो गए, चुप नहीं रह सकते थोड़ी देर।''

विज्ञापन शुरू हो जाते हैं, ''यू नो द रीअल टेस्ट'' विज्ञापन में कमर मटकाता लड़का पूछता है?

कि सामने बैठे लड़के लगभग चीखते हैं, ''यस, वी नो द रीअल टेस्ट नाउ गेट लॉस्ट।'' लेकिन स्क्रीन के लड़के पर जैसे इनकी डाँट का असर नहीं होता। वह फिर मुसकराता है और छलाँग लगाकर हवा में गायब हो जाता है।

कैमरा बार-बार फाँसीघर में लटके रस्सी के फंदे को दिखा रहा है कि अचानक उन तीन बच्चों के चित्रों से स्क्रीन भर उठती है, जिन्हें मारा गया था।

बड़ी आँखें, हलका-सा खुला मुँह, संसार को देखकर जैसे चकित हैं। काजल के दिठोने! ऐसे चित्रों को देखकर ऐसा क्यों लगता है कि ये बच्चे अभी-अभी टी. वी. स्क्रीन से निकलकर अपनी-अपनी माँओं की गोद में जा छिपेंगे।

इनको मारने से समाज में किस शोषण का अंत हो गया?

अपराधी कहते हैं, हमने नहीं मारा...बच्चों के माता-पिता कहते हैं—उन्हीं ने मारा...अपराधियों की माँएँ...उनका दिल न धड़कता होगा कि काश कोई चमत्कार होता, कोई घटना हो जाती, जेल पर बम गिर जाता...राजा-महाराजाओं के जन्मदिन पर जैसे आम माफी दी जाती थी, वैसे ही कोई नियम कायदा-कानून होता? लेकिन कुछ नहीं होगा...एक अपराधी की माँ...हत्यारे की माँ...उसने हजार बार कह दिया हो कि उसका उससे कोई संबंध नहीं, फिर भी बेटे के लिए तो दिल तो धड़कता ही है।

अड़ोसी-पड़ोसियों की नजर में बेटे के अपराधी साबित होने से बहुत-बहुत पहले वह अपराधिनी साबित हो गई थी। अब भी वह समझ नहीं पाती कि क्या सचमुच उसके बेटे ने उन मासूम बच्चों की जान ली होगी? क्यों उसने ऐसा किया होगा...

लोग परेशान हैं, कैमरा बार-बार इधर-उधर टप्पे खा रहा है।

पान की दुकान पर खड़ा लड़का कह रहा है, "इनसे अच्छा तो अफगानिस्तान है। न किसी जेल की जरूरत, न जल्लाद की। बस, पकड़ो और लैंपपोस्ट पर लटका दो। जो देखना चाहे देख ले, नहीं तो जय गंगा की।"

"पर यह कौन-सा न्याय का तरीका है कि न कोई मुकदमा, न पैरवी। बस, संयुक्त राष्ट्र मिशन से पकड़ा और लटका दिया।" दूसरा कहता है।

"हम कोई इसकी अच्छाई या बुराई पर बहस नहीं कर रहे हैं। न ही हम यह कह रहे हैं कि यह बहुत अच्छा हुआ। मैं तो यह कह रहा हूँ कि यह जो टी. वी. का अरेंजमेंट है, हाय-हूय है, क्या फायदा? जान के बदले जान कैसे भी ली जा सकती है। यहाँ तो जान के बदले पैसे कमाए जा रहे हैं!" पहले वाला लड़का कहता है।

"जान के बदले पैसे कमाता कौन नहीं है? जो दवाइयाँ तुम खाते हो, उनको विकसित करने में कितनी जानें जाती हैं। उनसे कितना पैसा कंपनियाँ कमाती हैं?" दूसरा कहता है तो पहले वाला पान थूक देता है, "छोड़ो, छोड़ो यह तमाशा खत्म कब होगा?"

सत्ता तो लोगों का विश्वास पैदा करने के लिए अपनी ताकत दिखा रही है और स्पांसर्स एनकैश करने के लिए! उनके विज्ञापन की भाषा भी फाँसी से जुड़ गई है!

शहरों की जिन सड़कों पर कर्फ्यू-सा लग गया था, उन पर मानो पूरी जनसंख्या टूट पड़ी है।

इमारतें हैरान हैं। पेड़ परेशान। न जाने क्या बात है? पता नहीं क्या हो गया! भूकंप तो आया नहीं कि सारे के सारे लोग बाहर निकल आए। हुआ क्या है?

बिजली चली गई है टी. वी. सेंटर की। लोगों के घरों की।

एन. टी. पी. सी. ने बकाया न भरने के कारण डेसू की बिजली काट दी है। अब जितना चाहो, देख लो फाँसी को। लोगों के हाथ में रस्सियाँ हैं। वे बिजली कर्मियों को ढूँढ़ रहे हैं। लैंपपोस्ट के बहुत-से सिरे हवा में उड़े जा रहे हैं।

ठीक उस वक्त बिजली गई है जब फंदा गले में डाला जा चुका था। जेलर की उँगली उठने वाली थी, लीवर खिंचने वाला था, जरूर इसमें कोई साजिश है। कहीं जिसे फाँसी दी जा रही थी वह दाऊद इब्राहीम का आदमी तो नहीं था! उसे निकालने के लिए उन्होंने जेल और डेसू दफ्तरों में बम ब्लास्ट कर दिया हो।

बिजली कर्मचारियों का कहीं पता नहीं है। लोग हाथों में रस्सी लिए उनका इंतजार कर रहे हैं।

(साहित्य विशेषांक सबरंग जनसत्ता, अक्तूबर 1997)

मोर्चा

दुनिया में परमाणु हथियारों का इतना बड़ा जखीरा है कि पूरी दुनिया कई-कई बार नष्ट हो सकती है। अनाज का उत्पादन कई गुना बढ़ गया है और कीमतें लगातार बढ़ ही रही हैं। बिहार में एक वर्ष में पाँच हजार हत्याएँ होती हैं...गाजियाबाद में चार सौ, दिल्ली में एक साल में तीन सौ से अधिक औरतें जला कर मार दी जाती हैं...हरेक मिनट पर एक बच्चा मरता है...पंजाब में मुट्ठी भर आतंकवादी एक पूरी कौम का सर्वनाश करने पर तुले हैं...कुछ खबरें हैं ये। लेकिन डी. डी. ए. द्वारा बनाई गई इस कालोनी में इन बातों का असर कभी-कभी ही दिखाई देता है। जैसे कि मुक्तसर के बाद एकाएक सब एक जुबान में बात करने लगे थे दो-चार को छोड़कर। अन्यथा तो डी. डी. ए. ने इन मकानों को फूट डालो और राज करो की नीति पर तैयार किया है।

पड़ोसी का दरवाजा दूसरे से भिड़ता ही है। एक का पतनाला दूसरे के बरामदे में बदबूदार पानी की फुहारें छोड़ता चला जाता है। ऊपर वालों का रास्ता नीचे वालों के बरामदे से होता हुआ गुजरता है। इन सबके अलावा बदला चुकाने के और भी बहुत से मौके हैं। जैसे दस फुट की छत के पार कोई आपके सिर पर नाच सकता है। और आप उसका कुछ नहीं बिगाड़ सकते, क्योंकि यह सब वह अपने घर में कर रहा होता है।

आमने-सामने बने इन चौबीस फ्लैटों में बच्चों समेत सौ आदमी तो रहते ही हैं। सुबह साढ़े आठ के आस-पास आदमी लोग कुछ इस तेजी से अपने घरों से निकलते हैं, जैसे भरे पिंजरे को कोई खोल दे और सारे कबूतर पंख फड़फड़ाते उड़ जाएँ। शाम को जब वे लौटते हैं तो पत्नियों द्वारा धोए, प्रेस किए कुर्ते-पाजामा पहन दुनिया को कुछ नहीं के अंदाज में देखते चारों ओर उड़ती-उड़ती नजर डालते हैं। पूरे दिन जब तक कि पतिदेव वापस नहीं आते तब तक पत्नियाँ समय काटने के लिए बहनापा निभाती एक दूसरे के पास आ बैठती हैं। और तब तक बैठती हैं

जब तक उनके बच्चे स्कूलों से नहीं लौटते। इन चार-पाँच घंटों में अनुपस्थित स्त्रियों की एक-एक करके खबर ली जाती है...कौन अपने घर को कितना सजाती है. ..किसका पति उसका गुलाम है...किस औरत को अभी-अभी दिन चढ़े हैं...किसका पति रात भर तंग करता है...कौन अपनी सास से दुखी है...किसने अभी-अभी वी. सी. पी. खरीदा है, कौन-सा परिवार मकान छोड़कर जा रहा है...आज सुबह कौन-सी दाल पकी थी...सब्जी वाले यहाँ आकर चार रुपए किलो सब्जी बेचते हैं। मंडी से आठ आने किलो लाते हैं...

इतने विषय हैं बातचीत के कि इन महिलाओं के सामान्य ज्ञान पर आश्चर्य होता है। कभी-कभी खासतौर से आजकल राजनीति की बातें भी होती हैं। अक्सर जो बातें अपने पतियों या इधर-उधर से सुन ली जाती हैं...जैसे कि राजीव गाँधी आ गया है अब देखें महँगाई कैसे बढ़ेगी? एक-एक की खबर लेगा...सुनते हैं मिलिट्री राज बहुत अच्छा होता है...किसी गद्दार को नहीं बख्शा जाता। दुनिया कितनी बदल गई है, हमारे जमाने में तो इतना पर्दा था। यह बेड़ा गर्क कांग्रेस ने किया है...इनसे अच्छे तो अंग्रेज थे।

यहाँ कुछ दिन पहले किसी डायन के आने की अफवाह बड़े जोरों से फैली थी कि डायन आकर रोटी-प्याज माँगती है और जो ये दोनों चीजें दे दे उसकी खैर नहीं। घरों के दरवाजों पर यदि मेहँदी की थाप लगा दी जाए तो उसका डायन कुछ नहीं बिगाड़ सकती। इस अफवाह के चलते यह जरूर हुआ कि नए पुते घरों के सामने मेहँदी के बने पाँच-पाँच हाथ नजर आने लगे और किसी बुढ़िया भिखारिन का वहाँ से निकलना दुश्वार हो गया। यहाँ एक सनातनी मंदिर भी है। कुछ परिवार वहाँ जाकर नियमित रूप से गायत्री मंत्र का जोर-जोर से पाठ करते हैं। जब एक बार उसका ध्यान इस ओर दिलाया गया कि गायत्री मंत्र आर्य समाजियों का है और आर्य समाजी मूर्ति पूजा के विरोधी होते हैं, तो उस परिवार के मुखिया ने चतुराई से कहा—"भगवान तो दिल में होते हैं। वे हमारी भावना को देखते हैं। आर्य समाजी या सनातनधर्मी का फर्क उनके दरबार में नहीं है।"

प्रसंगवश यह बताना जरूरी है कि यह परिवार हमारे ऊपर के फ्लैट में रहता है। पतिदेव शाम को घर लौटते हैं और शराब की बोतल थैले में छिपाए चले जाते हैं कि कोई देख न ले। मगर न जाने कैसे मोहल्ले के सभी बच्चों को यह बात मालूम है, इसीलिए जब किसी बच्चे को यह सज्जन दिख जाते हैं तो वह ऐसे डरकर भाग छूटता है कि भूत देख लिया हो। इनके मुकाबले इनकी श्रीमती जी काफी छोटी उम्र की लगती हैं। मगर युद्ध विद्या में पारंगत हैं। हरेक के काम में बिना पूछे मीन-मेख निकालना इनकी आदत है।

इनका फ्रिज रिपेयरिंग का काम है। फ्रिज ठीक होने के बाद कृपापूर्वक यह

ग्राहक को स्टिकर्स दे देते हैं। चूँकि इनका मकान कोने का है, इसलिए अन्य लोगों के मुकाबले इनके पास कुछ अधिक जगह है। इसीलिए पीछे की तरफ इन्होंने अपने बच्चे के जन्मदिन से शुभमुहूर्त में परचून की दुकान खोली है। इस दुकान को परचून के मुकाबले जनरल स्टोर कहना ज्यादा पसंद है इन्हें। दोनों पति-पत्नी अपने बच्चे पर कड़ा अनुशासन रखते हैं।

इसीलिए जब सारे मोहल्ले के बच्चे हुड़दंग मचा रहे होते हैं, यह बच्चा अपने घर के फाटक पर खड़ा ललचाई नजरों से उन्हें देखता रहता है। इन सज्जन को कपूर साहब और कोतवाल जी के पति को मि. अहूजा के नाम से हम सभी जानते हैं। कपूर साहब आजकल बहुत खुश नजर आते हैं क्योंकि सड़क पर होने के कारण इनकी दुकान खूब चल पड़ी है। डेसू की कृपा से इस गर्मी के मौसम में फ्रिज भी बहुत फुँके हैं और उधर भी धंधा ठीक-ठाक ही रहा है। कपूर साहब जब फ्रिज ठीक करते हैं तो कपूरनीजी दुकान देखती हैं। मिसेज अहूजा और कपूरनी में खूब बनती है। अक्सर शाम को दोनों एक साथ बैठी देखी जाती हैं। फिर जो महिला या पुरुष इन दोनों के सामने से गुजर जाता है, उसका ऐसा नखशिख वर्णन होता है—उसके कपड़े, चाल-ढाल, नैननक्श सब पर ऐसी-ऐसी कटूक्तियाँ कही जाती हैं कि बड़े-से-बड़ा व्यंग्यकार अपने हथियार छोड़कर भाग खड़ा हो।

कपूरनी और मिसेज अहूजा का बात करने का ढंग काफी अलग-अलग है। जिस प्रकार बड़े-से-बड़ा व्यापारी अपनी संपदा की थाह कभी नहीं देता उसी तरह कपूरनी हमेशा पैसा न होने का रोना रोती रहती हैं। जबकि मिसेज अहूजा पहली भेंट में यह बताना नहीं भूलतीं कि उनके पति तीन या चार हजार रुपया महीना कमाते हैं। सुना है कि मिसेज अहूजा पहले यानी कि शादी से पहले नौकरी करती थीं। कुछ दिन पहले एक दिन बातों में कह रही थीं—''किसे अच्छा नहीं लगता घर में पैसे आना, मगर अब इस उमर पर नौकरी देगा कौन?'' यह वाक्य बोलते ही उन्हें लगा था कि शायद वह कुछ गलत बोल गईं।

इसलिए अपने को सुधारते हुए बोलीं—''वैसे मेरी अपनी फीलिंग यह है कि शादी के बाद नौकरी करना बिल्कुल बकवास है।''

मिसेज कपूर के मुकाबले मिसेज अहूजा थोड़ी तेज भी मानी जाती हैं, क्योंकि राजनीति से लेकर फिल्मों तक वह लड़ने के अंदाज में बहस कर सकती हैं। यह बात भी अलग है कि हर चीज के बारे में उनकी राय बिल्कुल मौलिक होती है। आप उनसे सहमत न भी हों तो भी हाँ में हाँ मिलाते रहिए, अन्यथा क्या पता कि छोटी-सी बात से शुरू हुई बहस युद्ध में बदल जाए और घर के सामने का मैदान बन जाए रणक्षेत्र।

डी. डी. ए. के इन फ्लैटों की विशेषता कहिए या कमी इनमें मात्र दो कमरे हैं। हाँ, नीचे वाले घरों में कोने वाले घरों से तो जगह कम होती है, मगर ऊपर

वाले फ्लेटों के मुकाबले थोड़ी ज्यादा। मिसेज अहूजा अक्सर आकर घर-घर का मुआयना करती रहती हैं। वह एक बार में ही आपको इतने अमूल्य सुझांव दे सकती हैं कि आप सोचने लगें कि उनसे पहले आपके दिमाग में यह बात क्यों नहीं आई?

पिछले दिनों मिसेज अहूजा की माताजी की मृत्यु हो गई। इस घटना के करीब एक महीने बाद वह मेरे पति के पास आईं। आते ही बोलीं—"भाई साहब आज तो मैं एक पर्सनल काम से आई हूँ।"

पति ने औपचारिकतावश पूछ लिया—"बताइए।"

"बात यह है जी..." वह कहने लगीं..."माता जी की डैथ हो गई। हमारे पिताजी का मकान है मायापुरी में। इस वक्त उसकी कीमत होगी कोई सात-आठ लाख। पिताजी तो पहले गुजर गए। मम्मी ने वसीयत में बीस हजार रुपए मेरे नाम किए हैं, मगर मैं लेना नहीं चाहती।"

"तो मत लीजिए।" पति बोले।

"आप आगे तो सुनिए। अब कल मेरा भाई आया था। कह रहा था तू बीस हजार नहीं लेना चाहती तो मत ले। मगर मम्मी का मकान मेरे नाम तभी हो सकता है, जब मैं तुम्हारा हिसाब कर दूँ। तो तू ऐसा कर कि बीस हजार का चेक मुझसे लेकर अपने बैंक में जमा कर दे। फिर दो दिन बाद अपनी चेक बुक से चेक काट देना।"

"आप ऐसा मत कीजिए। लेना न हो तो बिल्कुल ही मत लीजिए, यह क्या हुआ कि दो दिन के लिए चेक जमा करा दो फिर वापस दे दो।"

"यही तो मैं कह रही हूँ। मैं अपने भाई से हार्डली इसलिए नहीं बोल सकती कि दिल का मरीज है और यह लड़का..." अचानक वह रुकीं और जोर-जोर से रोने लगीं। फिर रोते-रोते बोलीं—"आपको क्या बताऊँ इस लड़के के साथ मैंने कितना किया है। समय पर मैंने शादी नहीं की। इसको पढ़ाया-लिखाया, शादी की। और इसकी बीवी ने आते ही यह किया कि मेरे हिस्से की सारी ज्यूलरी धीरे-धीरे करके मम्मी से हड़प ली। फिर अभी दो साल पहले इसने मुझसे पाँच हजार रुपया लिया था, आज तक लौटाने का नाम नहीं लिया। होता तो यह कि बीस हजार रुपए यह खुद लेकर आता, मगर इसकी आँखों में सूअर का बाल है। सात लाख की कोठी—मैंने कह दिया कि मुझे कुछ नहीं लेना। मगर फिर भी यह मेरे साथ चालाकी बरत रहा है। अंतिम समय में मम्मी की जितनी सेवा इसने की, उससे कहीं अधिक मैंने की—मगर यह अब अपनी किस्मत पर इतराता फिर रहा है।" अभी तक बात करते-करते उनके आँसू सूख चुके थे कि अचानक वह फिर रोने लगीं—"मैं आपको क्या-क्या सुनाऊँ, दिल भरा हुआ है मेरा। मैंने अभी आपसे कहा था मगर मेरे पिताजी मरे नहीं... आज पच्चीस बरस हो गए वह न जाने कहाँ घर छोड़कर चले गए थे।" फिर उठीं, बोलीं—"माफ करना भाई साहब आपका बहुत टाइम वेस्ट किया।" और एक झटके

से बाहर निकल गईं।

हम दोनों ने उनके जाने के बाद एक-दूसरे की आँखों में देखा फिर मैंने कहा—"मैं बताऊँ असली दुख क्या है?"

"बोलो।"

"कि सात लाख में से बीस हजार ही क्यों?"

इस बात को छह महीने बीत गए। दो-तीन दिन पहले शाम को मैं घर पहुँची। बच्चों ने घर में जगह-जगह कूड़ा फैला रखा था, रसोई में एक बर्तन साफ नहीं था, डिब्बों के ढक्कन खुले पड़े थे। कपड़े बदलकर मन-ही-मन खुद को और सबको कोसते हुए मैं काम में लगी। तभी पति ने आकर कहा—"अरे यार तुम आते ही काम में लग गईं। इधर आकर एक बात सुनो।"

"मेरी जान के लिए इतना काम फैला है और तुम हो कि बात के पीछे पड़े हो। सुनाओ क्या बात है?"

"आज यहाँ युद्ध का मोर्चा खुल गया है।"

"युद्ध का मोर्चा...किस-किस में!"

"अंदाजा लगाओ।"

"नहीं लगा सकती।"

"मिसेज कपूर और मिसेज अहूजा में।"

"क्या...ये दोनों तो बड़ी ग्रेट फ्रेंड हुआ करती थीं, अब क्या हो गया?"

"सुबह से मिसेज अहूजा मिसेज कपूर की दुकान वाली टीन के ऊपर पानी डाल रही है। सारा पानी दुकान के अंदर जा रहा है। कोई ग्राहक भी नहीं आ रहा है।"

"पिछले दिनों से इन दोनों को एक साथ बैठे तो देखा नहीं। उस दिन मिसेज अहूजा आई थीं तो उनके जाने के बाद कपूरनी पूछ रही थीं कि क्या कह रही थीं...तो ये बात है।"

पड़ोस वाली सरदारनी और सामने वाली आंटी जी को कपूरनी दिखाकर बता रही थी कि सुबह से पानी आ रहा है। उन्हें देखते ही अहूजा भड़क गई और दे गाली पे गाली दे कुतिया कमीनियाँ। पति बताते हुए हँसने लगे और मेरे भी हँसते-हँसते बल पड़ गए। यहाँ दो लोगों के बीच युद्ध से पैदा हुई अशांति अशांति नहीं उल्लास था।

तभी कालबेल बज उठी। बच्चे को दरवाजा खोलने से रोकते हुए मैंने फटाफट बिखरे हुए कपड़े समेट दूसरे कमरे में डाले थे, फिर उस कमरे का पर्दा खींच दिया था। तब बच्चे ने दरवाजा खोला। एसोसिएशन वाले ओबेराय थे। उन्हें कपूर साहब बुला कर लाए थे। वह मेरे पति को भी साथ ले जाना चाहते थे। वह चले तो गए मगर मुझे काफी नागवार गुजरा। क्या वह कोई सरपंच हैं! थोड़ी ही देर में ओबेराय और कपूर साहब नीचे आ गए थे। उन्हें मिसेज अहूजा ने यह कह कर बाहर

निकाल दिया था कि आप लोगों को मैं नहीं पहचानती, मेरे पति से बात कीजिए।

चूँकि मेरे पति से मिसेज अहूजा की बातचीत थी–सो वह पूछ रहे थे–''भाभी जी आखिर बात क्या हुई? दो पड़ोसी इस तरह उलझते हैं तो दुनिया तमाशा देखती है।''

''दुनिया तमाशा देखती है तो देखती रहे। मैं कोई ऐसी-वैसी नहीं हूँ, मिसेज अहूजा हूँ, मिसेज अहूजा। हम तो उस खानदान के हैं कि प्राण जाए पर नाक न जाए।''

''आखिर आपकी इतनी नाराजगी की वजह?''

''वजह क्या होगी? इन दो कौड़ी के लोगों से नाराज होकर कोई क्या कर लेगा? दो कोठरियों का मकान क्या खरीद लिया, सोचते हैं कोठी बना ली। इस कुत्ती कपूरनी को अपने घर का घमंड हो गया कि जगह हमसे कुछ ज्यादा है, कि दुकान बना ली और चल भी निकाली। मैं तो इसे ऐसा सबक सिखाऊँगी कि यह जिंदगी भर याद रखेगी।''

''सबक तो आपने सिखा लिया मगर अब बात सुलझेगी कैसे?''

''तब तक कुछ नहीं हो सकता जब तक दोनों मियाँ-बीवी और वे दोनों कुतियाँ आकर माफी न माँगें। मुझे सड़क चलतों के सामने पागल कहा और बात इतनी थी कि मनीप्लांट के गमले से थोड़ा-सा पानी इनके आँगन में गिर गया। तब मुझे बदतमीज कह रही थी अब भुगत कि बदतमीजी क्या होती है।''

जब तक यह बातचीत चल रही थी तेईस फ्लैटों की सभी महिलाएँ अपने घरों से बाहर थीं। उनके चेहरों पर मुस्कान थी और कुछ ऐसा भाव भी कि अब आगे देखें, होता है क्या? तभी कपूरनी का दरवाजा खुला। मुझे बाहर खड़ा देखकर वह बोलीं–''भाभी जी जरा अंदर आइए।'' वह मुझे सीधे दुकान में ले गई। वहाँ टीन पर पानी पड़ने पर तेज बारिश की आवाज होने लगी थी। मैंने पूछा–''आखिर बात क्या हुई भाभीजी!''

''हुई क्या, इसका दिमाग तो हमेशा से ऐसा ही है।''

''मगर पहले तो आप दोनों की बड़ी दोस्ती थी।''

''तब शुरू-शुरू में इतना पता भी नहीं होता।''

''मैं तो इसीलिए अपने काम से काम रखती हूँ। मुझे इन लोगों से सख्त नफरत है जो हमारे मुँह पर हमारी सी और पीठ पीछे बुराइयाँ करते फिरते हैं। उतना ही मीठा रखो जितना झेल सको।''

''अब आप जितना अनुभव तो है नहीं हमें। जब हमने दुकान खोली थी तब कहती थी कि इसमें मेरा हिस्सा भी डालो। कभी कहती कि आगे बेड़े में मुझे स्कूल खोलने दो। अब बोलो यह कौन-सी बात हुई? अपने घर में हिस्सा कौन देगा। फिर कपूर साहब को यह सब बातें पसंद नहीं हैं। उन्होंने कहा उनसे ज्यादा संबंध मत रखो। आदमी की बात को टाल भी तो नहीं सकते।''

"सो तो है ही।" कहती हुई मैं बाहर आ गई। टी. वी. पर चित्रहार शुरू हो चुका था, इसलिए सभी महिलाएँ, बच्चे, पुरुष अपने घर रूपी समुद्र में समा गए थे।

पति कह रहे थे—"असली जनता यह होती है। तुम क्या अपनी बौद्धिकता लिए फिरती हो...।"

उस रात मि. अहूजा के लौटने का इंतजार कपूर साहब बहुत देर तक करते रहे, मगर सभी घरों की बत्तियाँ गुल हो जाने के बावजूद अहूजा साहब नहीं लौटे थे।

सुबह ओबेराय फिर आए। कपूर और मेरे पति अहूजा साहब के घर गए थे। अहूजा साहब ने मंद-मंद मुस्कराते हुए पत्नी को डाँटा था—"यह क्या लगा रखा है?" मिसेज अहूजा उन्हीं पर पिल पड़ीं—"आप चुप रहो जी, औरतों के बीच में मर्दों को नहीं बोलना चाहिए।" और मिसेज अहूजा ने सबके देखते-देखते नल फिर से कपूर साहब की दुकान की छत पर पूरी तेजी से खोल दिया था। घोषणा की थी—"माफी से पहले कोई बात नहीं होगी। जिन कुत्तों के बच्चों के गंदे कपड़े तक मैंने धोए हैं, वे ही अब मुझे आँख दिखाने लगे।"

ये तीनों सज्जन पुरुष नीचे उतर आए। ओबेराय ने कहा—"मैं शाम तक देखता हूँ। नहीं मानेगी तो पुलिस को बुलाऊँगा। पानी की तो एक बूँद भी वेस्ट करना क्राइम है।"

कुछ देर बाद कपूर साहब ने कहा था—"हम भी ऐसे वैसे नहीं हैं। पचास लोगों को तो दो मिनट में इकट्ठा कर सकते हैं।"

वह पचास लोगों को तो इकट्ठा नहीं कर पाए। हाँ पड़ोस में रहने वाले चार-छह विद्यार्थियों से उन्होंने अपना दुखड़ा जरूर रोया। मुताबिक कपूर साहब के ही, उन लड़कों ने कहा था कि वे एक-एक को देख लेंगे। इस पर पड़ोसी शर्मा जी ने काफी एतराज किया था—"भाई यह बात बिल्कुल गलत है। पड़ोसी आपस में ही निपटें। बाहरी आदमी आज आपको बचाने आएगा कल लूटने आ जाएगा।"

लेकिन इस झगड़े में सबसे अहम भूमिका निभाई नल ने। अचानक कपूर साहब की छत पर पानी गिरना बंद हो गया। कपूर साहब ने समझा कि मिसेज अहूजा डर गईं। यह देख मिसेज कपूर बोलीं—"देखा, अगर हम माफी माँगने चले जाते तो मिसेज अहूजा कभी हार मानने वाली थीं!"

मिसेज अहूजा ने समझा कि शायद किसी ने, कपूर ने ही नीचे से उनका पानी बंद कर दिया है। वह हाई ब्लड प्रेशर, दमा और एनीमिया के बावजूद दौड़ती हुई सीढ़ियों से नीचे उतरीं और सारे अड़ोसी-पड़ोसियों को गाली देते हुए पाइप की चरखी देखने लगीं। मगर करम जला कारपोरेशन। उसने मिसेज अहूजा के साथ ऐन वक्त पर दुश्मनी निकाली थी। उस रोज पहली बार कालोनी में आठ घंटे तक नल नहीं आया था।

मौका देख कपूर साहब ने अपनी टीन में पतनाला लगवा दिया। इस पतनाले का मुँह सामने वाले पड़ोसी की फुलवारी में खुलता है। मिसेज अहूजा और कपूरनी के बीच युद्ध के बादल कभी भी घुमड़ सकते हैं। उधर जिन साहब की फुलवारी में कपूर साहब का पतनाला खुल रहा है, वह सुबह से बड़बड़ाते फिर रहे हैं—"अहूजा का कुछ बिगाड़ नहीं पाया, साले ने इधर पतनाला कर दिया। देख लूँगा एक-एक को। कपूर हो, अहूजा हो या उसका बाप। इसकी दुकान का कंस्ट्रेक्शन ही इललीगल है।"

उधर सुना है अमरीका और सोवियत संघ में समझौता वार्ता टूट गई है। रीगन ने ईरान को चुपके-चुपके हथियार दिए हैं और आतंकवादी दुगने जोश से सक्रिय हो उठे हैं।

(जनसत्ता, 1987)

दादी माँ का बटुआ

नीला स्क्रीन उभरता है। एक अर्धचंद्राकार मेज जिसके नीचे लिखा है—"दादी माँ का बटुआ।" बीच में एक फूलदान रखा है। सामने दर्शक (स्त्री और पुरुष) बैठे हैं। कैमरा उन्हें क्रास करता है तो वे हाथ हिलाते हैं। टाइटिल म्यूजिक बजता है। इन दिनों पश्चिम में प्रचलित काले रंग के टाइट और लो कट टाप पहने, गहरी लिपस्टिक लगाए वी जे माइक हाथ में पकड़कर बोलने लगती है—

"यों तो हर रोज आपके लिए हम नए-नए प्रोग्राम लेकर आते रहते हैं। भाइयो, बहनो, ग्रांड पा, पेरेंट्स एंड चिल्ड्रन, हम आप सबको यह बता देना चाहते हैं कि हर रोज हमें आपके ढेरों खत मिलते हैं। सच पूछिए तो उन्हीं से हम जान पाते हैं कि आपको हमारा प्रोग्राम कैसा लगा? एंड टु टैल यू द ट्रुथ हमारी हमेशा कोशिश रहती है कि हम कोई न कोई ऐसा प्रोग्राम आपको दिखाएँ जो आज, कल, परसों नहीं पूरे जीवन भर आपके काम आए।"

क्यों ग्रांड माँ आपका भी तो हमेशा ही यह कहना रहा है। और क्यों न हो आखिर आप हम सबकी चहेती जो हैं। भारत भर की दादियों के बीच हमारा यह प्रोग्राम बहुत पसंद किया जाता है। इसलिए चलिए शुरू करते हैं आपका मनपसंद प्रोग्राम—'दादी माँ का बटुआ।'

आज हम चारों ओर नई तकनीक, कम्प्यूटर क्रांति, सैटेलाइट, माइक्रोवेव, मोबाइल, ई-मेल, इंटरनेट, माइक्रोसर्जरी, जीन इंजीनियरिंग और न जाने क्या-क्या सुन रहे हैं। लेकिन अच्छी बात तो वह है जिसमें हमारा खर्च भी कम और काम भी हो जाए। तभी हम अपनी प्राचीन परंपराओं को जीवित रख सकते हैं। परंपराएँ बचेंगी तभी हम बचेंगे। यू नो, नो वन इज रूटलैस, आखिर कोई पेड़ बिना जड़ों के जीवित नहीं रह सकता, इसलिए आज हमने अपने बीच खरखूशटी देवी को बुलाया है। इनकी विशेषता यह है कि यह अपना उदाहरण आप ही हैं। जिस काम में इन्हें महारत हासिल है उसका प्रशिक्षण इन्होंने कहीं से नहीं लिया। बेचारी बहुत गरीबी में रहीं। बहुत कम उम्र में विधवा हो गईं, पैसा पास नहीं था। क्या करतीं? तभी

इन्हें ईश्वर की कृपा से लगा कि कोई ऐसा काम करें जिससे सिर्फ इनका ही नहीं, इनके परिवार और समाज का भला हो सके।

सॉरी, सॉरी आप सोचेंगे बहुत लम्बा भाषण हो गया। अब मैं अपने मेहमान का असली परिचय दे दूँ—खरखूशटी देवी जी को यों तो अपने काम के लिए कोई बड़ा सम्मान नहीं मिला। लेकिन यह इनाम की हकदार हैं। दरअसल आजकल इनामों में इतनी राजनीति है कि सही काम करनेवाले को इनाम नहीं मिल पाता। इनका काम है—माताओं को अनचाहे गर्भ खासतौर से मादा भ्रूण से मुक्ति दिलाना। (तालियाँ)

खरखूशटी देवी आती हैं। एक बड़ी मेज के पीछे पड़ी कुर्सी पर बैठ जाती हैं। आमंत्रित महिलाएँ और पुरुष तालियाँ बजाते हैं। वी जे माइक लेकर इठलाती हुई कहती है—

मेरा यहाँ उपस्थिति दर्शक वर्ग से अनुरोध है कि वे इनके सामने अपनी समस्याएँ रखें। प्रोग्राम के बाद मैं आपसे एक इनामी सवाल पूछूँगी। इस सवाल का सबसे अच्छा उत्तर देनेवाले को मिलेगा—लंदन जाने-आने का टिकट और ढेर सारे गिफ्ट हैम्पर्स। तो खरखूशटी देवी जी आपसे पहला सवाल—

—आखिर आपके मन में इस काम को करने का विचार कैसे आया?

—प्रेरणा तो जी मुझे आप जैसे लोगों के प्रोग्राम देखकर ही मिली। आप ही लोग बताते थे कि देश की जनसंख्या बढ़ती जा रही है। एक दिन ऐसा आएगा कि जनसंख्या के कारण चलना-फिरना तक दूभर हो जाएगा। लोगों को न खाने को मिलेगा न पीने को पानी, न साफ हवा, पढ़ाई-लिखाई की बात कौन करे? तो मैंने सोचा कि फिर इस काम से बड़ा काम कौन-सा है। देश की बढ़ती जनसंख्या भी कम होगी। वी जे कुछ सोचती हुई पूछती है—लेकिन जनसंख्या कम होना तो ठीक, आपने लड़कियों से ही छुटकारा दिलाने की क्यों सोची?

—इसलिए कि कौन-सी माँ है जो लड़कियाँ ही लड़कियाँ जनना चाहे, जब से 'कम्पलीट फैमिली' वाली बात चली है तब से तो जिसकी पहली छोरी है वो दूसरा छोरा ही चाहे है। मैंने सोचा कि जब छोरियों को कोई चाहे ही नहीं तो वे धरती पर आएँ ही क्यों? बड़े होकर कोई दहेज के लिए मार दे, या इज्जत लूटकर कत्ल कर दे, तो बेहतर ही है, पैदा होने से पहले ही मरना।

एक दर्शक पूछती है—लेकिन आपको ये पता कैसे चलता है कि पेट में लड़का है या लड़की।

—आप तो पढ़ी-लिखी हो जब से अल्ट्रासाउंड वाली मशीन आई है तब से सब आसान हो गया। पहले वाली मशीन तो महँगी थी। अब तो परेशान औरतों को थोड़े-से पैसे खर्च करने पर ही पता चल जाता है कि का है, वैसे आगे लाखों खर्च करो और छोरी खुश न रहे ता ते तो जेई अच्छा।

खुशी के मारे वी जे का चेहरा दमक रहा है, वह इधर-उधर देखती हुई कहती

है—दर्शको, जैसा कि आपको खरखूशटी देवी के उत्तर से पता चल गया होगा यह तकनीक का इस्तेमाल तो करती हैं जैसे कि अल्ट्रासाउंड। लेकिन महँगी तकनीक का नहीं जैसे कि अमीनो-सेंटेसिस। जिसे हम आम भाषा में सेक्स डिटेक्शन टैस्ट भी कहते हैं। तकनीक लाभकारी वही हो सकती है जो सस्ती हो और जिसका आम आदमी भी लाभ उठा सके। अच्छा, उधर कोने में बैठी मैडम इनसे कोई सवाल करना चाहती हैं। करिए मैडम सवाल!

धनुषाकार भौंहों वाली जेवरों से लदी मोटी औरत पूछती है—

—मेरा सवाल यह है कि हमारा पाँच हजार साल पुराना देश है। इसकी इतनी महान परंपराएँ हैं। अतीत में हम वज्र और पुष्पक बना चुके हैं। कहते तो यह भी हैं कि ब्रह्मास्त्र आज का अणुबम था तो क्या हमारे यहाँ एक भी देसी पद्धति मौजूद नहीं है जिससे महिलाओं को अनचाही लड़कियों से मुक्ति मिल सके। विदेशी अल्ट्रासाउंड क्यों?

वी जे बीच में बोलती है—खरखूशटी देवी जी इन बहन ने जो सवाल किया आप क्या कहना चाहेंगी?

—अजी देसी इलाज क्यों ना है। पर जब नल लगा हो तो कुएँ से पानी खींचने कौन जावे? ट्यूबवैल के जमाने में रहट को कौन पूछे? अब अल्ट्रासाउंड तो गाम-गाम में मिल जाते हैं। और फिर का देसी का विदेसी, असली मकसद तो काम हो जाने का है। (दर्शक तालियाँ बजाते हैं)। वी जे कहती है, वाह क्या जवाब दिया है एक बार और तालियाँ दोबारा तालियाँ बजती हैं।

लेकिन वी जे सावधान करती हैं—हम शायद ट्रैक से बाहर जा रहे हैं। मेरी गुजारिश है कि वे ही सवाल पूछें जो विषय से संबंधित हैं। हमारा एक-एक मिनट कीमती है, करोड़ों दर्शक हमें देख रहे हैं। हाँ तो आप पीछे की मैडम कुछ पूछना चाहती हैं। पूछिए।

कुछ सकुचाती-सी पेंट-टी शर्ट पहने लड़की खड़ी हो जाती है—

—मैं यह नहीं कह रही कि अल्ट्रासाउंड का इस्तेमाल गलत है या सही। लेकिन पूछना चाहती हूँ कि जब अल्ट्रासाउंड नहीं था तब यह कैसे पता चलता था कि पेट में लड़की है...

खरखूशटी देवी अज्ञानी के सवाल पर इस अदा से मुस्कराती हैं—अरे यह भी नहीं पता तब थोड़ी मुश्किल होती थी। पर पहले बच्चे के सिर को देखकर पता चल जाता था कि अगला बच्चा छोरा होगा या छोरी?

कैसे—पैंट-टी शर्ट वाली बहस पर उतर आती है।

—देखो अगर बच्चे के सिर पर भौंरा हो यानी कि पीछे से बाल सीधे हाथ की तरफ घूमें तो अगला बच्चा छोरा। उलटे हाथ की तरफ घूमें तो भौंरी यानी कि छोरी।

यह तो कोई टाइम टैस्टेड बात नहीं हुई। मेडिकल साइंस भी इसे प्रूव नहीं कर सकती। कभी गलती भी हो जाती होगी।

—हाँ हो तो जावे थी। मगर अक्सर तो सही ही होता था और मेडिकल साइंस का क्या! वो तो अपनी ही बात पर कायम नहीं रहते। पहले कहते थे बच्चे को पैदा होते ही पानी पिलाओ। अब कहते हैं तीन महीने तक पानी मत दो।

वी जे पैंट-शर्ट वाली को पीछे धकेलती अपना महत्त्व और भूमिका साबित करती है।

—देवी जी एक सवाल मैं आपसे और करना चाहती हूँ। मान लिया कि मादा भ्रूणों को मारने में आप सिद्धहस्त हैं। लेकिन ऐसे भी तो माता-पिता आपके पास आते होंगे जिनकी लड़कियाँ पैदा हो चुकी हैं, लेकिन वे उनसे निजात पाना चाहते हैं।

—हाँ, अभी परसों ही एक बाबू जी की दूसरी लड़की को मैंने बूटी पिला दी। (देर तक तालियाँ)

चहकती हुई वी जे अपने लो कट टाप पर लंबे नीले पालिश लगे नाखून गड़ाते बोलती है—ओह ग्रेट, तो दर्शको, नोट कीजिए यदि आपके यहाँ लड़कियाँ जरूरत से ज्यादा हैं, आप सिर्फ लड़के ही लड़के चाहते हैं तो अपनी लड़कियों को बूटी भी पिला सकते हैं। खरखूशटी जी इस बूटी का नाम क्या है? यह कहाँ मिलती है?

(हँसी) अब अगर मैं सारी बातें यहीं बता दूँगी तो मेरे पास कौन आएगा? मैं तो भूखी ही मर जाऊँगी।

—मैं देख रही हूँ बीच की कुर्सी पर बैठी हमारी बहन बहुत देर से कुछ पूछना चाह रही हैं। पूछिए, मगर छोटे-से एक ब्रेक के बाद!

—आप अपने उनको शादी के बीस वर्ष बाद भी अपनी ही तरफ देखने को मजबूर कर सकती हैं। पेट के जरिए। नूडल्स खिलाकर, टू मिनट नूडल्स। कट...

—स्पीड किल्स बट थ्रिल्स। यू कैन बाई वन सुपर सोनिक कार। फिर वह भी कपड़े उतार कर खिंची कट...चली आ सकती है...योर कार, योर बेडरूम। यू नो व्हाट इज द मीनिंग ऑफ स्पीड!

—एज ऑफ द लिबरेटेड वुमैन। नो लुकिंग बैक, अगर व्हिस्पर हो। कट...

—गोइंग टू द नैक्स्ट मिलेनियम-विदाउट माला डी. कट...

—टुगैदरनैस इज नाट ए क्राइम बट विद सहेली।

इंजाय योर पार्टनर...कट...

—नीले स्क्रीन के बाद वी जे का मुस्कराता चेहरा उभरता है। हाँ, तो एक बार फिर अपनी बातचीत शुरू करने से पहले हम आपको बता दें कि खरखूशटी देवी जी ने लड़कियों को मारने के लिए जिस बूटी का जिक्र किया है वह हमारी ईजाद की हुई, भारतीय है। मैं भारत सरकार से रिक्वेस्ट करूँगी कि जितनी जल्दी

हो सके इस बूटी को पेटेंट करा लिया जाए। कहीं ऐसा न हो कि हल्दी, जामुन, बासमती, नीम, करेले आदि की तरह इसे भी पहले ही अमरीकियों ने पेटेंट कर लिया हो।

हाँ तो ब्रेक से पहले जो बहन अपना सवाल पूछना चाहती थीं पूछें। माँग में सिंदूर भरे, बड़ी बिंदी लगाए महिला लगभग चीखती है—

—पिछले दिनों जब जयललिता जी की सरकार थी तो उन्होंने कहा था कि जो माता-पिता अपनी-अपनी लड़कियों को नहीं पालना चाहते वे उन्हें सरकार को दे दें। क्या यह सच है? सरकार लड़कियाँ पाल सकती है।

खरखूशटी देवी मुस्कराती हैं—अजी राम का नाम जिसकी आफत वही जाने। सरकार पै सड़क तो बनती नहीं, बिजली तो आती नहीं, लोगों को नौकरी तो मिलती नहीं। ऊपर से लड़कियाँ पैदा करो और सरकार को दे दो। और अनाथालयों में उनके साथ क्या नहीं होता, इससे पैदा ही क्यों करो? फिर आजकल की सरकारें तो दिखावे के लिए भी बहुत कुछ कह देती हैं और जो कहती हैं उसे पूरा नहीं करतीं। सरकार पिछले पचास साल से दहेज खत्म कर रही है। हो गया दहेज खत्म, बलात्कार करनेवाले को मिलती है कोई सजा? सरकार लड़कियों को शिक्षा दिलवाना चाहती है, हो गईं क्या शिक्षित लड़कियाँ? एक इंदिरा गाँधी के हो जाने से क्या सब लड़कियाँ प्रधानमंत्री बन जाती हैं? इसलिए मेरा तो बहनों को यही सुझाव है कि वे सरकार के भरोसे न रहें। अपनी आफतों से आप ही निबटें।

एक आदमी पीछे से हाथ उठाता है। लम्बी टाँगें दिखाती वी जे माइक लेकर उसके पास पहुँचती है।

—बताइए आपका सवाल क्या है?

—जैसा बूटी के बारे में कहा गया, हमने सुना है पंजाब में खौलते दूध में डालकर या चारपाई के नीचे दबाकर लड़कियों को मार देते थे। क्या इनका इस्तेमाल अब भी किया जा सकता है?

खरखूशटी देवी जम्हुआई लेते कहती है—क्यों नहीं? यह भी कोई पूछने की बात है। दूध भी सबके घर आता है। उसे खौलाया भी जाता है और लड़कियाँ भी सबके घर पैदा होती हैं। गरीबों के घर! दूध चाहे उनके यहाँ न आता हो मगर चारपाइयाँ तो हर एक के घर में होती हैं। (ठहाका) वैसे ही बात यह है कि भारत इतना बड़ा देश है। यहाँ हर जाति, हर धर्म के लोग मिल-जुलकर रहते हैं। मगर सब जाति, सब धर्म अपनी-अपनी तरह से लड़कियों से छुटकारा पाना चाहते हैं। हर जगह के रीति-रिवाज, परंपराएँ अलग-अलग होती हैं। अब जो जैसा चाहता है वैसा करे।

वी जे अपनी यादों में खो जाती है—

—मेरी दादी बताती थीं कि उनकी तीन बड़ी बहनों को घरवालों ने जमीन में जिंदा दफन कर दिया था। उनके पड़ोस में पैदा होते ही लड़की की नाक या

गरदन दबा दी जाती थी। आज हमें लगता है कि ये तरीके ज्यादा आसान हैं। इनमें कोर्ट, कचहरी, पुलिस का चक्कर भी नहीं रहता। लड़की ही तो थी मर गई तो क्या हुआ?

उम्मीद है हमारे दर्शकों को यह प्रोग्राम पसंद आया होगा। खरखूशटी देवी जी हम आपका धन्यवाद करते हैं। गिव हर ए बिग हैंड।

अब हमारे दर्शकों के लिए इनामी सवाल। आज बताई गई लड़की मारने की पद्धतियों में से अपने घर में आप क्या अपनाते हैं, या अपनाना चाहेंगे। यदि कोई नई पद्धति आप जानते हैं तो तुरंत लिख भेजिए। लड़की मारने की सबसे अच्छी प्रविधि बतानेवाले को मिलेगा लन्दन का एक महीने का ट्रिप। ज्यूलर्स की तरफ से डायमंड सेट तथा और भी बहुत कुछ। यहाँ मैं आप को यह भी बता दूँ कि हमारे प्रोग्राम हिट हो रहे हैं। हमारी टी आर पी रेटिंग लगातार बढ़ रही है।

अब हमारे प्रोग्राम का वक्त समाप्त होता है। अगले हफ्ते हम ऐसी ही कोई उपयोगी जानकारी लेकर फिर हाजिर होंगे तब तक के लिए नमस्कार, सलाम और बाय, टा-टा करती वी जे स्क्रीन पर गायब हो जाती है।

(हंस, 2000)

खेल

जैसे-जैसे रात बढ़ती है छोटे रेलवे स्टेशन तक ऊँघने लगते हैं। सुनसान और वीरान। एक-आध कोई गाड़ी आती है तो वे गहरी नींद से जाग जाते हैं। अन्यथा तो तेज गति वाली गाड़ियाँ उनकी उपेक्षा करती दौड़ी चली जाती हैं। गाड़ी चले जाने की लय दूर तक गूँजती रहती है।

लेकिन बड़े स्टेशनों पर ऐसा नहीं होता। वहाँ हर समय आपा-धापी मची रहती है। लोगों का समुद्र अचानक राजस्थान के समुद्र की तरह वाष्पित हो जाता है फिर एक नया समुद्र उग आता है। पल-पल सब कुछ बदलता हुआ। बदलने में करोड़ों वर्ष नहीं लगते। ''गति से उपजी दिक्कतें, शोर, प्रदूषण, भीड़ सब कुछ—फिर भी लोग बढ़े चले जाते हैं''—जीवन की गति में शामिल होने के लिए। एक सोया समाज जब गति में शामिल होता है तो वहाँ तेजी से कितना कुछ बदल जाता है।

''तो तुम कैसे जाओगे? गाड़ी दो घंटे लेट है। कितनी देर हो जाएगी? बस मिल जाएगी?'' मैंने विभु से कहा।

''हाँ-हाँ रातभर बसें चलती हैं। और मैं कोई छोटा बच्चा भी नहीं हूँ।'' वह बोले।

''न हो तो ऑटो कर लेना। आधी रात तो यहीं बीत जाएगी। बस के चक्कर में पड़ोगे तो कब तक पहुँचोगे? कब सोओगे?''

''ओफ यार तुम तो बस...ठीक है मैं देख लूँगा। लेकिन तुम पहुँचते ही फोन कर देना। मैं पूरे दिन घर में ही रहूँगा।''

'मेरे फोन के इंतजार में। दिखा तो ऐसे रहे हो जैसे अभी-अभी ब्याह कर लाए हो।'' मैंने कहा फिर हम दोनों जोर से हँसे। वहाँ के शोर में किसी तक हमारी आवाज नहीं पहुँची। जोर से हँसना असभ्यता की निशानी ठहरी।

हँसी के भी कितने बिंदु बस यों ही मिल जाते हैं। गपशप और इधर-उधर की बातें निकलते समय का अहसास ही नहीं होने देतीं।

गाड़ी आ गई थी। सामान के नाम पर एक थैला ही था मेरे पास। मैंने थैला नीचे रखा और खिड़की के पास आकर बैठ गई। गाड़ी ने पहली सीटी दी तो वह नीचे उतर गए।

"इतवार की शाम चलोगी न, वहाँ से।"

"हाँ, सेमिनार वैसे तो पाँच बजे तक का है। लेकिन कुछ देर पहले निकलूँगी।"

एक दिन के लिए कहीं जाना दुश्वार है। ऐसा लगता है जैसे युगों बाद लौटना होगा। जो जाता है, लेकिन जो पीछे छूट जाता है वह लगातार गए व्यक्ति के बारे में आशंका से घिरा रहता है। पता नहीं वह ठीक-ठाक लौट भी पाएगा या नहीं। कहीं रास्ते में ही तो कुछ नहीं हो जाएगा। कोई बुरी खबर तो नहीं मिलेगी। विभु के चेहरे पर प्रायः ऐसी आशंकाएँ लिख जाती हैं।

गाड़ी आगे खिसकने लगी तो मैंने कहा—"तुम जाओ।" मगर मुझे पता था कि गाड़ी जब तक आँखों से ओझल नहीं हो जाएगी, वह वहीं खड़े रहेंगे। मैंने खिड़की से पीछे मुड़कर देखने की कोशिश की मगर कुछ भी नजर नहीं आ रहा था सिवाय प्लेटफार्म की तेजी से पीछे छूटती रोशनियों के। कहीं जाते वक्त न जाने मन में क्या होने लगता है। घर एक बिछड़े हुए साथी की तरह याद आता है। तब और भी अधिक जबकि घर में सिवाय दो जनों के और न हो।

रात के समय गाड़ी की यात्रा बेहद डरावनी लगती है। बाहर का सब कुछ कितना एकसार लगता है। बिलकुल भयावह। जहाँ कोई गति स्पन्दन ही न हो। एक अंधा कुआँ। दिन में जो चीजें बेहद आकर्षक लगती हैं, वे रात के वक्त एकाएक क्योंकर गतिहीन और डरावनी लगने लगती हैं।

मेरे सामने एक और सज्जन थे अखबार में डूबे हुए। एक मुसीबत, कोई स्त्री होती तो उससे बात की जा सकती थी...परिचय के सूत्र ऐसे ही मिल जाते हैं।

गाड़ी में खूब चहल-पहल थी। शोर की ऐसी मद्धिम आवाजें जो किसी खामोश स्कूल के बीच में से जब-तब आती हैं। यात्रा की खुशी में लोगों के चेहरे बेहद तरोताजा और खूबसूरत दिखाई देते हैं। यात्रा के लिए साथ लाए खाने की गंध यात्रियों के सामान में रच-बस गई थी। गाड़ी में खाने का ऑर्डर लेनेवाला आ पहुँचा था। मैंने मना किया। एक अखबार पढ़नेवाले सज्जन ने अखबार हटाया और खाने के लिए ऑर्डर दिया।

छोटी आँखें, कुछ उठी हुई नाक, घुँघराते बाल...मैंने देखा और आँखें बंद कर लीं। गाड़ी में कभी नींद भी नहीं आती ठीक से। पता नहीं वह कैसे गए होंगे—बस में या ऑटो में। अब तक घर भी पहुँचे होंगे या नहीं। अखबार पढ़नेवाले सज्जन फिर से अखबार में डूब गए थे हालाँकि रोशनी बहुत कम थी।

"तुम निर्मल हो।" मुझे किसी की आवाज सुनाई दी। आवाज फिर आई—"निर्मल हो न!"

"हाँ, हाँ मगर आप..." वाक्य पूरा नहीं हुआ। मेरी नजरें उस चेहरे पर टिक ही गईं। दोबारा पहचानने में देर लगती है। बीस वर्ष। एक के बाद एक ढेर सी पर्तें।

"इतनी देर से अखबार के पीछे से मैं तुम्हें ही पहचानने की कोशिश कर रहा था। जब ठीक से पहचान लिया तभी पूछा।" वह हँसा—"इतने दिनों में तुम बहुत अधिक नहीं बदली हो।" आदमियों का चिर-परिचित वाक्य—"अरे तुम तो बिलकुल पहले जैसी हो।" एक छल। जिसे स्त्रियाँ अक्सर समझ नहीं पातीं।

उसके दाँतों में एक दरार दिखी। उम्र भी मनुष्य को कैसे-कैसे छकाती है। उस जमाने का वह घुँघराले बालों वाला नवयुवक, एक प्रौढ़, उड़े हुए बाल और कुछ झुकी हुई कमर में बदल गया था। मैं भी बदल गई हूँ। उसे वैसे ही बदली हुई दिखती होऊँगी। लेकिन उसने कहा कुछ और है। इसलिए अतीत को हमेशा स्मृतियों में जिंदा रहने देना चाहिए। वहाँ वह सुरक्षित रहता है जब मन आए उसे निकाल कर जस का तस देखा जा सकता है, फिर वापस रख देने के लिए। लेकिन गुजरे जमाने से दो-चार होना। वहाँ कितनी बदसूरती, बेडौल पजैसिवनैस और खुरदरापन छिपा रहता है...एक कष्टप्रद यात्रा। पीछे की ओर। जहाँ कभी लौटा नहीं जा सकता, उसकी कामना। अतीत में लौटना...वक्त के पर्दे में कुछ छेद जिनसे बीते हुए कल की आधी-अधूरी तस्वीरें ही देखी जा सकती हैं। रंगहीन, बेआवाज। उन्हें कभी पकड़ा नहीं जा सकता।

लेकिन् यों एकाएक पहचानना क्यों? मैंने उसकी बात का कोई जवाब नहीं दिया तो वह बड़े नाटकीय अंदाजं में बोला—"यह तो सोचा ही नहीं था कि तुम अचानक ऐसे ही मिल जाओगी।"

"अगर सोचते तो?..." मैंने हँसते हुए कहा। उसे अंदाज नहीं था कि बढ़ती उम्र में भी कोई इस तरह खिलंदड़ा बना रह सकता है। वक्त की मार क्या कोई भी इनोसेंस बचने देती है।

मुझे हँसते देख उसके चेहरे पर बेतरतीब उग आई तनाव की रेखाएँ गायब हो गईं। उसने मुस्कराने की कोशिश की—"इतने दिनों से, दिनों से क्या सालों से बस सोचता ही तो रहा हूँ कि एक दिन तुम बस यों ही मिल जाओगी।"

"मिलने पर क्या करना था, अब जब मिल ही गई तो।" मुझे अपनी आवाज बेहद तेज और कठोर लगी।

"काश! कि तुम सचमुच मिल जातीं" उसके चेहरे पर एक बदसूरत मुस्कराहट फैल गई। वे बातें जो मुझे कभी बहुत अच्छी लग सकती थीं, उन्हें सुनकर अब कुछ झुरझुरी-सी हुई।

"वन कैन नॉट फरागेट द पास्ट।" वह आगे कहता कि तभी खाना आ गया था। उसने कहा, "तुम नहीं खाओगी।"

"नहीं।"

"थोड़ा-सा शेयर कर लेतीं मेरे साथ।"

"मेरे साथ" यानी कि फिर वही पजैसिवनैस जबकि उस जमाने की मामूली-सी

कोमल भावनाएँ भी अब मेरे लिए जिन्दा नहीं थीं।

"नहीं।"—मैंने दृढ़ता से कहा।

"चलो तुम नहीं खातीं तो मैं भी नहीं खाऊँगा।" उसके दरार वाले दाँत फिर से दिखे।

समझ में नहीं आ रहा था कि इस आदमी की अतिरिक्त केयर का जवाब कैसे दूँ? फिर भी मैंने आवाज को संयत करते हुए कहा—"इन इतने सालों से मेरे बिना क्या आपने कुछ नहीं खाया।"

"कह सकती हो कि खाते हुए भी नहीं खाया।"

"मि. वर्मा तब ऐसा किया ही क्यों था? लगता है वक्त हमेशा आपके हाथ से छूटता रहा है। किसी ने आपको रोका था कि मेरा विवाह आपके साथ न होता? और आज आप ऐसे दिखा रहे हैं कि जैसे इस सदी के सबसे बड़े मजनूँ आप ही हैं। झूठ और नाटक की भी कोई हद होती है।" क्रोध से मेरी जबान लड़खड़ा रही थी।

उसने मेरी बात का जवाब नहीं दिया। फिर वेटर को चाय लाने का आदेश दिया—"दो कप चाय।"

"आप एक ही कप मँगवाइए। मैं रात को चाय नहीं पीती।"

"दो कप ही ले आना।" वेटर चला गया तो उसने कहा—"पूरी जिंदगी मैंने खुद को कभी इस बात के लिए माफ नहीं किया। तुम्हारे जाने के बाद लगा कि मैंने क्या खो दिया है लेकिन तुमने मुझे अभी तक माफ नहीं किया है न!"

"माफी कितनी सुविधा का शब्द है लड़कों के लिए। सारे पाप करके माफी माँग लो, चलो छुट्टी।"

"तुम्हारे अंदर क्रोध अभी जिंदा है, अच्छी बात है। यही चीज तुम्हें जिलाए रखेगी वैसे भी क्रोध में तुम कुछ-कुछ पहले जैसी लगती हो।"

क्रोध...खिलंदड़ापन...हँसी...चारों ओर से घिराव...पहले जैसा कुछ ढूँढ़ने की कोशिश। मगर क्यों? पहले जैसा कुछ ढूँढ़ना...पीछे लौटना...अतीतजीवी होना उस जगह, उस उम्र, उस मन की तलाश जहाँ यह आदमी कभी जिंदा था। अपने विवाह के वक्त की इसकी वह वक्र मुस्कान...जिसमें कितना अपमान छिपा था। वह क्रूर बरताव...एक लड़की को जब चाहे तब छोड़ जाने का अहंकार।

"पहले जैसा कुछ ढूँढ़ने के लिए ही आपने कुछ दिन पहले मुझे वह ग्रीटिंग भेजा था जिसमें शुभकामनाएँ दी गई थीं। अधूरा नाम लिखा गया था और तारीख कहीं नहीं लिखी गई थी। जिससे कि वक्त पड़ने पर बचाव का एक आसान-सा रास्ता ढूँढ़ा जा सके कि यह ग्रीटिंग तो उन्हीं दिनों का है जब आप मुझे पत्र लिखा करते थे।"

मेरी बात और आरोप सुनकर भी वह खामोश रहा। मन-ही-मन मैंने कहा—"धोखेबाज

तब मुझे धोखा दिया था, अब अपनी पत्नी को दे रहा है।''

उसके विकृत चेहरे और पुरुष होने के अभिमान को देखकर मुझे हैरत हुई कि क्या सचमुच मैं कभी इस आदमी के साथ जीवन बिताना चाहती थी। सोचती थी कि इसके बिना जिंदा नहीं रहूँगी। यह फिर एक खेल खेल रहा है—जीतने की शुरुआत का।

बाहर फैले अँधेरे में खोजने के लिए ऐसा कुछ नहीं था जहाँ इतनी देर से नजरें गड़ाए था। वह चोर नजरों से कभी-कभी देखता। उसके चेहरे पर उदासी थी जो क्रोध के कारण मुझे बनावटी लग रही थी। डिब्बे में खाना खाकर लोग ऊँघ रहे थे। बच्चे लुढ़क पड़े थे। सोते हुए लोगों के बीच कोई-कोई जग भी रहा था। उसका खाना वैसे ही रखा था।

चायवाला चाय ले आया तो उसने वहीं ट्रे रखवा ली और खाना उठा ले जाने के लिए कहा। फिर उसने कपों में चाय उँड़ेली। दूध-चीनी मिलाई। टी बैग्स को बाहर निकाला और कप मेरी तरफ बढ़ा दिया। मैंने कप पकड़ा और एक झटके से खिड़की के बाहर फेंक दिया।

''तू सोचता है जीत हमेशा तेरी ही होनी चाहिए क्यों?'' कहते हुए अपना थैला उठाया और टी. टी. के पास चल दी, यह कहने के लिए वह मुझे कहीं और बिठा दे।

वह हक्का-बक्का बस मुझे देखता रह गया।

टिकट चेकर ने मुझसे कारण जानना चाहा क्योंकि कोई और सीट खाली नहीं थी। उसने कहा—''आप वहीं बैठ जाइए। जैसे ही कोई सीट खाली होगी मैं आपको दिलवा दूँगा।''

''क्या मुझे दोबारा वहीं जाना पड़ेगा उसी नर्क में। जिसे छोड़ इतने वर्ष हो गए। मैं उस आदमी को दोबारा देखना भी क्यों चाहूँ बात करना तो दूर।''

''ठीक है, वहाँ बैठने के बजाय मैं खड़े रहकर जाना पसंद करूँगी।'' मैंने कहा और दरवाजे के पास दीवार से पीठ लगाकर खड़ी हो गई। गाड़ी तेज रफ्तार से भागी जा रही थी।

(वागर्थ, 1995)

बेघर

बालकनी अब भी तप रही है।

नंगे पाँव खड़ा नहीं हुआ जा सकता।

सुमन सामने के घर से आती लोहे पीटने की आवाजों को सुनने की कोशिश करती हैं। एक मजदूर घर के बाहर की ग्रिल को ठोंक-पीटकर ठीक कर रहा है।

ड्राइंगरूम में विनी का बड़ा-सा चित्र लगा है। जींस, टी-शर्ट पहने ऐसा लगता है वह जल्दी में है। सुमन जब-जब इस चित्र को देखती हैं विनी के चेहरे पर छाए तनाव को पकड़ने की कोशिश करती हैं। न जाने कितने लोगों से उन्होंने यह बात कही है कि विनी के चेहरे के तनाव को देखो। पर कोई वहाँ तक नहीं पहुँचता—कहीं ऐसा तो नहीं कि इसी तनाव की वजह से वह—

उनकी बात पर कोई यकीन नहीं करता। लोग सोचते हैं उनकी आदत हो गई है, हर बात में नकारात्मक अर्थ खोजने की। टी. वी. के ऊपर अमन की तस्वीर रखी है—गोरा-चिट्टा, उड़े हुए बाल, हल्का-सा खुला मुँह।

यदि विनी को जाना ही था तो कम-से-कम बेटे का दुख तो साथ न लेकर जाती। अमन की याद में ये चार साल उसने कैसे घुट-घुटकर बिताए, फिर खुद भी नहीं रही।

सुमन जब सोचती हैं उनके आँसू थमते नहीं। अस्पताल के बिस्तर पर उसके वे आखिरी चार दिन। खबर मिलते ही वह पहली फ्लाइट से पुणे जा पहुँची थीं। हालाँकि यह बात उनकी समझ से बाहर थी कि नाक से खून बहने में इतनी गंभीर बात क्या हो गई कि विनी अस्पताल में है। एअरपोर्ट पर विजय ने जो बताया तो उनके होश उड़ गए। उसे ब्रेन हेमरेज हुआ था।

उस आई. सी. यू. वार्ड में वह घुसीं तो विनी आँखें खोले दरवाजे की तरफ ही देख रही थी। "चलो होश में तो है।" सुमन ने अपने मन को सांत्वना दी। वह उसे देखकर मुस्कराई। लेकिन मुस्कराहट का जवाब अगर मुस्कराहट से न मिले तो—उन्होंने उसके सिर पर हाथ फेरा। बड़ी बहन और माँ का स्पर्श साथ-साथ, "क्या

हाल है?" कोई जवाब नहीं, कोई होश भी नहीं। एकदम बेपहचान। उन्हें घबराहट होने लगी। उसका हाथ छुआ तो उसने हाथ कसकर पकड़ लिया। कोई बेहोश व्यक्ति हाथ की छुअन को कैसे पहचान सकता है।

रातभर वह उसके सिरहाने बैठी रहीं। विजय को उन्होंने घर भेज दिया था। वह घर और बच्चों की चिंता करे। वह अस्पताल में सब सँभाल लेंगी। सुबह के वक्त थोड़ी देर आँख लगी फिर चौंककर उठ बैठीं। घड़ी की सुइयों की खिस-खिस सिर में हथौड़े की तरह पड़ रही थीं।

नर्स विनी का टेम्परेचर ले रही थी। उसके दिल की धड़कनें मशीन पर हरे धब्बों में बदलकर भाग रही थीं।

बड़े बेटे की मौत पर कैसे डिप्रेशन में चली गई थी। तब डॉक्टर ने ही कहा था कि उसे ठीक करने का तरीका एक और बच्चा ही है। लेकिन विनी, वह तो तैयार ही नहीं थी—"एक और बच्चा! क्या वह अमन हो सकता है? नहीं मुझे कोई बच्चा नहीं चाहिए। नहीं चाहिए, नहीं चाहिए।" लेकिन फिर अमिता का जन्म।

विजय की नौकरी ऐसी थी कि वह हफ्तों के लिए बाहर चला जाता था। जिस दिन उसे लौटना होता वह बच्चों की तरह एक्साइटेड हो जाती। बार-बार रेलवे स्टेशन या एअरपोर्ट फोन करती। उसे हमेशा शक बना रहता कि गाड़ी जरूर लेट हो जाएगी या हवाई जहाज सही वक्त पर लैंड नहीं करेगा। उस पूरे दिन वह ऐसे भागती-दौड़ती जैसे घर में कोई मेहमान आनेवाला है। विजय की पसंद के धोबी से धुले साफ चादर। हर चीज करीने से अपनी जगह। उसके लिए आए एक-एक फोन का हिसाब-किताब। उसकी चिट्ठियाँ। उसके प्रेस हुए कपड़े। बाथरूम का धुला तौलिया और महकते अंडरगारमेंट्स। उसकी पसंद का खाना। घर में नौकर-चाकर थे। लेकिन विजय और बच्चों के लिए खाना वह खुद ही पकाती थी। उनकी एक-एक जरूरत का हिसाब रखती थी।

एक बार सुमन जब उसके पास एक हफ्ते के लिए रहने गई तो यह देख-देखकर हैरान होती रही कि क्या यह वही लड़की है जो सुबह उठाए से नहीं उठती थी। इसकी अलमारी घूरे का ढेर नजर आती थी। और खाना पकाना सीखने के नाम पर कहती थी कि वह ब्रेड एंड बटर के सहारे ही जिंदगी गुजार लेगी।

सचमुच क्या यह वही विनी है। सब कहते थे कि विजय के माता-पिता और उनसे ज्यादा विनी के अपने माता-पिता कि विजय ने विनी को बदल दिया है। कोई यह नहीं कहता था कि यह उसकी अपनी हिम्मत है कि बदल लिया है खुद को। लड़कियाँ खुद को बदल लें तो भी श्रेय कहीं और चला जाता है।

सुमन ने एक दिन कहा भी था—"तू तो बिलकुल घर घुस्सू हो गई है। लगता है, इस घर से बाहर तेरी कोई दुनिया ही नहीं।"

"क्या करूँगी घर से बाहर कोई दूसरी दुनिया बसाकर। यह दुनिया क्या कम

भरी-पूरी है। मुझसे किसी ने नहीं कहा था कि शादी करूँ, घर बसाऊँ, बच्चे पैदा करूँ। घर ठीक से नहीं चलेगा तो आप लोग ही कहने लगेंगे–'' उसके घर की बैल बजी। वहाँ धोबी खड़ा था। उसने पैसे के हिसाब की कापी निकाली। एक-एक रसीद स्टेपल की हुई उसमें लगी थी।

धोबी के जाने के बाद सुमन ने कहा था, ''तुझे याद है तू कितने पैसे खोती थी। कितनी बार पर्स गिराकर आई।''

''हाँ, दीदी ये सब बीती बातें हैं। उस विनी को ढूँढ़ोगी तो अब कहीं नहीं मिलेगी।'' पता नहीं उसकी इस बात से सुमन को ऐसा अहसास हुआ कि कहीं किसी तरफ, मन के बंद कोने में कोई तकलीफ छिपी हुई थी जिसे वह किसी से शेअर नहीं करना चाहती थी।

उनके मुँह से निकला था, ''तू खुश तो है।''

''तुम्हें खुश नहीं लगती।'' उसने वापस सवाल पूछ लिया था, ''खुशी अपने मन में होती है। बाहर तलाश करने निकलो तो वह कहीं नहीं मिलती। एक क्षण को लग सकता है कि यह खुशी हमारी अपनी खुशी से बड़ी है। लेकिन होता तो वह छल ही है, भ्रम! जो कभी न कभी टूट जाता है।''

''नहीं, इसलिए नहीं पूछ रही। आज तुझे देखकर कौन कह सकता है कि तू हॉकी की नेशनल टीम की कैप्टेन रह चुकी है। किसी के कहने की क्या जरूरत। वैसे भी पास्ट इज पास्ट। अतीत को पकड़ने के चक्कर में हम वर्तमान में भी जहर घोल लेते हैं।'' उसने कहा था।

आज भी क्या उस विनी को ढूँढ़ा जा सकता है, जिसकी आँखें स्थिर हैं। डॉक्टरों ने उम्मीद छोड़ दी है। कहा है, ''बस प्रार्थना, प्रार्थना।''

लेकिन सुमन की प्रार्थना इस वक्त ईश्वर क्यों सुनेगा? उनके अपने माता-पिता ने भी नहीं सुनी थी।

''लड़का बनिया, हम वामन। बनियों के घर लड़की देंगे और वामन होकर उनके पाँव छुएँगे।'' सुमन के एम. ए. पी-एच. डी. पिता ने यह कहा तो वह स्तब्ध रह गईं। बात अभी खत्म नहीं हुई थी–''लड़कियों को हमने लड़कों के बराबर इसलिए पढ़ाया-लिखाया नहीं था कि वे हर बात में अपनी मर्जी चलाएँ। खेलने-कूदने का मतलब यह तो नहीं कि माता-पिता के सिर पर ही रोड़ी कूटी जाए।''

विनी एक ज्वाला, ''देख लो दीदी, यही पिता जी हैं न जो सक्सेना अंकल की बेटी के क्रिश्चियन लड़के से शादी पर कैसी बातें करते थे कि अगर लड़का-लड़की एक-दूसरे को पसंद करते हैं तो क्या जात-बिरादरी का क्या धर्म?''

''तू चुप रह। यह शुरुआती गुस्सा है बाद में सब ठीक हो जाएगा।'' उन्होंने उसे चुप किया था।

''कुछ ठीक नहीं होगा। मुझे पढ़ना-लिखना खेलना-कूदना किसलिए सिखाया

जानती हो, इसलिए—वैसे ही जैसे बकरे को काटने से पहले कसाई उसे खूब खिलाता-पिलाता है। मोटा-तगड़ा करता है।''

विनी अड़ गई थी। सुमन ने ही उसके विवाह का इंतजाम किया था। कुल चार-पाँच लोग। कोर्ट में शादी। कोई आशीर्वाद या मंगलकामना तक नहीं, न लड़केवालों की तरफ से न लड़कीवालों की तरफ से। सुमन ने ही उसे अपनी लाल पटोले की साड़ी पहना दी थी। उस सादगी में भी वह कितनी आकर्षक और सुंदर दिख रही थी।

धीरे-धीरे सब नार्मल भी हो गया था लेकिन विनी नहीं भूली थी। भूलना वह जानती ही नहीं थी। कोई भी कड़वी बात उसे वर्षों तक मथती रहती थी, परेशान करती थी। जब अपने माता-पिता भी विजय की तारीफ करते तो वह कभी उसमें हिस्सेदारी न करती। उसे झूठ और फरेब से नफरत थी।

सात बजे तो सुमन ने तौलिया उठाया। गीला करके उसके मुँह को पोंछा। हाथ-पाँव पोंछे। बाल सँवारे।

प्रार्थना बस, प्रार्थना! क्या पता कोई चमत्कार हो जाए। सचमुच जीवन में कभी चमत्कार होते हैं। मृत्यु को इतने नजदीक से देखने पर सिर्फ चमत्कार ही याद आते हैं। सारा यथार्थ गायब हो जाता है।

विजय चाय लेकर आ गया। सुमन की इच्छा नहीं थी।

बोला, ''पी लीजिए। रात भर की जगी हैं। अब मैं यहाँ हूँ। ड्राइवर बाहर है। आप घर चली जाइए। थोड़ी देर आराम करके लौट आइएगा।''

''नहीं विजय। कैसा आराम। इससे दूर जाकर तो बस—यहीं रहने दो मुझे। जिंदगी भर आराम ही तो करना है?'' अपनी आवाज की उदासी को वह खुद ही नहीं पहचान सकीं।

''मुझे किसी ने एक होमियोपैथ के बारे में बताया है। उसकी दवा यदि दस दिन तक माथे पर लगाई जाए तो ब्रेन हैमरेज ठीक हो जाता है।''

''तो देर क्यों कर रहे हो। अभी चले जाओ। अभी, क्या पता यही कोई चमत्कार हो।''

''ठीक है, मैं चला जाता हूँ। तीन-चार घंटे लग जाएँगे। आपसे पूछना था, मम्मी-पापा को इन्फार्म कर दूँ।''

''कर दो। पर पहले दवा लेकर आओ।'' वह व्यग्र हो उठीं। क्या पता विनी का जीवन अभी बचा हो। मरते-मरते जी उठने की इतनी कहानियाँ। शायद अपने जीवन में कोई घटना सच साबित हो जाए? विनी उनकी अपनी बेटी जैसी! हूक उठती है। क्या सचमुच यह यों देखते-देखते चली जाएगी। सामने-सामने इसके निशान नहीं मिलेंगे। घर में चलती पार्टी के बीच नाक से खून बहने लगा। मामूली बात—वह इतनी बड़ी बन गई। क्या पता सुबह तक इंतजार न करके उसी वक्त अस्पताल ले आया जाता तो कुछ हो जाता। उसकी आँखों की यह अजनबियत बर्दाश्त नहीं

होती सुमन से। बचपन में स्कूल से लौटकर वह सुमन की ही गोद में छिप जाती थी। माँ के पास तो जाती ही नहीं थी। सुमन सबसे बड़ी, विनी सबसे छोटी। वही उसे तैयार करतीं। रिबन बाँधकर फूलवाली चोटी बनातीं। उसे खाना खिलातीं। स्कूल छोड़कर आतीं। किसी बच्चे से खटपट हो जाती तो वही फैसला कराने जातीं। होमवर्क करातीं। उसका रिजल्ट लातीं। इस सबके साथ-साथ अपनी पढ़ाई करतीं। विनी उनकी पूँछ बनी पीछे लगी फिरती। नवीं-दसवीं तक जब वह बाजार जातीं तो वह उनकी उँगली पकड़कर चलती।

कॉलेज में जब वह पढ़ाने लगीं तो विनी को भी अपने यहाँ दाखिला दिलवा दिया था। वह घमंड में फूली-फूली फिरती। वह एक अध्यापिका की सगी बहन है। साथ पढ़नेवाले विद्यार्थियों पर रौब झाड़ती। हॉकी लेकर सबको धमकाती। यह उसमें नया पैदा हुआ आत्मविश्वास था। उनकी शादी पर तो उसने रो-रोकर घर सिर पर उठा लिया। विनी को यकीन ही नहीं था कि सुमन उसे छोड़कर भी जा सकती है। पति अनिरुद्ध से तो उसने दुश्मनी ही ठान ली थी। अनिरुद्ध की मीठी बात भी उसे झिड़की लगती। जब सुमन उसे समझाने की कोशिश करतीं तो वह लड़ने लगती, लड़ते-लड़ते रोने लगती, "हाँ, हाँ अब तुम्हें मैं क्यों अच्छी लगूँगी।" वह उसे गले से लगा लेतीं, "क्यों बचपना करती है विनी तू? अच्छा, चल मेरे साथ चल।"

लेकिन वह अड़ जाती, कभी साथ जाने को राजी न होती? फिर अगले ही दिन घर आ धमकती। उसकी पजैसिवनैस को अनिरुद्ध भी अच्छी तरह समझते थे। इसलिए जब वह आती तो वह दूसरे कमरे में सो जाते।

धीरे-धीरे विनी ने नई स्थिति से समझौता कर लिया था। अनिरुद्ध को अब वह ऐसा खलनायक नहीं समझती थी जो उसकी बहन को उससे छीन ले गया था।

वही विनी आज जीवन और मौत के बीच झूल रही है। सुमन कुछ नहीं कर सकतीं। उनके दिमाग का खालीपन। लगता है जो कुछ हो रहा है वह किसी और के साथ हो रहा है। बुरी घटनाओं से बचने का तरीका! एक आश्वस्ति। पर कुछ भी आश्वस्त नहीं करता। सिर्फ प्रतीक्षा, किसी अघट की।

अनिरुद्ध भी बस आते होंगे। कल जब उन्हें उसकी बीमारी की गंभीरता का पता चला तो उनकी आवाज के कंपन को सुमन महसूस कर सकीं। विनी की शादी विजय से हो जाए इसके लिए अनिरुद्ध ने भी कोई कम प्रयास नहीं किए थे। पर उनके समझाने-बुझाने का भी कोई असर नहीं पड़ा था किसी पर। रूढ़ियाँ और जड़ता किसी भी तर्क को नहीं मानतीं।

उधर विजय के माता-पिता! उन्होंने विनी से क्या कुछ नहीं कहा था—तू वेश्या है। तू कालगर्ल है? तूने हमारे कमाऊ पूत को फँसा लिया है। उसके रास्ते से हट जा नहीं तो तेरी शक्ल बिगाड़ देंगे।

घर के सामने आकर इतनी गाली-गलौज की थी कि सारा मोहल्ला इकट्ठा

हो गया था। एक तरफ विजय के माता-पिता उसका शिकार करने पर तुले थे, दूसरी तरफ उसके अपने माता-पिता भी कौन से कम थे।

एक लड़की अगर अपनी जिंदगी के बारे में खुद फैसला लेने लगे तो वह कितनी अकेली होती है। उसे आसानी से खत्म किया जा सकता है।

विनी में तब इतना साहस कहाँ से आ गया था। बात-बात पर आँसू बहानेवाली वह लड़की इतने उपद्रवों और भावनात्मक तूफानों के बावजूद राक ऑफ जिब्राल्टर कैसे बनी रही थी?

जिस सच की कल्पना कर-करके हम डरते रहते हैं, उससे अगर बिल्कुल वैसे ही सामना हो जाए जैसा हम सोचते हैं तो मन कितना काठ हो जाता है। इस 'किसी और' में कितनी संतुष्टि छिपी है। जो कुछ बुरा है वह सिर्फ दूसरों के साथ घटे।

विजय के लौटने का वक्त नहीं हुआ अब तक। तीन बज रहे हैं। विनी के साथ वाले बिस्तर का बच्चा कैंसर से मर चुका है। उसके घरवालों की चीखें अस्पताल में गूँजती हैं। क्या पता विनी की बेहोशी इतनी चीखों से टूट जाए।

माता-पिता चल ही दिए होंगे। उसके सास-ससुर भी। वैसे तो अब कोई आए कोई जाए, क्या फर्क पड़ता है? जो जीवन इतना मान-अपमान तिरस्कार झेलता है, उसे ही खत्म होने में कितना कम वक्त लगता है?

तभी दरवाजे पर वह अनिरुद्ध को खड़ा देखती है। ओठ काँपते हैं। आँखों में धुँधलका छा जाता है 'नहीं-नहीं उन्हें रोना नहीं है।'' उन्हें तो सांत्वना देनी है सबको। सांत्वना! जिसका कोई विकल्प नहीं।

अनिरुद्ध के साथ विनी के सास-ससुर और माता-पिता भी हैं। अनिरुद्ध एक तरफ ले जाकर पूछते हैं, ''डॉक्टर क्या कहते हैं?'' सुमन के मुँह से कोई आवाज नहीं निकलती। वह सिर्फ ना में सिर हिलाती हैं।

अनिरुद्ध की लंबी साँस और मुँह से निकला, ''ओह गाड।'' चारों बूढ़ों के चेहरों पर मुर्दनी छाई है।

डॉक्टरों की टीम विजिट पर है। नर्स सबको बाहर चले जाने को कहती है। सुमन बाहर जाते-जाते विनी की ओर देखती हैं। उसकी आँखों में कल वाली चमक नहीं तो क्या—यह विजय अभी तक दवा के साथ कहाँ है! क्या मालूम वह डॉक्टर मिला है या नहीं! अथवा वह दवा ही...कहीं दवा का स्टाक ही खत्म न हो गया हो।

सब बाहर बैठे हैं। माँ के चश्मे पर बार-बार ओस जैसी बूँदें नजर आती हैं—वह रो रही हैं चुपके-चुपके। क्या यह भी आ रहा होगा मन में कि अपनी ही संतान के साथ उन्होंने कितना अन्याय किया? अब क्या यह पछतावा जीवन भर पीछा छोड़ेगा! अभी तो वह दिखाई भी दे रही है—कल शायद...

सामने से विजय आता दिखाई देता है। चाल में तेजी। उड़े बाल। चेहरे पर

घबराहट। वह आकर सुमन को गहरे कत्थई रंग की शीशी पकड़ाता है, "इसे आप विनी की कनपटियों पर हर आधा घंटे बाद लगाती रहिए।"

"लेकिन अंदर नर्स या डॉक्टर मना तो नहीं करेंगे।"

"आप पूछ लीजिए।" विजय माता-पिता से मिलने बढ़ जाता है। सुमन अंदर दौड़ जाती हैं। डॉक्टर-नर्स दवा लगाने को मना नहीं करते। अनिरुद्ध भी साथ आते हैं।

सुमन विनी के दवा लगाती जाती हैं। साथ-साथ हनुमान चालीसा का पाठ करती जाती हैं। कहते हैं न कि रोग-मुक्ति के लिए हनुमान चालीसा का पाठ करना चाहिए।

रात के दस बजे हैं। विनी की अधमुँदी आँखें अब पूरी तरह से बंद हो चुकी हैं।

सुमन दौड़कर सिस्टर को बुलाती है। सिस्टर डॉक्टर को। मन करता है पूछें, क्या सचमुच अब कुछ नहीं हो सकता। नहीं पूछतीं, नहीं। विनी तुम्हारे लिए अब कोई आशा क्यों नहीं है। इस दुनिया से इतना बेगानापन।

हमारी चाहना भर कितनी अजीब है जब हम उस तक पूरी तरह पहुँचते हैं, खुद से कितनी दूर निकल जाते हैं। जिसे पाना कहते हैं क्या सच वह पाना है, या खुद से मुँह छिपाने का एक तरीका भर।

विजय से विवाह नहीं होने देना चाहता कोई—उसके बहाए इतने आँसू—उसकी मुँदी हुई पलकें अब कभी उनका भार ढो सकती हैं। उसके बेटे की अकाल मृत्यु! उसके नन्हे बच्चे जिन्हें नहीं मालूम कि माँ किसे कहते हैं। बेटे के जन्म दिन के लिए मँगाई सफेद लाल पाड़ की साड़ी हेंगर में झूल रही है—विजय ने बताया था।

डॉक्टर के पास आकर कहता है, "आपके घर के अन्य लोग।" विनी के सिरहाने खड़े अनिरुद्ध यह सब सुन रहे हैं। हड़बड़ाहट में पूछते हैं—"क्या बात है डॉक्टर।"

अस्पताल की मटमैली दीवार पर एक छिपकली रेंग रही है विनी की साँसों की तरह।

डॉक्टर अनिरुद्ध की तरफ देखता है। थोड़ी देर के लिए खामोशी छा जाती है। डॉक्टर अपने शब्दों के वजन को नाप-तौल रहा है, "आप आइए मेरे साथ।" अनिरुद्ध पीछे मुड़कर सुमन को देखते हैं। व्याकुल आँखों से। कहीं तहखाने में कोई मशीन चल रही हो तो ऊपर का फर्श जैसे थरथराने लगता है, बिना भूचाल आए, वैसा ही कुछ सुमन को लगता है। कल तक, नहीं रात तक, ठीक से याद नहीं दोपहर तक, सब कुछ गड्ड-मड्ड हो रहा है। विनी के दिल की धड़कन हरी स्क्रीन पर चमकते सितारों के रूप में किसी धावक की तरह दौड़ रही थी। आज वे किसी थके-हारे मनुष्य की तरह आ-जा रही हैं।

अनिरुद्ध लौटकर सुमन के पास खड़े हो जाते हैं। उसके कंधे पर हाथ रख कहते हैं, "सुमि, हिम्मत से काम लो।"

हिम्मत! यानी कि बिना कहे सब कुछ समझ जाती हैं वह।

"अब—कितनी देर बची है।"

"डॉक्टर का कहना है कि बी. पी. नीचे हो रहा है। हार्ट बीट स्लो हो गई है। बॉडी दवाओं को रिस्पांड नहीं कर रही है। शायद आधा घंटा..."

आधे घंटे में विनी है से थी हो जाएगी।

आँखें साथ छोड़ देती हैं। वह खिड़की के पास आकर खड़ी हो जाती हैं। माता-पिता आएँ उससे पहले जितना रो सकती हैं, रो लें। कोई उन्हें न देखे।

अनिरुद्ध बाहर जाकर लौटते हैं। तो विजय साथ है। वह विनी के माथे को चूमता है जैसे कह रहा हो—अलविदा।

वह उनके पास धीमे कदमों से आता है—उनके कंधों पर सिर रखकर बच्चों की तरह बिलखने लगता है, "इसे इतनी जल्दी क्या थी? इस तरह उजाड़कर कोई जाता है।"

वह कहना चाहती हैं, "जब भी कोई जाता है किसी न किसी की दुनिया उजड़ती ही है।"

एकाएक उनकी नजर मशीन की स्क्रीन पर जाती है। अरे, वहाँ कोई हलचल नहीं। वह चीखकर कहती हैं, "अनिरुद्ध डॉक्टर को बुलाओ।"

डॉक्टर आता है—नब्ज देखता है स्टेथस्कोप लगाता है। फिर कहता है, "मैंने कहा ही था..."

विनी खामोश हो चुकी है। उसकी दुनिया का अंत हो चुका है। क्या पता इससे अलग कोई दुनिया होती भी है या नहीं। हम अक्सर दूसरी दुनिया के बारे में सोचते रहते हैं।

सब तरफ हाहाकार मचा है।

बच्चों को विजय ने अपने दोस्त के घर भेज दिया है। बच्चे यही समझें कि उनकी माँ कहीं यहीं है। सुमन को यह नहीं भाता, "बच्चे क्या सोचेंगे जिंदगी भर उनकी माँ कहाँ चली गई।"

"बच्चे सब जान जाएँगे अपने आप। उनके पास बहुत सारी आँखें होती हैं। जिनसे वे सब जान जाते हैं।" अनिरुद्ध समझाते हैं।

माँ रोते-रोते अपनी सुध-बुध खो देती हैं।

विनी की माँग में सिंदूर चमकता है। वह दुल्हन की तरह सजी है। "मैंने इसे दुल्हन बनाकर विदा नहीं किया था! इसलिए..." पिता बिलख रहे हैं।

और कोई वक्त होता तो सुमन पिता को ढाढस बँधाने पहुँच जातीं। लेकिन इस वक्त वह मन-ही-मन कहती हैं, "सुन रही है विनी तू। पश्चात्ताप के लिए किसी का मरना जरूरी है।"

उन्हें लगता है विनी वहाँ आसमान में, फिर नीचे उतरकर पार्क में या सड़क

के किनारे पीठ पर बस्ता लटकाए, वही नन्ही लड़की जिसके बालों में वह रिबन बाँधती थीं, उनकी आँखों से ओझल हो गई है।

पूरे छह महीने हो गए विनी को गए।

ग्रिल को ठोंकने की आवाज अब नहीं आ रही।

उसकी मृत्यु पर जब सुमन लौटी थीं तो यह तय करके कि अब कभी उस शहर में पाँव नहीं रखेंगी जिसने उनकी बहन को छीन लिया।

लेकिन प्रतिज्ञाएँ अक्सर अधूरी रह जाती हैं। उन्हें यह भी पता चला था कि विजय ने उसकी मृत्यु के ठीक नौ दिन बाद बेटे का जन्मदिन धूमधाम से मनाया था—उसका मन खौल उठा था, इस लड़के के लिए उसने अपनी सारी इच्छाएँ खत्म कर दीं और सिर्फ नौ दिन में वह इसकी स्मृति से गायब हो गई! बेटे का जन्म दिन मनाने के लिए जो साड़ी उसने खरीदी थी उसे पहनकर उसकी अर्थी निकली और यह—मन किया अभी फोन करें और इतनी जली-कटी सुनाएँ।

अनिरुद्ध ने समझाया था, "छोड़ो। दूसरों के छोटेपन को देखकर क्या हमें भी उतना ही छोटा हो जाना चाहिए? फिर हममें और दूसरों में अंतर क्या रहा?"

फिर पाँच महीने बाद विजय खुद आया था। घर न आकर वह होटल में रुका था। वहीं अनिरुद्ध उससे मिलने गए थे। सुमन तो इस तेवर से ही हैरान थी। हर शाम, हर सुबह उसकी यहाँ बीतती थी और अब—परायापन हमारे मनों के अंदर बैठा होता है, जब मौका मिलता है सफलतापूर्वक बाहर निकल आता है। गुस्से में सुमन ने उसे फोन तक नहीं किया था।

रात को लौटकर अनिरुद्ध ने कहा था, "मैं जो कहने जा रहा हूँ उस पर तुम रिएक्ट नहीं करोगी।"

"जानती हूँ यही न विजय शादी करने की सोच रहा है।"

"अरे—लेकिन—" अनिरुद्ध चकित हो उठे—"तुम्हारी बात हुई है विजय से।"

"बात क्यों हुई होगी? मैं बात करना नहीं चाहती। जो अपनी पत्नी के साथ बिताए वर्षों को भूलने में एक हफ्ता नहीं लगाता, उसके लिए छह महीने तो छह सालों से भी अधिक हैं।"

"सुमि तुम्हारा गुस्सा जायज है। लेकिन अकेले अपने बल पर वह बच्चों को पाले भी कैसे? कोई सहारा चाहिए न!" "हाँ तुम लोग कितने प्यारे बहाने गढ़ते हो। विजय की जगह विनी होती तो दो बच्चों की जिम्मेदारी के बावजूद शायद ही कोई उससे पूछता कि क्या कोई सहारा चाहिए उसे। उससे तो यही उम्मीद की जाती कि वह पूरी जिंदगी विजय के नाम की माला जपते हुए गुजार दे। यहाँ छह महीने बिताना भारी पड़ गया।"

कई दिन तक सुमन का मन उखड़ा रहा। बार-बार सोचतीं, "जिनके लिए

हम जिंदगी गुजार देते हैं, जिम्मेदारियों के सलीब ढोते-ढोते बूढ़े हो जाते हैं, उनके लिए हम कितने गैरजरूरी भी होते हैं।''

फिर एक दिन उन्होंने अनिरुद्ध से कहा, ''अगर विजय पर बच्चे इतने भारी हैं तो मैं उन्हें ले आती हूँ। हम पाल लेंगे।'' अनिरुद्ध हँसे, ''कैसे बातें करती हो। बच्चे वह तुम्हें क्यों देगा? उसके बच्चे हैं।''

''लेकिन पूछने में कोई हर्ज है?''

''ठीक है। लेकिन पहले अपने मन को तैयार कर लो। क्या इतनी बड़ी जिम्मेदारी तुम उठा सकती हो।''

सुमि जब पुणे के लिए चलीं खुद से ही सवाल करती रहीं कि क्या सचमुच उठा पाएँगी यह जिम्मेदारी। अगर कहीं कुछ अधूरा रह गया तो–

यहाँ आकर जब उन्होंने विजय से अपने मन की बात कही थी तो वह हँसा था, ''दीदी, जानता हूँ आप विनी को कितना प्यार करती थीं। उसकी इच्छा थी कि बच्चे बोर्डिंग में पढ़ें। मैंने उन्हें सबसे अच्छे बोर्डिंग स्कूल में डाला है।''

''बोर्डिंग में बच्चे! तभी उन्हें दिखाई नहीं दिए तो फिर यह दूसरी शादी, इसके लिए बच्चों का बहाना क्यों?''

क्या पता विनी की आखिरी इच्छा क्या थी! चलने लगीं तो कहा, ''विजय क्या मैं विनी की इस फोटो को ले जा सकती हूँ।'' विजय ने खुद ही फोटो उतार दी। दीवार पर तस्वीर के चिह्न ही रह गए। विनी का कोई निशान भी नहीं बचा। अब कोई नहीं जानेगा कि यह घर कभी विनी का था। इस नाम की कोई लड़की यहाँ रहती भी थी।

(सखी-प्रवेशांक)

बराबर

चार्टर्ड बस में प्रगति मैदान से बहुत-सी सवारियाँ चढ़ीं। वे इतनी भीड़ में भी वहाँ बिला गई, यह देखकर आश्चर्य होता था। पाँच फुट का एक लड़का ऊपर आया। उसके बाल लंबे और माथे से चिपके हुए थे। उसी के पीछे एक लड़की आई। लड़का थोड़ा तिरछा हुआ। लड़की थोड़ी आगे बढ़ी और केबिन की तरफ पीठ कर शीशे की दीवार का सहारा लेकर खड़ी हो गई। लड़की गोरी थी। साँवले लड़के के साथ खड़े होकर वह और भी गोरी दिखती थी। उसकी कलाइयाँ गोल थीं जो किसी छोटी-मोटी सेठानी का लुक देती थीं। लड़की के नाक-नक्श बंगाली लड़कियों जैसे थे, लेकिन जिस तरह वह बोल रही थी उससे वह बंगाली नहीं लगती थी। या हो सकता है यहीं दिल्ली में पली-बढ़ी हो।

लड़की के सादगी से भरे कपड़े—मैरून रंग के कुर्ता-सलवार और मटमैली सूती चुन्नी उस पर खूब फब रही थी।

"इस सुरंजन का दिमाग खराब है।" लड़के ने कहा।

"हाँ।" लड़की धीमी आवाज में बोली, "कोई दिन भी तो ऐसा नहीं जाता जब उसका किसी न किसी से पंगा न होता हो। पहले मुझे भी उस पर बहुत गुस्सा आता था। हमेशा अपना रौब जमाने की कोशिश में रहता है।"

"रिलैक्स, गुस्सा करने का कोई फायदा नहीं होता। हर ऑफिस में ऐसे लोग होते हैं। बेचारा फ्रस्टेटेड है। सोचता है जो कुछ उसे मिल रहा है, वह उससे कहीं अधिक का हकदार है।"

"हाँ, लेकिन लेटर आन आई फाउंड दैट ही हैज ए हार्ट ऑफ गोल्ड।"

"हुँ-हुँ..." लड़के की जुबान लड़खड़ाई। उसे दूसरे लड़के की तारीफ लड़की के मुँह से सुनना कुछ अच्छा नहीं लगा। लेकिन उसने एक कुशल खिलाड़ी की तरह अपने आपको सँभाला, "हाँ, हाँ, यू आर एबसोल्यूटली राइट। मैंने भी महसूस किया है कि वह दिल का इतना बुरा नहीं है। अब दफ्तर की परिस्थितियों के बारे में क्या किया जाए, सब जगह एक जैसी हालत है।"

फिर लड़के ने अपने बालों को एक झटका दिया। बाल अड़ियल घोड़े की

तरह उसी जगह लौट आए। लेकिन उसने कमान नहीं छोड़ी और सुरंजन ने प्रसंग को तीर की तरह दूर अंतरिक्ष में उछाल दिया। उसके सामने रहते हुए किसी दूसरे लड़के का नाम लड़की की जुबान पर आए तो उस जैसे रणबांकुरे के जीवन का क्या अर्थ!

"तुम्हारा स्टेट्स जाने का विचार है?"

"देखो।" लड़की ने कमिट नहीं किया। फिर हँसी, "बिल क्लिंटन के आने से आजकल सबके मुँह पर यू. एस. ए. ही है।"

"ओह नो यार, बिल क्लिंटन हो या बिल गेट्स अपने को क्या फर्क पड़ता है। टु हैल विद दैम। मैं तो एक और बात कह रहा था।"

"क्या?" लड़की चौकन्नी हुई।

"तुम्हें पता नहीं है, यहाँ आने से पहले मैं एक अमेरिकन कम्पनी को ज्वाइन कर रहा था। वहाँ जाते ही फौरन अमरीका चला जाता। मेरे सात-आठ दोस्त अमरीका में हैं।"

"तो फिर क्यों नहीं गए?" लड़की की आँखों में अविश्वास तैरा।

"पता नहीं मुझे लगता है, आदमी को धीरे-धीरे टाप पर पहुँचना चाहिए। अगर बीस साल की उमर में तुम्हें ट्वंटी थाउजेंड बक्स मिलने लगे तो तुम चाहोगे कि पच्चीस में चालीस मिलें और तीस पर तो पूरे दो लाख। नो एंड टु इट। यह तो अपनी मोमबत्ती को दोनों तरफ से जलाना हुआ।"

लड़की उसकी बात सुनकर जोर-जोर से हँसी। वह इतनी हँसी कि उसकी छोटी आँखें डबडबा आईं। बस रिंग रोड पर तेजी से दौड़ रही थी। अगल-बगल से सीएलो, मारुति, सैंट्रोज, ट्रक, स्कूटर जा रहे थे। बस वाला पैसे कलैक्ट कर रहा था।

लड़का बुद्धिमान था। उसने लड़की की हँसी के अर्थों को पकड़ा, "लगता है तुम मेरी बातों का विश्वास नहीं कर रही हो। अरे बाबा, सिर्फ मैं ही नहीं, हम सात-आठ लड़कों ने मिलकर यह फैसला किया था। मैं उन्हें तुमसे मिलवा सकता हूँ।"

"अरे कोई जरूरत नहीं" कहकर लड़की हँसती रही। हँसती ही रही।

लड़के ने हल्के से लड़की को घूरा जिसका उसे पता भी नहीं चला। उसके घूरने में किसी भी तरह इस हँसी की मुसीबत से निकलने और लज्जा से बचने की बात भी छिपी हुई थी।

कि अचानक लड़के ने बात बदली, "बुड्ढे का क्या हाल है?"

"ठीक है।" लड़की फिर गम्भीर हो गई।

"तुमने कहा कि नहीं उसकी याददाश्त कमजोर है।"

"हाँ, कहा था।"

"ध्यान रखना, जब तुम्हें कुछ पैसे देने की बात हो वहाँ अक्सर बुढ़ऊ की

याददाश्त चली जाती है। और जब कुछ लेना हो तो साल भर पहले का बिल और उसका एमाउंट याद रहता है। चाहे वह चार पैसे का हो।''

''अरे रहने दो यार, इतना बुरा भी नहीं है बेचारा।''

''हाँ तुम्हें तो हर ऐरे-गैरे का हार्ट भी गोल्ड का लगता है।'' वह सुरंजन की तारीफ अभी तक भूला नहीं था।

लड़के के छक्के से लड़की हैरान रह गई और आँखें मिचमिचाकर उसकी पजैसिवनैस के अर्थ खोजने लगी।

''अच्छा ये तो बताओ तुम्हें कुछ आर्टीकल्स पढ़ने को दिए थे अंडरलाइन करके।''

''हाँ दिए थे। मैं भी जाकर बहुत सीरियसली उन आर्टीकल्स को डिस्कस करने लगी। मैंने तो यहाँ तक कह दिया कि हम अपनी कम्पनी के पोटेंशियल्स का पूरा इस्तेमाल नहीं कर रहे।''

''आग लग गई होगी बुड्ढे को। फिर क्या कहा?'' लड़का चहका।

''कहते क्या! अपने को डिफेंड करने लगे कि नहीं ऐसा नहीं है। वैसा नहीं है।''

''अरे जब मैं पढ़ता था न! तो मेरा भी एक खूसट टीचर था। उससे सब थर-थर काँपते थे। एक दिन उसने क्लास में एक सवाल हल किया। मैंने कह दिया कि सर आपने सवाल गलत हल किया है। यह सुनना था कि टीचर बौखला गया। बोला कि तुम कौन हो? अपने को अल्बर्ट आइंस्टाइन समझते हो। मुझे भी न जाने क्या हो गया था कि मैं बिलकुल नहीं डरा। मैंने भी कह दिया कि सर अगर मैं अल्बर्ट आइंस्टाइन नहीं तो उनसे कुछ कम भी नहीं। अपनी क्लास का टॉपर हूँ। उस पूरे पीरियड में क्लास में बहुत तनाव रहा। लेकिन फिर अगले दिन आकर उसने पूरी क्लास के सामने मुझसे माफी माँगी। कहा कि मुझे खुशी है कि तुमने मेरी गलती पकड़ी वरना तो मैं गलत-सलत कुछ भी पढ़ाऊँ, यहाँ कोई कुछ बोलता ही नहीं है। सब गूँगे-बहरों की तरह बैठे रहते हैं। उस दिन वह सचमुच बहुत खुश हुए। बस वह दिन था कि इंस्टीट्यूट का आखिरी दिन मेरा जूता वहाँ हमेशा पुजता रहा।''

लड़के ने अपनी तारीफ की लेकिन लड़की का चेहरा भावहीन ही बना रहा। लड़का जिस गति से अंग्रेजी बोलता था, लड़की उससे दुगुनी धाराप्रवाह अंग्रेजी बोलकर उसे पछाड़ देती थी। यद्यपि उसकी अंग्रेजी और उसके कपड़े इस जमाने के हिसाब से मेल नहीं खाते थे।

लड़का बोलता था लड़की सुनती थी। लड़की बोलती थी, लड़का उसकी बात को बिना पूरी हुए ही कहीं और ले उड़ता था। उसे आश्चर्य था कि लड़की की आँखों में अभी तक एक बार भी उसके लिए प्रशंसा नहीं कौंधी थी।

कि लड़की ने कहा, ''दैट इज व्हाट यू आर डूइंग विद श्वेता नाउ ए डेज।''

''ओह यस, ओह यस...अब देखो अगर तुम टीचर हो तो तुम्हें टीचर की तरह

बिहेव करना चाहिए। टीचर की तरह ही लगना चाहिए। श्वेता अपने आपको कुछ अधिक स्मार्ट समझने लगी थी। जो भी अपने आपको ओवर स्मार्ट समझता है उसे सबक सिखाने में बहुत मजा आता है।''

उसकी बात को पूरा न होने देने की जिद ठाने लड़की ने कहा, ''मैं इस ऑरगनाइजेशन में मिसफिट हूँ।''

''यह तो एक अच्छी बात है। अगर कोई अपने को मिसफिट समझता है तभी वह चेंज के बारे में भी सोचता है। यह तो प्रोग्रेस का एक ग्रेट साइन है।''

''लेकिन ऐसा सोचने से बहुत डिप्रेशन होता है। किसी काम में मन नहीं लगता।''

''तुम्हारी उम्र पर डिप्रेशन। क्यों मजाक करती हो? ऐसा करो कि शादी कर डालो।''

''अजीब तर्क है।'' लड़की झल्लाई और उसने दुपट्टे से अपना मुँह पोंछ लिया, ''इस उम्र में डिप्रेशन ठीक नहीं है और शादी ठीक है। माफ कीजिए फिलहाल मैं अपने प्रिंस चार्मिंग की तलाश में नहीं हूँ।''

''ठीक कहती हो। नो टाइम फार रिलेशनशिप्स।'' लड़के की आवाज में नाराजगी और ठंडी आहें एक साथ थीं।

इस बीच बस में भी क्या कुछ घटित नहीं हो चुका था। नोएडा मोड़ के तेज घुमाव पर दो लोग एक-दूसरे से टकराने के कारण आपस में भिड़ते-भिड़ते बचे थे। एक औरत ड्राइवर पर कैसेट बदलने और आवाज धीमी करने के लिए दहाड़ चुकी थी। दो लोगों ने व्यंजना का इस्तेमाल करते हुए कंडक्टर से कहा था कि क्या अगली सदी तक यह बस उनके घर तक पहुँचा देगी क्योंकि इससे अच्छा तो बैलगाड़ी में बैठना होगा। सिलेटी रंग का सूट, गोल्डन फ्रेम का चश्मा, पालिश किए हुए जूते, शैम्पू किए बाल, जेब में चमचमाता पैन लगाए लड़का कंडक्टर से इस बात के लिए काफी हुज्जत कर चुका था कि उसके पास किराए के लिए दस रुपए नहीं हैं। बदले में कंडक्टर ने उसे बुरा-भला कहा था। बस से उतारने की धमकी भी दी थी लेकिन लड़का असंपृक्त भाव से ऐसे बैठा रहा था जैसे उसने कुछ सुना ही नहीं। क्यों सुने जब दस रुपए बच रहे हैं और फ्री में यात्रा अलग से।

कंडक्टर पैसे इकट्ठा करता बढ़ता-बढ़ता हमारे नायक-नायिका तक भी आ पहुँचा। लड़के ने तत्परता दिखाई और बीस रुपए उसके हाथ में थमा दिए। लड़की ने पर्स खोला और दस रुपए लड़के को पकड़ाने लगी।

लड़के ने रुपए नहीं पकड़े। कहा, ''अब हो गया न! रख लो इन्हें अंदर।''

''नहीं मुझे यह अच्छा नहीं लगता कि कोई मेरा किराया दे।''

''चलो अगली बार तुम मेरा किराया दे देना।''

''नहीं सबको अपना-अपना किराया देना चाहिए। आय बिलीव इन इक्वलिटी।''

“अरे तुम दस रुपए में इक्वलिटी की बात कर रही हो।”

“दस रुपए या लाखों रुपए। बुरा मत मानना मेल ईगो इस बात से बहुत सैटिसफाइड होती है कि वह साथ चलती लड़की के ऊपर पैसे खर्च कर दे। लेकिन मैं जब तुम्हारे साथ काम करती हूँ, तुम्हारे बराबर पैसे कमाती हूँ तो अपने लिए तुमसे पैसे क्यों खर्च कराऊँ।” लड़की की चमकीली आँखों और बिना लिपस्टिक लगे कुछ मोटे ओठों ने अपनी बात पूरी की थी।

“जैसा तुम कह रही हो मैं वैसा नहीं हूँ। साथ-साथ रहने में ईगो की बात कहाँ से आ गई। खैर इसके बदले तुम मुझे कल खाना खिला देना।”

“खाना भी खा लेना।”

“भी क्यों?”

“भी इसलिए कि यदि तुम दस रुपए न भी देते तो खाना तो खिला ही सकती हूँ।” लड़की इस बार जोर से हँसी।

“ओफ तुम लड़कियाँ, तुम्हें समझना कितना मुश्किल है।” लड़का पीछे मुड़ा और उतरकर चला गया। उसका स्टाप आ चुका था।

(अमर उजाला, कहानी विशेषांक)

फादर

कामिनी का पत्र आया है।

इतने दिनों बाद, वर्षों तक न कोई पता न ठिकाना। आज एकाएक। बार-बार पत्र को उलटती-पलटती हूँ। उसके हैंड राइटिंग को पहचानने की कोशिश करती हूँ। सारी छात्राओं में उसी का हैंडराइटिंग ऐसा था, गोल-गोल घूमता हुआ। जैसे दूर तक अँगूठी में अँगूठी फँसकर एक सुंदर लड़ी बन गई हो। अब भी राइटिंग वैसा ही है, उम्र ने उसके कीरम-काँटे कम कर दिए हैं। आदमी की मैच्योरिटी उसके चेहरे पर नहीं उसके राइटिंग में भी दिखाई देती है।

लिफाफे में भेजा पत्र दोनों तरफ से हाशिया मोड़कर लिखा गया है। यानी कि अब तक उसे याद है। लड़कियाँ उन दिनों अक्सर हाशिए छोड़कर नहीं लिखती थीं। उनकी लिखी एक-एक पंक्ति किसी बिगड़ैल घोड़े की तरह रास्ता छोड़कर इधर-उधर भागती दिखाई देती थी। तब मैंने ही उनसे कहा था कि हाशिया छोड़कर दूर-दूर लिखा करें। इससे उनका लिखा सुंदर भी लगेगा, पढ़नेवाले को भी कोई परेशानी नहीं होगी। कामिनी को जिंदगी की दौड़ में शामिल होने के बाद भी यह सब याद रहा, क्या पता और भी लड़कियों को याद हो।

कामिनी औसत कद की मामूली-सी साँवली लड़की। पत्र में लिखती है—दीदी, आपका फोटो अखबार में छपा देखा। मैं तो देखते ही पहचान गई थी। मैंने इनको भी दिखाया (यानी कि उसकी शादी भी हो चुकी है)। वहाँ से आपका पता भी मिला।

सच्ची कितने दिनों से आपका पता ढूँढ़ रही थी। पुराने कॉलेज से भी पूछा। लेकिन वे लोग इतना ही बता पाए कि आप तो भूटान चली गई हैं। कई बार सोचती थी कि क्या जिंदगी में आपसे दोबारा भेंट नहीं होगी। आप भूटान चली गई थीं तो कम से कम अपना पता छोड़ जातीं—

कामिनी सच क्या है तुम क्या जानो! मैं अपने आप से बचती फिर रही थी। जिंदगी में ऐसा कुछ हो गया था, जहाँ किसी से मिलना नहीं चाहती थी। मैं तो तुम सबको छोटी-छोटी बातों से हिम्मत न हारने की बात सिखाती फिरती थी, खुद

ही हिम्मत हार बैठी थी। खैर—कामिनी तुम मेरी बात नहीं सुन रही हो—देखूँ तो तुम्हारा पत्र आगे क्या कहता है—"आपकी कृपा से मैंने बी. ए. अच्छे नंबरों से पास कर लिया था। शादी के बाद बी. एड. कर ली। मेरे पति सेना में हैं और बहुत अच्छे भी। हर बात का ध्यान रखते हैं। आपकी यह बात सच हो गई कि दिन हमेशा एक जैसे नहीं रहते हैं। किसी की पूरी की पूरी जिंदगी दुखों से नहीं भरी होती।

आप नहीं जानतीं कि आपने मुझे और मेरी जैसी लड़कियों को क्या दिया। आपने हममें आत्मविश्वास जगाया। खुद पर भरोसा करना सिखाया। आप से पहले हमें किसी ने यह नहीं बताया था कि खुद पर भरोसा करना क्या होता है? क्या कोई लड़की भी खुद पर भरोसा करके जिंदगी जी सकती है। जिंदगी के तमाम नियम, वर्जनाएँ उसे ठोंक-पीटकर इतना बेढब बना देती हैं कि संसार की सभी लड़कियाँ यह सोचने लगती हैं कि वे क्यों कर इस दुनिया में आ गईं। उन पर कोई भरोसा नहीं करता, इसलिए वे खुद पर भी भरोसा नहीं करतीं।

हम जब आपके पूछे गए सवाल का जवाब नहीं दे पाते थे तो भी आपकी मुस्कराहट कम नहीं होती थी। आप कभी हमारा मजाक नहीं उड़ाती थीं। झिड़कती नहीं थीं। कहती थीं—"हमें सब याद है। सब आता है शायद हम भूल रहे हैं।" और सच हमें सब कुछ याद भी आ जाता था। किसी पेपर में नंबर कम आते थे और हम मुँह लटकाकर आपके सामने जाते थे तो आप ही स्नेहभरे स्वर में कहती थीं—"अरे इस बार कम नंबर आए हैं तो क्या अगली बार आ जाएँगे। इतने नंबर आ सकते हैं तो आगे इससे भी अच्छे आ जाएँगे। कोशिश करो। जो नहीं आता मुझसे पूछो।" आप ही का दिया गुरुमंत्र तो था—थिंक पाजिटिव। अच्छा सोचोगे तो अच्छे बनोगे, अच्छा करोगे। दूसरों का कितना भी बुरा सोच लो बुरा नहीं होता। अपना ही खून जलता है। अगर किसी के बुरा सोचने से कुछ होता तो अब तक सारी दुनिया खत्म हो गई होती क्योंकि हर किसी के बारे में कोई न कोई बुरा सोच रहा है। किसी भी बुरी बात या घटना को आप कैसे हँसकर टालती थीं—"हो सकता है, इसमें भी कुछ अच्छाई छिपी हो।"

आपको अंग्रेजीवाली मिस मदान तो याद होंगी। जब भी वह हमारी क्लास में आतीं तो उनका पहला ही वाक्य होता—"तुम जैसी मूर्ख लड़कियाँ अंग्रेजी का एल्फाबेट्स भी नहीं सीख सकतीं तुम्हें तो सी ए टी कैट, कैट माने बिल्ली तक नहीं पता।" कभी-कभी आपके नाम का जिक्र आते ही वह फट पड़ती थीं—"मैं शालिनी वर्मा नहीं जो तुम जैसे कूड़े को सिर पर बिठाकर रखूँगी। वह गांधीजी की चेली है तो क्या सारी दुनिया गांधीजी की चेली है। और किसने देखे हैं गांधीजी, बनी फिरती है सती-सावित्री। सबको उसकी असलियत पता है।"

हमें याद नहीं पड़ता कि आपने कभी मिस मदान की बात पर रिएक्ट किया हो। जब कहा तब यह ही कि उनकी अपनी राय हो सकती है। शायद ठीक हो।

और सचमुच मिस मदान की बात कितनी सही थी, हमारी क्लास की जितनी भी लड़कियों को वह पढ़ाती थीं वे कभी अंग्रेजी में पास मार्क्स से ज्यादा नहीं ला सकीं।

दीदी, इस तरह पुरानी बातों को याद करूँगी तो यह पत्र नहीं, पूरा महाभारत हो जाएगा। मैं अक्सर अपने पति को आपके बारे में बताती हूँ। मुझे लगता था आप कहीं खो गई हैं, अब आप मिल गईं—इस खुशी को कैसे बयान करूँ। मैंने इन्हें बुढ़ापे में मिस मदान के विवाह, उनके रँगे बाल और तगड़े मेकअप के बारे में भी बताया था। तब हम लड़कियाँ उन पर कितना हँसते थे? आज सोचती हूँ तो लगता है शायद गलत हँसते थे। उनकी चिड़चिड़ाहट और कड़वेपन के कारण भी नजर आते हैं। लेकिन उन्हें देखकर हमें पता चला था कि हम कुछ नहीं कर सकते...जबकि आप...

इन दिनों हम अयोध्या में हैं। आप कभी आएँ। अच्छा छोटा-सा शहर है। अच्छा लगता है। कुछ अपना जैसा। मेरे पति का यहाँ से ट्रांसफर होनेवाला है। उम्मीद है इससे पहले आप आ आएँगी। आपने इन्हें भी नहीं देखा है। यह आपसे मिलने को बहुत उत्सुक हैं—और फिर आपकी नातिन—आप आएँगी न?

आपके पत्र की प्रतीक्षा में—कामिनी।''

उसका पत्र मेज पर पड़ा मुझसे पूछ रहा है—''जाओगी अयोध्या।''

''कामिनी तुम्हें अयोध्या क्यों अच्छी लगती है? तुम तो विधर्मी हो। दीवार पर लगी अतुल और अनुराग की तस्वीरें। उनकी हँसती हुई आँखें पूछ रही हैं—आओगी।''

कितने साल हुए, कामिनी का चेहरा। उसकी खामोशी। एक दिन जब बोर्ड के फार्म भरे जा रहे थे वह अपना फार्म मेरे पास ले आई थी। उसमें पिता का नाम लिखना था। उसने उस कॉलम की तरफ इशारा किया तो मैंने कहा, ''क्या दिक्कत है, भरो अपने पिता का नाम।''

''जी मेरे पिता नहीं हैं।''

''पिता नहीं हैं—ओह मगर उनका नाम तो पता होगा।''

''जी नहीं पता।''

''क्या मतलब?''

''मुझे तो अपनी माँ के बारे में भी नहीं मालूम। बचपन से ईसाई मिशनरियों में पली-बढ़ी हूँ। वहाँ के फादर डेविड ने ही हमें अपना नाम दिया।'' कहते हुए वह छत की ओर देखने लगी थी। फिर उसने अपना मुँह फेर लिया था। मेरे मन में उस वक्त उसके लिए क्या उपजा था? दया, सहानुभूति नहीं, फादर डेविड के लिए कृतज्ञता। तभी मेरी समझ में आया था कि इस स्कूल में डेविड सरनेम की इतनी लड़कियाँ क्यों पढ़ती हैं?

मेरे मुँह से निकला था—''तो तुम फादर डेविड का ही नाम क्यों नहीं लिखतीं?''

"हम लिख सकते हैं।" उसने थरथराते हुए पूछा था?

"क्यों नहीं लिख सकतीं?"

"मगर सब कहते हैं, हमें अपने असली पिता का नाम लिखना चाहिए।"

"असली पिता!" गुस्से से मेरे नथुने फड़क उठे। "असली पिता तो तुम्हारे फादर डेविड ही हैं, जिन्होंने तुम्हें पाला-पोसा-बड़ा किया। वह नहीं जिसने तुम्हारी माँ को धोखा दिया। उसे मजबूर किया कि वह दुनिया के डर से तुम्हें अनाथालय में छोड़ दे।"

मेरी बात सुनकर कामिनी बिना कुछ बोले वहाँ से चली गई थी। उसने फार्म में पिता के स्थान पर फादर डेविड का नाम ही लिख दिया था। ऐसा उसके साथ की कई लड़कियों ने किया था।

लेकिन यह बात चारों ओर फैल गई थी और कुछ इस तरह से प्रचारित की गई थी कि मैं लड़कियों को ईसाई बना रही हूँ। देखते-देखते यह बात पूरे स्कूल ही नहीं, पूरे शहर का मुद्दा बन गई थी। अखबारों ने इसे खूब उछाला था। अध्यापिकाओं ने मेरे खिलाफ धरना दिया था। कई राजनीतिक दलों के नेताओं ने कहा था कि मैं मिशनरियों और उससे भी ज्यादा सी. आई. ए. की एजेंट हूँ। उस छोटे शहर में सी. आई. ए. का नाम शायद ही किसी ने सुना था इससे पहले। बात इतनी बढ़ी थी कि लड़कियों ने मेरी कक्षा में आना छोड़ दिया था। अध्यापिकाओं ने लड़कियों का ज्ञापन मैनेजमेंट, शिक्षा मंत्री और प्रिंसिपल को दिलाया था। प्रिंसिपल सोचती थीं कि मैं लड़कियों के बीच लोकप्रिय हूँ। इसलिए कहीं उनकी जगह न ले लूँ। इसलिए उन्होंने एक दिन मुझे बुलाया था। मेरी बहुत तारीफ की थी। फिर कहा था कि वह मुझ जैसी टीचर को हमेशा अपने साथ रखना चाहती हैं लेकिन मैनेजमेंट, शिक्षा मंत्री, नगर के लोग और विद्यार्थी मेरे खिलाफ हैं। ऐसे में कोई झूठा-सच्चा आरोप लगाकर मुझे निकाला जाए, इससे बेहतर है कि मैं खुद ही यहाँ से छोड़कर चली जाऊँ।

मैंने वहीं बैठे-बैठे अपना त्यागपत्र लिखा था और बाहर निकल आई थी। शाम को मैंने वह शहर छोड़ दिया था। किसी को भी नहीं बताया था कि कहाँ जा रही हूँ? चलते-चलते मुझे कामिनी और अन्य लड़कियों की भी याद आई थी। लेकिन अब उनसे मिलने का भी कोई फायदा नहीं था। बेकार में वे दुखी होतीं। पहले ही वे इस गिल्ट से काफी परेशान थीं कि उनके कारण मैं इस मुसीबत में फँस गई हूँ। कोई रास्ता सुझाई नहीं दे रहा था। सोचा कुछ दिन अतुल और अनुराग के पास चली जाती हूँ। एक ही चिंता बार-बार दिमाग को मथ रही थी कि अब उनका क्या होगा? माता-पिता जब एकाएक डेंगू से चल बसे थे तब अतुल नौ साल का था और अनुराग ग्यारह का। तब से बस उसके इर्द-गिर्द ही मेरी दुनिया बस गई थी।

वे पढ़-लिखकर अपने पाँवों पर खड़े हो जाएँ यही एक कामना थी।

दोनों पढ़ाई में अच्छे थे। जब भी छुट्टियों में आते कहते, ''आपने बहुत कर लिया। बस हम कुछ करने लगें तो आपको कुछ नहीं करने देंगे।''

जब मैं वहाँ पहुँची तो दोनों बहुत खुश हुए थे। एक गेस्ट हाउस में ठहर गई थी। गेस्ट हाउस के लंबे-चौड़े परिसर को देख मुझे अपनी बीती जिंदगी याद आती। अकेलेपन के बारे में सोचती। लेकिन दोनों भाइयों के ठहाके याद आते ही सोचती, ''मैं अकेली कहाँ हूँ। ऐसे भाइयों के होते कौन अकेला हो सकता है?''

वहीं मैंने एक अखबार में भूटान जाने के लिए विज्ञापन देखा था। मेरे पास कोई और रास्ता नहीं था। मैंने एप्लाई किया था और नौकरी मिल गई थी।

लेकिन मेरे दुर्भाग्य का अंत कहाँ? भूटान जाने के कुछ दिनों बाद ही एक पूजा स्थल की दीवार को बनाने को लेकर दंगे भड़क उठे थे। किसे मालूम था कि जिन अतुल और अनुराग को लेकर मैं इतने सपने बुन रही हूँ, वे इतने बेरहमी से मार दिए जाएँगे। वे अपने होस्टल वापस लौट रहे थे और दंगाइयों की चपेट में आ गए थे।

ऐसी त्रासदी सिर्फ फिल्मों या कहानियों में होती है लेकिन यह मेरी जिंदगी में हुई थी। बिना कसूर के मुझे नौकरी से निकाल दिया गया था कि मैं लड़कियों को ईसाई बना रही हूँ। मेरे भाई हिंदू होने के कारण जिंदा जला दिए गए थे। किसी ने नहीं सोचा था कि ऐसा क्यों हुआ? और सिर्फ मेरे ही साथ क्यों, हजारों वे जो दंगों में बेघर-बार होते हैं, अपने लोगों को खोते हैं, उनके साथ भी ऐसा होता है। कोई उनके आँसुओं को नहीं देखता। देखा तो सिर्फ यह जाता है कि कितने हिंदू मरे, कितने मुसलमान, कितने ईसाई। न्याय सबको एक तुला पर तोलता है तभी तो चौरासी के दंगाई कोई सजा नहीं पाते।

तुम मुझसे मिलकर क्या करोगी कामिनी? मैं वह नहीं हूँ जो कहती थीं—''थिंक पॉजिटिव।'' मैं तो वह हूँ जो हर उस चीज से नफरत करती हूँ जो हमारे ऊपर जबर्दस्ती लाद दी गई है। मैं नफरत करती हूँ धर्मों से। ढोंग से। ईश्वर के दरबार से, जहाँ कहा जाता है कि सब बराबर हैं। लेकिन कोई बराबर नहीं है। सबसे ज्यादा ऊँच-नीच, छोटा-बड़ा वहीं है। मुझे चिढ़ हो उठी है वोट देने से। जानती हो, मैंने इन इतने वर्षों में कभी वोट नहीं दिया है, जब से मनुष्य वोटों में तब्दील हुआ है, तब से उसका गला काटने और उसमें तरह-तरह के डर भरने के खूनी रास्ते निकाले जा रहे हैं। धर्मों की लड़ाई भी ऐसी है। और अक्सर जब यह लड़ाई छिड़ जाती है तो कहा जाता है कुछ स्वार्थी लोगों ने लड़ाई भड़का दी। वे स्वार्थी क्या कहीं बाहर से आते हैं? क्या वे विदेशी होते हैं? नहीं, वे हममें से ही होते हैं। हम सब इन दिनों एक-दूसरे का खून पीने को आतुर हो चले हैं।

सच कामिनी, तुम्हारा पत्र पाकर मुझे भी बहुत अच्छा लगा। तुम जीवन में सैटिल हो गईं, घर मिल गया और सबसे अच्छी बात एक अच्छा पति जो इन दिनों दुर्लभ है।

मैं जब उस शहर को छोड़ रही थी, तब तुम्हें बताना चाहती थी कि जो कुछ हुआ कामिनी उसमें तुम्हारा या किसी और का कोई दोष नहीं। किस्मत का भी नहीं। सारे बुरे हादसों को किस्मत के फर्श के नीचे सरकाकर हम बच निकलते हैं। हम कभी उन्हें चुनौती नहीं देते। मैं तो उन परिस्थितियों की शिकार हुई जो लगातार, हमारी पीठ के पीछे सक्रिय रही हैं। और मौका मिलते ही टूट पड़ती हैं। फिर मैं तो एक स्त्री थी आसान शिकार।

लेकिन तुम अपनी बेटी को ऐसा मत बनने देना। उसके मन में यह बात कभी न आए कि वह लड़की है, पराई है। जो चाहे उसे छलनी कर सकता है।

''माफ करना मैं कभी किसी तीर्थ में नहीं जाऊँगी। मैं किसी धर्म की झंडाबरदार नहीं बनूँगी। यदि अगला जन्म कोई होता हो तो मैं ऐसे जन्म की कल्पना करूँगी जहाँ कोई लड़की तुम्हारी तरह सड़क पर नहीं फेंक दी जाएगी। जिसे कभी अपने पिता की जगह किसी दूसरे का नाम नहीं लिखना पड़ेगा।''

कुछ दिन पहले औरतों की स्थिति पर मेरे जो विचार, फोटो और पता लिखा था उसी से कामिनी यह पत्र लिख पाई।

(वनिता, 2001)

अलविदा

जिंदगी में कितनी कहानियाँ एक साथ चलती रहती हैं। बिलकुल बेतरतीब, एक-दूसरे से अलग-थलग। फिर भी बेमिसाल, एक-दूसरे में गुँथी हुईं।

ध्यान करते वक्त जिस तरह मन बंदर की तरह उछल-कूद करता रहता है, उसे वापस खींच-खींचकर लौटाना पड़ता है, जीवन की कहानी की तरह ही। पटरी पर दौड़ने के लिए।

किसी फिल्म की तरह!

एक नाटक की तरह!

एक आधे-अधूरे जीवन की तरह!

पटरियाँ उखड़ गई हैं।

बहन की आँखों के तारे काले की जगह ब्राउन हो गए हैं। उनमें असाधारण चमक है। वे आपको सीधे देखती हैं।

कट–फ्लैश–दृश्य दिन का। स्थान नर्सिंग होम–जो एक घर में है–उसके बिस्तर पर पड़ी बहन। उसकी आँखों के तारे वही पहचाने काले रंग के। लेकिन वे पथराई बड़ी आँखें डरावनी लगतीं।

हमें आया देख भांजी ने कहा था, ''देखो कौन आया है?''

उसने सिर फिराकर देखा, उठने की कोशिश की कि किसी ने रोका, ''नहीं-नहीं लेटी रहो।''

उसके बाल झड़ गए थे और आवाज में भी एक कंपन। लेकिन वे जीवन रहित आँखें आँसू बहाने से नहीं चूकी थीं।

''बड़ी इच्छा थी, तुम लोगों को देखने की।'' पास पड़ी तौलिया ने आँसू सोख लिए थे उसके। लेकिन उसके जर्द पीले हाथ–इन्हें क्या हुआ?

बच्चों ने कहा, ''अरे यह तो हमने पीला जर्द रंग लगाया है।''

कितने सारे फ्लैशबैक–वर्तमान की मुसीबतों से भागकर हम अतीत में गुम हो जाते हैं। गुम हो जाना चाहते हैं–जहाँ कभी पहुँचा नहीं जा सकता–फिर से छुआ नहीं जा सकता। वह हमें आवाज दे-देकर बुलाता है। जिंदगी बीत जाती है, दौड़ते-दौड़ते

पीछा करते। जो एक वक्त में इतना आकर्षण पैदा करता है वह इतना ही आकर्षणहीन कैसे हो जाता है।

बहन का वह क्लान्त चेहरा—क्या उससे उस सुंदर चेहरे की कोई संगति बैठती है।

स्कूल से लौटती एक तेरह-चौदह साल की लड़की। बड़ा-सा घर, बड़ा-सा संयुक्त परिवार, चाचा-चाची, ताऊ-ताई, माता-पिता, भाई-बहन। और लड़की पर पड़ती चील नजरें।

लड़की लौट रही है। एक हाथ से बस्ता सँभालती। बार-बार उसका हाथ अपने सिर की ओर पल्लू को खींचता। अचानक तेजी से एक रिक्शा उसके पास से गुजरता हुआ उसे गिरा देता है। लड़की सँभलती है। किताबें उठाती है। चोट तो ज्यादा नहीं लगी मगर साड़ी फट गई है। पल्लू से अगर सिर ढके तो फटा पल्लू दिखाई दे। वह पल्लू को कमर में खोंस कर चल देती है कि एक टहोका उसके सिर पर पड़ता है, ''क्यों री लड़की, सारी हया-शर्म बाजार में बेचकर खा गई। घर चलकर बताऊँगा।'' बड़े चाचा साइकिल पर फुर्र हो जाते हैं।

बहन से पहले सड़क पर सिर उघाड़े घूमने की बात घर तक पहुँच जाती है। सबसे पहले चाचा ही अपना जोर आजमाते हैं फिर ताऊ जी अपने न्याय का एक तमाचा रसीद करते हैं। पिता पीछे कैसे रहें? एक तमाचा कम मारेंगे तो सब यही कहेंगे कि अपनी लड़की थी तो प्रेम उमड़ आया, कम मारा। यही क्या कम है कि लड़की को घर से बाहर निकालकर पढ़ने भेज रहे हैं। पिटाई के बाद अच्छा सबक तो मिलना चाहिए। इसलिए लड़की को खाना नहीं दिया जाना चाहिए।

लड़की पिछवाड़े की कोठरी में बैठ घुटनों में सिर छिपा लेती है। कोई उसके आँसू नहीं पोंछता। माँ सबसे ज्यादा नाराज है। सारे घरवाले क्या कहेंगे—लड़की को मूँड उघाड़कर घूमना सिखाया है। संयुक्त परिवारों में लड़कियाँ कितनी भारी विपत्तियों को साथ लेकर आती हैं।

''बस आठवीं पास कर ले तो कोई छोरा पकड़कर इसका मुँह काला करो। हमारे जमाने में तो लड़कियों की पढ़ाई-लिखाई कोई पूछता तक नहीं था। आज तो सबको दसवीं पास चाहिए। सब दिनों का फेर।''—चाची की कमेंट्री। संस्कृति जो लड़कियों की पीठ पर बोरे भर-भरकर लदी है, वे उसके नीचे दबकर जितनी कराहती हैं, उतनी ही अच्छी मानी जाती हैं। एक रास्ता जो वह कभी नहीं बनाती, जिसे उस पर चलना है। रास्ता जिन्होंने बनाया है उसके आस-पास कितने गहरे गड्ढे-खंदक-खाइयाँ हैं। लड़कियाँ इन रास्तों से हटेंगी तो, इन्हीं कुओं में गिरेंगी। जो लड़कियाँ सिर ढँककर नहीं चलेंगी उन्हें उनके घरवाले ही इन कुओं में फेंक देंगे।

तेरह साल की लड़की कुछ बड़ी हो गई है। अब वह अकेली घर के दरवाजे पर खड़ी नहीं हो सकती। जमाना बहुत खराब है, वह पचास साल पहले भी खराब था, पचास साल बाद भी। लड़कियाँ और जमाना दादी के लिए साथ-साथ चलता

है। उधर जमाना खराब होता है, उससे पहले लड़कियाँ खराब हो जाती हैं। जमाने के साथ-साथ लड़कियों के इर्द-गिर्द चारदीवारियाँ और ऊँची हो जाती हैं।

"जब तू स्कूल जा रही थी। पड़ोस के काछी का लड़का घूर-घूरकर क्यों देख रहा था?" भाई दहाड़ता है।

"मुझे क्या मालूम?"

"मालूम-वालूम कुछ नहीं। अगर उसने फिर कभी तुझे घूरा तो तेरे दाँत तोड़ दूँगा।"

घूरता कोई है, दाँत किसी के टूटते हैं।

भैंस बाल्टी भरकर दूध देती है। दही जमाकर बड़े-बड़े मक्खन से भरे बरतन। उनका घी बनाकर डिब्बों में भरा जाता है। लड़के घी खाएँ, सिर पर लगाएँ। हाथ-पैरों पर मलें। लड़कियाँ घी बनाएँ, छाछ पिएँ।

हाईस्कूल के रिजल्ट में बहन पास हो गई। कच्चे आँगन को लीपती वह गुनगुना रही है कि दादी टोकती है–"लड़की, भले घर की छोरियाँ फिल्मी गाना नहीं गातीं।"

बहन उँगलियों पर गिनती है। भले घर की लड़कियाँ क्या-क्या नहीं कर सकतीं–गाना नहीं गा सकतीं, छत और दरवाजे पर खड़ी नहीं हो सकतीं, किसी पड़ोसी के यहाँ नहीं जा सकतीं। स्कूल में नाटक, खेल-कूद आदि में भाग नहीं ले सकतीं। उन्हें तो सिर्फ दो-चार कीरम-काँटे काढ़ने के लिए पढ़ना है जिसमें कि अगर ब्याही जाएँ कहीं दूर और कभी-कभार चिट्ठी लिखनी हो तो लिख सकें।

पैंतीस साल पहले के फ्लैशबैक-कट।

बहन की लंबी उँगलियाँ टेढ़ी हो गई हैं। उसका मुँह आधा खुला है।

"सारे दुखों का अंत हो गया।"–कोई कहता है।

"हाँ इनके दुखों का तो अंत हो गया। हमारे दुख शुरू हुए हैं। सैल्फिश थीं। चली गईं।" उसकी लड़की कहती है।

माँ की याद में पूरी उम्र ही तो रोती हैं लड़कियाँ। माँ की विरासत उन्हें ही तो मिलती है। वे ही माँ बनती हैं। विरासत में चल-अचल सम्पत्ति कुछ नहीं सिर्फ दुख जो माँ से माँ तक ट्रांसफर होते रहते हैं।

दिन है, मगर आँगन की बिजली जल रही है।

लोग आ रहे हैं–स्त्रियाँ फाटक से ही चीखना-चिल्लाना चालू करती हैं। फिर बहन की मृत देह के पास कुछ पल बैठती हैं और एक तरफ खिसक जाती हैं।

बहन की इच्छाएँ अधूरी थीं। वह अपने काम पूरे करके नहीं मरी। इसलिए जरूर भूत बन गई होगी। स्त्रियों के भूत स्त्रियों को ही पकड़ लेते हैं।

अलमारियों में कितना कुछ जोड़ा था उसने अपनी लड़कियों के लिए। उसकी अपनी शादी पर हुए दुनिया के झंझट। बार-बार शादी का मुहूर्त निकलता था और कोई न कोई कारण ऐसा होता था कि शादी टल जाती थी। फिर जैसे-तैसे शादी का दिन आया था।

प्रकृति भी जैसे उसके पीछे पड़ी थी। इतनी तेज आँधी आई थी कि सारे कनात-तंबू उड़ गए थे।

''जरूर छोरी ने बचपन में कड़हिया चाटी होगी।''

''और नांय तौ, इत्ते-पौहे-जेंगरे हते।''

वैसे भी बहन किसी अजूबे से कम नहीं। नौकरी करती हैं। गाँव की पहली एम. एम. पास लड़की जिसने नौकरी करने के लिए कदम बाहर रखा है।

''राम-राम क्या जमाना आ गया? ऐसी से ब्याह कौन करेगा?''

''औरत और कुतिया बाहर निकलें एक बार तो बस बाहर की समझो।''

लुगाइयों की पंचायत!

कहीं एक ईर्ष्या भी—लो इस घर की लड़कियाँ भी कमाने लगीं अब। अपने ब्याह लायक तो खुद ही जोड़ लेगी।

बारात आ रही है।

घर में दो तरह की सेनाएँ आमने-सामने खड़ी हैं—ऊर्जा, ओज और स्फूर्ति से भरा युवा वर्ग।

दूसरी ओर मूँछों और लाठी पर पकड़ मजबूत करता, अतीत की महान गाथाओं में रमा बुजुर्गों का संसार।

बुजुर्ग लोग—चाचा, ताऊ, पिता, बड़े-बूढ़े भाई चारपाइयों पर विराजमान हैं। बूढ़ी चाची-ताइयाँ छह हाथ का घूँघट काढ़े हैं।

युवा सेना अपने मोर्चे पर अड़ी है।

बुजुर्गों की राय में—जयमाला डालना उनकी परंपरा के विरुद्ध है।

युवा वर्ग बुजुर्गों का उदाहरण देकर धोबी पाट लगता है तो बुजुर्ग हड़बड़ाते हैं। ताऊजी की सफेद मूँछें फड़फड़ाकर कहीं भागने की तैयारी करने लगती हैं। जब कोई बात काम नहीं आती तो समवेत स्वर में बुजुर्ग घोषणा करते हैं—''तुम लोग नए हो। तुम्हारा खून गरम है लेकिन हमारे यहाँ जो अब तक होता आया है वही होगा। हम अपने यहाँ की रीत नहीं तोड़ेंगे। सगुन-सात की बात है। कहीं कुछ बुरा हो गया तो।''

जब तर्क काम न दे तो डर काम आता है।

डर का महाशास्त्र जो रीति-रिवाजों के नाम पर अपने फन फुँफकारता रहता है।

लेकिन ऊर्जा-ओजस्विता से किसी भी प्रकार के डर पर विजय पाई जा सकती है। वह भी युवा वर्ग की ओजस्विता। चुपके-चुपके से बनी योजनाएँ। इतनी चुपचाप कि किसी को खबर न हो।

द्वाराचार का वक्त। दरवाजे के दोनों ओर खड़ी बरतनों की कुतुब मीनारें, नाँद, कलश, गंगासागर, लोटा, गिलास बीच में दूल्हे के लिए रखी चौकी।

आरती का बखत हुआ। माँ को बुलाया कि युवा वर्ग दुल्हन को लिए आता

है। इस गाँव के इतिहास में पहली बार कोई दुल्हन बिना घूँघट के है। ऐसा गजब–पंडितों के खानदान ने नाक कटा दी। ''नाक तो वई दिन कट गई जा दिन छोरी ऐ नौकरी करिबे भेजो ओ।'' अपने-अपने बच्चों को गोद में लटकाए औरतें कहती हैं।

ताऊ, चाचा सब क्रोध से उबलते–जरा बरात विदा है जान देउ फिर उन्हें देखिंगे।

मामूली-सी घटनाएँ कितनी बड़ी बन जाती हैं जीवन भर के लिए।

अपने जीवन में बहन ने हर बनी-बनाई लकीरों को तोड़ा लेकिन अपने बच्चों के लिए वह उसी चौदहवीं सदी में चली गई जिससे जिंदगी भर लड़ती हुई आगे बढ़ी थी।

रूढ़ियाँ, परंपरा, लोग क्या कहेंगे! दुनिया के रीति-रिवाज कायदे कानून!

मृत बहन की देह के पास खड़े भाई ने कहा था, ''शायद यह ठीक रहती अगर नौकरी करती रहती।''

सब मन समझाने के तरीके।

दुल्हन की तरह सजी वह खुली आँखों से हम सबको देखती चली जा रही है कभी न आने को। उसकी बेटियाँ रोती हैं। यह घर–उसमें लगे पेड़-पौधे–सबमें वह है।

उसका कुत्ता चार्ली एक कोने में बैठा आसमान की तरफ मुँह करता हूँकरा भरता है।

उसके जीवन के इतने बरस हवा की तरह गायब हो चुके हैं।

''उसकी उम्र तो बस इतनी ही थी।''

''क्या साथ जाता है? सब कुछ यहीं तो रह जाता है। इस दुनिया के कायदे-कानून, रीति-रिवाज सब यहीं की नेमतें हैं। जब भी कोई मुसीबत आती थी वह अपने ठाकुर जी की शरण में दौड़ती थी। वह भी उसे बचा नहीं सके।''

''सिर में मणि जड़वाकर लाई थी तभी तो सुहागिन मरी। देखो तो दुल्हन बनी कितनी सुंदर लग रही है।''

औरतों का भाग्य! मृत्यु में सुंदरता तलाशता! अपने लिए जीवन नहीं मृत्यु की कामना करता।

लोग चाय के स्वाद पर डिस्कस कर रहे हैं। गरमी भी है। एक मृत्यु कभी किसी दूसरे को अपनी मृत्यु का अहसास नहीं कराती। लगता है जो कुछ उसके साथ हुआ वह हमारे साथ कभी नहीं होगा।

मरते ही सारे रिश्ते-नाते खत्म! निकालो-निकालो घर से भगाओ।

बहन जा रही है, कभी न लौट आने के लिए। छत पर चढ़ी बोगेनवेलिया फरफराती है–अलविदा!

(‘आजकल’ स्वर्णजयंती विशेषांक, 2005)

एक है सुमन

सूरज बादलों के पार जा चुका था, मगर उसके होने का अहसास, उजाले से भरी शाम में बाकी था। इतनी दूरी के बावजूद उसकी उपस्थिति महसूस की जा सकती थी।

रेत से भरी सड़क के दाहिनी तरफ नए बने घर थे। दूसरी तरफ कुछ खपरैल के कच्चे घर। जिनके मुख्य दरवाजों के आस-पास बहुत-सी रंगोलियाँ बनी हुई थीं। कई भूरी-सफेद बकरियाँ जमीन पर बैठी पगुरा रही थीं। उनके सिर पर लगा बरगद लहर-लहर उठता था।

“अरे तुम!” दरवाजा, खोलते ही सुमन की आँखें कौंध उठी थीं और वह दोनों हाथ फैलाए गरदन से चिपक गई थी, “कब पहुँची? पता तो था तुम आओगी ...मगर इतनी जल्दी...अरे, ठहरो, देखो पानी तक नहीं पिलाया।” और वह रसोई में चली गई।

बड़ा-सा साफ-सुथरा घर। भव्य ड्राइंगरूम जिसमें एक दीवान, दो कुर्सियाँ और एक दीवार पर मधुबनी पेंटिंग। कोने में गणेश जी। दूसरे कोने में डाइनिंग टेबिल।

वह पानी लाई तो उसकी चोटी आगे तक झूल आई। लगा कोई काला नाग ट्रे में रखे गिलासों से पानी पीना चाहता हो।

मुझे मुस्कराते देख बोली, “क्यों हँस रही हो?”

“हँसी कहाँ! मुस्कराई भर।”

“क्यों?”

“तेरे बालों को देख मुझे वह विभु याद आ गया।” विभु का नाम सुन वह जोर से हँसी और गिलास गिरने से बचे।

“तुम्हें भी क्या-क्या चीजें याद आती हैं।”

“तेरे लम्बे बाल इतने दिनों बाद देखे तो बताओ विभु के अलावा और कौन याद आता जो तेरे बालों की छाँव में पूरी जिंदगी बिताना चाहता था।”

“पता नहीं कहाँ है? जिंदगी तो उसके बिना भी बीती ही जा रही है। होगा कहीं, चलो पानी लो। मैं तब तक चाय रखती हूँ।”

मैं भी उसके पीछे-पीछे रसोई के दरवाजे पर जाकर खड़ी हो गई।

"चीनी कितनी?"

"चीनी नहीं।"

"क्यों डायबेटिक हो।"

"हूँ नहीं, पर पहले से सावधानियाँ बरतने में क्या हर्ज है?"

गरम चाय की चुस्कियों में ढेर-सी बातें थीं, अपनी नौकरी, वे सपने जो कभी पूरे नहीं हुए और वे सपने जो कभी देखे नहीं गए या जिन्हें देखने की कभी फुरसत ही नहीं मिली।

उसका खाना बनाने का मन नहीं था। हमने खाना बाहर से मँगवा लिया।

"चलो तुम्हें घर दिखाऊँ।" तीन खुले कमरों का घर। बालकनी जिससे दौड़ता-भागता हाईवे दिखता था। एक छोटा-सा पूजा का कमरा।

"तू पूजा कब से करने लगी?"

"मजबूरी।"

"कैसे?"

"जब सब तरफ से अवमानना मिले तो कहीं तो कोई सहारा ढूँढ़ना पड़ता है।" —उसकी आवाज दूर देखते खो गई।

"तू देख रही है न हाईवे, देख कितनी भीड़भाड़ है। एक-दूसरे से बचते हुए भी एक लीक पर चल रहे हैं। जो लीक पर चलते हैं गुम हो जाते हैं। जो दौड़ती सड़क से दूर हटकर कोई पगडंडी चुनते हैं, वे अक्सर अकेले दिखते हैं। उन पर पत्थर फेंकना बहुत आसान है। लेकिन जो पगडंडी पर चलते हैं, वे ही लीक तोड़ते हैं। लीक पर चलना भी कोई चलना है।"

उसकी आँखों में आर्द्रता भर गई—"आप पहली हैं जिन्होंने मुझे कुछ आश्वस्ति दी है।"

"आखिर हम आश्वस्ति तलाशें भी क्यों? किसी के कुछ कहने-सुनने से फर्क भी क्या पड़ता है। इन दिनों जब निंदा तक अपने अर्थ खो बैठी हो तब तारीफ का ही क्या मायने है? तुम अपनी तारीफ किसी से क्यों सुनना चाहती हो?"

उसके ओठ हल्के-से काँपे फिर उसने सिर झुका लिया, "और चाय पिएँगी?"

"नहीं।"

मैंने देखा, कोई बात उसके गले से बाहर नहीं आ पा रही थी। उसकी आँखों का सूनापन छत से जा चिपका था, "आपको पता है पिछले चार सालों में मैं किसी शादी, तीज-त्योहार या रिश्तेदारी में नहीं गई।"

"क्यों भला? अपनी नजरों में खुद को अपराधी मान रही हो। तब फिर दूसरे ऐसा मानें तो क्या! पहले खुद पर भरोसा करना सीखो।" मैंने लगभग उसे डाँटा।

"जानती हैं, आज लग रहा है, वर्षों से शायद किसी ने मुझे डाँटा ही नहीं

है। और आप इतने दिनों बाद क्यों आईं...बताइए न!'' वह बच्चों की तरह ठुनकने लगी, ''आप चाहे जितने दिनों बाद मिलें कभी नहीं बदलती हैं। वैसी ही रहती हैं।''

''कैसी तो?''

''बिल्कुल वैसी ही, पहले जैसी। लोग तो अगले दिन बदल जाते हैं।''

''तुम मेरी दोस्त हो और अच्छाइयाँ देख रही हो। मेरे अंदर बहुत-सी बुराइयाँ हैं। जिनके बारे में मैं जानती हूँ। वैसे भी हम हमेशा किसी पुराने में पहले जैसा सब कुछ ही क्यों तलाशते फिरते हैं।''

''बस, बस रहने दीजिए ज्यादा अपनी चीर-फाड़ करने की जरूरत नहीं है। आज तो आप रुकेंगी न!'' वह बिना मतलब ही तालियाँ बजाने लगी।

''हाँ...इस वक्त कहाँ जाऊँगी?''—मैंने कहा। तभी दरवाजे पर आहट हुई। सुमन की आँखें चमकने लगीं। एक बूढ़ा कृशकाय व्यक्ति अंदर आया। सुमन परिचय कराती उससे पहले ही उसने कहा, ''आप सुमन की मीना दीदी हैं। अक्सर बात करती हैं आपकी।''

''हाँ, मेरी योग्यतम छात्राओं में से एक थी।''

''मुझे दुबे कहते हैं।''

''जी पहली बार मिल रहे हैं। मगर बिना मिले भी मेरा परिचय है आपसे।

''आपने खाना खाया? और दवा? अरे आपके लिए नीबू-पानी तो लाना भूल ही गई।'' सुमन ने चिंता की।

दुबे जी के आते ही वह भूल गई कि मैं भी वहाँ हूँ। उनकी पसंद, नापसंद, बदलने के कपड़े, आराम सबके बारे में प्रश्न और हिदायतें।

''अब देखिए, यह इतनी पागल लड़की है कि मुझे कुछ करने ही नहीं देती।''

एक छिपी हुई प्रशंसा!

''आप आराम करें, मैं और दीदी बाजार होकर आएँ?'' सुमन ने पूछा।

उनके हाँ कहने पर हम बाहर निकल आए।

''आपको पता है, शुरू-शुरू में दुबेजी मेरे साथ जाने तक से शरमाते थे कि कहीं कोई हमें बाप-बेटी न कह दे। बहुत पढ़े-लिखे हैं। समझदार।'' उसने जैसे खुद से कहा।

''उनके घर में कौन-कौन हैं?''

''बेटे, बहुएँ, नाती-पोती, दो बेटियाँ।

''और पत्नी?''

''उन्हें गुजरे तो जमाना हो गया?''

''वे लोग आते हैं तुम्हारे पास?''

“बहुत कम। उन्हें लगता है कि मुझे दुबे जी की प्रापर्टी से कुछ चाहिए। मेरा अपना घर है। अच्छी-भली नौकरी है। मैंने उनसे कह दिया है जमीन, जायदाद, खेती-बाड़ी और दुबे जी का नाम भी तुम रखो। मुझे तो सिर्फ दुबे जी दे दो।”

“हाँ, एक बूढ़ा व्यक्ति जो रिटायर हो चुका है, जिसकी पत्नी नहीं है, उसकी जरूरत किसी को क्यों होगी?” मैंने कहा।

सुमन सब्जी की दुकान पर रुक गई। चुन-चुनकर और सोच-सोचकर सब्जी खरीदती रही। फिर लौटी, “मैंने कोई उनसे शादी तो की नहीं है जो अपना नाम बदलूँ। वैसे भी आजकल शादी के बाद भी कौन नाम बदलता है। मुझे कुछ नहीं चाहिए, सिर्फ दुबे जी...यहाँ तक कि कोई संतान तक नहीं।”

सुमन की आँखें का बावलापन...जो व्यक्ति अपनों के लिए व्यर्थ हो चुका था उसे यह पराई लड़की किसी कीमती आभूषण की तरह सँभाल रही थी। उसने इस व्यक्ति के लिए दुनिया छोड़ दी थी, मगर दुनिया थी कि उसके पीछे पड़ी थी, उसे चैन से जीने नहीं दे रही थी।

उसका इतना बड़ा दिल, इतना उदार मन, कहीं तो कोई जरूर होगा जो जान सकेगा।

(आउटलुक, 2002)

हर बार लौटना

मिसेज सक्सेना अब क्या करें? दिन अभी शुरू नहीं हुआ कि खत्म होने का इंतजार करने लगी हैं। कहने को तो बस नौ ही बजे हैं, लेकिन महसूस होता है जैसे घड़ी की सुइयाँ वहीं की वहीं अटक गई हैं। वे खिसक ही नहीं रहीं। नाश्ता बना चुकी हैं। पति का लंच बॉक्स उन्हें दे दिया है। बस दो महीने और बचे। फिर वह रिटायर हो जाएँगे—तब वक्त कैसे कटेगा?

युवावस्था में वह नौकरी को कितना कोसते थे। बोरियत, उबाऊपन, अफसरों से कहासुनी, वक्त का न होना, बच्चों की देखभाल, बीमारियाँ और तमाम किस्म की दुनियादारी...तब जैसे अपने मन को समझाते थे नौकरी को गालियाँ देकर, एक प्रकार का कम्पनसेशन लेकिन आज उनका उदास चेहरा, खोयापन—दो महीने के एक दिन में से आधा खर्च हो और वे दो महीने कभी खत्म न हों। एक दिन का बीत जाना...एक डर को अपने साथ लिए आना, आजू-बाजू साथ-साथ चलना, बचना, खत्म हो जाना।

लेकिन उनकी ही क्या कहें। मिसेज सक्सेना, खुद को यह स्वीकार करते तकलीफ होती है कि पूरी की पूरी जिंदगी बीत गई है। इस आखिरी सिरे पर खड़ी होकर पीछे मुड़कर देखती हैं, संध्या-वंदन के समय सुबह की प्रार्थना, मंदिर की घंटियों की हलकी आवाजें...कुछ भी तो साफ नहीं दिखता। सारी घटनाएँ अभी घटी लगती हैं—सब कुछ अभी तो हुआ है। चालीस साल पहले, नहीं कुछ वर्ष पहले, अभी इसी दिन, वह पट्टी-खड़िया लेकर स्कूल पढ़ने गई थीं। आटे, हल्दी, धूप, सिंदूर, कनेर से पट्टी पूजती माँ का दिपदिपाता चेहरा अभी तक याद है...कैसे भूल सकती हैं?

फिर भाई की शादी...वह भी नहीं भूली जाती। भाभी के सलमे-सितारे टँके कपड़े, लम्बा घूँघट...चेहरा देखने के लिए जमीन से झाँकती आँखें...ऐसा करते देख भाभी हँसी थीं...उनके सफेद दाँत चमके थे। नथ हलके से हिली थी। भाभी ने उन्हें गोद में बिठा लिया था। फिर अपनी गोद में ही बैठाकर पूरी और आलू का साग खिलाया था...पूरी के टुकड़े तोड़ती मुँह तक बढ़ती उनकी मेहँदी रची उँगलियाँ अब तक आँखों के सामने जिंदा हो जाती हैं। कई दिन बाद जब भाभी मायके जा रही

थीं तो उनके साथ जाने की जिद। अपने कपड़ों की पोटली...जोर-जोर से रोना और भाभी का घूँघट से पलटकर बार-बार देखना। जैसे वह साथ ले जाना चाहती थीं। उनकी आँखों में तिरता कुछ...कोई अपनी ससुराल से मायके जाते वक्त भी रोता है। लड़कियाँ ससुराल के दुख की कल्पनाओं से कितनी भयभीत रहती हैं कि हर बार जब मायके से लौटती हैं, रोती हुई। भाभी जाते हुए रो रही थीं। उसके बाद वह भी नहीं मिलीं। अपने गाँव के घर में वह चूल्हे पर खाना पका रही थीं। कपड़ों ने आग पकड़ी तो समझा चूल्हे का ताप लग रहा है। नरम-सा सर्दियों का सुख ...मगर वह ताप नहीं था। भाभी के लंबे बाल सूखी दूब की तरह जल गए थे। रिक्शे में बैठकर घूँघट से झाँकती वह, उनकी सफेद स्थिर पुतलियाँ आज भी किसी फ्रीज हुए शाट की तरह मन में बैठी हैं।

कुछ माह बाद घर में दूसरी भाभी आ गई थीं। पहलीवाली भाभी को सब भूल गए थे...उन्हें जानबूझकर भुला दिया गया था। मृत आत्मा को बार-बार याद करो तो उसके चैन में खलल पड़ता है... जीवित लोग भी परेशान होते हैं...नई भाभी परेशान होतीं तो! मरते ही सारे संबंध अपदस्थ हो जाते हैं...जिनके लिए जीवन गुजारा, सुख-दुख के तूफान झेले वे ही छूट भागना चाहते हैं...मुक्ति की कामना, संबंधों से मुक्ति। लेकिन सचमुच क्या कोई मुक्त होता है? मिसेज सक्सेना क्या हो सकीं?

भाभी के साथ बिताए उन तीन-चार दिनों को याद करते वह नन्ही-सी बच्ची हो जाती हैं। आसपास फैली हल्दी, तेल, महावर, मेहँदी सबकी मिली-जुली गंध को महसूस कर सकती हैं। भाभी का चोटी बनाना और शीशे में देखकर छोटी-सी बिंदी लगाना। माँ या भाई के आने पर झपटकर, घूँघट काढ़कर एक ओर खड़े हो जाना। उनकी वह गुलाबी साड़ी जिसके लिए भाभी ने कहा था, "थोड़े दिन रुक जाओ।" इसमें से मैं तुम्हारे लिए फ्राक सिल दूँगी। कौन जानता था, भाभी कभी नहीं आएँगी। और वह कभी गुलाबी फ्राक नहीं पहनेंगी। तब से गुलाबी रंग को उन्होंने अपने जीवन से बाहर कर दिया था। शायद ही कभी कोई गुलाबी कपड़ा उन्होंने खरीदा। हिम्मत ही नहीं हुई। उनकी कल्पना में जब भी गुलाबी रंग आया, जली हुई भाभी की लाश दिखाई दी। अफसोस कि उनकी याद को जीवित रखने का और कोई सिलसिला उनके पास नहीं था। उनका एक फोटो तक नहीं। पर भाभी कभी स्मृतियों से जा नहीं सकीं। वे हर बार लौट आतीं। बार-बार कुछ और नया कहने के लिए। कुछ और नया सोचने के लिए।

जीवन का यह आखिरी पड़ाव...पहले सोचती थीं, जब बच्चे छोटे थे...चारों ओर कठिनाइयों के समुद्र लहराते थे...तब महसूस होता था शायद जीवन इसी तरह फिसल जाएगा। बच्चों का होमवर्क, उनकी पी. टी. एम., यूनिफार्म, रबर, पेंसिल, पैन, स्कैचपैन, प्रोजेक्ट्स, फंक्शंस, कितना कुछ...दम मारने की फुरसत नहीं। फिर यह भी कि माँ आप काम क्यों नहीं करतीं? सबकी मम्मी काम करती हैं।

"काम नहीं करती..." सुनकर वह चकित हो उठती थीं। घर का काम यानी काम नहीं...नौकरी करना असली काम। खाना पकाना, अचार बनाना, पापड़, बड़ियाँ, मिठाइयाँ, कांजी, कपड़े धोना, प्रेस करना, सिलाई, सफाई, मेहमाननवाजी काम कहाँ ...एक व्यर्थता...क्या किया? घर में रहनेवाली स्त्रियाँ...उन्हें क्या आता है? वे क्या करती हैं? वे माँ होती हैं, जो करती हैं, मगर कहती कुछ नहीं। अपने लिए कुछ नहीं चाहिए। बीमारी और तकलीफ में भी उनकी आहें नहीं सुनी जा सकतीं। वे मुस्कराती हैं और मुस्कराती ही जाती हैं, जिंदगी भर।" मिसेज सक्सेना भी इससे अलग कहाँ है। घर की कितनी चीजों पर बच्चों के निशान मौजूद हैं। लेकिन वे निशान ही हैं...बच्चे चले गए हैं। उनके मजबूत पंख उन्हें उड़ा ले गए हैं। वे पंख जो मिसेज सक्सेना ने अपने सामने उगते देखे, नन्हे-नन्हे। उन्हें मजबूत किया। मजबूती के लिए चाहिए थी अच्छी शिक्षा, पूरी नींद, पूरी केयर, पूरा प्यार, समय और समय का मैनेजमेंट। जीवन के बहुत-से वर्ष सिर्फ इस चिंता से बीत गए कि बच्चों को उनकी जरूरत है—इसलिए सीमा रेखा घर के अंदर ही बनती है। उनके इम्तिहान, उनका रिजल्ट, उनकी कॉपी-किताबें एडमीशन—सफलताएँ।

सफलता की कामना के लिए कितने पूजा-पाठ व्रत-उपवास। हनुमान जी, शिवजी, दुर्गा, काली, गणेश, श्रीराम, कृष्ण-परशुराम। लक्ष्मी-सरस्वती रक्षा करो...सबको नमन...क्या पता कौन मदद कर दे...स्वार्थी मन देवताओं से भी बारगेन करता था ...रक्षा करना...सफलता देना...नहीं तो देख लेना...देख लेना...अच्छा था मूर्तियाँ सुन नहीं सकती थीं...इसीलिए रिएक्ट नहीं करती थीं।

किताबों के समुद्र में डूबे बच्चे...कहीं मैथ्स उछल-कूद मचाता था..कैमिस्ट्री आँसू बहाती थी..फिजिक्स किसी पहलवान की तरह भुजाएँ फड़काती थी...ऐसे में बच्चों को क्या चाहिए? चाय-कॉफी, खाना, म्यूजिक, सिर में तेल...बताए गए वक्त पर उठाना...उनके फैले कपड़े, बर्तन, जूते-चप्पल सब कुछ समेटना। खीझना। टेलीफोन पर धीरे-धीरे बातचीत। टी. वी. का बंद हो जाना...एक चक्र—रात-दिन, दिन-रात चौबीस नहीं, अड़तालीस घंटे, तीन सौ पैंसठ दिन।

लेकिन अब कुछ बचा ही नहीं। बच्चों के फैलाए घर को देखकर पहले जहाँ परेशान होती थीं, अब सामान जहाँ रखती हैं, वहाँ से कोई हिलानेवाला नहीं बचा। पंद्रह दिन बाद भी वह चीजों को अपने स्थान से उठा सकती हैं। पहले तो हाल की हाल रखी चीज नहीं मिलती थी। वह इस बात से परेशान हो उठती थीं। बच्चों को समझाती थीं। वे उस वक्त हाँ-हाँ करते थे और अगले ही पल भूल जाते थे।

फिर धीरे-धीरे वे घर से बाहर निकले और वापस आ गए। समय पर। उसके बाद समय पर आना न आना उनके काम पर निर्भर होने लगा। देर तक वह उनके लौटने, खाना खाने का इंतजार करतीं लेकिन बहुत बार वे बाहर से खाकर आ जाते। वह नाराज होतीं। अगर फोन करके उन्हें बता दिया जाए, तो इतना खाना न बिगड़े।

न उनकी मेहनत व्यर्थ हो। लेकिन उन्हें कभी याद न रहता। जिस दिन चिढ़कर खाना न बनातीं, उस दिन जरूर खाना माँगते।

लेकिन मिसेज सक्सेना ने यही चाहा था जीवन भर कि बच्चे सफल हो जाएँ, उन्हें भूल जाएँ तो क्या। सफलता का हर तर्क बुजुर्ग माता-पिता को खारिज ही करता है। फिर यह दुख क्यों, रोना-धोना क्यों?

बच्चों को उसी तरह भूल जाएँ जिस तरह अपने माता-पिता को भूल गईं। भाई-बहन नाते-रिश्तेदार कोई भी याद नहीं आया। अपने परिवार के सामने। अपने अकेलेपन का वरण खुद उन्होंने ही तो किया था तो अब आँसू क्यों बहा रही हैं?

भूलो-भूलो सब कुछ को भूलने से बेहतर कुछ नहीं...लेकिन कैसे भूलें? इतने बचपन की स्मृति भाभी, उन्हें ही नहीं भूल सकीं।

('नवभारत', भोपाल)

व्यूह

तो आज फैसले का दिन आ ही गया है। यानी कि एक तारीख, सुबह से ही तैयारियाँ कुछ ऐसी हैं जैसे पाकिस्तान नया बनाया एटमबम लेकर हमले के लिए दौड़ा आ रहा हो, या यूनियन कार्बाइड की तरह फिर से कोई जहरीली गैस वातावरण में फैल गई हो...या अचानक मकान-मालिक का बेदखली का नोटिस देख किराएदार भड़क उठा हो। ऊपर-नीचे के बारह घरों में से ग्यारह के चेहरों पर रहस्यमयी मुस्कान है। बारहवें में इसलिए नहीं कि वहाँ रहने वाली महिला अपने को कुछ प्रगतिशील या गरीबों का मसीहा समझती है।

हवा में सन्नाटा है। बच्चे बालकनियों से मुर्गे-मुर्गियों की तरह झाँक रहे हैं और किसी भी आवाज से इस तरह भड़क जाते हैं जैसे कसाई दराँती पकड़े उन्हें जिबह करने आ गया हो।

बड़े दाँतों वाली, बाँस-सी पतली-दुबली और लंबी हैप्पी की माँ नीचे मोनू की माँ को आवाज देती है—"और किसी से खतरा नहीं है, तुसी ही रास्ते विच छोड़ जाते हो।"

मोनू की माँ का मुस्कराता चेहरा देख हैप्पी की माँ चली गई है।

मिसेज पाहवा इन दोनों की मुस्कराहट को देखकर वह दिन याद करती है, जब इन दोनों में सिर्फ इसलिए महाभारत मचा था कि वरांडे में किस तरह किस की चारपाई बिछे।

उधर, ऊपर के कोने वाले फ्लैट में रहने वाली नीटू की माँ अक्सर शिकायत करती है कि शिवानी की माँ ने उसकी प्यारी कुतिया बाबी को जहर दे दिया। शिवानी की माँ का दुखड़ा यह है कि वह किन उजड्ड-गँवार लोगों के बीच में आ फँसी, जबकि उसकी पड़ोसिन सरदारनी उससे बोलती तक नहीं। उसका कहना है कि शिवानी की माँ आजकल हर सरदार को आतंकवादी कहती है और अक्सर हिंदुस्तान हिंदुओं का है, जैसी बात करती है। बबली के चेहरे पर औरत होते हुए भी बड़ी-बड़ी दाढ़ी-मूँछें हैं, इसलिए वह इन सबके बीच में हँसी की पात्र है। मगर इस वक्त सब एक हैं—सिर्फ मिसेज पाहवा को छोड़कर। मिसेज पाहवा दफ्तर में काम करती हैं। इन औरतों के

हिसाब से वह काफी नकचढ़ी, घमंडी और फैशनेबल किस्म की है। अक्सर ये सब मिसेज पाहवा और उनके पति के बारे में काफी हँस-हँस कर मजाक उड़ाने के अंदाज में बातें करती हैं। बानगी देखिए—"आ गईं भाभी जी!"

"हाँ जी!"

"चाय तो भाई साहब ने बना ही ली होगी!" मिसेज पाहवा मुस्कराते हुए चली जाती हैं तो एक तीर और छूटता है—"चिकने घड़ों पर कोई असर नहीं होता। कुछ भी कह लो बस मुस्कराती ही जाती है।"

"यह तो बाप है बच्चों का, और माँ घर में रहती है।" अपनी बात कहकर वे देर तक हँसती हैं।

लेकिन इस मसले पर मिसेज पाहवा से बात करने की बजाय उनके पास धमकियाँ जैसी भिजवाई गई हैं—"नीचे वाले कभी हमारा साथ नहीं देते। इस बार इन्होंने अपनी अलग ढपली बजाई तो अच्छी बात नहीं होगी।"

मिसेज पाहवा सोचती हैं—"सत्संग में जब स्वामी जी ने कहा था कि हिंदू इसलिए तरक्की नहीं कर सकते क्योंकि उन्होंने अपने बड़े हिस्से को दूर काट कर फेंक रखा है। तब, लौटते हुए ये सब कितनी खुश हुई थीं कि स्वामी जी कितनी सच्ची बात कहते हैं!" उस दिन अचानक शिवानी की माँ बोली थीं—"बजट में तो सब कुछ ही बढ़ गया। कुछ भी तो नहीं छोड़ा। क्या आदमी खाए, क्या बचाए?"

"बचाने की क्या जरूरत? जरूरत होगी तो राजीव गाँधी रब के पास अर्जी भिजवा देगा।" हैप्पी की माँ ने मजाक करने की कोशिश की तो नीटू की माँ ने उसे आगे बढ़ाया—"अर्जी तो वह पहली-आखिरी अपनी ही भेजेगा।"

"अगर सच्ची में रब सुनता हो तो सब्जी-दालें ही सस्ती हो जाएँ।" शिवानी की माँ ने आसमान की तरफ हाथ जोड़े।

"दवाइयाँ भी महँगी हो गईं, बस के किराए भी बढ़ गए, सस्ता क्या है?" मिसेज पाहवा बोलीं।

"सही कह रहे हो जी, अब हमारी जमादारनी को ही देखो, कह रही थी महँगाई बढ़ गई है। अगले महीने से पाँच की जगह छः रुपए लेगी।"

"क्या?" हैप्पी की माँ ने शिवानी की माँ की बात सुनकर ऐसे मुँह खोला मानो आसमान फट पड़ा हो।

"महँगाई क्या उसी के लिए बढ़ी है! ऐसे हम सबका एक-एक रुपया बढ़ाएँगे तो क्या होगा?"

खैर, उस दिन रास्ता खत्म हो गया। तय हुआ कि अगले दिन सब औरतें इस बात का फैसला करेंगी।

अगले दिन मिसेज पाहवा तो दफ्तर चली गईं। दफ्तर जाते ही सबसे पहले उनकी नजर नोटिस बोर्ड पर पड़ी। मैनेजमेंट का कहना था कि वह कर्मचारियों का

महँगाई भत्ता नहीं बढ़ा सकता। महँगाई सरकार बढ़ाती है तो मैनेजमेंट और मुनाफे में हिस्सा क्यों दे? वह दिन गुजर गया। मिसेज पाहवा लौटीं तो पता चला कि सभी महिलाओं ने सर्व-सम्मति से निर्णय दिया है कि एक रुपया, तो क्या एक पैसा भी नहीं बढ़ाएँगी। आज एक रुपया बढ़वाएगी तो कल दो रुपए, अगले साल दस रुपए। इन लोगों को शुरू में न रोका जाए तो इनके मुँह सुरसा की तरह फैलते ही जाते हैं।

मिसेज पाहवा अपने दफ्तर में लगे नोटिस के बारे में सोचती रहीं। तभी उनके जाली के दरवाजे पर एक छाया दिखाई दी। मिसेज पाहवा ने दरवाजा खोला, शिवानी की माँ थीं।

"आइए भाभी जी!" मिसेज पाहवा ने औपचारिकता निभाई।

"अब आएँ क्या! आप तो हर वक्त इतनी बिजी रहती हैं कि लगता है आपके पास जाएँगे तो आपका वक्त भी खराब होगा।"

"नहीं-नहीं ऐसा क्या। दरअसल मेरी जिंदगी तो मशीन की तरह है। सुबह से शाम तक लगे रहो।" मिसेज पाहवा विनम्र हो उठीं।

शिवानी की माँ थोड़ी देर चुप रहीं। फिर बोलीं—"भाभी जी आपने कुछ सुना?"

नहीं सुना के अंदाज में जब मिसेज पाहवा ने उनकी तरफ देखा तो बोलीं—"अरे वही बात जमादारनी वाली..."

"जमादारनी वाली नहीं तो!" मिसेज पाहवा जानकर भी अनजान बनीं।

"सबको मालूम है। जमादारनी कहती हैं पाँच की जगह छह रुपए दो। अब ऊपर के सब लोगों ने तय किया है कि पैसे न बढ़ाए जाएँ। मैं तो कहती हूँ कि एक-दो रुपए से क्या फर्क पड़ता है। मगर अब मोहल्ले में तो रहना ही है, इसलिए बात भी सुननी पड़ती है। आप क्या सोचती हैं?"

"मैं..." मिसेज पाहवा सोच में पड़ गईं। मीनू की माँ पहले ही बता गई थी कि पैसे न बढ़ाने की मुहिम में शिवानी की माँ ही है जो सबसे आगे हैं..."अभी तो मैंने कुछ नहीं सोचा। अपने हसबैंड से पूछकर बताऊँगी।"

तभी बाहर से जोरदार आवाजें आने लगीं। एक आवाज इस मोहल्ले के परिचित सब्जी वाले की थी और दूसरी आवाज हैप्पी की माँ की थी। सब्जी वाला सड़क पर खड़ा था और हैप्पी की माँ तीन मंजिल पर बने फ्लैट के सामने से चिल्ला रही थी—"तेरी भी टाँगें न तुड़वाईं तो मैं अपने बाप से पैदा नहीं।"

"जा-जा...मेरा मुँह क्यों खुलवाती है। तेरा लड़का एक-दो खीरे चुराकर भाग गया। निकाल उसे घर में से।"

"मैं भगवान की कसम खाती हूँ जो वो यहाँ आया हो। तू खुद आकर देख ले। हम तेरे खीरों के भूखे हैं। आज तक एक पैसे की भी बेईमानी की है?"

"पैसे से क्या होता है? जब-जब ठेले के पास आती है, कभी खड़े-खड़े चार-छह गाजर खा लेती है, कभी मूली, कभी टमाटर। अब बन रही है हरिश्चंदर!"

"तू दो कौड़ी का आदमी बड़-बड़ कर रहा है। बताऊँ क्या आकर!"

"बताएगी क्या? कोहनी पर से हाथ तोड़ दूँगा।"

दीपू की माँ सब्जी का भगोना हाथ में लिए खड़ी थी। कल इस सब्जी वाले से जो घीया खरीदा था वह निहायत ही कड़वा था। आज अगर हैप्पी की माँ बीच में न आई होती तो वह जरूर इस सब्जी वाले से पैसे ले लेती। मगर अब...दीपू की माँ भगोने समेत अंदर खिसक गई।

मगर सब्जी वाले का साहस वहाँ चारपाइयों पर उपस्थित कुछ महिलाओं को ऊपरी तौर पर काफी नागवार गुजरा। इस सब्जी वाले की यह मजाल! हम सब्जी न खरीदें तो उसे रोटी के भी लाले पड़ जाएँ। सभी औरतों का सामूहिक क्रंदन सुन सब्जी वाले ने वहाँ से भागने में ही भलाई समझी। जब सब कुछ ठीक हो गया तो खीरे के छिलके टोकरी में डाल हैप्पी पार्क की तरफ खेलने चला गया। बहुत देर तक इसी बात पर चखचख होती रही, मगर हैप्पी की तरफ किसी का उसकी माँ का भी ध्यान नहीं गया।

इन दो वर्षों में मिसेज पाहवा समझ चुकी थीं, युद्ध और शांति का बना बनाया कोई नारा यहाँ नहीं चलता। कल ये ही महिलाएँ होंगी, यही सब्जी वाला होगा। सब्जी के लिए खूब मोल-तोल होगा, हँसी-मसखरी होगी। आज की घटना को पक्ष-विपक्ष दोनों ही कुछ न हुआ के अंदाज में भूल चुके होंगे। दरअसल मिसेज पाहवा काफी प्रेक्टिकल महिला हैं। मोनू की माँ से उन्होंने कहा भी था—"अब एक रुपए को देखें या एक घंटे को। सुबह तो वैसे ही मरने की फुरसत नहीं मिलती है। इसने कूड़ा उठाना बंद कर दिया तो हम कहाँ-कहाँ कूड़ा फेंकते फिरेंगे?"

वह जानती हैं मोनू की माँ ने यह बात सब तक पहुँचा दी होगी, इसीलिए सब औरतें मुस्कराते हुए भी उन्हें घर का भेदी जैसी नजरों से देख रही हैं।

संयोग, इतवार पड़ा पहली तारीख को। मिसेज पाहवा घर पर थीं। बीस-इक्कीस बरस की वह लड़की इंद्रा झाड़ू हाथ में लिए सबसे पहले मिसेज पाहवा के दरवाजे पर ही आ खड़ी हुई। मिसेज पाहवा युद्ध भूमि में सबसे पहला शहीद नहीं बनना चाहती थीं। सो बोलीं—"बंटी के पापा बाहर गए हैं। अभी तो सौ का नोट है। तू पहले ऊपर से ले ले। मैं तो दे ही दूँगी।"

आश्वासन पा वह सीधे ऊपर पहुँची और जैसी आशंका थी ऊपरी मंजिलों पर रहने वाली तमाम वीरांगनाओं और जमादारनी की मिली-जुली आवाजें गूँजने लगीं और दृश्य का पटाक्षेप कुछ इस प्रकार से हुआ कि छबड़े में भरा सारा कूड़ा उस इंद्रा ने सीढ़ियों पर फैला दिया और यह घोषणा करती हुई चली गई कि जब तक बढ़ा हुआ रुपया नहीं मिलेगा वह काम नहीं करेगी।

जमादारनी तो चली गई, मगर शाम तक वह कूड़ा बदबू फैलाता वहीं सीढ़ियों पर पड़ा रहा। सवाल यह था कि जमादारनी के काम की पहल कर कौन महिला

अपनी नाक नीची करे। जनता पार्टी के शासनकाल की तरह, विरोधी दलों की एकता की तरह यह एकता भी जल्दी ही टूटती नजर आने लगी।

"सारी गंदगी घरों में जा रही है। हमसे अच्छे तो नीचे वाले रहे।" हैप्पी की माँ कह रही थीं।

"क्या फर्क पड़ता मरे एक रुपए से, दे ही देते। कम से कम बदबू से नाक तो न सड़ती। शिवानी की माँ खुद तो घर में घुसी बैठी है। हम यहाँ मर रहे हैं।" पारस की माँ बोली। "एक दिन का तो झंझट नहीं, कौन रोज सीढ़ियाँ धोएगा? कौन कूड़ा फेंकेगा?" बबली के स्वर में दुख था।

यह मामला इतनी जल्दी सुलझ गया। महिलाएँ अपनी-अपनी नाक के चलते अड़ियल मैनेजमेंट न बन सकीं। एक दिन काम न करने की धमकी से ही उनके हाथ-पैर फूलने लगे। पतियों से डाँट पड़ी सो अलग कि वे जमादारनी के मुँह क्यों लगीं।

कल से फिर इंद्रा काम करेगी। ये महिलाएँ कभी उससे लड़ेंगी, कभी चाय पिलाएँगी और कभी फिर एक रुपया बढ़ाने के लिए फिर से असफल हो जाने वाली व्यूह रचना करेंगी।

(पींग, 1987)

डोर

अब कोई दीदी कहने वाला नहीं बचा। कभी कोई बेटी नहीं कहेगा। अंजुरियों में भरे आटे की तरह उम्र कहाँ फिसलती चली गई। जीवन में जैसे बीस का दशक आया ही नहीं। तीस+चार। सत्रह दूनी चौंतीस या दस+दस+दस+चार।

कल पूरे चौंतीस वर्ष! आकर्षणहीन झुर्रियोंदार चेहरे की तरफ बढ़ते कई कदम...

"आप में अब वह बात नहीं बची।" वीरेंद्र सुमी से कह रहा है।

और सुमी! वह बुक्का फाड़कर हँस रही है।

भावना देख रही है।

सुमी उसकी सहयोगी! मगर कम से कम दस साल बड़ी।

भावना की समझ में नहीं आती, सुमी की बुक्काफाड़ हँसी।

अश्लील, घटिया, कुतिया!

इन औरतों को ऐसी बातें बरदाश्त कैसे हो जाती हैं? भावना मरखने बैल की तरह बस खूँदती है। लेकिन अब इन कुछ वर्षों में पूरी दुनिया एकाएक बदल गई है। उम्र आदमी को विशेष तौर से स्त्रियों को सारी भावनाओं के बहाव से कैसे निष्कासित कर देती है। सारे सूरज एक के साथ एक ढलते चले जाते हैं।

कोई कहता नहीं। मगर मन का चाबुक साथ-साथ चलता है—यह क्या हर वक्त की खिलखिल उम्र का कुछ तो ख्याल!

प्रोजेरिया बीमारी में कभी किशोरावस्था नहीं आती और यहाँ किशोरावस्था खत्म होने का नाम नहीं लेती। आश्चर्य होता है यह सब कैसे हो गया?

सब कुछ! हाँ सब कुछ बदल गया है। उम्र की बेरहम परतें एक के ऊपर एक चढ़ती चली गई हैं।

इस शहर में जिसे पिछले पंद्रह वर्षों में नफरत सिर्फ नफरत की नजर से देखा है। जिसकी इमारतें, कंगूरे, चहारदीवारी, पेड़, लोग, घर, सड़कें, कालेज किसी विकट शत्रु की तरह पीछा करते रहते हैं। लेकिन अब इस शहर को देखकर लगता है शत्रुता का भाव ही ढह गया है। वे सब चीजें कहाँ हैं जिनके जरिए इस तक पहुँचती रही

हूँ। हालाँकि शहर से नफरत करना अपनेआप से नफरत करने जैसा है। किसी व्यक्ति के लिए कोई जिम्मेदार कैसे हो सकता है। लेकिन इतना बेपहचान? इतना निर्मम! क्या यह वही शहर है? सारे छोटे-मोटे शहर छोटी-छोटी दिल्लियाँ बन गए हैं। ट्रेफिक सिगनल्स के सहारे रुकते-दौड़ते।

कहाँ है स्टेशन के पीछे वाला बड़ा मैदान। जेल की मोटी दीवार। कालेज के सामने वाला शांत स्पंदन हीन चौराहा। और वह दो चोटी करती इठलाती लड़की।

चौराहे पर ट्रैफिक लाइट्स चमक रही है। जेल की तरह गगनचुंबी इमारतें खड़ी हो गई हैं। पता नहीं जेल की जमीन कितने बेगुनाहों के इतिहास से रची है। उसके डिपार्टमेंट के ऊपर मोटे पीतल के अक्षरों में नाम लिखा है और डिपार्टमेंट के अंदर जाने का रास्ता लोहे के सींखचों में कैद है।

होटल में लोग भर-भरकर प्लेट चाऊमिन खा रहे हैं। पहले जैसा उजाड़ दो कुर्सियों वाला वह रेस्टोरेंट कितना लकदक हो रहा है।

एक आदमी स्कूटर पर जा रहा है। प्याजी रंग की शर्ट, माथे पर झूलती सफेद लट, हो न हो यह उसका भाई है। जब से इस शहर में घुसी हूँ, मन में एक क्षीण सी आशा—कोई तो मिलेगा! कितनी देर उस बाजार के गलियारे में घूमती रही हूँ, शायद कोई मिल जाए...कितनी देर सड़कें नापी हैं...क्यों मिलना चाहती हूँ देखो, देखो, मैं वही हूँ, मैं जिंदा हूँ। तुम्हारी तमाम 'शुभकामनाओं' के बावजूद जीवन ने अपने से दूर नहीं खदेड़ा है।

एक-एक पल का हिसाब कौन रख सकता है कि यह जो पल गुजर गया वह फिर कभी नहीं आएगा। पर जीवन का एक हिसाब तो है ही न। वे पल, गुजरे हुए दिन आपके ऊपर एक स्पष्ट मोहर लगा जाते हैं। वह चेहरा भी कितना बदल गया होगा? बालों में सफेदी तिर आई होगी। उम्र की ढलवाँ सड़क कहाँ से कहाँ तक ले जाती है। अब कोई नजरें नहीं उठतीं, कोई सीटी नहीं बजती, कोई छेड़ता भी नहीं। सब चीजें किसी अतल गहराई में डूब गई हैं।

अपना परिचित अपना सखा यह शहर। समझ में नहीं आता जिससे घृणा हो उसके सामने क्यों जाना चाहते हैं? शायद घृणा की भी एक डोर होती है। नफरत का भी एक रिश्ता! चीजें बदल गई हैं या बदल दी गई हैं।

ताज पर तेज धूप है। नन्ही। बच्ची पैर जलने की शिकायत कर रही है। मैं पुलिस वाले से लड़ रही हूँ—"इसीलिए आप लोग गुलाम रहे हैं और अभी तक गुलामी नहीं गई। वे गोरी चमड़ी वाले क्या रिश्तेदार लगते हैं? हमारी चप्पलें उतरवा दीं। बच्चे का भी ख्याल नहीं। उनके जूतों पर कपड़े बाँध दिए हैं इससे पवित्रता नष्ट नहीं होती।"

"कपड़े बाँधने के पौने दो रुपए लगते हैं, आप भी बँधवा लो।"

"पवित्रता की कीमत सिर्फ पौने दो रुपए। पैसा और पवित्रता! हमेशा पैसे

को ही जीतना है तो यह ढोंग क्यों और बिना लाइन के जाने देने के कितने रुपए लिए हैं।'' वे मुझे देख रहे हैं। मैं भाषण दे रही हूँ। नहीं पता बहरे कानों तक पहुँचकर कोई भी आवाज लौट आती है।

सूरज के साथ मन भी उबल रहा है। दीवारें चिपचिप कर रही हैं। और कब्रों के चारों ओर बिखरे एक से एक मुस्तैद पंडे। प्यास से गला सूख रहा है। सामने भरी पूरी नदी। पर एक नल नहीं। लोगों की भीड़-भाड़ लंबी लाइन। तेज धूप! और झाड़ियों की छाया। जिसमें से छन-छनकर आती धूप से बचने के लिए सब पहलू बदल रहे हैं। कितना कुछ खो गया है यहाँ। जो कुछ छूट गया था—हमेशा लगता रहा है पकड़ पाऊँगी उसे! झिंझोड़ कर रख दूँगी।

एक बार, तब बहुत पहले उसने पत्र लिखा था—कल रविवार था हम ताज गए थे, तुम समझ सकती हो।

तब समझ सकती थी, पर समझते हुए न समझना कैसा होता है?

मन में एक आशा थी—नहीं सब कुछ मेरे लिए ही हित में! अब लगता है—चौदह-पंद्रह वर्ष में क्या उनको भी याद होगा वे यहाँ कहाँ बैठे थे? इमारतें, पेड़, सड़कें बदल गई हैं, पर मन में अभी तक वह दुःख की अनुभूति क्यों है? क्यों दुःख बार-बार बाँध तोड़े निकला जाता है।

कोई विश्वास करेगा, मैं जान-बूझ कर ऐसा करती रही! तब पता नहीं वे लोग कहाँ बैठे होंगे! यहाँ या वहाँ या धूप में तालाब के किनारे मछलियों को देखते!

ताज के आस-पास पानी नहीं है। लेकिन फोटोग्राफरों की बड़ी फौज है। मेरी बहन पूछती है, एक फोटोग्राफर से—''मुकेश कहाँ है?''

''वह तो आज नहीं आए।''

''तो...हम तो उन्हीं से खिंचवाते।''

मुझे क्रोध आने लगता है कि एक फोटो खिंच जाता—स्मृतियों को कैद करने का एहसास तो बना रहता है।

टैम्पो वाला चार सौ रुपए माँग रहा है। बहन उसे डाँट रही है। अंत में बात तीस रुपए पर ठहरती है। बहन बता रही है—''देख यह पूरी कालोनी उस टीले को काट कर बनाई गई है। तू तो आई नहीं इतने दिन से।''

''टीले के साथ दबा इतिहास भी नष्ट हो गया।'' मैं सोचती हूँ।

बच्ची हँस रही है, बच्चा ताली पीट रहा है।

''यह सुल्तानपुर, यह हीबिट पार्क, यह ताजगंज!''

''सब कुछ कितना बदल गया है!'' ग्रामोफोन की सूई बस एक जगह आकर रुक गई है।

''कितने गुजरे हैं इन रास्तों से!'' बहन जैसे अपने आप से ही कह रही है।

ऐसा लगता है सीकरी को डाकू लूट ले गए हैं। पूरी की पूरी सीकरी की सुनसान

खूबसूरती जोरदार शोर की बदसूरती में बदल गई है। जहाँ खट-खट करके पोली दीवार देखते थे वहाँ ताला जड़ा है। एक से बढ़कर एक आने वालों को लूटने के लिए सामान जमा है। ढेरों दुकानें और पचासों दुकानदार। लाल कमीज पहने एक लड़का आता है—"गाइड चलेगा!"

"नहीं!"

"देख लीजिए, इसी जगह पर छत्तीसों स्थान हैं। हम रजिस्टर्ड गाइड हैं कोई ऐसे-वैसे नहीं।"

सीकरी की कव्वालियाँ गायब हैं। चिश्ती जी की खूबसूरत समाधि मोटे मखमल से ढँकी है—"जितनी श्रद्धा हो चढ़ा दीजिए।" एक आग्रह! जबरदस्ती से भरा। तभी एक मैले-कुचैले कपड़े पहने सात-आठ साल का लड़का आता है—"गाइड चाहिए।"

बच्ची तालाब के पास पैर धो रही है।

"साफ पानी को गंदा मत करो।" फूलवाला चिल्लाता है।

"साफ पानी! यह साफ पानी है! काई तो देखो!" मैं कहती हूँ।

"अरे जो इस पानी को गंदा कहे, उसके करम फूटे। यहाँ बड़े-बड़े बादशाह इसी पानी को पीते रहे हैं।" मैं आँखें फाड़कर देखती हूँ। यह कैसा बहरुपियापन है। गंदगी को गंदगी नहीं कह सकते। बजाय उसके कि पानी साफ कराया जाए, कहने वाले की जुबान काटने को छुरे लिए फिरते हैं। सुनसान अब भी है यह जगह, मगर भीतर से। इमलियों के सघन पेड़ भी जैसे इस पूरी जगह की दुर्दशा पर मौन हैं।

दिस प्लेस कामनली नान एज जोधाबाई की रसोई बट नवरत्नों वाला कमल, चौपड़—सैकड़ों स्कूली छात्राएँ जमा हैं, हँस रही हैं, बोल रही हैं, गा रही हैं।

"अगर मैं तुझे उस वक्त खींचकर नहीं लाती तो न जाने क्या होता। ऐसी ही बातों पर दंगा हो जाता है।"

'दंगा!" सिहर उठती हूँ। छोटे-छोटे बच्चे—मेरा नाम भी जुड़ जाता है मरने वालों में। अब सच बोलने के सवाल उठाने के दिन भी चले गए हैं। चुप रहने के इतने वहशी दिन! शायद ही कभी आए हों!

बच्चे बेसुध हो गए हैं। सपनों में हँस रहे हैं। कोई ख्वाब है। अपने दोस्तों के बीच हैं और साथ में है यात्रा।

आसमान तारों से भरा है। इतने चमकीले तारे और खुला आसमान। ऐसे सोए वर्षों हो गए, अब तो रात में डर-सा लगने लगा है, कहीं पूरा का पूरा आसमान ऊपर न आ गिरे। कहीं कोई उड़ता हवाई जहाज तारे की तरह न टूट पड़े।

आँखें भीग आई हैं। न जाने रात कितनी बीत गई। अब घंटाघरों में वैसी घड़ियाँ भी नहीं रहीं। न किसी फैक्ट्री का भोंपू बजता है। वह इस वक्त क्या कर रहा होगा? जब से आई हूँ लगातार उसी और सिर्फ उसी के बारे में सोच रही हूँ। क्यों, क्या वास्ता?

जितना पीछे धकेलती हूँ उतना ही सब सामने आता है। क्या कर रहा होगा? क्या सोचता होगा? बड़े-बड़े बच्चों का बाप होकर आदमी कैसे सोचने लगता है? जैसे मैं सोचती हूँ? औरत-आदमी! कोई फर्क नहीं रहता। मन में कैसी-कैसी दबी छिपी इच्छाएँ हैं—ईश्वर करे उसे अपनी बेटी की शादी में ढेर-सा दहेज देना पड़े। ईश्वर करे उसका बुढ़ापा बुरा बीते! ईश्वर करे यह ईश्वर करे वह...

फिर भी यह कैसी आशा—क्या वह अब भी मेरे बारे में सोचता होगा? क्या कभी लगता होगा कुछ गलत किया।

आज पूरे दिन! रोने की जगह ढूँढ़ती रही हूँ। कोई खाली जगह! जहाँ अकेली जी भरकर रो सकूँ। उम्र के बीच के वर्ष कहाँ लापता हो गए हैं। लगता है उसी स्थान पर लौट आई हूँ, जहाँ से गई थी। एक दुःख, एक अफसोस! एक नफरत! एक खीझ और!

गाड़ी में तिलभर जगह नहीं है। जैसे-तैसे ए. सी. कम्पार्टमेंट के गलियारे में खड़े होने को जगह मिलती है। जिंदाबाद-मुर्दाबाद! रैली जा रही है। उन सबको दिल्ली पहुँचना है। गाड़ी खिसक रही है। खिड़की के साथ चलते-चलते बहन की आँखें भर आई हैं—"यू नो ही इज ए लूजर, इन दिस गेम!"

स्टेशन के साथ-साथ बहन भी छूट गई है। खिड़की की सलाखों के पार आँखें गड़ा-गड़ाकर उसे देख रही हूँ। जिन कष्टों से इन पंद्रह वर्षों में गुजरी हूँ, लगता है नए सिरे से अपना सिर उठाने लगे हैं। पर इन दो दिनों में मेरे साथ बहन भी लगातार उसी के बारे में सोचती रही होगी!

(दिनमान टाइम्स, 1988)

चार अक्षर

इन दिनों समाजशास्त्री बड़े चिंतित नजर आते हैं। उनका कहना है कि लड़के-लड़कियाँ अपने कैरियर की चिंता में इतने डूबे रहते हैं कि उनके पास प्रेम के लिए वक्त नहीं बचा है। वे इन लड़के-लड़कियों में मध्यम वर्ग जोड़ना भूल जाते हैं। मध्यम वर्ग के लड़के-लड़कियाँ—उड़ने के लिए सारा आकाश, स्पर्धा के लिए अपना ही दूसरा हाथ, छलाँग लगाने के लिए पूरे सात समुद्र।

इसीलिए प्रेम इनकी दुनिया से भाग छूटा है। वह गाँव के लड़के-लड़कियों की आँखों में समा गया है। पंचायतों के रामराज्य इन आँखों को पढ़कर उन्हें लटका रहे हैं। वह झुग्गी-झोंपड़ियों रिक्शे-ठेले और मजदूरों की दुनिया में सिर छिपाने के लिए पनाह माँग रहे हैं।

लेकिन मेरी यह कथा आज और अभी से शुरू नहीं होती क्योंकि आज और अभी इसे खत्म भी नहीं होना है। यों आज बेहद गरमी है। अपनी कुर्सी पर बैठे-बैठे मैं बालकनी के बाहर सड़क पार लगे अशोक के पेड़ को झूमते देख सकती हूँ। उसके पास ही हरसिंगार है। अशोक हल्की लालिमा लिए पत्तियों को अपने गले से लगाए झूम रहा है। धूप की एक परत सामने की दीवार पर अटकी है कहीं दूर से कई चिड़ियाँ चहचहाती हुई दूर आकाश में खो जाती है। कौन है वे? क्या वे दूर साइबेरिया से आई होंगी। साइबेरिया बर्ड्स जो कभी रास्ता नहीं भूलतीं। इतनी आजाद, इतनी गतिवान, क्या वे लड़कियों की तरह नहीं होंगी—जिनके हिस्से गति नहीं आती। आजादी जिनके लिए कलंक है।

आकाश में दूर मालाओं की तरह उड़ते पंछियोंवाली शामें जिनमें उनकी आवाजें भी सुनाई देती हैं, क्योंकर हल्की सर्दी उतरने का आभास देती हैं।

इन शामों में बीते हुए दिनों की रजाइयाँ और कम्बल ओढ़कर गुम हुआ जा सकता है। नीले आसमान में उड़ते सफेद बादलों के बीच कई चेहरे तलाश किए जा सकते हैं—वर्षों गुजर गए हैं। उन चेहरों से मिले लेकिन स्मृतियों की कैद में वे हमेशा रहते हैं।

नीला आसमान किसी नीली साड़ी की तरह लहराता है जिसमें पक्षियों के बेल-बूटे

कढ़े हैं—ये पक्षी आज उड़ते दिख रहे हैं लेकिन ये तीस साल पहले की दुनिया में उड़ान भर रहे हैं। तीस साल पहले की दुनिया—न टी.वी., न रेडियो, न अधिकार, न आवाज उसमें सरोज जीजी का वह चश्मा, उनकी साड़ी, उनकी तंग आर्थिक हालत लेकिन उनके पढ़ाकूपन की चर्चा कि आज तक वह कभी सैकेंड नहीं आई हैं।

जब भी कभी गाँव जाना होता है, तीस साल पहले की उनके पिता की लकड़ी के टूटे-फूटे सामान से भरी वह दुकान कहीं नहीं दिखती है। लेकिन सरोज जीजी का चेहरा वहीं कहीं आस-पास उस उजाड़ में किसी पेड़ पर टँगा या मकान पर लटका या किसी रिक्शे के पीछे चिपका नजर आ सकता है।

बहन की सहेली सरोज जीजी!

गोरी-चिट्टी मगर नाक-नक्श बेहद मामूली। उन दिनों वह बी. ए. में पढ़ती थीं। उनसे जलनेवाली लड़कियाँ यह तक कहती थीं कि दरअसल वह इतनी होशियार नहीं हैं—उनकी याददाश्त अच्छी है और रटंत विद्या भी उन्हें खूब आती है।

जो भी हो, एक सर्दी की दोपहर जब उनके घर जाना हुआ तो कच्चे आँगन में चारपाई पर बैठी वह अपनी ही क्यारी से तोड़कर मूली नमक लगाकर खा रही थीं। बहन से बातचीत करते-करते एकाएक वह उठकर गईं तो उनकी माँ ने अपने घूँघट के बीच में से फुसफुसाया, "आज लड़केवाले इसे देखने आए थे। रिश्ता पक्का हो गया है पर इसका दिमाग खराब हो गया है। कहती है कि जब तक एम. ए. नहीं कर लेगी शादी नहीं करेगी। अब तुम्हीं कुछ समझाओ। अच्छा लड़का और अच्छा घर, बार-बार नहीं मिला करते।"

सरोज जीजी को आते देख माँ एक ओर चली गईं। उन्होंने बहन को कुछ शक्की और उड़ती हुई नजरों से देखा। लेकिन बहन इंतजार करती रही कि वही कुछ बात कहें और उन्होंने कोई बात नहीं छेड़ी। उनकी रसोई से उड़ते धुएँ की लकीरें नागिन की तरह बल खा रही थीं। फिर एकाएक उन्होंने पूछा, "क्या इस धुएँ पर सवार होकर आसमान के पार भी जाया जा सकता है?"

उस दिन के बाद कुछ दिन तक तो वह पढ़ने आती रही थीं। लेकिन फिर उन्होंने कॉलेज आना बंद कर दिया।

एक दोपहर जब घर में गाय ने एक बछड़ा जन्मा था और गाय चाटकर बछड़े के पाँवों की शिराओं को मजबूत कर रही थी, डाकिया एक बहुत मोटा लिफाफा दे गया था।

यह सरोज जीजी का पत्र था जिसे उन्होंने बहन के नाम लिखा था। घर के सब लोग चकित थे कि आखिर सरोज जीजी ने इतना मोटा पत्र क्यों लिखा होगा? उस पत्र में और क्या लिखा था उसे तो वर्षों की आँधी अपने साथ उड़ा ले गई है। हाँ, इतना जरूर याद है कि उसमें उन्होंने लाल स्याही से अंडरलाइन करके एक

लाइन जरूर लिखी थी कि आनेवाली बारह तारीख को मेरा जनाजा निकलेगा, सब लोग तमाशा देखना। आनेवाली बारह तारीख को उनका विवाह होने वाला था। ऐसी कौन-सी बात थी जो विवाह को वह अपनी मृत्यु बता रही थीं। सब लड़कियों की शादी होती है, वह क्या अनोखी हैं—माँ कहती थी।

"वह पढ़ना चाहती है। कुछ करना चाहती है। लेकिन घर वाले उसे धुस्स गाँव में झोंके दे रहे हैं। शायद इसलिए"—बहन सोचती थी।

"कहीं ऐसा तो नहीं कि उन्हें वह लड़का पसंद न हो और वह किसी और को चाहती हों।" उनकी सहेलियाँ सोचतीं। फिर खुद ही कहतीं, "कोई लड़का पसंद होना तो दूर, हमने तो आज तक उसे किसी लड़के से बात तक करते नहीं देखा।"

धीरे-धीरे मालूम पड़ा कि शहर में उनके जितने परिचित थे, उनके अध्यापक, उनकी पत्नियाँ, उनके जान-पहचान वाले उन सबको उन्होंने इतने लंबे-लंबे पत्र भेजे थे।

उनके एक अध्यापक शहर छोड़कर जानेवाले थे, उन्हें लगा कि शायद वह उनके जाने के कारण इतनी दुखी हो रही हैं।

दूसरा विनोद जो सरोज जीजी के भाई का बचपन का दोस्त था। उसे वह बचपन से राखी बाँधती आई थीं। लेकिन उसने राखी को एक तरफ कर उनसे कुछ एडवांसेज किए थे। उस दिन के बाद सरोज जीजी ने उसे कभी राखी नहीं बाँधी थी। वह सोचता था कि शायद उसकी वजह से हुआ हो ऐसा।

इन सबके बीच उनकी माँ की राय सबसे अलग थी, "लौंडिया ने चार अक्षर पढ़ लिए हैं तो अपने को हुस्नाबानू समझने लगी है। जि कहौ कि ऐसी सकल-सूरत पै अच्छौ छोरा मिल गयौ। नई तो टप्पे मारती फिरती। एक बार ब्याह है जान देउ तब देखियों, सास रे ते जु कबू सकल दिखाय दे।"

तो ऐसी चर्चा-कुचर्चाओं के बीच बारह तारीख आ गई थी और बहुत साधारण तरीके से सरोज जीजी की शादी हो गई थी।

आज की शादियों के शोर-शराबे, सजावट और पम्प-शो से दूर।

दो-चार दिन बाद जब वह ससुराल से लौटीं तो भरी-भरी, खुश-खुश। अपनी सास की तारीफ से लहालोट होतीं कि उन्होंने पचीस साल से अन्न को हाथ नहीं लगाया है और हमारे वो—हमारे वो या ये ऐसा करते हैं, वैसा करते हैं वाली शरारत भरी अदा।

अपनी सहेली के इस तरह उमगने पर बहन ने राहत की साँस ली थी। कुछ ही दिनों में वह कॉलेज जाने लगी थीं। उनका कहना था कि उन्होंने अपने ससुरालवालों को मना लिया है कि वे उन्हें कम-से-कम बी. ए. करने देंगे।

लेकिन यह कथा यदि इतनी सीधी होती तो क्यों मैं इसे लिखती, क्यों आप इसे सुनते या पढ़ते। ऐसा तो होता ही है या इसमें ऐसा नया क्या है जो पहले कभी

सुना न गया हो, पढ़ा न गया हो, जाना न गया हो, महसूस न किया गया हो—अनंत जीवन की अनंत कथाएँ एक से एक अनोखी, उसमें सरोज जीजी के मामूली से जीवन का क्या महत्त्व?

यहीं से यह कथा समर साल्ट ले सकती है, वह सिर के बल खड़ी हो सकती है। आप नहीं जानते, सरोज जीजी ही मुझसे ऐसा करने को कह रही हैं। वह मुझे चुनौती दे रही हैं—करके दिखाओ तुम लेखिका, सृष्टि निर्माता, नियंता, ब्रह्मा! नहीं-नहीं मैं ऐसा कैसे कर सकती हूँ? किसी कथा का अंत बदलकर मैं उसके पात्रों के साथ कितना अन्याय कर रही होऊँगी। फिर भी मुझे कथा को उस दिशा में तो ले जाना ही होगा जिस तरफ वह अपने आप जाएगी। किसी नदी का बहाव, किसी पक्षी की उड़ान।

तो सरोज जीजी जब ससुराल से लौटीं तो सचमुच वह बहुत खुश थीं। कोई नहीं जानता था कि उनकी मीठी हँसी के पीछे कितना बड़ा खारा समुद्र लहरा रहा था। अपने विवाह के ठीक पंद्रह दिन बाद उन्हें डिप्रेशन का गहरा झटका लगा था। वह पागल हो गई थीं। जिस दिन ऐसा हुआ था उसके अगले दिन उनके पति उन्हें लेने आनेवाले थे। उनके घर में घबराहट फैल गई थी। कहीं लड़का यह न समझ ले कि उसके साथ धोखा किया गया है। पागल लड़की उसे भेड़ दी गई है।

तब रात में ही लड़के को संदेश भिजवाया गया था कि मेहरबानी करके अभी एक महीने तक वह न आएँ। लड़की को ससुराल से लौटते ही टायफायड हो गया है। टाइफायड यानी एक माह की मोहलत।

कम बोलनेवाली सरोज जीजी डिप्रेशन के कारण इतना अधिक बोलने लगी थीं कि सचमुच सुनते-सुनते सिर दर्द होने लगता था। एक बार शुरू होतीं तो अभिज्ञान शाकुंतलम् के श्लोक-दर-श्लोक सुनाती चली जाती थीं। मानस की चौपाइयाँ, उर्दू की शेरो-शायरी, गजल और दूसरी ओर भूत-चुड़ैल उतारनेवाले ओझा, ज्योतिषी, पंडित, पीर फकीर और कौन-कौन नहीं।

तब किसी ने उनके पिता को सलाह दी थी कि उन्हें किसी मनोचिकित्सक को दिखाया जाए। उनके पिता की समझ में बात आ गई थी। सायकियाट्रिस्ट ने उन्हें ठीक कर दिया था। दवाओं के असर से वह बहुत मोटी हो गई थीं। ठीक होते ही उन्हें माता-पिता ने लगभग धक्का देने के अंदाज में ससुराल भेज दिया था। कहीं दोबारा कुछ न हो जाए। उनका बी. ए. करने का सपना अधूरा रह गया था।

उसके बाद उस शहर से नाता टूट गया था। सरोज जीजी की स्मृति के गर्त में कहीं खो गई थीं। उनकी खबरें जरूर मिलती रहती थीं। वह एक बेटी की माँ बन चुकी थीं। और अपने ससुराल में पागल बहू के नाम से विख्यात हो चुकी थीं।

धीरे-धीरे हमारी स्मृतियाँ वर्तमान के इर्द-गिर्द मँडराती रहती हैं, वैसा ही कुछ सरोज जीजी के साथ हुआ था। वह सचमुच कभी याद नहीं आई थीं। उन जैसी

कोई स्त्री भी तो कभी नहीं दिखी थी, जिसे देखकर उन्हें याद किया जा सकता।

पिछले साल उसी शहर में विनोद बहन को मिला था। वही विनोद जिससे नाराज होकर सरोज जीजी ने उसे राखी नहीं बाँधी थी। बहन ने उससे पूछा था, "सरोज का क्या हाल है?"

"उनकी तो डैथ हो गई बहन जी।"

"डैथ," बहन का मुँह खुला रह गया। और वह अफसोस में डूब गई।

चलते-चलते मैंने कहा था, "मैं आज तक समझ नहीं सकी कि उन्हें डिप्रेशन क्यों हुआ था।"

"अरे था एक हरामजादा।"

"क्या मतलब?"

"एक लड़का जो इसके घर के सामने ही रहता था। इसे पता नहीं था कि वह शादीशुदा है। शादी के बाद कमीना उसके ससुराल भी जा पहुँचा। कह किसी से कुछ नहीं सकी, बस पागल हो गई।"

और इस तरह एक कथा जो जहाँ से शुरू होती है, जिसे हम जैसे खत्म करना चाहते हैं वह बिलकुल उस तरह से खत्म नहीं होती। जैसे कि हमारे चाहने से कोई कथा शुरू नहीं हो सकती। प्रेम करने के कारण लड़कियाँ पागल हो सकती हैं। मर सकती हैं, सरेआम फाँसी पर लटकाई जा सकती हैं या सरोज जीजी की तरह एक अधूरी जिंदगी के पार जा सकती हैं।

(उदय, 2000)

जय श्रीराम

वह था बड़ा—बहुत बड़ा। अपने दल्लूपुरा, अपनी धरती, अपने आकाश, अपने सोलर सिस्टम, अपनी गैलेक्सी या ब्रह्मांड में उपस्थित अरबों-खरबों आकाश गंगाओं से भी बड़ा। पिछले दिनों की उसकी उड़ान प्रकाश वर्षों की गति तक को मात देती थी। उसे प्राक्सिमा तारे तक जाना था। वह बिजली की गति, कंधों के उचकने, पैरों को पटकने, मूँछों को अपने-आप ही नोचने और आवाज की धमक से पहचाना जाता था। यों रामचंद्र शुक्ल जैसी मूँछें रखने पर भी किसी ने उसे रामचंद्र शुक्ल जैसा तक नहीं कहा था। बीवी को सहचरी समझता था। इस समझने में जो नहीं होता था वह यह कि चाहता, तो पैर की जूती समझ लेता। पिछले दिनों से उसकी तोंद कुछ बढ़ गई थी इसलिए जब-जब वह फोन का चोंगा उठाता, फोन पर साहित्य के ऊँचे सिद्धांतों पर व्याख्यान देते-देते तोंद पर भी हाथ फेरता जाता। वहाँ साहित्य और साहित्यकारों की बहुत-सी गोपनीय बातें दबी पड़ी थीं। जिनका इस्तेमाल उसे अवसर आने पर ही करना होता था। चूँकि इन दिनों जीवन में ऐसे अवसर जरा कम आ रहे थे, इसलिए बातें वहाँ इकट्ठी होती जा रही थीं। पेट किसी गर्भवती स्त्री की तरह फूलने लगा था। वह बाजारू साहित्यकारों के बीच में हिंदी साहित्य की एकमात्र पतिव्रता था। वह औरतों की आजादी का बड़ा पक्षधर था और अक्सर दफ्तर के समय में, जब बाकी लोग अपने काम में जुटे होते, उसका उड़ने का मन करने लगता। अचूक अवसर यानी ऊँची उड़ान। वह गिद्ध या चील के डैनों की तरह हाथों को फड़फड़ाता और ऊँची उड़ान की तैयारी करने लगता। ऊँची उड़ान। जहाँ औरों को पीछे छोड़ना था। संपर्क बनाने थे। पी. आर. शिप भी करनी थी। अपना चेहरा चमकाने के लिए किसी को उठाना था, किसी को गिराना था। दफ्तर के भीतर एक शोषण और झेलने का गीत था जो लगातार चलता रहता था। ग्रामोफोन का युग कब से चला गया था, पर वह था कि अपने घिसे हुए रिकार्ड को बार-बार बजाता। वह उड़ता, ऊपर जाकर चीखता—देख लिया, सफलतावादियो, मैं कितना ऊँचे उड़ सकता हूँ! उड़ सकता हूँ न? पर याद रखना, मैं संपाती नहीं हूँ जो सूरज को पाने की चाह में अपने ही पंख जला लूँ। मैं उड़ूँगा दूसरों के पंखों के सहारे।

कहूँगा—ओह, वह आपका पात्र मेरे साथ-साथ चलता रहा। मैं उसे कभी नहीं भूल सकता। वह मेरा हिस्सा हो गया। आपकी वह कविता पुस्तक....उसे तो मैं बहुत दिनों तक थैले में लिए-लिए घूमता रहा। आपके उपन्यास का वह पात्र...वह मैं ही था जैसे। आप सचमुच महान हैं। मुहावरा पा लिया आपने। आपकी वह कविता 'प्रेमिका के नीले ओठ...' ओह, मैं तब आपको जानता नहीं था, पहचानता नहीं था, तब आपने कैसे लिख दिया प्रेमिका के नीले ओठ...वे ओठ तो मेरी प्रेमिका के थे। प्रेमिका मेरी 'पंक्ति आपकी' पंख आपके, उड़ान मेरी, सूरज की मजाल क्या जो संपाती बना दे। मैं उड़ूँगा। पंख वालों को पता ही नहीं चलेगा कि मैं उनके पंखों पर सवार हो अपनी यात्रा पर निकला हूँ। यात्राएँ, अनुभव-जगत का विस्तार, नए संपर्क, पुस्तक समीक्षाओं और इंटरव्यूओं के पुरस्कार-स्वरूप होती पुस्तकों की बिक्री, एक टटपूंजिया पुरस्कार और पंखों पर सवार हुई अहंकार-भरी उद्घोषणा—मैं इस पैसे का उपयोग उन कविताओं का संग्रह छपवाने में करूँगा जिन्हें कभी छपने के अवसर नहीं मिलते। मैं अवसर देने वाला, वे अवसर लेने वाले—मालिक और मजदूर का संबंध, पुरस्कारों की कल तक की बुराई अचानक रिकगनीशन होने में बदल जाएगी, लोग सुन रहे होंगे, मेरे अड़ोसी-पड़ोसी, नाते-रिश्तेदार जो मुझ गरीब के दिए किराए की टैक्सी पर चढ़कर आए होंगे। वे मेरी महानता को जानेंगे, पैसे का मोह नहीं, पुरस्कारों का मोह नहीं, समाज को बदलने वालों ने कब इन चीजों की परवाह की है? मैं समाज को बदलना चाहता हूँ तो पहले खुद को बदलूँगा! दुनिया को बताऊँगा—अरे जन्म-भर के खलनायको, सुनो, मैं मौजूद हूँ तुम्हारे बीच में एक अनोखा नायक। लेनिन के पास से सीधा उठकर चला आ रहा हूँ। जब उन्हें कब्र में गाड़ दिया जाएगा तो मैं ही तो होऊँगा। तब मेरा मन कह रहा होगा, "मैं...मैं..." मेरे दोस्त कह रहे होंगे, "वह...वह" इन सब बातों के बीच मेरा चेहरा वैसे ही दिखाई देगा—समुद्र से उठती लहरों के बीच एक अदद चेहरा! और मेरा दोस्त एक लेख लिख रहा होगा, "एक फकीर से मुलाकात।" तब तक के लिए गिली-गिली फू...

तो एक दिन उसका मन हुआ उड़ान भरने का। वह हाथ फैलाता खिड़की के रास्ते सुपरमैन की तरह उड़ता हुआ दफ्तर से बाहर हो गया। लोगों ने देखा तो चकित रह गए। खिड़की खुली हुई नहीं थी, शीशे बंद थे? तो फिर वह इन शीशों से गायब कैसे हो गया? यह तो नहीं कि वह सीढ़ियों से गया हो और लोगों को खिड़की के रास्ते जाता दिखा हो! ऐसा कैसे हुआ? सब विचार-विमर्श करने लगे। जादुई शक्तियों पर टिप्पणी होने लगी। या कि हैलबोप अपने साथ कोई उड़नतश्तरी लाया हो, वह उसमें बैठकर चला गया हो!

तभी ट्रांजिस्टर पर गाना बजा, सुपरमैन....सुपरमैन...साहित्य में सिर्फ 'मैन' होने से नहीं, 'ही' या 'सुपर' होने से ही काम चलता है। उड़ते हुए उसकी पैंट खिसकी तो उसने फिर उसे ऊपर की तरफ घसीटा और वह उड़ने लगा। वहाँ से खिड़की

के रास्ते ही वह एक सरकारी प्रकाशन संस्था के निदेशक के दफ्तर में जा पहुँचा। निदेशक अपने कमरे के कोने में लगे शीशे में देखकर तरह-तरह के मुँह बना रहा था। शायद वह अपने से बड़े किसी अफसर, मंत्री या किसी और की नकल उड़ा रहा था।

अपना लेखक यानी कि हीमैन यानी कि सुपरमैन अचानक खिड़की के शीशे में से होता हुआ निदेशक की कुरसी पर आ जमा तो उसके होश उड़ गए। इस कुरसी को बचाने के लिए उसने सिर के बल कितनी कलामुंडियाँ नहीं खाई थीं। कैसी-कैसी बाजीगरी की थी। कितने चरणों पर सिर रखा था, कितनों को पीठ पर ढोया था...वहीं अचानक कोई ऐसे पीठ पर आ चढ़े...

डायरेक्टर फौरन कुरसी पर बैठे लेखक की तरफ दौड़ा तो लेखक दोनों हाथ ऊपर कर शूं करता हुआ छत से जा लगा। डर के मारे निदेशक के हाथ-पैर फूल गए। घिग्घी बँध गई। चीख निकलने को हुई मगर उसे रोकनी पड़ी, आखिर वह इस संस्थान का सबसे बड़ा अफसर है! इस तरह डरेगा तो डाँटेगा कैसे? लोग उससे डरना ही छोड़ देंगे। जरूर किसी जलने वाले ने उसके ऊपर टोना-टोटका करा दिया है। उसने छत से लटके लेखक के चरण पकड़े। कहा, "बताओ भाई, किसकी अतृप्त आत्मा हो? कहाँ जाकर पिंडदान करना होगा जो तुम्हारी मुक्ति हो सके?"

"अरे भाई, मैं कोई भूत-ऊत नहीं, मैं तो एक लेखक हूँ। उड़ने की विद्या सीख रहा हूँ।"

लेकिन डायरेक्टर को इस बात पर यकीन नहीं हुआ। उसे लगा, जरूर टोना-टोटका करने वाले ने उसे सिखा-पढ़ाकर भेजा है, "असली बात मत बताना। नहीं तो तुम्हारा जादू खत्म। मैली विद्याओं को आजमाने में सच्ची बात नहीं बताई जाती और तुम्हारे जैसे लेखक तो इसमें निष्णात होते हैं।" यह सोच निदेशक मृदु स्वर में बोला, "तुम उड़ने की विद्या सीख गए, यह तो ठीक है। मगर खुले आसमान में उड़ान भरोगे तो ज्यादा दूर तक जाओगे। ऊँचा उड़ोगे। भला इस कमरे में छत से लटकने का फायदा?"

"फायदा है, फायदा है। पहले अपनी छापी हुई वे एलबमें निकालो। निराला, मुक्तिबोध, सुमित्रानंदन पंत, महावीर प्रसाद द्विवेदी, जयशंकर प्रसाद, रामचंद्र शुक्ल, हजारी प्रसाद द्विवेदी, अमृतलाल नागर...निकालो, उन सबके चित्र निकालो। मैं उन सबके फ्रेम में अपना चेहरा लगाऊँगा। देखता हूँ, कहाँ फिट बैठता है।"

डायरेक्टर को समझते देर न लगी कि यह महानता का मारा लेखक है। उसने कुटिलता से लेखक को फुसलाते हुए कहा, "तुम जिस प्रकार से उड़ रहे हो और इस ढलती हुई, गुजरती हुई सदी के सबसे बड़े लेखक बनने को उतावले हो, उसमें तुम्हें भला किसी और के चेहरे पर अपना चेहरा फिट करने की क्या जरूरत? मैं तुम्हारा इंडिपेंडेंटली ही एक फोटो छपवाकर इस एलबम के सेट में शामिल करवा दूँगा।"

इतना सुनना था कि लेखक खुशी से इतराता हुआ धम्म से नीचे कूदा। अपने ही पैरों की धमक से उसे चक्कर आ गया। अपनी कुरसी पर जमकर बैठे निदेशक ने इस अवसर पर फायदा उठाया और चपरासियों को उँगली के इशारे से कहा, "आउट।"

लेखक के दिल के करोड़ों टुकड़े हो चुके थे। इस नामाकूल लोगों के शहर में वह अपने दिल के घाव किसे दिखाता? यहाँ किसी के आँसुओं की कोई कीमत नहीं। इस बार उसने सोचा, वह उड़कर नहीं, पैदल ही पैदल साहित्य अकादमी के दफ्तर जाएगा। आखिर साहित्य अकादमी दूर ही कितनी थी? फिर गिरधर राठी से उसकी ट्यूनिंग भी बहुत अच्छी थी।

वह पैदल चलने लगा, चलते-चलते दौड़ने, दौड़ते-दौड़ते उड़ने लगा। तभी उसे एक लघु पत्रिका का संपादक जाता दिखा। उसने उड़ते-उड़ते जेब से पेन निकाला। पत्र लिखा, "वाह, क्या खूब पत्रिका निकाली है यह हम जैसे संघर्षरत लोगों को नई राह दिखाएगी। अब यह बहुत जरूरी पत्रिका बन गई है। मैं इससे हमेशा जुड़ा रहूँगा और इसमें छपता रहूँगा।" उसने वह पत्र जाते हुए संपादक के ऊपर टपकाया तभी उसकी जेब में पड़ा दस हजार रुपए का सेलरी चेक भी नीचे गिर पड़ा। एक संघर्षरत आदमी के लिए यह दूनी मुसीबत हो गई। दफ्तर के समय में कोई फुरसत से उड़ने तक नहीं देता। अब और कोई मुसीबत नहीं थी तो यह चेक ही नीचे जा पड़ा। जलने वाले सिर्फ दफ्तर में ही नहीं हैं। हर जगह हैं...हर जगह हैं...वह उल्लू का पट्ठा डायरेक्टर...मैं उस पर ऐसी कहानी लिखूँगा कि साले के छक्के छूट जाएँगे। उसने लिखने को फाँसी के फंदे के रूप में देखा। किसी के भी गले में डाल लटका दो!

वह ऊपर उड़ रहा था। चेक नीचे उड़ रहा था। तभी उसे अकादमी के परिसर के बाहर पुश्किन की मूर्ति लगी दिखाई दी। उसे अपना दुःख एक लेखक कवि को ही सुनाना चाहिए। पुश्किन की मूर्ति के हाथ पीछे बँधे थे। उसके लंबे कोट के बटन खुले थे। वह दुनिया को दार्शनिक नजरों से देख रहा था। उसने पुश्किन की मूर्ति के पास जाकर जोर से चीखकर कहा, "देखा तुमने, आज उस डायरेक्टर ने मेरा कैसा अपमान किया। समझ रहे हो न तुम पुश्किन, समझ रहे हो, एक लेखक को ये समझौतापरस्त, मक्कार लोग जिंदा नहीं रहने देते।"

मगर भरपूर द्रवित करने वाली चीख का पुश्किन पर कोई असर नहीं पड़ा। वह उत्तर सोवियत युग में वैसे ही पीठ पीछे हाथ किए, दुनिया को थके हुए आदमी की तरह मंडी हाउस के चौराहे से देखता था।

अरे, यह कैसा लेखक है, जो अपने बिरादरी वाले की तकलीफ सुनकर पलक नहीं झपकाता। सारा दर्शन-वर्शन जाए भाड़ में, यदि आपमें मामूली-सी इन्सानियत भी नहीं। किस बात के महान लेखक हो। चीज क्या हो जी तुम? उसे फिर से अपनी

उड़ने वाली विद्या का ध्यान हो आया। वह फौरन जमीन से उड़ा और पुश्किन की मूर्ति के सिर पर जा बैठा, "अब बता, तू बड़ा है कि मैं? तू ऊँचा है कि मैं?"

अचानक पुश्किन का पीछे मुड़ा दाहिना हाथ उठा और उसने लेखक के गाल पर एक तमाचा रसीद कर दिया—"तेरी यह मजाल की तू मेरे सिर पर चढ़े।" पर लेखक पर, जो उस प्रकाशन संस्था के निदेशक द्वारा बाहर निकाल दिए जाने से क्षुब्ध था, उस तमाचे का कोई असर नहीं पड़ा। वह पुश्किन के कंधे पर खड़ा हो गया और उसने एक चप्पल उसके सिर पर रखने की कोशिश की।

अब पुश्किन के सहने की सीमा खत्म हो चुकी थी। उसे एक भारतीय के इस तरह के व्यवहार से काफी दुःख पहुँचा। महानता के अहंकार से भरा लेखक पुश्किन के सिर पर कूदने ही वाला था कि उसने अपनी वही रिवाल्वर निकाल ली, जिसे सही वक्त पर न चला पाने के कारण वह ड्यूल में मारा गया था।

रिवाल्वर देखकर शोषित लेखक ने पुश्किन की खिल्ली उड़ाई, "तू क्या मारेगा मुझे? मैं इस जैसी रिवाल्वर पर मूतता हूँ।"

"मूतेगा तो तू तब न जब उसके काबिल रहेगा।" कहकर पुश्किन ने हवा में एक गोली दागी। गोली का दागना था कि पुश्किन के सिर पर भंगड़ा करने की इच्छा रखने वाला लेखक धड़ाम से नीचे गिरा। गिरकर उठा, उसने अपने कपड़ों से मिट्टी भी नहीं झाड़ी। वह हाँफता हुआ दौड़ा और सड़क पार कर गया। खैरियत थी कि उस व्यस्त छहराहे पर आती-जाती बसों के नीचे आकर वह कुचला नहीं गया। सड़क पारकर उसने दाँत भींचे। फिर कमीज उठाकर अपनी तोंद पर हाथ फेरा। फिर वहीं से चीखकर कहा, "साले पुश्किन के बच्चे, तू उस बार नहीं मरा था ठीक तरह से। तू अब मरेगा। मैं तुझे मारकर रहूँगा। मैं तुझे दुनिया का सबसे घटिया, दोयम दर्जे का कवि सिद्ध करूँगा। मैं तेरी रचनाओं पर थूकता हूँ। थू...थू..." लेखक ने सड़क पार से पुश्किन की मूर्ति पर थूकने की कोशिश की, मगर कुछ न हुआ। पुश्किन उसी तरह बायाँ घुटना मोड़े, हाथ पीछे किए दार्शनिक अंदाज से नेपाली दूतावास की ओर देखता रहा।

"सब साले टुकड़खोर हरामजादे हैं।" लेखक ने गाली दी। वह गाली देने को अभिव्यक्ति की सबसे बड़ी आजादी मानता था।

जब से उसने उड़ना सीखा था, श्रेष्ठता का भाव उसकी रग-रग में समा गया था। वह सोचता, "यह धरती जीने के काबिल नहीं। आसमान जीने के काबिल है। जहाँ जब चाहे तब किसी के भी सिर पर बैठा जा सकता है। वह ऐसा सोच ही रहा था कि एक चील ऊपर से गुजरी। उसने महान लेखक के सिर पर बीट कर दी। उसने मुड़कर देखा, पुश्किन की मूर्ति के सिर पर भी बीट पड़ी थी। "ओह, तो कोई फर्क नहीं, कोई छोटा या बड़ा नहीं। बीट के मामले में मैं और पुश्किन बराबर हैं।" सोचता हुआ वह कूदने लगा। कूदता ही गया। इतना कूदा, इतना कूदा

कि उसके पैरों से खुशी के मारे खून बहने लगा और सिर्फ खून ही क्यों, अचानक लोगों को पता चला कि जहाँ वह कूदा था, वहाँ तेल का अकूत भंडार था। तेल फव्वारे की तरह उछलता हुआ बह रहा था। सारे आस-पास के दुकानदार उधर दौड़ पड़े। जिसके हाथ जो पड़ा, उसने उसी में तेल भरा और ले गया। लेखक ने सोचा, आय एम द फर्स्ट लेखक जिसने इस तरह एक प्रदूषित चौराहे पर कूदकर तेल खोज लिया है। दुनिया के इतिहास में है कोई और ऐसा लेखक जो पद-प्रहार करे और पौराणिक कथाओं की तरह चमत्कार हो जाए। मानव सभ्यता के इतिहास में ऐसी बात ढूँढ़े से नहीं मिलेगी। शायद दुनिया में तेल की कमी है ही इसलिए कि लोग कूदना भूल गए हैं। और लेखक चूँकि समाज की मशाल होता ही है, इसलिए उसने दुनिया को रास्ता दिखा दिया है। क्या तुम्हें नहीं लगता कि यह बात गिनीज बुक ऑफ वर्ल्ड रिकार्ड में दर्ज होने के काबिल है? वैसे तो बहुत-सी बातें और भी हैं। यूँ नो कि आय एम द फर्स्ट, जिसने अपने बास के नाम से किताब लिखी; उसे सपनों का राजकुमार बताया, फिर उसकी टोपी उछालता एक उपन्यास लिखा। है किसी में इतनी दिलेरी, इतना बड़ा जिगरा कि एक हाथ से टोपी उछाले और दूसरे से चमचागिरी करे?

वह फिर जोर से कूदा, लेकिन इस बार बहुत गजब हुआ। उसने ध्यान ही नहीं दिया कि तेल उसके पाँव तक आ पहुँचा है। वह कूदा और धड़ाम से मुँह के बल जमीन पर गिरा। तभी उसे आवाज सुनाई दी—टन-टन-टन-टन। फायर ब्रिगेड दौड़ी चली आ रही थी। किसी ने खबर कर दी थी कि मंडी हाउस के आस-पास तेल ही तेल बह रहा है। आग लगने का खतरा है। पुलिस ने भी इलाके को चारों ओर से घेर लिया था। तभी एक पुलिसवाले ने उसकी कमर पर एक जोरदार डंडा रसीद किया, "क्यों बे, यहाँ पड़ा-पड़ा क्या जुगत भिड़ा रहा है। जरूर तेल चुराने के बारे में सोच रहा होगा। क्या घर ले जाकर बीवी को..." कहकर पुलिस वाला अपने निर्मम चरित्र को उजागर करता जोरदार ठहाका लगाकर हँसा। फिर बोला, "चल, फूट यहाँ से!"

लेखक बेचारा कहता ही रह गया, "यू नो आय एम द फर्स्ट..." वह अपने सफेद बालों को पूँटता उधर दौड़ पड़ा जिधर रास्ता दिखा। इसकी विशेषता थी, जैसे ही कहीं खतरा दिखता था, पिटाई की नौबत आती थी, वह दौड़ पड़ता था। लौटने की तो बात छोड़ो, पीछे मुड़कर देखता तक न था। पंजाब में जब आतंकवाद शुरू हुआ तो इसे लगा कि पाश के बाद वह ही है जिसे आतंकवादी अपनी गोलियों का निशाना बनाएँगे। सो यह दौड़ा और दिल्ली आन लगा। और बेचारी दिल्ली! उसने हमेशा की तरह, सब की तरह इसे अपने गले से लगा लिया। जब अच्छी नौकरी मिल गई, सब कुछ ठीक-ठाक हो गया तो यह अंबादीप की सीढ़ियाँ चढ़कर चिल्लाया, "यू नो आय एम द फर्स्ट" जिसने कहा था कि अब पंजाब में खून की नदियाँ बहेंगी

और यह दिल्ली हत्यारों का शहर है। वह छोटा शहर जहाँ लोग मुझे कंधों पर उठाए घूमते थे, आखिर वहाँ मैं इकलौता लेखक था, कवि था, विचारक था! क्या नहीं था! उसी आदमी की मौत की इस शहर ने घोषणा कर दी। किसी ने मुझे पूछा नहीं—मैं लेखक, वहाँ "आय वाज लाइक ए किंग और यहाँ..."

जहाँ भी अपना चेहरा चमकाने की गुंजाइश दीखती थी, वहाँ यह पहुँच सकता था, कहता था, "क्या पत्रिका निकालते हैं आप? कभी छापा आपने मुझे? जानते नहीं कि त्रिलोचन ने मेरे बारे में क्या कहा था, शमशेर क्या कह चुके और शीला संधू तो बाकायदा मुझे अपने घर बुला चुकी हैं। कैदी सुधीर गोवा से मुझे पत्र भेजता है और ज्ञानरंजन तो मुझे दुनिया का सबसे बड़ा उपन्यासकार सिद्ध कर चुके हैं। यह नीच राजेंद्र यादव...इसने मुझे कभी नहीं छापा, इस पर जरूर कुछ लिखूँगा। ठीक करूँगा इसे। साला समझता क्या है? ये कब तक दबाकर रखेंगे मुझे! इनके हजार-हजार पेज के इंटरव्यू लेकर इन्हीं के हथियार से इन्हें मार दूँगा। और तुम्हें मेरे कहे पर विश्वास न हो तो मेरी पुस्तक का वह ब्लर्ब पढ़ लो, जिस पर काफी करवाचौथी अंदाज में मैंने अपनी तारीफ छापी है।"

अंबादीप की शीशे वाली लिफ्ट में चढ़कर जोर-जोर से यह अपनी प्रशंसा कर रहा था तो किसी ने पुलिस को फोन कर दिया। पुलिस आई। उसमें वह सिपाही भी था जो इसे मंडी हाउस के चौराहे पर मिला था। इसने सोचा—बेटा, अगर माँ का दूध पिया है तो अब यहाँ से उड़ने में ही भलाई है! वह उड़ा और वहाँ से सीधा बच्चों के एक स्कूल में लगे पुराने पीपल के पेड़ की डाल पर जा बैठा।

पेड़ पर बैठे-बैठे उसने देखा कि सामने के कमरे में बच्चों का एक कार्यक्रम चल रहा था।

बच्चे नाच रहे थे, गा रहे थे, हँस रहे थे, खेल रहे थे। उसने अपने मोटे चश्मे से अपनी आँखों को बाहर निकाला और बच्चों के पास कमरे में भेज दिया। वह पेड़ पर बैठा था। आँखों के सामने अँधेरा छा चुका था। लेकिन वह अपनी आँखों से इतनी दूर बैठे-बैठे, बिना कुछ देखे भी पढ़ सकता था। आँखों ने बच्चों से पूछा, "बच्चो, क्या तुम जानते हो, तुम्हारे लिए इस संसार में सबसे जरूरी नाम और सबसे जरूरी व्यक्ति कौन है?"

"जरूरी व्यक्ति? जरूरी नाम!" बच्चे कुछ समझ नहीं सके। वैसे भी उनके खेल के बीच में यह कौन उन्हें घूर रहा है? डिस्टर्ब कर रहा है? बाहर पीपल के पेड़ के पत्ते लहरा रहे थे। तेज धूप थी। लेखक पसीने से सराबोर हो आँखों से बच्चों के मन को पढ़ने की कोशिश कर रहा था, "जरूरी नाम, जरूरी नाम। हमारे माता-पिता, हमारे भाई बहन, नहीं-नहीं हमारे मैथ्स के टीचर..." बच्चों के जवाब से आँखें बौखला उठीं। वे फौरन वहाँ दौड़ीं और लेखक के चेहरे पर जा चिपकीं, "क्या हत्यारों के

इस शहर में एक भी बच्चा ऐसा नहीं जो मेरा नाम ले सके। जो यह कह सके कि मैं उनके लिए जरूरी नाम हूँ। क्या किसी ने भी मेरी बच्चों के लिए लिखी गई किताब के उस फ्लैप तक को नहीं पढ़ा जिसमें कहा गया था कि मैं बच्चों के लिए एक जरूरी नाम बन गया हूँ।''

बच्चों पर भी साहित्य जगत की राजनीति हावी हो गई है। मैं दुनिया को दिखा दूँगा, मेरे अंदर साहस है, लगन है, धैर्य है, हेडगेवार और सावरकर की जीवनी को हजारों बार पढ़ा है मैंने। आदमी चाहे तो रेत में से पानी निकाल दे...मैंने मंडी हाउस के चौराहे पर तेल निकाल दिया। मेरे इस कारनामे को उस डायनोसोर ने मुग्ध भाव से देखा था जो फिक्की के गेट के सामने लगा है। पल-भर के लिए उसने गरदन मोड़ी थी, पूँछ फटकारी थी...उसे मालूम था कि जिस जमाने का पेट्रोल बह रहा था यह उसी युग की बात है, जब डायनोसोर घूमते थे पृथ्वी पर! उन्हीं दिनों तो ये पेड़ आँधी-तूफान में जमीन में धँस गए थे और पेट्रोल बन गए थे...जलने से मुक्ति नहीं मिली थी।

वहाँ से लेखक दफ्तर की तरफ दौड़ा। झोला उठाया और रेलवे स्टेशन की तरफ रवाना हो गया। एक नाम, एक वेश, एक भाषा, एक देश...उसके जेहन में कथावाचक पंडितजी घूम रहे थे, जिन्होंने कहा था, संसार में हर काम हनुमान भाव से करना चाहिए...हनुमान—श्रीराम के दासानुदास...जय श्रीराम...वह रेल के डिब्बे में बैठा किताब पढ़ रहा था कि अचानक मुँह से निकला—जय श्रीराम। फिर पंडितजी की सुनाई वह चौपाई याद आई—''प्रबिस नगर कीजे सब काजा, हृदय राखि कौसलपुर राजा...'' घर जाकर उसने थैला एक तरफ रखा और बाथरूम में घुस गया। मुरारीजी और राहत एक साथ आई। शाखाओं में जब वह जाता था तब भी इतने आत्मविश्वास से जय श्रीराम नहीं कह सका था। भला हो पंडित मुरारीजी का जो उन्होंने उसके सारे फ्रस्ट्रेशन दूर करके जय श्रीराम...जय कौशलपुर राजा कहना सिखा दिया। रात-भर वह तरह-तरह की योजनाएँ बनाता रहा।

अगले दिन वह अपनी लिखी और नकल की हुई किताबों का बोरा सिर पर रखकर एक प्रकाशन संस्था के दफ्तर पहुँचा। उससे पहले घर से निकलते ही पड़ोसी ने उसका दिन खराब कर दिया था। पड़ोसी ने उसे सिर पर बोरी उठाए जाते देख कहा था, ''कहाँ चले, भाई साहब, रद्दी बेचने? इन दिनों रद्दी का भाव ठीक नहीं। नाश हो इस पौलिथीन का, रद्दी का भाव गिरा दिया।'' उसी वक्त उसके अंदर हनुमान भाव प्रबल हो उठा था और उसे लगा था कि पड़ोसी के घर को लंका समझकर जला दे, मगर...

खैर, जब वह उस प्रकाशन संस्थान के दफ्तर अपने साहित्य की बोरी सिर पर लादकर पहुँचा तो चौकीदार ने उसे देखा नहीं। चौकीदार अपने केबिन में ऊँघ रहा था। बोरी लादे-लादे वह सीधा संपादक के कमरे में जा पहुँचा। अचानक संपादक

में उसे साक्षात भगवान श्रीराम के दर्शन हुए। उसके अंदर बैठा हनुमान भाव जाग उठा—मुरारीजी ने कहा था न! बस वह संपादक के चरणों पर जा गिरा। और उसके सिर पर रखी भारी-भरकम बोरी संपादक की तोंद का कचूमर निकालती उसके ऊपर गिरी।

चरणों पर गिरे लेखक को अपनी पैंट और शर्ट के बीच कमर पर कोई चीज सरसराती-सी महसूस हुई। अचानक उसके पूँछ उग आई। जो लंबी होती चली जा रही थी।

बोरी की चोट से संपादक काफी तिलमिलाया हुआ था। उसने काफी नाराजगी से कहा, "कहिए, कैसे आना हुआ?"

"जी मैं...मैं लेखक हूँ।" पृष्ठभूमि में उसकी पूँछ लहराई, जिसे संपादक ने चकित होकर हिलते हुए देखा, "मैं लेखक हूँ। इस बोरी में मेरा लिखा हुआ साहित्य है। इतना ढेर लगा दिया, फिर भी किसी ने साहित्य अकादमी के पुरस्कार के लिए नामिनेट तक नहीं किया...क्या किया जा सकता है! यह चालबाजों की दुनिया है! वैसे समीक्षकों ने मुझे आज का प्रेमचंद कहा है।" पूँछ सौ गुने वेग से हिली। संपादक के कान खड़े हो गए। प्रेमचंद! उसकी नाक टेढ़ी हुई। चश्मा कुछ नीचे खिसक आया, "यह फटीचर और प्रेमचंद! मैं तो सोच रहा था कि प्रेमचंद मैं ही हूँ।" लेकिन पूँछ जिस तेज गति से हिल रही थी, उसे देख संपादक को चुप रह जाना पड़ा।

"आपने मेरी नई किताब देखी है?" पूँछ हवा में दौड़ी।

"देखूँगा।" चश्मा कुछ ऊपर हुआ।

"क्या दो लाइनें छप सकेंगी समीक्षा की? मेरा उद्देश्य सिर्फ इतना है कि आपकी पत्रिका के पाठकों को पता चल जाए कि ऐसी भी एक किताब आई है। मैं साहित्य के ऊँचे मानकों में विश्वास करता हूँ। इस व्यावसायिकता की आँधी में न किसी का दीन है न ईमान..." पूँछ पटपटाती हुई दीवार से जा टकराई, "साहित्य, धूमिल के शब्दों में—खाने-कमाने की चीज तो है नहीं।"

संपादक ने उसे देखा। उसके आदर्शवादी विचारों से बहुत प्रभावित हुआ। सबसे अधिक प्रभावित उसे पेंडुलम की तरह हिलती-डुलती पूँछ ने किया।

"ठीक है। मैं आपकी पुस्तक देखूँगा। छोड़ जाइए।" संपादक बोला।

"जी, मैं पूरी की पूरी बोरी छोड़ जाता हूँ। जब कहेंगे, ले जाऊँगा।"

"नहीं...नहीं! एक किताब छोड़ जाइए। वैसे मेरी भी एक किताब आई है। पहले उसकी समीक्षा लिख दीजिए।"

लेखक के मुँह से 'जी' तो निकला, लेकिन उसे कुरसी पर बैठा संपादक दस सिर वाला रावण दिखा, क्यों न हनुमान की तरह पूँछ में आग लगाकर इसे खाक कर दूँ। मगर पूँछ फिर भी हिल रही थी—उसने लेखक का आदेश मानने से इनकार

कर दिया था।

वह बोरा सिर पर रखकर बाहर जाने लगा तो संपादक बोला, "मेरी एक और किताब आने वाली है। जरा उसकी भी ठीक-ठाक समीक्षा होनी चाहिए।"

बोरी सिर पर लादे जब वह फाटक पर आया तो चौकीदार की गिद्ध दृष्टि उस पर और सिर पर रखी बोरी पर पड़ी। चौकीदार ने कहा, "ओय, इस बोरी में भरकर दफ्तर का कौन-सा माल चुराकर ले जा रहा है?"

"चोरी...मैं लेखक हूँ। तुम एक लेखक से ऐसे बात नहीं कर सकते। ये मेरी किताबें हैं, जिन्हें मैं अपने घर से लाया था।" उसकी पूँछ पिटे हुए कुत्ते की तरह टाँगों के बीच में दुबक गई।

"घर से लाया था तो गेट पास बनवाया था!" चौकीदार गरजा।

"गेटपास? वह क्या होता है? एक लेखक को भला इन दुनियादारी की चीजों से क्या मतलब?"

"लेखक है, दुनिया को रास्ता दिखाने वाला और गेटपास नहीं जानता?" चौकीदार दूसरे चौकीदार को बुलाने दौड़ा।

कि लेखक को लगा, यही अच्छा मौका है—भाग ले धन्नो...उसे शोले याद आ गई। वह बोरी जमीन पर डालकर सरपट दौड़ा, दौड़ा और उड़ने लगा। पर उड़ने में अब पहले जैसी आसानी नहीं थी। जैसे जंगलों में जिराफ की गरदन पेड़ों में अटक जाती है, वैसे ही इसकी पूँछ एक पीपल के पेड़ में अटक गई और अटकी ही रह गई। खींचने की बड़ी कोशिश की, हनुमानजी को याद किया—"हे महावीर, तुम्हारी पूँछ ने तो कैसा कमाल दिखाया था कि लंका को जलाकर राख कर दिया...ठीक है इसकी बदौलत एक संपादक ने बिना पढ़े मेरी किताब की भूमिका लिख दी थी। उसके कुछ टुकड़े छापे भी थे। मगर यह पूँछ तो पीपल में क्या अटकी कि निकलने का नाम ही नहीं ले रही।"

वह इधर हिला, उधर हिला। सिर के बल उलटा लटक गया कि अचानक पूँछ टूटकर आसमान में उड़ी और अंतरिक्ष में विलीन हो गई। वह वेताल की तरह लटका रह गया। उसे उबारने के लिए विक्रमादित्य तो न आया, मगर वह उलटा लटका अब भी पुकारता है, "मैं मजबूर, मैं शोषित! है कोई मेरा मुक्तिदाता...हा दैव, हा संपादक, कहाँ गई मेरी पूँछ!"

(वर्तमान साहित्य विशेषांक, 1997)

अंतिम चरण

जाऊँ कहाँ ओ बाँके बिहारी...जाऊँ कहाँ
बाँके बिहारी...जाऊँ कहाँ ओ बाँके बिहारी

...बाहर मेह बरस रहा है। चारों ओर कीचड़ बिखरी है। फिर भी लोग आ-जा रहे है। बेला, गुलाब, पेड़े, बताशे, चनौरी...प्रसाद के मामले में कोई ऐसा बंधन तो नहीं जिसके पास जो बन पड़ा...बाँके बिहारी का नियत समय पर खुलने वाला दरबार सबके लिए एक जैसा होना चाहिए। कुछ नई उमर के लड़के तिलक छापे लगाकर लोगों को पीछे से भी ले जा रहे हैं। चलो जैसी जिसकी श्रद्धा...बिहारीजी ने तो नहीं कहा इक्यावन ग्यारह इक्कीस का यह तो सब इनका फेर है...लालच का कोई घर नहीं...सड़क से लेकर मंदिर तक उसकी जड़ें गहरी और दूर-दूर तक फैली हैं।

मंदिर के अंदर की तरफ पंखा चल रहा है। ईश्वर को पंखे की क्या जरूरत ...उनको तो है जो खा-पी रहे हैं, प्रभु कौन से छप्पन भोग खाने आते हैं उनके लिए सूखी रोटी और खीर बराबर।

पर्दा खुल गया है। लोग झटके से उठ खड़े हुए हैं। बस एक झलक... धक्का-मुक्की, छीना-छपटी। पैसों की झनाझन बारिश।

हारमोनियम बज रहा है। शरीर से जर्जर, मैले कुचैले कपड़े, काँपते हाथ और पैर...मगर आवाज में इतना दर्द जैसे कवि खुद ही गा रहा हो...जाऊँ कहाँ ओ बाँके बिहारी! न जाने उस भक्त कवि ने किन परिस्थितियों में लिखा हो। जब भगवान के सामने इस दीनता के अलावा कोई चारा न रहा हो। अकेलेपन और दुखों की माप के लिए अभी कोई मंत्र नहीं बना।

बूढ़ा गा रहा है...आँखें बह रही हैं।

कोई वाह-वाह नहीं कर रहा। ऐसी प्रशंसा की जरूरत नहीं, लेकिन आवाज की तकलीफ में लोग डूब रहे हैं। रस निमग्न हो रहे हैं। प्रभु की प्रार्थना हो तो ऐसी—

''क्या गाएँगे ये अनूप जलोटा अलोटा। आवाज तो यह है।'' बाहर से आए भक्त के रोम-रोम से बूढ़े की आवाज फूट रही है।

"जाऊँ कहाँ...जाऊँ कहाँ ओ बाँके बिहारी।"

बूढ़ा रो रहा है। उसकी आँखें बंद हैं। लेकिन पूरा जीवन जैसे चित्र की तरह घूम रहा है। वर्षों हो गए गाते...अब सचमुच लगता है कहाँ? इतनी लंबी उम्र होना क्या जरूरी है? चलते हाथ-पैरों उठा ले भगवान...पर भगवान को भी उस पर दया नहीं।

लड़के ने कह दिया—"वहीं मंदिर में रहो या कहीं जाओ तुम्हें पालते-पालते मैं बूढ़ा हो गया।"

शायद प्रभु के अंतिम दर्शन हों, कल सुबह कहाँ होगी? बचपन में कितनी बार इस बच्चे को गोद में ले उसने भजन गाए हैं। कितनी बार इसकी बीमारी में वह रोया है, गाते-गाते। मगर यह सब भी क्या याद करना। माता-पिता जब बच्चे के लिए आँखों में रात काटते हैं और जब बच्चे माँ-बाप को पालते हैं, उसी में दुनिया बदल जाती है। बूढ़ा अंतिम पंक्ति गा रहा है।

(भास्कर, 1989)

नेम प्लेट

"राहुल तेरी आँखें झील-सी गहरी हैं, नीली चमकदार।"

"चुप, जो बातें लड़कियों से कही जाती हैं, तू मुझसे कह रहा है।"

"तुझमें और लड़की में अंतर क्या है? अपना गोरा रंग देख ले। बात-बात पर सुर्ख होते गाल और पीपनी जैसी आवाज।"

ठहाका गूँजा जोरदार। क्योंकि राहुल को लगता है दोस्त अमरेश जो कुछ कह रहा है, उसमें से सभी बातें सच हैं सिवाय पीपनी जैसी आवाज के। उसकी आवाज खासी भारी है, लगभग वैसी ही कि घड़े को पानी में डुबोओ तो जो सुर सुनाई देता है।

राहुल वर्मा, जिसे गुमान है कि वह चाहे तो पलक झपकते किसी लड़की को पटा ले। उसके बिस्तर से उठाकर अपने बिस्तर पर ले जाए, फिर वापस छोड़ जाए और लड़की कभी कोई शिकायत भी न करे। हर लड़की का दोस्त, ब्रिलिएंट, हैल्पफुल। इतनी मटरगश्ती फिर भी कक्षा में अव्वल।

यार-दोस्तों के बीच अपने इश्क के सच्चे-झूठे किस्से, लड़कियों के जुड़ते नाम—फिर भी कोई लड़की बुरा नहीं मानती। ऐसा क्यों! लड़के उसके लक से ईर्ष्या करते हैं। लड़कियाँ रोने के लिए और अपनी हर छोटी-बड़ी घरेलू और प्रेम के किस्से सुनाने के लिए उसके कंधे का सहारा तलाशतीं। लड़कियों के दिल का हाल—वहाँ कितने किस्से-कहानियाँ, दुख, हँसी-पुरजोर मजाक दफन रहते हैं। हर लड़की एक चलती-फिरती कथा है। ऐसे में वह बहुत आसानी से कथाकार, उपन्यासकार बन सकता है। नाटक लिखकर विजय तेंदुलकर को पीछे छोड़ सकता है। लेकिन सोचता है, जब भी ऐसा करेगा, किसी के विश्वास को तोड़ देगा।

अक्षय मजाक करता है, "तू भी अजब किस्म का कैसेनोवा है। देख ले, कहीं तेरे कंधों पर लड़कियों के बहाए आँसुओं के खारे पहाड़ तो नहीं उग आए। नमक ज्यादा होगा तो ब्लड प्रेशर हो जाएगा साले। और क्या पता, तेरे दिमाग के अंदर पूरा समुद्र उमड़-घुमड़ रहा हो। पर जानता है, समुद्र की एक बूँद भी नहीं काम आती है किसी के। किसी दिन ऐसा होगा कि ये सारी लड़कियाँ एंटी कैम्प बनाकर तेरे घर जा पहुँचेंगी और तेरी माँ झाड़ू मारकर तुझे घर से बाहर निकालेगी।"

"तू उस एंटी कैम्प का लीडर बन जाना। जल रहा है।"

"जलूँ क्यों? जानता हूँ तेरा कृष्ण भाव है। सारी गोपियाँ समझती हैं तू उनका है। पर जो सबका होता है वह किसी का नहीं होता। जिंदगी में हम मीठी और दिल बहलानेवाली बातें चाहे कितनी कर लें, भरोसा तो किसी-किसी पर ही कर पाते हैं। तेरा भरोसा जिस दिन टूटेगा उस दिन बहुत गहरी चोट लगेगी।"

"तू हिंदी साहित्य में एम. ए. कर रहा है या दर्शन शास्त्र में।"

वे हँस रहे हैं तो जैसे बादल गरज रहे हैं। कहीं किसी के ऊपर कड़ककर बिजली गिर गई तो न मालूम क्या होगा? बिजली को अर्थ करने के लिए भी यहाँ कुछ नहीं था। सड़कें स्तब्ध हैं। सन्नाटा है। सूरज मुस्कराता है। अमलतास और गुलमोहर उसे प्रणाम करते हैं। इमली के पेड़ ऐसी इमलियों की बात सोचते हैं जो सूरज के दाँत खट्टे कर सकें। नामाकूल कहीं के।

सामने से निशा चली आ रही है। सीमा की सहेली। कल राहुल सीमा के ही साथ था दो घंटे।

"देख तेरी गोपी नंबर बीस चली आ रही है। अब तू इस या उस बहाने फुर्र हो, मैं चला।" कहता हुआ अक्षय पार्क की फेंस लाँघकर गायब हो जाता है।

राहुल पूरी यूनिवर्सिटी में चटखारेदार खबर है इन दिनों। आज वह पीली चुन्नीवाली के साथ था, कल वह यूनिवर्सिटी में हेमामालिनी पुकारी जानेवाली के साथ घूम रहा था तो परसों बस स्टाप पर स्कर्ट वाली के गाल से गाल भिड़ाए चला जा रहा था। ढेर सारी लड़कियाँ, एक अकेला राहुल बेचारा! ऐसा नहीं है कि लड़कियों को राहुल की इस फ्लर्टिंग का पता नहीं। लेकिन उनमें से हर एक सोचती है कि सच्चे दिल से तो वह बस उसे ही चाहता है। बाकियों को तो बस ऐसे ही...अब क्या करे? जब लड़कियाँ ही उसका पीछा नहीं छोड़तीं। आखिर लड़कियों के साथ रूड भी नहीं हुआ जा सकता। उनका दिल कितना कोमल होता है और उनकी आँखें कितनी पनीली—इस देश में पानी का अकाल क्या इसलिए पड़ा रहता है कि सारा का सारा पानी लड़कियों की आँखों में समा गया है। खारा पानी—व्यर्थ? दुनिया के सत्तर फीसदी समुद्री पानी का कोई इस्तेमाल है क्या!

अब इस सीमा और निशा को ही लो! वे दो शातिर बिल्लियों की तरह! एक को हर वक्त, हर परेशानी, यहाँ तक कि अपने बॉयफ्रेंड प्राब्लम डिस्कस करने को भी राहुल चाहिए। कल यही तो हुआ था! वह अपने प्रेमी की शिकायतें करते-करते राहुल की छाती पर औंधी होती गई थी बिना परवाह किए कि लाइब्रेरी कोई ऐसी एकांत जगह नहीं है जहाँ ऐसा कुछ हो सकता हो। उसने उसके कंधे थपथपाए, सिर पर हाथ फेरा, उससे कुछ दूर खिसका। आँसू पोंछने के लिए अपना रूमाल दिया। कहा, "इमोशनल प्राबलम्स में ऐसी थोड़ी-बहुत परेशानियाँ चलती रहती हैं।

अच्छा है तुम उन्हें मुझसे डिस्कस करती हो। बोलो तुम्हारे लिए क्या कर सकता हूँ? आय एम योर गुड एंड ओनली फ्रेंड।''

''पता है, तभी तो तुम्हारे पास दौड़ी चली आती हूँ। लोग तो न जाने क्या-क्या अर्थ लगाते हैं?'' वह सिसकी थी।

''लोगों को अर्थ लगाने दो। किसी के लगाए अर्थ क्या सच्चे होते हैं हमेशा। तुम जानती हो कि तुम्हारे मेरे बीच में ऐसा कुछ नहीं है।''

सीमा ने उसे भरपूर नजरों से देखा और भीगी आँखों से मुस्कराई, ''सचमुच! तुम्हें लगता है मेरे-तुम्हारे बीच कुछ हो सकता है। क्या होगा?''

उसके प्रश्न से वह अचकचा गया। क्या जवाब दे? सही मायने में वह ऐसा कौन-सा टच मी नाट है। और यह बेवकूफ लड़की शब्दजाल में उलझती। बातों के ऊपरी अर्थों को दिल से लगाए। चुप रहना ही बेहतर है।

''अच्छा मान लो, मेरे तुम्हारे बीच कुछ होता तो तुम क्या करते?''

''क्या करता।'' उसके ओठों पर तिरछी मुस्कान फैली। अपनी आवाज को हल्का कर कुछ-कुछ रहस्यमयी बनाते हुए बोला, ''क्या करता! वही, जो तुम मुझसे डिस्कस कर रही थीं अभी। बताओ एक लड़का एक लड़की के साथ क्या-क्या कर सकता है अकेले में।''

''शटअप, यू ईडियट! अपने से डरते क्यों हो इतना! जो कुछ करो सो अकेले में। क्यों भला, जिससे तुम्हें कोई देख न सके।''

''नहीं-नहीं, भई हर जगह की अपनी गरिमा होती है। अब क्लासरूम कोई बैडरूम होता है?'' राहुल ने बचने की कोशिश की।

''तुमसे अच्छी हम लड़कियाँ होती हैं। जो सोचती हैं उसे कहने में कोई वक्त नहीं लगातीं। अभी मैंने क्या यह सोचा कि यह लाइब्रेरी है। कोई स्कैंडल भी हो सकता है।''

''तुम हिम्मतवाली हो। लड़कियाँ अपने भावनात्मक प्रवाह में कुछ अच्छा-बुरा नहीं सोचतीं। इसीलिए वे महान होती हैं। आय रेसपेक्ट दैम। और चलो, अब मुझे कहीं पहुँचना है। ओह धूप कितनी तेज है!''

''तुम मेरी छतरी ले लो। बीमार पड़ गए तो?''

राहुल वर्मा! बातों का जादूगर, ''नहीं, नहीं मैं चला जाऊँगा। तुम बीमार पड़ गईं तो अपने को कभी माफ नहीं करूँगा। मेरे कारण किसी का कोई नुकसान नहीं होना चाहिए। और फिर तुम्हारा वह निशांत मुझे पीटेगा आकर।''

''उसकी हिम्मत है। मैं उसकी हड्डी-पसली एक कर दूँगी। तुम्हें कोई हाथ तो लगाकर देखे।'' सीमा आँखें तरेर रही है। उसके आँसू कब के वाष्प बनकर उड़ चुके हैं।

''जानता हूँ लक्ष्मीबाई।'' राहुल दौड़ जाता है? सामने कौन सी बस आई है

नंबर भी नहीं देखता, चढ़ जाता है। जल्दी भाग, नहीं तो इस लड़की से पीछा नहीं छूटेगा।

अगले स्टाप पर उतरकर पीछे वाले पार्क में चला जाता है। बाप रे—ये लड़कियाँ कितनी भारी मुसीबत होती हैं। खुद छुएँ कुछ नहीं, आप छुएँ तो आफत। आदमी का दिल कभी तो बेलगाम हो ही सकता है, ये समझती क्यों नहीं? वह हर बार सोचता है कि अब किसी लड़की को कभी मुँह नहीं लगाएगा, फिर न जाने क्या हो जाता है। लड़कियाँ उसमें किसी ऐसे सुपर नायक की छवि तलाश लेती हैं जो उनकी सहायता कर सकता है, सहायता कर सकता है, सहायता कर सकता है। और बदले में उसे कुछ नहीं चाहिए।

लेकिन क्या ऐसा है? सचमुच उसे कुछ नहीं चाहिए। क्यों नहीं चाहिए? वह कोई रोबोट नहीं, हाड़-मांस का इनसान है। लड़कियों के बालों की उमगती गंध, उनका आकर्षण उसे भी पागल बनाता है। वह भी रात में सितारों के साथ उनकी कल्पना करता है। उसे भी तो छिटकी चाँदनी में कोई मीठा स्पर्श चाहिए।

अक्षय कहता है, ''ये सब कोरी बकवास है। सारे मीठे स्पर्श शादी के बाद एक थकान, ऊब, रुटीन और खिचखिच में बदल जाते हैं।''

''इसीलिए तो मैं किसी से शादी की बात ही नहीं सोचता। इससे भयानक बात क्या हो सकती है कि जिससे आप प्रेम करते हैं, एक स्थिति ऐसी आए कि आप उससे नफरत करने लगें। दूर भागने लगें। इसीलिए सिर्फ किसी के सपने देखना ठीक है। उसके पास जाना नफरत के बीज बोना है। यही कह रहे हो न!''

''नहीं शायद मैं गलत होऊँ। हो सकता है पति-पत्नी एक-दूसरे से दूर न भागते हों। वे जिम्मेदारियों से दूर भागते हैं। उनसे बचना ही अपने आपको एक ठंडेपन में समेट लेना है। इसीलिए दूर की चीजें हमेशा खींचती हैं। दूसरी स्त्रियाँ भी।''

राहुल अक्षय की बातें समझकर भी नहीं समझना चाहता। क्यों समझे? वैसे भी कई बार अक्षय उसे काफी बोर लगता है। कहीं-न-कहीं वह राहुल का कम्पटीटर भी है। इतनी लड़कियाँ राहुल पर मरती हैं, उस पर क्यों नहीं?

अब आज यह निशा, जिसे देखो उसे, वह राहुल की तरफ मुँह उठाकर चली आ रही है। वह सोचता है कि वह भी पार्क की फेंस को लाँघकर अक्षय की तरह निशा की आँखों से दूर हो जाए। वह ऐसा करने को तत्पर होता है कि निशा पुकारती है, ''राहुल सुनो।'' वह नहीं सुनता, दो कदम आगे बढ़ता है कि निशा एकदम पास आ जाती है, ''राहुल कहाँ जा रहे हो? क्लास है?''

''हाँ—नहीं-नहीं, कहो।'' वह झूठ नहीं बोल पाता। जब भी झूठ बोलता है पकड़ा जाता है।

''तो आओ बैठो। तुमसे जरूरी बातें करनी है।''

वह बैठ जाता है। निशा उसके सामने है। वह नीलिमा के बारे में सोच रहा

है, कहाँ होगी नीलिमा अब? उसे गए दो साल हुए। स्टेट्स जा रही थी। उसका गला भरा हुआ था, "राहुल तुम कितने अच्छे हो। बिलकुल वैसे ही जैसे पुरुष, लड़कियाँ पाना चाहती हैं। तुम्हारे इस भरे-पूरे सीने में अपना सिर गड़ाना...लेकिन अब।" उसकी आँखों में उदासी कौंधी थी, "अब तो चले जाना है। पता नहीं अब हम कभी मिलेंगे भी या नहीं। मैं तुम्हें अपना पता लिखूँगी। मन करे तो जवाब देना। लेकिन मैं तुम्हें कभी नहीं भूलूँगी। कभी नहीं।"

"ओह नीलिमा, तुमने यह सब पहले क्यों नहीं कहा?" पर अगर वह कहती भी तो क्या यकीन होता। लड़कियों की बातें इतनी मायावी होती हैं कि शायद खुद ही उन्हें उन पर यकीन नहीं होता। तभी तो आज तक पता नहीं, वह कहाँ है, कैसी है किस हाल में है। उसके दिए गुलाब अभी तक राहुल की किताबों में बंद हैं। उसकी वे पतली खूबसूरत उँगलियाँ, बात-बात पर उसका शरमाना और खिलखिल।

लेकिन नीलिमा की भावुकता ने उसे भावुक बनाया हो, पर वह क्या वह थी जिसके साथ वह जीवन बिताने के बारे में सोचता। उसे क्या चाहिए, पता नहीं।

"राहुल तुम कहाँ खोए हो?" निशा उसे झिंझोड़ती है—"क्या सीमा की याद में खोए हो?"

"सीमा, कौन सीमा? अरे हाँ सीमा।"

"बन तो ऐसे रहे हो जैसे सीमा नाम पहली बार सुना हो। मालूम है, कल उसके साथ लाइब्रेरी में बैठे क्या कर रहे थे?"

"क्या कर रहा था?"

"और क्या करोगे? लड़कों को मौका मिले तो जो करने लगते हैं।" वह हँसती है।

राहुल कहना चाहता है—मैं क्या कर रहा था। वही मेरे ऊपर गिरी पड़ रही थी। मैं तो उसके आँसू पोंछ रहा था। मेरे हिस्से तो यही आया है। लेकिन नहीं कहता। हँसता है जोर-जोर से, "मैं क्या कर रहा था, तुम्हें कैसे मालूम? तुम तो वहाँ नहीं थीं। क्या कोई डिटेक्टिव एजेंसी छोड़ रखी है मेरे पीछे।"

"डिटेक्टिव एजेंसी तो उसके पीछे लगानी पड़ती है जिसके बारे में कुछ पता न हो। तुम्हें तो पूरी यूनिवर्सिटी जानती है? और मैं! मैं तो तुम्हारी रग-रग से वाकिफ हूँ।" वह गर्व से भरी है।

"ओह रियली, अंतर्यामी हो। बचकर रहो मुझसे। कहीं तुम्हारे साथ कुछ न कर बैठूँ।" राहुल आँख मारता है।

"यहाँ बैठकर तुम मेरे साथ क्या कर लोगे। ज्यादा-से-ज्यादा मेरा हाथ पकड़ लोगे। मेरे कंधे पर अपना हाथ रख लोगे। या बहुत हुआ तो मुझे किस कर लोगे। इससे ज्यादा क्या! और तुम क्या कर लोगे, कहो तो मैं तुम्हें सबके सामने किस करके दिखाऊँ।"

"बाप रे, यह तो भयानक लड़की है। अभी सीमा को लेकर कैसी बातें कर रही थी और अब।" वह कुछ दूर खिसक जाता है। उसे दूर खिसकते देख निशा जोर से हँसती है—"बड़े बहादुर बनते हो। अरे बावा, मैं तुम्हें कुछ किस-विस नहीं करनेवाली। तुम जैसे ब्रह्मचारी के साथ ऐसी हरकत, ना बाबा ना! तुम क्या सोच रहे हो, मैं सचमुच ऐसा कर सकती हूँ। मेरी लिपिस्टिक तुम्हारे गालों पर लग जाएगी तो बदनामी तो मेरी होगी।"

राहुल के होश उड़े हुए हैं। अपने चोक हुए गले को साफ करता पूछता है, "तुम किसी काम से आई थीं।"

"अरे, तुम्हारे पास बैठना क्या कोई कम बड़ा काम है माई फर्स्ट लव।"

धूप कतरों में बिखर रही है। पेड़ों के पत्तों के बीच से सेंध लगाती हुई, वह घुसी चली आ रही है। आज क्या एक अधूरा दिन। "राहुल वर्मा, छोड़ो चक्कर और तुम घर चले जाओ।" वह मन-ही-मन बड़बड़ाता है।

"क्या गालियाँ दे रहे हो मुझे।"

वह जवाब नहीं देता। आँखें फाड़े देखता है उसे।

"सोच रहे होगे, इस सती-सावित्री वाले देश में मुझ जैसी लड़कियाँ कहाँ से पैदा हो गईं। फ्लर्ट करने के लिए मैडोना। घर के लिए सती-सावित्री। दो मुट्ठियों में दो दुनिया। पर दोस्त अब हम एक दुनिया की तरफ बढ़ रहे हैं, एक दुनिया, एक जैसी लड़कियाँ, तुम्हारा क्या होगा?"

राहुल को गुस्सा आ जाता है। नथुने फड़कने लगते हैं। रक्त शिराओं को फाड़कर बाहर आने को व्याकुल हो उठता है, "देखो, तुम जब से आई हो, अलाय-बलाय कुछ न कुछ बके जा रही हो। जो काम हो बताओ।"

"अच्छा छोड़ो। बुरा मान गए। आय डोंट वांट टु हर्ट यू। क्या तुमने हिस्ट्री के नोट्स तैयार किए हैं। मुझे चाहिए। एक हफ्ते में वापस कर दूँगी। यह हिस्ट्री सब्जेक्ट ही ऐसा है कि कुछ पल्ले नहीं पड़ता। प्लीज मेरी मदद करो।"

हर्गिज नहीं। वह उसके चेहरे से नजर हटा सामने चलते फव्वारे को देखने लगता है। वहाँ कबूतरों का एक जोड़ा नहाकर गीले पंखों से बैठा है। वे एक दूसरे से चोंचें भिड़ा रहे हैं। मनुष्य क्या इन पक्षियों से प्रेम करने का तरीका सीख सकता है। प्रेम की एकाग्रता, पूरी दुनिया से बेखबर।

वह झूठ बोलता है, "मैंने तो कोई हिस्ट्री के नोट्स नहीं बनाए बल्कि इस बार तो कुछ नहीं किया।"

"हाँ, करोगे तो तब जब लड़कियों के पीछे जाने से फुरसत मिले।"

"निशा, बहुत हुआ अब। मैं किसी के पीछे नहीं जाता। इस वक्त भी तुम आई हो मेरे पास।"

वह हिंस्र शेरनी की तरह उठ खड़ी होती है, "थैंक्यू वेरी मच, मि. राहुल वर्मा।"

वह अपनी किताबें सँभालती नाक की सीध में सीधे चली जाती है। राहुल तब तक उसे देखता रहता है जब तक उसकी चुन्नी लहराती हुई दीखती है। वह आगे मुड़ जाती है। मोड़ से कोई वापस नहीं लौटता।

राहुल का सिर चकरा रहा है। अक्षय—कहाँ है वह? एक प्याला चाय—या एक सिगरेट—यूनिवर्सिटी के ये बोझिल दिन—उस पर अच्छे नंबर लाने का शौक और ये एक से एक लड़कियाँ। हर एक ने लजाने, शरमाने, मुस्कराने, हँसने, बातें करने, और प्रेम के नए-नए तरीके ईजाद किए हैं। लेकिन सही मायने में इनमें से कभी कोई प्रेम नहीं करती—वे आभास देती हैं। मृगतृष्णा की तरह रेत में दौड़ता मृग-पानी है, पानी है। मगर कहाँ-कहाँ? यूनिवर्सिटी में कुलाँचें भरता राहुल वर्मा—प्रेम है मगर कहाँ? इस दुनिया में प्रेम का सही हकदार कौन है?

अक्षय सुने तो कहे, "वही जो हमें सबसे अच्छी तरह समझ सकता है।"

कौन समझ सकता है, हमें सबसे अच्छी तरह क्या पता। यदि किसी को चाहने के लिए यही पैमाना होता तो जो लोग विवाह से पहले साथ-साथ जिंदा रहने और मरने की कसमें खाते हैं, वे एकाएक इतने अकेले कैसे हो जाते हैं? एक-दूसरे से इतनी घृणा क्यों करने लगते हैं? वे चीजें जो विवाह से पूर्व बेहद आकर्षक और लुभावनी लगती हैं वे क्यों अपना अर्थ खो देती हैं।

"तुम एकदम गधे हो। इतनी लंबी-चौड़ी हाँकने से बेहतर है पढ़ाई में मन लगाओ। नहीं तो बेटा इस बार चालीस प्रतिशत नंबर आएँगे। तब न कोई सीमा, न कोई निशा, न ही कोई और तुम्हें घास डालेगी। वे एक-दूसरे से पूछा करेंगी ये राहुल वर्मा कौन है? क्या हमने कभी इसका नाम सुना है। क्या हमने इसे देखा है। मिले हैं कभी इससे!"

सच कड़वा होता है। वह सच जिसे आप अपनी आँखों के सामने झूठ में बदलते देखते हैं, उसकी कड़वाहट जिंदगी भर नहीं मिटती।

यूनिवर्सिटी के दिन हवा में फरफरा रहे हैं। वे सूखे पत्तों की तरह उड़े चले जा रहे हैं। झील जैसी आँखों की चमक पिघले ताँबे में बदलती जा रही है। क्या करोगे आँखों को झील बनाकर, न जाने कितने केंकड़े, साँप, मेढक वहाँ डेरा डाल लेंगे।

नेम प्लेट। आते-जाते लोगों की निगाहें पड़ती हैं। राहुल वर्मा, सीनियर मैनेजर, मैक्रोकम्प्यूटर्स। वह सफल है। सफलता के सारे मानक उसने तोड़ दिए हैं। उसके माता-पिता, भाई-बहन सब उसकी सफलता को अपनी सफलता बनाकर पेश करते हैं। माँ का दुलारा, जिस मिट्टी को हाथ लगाता है तो सोना बन जाती है। जहाँ भी पढ़ा है फर्स्ट आया है। लक्ष्मी और सरस्वती दोनों की कृपा एक साथ किसी-किसी

को ही मिलती है। बस अब और क्या चाहिए एक सुलक्षणा बहू, जो इस सोने से बेटे का जीवन खुशियों से भर दे।

सुबह का वक्त है। चिड़ियों ने अभी-अभी चहचहाना बंद किया है। कोई कालबैल बजा रहा है लगातार। घर में सब सोए पड़े हैं नौकर तक। राहुल की ही नींद खुल जाती है। वह स्लीपर्स पहनकर दरवाजे पर जा, दरवाजा खोलता है।

''अरे।'' वह चौंक उठता है।

''अंदर आने को नहीं कहेंगे।''

''हाँ-हाँ, आइए। बैठिए, कहिए।''

''मैं कौन हूँ?''

''अब सवाल! आप एक लड़की हैं निर्मला। कल ही तो मैं आपसे मिला था।''

''जी, उसी मुलाकात के सिलसिले में मैं आपसे मिलने आई हूँ।''

''जी फरमाइए।''

''मैं कैसी दिखती हूँ?'' निर्मला सीधे उसकी आँखों में देखती है।

''आप?'' राहुल पसीने-पसीने हो उठता है—''आप सुंदर ही दिखती हैं।''

''ही का क्या मतलब?''

''नहीं ही नहीं आप सुंदर हैं, बहुत सुंदर।''

''गोरी हूँ न!''

''हाँ।''

''अगर काली होती तब?''

''तब भी आप सुंदर लगतीं। गोरा-काला तो सब मन का वहम है।''

''अच्छा मेरी दोनों आँखें हैं न!''

''जी।''

''भेंगी या कानी भी नहीं हूँ?''

''बिलकुल नहीं।''

''मेरी आँखें बहुत बड़ी नहीं तो छोटी भी नहीं।''

''जी।''

''काजल या आई लाइनर लगा लूँ तो और अच्छी लगूँगी?''

''......................''

''अब यह बताइए मेरे चेहरे पर एक नाक, दो ओठ, दो भवें, दो कान, मुँह में दाँत भी हैं।''

''जी हाँ हैं। मगर ये सारे सवाल आपको किसी कवि से पूछने चाहिए। मैं कोई नख-शिख वर्णन करने वाला या सौंदर्य विशेषज्ञ नहीं हूँ निर्मला जी।''

''जी हाँ जानती हूँ। आपके हिसाब से और देख भी लीजिए। देखिए मेरे दोनों हाथ ठीक हैं। दोनों पाँव ठीक हैं। खुद चलकर यहाँ आई हूँ। हाथों में दस और

पाँवों में दस उँगलियाँ मौजूद हैं। फर्स्ट डिवीजन में एम. ए. पास हूँ। पी-एच. डी. कर रही हूँ। कुछ सुन रहे हैं आप?''

''जी सुन रहा हूँ।''

''तो यह बताइए कि आपने कल मुझे नापसंद क्यों किया?''

लड़की की धीमी आवाज दहाड़ में बदल जाती है।

क्या जवाब दे राहुल वर्मा। वह हकलाने लगता है।

''मि. वर्मा देखिए।'' लड़की अपने ब्लाउज में छिपाया टेप रिकार्डर निकालती है, ''मैंने आपकी सारी बातों को टेप कर लिया है। कॉलेज के जमाने में रहे होंगे आप नंबर वन फ्लर्ट, लेकिन अब आप किसी लड़की का अपमान नहीं कर सकते। मुझे कल तक शादी की डेट चाहिए। जल्दी से ज़ल्दी। यह डेट मैं कोई बंदूक की जोर पर नहीं, तुम्हारे बयानों के आधार पर ही माँग रही हूँ।''

लड़की तूफान की तेजी से बाहर निकल जाती है। घड़ी में सिर्फ सात बजे हैं। राहुल देखता है, उसके चारों ओर उसके घरवाले घेरा बनाकर खड़े हैं। इतनी बड़ी पराजय राहुल वर्मा ने अपनी जिंदगी में इससे पहले कभी नहीं देखी है? इससे पहले तो वह दूसरों को पराजित करता रहा है।

(इंडिया टुडे, 2001)

रसोईघर

मैं पहली कलेक्टर थी उस सूबे की। पहाड़ी इलाकों और गाँवों में भी जाना पड़ता था। जगहें ऐसी थीं कि जहाँ गाड़ी भी नहीं जाती थी तब मैं हैट लगाकर घोड़े पर सवार होकर जाती थी।

ग्रेनाइट से बने भव्य ड्राइंगरूम में घोड़े पर सवार एक युवती...विशालकाय चित्र दीवार को ढँकता। दीवारें गवाह हैं बहुत-सी स्मृतियों की। सामने जो बैठी हैं, वह कौन हैं।

घोड़े की टापों की दूर तक जाती आवाज...टप...टप...टप। उन्हें पकड़ने की कोशिश...जब उम्र होती है लगता है वक्त थम गया है। जब उम्र नहीं होती वक्त को पकड़ने, उसे रोके रखने की सारी कोशिशें नाकामयाब हो जाती हैं।

सामने उफनती नदी है। मीराबाई घोड़े पर सवार उन्हें दूर उस पार जाना है। कोई नाव नहीं दूर-दूर तक। बिजली शैतान की आँख जैसी चमक रही है बार-बार। बारिश हो गई तो ठिकाना नहीं...भीगते हुए घर पहुँचने में कई घंटे लग जाएँगे तब बुखार, सरदी, खाँसी। कोई है, वह सोचती है जोर से पुकारे पर ऐसी आँधी-तूफान में कौन उसके कलक्टरी वाले रोब-रुतबे की आवाज को सुनेगा...कौन है जो दौड़ा आएगा...वह लौट चलती है। नदी अगर आदमी होती तो उसकी उस जुबानदराजी पर जमकर धुनाई करवातीं।

किसी जुलूस में जब कोई सबसे तेज नारे लगाता है तो वह मीराबाई के सबसे तेज शॉट को इन्वाइट करता है...टप...टप...टप टापें धीमी पड़ गई हैं। घोड़ा लौट गया है...दीवार के चित्र में घुस हिनहिनाकर कह रहा है...मैं वही हूँ...जो तुम्हारे साथ इतने दिन रहा और तुमने...

आपने अपने घोड़े को बचपन से पाला था आखिरी समय तक आपके साथ रहा।

नहीं...वह खो गई हैं। मेरा ट्रांसफर हो गया था। जिमी यानी कि मेरा घोड़ा बूढ़ा हो गया था। फिर तब तक गाड़ी भी खरीद ली थी मैंने...इसलिए...वह रुकती हैं। तस्वीर में उनकी आँखें गड़ जातीं हैं फिर झुक जाती हैं, जैसे सामना न करना चाहती हों! "दे दिया मैंने किसी को, हालाँकि बहुत बुरा लगा।"

"झूठ है...झूठ है।" पूरे कमरे में गूँज रहा है झूठ है...झूठ है। लौटकर आती प्रतिध्वनियाँ...आगे-पीछे की आवाजों को पहचानना मुश्किल है।

तस्वीर का घोड़ा चिल्ला रहा है—इन्होंने मुझे किसी को नहीं कसाई को बेचा था। जब मैं बूढ़ा हो गया तो इन पर मामूली भूसा भी भारी पड़ने लगा। बस बेच दिया मुझे। आज अपना चेहरा चमकाने के लिए कह रही हैं कि बड़ा दुख हुआ था। इनके दुख का पैमाना भी मतलब से चलता था। दुख भी इनकी आँखों में आँसू बनकर तब तैरता था जब कोई महत्त्वपूर्ण आदमी देख रहा हो। घोड़ा किसी ज्ञानी की तरह चिन्दियाँ बिखेर रहा है...लेकिन मीराबाई सत्ता के गए वर्षों में उलटे पाँव दौड़ रही हैं।

सत्ता किसी की नहीं होती। वह न स्त्री देखती है न पुरुष। जो भी उसकी गिरफ्त में आता है, उसी के चलाए चलता है।

वह बता रही हैं...जब मैं लखनऊ में थी तो वहाँ गरीब घर की लड़कियों को पढ़ाई तो क्या दो जून की रोटी नसीब नहीं थी। तब मैंने तीन काम इकट्ठे किए थे। एक ट्रेनिंग सेंटर खुलवाया। इसमें लड़कियाँ सिलाई-कढ़ाई सीखती थीं। वहाँ तैयार होने वाले सामान को बिकवाने का इंतजाम किया। फिर ट्रेनिंग सेंटर में ही ये लड़कियाँ पढ़ती थीं। बहुत-सी लड़कियाँ बहुत काबिल निकलीं। उनमें से तो कई टीचर हैं। सबकी घर-गृहस्थियाँ हैं। बहुत दिनों तक मिलने भी आती थीं।

और तुम्हारी घर-गृहस्थी मीराबाई!

मैं अपने काम में ही इतना खोई थी। मगर यह सच नहीं है। सिर्फ मन को बहलाना है। दूसरों से भी ज्यादा खुद के मन को। बात तो यह है कि उन दिनों कलेक्टर लड़कियाँ, मुगलवंश की शहजादियों से कम न थीं। लड़कों को तो चाहिए थीं, घरेलू टाइम पर घर आनेवाली लड़कियाँ। मैं तो उन दिनों भी रात-बिरात घर लौटती थी। लड़के मुझे देखते तो उन्हें कॉम्पलैक्स हो जाता था। फिर मैं भी कोई कम गरूर में नहीं रहती थी। जिन दिनों लड़कियाँ घर से बाहर नहीं निकलती थीं, उन दिनों मेरे पिता ने मुझे लड़कियों नहीं लड़कों वाले काम सिखाए।

कभी अकेलापन खला नहीं...।

नहीं तब तक तो नहीं तब तक नौकरी पर थी। भाग-दौड़ थी। आना-जाना था। यह मीटिंग, वह मीटिंग, कान्फ्रेंस, घूमना-फिरना...हाँ, रिटायरमेंट के बाद जरूर कभी-कभी लगता था क्योंकि मेरा कोई भाई-बहन भी नहीं है। मगर इस उमर तक तो आते-आते बड़े-बड़े जोड़े बिछड़ जाते हैं। जिन्होंने पचास साल साथ काटे होते हैं, उनमें से भी कोई एक रह जाता है।

मीराबाई के घर के बाहर आम के पेड़ पर तोता आम भी कुतर रहा है। आवाजें भी दे रहा है। जब तक दस-बीस कच्ची अमिया कुतर न डाले मानता नहीं। जब

तब अपने पूरे कुनबे को भी साथ ले आता है। चाहे जितना भगाएँ नहीं भागता। तभी भाग सकता है जब इस पेड़ को कटवा दें। वह खुद ही मुस्कराती हैं—आम बचाने के लिए तोते को भगाना है, इसलिए पेड़ कटवा दो। न पेड़ होगा न आम लगेंगे न तोते उस पर आएँगे। वह बीते दिनों की डोर पकड़कर लौट जाना चाहती हैं। उनके बीते वर्ष...बड़े-बड़े बँगले, पेड़-पौधे, पशु-पक्षी, सलाम की मुद्राएँ और उन मुद्राओं से बचकर कुछ विशिष्ट दिखने की ख्वाहिश। लेकिन जो किसी एक के लिए विशिष्ट होता है, हो सकता है वह दूसरे के लिए बिल्कुल मामूली हो।

वे लड़कियाँ जिनके पढ़ाने में उन्होंने मदद की थी अपनी जैसी ही दूसरी लड़कियों के सामने खुद को कैसा समझने लगी थीं। कल तक जैसी वे खुद थीं आज वैसी लड़कियों से बात तक न करती थीं। उनके सामने अपने हुनर और पढ़ाई-लिखाई को बढ़-चढ़ कर बताती थीं। लड़ाई के वक्त अपने को श्रेष्ठ साबित करने के लिए गाली-गलौज तक की भाषा पर उतर आती थीं। लगभग यही स्थिति मीरा की अपने परिवार में थी। उनकी चचेरी, ममेरी बहनें...कितनी ईर्ष्या की लपटें...तुलना, नफरत-प्रतिहिंसा तब मीरा का मन अहंकार और तृप्ति से भर उठता था। है कोई उन जैसा, जो उनकी आलोचना करती हैं। शादी न होने पर आगे नाथ न पीछे पगहा का उलाहना देती हैं, वे अपने दुख को कभी नहीं बतातीं, काश! वे भी उन जैसी हो सकतीं। उन्हें भी खुले आसमान में उड़ने की इतनी आजादी होती। सचमुच चित्र से निकलकर घोड़ा फिर से भागा जा रहा है। आसमान में दौड़ लगा रहा है। मीराबाई ने बड़े जतन से लगाम कस रखी है। आसमान से जमीन पर गिरना...जो आसमान छूते हैं वे कभी न कभी जमीन पर गिरने के खतरे से परेशान रहते हैं।

वह उतरना चाहती हैं, बचना चाहती हैं, मगर घोड़ा है कि उतरने नहीं दे रहा। वह उसकी लगाम खींचती हैं लेकिन उस पर कोई असर नहीं पड़ता।

वह आसमान में उड़ रहा है। अचानक ठहर जाता है। उसकी पीठ पर लहरों की तरह सिहरनें उठती हैं। मीराबाई गिरने लगती हैं—नीचे और नीचे। गिरने की कोई सीमा नहीं होती अंत भी नहीं।

अच्छा, क्या सचमुच आप इतनी कठोर और पत्थर दिल हैं कि कभी कोई अच्छा नहीं लगा।

कौन अच्छा लगता? कोई फुरसत ही नहीं मिली। झूठ है सब झूठ...बहाने हैं...जो अच्छा लगा उसकी स्टेटस...उसका फैमिली बैकग्राउंड, खाना खाने, कपड़े पहनने के तौर-तरीके, चाल-ढाल, उठक-बैठक, आखिर साथ रहने के लिए जीवन काटने के लिए कितनी नाप-जोख उठक-बैठक और उस सबके बाद एक खालीपन...पसंद-नापसंद के लिए कितना कुछ जानना पड़ता है। पर अब इस उम्र में...पीछे मुड़कर देखना, लौटना, लौटो तो कहाँ तक जा सकते हो? बीते हुए वर्ष! कॉलेज के दिन...पढ़ना-पढ़ना और पढ़ना। अपनी सफलता से भी ज्यादा यह चिंता कि कौन कितना पीछे छूट

गया? जीवन की आपाधापी में अपनी प्रगति से भी ज्यादा चिंता दूसरों के पीछे छूट जाने की होती है।

है कोई पूरे घर, मोहल्ले, कसबे, जिले में! एक इकलौती मीराबाई! हमारी बेटी! बेटी क्या बेटे भी ऐसे नहीं होते। है कोई! कोड़ा तड़तड़ाता। घायल करता चलता है सबको। सब उम्मीद करते हैं कभी वह कोड़ा हाथ आ जाए तो उसके इतने टुकड़े कर दिए जाएँ कि वह कभी किसी पर न बरस सके। लेकिन वह कभी हाथ नहीं आता। उसकी शक्ति बढ़ती है, चोटें बढ़ती हैं, दुश्मन बढ़ते हैं।

हजारों दुश्मन! एक से बढ़कर एक। नीचा दिखाने को आतुर। लेकिन मीराबाई के माता-पिता ने भी तो कम लोगों को नीचा नहीं दिखाया है। उसी का बदला वे उनसे लेते हैं तो क्या!

लेकिन पीछे मुड़कर कितना देखें? कितना अतीत में जाएँ!

वह देखती हैं नए किराएदार के जोड़े को। वे हमेशा कैसे हँसते-खिलखिलाते नजर आते हैं। क्या सचमुच लोगों के जीवन में इतनी ही खुशी होती है या वे खुशी का दिखावा भी करते हैं। तभी नई आई वह लड़की चुपके से उनके पास आकर खड़ी हो जाती है। उसके चेहरे से लालिमा फूटी पड़ती है। उम्र की ताजगी चेहरे से टपकती है।

वह अपनी यादों में गोते लगा रही हैं और लड़की इंतजार में है कि वह लौटें तो कुछ कहें। वह मुड़ती हैं। पुराना अफसरी अंदाज लौट आता है। आँखों की भाषा बिना कुछ कहे पूछने की।

लड़की समझ जाती है।

''आंटी वहाँ तो एक आदमी भी ठीक से खड़ा नहीं हो सकता और पत्थर इतने नीचे लगे हैं कि सिर में लगते हैं।''

''कहाँ!''—छोटा सवाल। आसमान में तिरती आँखें जैसे वहीं कुछ छिपा हो।

''किचन में आंटी। इतना अनकम्फर्टेबल है।''

—लड़की एक्सप्लेन करती है।

''लेकिन किचन से तुम्हें क्या मतलब?'' वह आँखें तरेरती हैं।

''आंटी मैं समझी नहीं।'' वह सचमुच नहीं समझ पाती। उसकी आँखें आश्चर्य से फैल जाती हैं, ''हम खाना किचन में ही तो बनाएँगे। आप कहती हैं, मुझे किचन से क्या मतलब?'' मीराबाई मुसकराती हैं।

''भाई मैंने तो कभी इस बारे में सोचा नहीं। जब से पैदा हुई, किचन में नौकरों को ही खाना पकाते देखा।''

''इसलिए आंटी किचन में पत्थर इतने नीचे लगे हैं कि वे लगातार सिर से टकराते रहें। कोई वेंटीलेशन नहीं, फ्रेश एअर नहीं। खड़े होने की जगह तक नहीं।''

लड़की खौलने लगती है।

"अरे भाई नौकर को किचन में सुलाना थोड़े ही था। ये सारी सहूलियतें तो बेडरूम में होती हैं।"

मीराबाई हँसती हैं। उनकी हँसी हवा में तिरती है। देर तक। वह हैं तो उनकी हँसी है। यह लम्बा-चौड़ा घर है। उनकी क्लास है रूलर्स की। जहाँ कोई काम हाथ से नहीं किया जाता।

आम पर बैठा तोता उनकी हँसी में सुर मिलाने की कोशिश करता है। मगर उसके मुँह से आवाज नहीं निकलती। एक अमीर रिटायर्ड आफीसर की नकल करने को भी बहुत साहस चाहिए। आम से पेड़ के पत्ते श...श...श...कर रहे हैं, तोते को चुप करना चाहते हैं, मगर वह नहीं होता। आखिर हर आवाज की एक कीमत होती है।

शाम को वही लड़की फिर से आ खड़ी होती है। इस वक्त वह मुस्करा नहीं रही .है, जैसा कि वह अक्सर करती है।

वह कहती है, "आंटी, हम इस पहली तारीख को शिफ्ट कर लेंगे.."

मीराबाई आश्चर्य से देखती हैं, ऐसी क्या बात हुई? उन्होंने तो ऐसा कुछ नहीं कहा।

फिर...किचन तो उन्होंने हमेशा से ऐसा देखा है मगर....

(आजकल, 2006)

खामोशी

नेहा वर्मा तुम्हारी दुबली-पतली देह, गोरा रंग, पिचके हुए गाल, रँगे हुए बाल और जरूरत से ज्यादा बड़ी और बाहर निकली आँखें...आस्था क्यों जगाती हैं? तुम अब भी हँसती हो तो आश्चर्य होता है कि कैसे हँसती हो? तुम रोजमर्रा के कामों में तल्लीन रहती हो, घूमती-फिरती हो। चलते-चलते ठहरकर, भरी दोपहर में अमलतास के झूमरों को देखती हो, गुलमोहर के फूल की लाल पत्तियों को चुनती हो। कौन जान सकता है तुम्हारे अंदर क्या चल रहा है?

वैसे ऐसा नहीं है कि कोई जान ही नहीं सकता। जब जीवन एक अँधेरी सुरंग-सा लगता हो, आस्था का मामूली-सा प्रकाश भी न फूटता हो, कोई संदेश आशा से भरा न हो, तब लोग तुम्हारी तरह धैर्य और हिम्मत नहीं जुटाते। वे विलाप करते हैं, वे दोष देने को इस या उसका कंधा ढूँढ़ते फिरते हैं। मन में ढेरों शिकायतें जगती हैं। ऐसा क्यों हुआ? ऐसा हमारे साथ ही क्यों हुआ? हमने क्या पाप किया था? कोई भी विपत्ति ऐसे कितने सारे सवालों-शिकायतों को जन्म देती है, इसे तुमसे बेहतर कौन जानता होगा?

क्या कभी तुम्हारे मन में ऐसा कोई चमत्कार जागता है कि एक रात तुम सोई होओगी। कुंडी खड़केगी। तुम नींद भरी आँखों से दरवाजा खोलोगी और वहाँ...

हालाँकि जीवन में चमत्कार बहुत कम घटते हैं, इसलिए हमेशा हम उनकी आस लगाए रहते हैं। चमत्कार की आशा मनुष्य को जिंदा रहने का सहारा देती है, उम्मीद जगाती है। तर्क जहाँ ढेर हो जाता है, वहाँ शायद मनुष्य के जीने के लिए आस्था ही काम आती है।

तुम्हारे भीतर ऐसी कौन-सी आस्थाएँ हैं, जो तुम्हें जिलाए जा रही हैं। इतने दुखों में भी तुम सीधा चलना नहीं भूली हो। किसी ने तुम्हें रोते नहीं देखा है। न ही तुमने 'त्राहिमाम, त्राहिमाम' करके किसी से दया की गुहार की है।

तुम्हारे कमरे में लगे ढेरों चित्र, जिनमें तुम हँस रही हो, अवाक हो, चश्मा लगाए हो, समुद्र के तट पर खड़ी हो, नाव में सवार हो, दौड़ रही हो, अपने बच्चे के पीछे खुशी के बहुत-से पल नेहा वर्मा, जो बीत गए हैं, जो अब कभी वापस नहीं

आएँगे, लेकिन तुम्हारे चलने-उठने-बैठने, हँसने सबसे यही लगता है कि तुम उन्हीं पलों में जिंदा हो, बल्कि अपने कमरे की हर दीवार पर उन चित्रों को फैलाकर देखना यही बताता है कि तुम अब कभी उन पलों से बाहर निकलना नहीं चाहतीं...एक सपने का लंबा होते चला जाना, लेकिन सपना जितना लंबा होता है रात भी उतनी लंबी होती है, वैसे लोग दिन में भी सोते हैं...सपने देखते हैं।

जिंदगी का यथार्थ कुछ और कहता है। बड़ा आसान है उपदेश देना...यथार्थ का सामना करो...सच्चाई से भिड़ जाओ...सच्चाई से बचा नहीं जा सकता, उसका साहस से सामना करना पड़ता है...सच इन खूबसूरत शब्दों को सुनने के बाद तुम्हारी तकलीफ किस कदर बढ़ जाती होगी...तुम, जिसने अपना बेटा खो दिया...भरी जवानी में। जिसने अभी कुछ नहीं देखा था। जिंदगी की दौड़ में शामिल होने के लिए जिसने अभी आँखें ही खोली थीं...जिसने हर पल सफलता पाई थी...वही जीवन की दौड़ में पिछड़ गया...गुम हो गया। नदी उसे बहा ले गई...तुम अंतिम बार भी उसे देख नहीं सकीं। तुम्हारा वही बेटा, जो कमरे की दीवारों पर तुहारे साथ है...जिंदा है। खिल-खिल से भरा है।

उसे लेकर बनाई तुम्हारी सारी योजनाएँ धरी रह गईं...कितने सपने थे तुम्हारे, उसे लेकर कितनी आशाएँ थीं...उसकी होशियारी और लगन ने तुम्हारी उम्मीदों पर कभी पानी भी नहीं फेरा था...उसके कैरियर को लेकर तुम कितनी आशावान थीं...मगर मानती हो, आदमी कल तो क्या, आज इसी वक्त की योजना नहीं बना सकता।

बचपन में पढ़ा वह डरावना वाक्य तुम्हें याद होगा कि एक आदमी अपनी सफलता की खुशियाँ मना रहा था और प्रारब्ध उस पर हँस रहा था, क्योंकि उसी शाम उसकी मृत्यु होनेवाली थी। प्रारब्ध की हँसी, यह क्रूरता तुम समझ नहीं पाती थीं। सिहरन-सी होती थी कि एक खुशी मनाते आदमी को मौत के मुँह में जाते देख प्रारब्ध क्यों खुश हो रहा है?

वही प्रारब्ध उस दिन खुश हुआ, जब तुमने अपने बेटे को उसके दोस्तों के साथ घूमने भेजा था। एक हफ्ते बाद उसे नौकरी पर जाना था। उससे पहले वह दोस्तों के साथ कुछ मौज-मस्ती करना चाहता था। कितना मलाल होता होगा! कितने किंतु-परंतु आते होंगे! काश, तुमने उसे भेजा ही न होता! क्या पता तुम लोगों के साथ जाता, तो ऐसा न होता! दोस्तों के साथ गया था, किसी दोस्त ने तो कुछ नहीं कर दिया!

तुम्हारे पति बच्चों को कहीं अकेले नहीं जाने देते थे। तब तुमने ही बेटे के जाने का पक्ष लिया था। कहा था कि अब वह बड़ा हो गया है। अकेला बाहर नहीं निकलेगा, तो जिंदगी कैसे जिएगा? कब तक माता-पिता की उँगली पकड़े रहेगा। तब तुम्हारा बेटा खुश हुआ था, क्योंकि तुम्हारे पति मान गए थे, लेकिन फिर ढेर सारी हिदायतें देना नहीं भूले थे। जिनमें एक हिदायत तो यही थी कि घूमना-फिरना

तो ठीक, मगर नदी खतरनाक है। उसके किनारे पर फिसलन है उससे दूर रहना।

लेकिन जैसा कि बच्चे आमतौर पर करते हैं—एक हद के बाद उन्हें माता-पिता की आवाज और हिदायतें सुनाई देना बंद हो जाती हैं...वही तुम्हारे बेटे के साथ हुआ। वह भूल गया कि व्यास नदी जब उफनती है, तो बड़ी-बड़ी चट्टानों को भी बहा ले जाती है। उसे पिता के कहे शब्द याद नहीं आ रहे थे।

और सचमुच वह नदी में फिसल गया था। जब तक दोस्त कुछ कर पाएँ पानी उसे दूर बहा ले गया। अफसोस कि किसी दोस्त को तैरना नहीं आता था।

दोस्तों के पछतावे का अंत कहाँ! वे घबराए हुए तुम्हारे सामने आए, तो तुम यही कह सकीं, "तुम चार थे, उस एक को नहीं बचा पाए?"

वे क्या कहते! उनके पास शब्द तो नहीं थे, लेकिन तुम्हारे दुख तक नेहा वर्मा वे कभी नहीं पहुँच सकते थे। तुम माँ जो थीं। तुम्हारे बेटे के सारे स्पर्श, तुम्हारे अंग-अंग में मौजूद थे। जो तुमने खोया था, वह किसी भी तरह वापस नहीं आ सकता था।

इसीलिए तुम गुजरती हो, तो आस-पास वाले तुम्हें देखकर चकित रह जाते हैं। इतना साहस, इतना धैर्य कहाँ से आया है तुममें! जिस बेटे के बिना एक पल भी तुम रह नहीं पाती थीं, उसके न होने पर तुम इतनी दृढ़ता और शांति से आगे कैसे बढ़ती जाती हो, कैसे तुम हर काम करती हो! मशीन तो नहीं हो न! हाँ, तुम्हारी आँखों का सूनापन कोई पढ़ सके, तो जान सकता है कि तुम पर क्या गुजर रही है, तुम पल-पल मर रही हो, बेआवाज!

(मधुरिमा-भास्कर, 2000)

मंडी हाउस

पालिका बाजार में भीड़ ऐसे समा जाती है जैसे किसी भयानक राक्षस के पेट में मनुष्य...पालिका बाजार क्या, कहाँ भीड़ नहीं है...तालस्तॉय मार्ग...आज से दस साल पहले हरे-भरे वृक्षों में डूबी कोठियों से घिरा...सुनसान कि पत्ता भी खड़के तो आवाज हो, आज वहाँ बहुमंजिली मीनारें खड़ी हैं...एक के ऊपर एक लटकाए ताबूतों की तरह...तालस्तॉय मार्ग पर ट्रैफिक जाम होने लगा है...पहले सुनसान से इस मार्ग से गुजरते डर लगता था...अब पालिका बाजार में घुसते डर लगता है...भीड़ के बीच में भी डर मनुष्य का पीछा नहीं छोड़ता...क्या पता कब कोई घात लगा दे और यह बाजार सामूहिक कब्र में तब्दील हो जाए।

अजीब-सा है न। उम्र आपकी प्रौढ़ता बताने लगे और दिमाग से आप वही सोलह साल के बने रहें...शायद यह उम्र की सच्चाई को जानने का डर हो।

सफेद पल्लू से अपने सिर को ढँके बड़ी-बड़ी आँखों को फैलाती छोटी करती वृंदा कहती है, "दोस्तो, यह दिल्ली है यहाँ कुतुबमीनार है..."

उसकी आवाज लौट-लौट आती है—

"दोस्तो यह दिल्ली है—यह दिल्ली है, यहाँ कुतुबमीनार है...कुतुबमीनार है... ।"

यहाँ सब कुछ है। नहीं है तो खुशहाली...अस्पताल...सफाई...शिक्षा...खुशनसीबी ...आखिर क्या है यहाँ...बड़े-बड़े बँगले...उनके पीछे लाखों झोंपड़ियाँ, उस पर भी दिल्ली राजधानी है।

उस पर दिल्ली राजधानी है। यह नेताओं की बस्ती है। यह मेले-ठेलों की दुनिया है। यहाँ अपना उत्सव होता है। यह कलाकारों की मंडी है...और यहाँ!!!

उसका, वृंदा का चेहरा तमतमा रहा है—सूरज सिर पर चमक रहा है। ठेले से मूली खरीदता बाबू...बुर्के को काँख में दबाए युवती, बच्चे को घास पर लिटाकर एक-एक अखबार बेचती माँ...सब..एक...दो-तीन-दस सौ...सबके कान एक साथ वृंदा की तरफ लगे हैं...देखें आगे क्या कहती है।

वृंदा भी सबका जायजा लेती कहती है। उसकी आवाज धीमी है, करुणा से

भरी, "दोस्तो, यहाँ इसी दिल्ली में एक रात में...सिर्फ एक रात में...जब हम और आप मीठी नींद सोते हैं—यमुना पार की बस्तियों में तीन सौ बच्चे हैजे से मर जाते हैं।"

"साली इंदिरा गाँधी बन रही है!" एक लाटरी वाला हँसकर कहता है।

मैं उसे घूरती हूँ तो वह थोड़ा परे सरक जाता है...लेकिन दूर खड़ी वृंदा को वह उन्हीं नजरों से देखता है...नजरों में क्या है...काम...नहीं...नहीं लालसा, किसी भी औरत को पुरुष होने के विशेषाधिकार से पा लेने की इच्छा।

भीड़ छँट रही है...पता नहीं छँट रही है कि नहीं...लोग इधर-उधर हो रहे हैं ...कहीं नहीं जा रहे हैं...बतिया रहे हैं...जूस पी रहे हैं...मियाँ-बीवी के चुटकुले हो रहे हैं...पास में गुजरती स्त्रियों...लड़कियों को घूर रहे हैं।

वृंदा सामान समेट रही है नहीं...दूसरे लोग उसका सामान उठा रहे हैं...उसे तो जाना है...भाषण देने...लोगों को जागरूक करने...एक बार लोग चैतन्य हो जाएँ तो फिर अपने फैसले वे खुद करते हैं...तब वे किसी से पूछने नहीं आते...गलत भी करते हैं तो उनसे सीखते हैं।

वीरू भाई कहते हैं—"देखो एक तो होता है समाज—दूसरा होता है समाज सेवा उद्योग...तो यह समाज सेवा उद्योग चलाती है।"

"नहीं-नहीं मैं उसे वर्षों से जानती हूँ।"

"मैं भी उसे वर्षों से जानता हूँ।"

"मगर सिर्फ दिखावे के लिए वह ऐसा क्यों करेगी? अच्छी-भली नौकरी करती थी...अमीर बाप की बेटी है...सिर्फ दिखावे के लिए तो कोई अपनी सुख-सुविधाएँ नहीं तजता!"

"यही तो बात है, एक खूबसूरत अमीर बाप की बेटी गरीबों की बात करे तो लोग उसे ज्यादा ध्यान से सुनते हैं...फिर उसके वर्ग में भी इज्जत बढ़ जाती है। तुम्हें नहीं पता, दिन भर भाषण देगी और शाम को कभी मौर्या में तो कभी ओबेराय, कभी ताज में खाना खाएगी।"

"तो इससे क्या! ओबेराय और ताज में खाना खाना क्या इस बात का सर्टिफिकेट है कि आप गरीबों की बात नहीं कर सकते!"

"नहीं, मैं यह नहीं कहना चाहता...आप कुछ भी करें...वह आपके जीवन का हिस्सा होना चाहिए।"

वीरू भाई की यह विशेषता है...वह संदेह का एक कीड़ा कुलबुलाता छोड़ जाते हैं...जो दिमाग के किसी कोने में बैठा लगातार काटता रहता है...बिला नागा।

आखिर जीवन का हिस्सा क्या होता है? लोग एक हाथ से दान दे दूसरे से लूटते हैं...सुबह पूजा कर पूरे दिन के पाप कर्मों को करने का प्रमाण-पत्र पा जाते हैं...क्या है जीवन का हिस्सा सच...नहीं...झूठ...नहीं नहीं, दोनों। सवाल यह होता है कि आप कितनी सादगी और कुशलता से सच को झूठ और झूठ को सच बना

सकते हैं। मैं मद्रास होटल की तरफ जा रही हूँ वहीं से बस मिलेगी...हो सकता है बस एकदम आ जाए। हो सकता है बहुत देर से आए। क्या पता कितनी लंबी लाइन हो। क्या पता कोई न हो।

हो सकता है...वृंदा भी डरती हो। वह कहती है, वह किसी से नहीं डरती... आदमी सिर्फ अपने आप से डरता है जब वह किसी से नहीं डरता...लेकिन यह कैसे पता चल सकता है कि हम अपने आप से डरते हैं...दिल को चीरकर भी कोई मन के भीतर की स्थिति तो नहीं बता सकता। क्या पता वृंदा भी अपने आप से डरती हो! हम जो कुछ करते हैं...चाहे अपने लिए या दूसरों को बताने के लिए, पूरा का पूरा तो किसी को नहीं बताते...वह भी क्यों बताएगी! सड़कों पर बसें, स्कूटर, कारें, मोटर, साइकिलें सब भागी जा रही हैं...सब कहाँ जा रहे हैं...सभी को तो नहीं मालूम ...लेकिन सभी कहीं न कहीं जा तो रहे हैं। तेज धूल भरी आँधी चल रही है...गर्म हवा जैसे सूरज के ताप को और अधिक बढ़ा रही है...सब कुछ आलस से भरा है, पूरा शहर दौड़ते-भागते, हँसते-गाते भी कैसा मायूसी में डूबा-सा लगता है।

न जाने क्यों...क्यों नहीं जानती मुझे वृंदा जस्सू की माँ जैसी लगती है...दोनों में कोई साम्य नहीं। न शक्ल का न सूरत का, न उम्र का, न विचारों का फिर भी जब वह बोलती है तो लगता है, जस्सू की माँ बोल रही है–"तुम जैसी लड़कियाँ होती ही ऐसी हैं। काम क्या है लड़कों को फँसाने के सिवा!"

जस्सू सुन रहा है–मेरे दिमाग में वह चित्र साफ है अभी तक। उसकी आँखों में दुःख हो ऐसा भी नहीं लगता...वह सुन रहा है, उसकी माँ कह रही है। मैं काँप रही हूँ...आँखें छलक रही हैं–अपमान से, क्रोध से, दुःख से–एकाएक पैदा हो गए अपमान से...उसकी माँ कह रही है...उसके घर वाले सुन रहे हैं–मेरी तरफ खा जाने वाली नजरों से देखते। और जस्सू सुन रहा है, चुप रहने के लिए। वृंदा और जस्सू की माँ, कोई भी तो साम्य नहीं मगर न जाने क्यों...मैं वापस लौट रही हूँ, कभी न आने के लिए...एक बकरी का बच्चा मेरे आगे दौड़ता चला जाता है...जस्सू के घर की दीवार पर पानी की मोटी धारा बह रही है...कोई टंकी लीक कर रही है... या मेरी हालत पर दहाड़ें मारकर रो रही है।

एक जस्सू नहीं तो क्या? वह न हो...है भी नहीं। मगर अपमान का वह भाव... रिजेक्शन की वह फीलिंग जैसे इतने वर्षों से साथ-साथ चलती रही है।

इन वर्षों में कितनी बार जस्सू से कल्पना में मिली हूँ मैं...बस में, सड़क पर.... गाड़ी में हँसकर उससे मुँह फेरती अपने अपमान का बदला लेती और उस भावना भर से भरी दोपहरी में ठंडक मिलती है मुझे...ऊबड़-खाबड़-सड़कें हरी घास के मैदान बन जाती हैं...ठूँठ पड़े पेड़ों पर सैकड़ों फूल इकट्ठे उग आते हैं...लेकिन मन में कोई फूल नहीं उगता...थोड़ी देर में ही पता चलता है जिसे घास का मैदान समझ रही थी, वह तो ऊबड़-खाबड़ सड़क है।

बस मंडी हाउस की तरफ से जा रही है। ठसाठस भरी बस, गर्मी के दिन और ऐसे में खिड़की के पास वाली सीट किसी लग्जरी से कम नहीं। नेचुरल हिस्ट्री म्यूजियम का डायनोसोर...मंडी हाउस के गोल चक्कर की विपरीत दिशा में अपने नुकीले दाँतों वाला मुँह फाड़ रहा है...यदि सीमेंट का न बना हो, तो जो भी इस गोल घेरे में जमा होते हैं...कलाकार...नाटककार...छात्र...मजदूर सबको एक झटके में गड़प कर जाएगा कभी पुलिस बनकर, अफसर बनकर तो कभी धर्माचार्य बनकर।

वीरू भाई कहते हैं...''पता नहीं हमारा समाज, बल्कि कहना चाहिए दुनिया भर में किसी आदमी को सिर्फ सेक्स की नजरों से देखा जाता है। कोई औरत एक से अधिक आदमियों से संबंध रखकर बुद्धिमान, होशियार, दयालु सब कुछ हो सकती है। कोई आदमी भी...'' वीरू भाई आपको सब पता है। यह पता है न कि समाज में औरत, औरत होती है। क्या पता यह बात आप मुझे सिर्फ सुनाने के लिए कह रहे हों, मैं भी तो एक औरत ही हूँ न।

त्रिवेणी की वह प्रदर्शनी दिमाग में घूमने लगती है...महिला चित्र कला की प्रदर्शनी...हालाँकि इस वक्त उसका कोई संदर्भ नहीं...लेकिन कई बार बातें बिना संदर्भ के याद तो आ ही जाती हैं...वृंदा याद आती है तो जस्सू की माँ भी याद आ जाती हैं...जस्सू याद आता है तो वीरू भाई बीच में आ जाते हैं...उस प्रदर्शनी में एक नीले से कपड़े को पीले धागे से सिल दिया गया था और कीमत थी गयारह सौ रुपए... क्या था वह नीला कपड़ा...समुद्र था या आसमान या दोनों या दोनों में से एक भी नहीं। आसमान था तो चिड़ियाँ कहाँ थीं? सूरज कहाँ था? समुद्र था तो नाव नहीं थी, जहाज नहीं था, मछली-सीपियाँ...बालू के ढेर कुछ भी नहीं था...न जाने वह नीला कपड़ा क्या कहता था?

बस रुक गई है। मैं उतरती हूँ तो गिरते-गिरते बचती हूँ। सड़क बन रही है...इलेक्शन नजदीक है...यहाँ से वहाँ तक, वहाँ से वहाँ तक सलेटी, काले, सफेद रंग के पत्थर ही पत्थर दिखते हैं...पत्थर कितने सुंदर होते हैं! औरतें कितनी सुंदर होती हैं! पत्थर कभी औरत नहीं बनते, औरतें चाहे जब पत्थर बना दी जाती हैं।

मैं कूदती-फाँदती घर की तरफ जा रही हूँ।

मगर मंडी हाउस पीछा नहीं छोड़ता। ओह वृंदा। इस मंडी से बचाओ।

(सारिका, 1988)

सेमिनार

उस उबाऊ बहस में बच्चा किसी देवदूत की तरह प्रगट हुआ। एकाएक ब्लैकबोर्ड के पास पहुँचा और अपने आप से बोला—"सब लोग कह रहे हैं सवेरे से बच्चा—बच्चा।" उसने नीचे पड़े चौक के छोटे-से टुकड़े को उठाया। एक गोल घेरा खींचकर उसमें नाव की जगह एक लकीर बना दी। वहाँ उपस्थित लोगों में सन्नाटा-सा छा गया।

बच्चे की माँ हतप्रभ रह गई। अभी कुछ देर पहले ही बाल विशेषज्ञों ने बोलना शुरू किया था। बच्चों की समस्याओं पर विचार करने के लिए बैठे अध्यक्ष जी, चेयरमैन साहब और विशेषज्ञ-जियों की त्योरियाँ उनके अलग-अलग काट के चश्मों के भीतर चढ़ीं पर ओठों पर मुस्कान खिंची रही। यह इतने अप्रत्याशित ढंग से हुआ था कि सारे श्रोता बच्चे की तरफ देखने लगे।

माँ अब तक उसके पास पहुँच चुकी थी। विशेषज्ञों की पीठ बच्चे को लगातार घूर रही थी। पर वह नहीं डरा बल्कि माँ को पास आया देख वह अचानक छुआ-छूई खेलने के मूड में आ गया। वह अपने स्पोर्ट शू की आवाज का अहसास कराते तख्त पर खटर-खटर करता दौड़ने लगा। पकड़ने की कोशिश मगर बच्चे की त्वरा से थक माँ ने जोरदार थप्पड़ रसीद किया था उसे। चीखों से छतें हिल गई थीं। पंखा जमीन पर कूदने को तैयार हो गया था और उसके द्वारा खींचे गए चित्र के ओठ सिकुड़ गए थे। श्रोताओं ने रोते बच्चे को देखा था। माँ ने एक झटके से उसे गोद में उठाया था और कमरे से बाहर निकल गई। रोती हुई आवाज गलियारे को पार कर सीढ़ियाँ उतर गई थी।

"ऐनी वे।" अध्यक्ष जी फिर बोलने लगे थे—जेंटलमैन ओह आई एम वेरी सारी वुमैन आर आल सो हियर सो जेंटील वुमैन कहते हुए उनकी स्नेहासिक्त नजर कुर्सियों पर बैठी स्त्रियों को छूने लगी थी।

और पूरे हाल में एक ठहाका गूँजा। उपस्थित महिलाएँ भी सकुचाते शरमाते

हँसी–

सी वी आर डिस्कसिंग नाउ–कि बिजली चली गई थी। जितने लोग यहाँ थे उनमें कम से कम नब्बे बाहर के शहर से थे। रातभर की थकान नहाने-धोने से उतरी नहीं कि सेमिनार शुरू होने का निमंत्रण आ पहुँचा था।

प्रशासनिक अकादमी के इस परिसर से एक ओर पहाड़ियाँ ही पहाड़ियाँ दिखाई देती थीं। दूसरी तरफ बहुमंजिले फ्लैट्स बने हुए थे। सर्दियों के मौसम में अकादमी में फैले लंबे-चौड़े घास के मैदान जितने अच्छे लगते हों वे अब विनाश की गाथा स्वयं गा रहे थे। घास पीली हो गई थी। पेड़ धूप से डर सड़कों के किनारे हो लिए थे। सड़कें उन्मत्त हो उन्हें चिढ़ाती ऊष्मा को समेटे दौड़ी जा रही थीं। चिड़ियों ने सन्नाटे की आवाज को स्वीकार कर उस पर मोहर जड़ दी थी। ऐसे में बिजली ने भी विशेषज्ञों के विचारों में खलल डाल दिया था। वह बहसों से ऊब शहर के किसी कोने में सोने चली गई थी।

बहस की तेज गति एकाएक ब्रेक फेल हो जाने वाली गाड़ी की तरह उलट गई थी कि बाहर कप खड़कने की आवाज सुन सबने राहत की साँस ली। लोग उठ-उठकर गलियारे में जाने लगे थे। गलियारे में भी गर्मी घुसी-घुसी आ रही थी। बंद कमरा ईर्ष्या से अपनी उमस से लड़ता वहाँ खड़े लोगों को देख रहा था।

"तुम्हें पता है मणि और ममता इस वक्त कहाँ होंगी?"

"कहाँ?"

"दे आर द टू आईज ऑफ द चेयरमैन एंड द डाइरेक्टर। वैसे बाहर निकलकर थोड़ी-बहुत मौजखोरी तो चलती है पर..."

शुभ्रा को रह-रहकर रोता बच्चा याद आ रहा था। सुबह के दृश्य को वह भूल नहीं पा रही थी। रेल की गंदगी भरी पटरियों के बीच नन्ही बच्ची प्लास्टिक के गिलास बीनती हुई। सुबह प्लेटफार्म पर उतरकर शुभ्रा ने आर्यसमाज के महान नेता को अपने स्वागत से गद्‌गद होते देखा था। उन नेता जी के आगे बैंड बज रहा था। नेता के पीछे-पीछे शुभ्रा भी गेट तक चली आई थी।

गेट के पास लगे दो पोस्टरों पर उसकी नजर पड़ी थी–विज्ञान की प्रगति, सफाई स्वास्थ्य की कुंजी है। दोनों के बीचोंबीच बैठी एक भिखारिन। छोटा बच्चा। दूध पीता। दूसरे हाथ से बच्चे की जुँएँ निकालती। भूख पेट की सफाई थी यह जो उसके दूध पीते शिशु को मालूम नहीं थी।

बुजुर्गवार महिला का स्वर फिर गूँजा तो शुभ्रा की तंद्रा टूटी–"इन दोनों की मर्जी के बिना चेयरमैन मुस्करा तक नहीं सकते। अभी दोनों खूब दारू-वारू पीकर धुत हो जाएँगी और फिर।"

फिर कहते न कहते उनकी आँखें चमकीली हो आई थीं। सारे दृश्यों की जीती जागती छवियाँ उनकी आँखों में तैरती शुभ्रा तक पहुँच रही थीं।

"अभी तक तो सुना ही था आज मणि को अपनी आँखों से चेयरमैन के कमरे की तरफ चाय ले जाते देखा। चेयरमैन ही तो हैं क्या खुद जाकर चाय भी नहीं पी सकते। तुम्हारे दफ्तर में भी लड़कियाँ अपने अफसरों के आगे-पीछे इसी तरह घूमती हैं?"

"हमारे दफ्तर में।" शुभ्रा ने दोहराया और हँस दी।

"सच! वैसे इसमें हँसने की क्या बात है।"

कहते हुए वह खुद भी हँसी थीं।

"अफसर तो सब जगह एक से होते हैं। कुछ दिनों के बाद सब अफसरों के चेहरे भी एक जैसे हो जाते हैं। ठंडे। मुस्कराते। क्रूर और बाल की खाल निकालने एक सोच में ढले।"

"हमारे डिरेक्टर।" उन्होंने बोलना शुरू किया था।

शुभ्रा को एकाएक अपने डायरेक्टर बोलने पर झेंप महसूस हुई।

"बड़े ही एरिस्टोक्रट हैं। किसी से बात नहीं कर रहे थे। पर तुमसे बहुत अच्छी तरह मिले। पुराने जमाने से जानती हो।" जो संदेह का कीड़ा सुबह से उनके जेहन में कुलबुला रहा था, उसकी थूथन बाहर निकल आई थी।

"हाँ"।

"ही इज वेरी चाइल्डिश। पता है वर्मा जी हैं न! उनका तो है ही ऐसा सुबह से ही दफ्तर में बोतल खोलकर बैठे रहते हैं। एक दिन उन्होंने उनके कमरे में जाकर हाथा-पाई की और बोतल तोड़ दी।" शुभ्रा बिना हाँ हूँ किए बैठी रही कि चलते हुए वीनू जी ने कहा था—"जा रही है उनके साथ। ध्यान रखना। सैक्स इस उम्र में भी उनका प्रिय सब्जेक्ट है।" सुबह की उबाऊ सेमिनार के लम्बे-चौड़े भाषण और बच्चे की आँखें अभी तक उसके कानों में बज रही थीं।

ऐसे में किसके किससे क्या संबंध हैं पर उसका बात करने का कोई मन नहीं था।

"क्या आप नहाएँगी।...न नहाएँ तो मैं चली जाऊँ।"

बिना जवाब का इंतजार किए बाथरूम में घुस गई थीं।

अपनी बिंदी उसने दीवार पर चिपका दी थी।

"कल जब कोई भविष्य का अफसर इस कमरे में रहने आएगा तो सोचेगा इस कमरे में पहले कोई लड़की रहकर गई थी। कैसी होगी काली गोरी सुंदर। एक

बेचारी बिंदी और इतने सारे ख्याल।" साबुन के साथ ढेर सारा मैल बह गया था। शरीर के मैल के लिए कितने साबुन बने पर मन का मैल।

बाहर निकली तो देखा वह कपड़े बदल कर तैयार थीं। खाना खाने का वक्त हो रहा था।

डाइनिंग हाल में पहुँचते हुए शुभ्रा की उदासी गायब हो गई थी। सामने से राकेश आ रहे थे—"अरे आप।"

"हाँ मैं? आज का दिन तो बस ऐसे ही निकल गया। अभी पहुँचा हूँ। तुम तो सुबह ही आ गई होंगी।"

"हाँ।"

"तुम्हें देखकर लगा चलो कोई तो है। शुभ्रा मुझे बहुत कम लोग अच्छे लगते हैं। तुम तो बस..." मैडम जैसे चलते-चलते थम गई थीं और शुभ्रा ने जलती आँखों से राकेश अग्रवाल को देखा था। शहर से बाहर निकलते ही इस आदमी को यह क्या हो गया?

राकेश अग्रवाल चलते-चलते उसके बाजू में आ गया था और उसने कंधे पर हाथ रखने की कोशिश की थी। क्रोध की लहरें शरीर में रक्त की तरह दौड़ने लगी थीं। वह एक तरफ हट गई थी। यह उसका कस्बाईपन था बहुतों की नजरों में और बहुतों की में सती-सावित्री होने का नाटक। ढेर से मुखौटे जिन्हें बारी-बारी पहना-उतारा जा सकता था।

पूरे समय खाते वक्त यह सोच में डूबी रही थी। यह क्या हो गया? इस आदमी से कभी औपचारिक नमस्कार के अलावा कोई बात नहीं हुई और यह कंधे तक बढ़ आया।

कमरे में लौटकर उसने मैडम से भी कोई बात नहीं की थी। वह घुमा-फिराकर बात राकेश अग्रवाल पर लाती रही थीं कि वह कितना फ्लर्ट है कि कितनी लड़कियों की जिंदगी बर्बाद कर चुका है कि ऐसा—कि वैसा।

इन्हें पूरा भरोसा हो गया। राकेश अग्रवाल, शुभ्रा। कोई चक्कर। किस बुरे दिन यहाँ आने के बारे में सोचा था।

अगले रोज बच्चों के भाग्य विधाता फिर जमा थे। ब्लैकबोर्ड पर काफी सुंदर लिखावट में लिखा था।

"बच्चों की किताबें कैसी हों?" सारे हाल में गूँज रहा था कैसी हों? ऐसी हों—लोककथाएँ, परी-कथाएँ, विज्ञान-कथाएँ।

"नहीं-नहीं अबोल-तबोल जैसी।"

"अबोल-तबोल कोरी नकल एलिस इन वंडरलैंड की।"

"भाषा तो बस प्रेमचंद जैसी।"

"प्रेमचंद से आगे भी गंगा में बहुत पानी बह गया और प्रेमचंद को बच्चों के साहित्य के बारे में क्या पता था?"

"एक आई. एस. आई. टाइप मोहर साहित्य और आई. एस. आई. किताब और तेल का डिब्बा।"

"तेल भी बिकता है और किताब भी।"

"भई आप लोग आपस में ही बातें न करें। हमें भी अपने साथ शामिल होने का मौका दें।" डायरेक्टर का स्वर गूँजा।

शटअप या साइलेंस प्लीज का दूसरे शब्दों में प्रयोग। शालीनता का कोड़ा पड़कर भी फूल जैसा लगा।

राकेश अग्रवाल दूर से लगातार शुभ्रा को घूरता रहा था और शुभ्रा उसे न देखने का बहाना करती रही थी। तभी एक लड़की आकर चुपके से कोने में बैठ गई—पीला सलवार सूट। माथे पर सिंदूर की बड़ी बिंदी। लंबे चमकीले ढीले छोड़े बाल। लड़की ने आते ही सिगरेट सुलगाई तो ढेर सारे पत्थर बहुतों की छाती पर आ गिरे।

उपस्थित लोगों में से अधिकांश कानों को बंद कर लड़की की तरफ आँखें लगाए हैं। कुतूहल, जिज्ञासा के अनेकों भावों से कमरा आलोकित हो उठा था।

उँगलियों में सिगरेट दबाए वह लड़की उठ खड़ी हुई—"मेरा ख्याल है यहाँ कई लोग हैं जिन्हें अंग्रेजी नहीं आती।"

एकाएक डायरेक्टर साहब का चेहरा तमतमा गया। एक हाथ में पानी का गिलास पकड़े वह बोले—"आप एक दो का नाम बताइए।"

"नहीं नाम क्या आखिर हिंदी में यह गोष्ठी क्यों नहीं हो सकती?"

"पर आप इतने विश्वास से कैसे कह सकती हैं कि यहाँ लोग अंग्रेजी नहीं जानते, कहिए तो हाथ खड़े करवा लें। अभी पता चल जाएगा किस किसको अंग्रेजी नहीं आती।"

"विश्वास नहीं पर हमारी मातृभाषा, जो सबकी समझ में आ जाए।"

"मातृभाषा क्या! मेरी मातृभाषा पंजाबी है। कहिए तो बोलूँ उसमें। फिर जो केरल से आए हैं, उड़ीसा, बंगाल से आए हैं सबको सुनिए।" एक ऐसी हँसी बिखर गई कमरे में जिसमें डायरेक्टर की बात का समर्थन और लड़की का मजाक अधिक था। इतने बड़े प्रकाशन संस्थान के डायरेक्टर को टोकना कोई हँसी-मजाक तो नहीं था।

"ऐसे लोग हमेशा धारा के विरुद्ध चलने में अपनी शान समझते हैं।"

एक दाढ़ी वाले सज्जन ने कहा था।

लड़की की बात में गलत भी क्या था। ग्रामीण बच्चों की भलाई की बात मगर भाषा ठेठ अंग्रेजी। लेकिन यह बताकर उसे अंग्रेजी नहीं आती उन अफसरी ठाठ वालों के बीच कौन अपनी हँसी उड़वाता।

"पूरी बातचीत से आपने इन मैडम के बारे में क्या निष्कर्ष निकाला!" उस दढ़ियल ने पूछा। उसकी आँखें लड़की के शरीर में फँसी जा रही थीं। आँखों की भाषा। हिंसा की भाषा।

"मैं यहाँ किसी के बारे में निष्कर्ष निकालने नहीं आई।"

"आप नाराज क्यों हो गईं?"

"मैं आपसे इस बात पर झगड़ा भी कर सकती हूँ।"

"अगर ऐसा होगा तो मैं आपसे माफी माँगकर तुरंत इश्क–"

"जी..."

"कुछ नहीं।" वह मुस्कराया। प्रतिहिंसा से भरी मुस्कराहट। वन अप मैनशिप।

ऊब से भरे दिन के बाद वही रात। शुभ्रा गलियारे में टहलती रही थी। किसी-किसी कमरे की संधों से रोशनी छनकर आ रही थी।

कितने दिन, समय बर्बाद और अपनों से दूर। अचानक वही बच्चा और उसकी माँ गलियारे में दिखे तो शुभ्रा उधर ही चली आई।

"आज आप पूरे दिन दिखी नहीं।"

"मेरा तो आना ही बेकार हुआ। इसे बुखार हो गया। अपने पापा को भी मिस कर रहा है। सोचा तो यही था इसका चेंज हो जाएगा पर–सुना है आज बबली ने खूब हंगामा किया।"

"अच्छा उस लड़की का नाम बबली है।"

"हंगामा नहीं बात तो कुछ ठीक कह रही थी। करती क्या है?"

"किसी संस्था से जुड़ी है। कालेज में अंग्रेजी पढ़ाती है।"

"अंग्रेजी...आज कितनी उमस है?"

"हाँ इसे भी नींद नहीं आ रही थी। इतनी रात में कहीं जा भी तो नहीं सकते।"

"फिलहाल मैं तो आपको अपने कमरे में आने के लिए भी नहीं कह सकती, मैडम सो रही हैं।"

"कोई बात नहीं आप हमारे कमरे में आइए।"

"नहीं चलती हूँ। कल तो बस जाना ही है।"

शुभ्रा ने बच्चे के सिर पर हाथ फेरा और वापस कमरे में चली आई।

"तुम साँची जाओगी।" मैडम पूछ रही थीं अगली सुबह।

"हाँ अब यहाँ तक आए हैं तो देखते चलते।"

"मैं भी चलूँ।"

"नहीं, आप आराम कीजिए। इस गर्मी में तबीयत खराब हो गई तो।" मिनी बस भर गई तो राकेश अग्रवाल दौड़ा आया। ओफ! शुभ्रा की बगल वाली सीट खाली नहीं थी।

(स्वतंत्र भारत/उपहार, मई '95)

यहीं कहीं है स्वर्ग

नहीं दादा सेन, व्यथित होने की तो क्या बात है भला! आप मेरे सामने बैठे हैं। एक लुंगी, छोटी-सी कुरती पहने। बीड़ी है आपके हाथ में। रह-रहकर खाँसते हैं और पूछते हैं, "तुम्हीं बताओ, मैं क्या करूँ? रोटी कहाँ से खाऊँ।"

किसी खाँटी उत्तर प्रदेश वाले की तरह मैं कहता हूँ, "जब तक कोई प्रबंध न हो, तब तक आप यहीं रहिए, खाइए।"

आप मेरी इस उदारता के पीछे छिपी ऊहापोह को पहचानते हैं, इसलिए कृतज्ञ नहीं होते, धन्यवाद नहीं देते।

जो सवाल बार-बार दिमाग में गूँजता है, वह पता है, क्या है? वह यह नहीं है कि आज उम्र के इस मोड़ पर आप निराश क्यों हैं। परेशान क्यों हैं कि आप नितांत अकेले हैं। घर में बूढ़ी बहन, एक भाई और उसका 35 साल का पुत्र है जो जन्म के बाद से ही बिस्तर पर पड़ा है। आपने अपनी परेशानियों को किसी बड़ी आफत की तरह कहा भी तो नहीं है कभी। यहाँ तक कि यह सूचना कि आपके फेफड़े बेकार हो चुके हैं, आपने ऐसे दी है जैसे कि कोई यह बताता है कि आज सुबह उसने रोटी के साथ अरहर की दाल खाई थी। आप बहुत बड़ी आहत करने वाली सूचनाएँ भी कितनी सहजता से देते हैं।

कई बार लगता है आपके कुर्ते के नीचे छिपे कंधों को उघाड़कर देखूँ। कहीं वे बर्फ जैसे ठंडे तो नहीं हुए। किसी मशीन की तरह जम तो नहीं गए। नमक के पहाड़ तो नहीं उग आए वहाँ, क्योंकि उन कंधों पर न जाने कितने सिरों ने आँसू बहाए हैं। घंटों-घंटों वे सिर इन कमजोर मरियल कंधों पर टिके रहे हैं। कितने लोगों के राजदार रहे हैं आप! कितनों के कारण आप हर बार बेघर-बार हुए हैं। नहीं दादा सेन, आज इन बातों का वक्त नहीं है।

पर वक्त है किस बात का? आपातकाल के दिनों को याद करने का। कुछ लोगों को बचाने के लिए खुद जेल चले जाने का। पोस्टरों और पर्चों के बीच सारी जिम्मेदारी खुद ओढ़ लेने का।

आप कोई देवता नहीं हैं दादा, मगर क्यों आप मुझे बार-बार बंदिनी के नायक की तरह नजर आते हैं। वह नायक जो अब बूढ़ा हो चला है, जिसके हाथ में दम नहीं रहा, जो इस उम्र में नौकरी करने और दो वक्त की रोटी जुटाने की बात सोचता है।

सच, अपने पोषित विचारों का अपने सामने खंड-खंड होकर बिखर जाना ऐसा ही होता है, जैसे किसी माँ के सामने उसका बच्चा मर जाए। याद कीजिए दादा, वे मोर्चे, वे अकेलेपन के दिन और रातें। वे आग उगलते भाषण, वे फव्वारे वाले पार्क, इंडिया गेट की वे शामें, मशाल जुलूस, कामरेड ब्रेझनेव, चाऊशेस्की, जरूरतों के नाम पर मात्र दाल-रोटी, एक जोड़ी कपड़े, वह उत्साह, 'प्रापर्टी इज क्राइम' का विचार।

आज भी इन जगहों पर आप हैं। आप ही आप दिखते हैं चारों ओर। समय ने आपको पीछे छोड़ दिया तो क्या! उसका पछतावा कैसा? समय को कैसे पकड़ सकता है कोई।

कल तक का महान विचार जिस सद्‌गति को प्राप्त हुआ है, आज के इन टुच्चे विचारों की दुर्गति उससे अधिक होनी है।

काश कि चिड़ियों का, पानी का, हवा का, धरती, आकाश और पेड़ों का कोई विकल्प होता? कोई विकल्प है क्या! नहीं है न? आगे आने वाले दिनों में जिस जीन थैरेपी की तलाश में हम निकले हैं, वहाँ भी चाहिए तो मनुष्य ही।

आप कह रहे थे अभी, कुछ देर पहले कि पहले वर्ल्ड बैंक का नाम लेने-भर से लोग उत्तेजित हो जाते थे। मल्टीनेशनल्स का विरोध होता था, लेकिन अब क्या हुआ है सबको! एक बीमार मौन पसरा है चारों ओर।

हताशा की कोई बात नहीं है दादा। मनुष्य की सबसे उम्दा अभिव्यक्ति ही तो है मौन। वे आ जाएँ, कोई आ जाए, मनुष्य अपने जिंदा रहने के तरीके हर बार ईजाद कर ही लेता है। यही जिंदा रहना उसका प्रतिवाद है।

हिरोशिमा-नागासाकी या यूनियन कार्बाइड के बाद भी लोग जिंदा हैं। रोबोटों के इस युग में, तकनीक की इस आपाधापी में मनुष्य का जिंदा रहना ही किस मुखर प्रतिवाद से कम है?

लेकिन मुश्किल यह है कि हम हर बात में 'दूसरों के लिए' विरोध या प्रतिवाद क्यों ढूँढ़ते हैं! अपने अंदर कभी झाँकते क्यों नहीं? कोई सवाल क्यों नहीं पूछते? या इसलिए कि हमारे अंदर एक अंधा कुआँ है, एक ब्लैकहोल, जिसके अंदर से रोशनी की एक किरण भी वापस नहीं लौटती।

आपको याद है पंडित रमाशंकर का वह भाषण, जो उन्होंने रामलीला मैदान पर एक मई की शाम को दिया था, जिसमें वह सब था, जो हम सुनना चाहते थे! जो कहीं हर मनुष्य के जेहन में जिंदा रहता है—अच्छा खाना, रहना, बच्चों की उचित शिक्षा-दीक्षा, इलाज। पंडित रमाशंकर ने कैसे अंगूरों के पहाड़ों को मोतियों के दानों

में बदल दिया था जो हर बच्चे के मुँह में मोती बनकर झिलमिलाते थे। सेब के बगीचे कैसे कल्पवृक्ष बन गए थे। जितने-जितने चाहो, सेब पाओ। उस देश को किस कुशलता से उन्होंने कुबेर की नगरी में तब्दील कर दिया था। जब उनका यक्षगान समाप्त हुआ तो लगा, धरती पर यदि कहीं स्वर्ग है तो यहीं है, लेकिन धरती पर स्वर्ग होता ही कहाँ है? यदि होता तो मुझे और आपको वहाँ भी स्वर्ग न मिलता। तब वहाँ पुण्य और पाप का विभाजन न होता। हर आदमी वहाँ अच्छे कर्मों के बल पर जाने के स्वप्न न देखता। वह भी इस धरती के कुबेरों की झोली में चला जाता। अच्छा है कि वह यहाँ नहीं है। कोई गरीब भी उसके बारे में बिना लिए-दिए कुछ सोच सकता है। स्वप्नों पर तो कोई टैक्स नहीं लगता न!

पंडित रमाशंकर के स्वर्ग को हमने अपनी आँखों के सामने चूर-चूर होते देखा। टी. वी. कैमरा वहाँ के दृश्यों पर बाज की तरह झपट रहा था। हम उसे देख रहे थे। सब कुछ खत्म होते हम अपनी आँखों के सामने ही तो देख रहे थे। आँसू बहते थे। दुःख कितना था। काश कि उसे कोई माप सकता। सच पूछिए तो उस दिन का दुःख आज के दुःख से बहुत कम है। आपके कमजोर हाथ-पैर, बूढ़ी आँखें, बीमार शरीर जब यह कहता है कि नौकरी ढूँढ़नी है, कुछ करना है, रोटी कमानी है। यह क्या हुआ? कैसे हुआ? आपने शुरुआती दिनों में कैसी अच्छी-अच्छी नौकरियाँ ठुकरा दीं। जब शरीर में ताकत थी, जोश था। जिनके साथ आपने जीवन गुजारा, एकाएक उन्हीं के लिए आप आउटडेटेड हो गए। किसी पैकिंग की तरह! खाया-पिया और रैपर को बाहर फेंका। आप कह रहे थे और मैं छत पर लटके पंखे को लेकर शंकित था कि कहीं ऊपर न गिर पड़े।

आपने कहा, "उस दिन, जब मैं बाहर निकला तो सामने गहरा अँधेरा था। तब मेरे मन में था—बस, कुछ कर लूँगा। अचानक उस अँधेरी गली में मेरी बूढ़ी बहन सामने आकर खड़ी हो गईं। वह चिंतित थीं। मुझे बुला रही थीं। कह रही थीं, "लौट जाओ, बाबू, लौट जाओ। हम सब पके पत्ते हैं। किसी का कोई भरोसा नहीं। कम से कम इस उम्र में तो साथ रहें।" मैं चकित हुआ। बहन तो बंगाल के एक गाँव में है। वह यहाँ कैसे? जिंदगी भर उनकी दिल्ली देखने की साध बनी रही, मगर कभी ला न सका। वह यहाँ कैसे आ पहुँचीं। और बस तभी मैंने सोच लिया, बहन के पास जाऊँगा, वहीं रहूँगा। परिवार में जवान के नाम पर वह बच्चा है, जो बिस्तर पर है। मुझे अपने घर वालों के पास रहना चाहिए।"

और तब के बाद आप आज लौटे। कितनों से पूछा आपका पता-ठिकाना किसी को मालूम नहीं था। सच में तो किसी ने दिलचस्पी नहीं दिखाई। आपके सामने यह बात नहीं कहूँगा। दुःख होगा आपको हर्ट होंगे आप। ऐसी बात किसी से कही ही क्यों जाए कि कोई हर्ट हो?

लेकिन सच, आपके इस आखिरी प्रश्न का जवाब भी तो नहीं है मेरे पास कि जिन लोगों के साथ आपने जीवन गुजार दिया, अपनी उम्र के चार दशक दिए, उन्हें छोड़कर आप कहाँ जाएँगे! किसके पास? चुस्ती और स्फूर्ति की दुनिया में आपके थरथराते हाथों को काम देगा कौन?

बाहर एक बच्चा किलकाता हुआ अपनी माँ से आगे दौड़ रहा है। मन करता है, आपसे पूछूँ, "बाकी सब तो ठीक, आपकी वह सफेद लंबी दाढ़ी कहाँ गई जिसमें आप टैगोर जैसे दिखते थे! जिसमें मैंने आपको पहली बार देखा था।"

देखिए बच्चा किलकता हुआ कितनी दूर निकल गया है।

(दैनिक हिंदुस्तान, जून 1997)

❑❑❑